DERNI

« CET OBSÉDANT ET MAGNIFIQUE ROMAN
TRANSCENDE LE GENRE
ET DEMEURERA LONGTEMPS
DANS LA MÉMOIRE DE SES LECTEURS. »
Toronto Star

« LE ROMAN DE KAY EST UN
DIVERTISSEMENT AMBITIEUX
QUI TRANSCENDE LES DONNÉES HISTORIQUES EN
OFFRANT DE PUISSANTES OBSERVATIONS
SUR LES RELATIONS ENTRE PÈRES ET FILS,
LA FORCE DU DEUIL, LA FOI, LA BRAVOURE,
LA LOYAUTÉ ET L'INÉVITABILITÉ
DU CHANGEMENT. »
Washington Post

« ÉTAYÉ PAR UNE SOLIDE RECHERCHE
FILTRÉE PAR UNE PROSE VIBRANTE,
CE ROMAN DONNE UNE EXCELLENTE IDÉE
DE LA FAÇON RÉELLE DONT ON VIVAIT
ET MOURAIT AU TEMPS DES VIKINGS
ET DES ANGLO-SAXONS, ET COMMENT
ON POUVAIT Y INTERAGIR AU QUOTIDIEN
AVEC L'UNIVERS DE LA MAGIE. »
Publishers Weekly

« DANS *LE DERNIER RAYON DU SOLEIL*,
KAY S'ESSAIE À CE JOUR À SON ROMAN
LE PLUS SOMBRE, MAIS AUSSI LE PLUS AMBITIEUX. »
January Magazine

« *Le Dernier Rayon du soleil* est une épopée magnifique, parfaitement consciente de sa dette envers les sagas nordiques, les chroniques historiques et les épopées. Mais en fin de compte c'est la façon dont Kay tisse les fils éparpillés de l'intrigue qui fait du *Dernier Rayon du soleil* un récit aussi complexe et satisfaisant, exactement ce qu'on peut attendre du meilleur écrivain contemporain de haute fantasy épique. »

Edmonton Journal

« Superbe, émouvant, écrit avec une incroyable assurance, *Le Dernier Rayon du soleil* démontre une fois de plus comment Kay peut décrire avec la même habileté les sommets comme les abymes de l'expérience humaine… Kay a toujours été un solide raconteur d'histoire, et *Le Dernier Rayon du soleil* en est une preuve supplémentaire. »

Challenging Destiny Magazine

« *Le Dernier Rayon du soleil* est une fantasy historique du meilleur niveau, l'œuvre d'un auteur qui pourrait bien être sans contredit le maître de ce genre. »

Washington Post

Le Dernier Rayon du soleil

Du même auteur

La Tapisserie de Fionavar

1- *L'Arbre de l'Été*. Roman.
Montréal : Québec/Amérique, Sextant 8, 1994. (épuisé)
Lévis : Alire, Romans 060, 2002.

2- *Le Feu vagabond*. Roman.
Montréal : Québec/Amérique, Sextant 12, 1994. (épuisé)
Lévis : Alire, Romans 061, 2002.

3- *La Route obscure*. Roman.
Montréal : Québec/Amérique, Sextant 13, 1995. (épuisé)
Lévis : Alire, Romans 062, 2002.

Une chanson pour Arbonne. Roman.
Beauport : Alire, Romans 044, 2001.

Tigane (2 vol.). Roman.
Beauport : Alire, Romans 018 / 019, 1998.

Les Lions d'Al-Rassan. Roman.
Beauport : Alire, Romans 024, 1999.

La Mosaïque sarantine

1- *Voile vers Sarance*. Roman.
Lévis : Alire, Romans 056, 2002.

2- *Seigneur des Empereurs*. Roman.
Lévis : Alire, Romans 057, 2002.

LE DERNIER RAYON DU SOLEIL

GUY GAVRIEL KAY

traduit de l'anglais
par
ÉLISABETH VONARBURG

Illustration de couverture
JACQUES LAMONTAGNE

Photographie
BETH GWINN

Diffusion et distribution pour le Canada
Québec Livres
2185, autoroute des Laurentides, Laval (Québec) H7S 1Z6
Tél. : 450-687-1210 Fax : 450-687-1331

Pour toute information supplémentaire
LES ÉDITIONS ALIRE INC.
C. P. 67, Succ. B, Québec (Qc) Canada G1K 7A1
Tél. : 418-835-4441 Fax : 418-838-4443
Courriel : info@alire.com
Internet : www.alire.com

Les Éditions Alire inc. bénéficient des programmes d'aide à l'édition de la Société de développement des entreprises culturelles du Québec (SODEC), du Conseil des Arts du Canada (CAC) et reconnaissent l'aide financière du gouvernement du Canada par l'entremise du Programme d'aide au développement de l'industrie de l'édition (PADIÉ) pour leurs activités d'édition.
Les Éditions Alire inc. ont aussi droit au Programme de crédit d'impôt pour l'édition de livres du gouvernement du Québec.

Dépôt légal : 3e trimestre 2005
Bibliothèque nationale du Québec
Bibliothèque nationale du Canada

10 9 8 7 6 5 4 3e MILLE

À George Jonas

Table des matières

Personnages xiii

Première partie 1
Chapitre 1 3
Chapitre 2 37
Chapitre 3 71
Chapitre 4 103
Chapitre 5 127

Deuxième partie 167
Chapitre 6 169
Chapitre 7 199
Chapitre 8 241
Chapitre 9 271
Chapitre 10 301
Chapitre 11 343

Troisième partie 367
Chapitre 12 369
Chapitre 13 397
Chapitre 14 431
Chapitre 15 467
Chapitre 16 507
Chapitre 17 531

J'ai une histoire à vous conter : un cerf brame ;
l'hiver s'abat sur la terre l'été a disparu.
le vent est fort et froid ; du soleil bas
la course est brève la mer est houleuse.
La bruyère est très rouge ; on n'en distingue plus
les branches

Le cri des oies grises est devenu une habitude.
Le froid a capturé les ailes des oiseaux.
Saison de la glace ; voilà mon histoire.

— tiré du manuscrit du *Liber Hymnorium*

Personnages

Les Anglcyns :

Aëldred, fils de Gademar, roi des Anglcyns
Elswith, sa reine

Athelbert Judit Kèndra Garèth	leurs enfants

Osbert, fils de Cuthwulf, le chambellan d'Aëldred
Burgrèd, duc de Dènfèrth

Les Erlings :

Thorkell Einarson, "Thorkell le Rouge", exilé de l'île de Rabady
Frigga, son épouse, fille de Skadi
Bern Thorkellson, son fils
Siv, Athira, ses filles

Iord, devineresse de Rabady, dans l'enclos des femmes
Anrid, une servante de l'enclos

Halldr Maigre-Jarret, défunt gouverneur de Rabady
Sturla Ulfarson, "Sturla Une-Main", gouverneur de Rabady

Gurd Thollson Brand Léofson Carsten Friddson Garr Hoddson Guthrum Skallson	des mercenaires de Jormsvik

THIRA, une prostituée de Jormsvik

KJARTEN VIDURSON, chef en titre de Hlégest

SIGGUR VOLGANSON, “le Volgan”, défunt

MIKKEL RAGNARSON } ses petits-fils
IVARR RAGNARSON

INGEMAR SVIDRIRSON, d’Erlond, qui paie un tribut au roi Aëldred
HAKON INGEMARSON, son fils

Les Cyngaëls

CEINION DE LLYWÈRTH, grand-prêtre des Cyngaëls, “Cingalus”
DAI AB OWYN, héritier du prince Owyn de Cadyr
ALUN AB OWYN, son frère
GRYFFÈTH AP LUDH, leur cousin
BRYNN AP HYWLL, de Brynnfell en Arbèrth (et autres résidences), “Le Fléau des Erlings”
ÉNID, son épouse
RHIANNON MER BRYNN, leur fille
HELDA, RANIA, EIRIN, suivantes de Rhiannon

SIAWN, chef des guerriers de Brynn

Autre :

FIRAZ IBN BAKIR, marchand de Fézana, dans le califat d’Al-Rassan

Première partie

Chapitre 1

Ibn Bakir avait fini par comprendre qu'il manquait un cheval.

Tant qu'on ne l'avait pas retrouvé, tout était suspendu. Sur la place du marché, la foule se pressait dans la grisaille matinale du printemps. On remarquait tout particulièrement la présence d'hommes armés, barbus et de vastes proportions, mais ils n'étaient pas là pour le commerce. Pas aujourd'hui. Le marché n'ouvrirait pas, si alléchantes fussent les marchandises débarquées du navire venu du sud.

De toute évidence, il était arrivé à un mauvais moment.

Firaz ibn Bakir, marchand de Fézana, qui représentait très délibérément le glorieux califat d'Al-Rassan dans les soies vivement colorées dont il était vêtu (loin d'être assez chaudes pour le vent coupant), ne pouvait s'empêcher de voir ce délai comme une épreuve supplémentaire à lui imposée pour les transgressions commises dans une existence moins que vertueuse.

Il était difficile pour un marchand de vivre dans la vertu. Les associés exigeaient des profits, et le profit était difficile à obtenir si l'on ignorait pieusement les besoins – et les occasions – offerts par le monde de la chair. L'ascétisme d'un fanatique du désert n'était pas pour lui, ibn Bakir en avait décidé ainsi depuis longtemps.

Cependant, il aurait été tout à fait injuste de suggérer qu'il menait une existence de confortable loisir. Avec ce qu'Ashar et les saintes étoiles lui avaient accordé d'équanimité, au cours de ce très long voyage vers le nord puis vers l'est, il venait d'endurer trois tempêtes, affligé, comme toujours en mer, d'un estomac qui se soulevait à l'instar des vagues, et dans un vaisseau-marchand piloté par la main hésitante d'un capitaine continuellement ivre. La boisson était une offense aux lois d'Ashar, bien entendu, mais ibn Bakir n'était pas en mesure de prendre en la matière une vigoureuse position morale.

De toute façon, la vigueur lui avait entièrement fait défaut pendant ce voyage.

Aussi bien en Al-Rassan qu'en Amnuz et en Soriyye, les terres ancestrales d'orient, l'on disait parmi les Asharites que le monde humain pouvait être divisé en trois groupes : les vivants, les morts, et ceux qui se trouvaient en mer.

Ibn Bakir était éveillé depuis l'aube, et il remerciait dans ses prières les dernières étoiles nocturnes de pouvoir être enfin compté parmi les membres du bienheureux premier groupe.

Dans ce lointain et païen septentrion, au milieu de ce marché de l'île de Rabady battue par les vents, il avait hâte de commencer à échanger son cuir, ses étoffes, ses épices et ses lames bien aiguisées contre des fourrures, de l'ambre, du sel et de lourds tonneaux de morue séchée, qu'il vendrait en Ferrières sur le chemin du retour : il voulait prendre au plus vite congé de ces barbares Erlings qui puaient le poisson, la bière et la graisse d'ours, qui pouvaient vous massacrer pour une querelle sur des prix, et qui – ces sauvages ! – brûlaient leurs chefs sur des bateaux, parmi leurs possessions terrestres.

C'était de cela qu'il s'agissait, lui avait-on expliqué, pour le fameux cheval. La raison pour laquelle, à la visible consternation de la multitude assemblée des guerriers et des marchands, on avait suspendu les rites funèbres de Halldr Maigre-Jarret, lequel avait encore gouverné Rabady trois nuits plus tôt.

C'était une grave offense infligée à leurs dieux du chêne et du tonnerre, et à l'ombre errante de Halldr – qui n'avait point été de son vivant un homme bienveillant, et dont le fantôme ne le serait vraisemblablement pas non plus –, avait-on expliqué à ibn Bakir. On devait craindre des mauvais présages des plus funestes. Nul ne désirait voir un fantôme irrité errer dans une ville marchande. Sur la place balayée par les vents, les hommes vêtus de fourrures et bardés d'armes étaient inquiets, furieux et ivres, à quelques rares exceptions près.

Ibn Bakir connaissait de ses précédents voyages celui qui lui expliquait tout cela, un Erling chauve nommé Ofnir, d'une carrure ridiculement massive. Il lui avait été utile auparavant, moyennant salaire: les Erlings étaient des païens ignorants qui adoraient les arbres, mais ils avaient des idées bien arrêtées sur la valeur de leurs services.

Ofnir avait passé plusieurs années en orient, dans la garde karche de l'Empereur, à Sarance. Il était revenu chez lui avec un peu d'argent, une épée incurvée et son fourreau incrusté de gemmes, deux cicatrices bien visibles dont une sur le sommet du crâne, et une maladie contractée dans un bordel voisin du port sarantin. Il avait également acquis une certaine maîtrise de la difficile langue orientale et, fort utilement, un nombre suffisant de mots appartenant au vocabulaire de la langue asharite d'ibn Bakir: il pouvait servir d'interprète à la poignée de marchands assez téméraires pour voguer le long des côtes rocheuses en essayant de ne pas y faire naufrage, puis traverser vers l'est les eaux glaciales de ces mers nordiques hérissées par le vent, afin de commercer avec des barbares.

Les Erlings étaient des raiders et des pirates, qui ravageaient ces contrées et ces eaux dans leurs navires et, de plus en plus souvent, ils se rendaient jusque dans le sud. Mais des pirates eux-mêmes pouvaient être séduits par l'appât du commerce, et Firaz ibn Bakir, tout comme ses associés, avait tiré profit de ce fait avéré. Assez pour revenir une troisième fois, et pour attendre, debout sous la lame acérée du vent en cette rude matinée, qu'ils en eussent fini avec le brasier funéraire de Halldr Maigre-Jarret placé dans son bateau avec ses armes, son armure, ses plus belles possessions, des statues en bois de ses dieux, une de ses jeunes esclaves… et un cheval.

Un cheval gris pâle, une beauté, son préféré, et qui avait disparu. Sur une île de fort petites dimensions.

Ibn Bakir fit des yeux le tour de la place : son regard embrassait presque tout Rabady. Le port, une plage de galets, une vingtaine de vaisseaux erlings et son propre vaisseau du sud à la poupe ronde – le premier de la saison à s'être rendu, ce qui aurait dû être une excellente nouvelle. Cette petite ville, qui comptait peut-être quelques centaines d'âmes, était considérée comme un marché important dans le nord, ce qui ne manquait pas d'amuser discrètement le marchand de Fézana, un homme qui avait été reçu par le calife à Cartada, et qui s'était promené dans ses jardins en écoutant la musique de ses fontaines.

Nulle fontaine ici. Au-delà des palissades et du fossé qui les encerclait, on pouvait distinguer des terres pierreuses, puis des bestiaux dans des pâturages, et enfin la forêt. Après ces pinèdes, il le savait, c'était de nouveau la mer, avec de l'autre côté du détroit le continent rocailleux du Vinmark. Encore des fermes, alors, des villages de pêcheurs le long de la côte, et puis plus rien : des montagnes et des arbres, pendant très longtemps, jusqu'à des endroits où, disait-on, galopaient des rennes en troupeaux innombrables, et ceux qui vivaient parmi eux portaient eux-mêmes des bois de rennes pour chasser, pratiquant des rites sanglants et magiques pendant les nuits d'hiver.

Ibn Bakir avait consigné ces histoires au cours de son dernier long voyage de retour, les avait contées au calife lors de son audience à Cartada, offrant ses écrits en même temps que ses autres présents de fourrures et d'ambre. On lui avait fait don en échange d'un collier et d'une dague d'apparat. Son nom était désormais connu à Cartada.

Il lui vint à l'esprit qu'il serait peut-être utile d'observer ces funérailles pour en faire la chronique – si ces maudits rituels débutaient jamais.

Il frissonna. Il faisait froid dans les violentes rafales de vent. Un groupe d'hommes débraillés se dirigeait vers lui, traversant la place en oblique, comme s'ils se trouvaient tous dans le même bateau. L'un d'eux trébucha et en accrocha un autre ; celui-ci, avec un juron, le repoussa en portant la main à sa hache. Un troisième intervint et se fit asséner un coup de poing sur l'épaule pour sa peine. Il l'ignora comme s'il s'était agi d'une morsure d'insecte. Un autre grand gaillard. C'étaient tous de grands gaillards, songea ibn Bakir avec chagrin.

Il se dit avec un certain retard que le moment était mal choisi pour un étranger dans l'île de Rabady, avec le trépas du gouverneur – on utilisait un vocable erling, mais pour ce que pouvait en comprendre ibn Bakir, cela équivalait assez à un gouverneur –, et ses rites funèbres entachés par la mystérieuse disparition d'un animal. On pourrait entretenir des soupçons.

À l'approche du groupe, il étendit les mains, paume offerte, pour les joindre sur sa poitrine et s'incliner avec politesse. Un des hommes se mit à rire. Un autre s'arrêta en face de lui, tendit une main, d'un geste mal assuré, pour tâter la soie jaune de sa tunique, y laissant une tache de graisse. Ofnir, son interprète, déclara quelque chose dans leur langue, et les autres se mirent à rire derechef. Ibn Bakir, désormais alerte, crut détecter un relâchement de la tension. Il n'avait pas la moindre idée de ce qu'il ferait s'il était dans l'erreur.

Le profit considérable qu'on pouvait tirer du commerce avec les barbares était en directe proportion avec les dangers du voyage, et les risques ne se présentaient pas seulement en mer. Il était le plus jeune des associés dans cette entreprise, il avait investi moins que les autres, il gagnait sa part en acceptant d'être celui qui faisait le voyage… en permettant à de gros doigts barbares à l'odeur rance de tirailler ses vêtements tandis qu'il souriait et s'inclinait, tout en comptant en silence les heures et les jours qui le séparaient du départ du bateau, une fois sa cale vidée et remplie de nouveau.

« Qui est-ce ? » Ibn Bakir n'était que vaguement curieux.

« Un serviteur de Halldr. Vendu à lui. Père a tué de travers. Exilé. Fils pas de vraie famille maintenant. »

L'absence de famille semblait être ici une justification pour le vol, songea ibn Bakir, sarcastique. C'était ce qu'Ofnir paraissait vouloir lui faire comprendre. Il connaissait quelqu'un, chez lui, qui trouverait cela divertissant autour d'un verre de bon vin.

« Alors il a emmené le cheval ? Où cela ? Dans la forêt ? » Ibn Bakir désignait les sapins qui bordaient les champs.

Ofnir haussa les épaules en montrant la place du doigt. Ibn Bakir vit que des hommes montaient en selle – pas toujours bien d'aplomb – pour chevaucher vers les portes ouvertes de la ville et le pont de planche qui traversait le fossé. D'autres couraient ou marchaient à leurs côtés. De la colère, oui, mais autre chose aussi : de l'entrain. Une promesse de divertissement.

« Il sera trouvé bientôt », dit Ofnir dans ce qui passait pour de l'asharite chez les Nordiques.

Ibn Bakir hocha la tête, en regardant deux hommes s'éloigner en galopant. L'un d'eux, sans raison apparente, poussa un soudain hurlement en faisant siffler sa hache avec de violents moulinets au-dessus de sa tête.

« Que lui feront-ils ? » demanda-t-il, sans grand intérêt.

Ofnir renifla. Adressa quelques paroles rapides aux autres dans leur propre langue, répétant de toute évidence sa question.

Il y eut un éclat de rire général. L'un des hommes, dans un élan de bonne humeur, donna un coup de poing sur l'épaule d'ibn Bakir.

Le marchand reprit son équilibre tout en se frottant le bras, et en comprenant qu'il avait posé une question naïve.

« La mort par l'aigle-de-sang, peut-être », dit Ofnir, découvrant ses dents jaunes en un large sourire, et en esquissant des deux mains un geste complexe que le marchand du sud fut soudain fort heureux de ne pas comprendre. « Tu vois ? Tu vois bien ? »

Firaz ibn Bakir, décidément très loin de chez lui, secoua la tête.

◆

Bern Thorkellson pouvait blâmer son père, ou le maudire, ou même aller rendre visite aux femmes qui vivaient dans leur enclos hors les murailles et les payer pour de la magie. La *volur* pourrait alors envoyer un esprit nocturne posséder son père, où qu'il se trouvât. Mais il y avait de la couardise à un tel acte ; un guerrier ne pouvait être un couard et aller rejoindre les dieux à sa mort. De surcroît, il n'avait pas d'argent.

Bern chevauchait dans l'obscurité avant le lever de la première lune, en songeant avec amertume aux liens du sang. Il pouvait sentir l'odeur de sa propre peur et il posa une main sur l'encolure du cheval pour l'apaiser. L'obscurité était trop profonde pour aller vite sur ce terrain accidenté proche de la forêt, et il ne pouvait – pour d'évidentes raisons – porter une torche.

Il était absolument sobre, ce qui était utile. On pouvait mourir sobre comme ivre, sans doute, mais on avait une meilleure chance d'éviter certaines variétés de morts. Bien entendu, on pouvait aussi arguer qu'aucun homme réellement sobre n'aurait agi comme lui en ce moment, à moins de n'être possédé lui-même par un esprit, chevauché par un fantôme, tourmenté par un dieu.

Bern ne se croyait pas fou, mais il aurait volontiers admis que son geste présent – qu'il n'avait nullement planifié – n'était pas ce qu'il avait jamais fait de plus sage.

Il se concentra sur sa randonnée. Personne n'avait de bonne raison de se trouver dehors dans les champs cette nuit – les fermiers seraient endormis derrière leur porte, les bergers auraient poussé leurs troupeaux plus loin à l'ouest –, mais il y avait toujours le risque d'un visiteur espérant trouver de la bière dans une cabane, ou une fille, ou quelque chose à voler.

Il était lui-même en train de voler le cheval d'un homme mort.

Une vengeance digne d'un guerrier lui aurait fait abattre Halldr Maigre-Jarret depuis longtemps, pour affronter ensuite la querelle de sang aux côtés de quiconque aurait pu venir à son aide, si distante fût cette parenté. Au lieu de cela, Halldr avait trépassé lorsque la poutre de soutènement de la nouvelle demeure qu'il se faisait bâtir – avec de l'argent qui ne lui appartenait pas – lui était tombée sur le dos et le lui avait brisé. Et Bern avait volé le cheval gris qui devait être incinéré avec le gouverneur.

Cela retarderait les rites, il le savait, et dérangerait le fantôme de l'homme qui avait exilé son père et pris sa mère comme seconde épouse. Celui qui, et ce n'était pas une coïncidence, avait ordonné que Bern lui-même fût lié pendant trois ans comme serf d'Arni Kjellson, en compensation du crime de son père.

Un jeune homme destiné à la servitude, au père exilé, et ainsi dépourvu de famille et de nom, ne pouvait aisément se proclamer un guerrier parmi les Erlings, à moins de partir si loin de chez lui que son histoire serait inconnue. C'était probablement ce qu'avait fait son père, repartir pour des expéditions en mer. Avec sa barbe rousse, son tempérament féroce, son expérience. Un rameur parfait pour un navire à tête de dragon, s'il ne massacrait pas un compagnon de rame dans un accès de furie, songea Bern avec amertume. Il connaissait la propension de son père à des crises de rage. Le frère d'Arni Kjellson, Nikar, en était mort.

Halldr aurait pu faire justice en exilant le meurtrier et en donnant la moitié de sa terre pour mettre fin à la querelle, mais épouser la femme de l'exilé et s'approprier sa terre, cela ressemblait trop à moissonner un plaisant bénéfice de ce qu'il avait semé en étant juge. Bern Thorkellson, le seul fils, dont les deux sœurs mariées avaient quitté l'île, s'était trouvé transformé – en un éclair – d'héritier d'un raider fameux devenu fermier en un serf sans famille pour le défendre. Pouvait-on s'étonner qu'il fût amer, et plus encore ? Il haïssait le gouverneur de Rabady avec une passion glaciale. Une haine partagée par plus d'un, si l'on devait en croire les paroles chuchotées dans la bière.

Bien sûr, personne n'avait jamais rien *fait* à propos de Halldr. C'était Bern qui chevauchait à présent l'étalon favori de Maigre-Jarret à travers pierres et rochers, dans

e sa terre à cause du crime de son père, en s'attendant à e qu'il le pardonnât. Un homme sans terre n'avait rien, ne pouvait se marier ni prendre la parole à la *thringmoot*, proclamer son honneur ou sa fierté. Son existence et son nom étaient entachés, brisés telle une charrue par les pierres.

Il aurait dû tuer Halldr. Ou Arni Kjellson. Ou quelqu'un. Il se demandait parfois où était sa rage. Il ne semblait pas posséder cette furie, celle d'un *berserkir* dans la bataille. Ou celle de son père quand il avait bu.

Son père avait tué bien des gens, au cours de ses raids avec Siggur Volganson, et dans l'île.

Bern n'avait rien fait d'aussi… direct. Il avait plutôt volé un cheval, secrètement, dans l'obscurité, et il s'en allait à présent, à défaut d'une meilleure idée, voir si la magie d'une femme – la *volur* – pouvait le secourir dans les profondeurs de la nuit. Pas un plan brillant, mais le seul qui lui fût venu à l'esprit. Les femmes pousseraient sûrement des hurlements, donneraient l'alarme, le dénonceraient.

Cela lui inspira une idée. Une petite mesure de prudence. Il tourna son cheval vers l'est, la lune qui se levait et la lisière de la forêt. Après avoir mis pied à terre, il guida un moment le cheval sur le chemin, attacha le licou à un tronc d'arbre. Il n'allait pas entrer dans l'enclos des femmes avec un cheval de toute évidence volé. L'affaire nécessitait de la ruse.

Difficile d'être rusé quand on n'avait aucune idée de ce qu'on faisait.

Il haïssait la vie morne qui lui avait été infligée. Était même incapable, apparemment, d'envisager deux années supplémentaires de servitude sans l'assurance d'un retour ultérieur à un statut approprié. Non, non, il ne reviendrait pas sur ses pas en laissant l'étalon là où on le trouverait, pour se glisser dans la paille de l'appentis glacé derrière la demeure de Kjellson. C'en était fini. Les sagas contaient le tels moments, où le destin du héros change, lorsqu'il rrive près de l'arbre qui est le moyeu du monde. Il n'était as un héros, mais il ne reviendrait pas en arrière. Pas de n propre choix.

la froide obscurité de la nuit, avant le moment où le brasier funèbre du gouverneur devait être allumé sur un bateau, près de la plage de galets.

D'accord, ce n'était pas le geste le plus sage de sa vie.

Et d'abord, il n'avait rien qui ressemblât même de loin à un plan. Il avait été étendu, éveillé dans le noir, à écouter les ronflements et les reniflements des deux autres serfs dans l'appentis derrière la demeure de Kjellson. Ce n'était pas inhabituel pour lui : l'amertume peut vous tirer bien loin des rives du sommeil. Mais cette fois, d'une façon ou d'une autre, il s'était retrouvé debout, il s'était habillé, avait mis ses bottes et la veste en peau d'ours qu'il avait pu garder jusque-là, même s'il avait dû se battre pour cela. Après être sorti, il avait uriné contre le mur de l'appentis, puis il avait traversé la noirceur silencieuse de la ville pour se rendre chez Halldr (Frigga, sa mère, étendue quelque part à l'intérieur, seule désormais, sans époux pour la deuxième fois en un an…).

Après avoir contourné la demeure, il avait ouvert sans bruit la porte de l'étable, écouté le garçon qui ronflait là, blotti dans un sommeil couvert de paille, et puis il avait mené dehors sous les étoiles attentives le grand cheval gris nommé Gyllir.

Le garçon d'étable n'avait pas même remué. Nul n'était apparu dans le chemin. Seules régnaient dans le ciel des dieux les figures aux noms de héros et de bêtes. Et lui seul dans Rabady avec les esprits de la nuit. Avec l'impression de rêver.

Les portes de la ville étaient closes seulement lorsqu'un danger menaçait. Rabady était une île. Bern et le cheval gris avaient traversé au pas la place près du port, longé les échoppes fermées, en plein milieu de la rue déserte, et, après avoir franchi les battants ouverts de la porte, ils s'étaient engagés sur le pont qui enjambait le fossé, et dans la nuit des champs.

Aussi simple que cela, une transformation aussi totale de son existence…

Un point final à son existence, c'en était sans doute une meilleure description, décida-t-il, compte tenu du fait qu'il ne s'agissait pas, en réalité, d'un rêve. Il n'avait pas accès à un bateau capable de transporter un cheval et, au lever du soleil, un bon nombre d'hommes extrêmement irrités – épouvantés par son impiété et le danger qu'ils courraient eux-mêmes en proie à un fantôme errant – commenceraient à rechercher ce cheval. Quand ils constateraient également l'absence du fils de Thorkell l'exilé, la seule décision problématique pour eux serait de choisir le mode de son exécution.

Ce qui offrait une possibilité, puisqu'il était sobre et à même de penser. Il pouvait bel et bien changer d'avis et revenir sur ses pas. Laisser le cheval là où on le trouverait. Un incident mineur, quoique troublant. Peut-être en ferait-on porter le blâme à des fantômes ou à des esprits de la forêt. Bern pouvait retourner dans son appentis derrière la demeure d'Arni Kjellson au village et être endormi avant que quiconque s'en aperçût. Pourrait même se joindre à la quête du cheval, au matin, si le gros Kjellson le dispensait de fendre des bûches.

On trouverait le cheval gris, on le ramènerait, on le garrotterait et on l'incinérerait sur le navire désamarré avec Halldr Maigre-Jarret et la fille qui avait gagné à son âme une place parmi les guerriers et les dieux en tirant la paille qui la libérerait de la lente misère de sa vie.

Bern guida son cheval à travers un ruisseau. Le gris était un animal de grande taille, nerveux, mais qui le connaissait bien. Kjellson avait manifesté au gouverneur la gratitude appropriée lorsque la moitié de la ferme et de la demeure de Thorkell le Rouge lui avait été octroyée, et il avait envoyé ses serfs travailler à intervalles réguliers pour Maigre-Jarret. Bern était désormais l'un de ces serfs, de par le même jugement qui avait donné à Kjellson les terres de sa famille. Il avait souvent brossé l'étalon gris, l'avait promené, avait nettoyé sa litière. Un cheval magnifique, bien plus que Halldr eût jamais mérité. Il n'y avait aucun endroit sur l'île où le faire courir comme il le fallait. Ce cheval servait uniquement à une ostentatoire affirmation de richesse. Sans doute une autre raison pour Bern de penser soudain à s'en emparer, cette

nuit, dans l'espace périlleux qui sépare le rêve du
diurne.

Il poursuivait son chemin dans la nuit froide. L
était terminé, mais ses doigts durs étaient encor
foncés dans la terre. C'était lui qui définissait toute
existence, ici, dans le nord. Bern était frigorifié, m
avec sa veste.

Du moins savait-il désormais où il allait. L'idée
en était enfin venue, semblait-il. La terre achetée par so
père avec de l'or pillé, essentiellement au cours du fameu
raid sur Ferrières, vingt-cinq ans plus tôt, se trouvait de
l'autre côté du village, au sud-ouest. Bern visait la limite
située le plus au nord des arbres.

Il distingua la forme du rocher qui servait de borne et dirigea le cheval de ce côté. On avait tué et enterré une fille ici, pour bénir les champs, si longtemps auparavant que l'inscription de la borne s'était effacée. Cela n'avait pas fait grand bien. Près de la forêt, la terre était trop pierreuse pour être bien labourée. Les charrues se brisaient derrière les bœufs ou les chevaux, le métal se tordait et s'arrachait. Un sol dur et avare. Quelquefois, les moissons étaient suffisantes, mais la plus grande partie de la nourriture consommée sur Rabady venait du continent.

Le rocher projetait une ombre. En levant les yeux, Bern vit que la lune bleue s'était levée derrière la forêt. La lune des esprits. Il lui apparut, avec trop de retard, que le fantôme de Halldr Maigre-Jarret ne pouvait ignorer ce qui arrivait à
son cheval. L'âme errante de Halldr serait libérée le len
demain après le dépôt du corps dans le bateau transform
ensuite en brasier. Cette nuit, elle serait libre dans l
ténèbres – où se trouvait justement Bern.

Il fit le signe du marteau en invoquant Ingavin a
bien que Thünir, et frissonna de nouveau. Un en
Bern. Trop malin pour son propre bien ? Le fils de
père en cela ? Une lame sur la gorge, il l'aurait nié
n'avait rien à voir avec Thorkell. Il poursuivait sa
querelle avec Halldr et la ville, et non celle de son
nécessaire, on exilait un meurtrier – doublement m
On ne condamnait pas son fils à la servitude en l

Selon toute vraisemblance, il allait mourir cette nuit, ou le lendemain. Pas de rites pour lui, alors. On se disputerait avec excitation quant à la façon d'exécuter un voleur profanateur de chevaux, avec quelle lenteur, et qui en méritait le plus la satisfaction. Les hommes seraient ivres, et joyeux. Bern songea alors à l'aigle-de-sang, puis en repoussa l'image.

Même les héros mouraient. Jeunes, ordinairement. Les braves se rendaient dans les salles d'Ingavin. Il n'était pas sûr d'être brave.

La noirceur était dense sous les arbres. Il sentait les aiguilles de pin sous ses pieds. Les odeurs de la forêt : mousse, résine, la trace d'un renard. Il tendit l'oreille, n'entendit rien que son propre souffle, et celui du cheval. Gyllir semblait assez calme. Il le laissa là, se dirigea de nouveau vers le nord, toujours dans la forêt, vers l'endroit où il pensait trouver l'enclos de la *volur*. Il l'avait vu quelquefois, une clairière défrichée à une certaine distance à l'intérieur de la forêt. Si on avait de la magie, songea-t-il, on pouvait se débrouiller avec les loups. Ou même s'en servir. Les femmes qui vivaient là, à ce qu'on disait, avaient apprivoisé de ces bêtes, pouvaient parler leur langage. Il ne le croyait pas. Cependant, à cette pensée, il fit de nouveau le signe du marteau.

Il aurait manqué la fourche du chemin dans la noirceur si ce n'avait été de la lanterne lointaine et de sa tache de lumière. C'était bien tard pour y penser, le nadir de la nuit, mais il n'avait pas idée des lois ou des règles que devaient observer de telles femmes. Peut-être la devineresse – la *volur* – restait-elle éveillée toute la nuit et dormait-elle le jour, comme les chouettes. Il sentit renaître son sentiment de rêver. Il n'allait pas revenir en arrière, et il ne voulait pas mourir.

Ces deux désirs pouvaient vous amener dans la nuit, seul, près de la cabane d'une devineresse, à travers la forêt noire. Les lumières – il y en avait deux – devenaient plus brillantes à mesure qu'il approchait. Il pouvait voir le chemin, puis la clairière, et des structures de l'autre côté d'une palissade. Une grande hutte, flanquée de cabanes plus petites, des résineux tout autour, comme tenus à distance.

Une chouette cria derrière lui. Un moment plus tard, il comprit que ce n'était pas une chouette. Impossible de rebrousser chemin désormais, même si ses pieds acceptaient de le porter. On l'avait vu, ou entendu.

La barrière de l'enceinte était fermée et verrouillée. Il escalada la palissade. Vit la hutte où l'on brassait la bière, et une réserve fermée par une lourde porte. Les longea dans la lueur jetée par une lampe à travers les fenêtres de la plus grande cabane. Les autres édifices étaient plongés dans l'obscurité. Il s'arrêta, s'éclaircit la gorge. Tout était très silencieux.

« La paix d'Ingavin sur toutes celles qui demeurent ici. »

Il n'avait pas proféré une seule parole depuis qu'il avait quitté sa paillasse. Sa voix avait une sonorité abrupte, discordante. Pas de réponse de l'intérieur de la cabane. On ne voyait personne.

« Je viens sans armes, je cherche conseil. »

La lueur des lanternes continuait à vaciller dans les fenêtres, de chaque côté de la porte de la cabane. Il pouvait voir de la fumée s'élever de la cheminée. Un petit jardin flanquait le coin le plus lointain, pratiquement dénudé si tôt dans l'année, avec la neige qui venait de fondre.

Il entendit un bruit derrière lui, se retourna brusquement.

« C'est encore le cœur de la nuit », dit la femme, qui déverrouilla et referma derrière elle la barrière extérieure avant d'entrer dans la cour. Elle portait un capuchon. Dans la pénombre, il était impossible de distinguer son visage. Sa voix était basse. « Nos visiteurs viennent à la lumière du jour… avec des présents. »

Bern jeta un coup d'œil à ses mains vides. Bien sûr. La magie a un prix. Tout en a un, semble-t-il, en ce monde. Il haussa les épaules, en essayant de paraître indifférent. Après un moment, il retira sa veste. La tendit. D'abord immobile, la femme s'avança pour la prendre sans un mot. Elle boitait, en ménageant sa jambe droite.

Lorsqu'elle fut assez près de lui, il se rendit compte qu'elle était jeune, pas plus vieille que lui.

Elle se dirigea vers la porte de la cabane et y frappa. La porte s'entrebâilla. Bern ne pouvait voir qui se tenait là. La jeune femme entra, la porte se referma. Il était de nouveau seul dans une clairière sous les étoiles et une des deux lunes. Le froid était plus perçant, maintenant qu'il n'avait plus la veste.

Sa sœur aînée la lui avait fabriquée. Siv se trouvait au Vinmark, sur le continent, mariée, deux enfants, peut-être un troisième maintenant… Il n'y avait pas eu de réponse après le message annonçant l'exil de Thorkell, un an plus tôt. Bern espérait que l'époux de Siv était un homme bon et n'avait pas changé à la nouvelle du bannissement de son beau-père. Il l'aurait pu : la honte pouvait se transmettre par la famille d'une épouse, un mauvais sang pour des fils, un obstacle à des ambitions. Cela peut vous transformer un homme.

La honte serait plus grande encore lorsque la nouvelle de son propre geste traverserait le détroit. Ses deux sœurs pourraient bien payer le prix de ce qu'il allait faire cette nuit. Il n'y avait pas songé. Il n'avait pas réfléchi du tout. Il s'était levé de sa paillasse et, comme dans un rêve, il avait pris un cheval avant le lever de la lune des esprits.

La porte de la cabane s'ouvrit.

La boiteuse sortit de nouveau, debout dans le flot de lumière. Elle lui fit signe et il s'avança. Il avait peur, ne voulait pas le montrer. Il arriva à la hauteur de la fille, lui vit esquisser un geste bref et comprit qu'elle ne l'avait pas vu clairement auparavant, dans la noirceur. Le capuchon masquait toujours son visage. Il distingua des cheveux blonds, des yeux vifs. Elle ouvrit la bouche comme pour parler mais ne dit rien. Lui fit simplement signe d'entrer. Il s'exécuta, et elle referma la porte derrière lui, de l'extérieur. Il ignorait où elle allait. Il ignorait à quoi elle avait été occupée dehors si tard.

Il ne savait vraiment pas grand-chose. Pourquoi sinon venir demander à la magie des femmes ce qu'un homme aurait dû faire lui-même ?

En prenant une profonde inspiration, il jeta un coup d'œil autour de lui, dans la lumière du foyer, des lampes aux deux fenêtres, et d'une autre posée sur une longue table contre le mur du fond. Il faisait plus chaud qu'il ne l'aurait cru. Il vit sa veste étalée sur une autre table, au milieu de la pièce, parmi des objets en désordre : des os pour l'invocation des esprits, une dague de pierre, un petit marteau, une statuette de Thünir, une branche, des brindilles, des pots de pierre à savon de tailles diverses. Il y avait des herbes partout, sur la table, des pots et des sacs sur l'autre grande table, contre le mur. Une chaise était posée sur cette table du fond, avec deux blocs de bois, comme un escalier. Il en ignorait totalement la signification. Il aperçut un crâne sur la table la plus proche. Se força à demeurer impassible.

« Pourquoi prendre le cheval d'un homme mort, Bern Thorkellson ? »

Il sursauta – impossible de le dissimuler. Son cœur lui martelait la poitrine. La voix provenait d'un coin de la pièce plongé dans l'ombre, près du fond, à droite. De la fumée s'élevait d'une chandelle récemment soufflée. Un lit, une femme assise. On disait qu'elle buvait du sang, la *volur*, que son esprit pouvait quitter son corps et converser avec les fantômes. Que sa malédiction tuait. Qu'elle avait plus de cent ans et savait où se trouvait l'épée du Volgan.

« Comment… savez-vous… que je… ? » balbutia-t-il. Question stupide. Elle connaissait même son nom.

Elle lui adressa un rire moqueur. Un rire froid. Il aurait pu être enfoui dans la paille, en cet instant, songea-t-il avec un certain désespoir. En train de dormir. Et non ici.

« De quel pouvoir pourrais-je me targuer, Bern Thorkellson, si je ne savais au moins cela d'un visiteur arrivé dans la nuit ? »

Il avala sa salive.

Elle dit : « Le haïssais-tu à ce point ? Maigre-Jarret ? »

Il hocha la tête. À quoi bon nier ?

« J'en avais des raisons.

— En vérité, dit la devineresse. Beaucoup en avaient. Il a épousé ta mère, n'est-ce pas ?

— Ce n'est pas la raison », dit Bern.

Elle se mit à rire de nouveau. « Non ? Haïs-tu aussi ton père ? »

Il déglutit de nouveau. Il commençait à transpirer, il le sentait.

« Un homme malin, Thorkell Einarson. »

Malgré lui, Bern laissa échapper un reniflement amer. « Oh, très. S'est fait exiler, a ruiné sa famille et perdu sa terre.

— Mauvais caractère quand il avait bu. Mais un homme rusé, à ce que je me rappelle. Et son fils ? »

Il ne pouvait toujours pas la distinguer clairement, une ombre sur ce lit. Avait-elle été endormie ? On disait qu'elle ne dormait pas.

« Tu seras exécuté pour ce geste », dit-elle. Sa voix manifestait surtout un amusement sarcastique. « Ils craindront un fantôme irrité.

— Je sais, dit Bern. C'est pour ça que je suis venu. J'ai besoin… de conseil. » Il fit une pause. « Est-ce astucieux de savoir au moins ça ?

— Ramène le cheval », dit-elle, aussi brutale qu'un marteau.

Il secoua la tête : « Je n'aurais pas besoin de magie pour ça. J'ai besoin de conseil pour rester en vie. Et ne pas retourner en ville. »

Il la vit alors bouger sur le lit. Elle se leva et s'avança. La lumière l'illumina enfin. Elle n'avait pas cent ans.

Elle était très grande, maigre et osseuse, l'âge de la mère de Bern, peut-être davantage. Elle avait des cheveux longs, des nattes qui retombaient sur sa poitrine comme celles d'une jeune fille, mais grises. Ses yeux étaient d'un bleu éclatant et glacé, son visage ridé, une longue face sans beauté, empreinte d'une dure autorité. De cruauté. Un visage de raider, si elle avait été un homme. Elle portait une lourde robe couleur de vieux sang. Une teinte coûteuse. En la contemplant ainsi, il fut saisi de frayeur. Elle avait des doigts très longs.

« Tu t'imagines qu'une veste en peau d'ours, et mal faite, peut t'acheter l'accès à la magie ? » dit-elle. Son nom, *volur*, signifiait "Seigneur", se rappela-t-il soudain. En oubliant qui le lui avait dit, il y avait longtemps. À la lumière du jour.

Il s'éclaircit la gorge. « Elle n'est pas mal faite », protesta-t-il.

La femme ne daigna pas même répondre, toujours en attente.

« Je n'ai pas d'autre présent à offrir, dit-il. Je suis un serf d'Arni Kjellson, maintenant. » Il la regarda en se tenant le plus droit possible. « Vous avez dit… que beaucoup avaient des raisons de haïr Halldr. Était-il… généreux avec vous et les femmes d'ici ? »

Une supposition, un pari, un lancer de dés sur une table de taverne, entre des coupes de bière. Il n'avait pas su ce qu'il allait dire. Il n'avait pas idée de ce qui avait suscité cette question.

La *volur* se remit à rire. Sur un autre ton, cette fois. Puis elle redevint silencieuse, en le fixant de ses yeux durs. Il attendit, le cœur toujours battant.

Soudain, elle s'avança et passa près de lui en se dirigeant vers la table qui occupait le centre de la pièce, de grandes enjambées pour une femme. Il perçut une bouffée de parfum à son passage : de la résine de pin, et autre chose, une senteur animale. Elle saisit quelques herbes, les jeta dans une coupe, retourna avec celle-ci à la table du fond pour y prendre quelque chose près de la chaise, qu'elle mit aussi dans le récipient. Il ne put voir de quoi il s'agissait. Avec un pilon, elle se mit à écraser et à piler, le dos tourné.

Tout en travaillant avec des gestes délibérés, elle dit soudain : « Tu n'avais pas idée de ce que tu ferais, fils de Thorkell et de Frigga ? Tu viens de voler un cheval. Sur une île. C'est cela ?

— Votre magie ne devrait-elle pas vous dire mes pensées, ou leur absence ? » répliqua Bern, piqué.

Elle se remit à rire. Lui lança un rapide coup d'œil par-dessus son épaule. Ses yeux étincelaient. « Si je pouvais lire l'esprit et l'avenir de quelqu'un à son entrée dans cette salle, je ne vivrais pas dans l'île de Rabady, dans une cabane au toit percé. Je serais dans la demeure de Kjarten Vidurson à Hlégest, ou en Ferrières, ou même avec l'Empereur, à Sarance.

— Des jaddites ? Ils vous jetteraient au bûcher pour sorcellerie païenne. »

Toujours amusée, elle continuait d'écraser ses herbes dans leur coupe de pierre. « Pas si je leur prédisais vraiment l'avenir, dit-elle. Dieu du soleil ou non, les rois veulent savoir ce qui sera. Même Aëldred m'accueillerait volontiers, si je pouvais simplement regarder un homme et tout savoir de lui.

— Aëldred ? Non, il ne le ferait pas. »

Un autre coup d'œil. « Tu es dans l'erreur. Il a soif de connaissance autant que de n'importe quoi d'autre. Ton père le sait peut-être, maintenant, s'il est parti en expédition contre les Anglcyns.

— Y est-il allé ? En expédition ? » demanda-t-il avant de pouvoir se retenir.

Il l'entendit rire ; elle ne le regarda même pas, cette fois.

Elle revint à la table prendre un flacon quelconque. En versa un liquide épais et pâteux dans la coupe, remua le tout puis le transféra dans le flacon. Bern ressentait toujours de l'effroi à la contempler. C'était de la magie. Il était en train de se laisser engluer dans de la magie. De la sorcellerie. *Seithr*. Aussi ténébreuse que la nuit, que les agissements des femmes dans les ténèbres. Son propre choix, pourtant. Il était venu pour cela. Et elle faisait quelque chose, semblait-il, cette femme.

Il y eut un mouvement du côté du feu. Bern jeta un coup d'œil, fit un pas involontaire en arrière, avec un juron. Quelque chose rampait sur le sol, sous la table la plus éloignée, pour disparaître derrière un coffre appuyé au mur.

La devineresse suivit son regard, sourit : « Ah. Tu vois mon nouvel ami ? On m'a apporté un serpent, aujourd'hui, le navire du sud. On dit que son poison a disparu. Je lui ai fait mordre une des filles, pour être sûre. J'ai besoin d'un serpent. Ils changent d'univers quand ils changent de peau, le savais-tu ? »

Il ne l'avait pas su. Bien sûr qu'il ne le savait pas. Il continuait de fixer le coffre de bois. Rien ne bougeait, mais le serpent était là, lové derrière ce coffre. Bern avait bien trop chaud à présent, il pouvait de nouveau sentir l'odeur de sa propre sueur.

Il rendit enfin son regard à la *volur*. Dont les yeux l'attendaient, et il ne put s'en détourner.

« Bois », dit-elle.

Personne ne l'avait obligé à venir ici. Il lui prit le flacon des mains. Elle avait des bagues à trois doigts. Il but. Les herbes épaississaient le liquide, difficiles à avaler.

« Seulement la moitié », dit-elle en hâte. Il s'arrêta. Elle reprit le flacon et le vida elle-même. Le replaça sur la table. Dit quelque chose d'une voix très basse où il ne put rien distinguer. Se retourna vers lui.

« Déshabille-toi », dit-elle. Il la regarda fixement. « Une veste ne t'achètera pas un avenir ou le conseil du monde des esprits, mais un jeune homme a toujours autre chose à offrir. »

Il ne comprit pas tout de suite. Puis il saisit.

Une espèce de scintillement dans la froideur de cette femme. Elle devait être plus vieille que sa mère, couturée de rides, les seins flétris, sous la robe écarlate. Bern ferma les yeux.

« Je dois avoir ta semence, Bern Thorkellson, si tu désires la puissance de la *seithr*. Tu demandes plus qu'une vision de devineresse, et ce avant le lever du jour, quand ils te trouveront et te dépèceront avant de te permettre de mourir. » Son regard ferme était sans pitié. « Tu le sais. »

Il le savait. Il avait la bouche sèche. Il la regarda : « Vous le haïssiez aussi ?

— Déshabille-toi », répéta-t-elle.

Il tira sa tunique par-dessus sa tête.

Tout cela aurait dû être un rêve. Mais ce n'en était pas un. Il ôta ses bottes, en s'appuyant sur la table. La *volur* l'observait sans détourner les yeux, ces yeux si bleus, si étincelants. Sur la table, la main de Bern effleura le crâne.

Ce n'était pas un crâne humain, vit-il avec retard. Un loup, plus probablement. Il n'en fut pas rassuré.

La *volur* n'était pas là pour rassurer. Il se trouvait dans un autre monde, ou sur le seuil d'un autre monde : celui des femmes. La porte qui ouvrait sur le savoir des femmes. Ombres et sang. Un serpent dans la salle. Venu avec le navire du sud... le marché avait eu lieu en temps interdit, avant les rites funèbres... Mais on ne s'en soucierait guère ici. *Ils ont dit que son poison avait disparu*. Il sentait à présent couler dans ses veines ce qu'il venait de boire.

« Continue », dit la devineresse. Une femme n'aurait pas dû observer ainsi, songea-t-il, en sentant dans sa bouche le goût de sa peur. Il hésita, puis ôta ses culottes pour se tenir nu devant elle. Il carra les épaules, la vit sourire. Cette bouche mince. Un léger vertige le saisit. Que lui avait-elle donné à boire ? Elle fit un geste. Les pieds de Bern lui firent traverser la pièce pour se rendre jusqu'au lit de la devineresse.

« Étends-toi », dit-elle, les yeux toujours fixés sur lui. « Sur le dos. »

Il fit ce qu'elle lui ordonnait. Il avait quitté le monde où les choses étaient... ce qu'elles devaient être. Il l'avait quitté lorsqu'il s'était emparé du cheval d'un mort. La femme se promena un instant dans la pièce en soufflant les lampes ou en pinçant les chandelles, et bientôt seul le foyer brillait d'une lueur rouge sur le mur le plus éloigné. Dans la quasi-obscurité, c'était plus facile. La femme revint se tenir près du lit où il gisait, les yeux baissés sur lui, un simple contour à contre-lumière. Elle tendit une main, avec lenteur – il put la voir bouger – pour toucher sa virilité.

Il ferma de nouveau les yeux. Il avait pensé que son contact serait celui d'une vieille femme refroidie par l'âge, la main de la mort, mais ce n'était pas le cas. Elle fit mouvoir ses doigts le long de son sexe, de haut en bas, toujours avec lenteur. Il sentit monter une érection, même dans la peur et dans une sorte d'horreur. Un rugissement dans ses veines. La potion ? Ce n'était pas une joyeuse mêlée comme avec Elli ou Anrida dans les chaumes après la moisson, ou la paille de leur grange, sous la lune.

Cela ne ressemblait à rien.

« Bien », murmura la *volur*, et elle le répéta, tout en continuant son mouvement. « Il faut ta semence à la magie pour la parfaire, vois-tu. Tu as un présent pour moi. »

Sa voix avait de nouveau changé, plus profonde. Sa main se retira. Bern tremblait tout en gardant les paupières étroitement closes. Entendit un bruissement lorsque la femme laissa tomber sa propre robe. Il se demanda brusquement où se trouvait le serpent. Repoussa cette pensée. Le lit bougea, il sentit les mains de la femme sur ses épaules, un genou près d'une de ses hanches, puis l'autre, il aspira son odeur – et puis elle le chevaucha sans hésitation, l'enfouissant en elle d'un mouvement brutal.

Il poussa une exclamation étranglée, entendit le même son arraché aux lèvres de la *volur*. Et il comprit alors – sans avertissement, sans s'y attendre – qu'il possédait un pouvoir ici, après tout. Même dans ce lieu de magie. Elle avait besoin de ce qu'il lui appartenait à lui de donner. Et ce fut cette prise de conscience, une sorte d'élan, qui s'empara de lui, plus qu'aucune autre forme de désir, tandis que la femme – la sorcière, la *volur*, la sage, la devineresse, quel que fût le nom qu'elle voulait porter – commençait à se balancer sur lui, en respirant plus vite, en criant un nom alors (pas le sien), ses hanches agitées sur lui comme par un tremblement. Il se força à ouvrir les yeux, vit la tête rejetée en arrière, la bouche béante, les yeux fermés à présent sur l'urgence tandis que la femme le chevauchait sauvagement tel un destrier de nuit dans son propre rêve obscur, et s'appropriait – *maintenant*, avec le spasme violent qu'elle lui arrachait – la semence dont elle disait avoir besoin pour accomplir sa magie dans les ténèbres nocturnes.

« Rhabille-toi. »

Elle se détachait de lui, s'écartait du lit. Sans s'attarder, pas de suites. La voix était redevenue cassante et froide. La femme remit sa robe et, se rendant jusqu'au mur le plus proche de la cabane, y frappa trois coups secs. Elle lui jeta un coup d'œil, aussi lugubre qu'auparavant, comme si la femme qui l'avait chevauché l'instant d'avant, avec ses yeux clos et son souffle haletant, n'avait jamais existé. « Ou bien préfères-tu que d'autres ne te voient ainsi quand elles entreront ? »

Bern se hâta de remettre vêtements et bottes. Pendant ce temps, la *volur* était allée au foyer et avait pris une brindille pour rallumer les lampes. Avant qu'elle n'eût terminé, avant qu'il n'eût remis sa chemise, la porte extérieure s'ouvrit et quatre femmes entrèrent à pas pressés. Il eut le sentiment qu'elles avaient essayé de le surprendre avant qu'il ne fût entièrement rhabillé. Ce qui voulait dire qu'elles…

Il reprit son souffle. Il ignorait ce que cela voulait dire. Il était perdu ici, dans cette cabane, dans la nuit.

L'une des femmes portait un manteau bleu foncé. Elle alla à la *volur* et l'en drapa, l'attachant sur une épaule avec un torc d'argent. Les trois autres, dont aucune n'était jeune, s'affairèrent aux lampes. L'une d'elles se mit à préparer encore une potion à la table, dans une autre coupe. Nul ne dit mot. Bern ne vit pas la jeune fille qui lui avait parlé à l'extérieur.

Après être entrées et lui avoir jeté un rapide coup d'œil, les femmes ne semblaient plus se soucier de sa présence. Un homme, créature dépourvue de signification. Il ne l'avait pas été, pourtant, n'est-ce pas, un moment auparavant ? Une partie de lui aurait voulu le leur dire. Il glissa tête et bras dans sa chemise, debout près du lit froissé. Il se sentait curieusement éveillé désormais, alerte – quelque chose dans ce que la *volur* lui avait fait boire ?

Celle qui concoctait le nouveau mélange le versa dans une coupe pour l'apporter à la devineresse, qui la vida d'un trait avec une grimace. Elle se dirigea vers les blocs de bois devant la table du fond. On l'aida à monter, une femme de chaque côté, puis à s'asseoir dans la chaise haute. Des lumières brûlaient maintenant dans la pièce. La *volur* hocha la tête.

Les quatre femmes se mirent à psalmodier dans une langue inconnue de Bern. L'une des lampes proches du lit s'éteignit brusquement. Bern sentit sa nuque se hérisser. C'était de la *seithr*, de la magie, et plus seulement une prédiction de l'avenir. La devineresse ferma les yeux en agrippant les bras de son lourd fauteuil, comme si elle avait craint d'être emportée. L'une des femmes, en psalmodiant toujours, passa près de Bern avec une brindille et ralluma la lampe éteinte. En revenant, elle s'immobilisa brièvement près de lui et lui pinça les fesses sans rien dire, sans même le regarder. Puis elle rejoignit les autres devant le siège surélevé. Son geste, calme, dominateur, était exactement celui d'un guerrier avec une servante passant près de son banc dans une taverne.

Bern s'empourpra. Il serra les poings. Mais à ce moment, la devineresse prit la parole, les yeux toujours fermés, les mains agrippées aux bras de son fauteuil, d'une voix haut perchée, très différente, mais avec des mots qu'il pouvait comprendre.

Elles lui avaient rendu sa veste, ce qui était une bénédiction. La nuit semblait encore plus froide après la chaleur de la cabane. Ses yeux ne s'étaient pas encore accoutumés à la noirceur, il marchait à pas lents en s'éloignant de l'enclos et de ses lumières à travers les arbres qui l'encerclaient. Il se concentrait sur le chemin à suivre et le souvenir exact de ce que lui avait dit la *volur*. Les instructions avaient été précises. La magie semblait impliquer de la précision. Un chemin étroit, la ruine de chaque côté si l'on trébuchait une seule fois. Il ressentait encore les effets de la potion dans la netteté de ses perceptions. Il avait en partie conscience que ce qu'il faisait à présent pouvait être considéré comme une folie, mais il n'en avait pas le sentiment. Il se sentait… protégé.

Il entendit le cheval avant de le voir. Des loups, hérauts de la fin des jours et des dieux, pourraient bien dévorer les lunes, mais ils n'avaient pas encore découvert le cheval gris de Halldr. Bern dit quelques mots à mi-voix, afin que l'animal reconnût sa voix à son approche. Il caressa la crinière de Gyllir et, après avoir détaché le licou, il ramena l'animal dans le champ. La lune bleue était haute à présent, mais décroissante ; la nuit avait dépassé son point le plus obscur, se tournait vers l'aube. Il devrait faire vite.

« Que t'a-t-elle dit ? »

Il se retourna vivement. Perceptions plus nettes ou non, il n'avait entendu personne arriver. S'il avait eu une épée, il l'aurait dégainée, mais il n'avait pas même une dague. C'était une voix de femme, cependant, et il la reconnaissait.

« Que fais-tu là ?

— Je te sauve la vie, dit la jeune fille. Peut-être. C'est peut-être impossible. »

Elle s'avança en boitant à travers les arbres. Il ne l'avait pas entendue approcher parce qu'elle l'avait attendu, comprit-il.

« Que veux-tu dire ?

— Réponds-moi. Que t'a-t-elle dit de faire ? »

Il hésita. Gyllir renifla en remuant la tête, impatient à présent. « Fais-ci, dis-moi ça, tiens-toi ici, va là, dit-il. Pourquoi aimez-vous tant donner des ordres ?

— Je peux m'en aller », dit la jeune fille d'un ton posé. Elle portait toujours son capuchon, mais il la vit hausser les épaules. « Et je ne t'ai certainement pas ordonné de te dévêtir et de te coucher dans mon lit. »

Il se sentit devenir écarlate, avec une gratitude soudaine et désespérée pour la noirceur nocturne. La jeune fille attendait. C'était vrai, songea-t-il, elle pourrait s'en aller, et il serait… exactement là où il en était un moment plus tôt. Il n'avait pas idée de ce qu'elle faisait là, mais cette ignorance allait de pair avec tout le reste de cette nuit. Il aurait presque pu trouver la situation divertissante si tout cela n'avait été aussi terriblement emberlificoté dans le monde des femmes.

« Elle a jeté un sort, dit-il enfin. Sur son fauteuil, avec son manteau bleu. Pour la magie.

— Je connais le siège et le manteau, dit la fille, impatiente. Où t'envoie-t-elle ?

— En ville. Elle m'a rendu invisible pour eux. Je peux chevaucher au milieu de la rue et personne ne me verra. » Il entendit la note de triomphe qui résonnait dans sa voix. Eh bien, pourquoi pas? C'était bel et bien stupéfiant. « Je dois me rendre au navire du marchand du sud – il y a une passerelle, c'est la loi, il est ouvert pour l'inspection – et je dois aller droit dans la cale.

— Avec un cheval ? »

Il hocha la tête. « Ils ont des animaux. Il y a une rampe là aussi.

— Et ensuite ?

— Je reste là jusqu'à ce qu'ils partent, et je descends au port suivant. En Ferrières, sans doute. »

Il put voir qu'elle le regardait fixement. « Invisible ? Avec un cheval ? Sur un bateau ? »

Il hocha de nouveau la tête.

Elle se mit à rire. Il se sentit rougir de nouveau. « Tu trouves ça amusant ? La puissance de ta propre *volur* ? La magie des femmes ? »

Elle tenta de se reprendre, une main sur la bouche, pour dire enfin : « Dis-moi, si tu ne peux être vu, comment se fait-il que je sois là à te regarder ? »

Le cœur de Bern lui martela durement la poitrine. Il se passa une main sur le front. Se rendit compte qu'il ne pouvait parler.

« Tu… euh… tu es l'une d'elles. Tu fais partie de… euh… de la *seithr* ? »

Elle fit un pas vers lui, et il la vit secouer la tête sous son capuchon. Elle ne riait plus. « Bern Thorkellson, je te vois parce que tu n'es protégé d'aucun sortilège. Tu seras capturé dès que tu arriveras en ville. Comme un enfant. Elle t'a menti. »

Il prit une profonde inspiration. Leva les yeux vers le ciel. La lune des esprits, les étoiles du premier printemps. Ses mains tremblaient sur les rênes du cheval.

« Pourquoi ferait-elle… elle a dit qu'elle haïssait Halldr autant que moi !

— C'est la vérité. Il n'était pas de nos amis. Maigre-Jarret est mort, cependant. La bonne volonté de quiconque va devenir gouverneur lui sera utile, à elle. Si elle te capture – et on leur dira avant midi qu'elle t'a soumis à un sortilège pour te forcer à revenir –, c'est une façon d'y parvenir, non ? »

Il ne se sentait plus protégé du tout.

« Nous avons besoin de vivres et de bras », poursuivit-elle avec calme. « Nous avons besoin de la peur autant que de l'assistance de la ville. Toutes les *volurs* en ont besoin, où qu'elles soient. Tu es devenu sa manière de recommencer, après la longue querelle avec Halldr. Que tu viennes ici, cette nuit, c'était un don pour elle. »

Il songea à la femme qui l'avait chevauché sur le lit, à la seule lueur du foyer.

« Par bien des côtés », ajouta la fille, comme devinant ses pensées.

« Elle ne possède pas de pouvoir, pas de *seithr* ?

— Je n'ai pas dit cela. Quoique, je pense bien que non.

— Il n'y a pas de magie ? Rien pour rendre un homme invisible ? »

Elle rit de nouveau. « Si un homme ne peut atteindre sa cible avec sa lance, décides-tu que la lance est inutile ? » Il faisait trop sombre pour distinguer son expression. Il comprit soudain.

« Tu la hais, dit-il. C'est pour cela que tu es ici. Parce que… parce qu'elle t'a fait mordre par le serpent ? »

Il put voir qu'elle était surprise, hésitait pour la première fois. « Je ne l'aime pas, non, acquiesça-t-elle. Mais je ne viendrais pas ici pour cette raison.

— Pourquoi, alors ? » demanda-t-il avec une sorte de désespoir.

Une autre pause. Il aurait voulu qu'il fît jour, à présent. Il ne voyait toujours pas l'expression de la fille.

Elle dit : « Nous sommes parents, Bern Thorkellson. C'est pour cela que je suis venue.

— Quoi ? » dit-il, ahuri.

« Ta sœur a épousé mon frère, sur le continent.

— Siv a épousé… ?

— Non. Athira a épousé mon frère Gévin. »

Il se sentit brusquement étreint de colère, n'aurait su en dire la raison. « Cela ne nous rend pas parents, femme. »

Même dans le noir, il put voir qu'il l'avait blessée.

Le cheval s'agita de nouveau avec un hennissement bas, impatient d'être entravé.

La fille déclara: « Je suis loin de chez moi. Ta famille est la plus proche parenté que j'aie sur cette île, je suppose. Pardonne ma présomption. »

Sa famille à lui était sans terre, son père exilé. Et lui un serf, contraint de dormir dans une grange pour encore deux ans, sur de la paille.

« Quelle présomption ? dit-il rudement. Ce n'est pas ce que je voulais dire. » Il n'était pas certain de ce qu'il avait voulu dire.

Il y eut un silence. Il réfléchissait intensément. « Tu as été envoyée à la *volur* ? On a dit que tu avais un don ? »

Le capuchon remua de haut en bas. « Curieux, comme les cadettes non mariées s'avèrent souvent détenir un don, n'est-ce pas ?

— Pourquoi n'ai-je jamais entendu parler de toi ?

— Nous devons observer le célibat, afin d'être plus dépendantes de la *volur*. C'est pour cela qu'on amène des filles des fermes et des villages éloignés. Toutes les devineresses le font. J'ai parlé à ta mère, pourtant.

— Vraiment ? Quoi ? Pourquoi ? »

De nouveau le haussement d'épaules: « Frigga est une femme. Athira m'a donné un message pour elle.

— Vous avez vos propres manigances, n'est-ce pas ? » Il se sentait subitement très amer.

« Les épées et les haches sont tellement mieux, n'est-ce pas ? » fit-elle d'un ton sec. Elle le regardait de nouveau bien en face, même s'il savait que les ténèbres dissimulaient aussi son propre visage. « Nous essayons tous de nous bâtir une existence, Bern Thorkellson. Les hommes et les femmes. Pour quelle autre raison es-tu ici maintenant ? »

Encore de l'amertume: « Parce que mon père est un imbécile qui a tué un homme.

— Et son fils est quoi ?

— Un imbécile qui va mourir avant le lever de la prochaine lune. Une bonne façon de se… bâtir une existence, hein ? Un parent bien utile pour toi. »

Elle ne répondit pas, se détourna. Il entendit de nouveau le cheval. Sentit le vent changer, comme si la nuit avait en vérité pris un tournant et se dirigeait maintenant vers l'aube.

« Le serpent, dit-il avec maladresse. Est-il…

— Je ne suis pas empoisonnée. Mais c'est douloureux.

— Tu… tu as marché jusqu'ici. C'est loin.

— L'une d'entre nous est toujours de garde la nuit. Chacune à son tour, les plus jeunes. Des gens viennent dans le noir. C'est ainsi que je t'ai vu sur ton cheval, et que je le lui ai dit.

— Non, je voulais dire… maintenant. Pour m'avertir.

— Oh. » Elle reprit après un silence. « Tu me crois, alors ? »

Pour la première fois, une note de doute, un peu triste. Elle trahissait la *volur* pour lui.

Il eut un sourire tordu : « Tu me regardes, comme tu le dis. Je ne dois pas être bien difficile à voir. Même un raider saoul à tomber de son cheval me repérera quand le soleil sera levé. Oui, je te crois. »

Elle laissa échapper son souffle.

« Que te feront-elles ? » demanda-t-il ; il venait seulement d'y penser.

« Si elles découvrent que je suis venue te voir ? Je ne veux pas y songer. » Elle reprit : « Merci de t'en enquérir. »

Il se sentit soudain honteux. S'éclaircit la gorge. « Si je ne retourne pas au village, sauront-elles… que tu m'as averti ? »

Le rire de la jeune fille s'éleva de nouveau, inattendu, éclatant et vif. « Elles pourraient décider que tu étais malin et que tu as compris par toi-même. »

Il rit aussi, sans pouvoir s'en empêcher. Tout en étant conscient que ce rire au bord d'une mort affreuse pouvait être interprété comme une folie envoyée par les dieux. Pas comme l'inconscience de la maladie de l'eau – quand on est mordu par un renard malade –, mais une folie où l'on perdait contact avec la réalité des choses. Rire ici: autre sorte d'étrangeté dans ces ténèbres à la lisière de la forêt, parmi les esprits des morts, sous la lune bleue poursuivie par un loup dans le ciel.

Le monde finirait lorsque le loup attraperait les deux lunes.

Mais Bern avait des problèmes plus immédiats.

« Que vas-tu faire ? » demanda la jeune fille. Pour la troisième fois, elle semblait avoir deviné ses pensées. Peut-être y a-t-il davantage à cette histoire de don que le fait d'être une troisième fille, une cadette. Il souhaita de nouveau pouvoir distinguer plus clairement la jeune fille.

Mais, en l'occurrence, il savait enfin quoi répondre à la question.

Un soir, des années plus tôt, son père avait été d'humeur joviale tandis qu'ils se rendaient ensemble réparer une porte de leur grange. Thorkell n'était pas toujours ivre, ni même très souvent – on devait être honnête avec ses propres souvenirs. Ce soir d'été-là, il était sobre, et de bonne humeur, et la preuve en était que, après avoir fini le travail, ils s'étaient rendus en promenade vers la lisière la plus au nord de leur terre et Thorkell avait parlé à son fils unique de sa vie de raider, des confidences très rares.

Thorkell Einarson n'avait pas été un homme enclin à la vantardise, ni à offrir des miettes de conseils pris à la table de ses souvenirs. Cela le rendait assez inhabituel parmi les Erlings, ou ceux que connaissait Bern, à tout le moins. Ce n'était pas toujours facile d'avoir un père inhabituel, même si un garçon pouvait ressentir une certaine fierté à voir Thorkell redouté comme il l'était par autrui. On murmurait à son sujet, on le montrait du doigt, avec prudence, aux marchands en visite dans l'île. Bern, un enfant attentif, l'avait bien vu.

D'autres avaient conté des histoires au garçonnet; il connaissait un peu les hauts faits de son père. Compagnon et ami de Siggur Volganson lui-même, jusqu'à la fin. Des voyages dans la tempête, des raids dans la nuit. Il avait échappé aux Cyngaëls après la mort de Siggur et la disparition de l'épée de celui-ci. Une longue randonnée, seul en terre cyngaëlle, puis à travers tout le royaume anglcyn jusqu'à la côte est, pour revenir enfin chez lui en traversant la mer jusqu'au Vinmark et jusqu'à l'île.

« Je me rappelle un soir comme celui-ci, il y a longtemps », avait dit son père en s'adossant au rocher qui marquait la limite de leur terre. « Nous étions partis trop loin des bateaux, et ils nous ont coupé la route – la garde de Cuthbert, ses meilleurs hommes – entre un bois et un ruisseau. »

Cuthbert avait été roi des Anglcyns au temps où Thorkell participait aux expéditions du Volgan. Bern savait au moins cela.

Il se rappelait des moments d'affection comme celui-là, tous deux ensemble, au coucher du soleil, son père de bonne humeur, et qui lui parlait.

« Siggur s'est confié à nous, cette nuit-là. Il a dit, il y a des moments où l'on ne peut agir que d'une seule façon pour survivre, si invraisemblable puisse-t-elle sembler, et alors on agit comme si l'action était bel et bien possible. La seule chance que nous avions, c'était que l'ennemi soit trop certain de sa victoire, et qu'ils n'aient pas posté des sentinelles pour avertir d'une sortie nocturne. »

Thorkell avait regardé son fils : « Tu comprends que tout le monde, tout le monde, poste des gardes en position avancée ? C'est la tactique la plus fondamentale de n'importe quelle armée. C'est folie de ne pas le faire. Ils devaient en avoir, il n'y avait aucune chance qu'ils n'en aient pas. »

Bern avait hoché la tête.

« Alors, nous avons prié Ingavin et nous avons fait une sortie », avait dit Thorkell, comme si c'était une évidence. « Peut-être soixante hommes, l'équipage de deux bateaux, contre au moins deux cents. Une ruée aveugle dans le noir, certains sur des chevaux volés, d'autres à la course, dans le plus grand désordre, avec seulement la vitesse pour nous. Le tout, c'était d'atteindre leur camp et de le traverser, de saisir quelques chevaux en route si nous le pouvions, et de retourner aux bateaux, à deux jours de distance. »

Thorkell s'était tu alors, en contemplant les terres de l'été, du côté de la forêt. « Ils n'avaient pas de sentinelles. Ils attendaient le matin pour nous écraser, ils étaient presque tous endormis, quelques-uns encore à boire et à chanter. Nous en avons tué trente ou quarante, avons pris des chevaux pour quelques-uns de nos gens à pied et capturé deux *thegns* comme otages, pure chance, on ne pouvait pas dire qui était qui, dans le noir. Et nous les avons livrés à Cuthbert le jour suivant en échange de notre retour aux bateaux et de notre départ. »

Il avait bel et bien souri derrière sa barbe rousse, se rappelait Bern. Son père souriait rarement.

« Les Anglcyns de l'ouest se sont rebellés contre le roi Cuthbert après ça, et c'est là qu'Athelbert est devenu roi, et ensuite Gademar, et ensuite Aëldred. Les raids sont devenus plus difficiles, et puis Siggur est mort à Llywèrth. C'est là que j'ai décidé de devenir fermier. De passer mes journées à réparer des portes brisées. »

Il avait dû s'échapper d'abord, seul et à pied, à travers deux contrées ennemies.

On agit comme si l'action était possible.

« Je vais traverser jusqu'au continent », dit Bern à mi-voix à la fille, dans l'obscurité, à la lisière de la forêt.

Elle se figea. « Voler un bateau ? »

Il secoua la tête : « Je ne pourrais pas emmener un cheval sur un bateau que je pourrais manier seul.

— Tu ne vas pas laisser le cheval ?

— Je ne vais pas laisser le cheval.

— Et alors ?

— À la nage, dit Bern. Évidemment. » Il sourit, mais elle pouvait le voir, il le savait.

Elle demeura silencieuse, dit enfin : « Tu sais nager ? »

Il secoua encore la tête : « Pas si loin. »

Les héros en viennent à des seuils, à des moments qui les marquent, et ils meurent jeunes, aussi. Les eaux glacées, la fin de l'hiver, la côte rocailleuse du Vinmark, à un univers de distance de l'autre côté du détroit, à peine visible à la lumière du jour si le brouillard ne tombait pas, mais absolument pas en ce moment, dans la nuit.

Qu'était un héros, s'il n'avait jamais la chance d'*agir* ? S'il mourait sur le premier seuil ?

« Je crois que le cheval peut me porter. Je vais faire… comme s'il le pouvait. » Il sentait son humeur changer, une étrangeté qui s'emparait de lui alors même qu'il parlait. « Promets-moi qu'il n'y a pas de monstres dans la mer ?

— Je voudrais le pouvoir », dit la jeune fille.

« Eh bien, c'est honnête », dit-il. Il rit de nouveau. Pas elle, cette fois.

« Ce sera très froid.

— Bien sûr. » Il hésita. « Peux-tu… voir quoi que ce soit ? »

Elle savait ce qu'il voulait dire. « Non.

— Suis-je sous l'eau ? » Il essayait d'en faire une plaisanterie.

Elle secoua la tête : « Je ne puis dire. Je suis navrée. Je suis… davantage une fille cadette qu'une devineresse. »

Un autre silence. L'idée le frappa qu'il conviendrait peut-être de ressentir de nouveau quelque effroi. La mer, la nuit, tout droit dans les ténèbres…

« Est-ce que… Un message pour ta mère ? »

Il n'y avait pas pensé. Il n'avait pensé à rien, de fait. Il y réfléchit. « Il vaut mieux que tu ne m'aies jamais vu. Que j'aie été malin par moi-même. Pour périr en mer.

— Peut-être ne périras-tu pas. »

Elle ne semblait pas trop le croire. On devait l'avoir amenée du Vinmark à la rame. Elle connaissait le détroit, les courants et les froids, même s'il n'y avait pas de monstres marins.

Bern haussa les épaules. « Il appartiendra à Ingavin et à Thünir d'en décider. Fais un peu de magie, si tu en as. Si tu n'en as pas, prie pour moi. Peut-être nous reverrons-nous. Je te remercie d'être venue me trouver. Tu m'as sauvé… d'une variété déplaisante de mort, à tout le moins. »

Le milieu de la nuit était passé, et il avait du chemin à parcourir avant de rejoindre la plage la plus proche du continent. Il n'en dit pas davantage, la jeune fille non plus, même s'il pouvait voir qu'elle le regardait toujours fixement dans l'obscurité. Il monta sur le cheval qu'il n'abandonnerait pas pour les funérailles de Halldr Maigre-Jarret, et s'éloigna.

Un peu avant d'atteindre le rivage au sud-est de la forêt, il se rendit compte qu'il ignorait le nom de la jeune fille et n'avait pas une idée claire de son apparence. Sans importance, pour sûr. S'ils se rencontraient de nouveau, ce serait probablement dans le monde des âmes.

Il contourna les hautes pinèdes obscures pour arriver à un endroit rocheux proche de l'eau. Rocailleux, sauvage, battu par les vents, pas un seul navire, pas un seul pêcheur dans la nuit. Le fracas de la mer, sa pesante sonorité, le sel sur son visage, aucune protection contre le vent. La lune bleue à l'occident, derrière lui à présent, la lune blanche qui ne se lèverait pas avant l'aube. Il ferait sombre sur l'océan. Ingavin seul savait quelles créatures pouvaient l'attendre pour l'attirer dans les profondeurs. Il ne laisserait pas le cheval. Il ne rebrousserait pas chemin. On choisissait le seul recours, et on faisait comme si c'était possible. Bern maudit alors son père à voix haute, pour avoir assassiné un autre homme, pour leur avoir infligé tout cela, à ses sœurs, à sa mère, à lui-même, puis il pressa le cheval gris vers les vagues, blanches là où elles s'abattaient sur les roches, et noires au-delà, sous les étoiles.

Chapitre 2

« Notre problème, les Cyngaëls », marmonna Dai en observant la ferme en contrebas à travers les feuillages vert et or, « c'est que nous faisons de bons poèmes et de mauvaises machines de siège. »

Un siège n'était un sujet pertinent ni de près ni de loin. Le commentaire était tellement inapproprié et si caractéristique de Dai qu'Alun rit tout haut. Pas des plus sages, compte tenu de l'endroit où ils se trouvaient. Dai plaqua une main sur la bouche de son frère. Après un moment, Alun fit signe qu'il se contrôlait de nouveau, et Dai ôta sa main avec un grognement.

« Quelqu'un de particulier que tu voudrais assiéger ? » demanda Alun, assez bas. Il déplaça ses coudes avec précaution. Les buissons ne bougèrent pas.

« Je pense à un certain poète », dit Dai, ce qui n'était pas sage non plus. Il était enclin à la plaisanterie, et son frère enclin à en rire ; ils se trouvaient tous deux étendus sous des feuilles, à contempler les bêtes qui paissaient en contrebas. Ils s'étaient rendus dans le nord pour voler du bétail. Les Cyngaëls s'infligeaient couramment ce genre d'incursions.

Dai bougea rapidement la main, mais cette fois Alun resta coi. Ils ne pouvaient se permettre d'être repérés. Ils étaient seulement douze, onze, maintenant que Gryffèth avait été capturé, et ils se trouvaient bien loin au nord à l'intérieur de l'Arbèrth. Pas plus de deux ou trois jours de la mer, d'après Dai, même s'il n'était pas sûr de l'endroit exact, ou de ce qu'était cette très vaste ferme à leurs pieds.

Une douzaine, c'était un nombre tout juste suffisant pour une expédition, mais les deux frères avaient foi en leurs capacités, et non sans raison. Par ailleurs, à Cadyr, on disait que n'importe lequel des leurs valait deux Arbèrthins et au moins trois de la Llywèrth. On comptait peut-être autrement dans les deux autres provinces, mais ce n'était que vanité et vantardise.

Ou ce l'aurait dû. Il était inquiétant que Gryffèth eût été si aisément capturé alors qu'il était parti en éclaireur à l'avant. La bonne nouvelle, c'était qu'il avait prudemment emporté la harpe d'Alun, afin de passer pour un barde en voyage. La mauvaise nouvelle, c'était que Gryffèth, de manière notoire, ne pouvait ni chanter ni jouer, sa vie en eût-elle dépendu. Si on le mettait à l'épreuve là-bas, il serait démasqué. Et sauver sa vie deviendrait alors une nécessité pressante.

Aussi les deux frères avaient-ils laissé neuf hommes hors de vue à l'écart de la route pour escalader ce promontoire et élaborer un plan de sauvetage. S'ils retournaient chez eux sans bétail, ce serait désagréable mais non humiliant. Tous les raids n'étaient pas victorieux ; on pourrait encore s'arranger pour en faire une histoire méritant d'être contée. Mais si leur royal père, ou leur oncle, devait payer une rançon pour un cousin capturé au cours d'un raid sans permission sur le bétail d'Arbèrth pendant une trêve proclamée par héraut, eh bien ce serait… fort déplaisant.

Et si le neveu d'Owyn de Cadyr périssait en Arbèrth, cela signifierait peut-être la guerre.

« Combien, tu crois ? murmura Dai.

— Vingt, plus ou moins ? C'est une grosse ferme. Qui donc vit là ? Où sommes-nous ? » Dai vit qu'Alun surveillait encore les vaches.

« Oublie le bétail, jeta-t-il d'un ton sec. Tout est différent, maintenant.

— Peut-être pas. On les libère de l'enclos cette nuit, quatre d'entre nous les dispersent dans la vallée, au nord, le reste va chercher Gryffèth pendant que les gens d'ici s'en vont les rassembler ? »

Dai jeta un regard songeur à son cadet. « Voilà qui est d'une ingéniosité inattendue », dit-il enfin.

Alun lui donna un coup de poing sur l'épaule, assez fort. « Va enculer une chèvre », ajouta-t-il aimablement. « C'était ton idée à toi. Moi, je ne fais que nous en sortir. Ne prends pas des airs supérieurs. Dans quelle salle se trouve-t-il ? »

Dai avait essayé de le déterminer. La ferme – son propriétaire, quel qu'il fût, était un homme riche – s'étendait dans toutes les directions, d'est en ouest. Il voyait le contour d'une grande salle au-delà des portes à double battants en contrebas, et des ailes qui s'incurvaient au nord à chaque extrémité de cet édifice principal. Une demeure qui s'était agrandie par étapes, certaines parties en pierre, d'autres en bois. Ils n'avaient pas vu Gryffèth y être amené, ayant seulement rencontré les traces d'un combat sur le chemin.

Deux vachers surveillaient le bétail de l'autre côté de la palissade, à l'est de l'édifice. Des adolescents, qui agitaient constamment les mains pour se débarrasser des vagues de mouches. Aucun homme armé n'était apparu depuis que le groupe était entré par les portes principales en échangeant des paroles furieuses, juste au moment où les deux frères étaient arrivés dans le hallier au-dessus de la ferme. À quelques reprises, ils avaient entendu des voix distantes qui s'élevaient à l'intérieur, et une fille était sortie pour aller chercher de l'eau au puits. Sinon, tout était chaud et tranquille, un après-midi somnolent de fin de printemps, des papillons, le bourdonnement des abeilles, un faucon qui virait dans le ciel. Dai observa pendant un moment.

Ce qu'aucun des deux frères ne disait, même s'ils le savaient bien, c'était que tirer un homme d'une salle bien gardée était des plus improbables, même de nuit et avec une diversion, pas sans morts des deux côtés. Pendant une trêve. Ce raid avait mal tourné avant même de commencer.

« Sommes-nous certains qu'il est là-dedans ? dit Dai.

— Moi, oui, dit Alun. Pas d'autre endroit plausible. Peut-être le traite-t-on en invité ? Hum, pourraient-ils… »

Dai lui jeta un coup d'œil. Gryffèth ne pouvait jouer de la harpe qu'il portait, il était muni d'une épée et d'une armure de cuir, il avait un casque dans ses fontes, et il ressemblait exactement au genre de jeune homme – à l'accent cadyrin, de surcroît – qui s'apprêtait à jouer des mauvais tours, ce qu'il était.

Alun hocha la tête, sans que Dai eût parlé. C'était d'une trop lamentable évidence. Après un juron à mi-voix, Alun murmura : « Bon, il est prisonnier. Nous devrons faire vite, savoir exactement où nous allons. Allons, Dai, trouve-nous ça. Au nom de Jad, où peuvent-ils bien le garder ?

— Par le saint nom de Jad, Brynn ap Hywll a tendance à se servir de la salle située à l'extrémité est de l'édifice principal pour y placer des prisonniers, quand il en a. Si je me rappelle bien. »

Ils se retournèrent avec vivacité. Alun vit que la dague de Dai était dégainée.

Le monde était un endroit bien compliqué parfois, pénétré d'imprévisible. Surtout lorsqu'on avait quitté son milieu familier et les apparences du connu. Même ainsi, il y avait des explications raisonnables à la présence de quelqu'un ici, maintenant, juste derrière eux. L'un de leurs propres hommes pouvait les avoir suivis avec des nouvelles ; un des gardes d'en bas pouvait avoir inféré la présence d'autres Cadyrins en dehors de celui qui avait été capturé, et il était venu vérifier ; on pouvait même les avoir épiés alors qu'ils escaladaient la colline.

Ce qui était extrêmement peu plausible, c'était ce qu'ils voyaient. D'assez petite taille, les cheveux gris, joues et menton rasés de près, l'homme qui avait répondu à la question d'Alun leur souriait. Il était seul, mains bien en évidence, sans arme… et il portait une robe jaune défraîchie, mais révélatrice, avec au cou le disque doré de Jad.

« Je pourrais ne pas me rappeler très bien, poursuivit-il, affable, je ne suis pas venu ici depuis un moment, et la mémoire flanche avec l'âge, vous savez. »

Dai cligna des yeux en secouant la tête comme pour dissiper l'effet d'un coup. Un vieux prêtre les avait pris complètement par surprise.

Alun s'éclaircit la gorge. Il avait retenu un détail en particulier, un détail majeur. « Avez-vous dit… euh… Brynn ap Hywll ? »

Dai était toujours muet.

Le prêtre hocha la tête d'un air bienveillant. « Ah. Vous en avez entendu parler, alors ? »

Alun poussa un autre juron. Il luttait contre une panique croissante.

Le prêtre eut une expression pleine de reproche, puis gloussa : « Vous le connaissez bel et bien. »

Évidemment qu'ils le connaissaient ! « Nous ne vous connaissons pas », dit Dai, retrouvant enfin la parole. Il abaissa sa dague. « Comment êtes-vous arrivé ici ?

— Comme vous, j'imagine.

— Nous ne vous avons pas entendu.

— De toute évidence. Je vous prie de m'excuser. J'étais silencieux. J'ai appris à l'être. Pas entièrement sûr de ce que j'allais trouver, vous comprenez. »

Les longues robes jaunes d'un prêtre se prêtaient mal à une escalade furtive, et cet homme n'était pas jeune. Quelle que fût son identité, ce n'était pas un religieux ordinaire.

« Brynn », marmonna sombrement Alun à l'adresse de son frère. Le nom, et ce qu'il signifiait, résonnait en lui. Son cœur lui martelait la poitrine.

« J'ai entendu.

— Quelle malchance, nous sommes maudits de Jad !

— Oui, eh bien… », fit Dai. Il se concentrait pour l'instant sur l'étranger. « Je vous ai demandé qui vous étiez. Je le considérerais comme une grande courtoisie de votre part, si vous nous faisiez la faveur de nous apprendre votre nom. »

Le prêtre sourit, amusé : « De bonnes manières, dit-il, voilà qui a toujours été caractéristique de la famille de votre père, quels qu'aient pu être ses péchés par ailleurs. Comment donc se porte Owyn ? Et votre noble mère ? Tous deux vont bien, j'ose l'espérer ? Cela fait des années… »

Dai cligna des yeux derechef. Tu es un prince de Cadyr, se rappela-t-il. L'héritier de ton royal père. Né pour commander, pour maîtriser les situations qui se présentent.

C'était tout à coup un rappel nécessaire.

« Vous avez sur nous un avantage total, déclara son frère, sur tous les plans. » La bouche d'Alun frémissait. Il trouvait bien trop de choses amusantes, songea Dai. La marque d'un cadet. Moins de responsabilités.

« Sur tous les plans ? Eh bien, l'un d'entre vous a une dague », dit le prêtre, mais il souriait. Il laissa retomber ses mains. « Je suis Ceinion de Llywèrth, serviteur de Jad. »

Alun tomba à genoux.

Dai comprit qu'il avait les mâchoires béantes. Il les referma, se sentit devenir aussi rouge qu'un garçon pris à paresser par son précepteur. Il se hâta de rengainer sa dague et s'agenouilla près de son frère, tête courbée, mains jointes en signe de soumission. Un monde pénétré d'imprévisible. Cet homme aux robes jaunes si peu imposantes, sur cette pente boisée, c'était le grand-prêtre des trois querelleuses provinces cyngaëlles.

Qui les bénit tous deux avec calme du signe de Jad.

« Descendez donc avec moi, dit-il, par le chemin que vous avez emprunté pour monter. À moins d'objections de votre part, vous êtes désormais mon escorte personnelle. Nous nous arrêtons à Brynnfell sur le chemin qui nous mène dans le nord à la cour d'Amrèn, à Béda. » Il fit une pause. « Ou désiriez-vous réellement attaquer Brynn dans sa propre demeure ? Je ne le conseillerais pas, vous savez. »

“Je ne le conseillerais pas.” Alun ne savait s’il devait rire ou jurer de nouveau. Brynn ap Hywll était seulement le sujet de vingt-cinq années de chansons et d’histoires. Le Fléau des Erlings, c’était ainsi qu’on l’appelait dans l’ouest. Il avait passé sa jeunesse à combattre les raiders d’outre-mer avec son cousin Amrèn, qui régnait désormais en Arbèrth, objet d’autres histoires. Avec eux, en ce temps-là, s’étaient tenus le père et l’oncle de Dai et d’Alun – et cet homme-ci, Ceinion de Llywèrth. Leur génération avait repoussé Siggur Volganson – le Volgan – et ses navires à tête de dragon. Et Brynn était celui qui l’avait terrassé.

Alun prit une profonde inspiration pour se calmer. Leur père, qui aimait discourir avec un flacon à portée de la main, avait conté des histoires sur tous ces hommes. Il avait combattu avec eux – et parfois contre eux. Dai, nos amis et moi, nous sommes dans des eaux bien trop profondes, songea Alun, tout en descendant du boisé à la suite du grand-prêtre consacré des Cyngaëls. Brynnfell. C’était *Brynnfell,* cette ferme en contrebas.

Ils avaient été sur le point de l’attaquer. Avec onze hommes.

« C’est sa place forte ? » entendit-il Dai demander. « Je pensais…

— C’était Édrys. Son château fort, vous savez ? Au nord-est de Rhédèn, bien entendu, de l’autre côté du Mur. Et il y a d’autres fermes. C’est la plus grande. Il se trouve là, en l’occurrence.

— Quoi, ici ? En personne ? Brynn ? »

Alun s’efforçait de respirer normalement. La voix de Dai avait une intonation stupéfaite. Son frère aîné, qui manifestait toujours tant de sang-froid. Cela aussi aurait pu être divertissant. Presque.

Ceinion de Llywèrth hochait la tête, tout en les précédant dans la pente. « Il s’y trouve pour m’accueillir, de fait. Bien aimable de sa part, je dois dire. J’ai envoyé un message comme quoi je passerais. » Il jeta un coup d’œil par-dessus son épaule. « Combien d’hommes avez-vous ? Je vous ai vus grimper, mais pas les autres. »

Le ton du prêtre s'était fait incisif, tout à coup. Dai lui répondit.

« Et combien ont été capturés ?

— Un seul », déclara Dai. Alun – frère cadet – garda le silence.

« Son nom est Gryffèth ? Le fils de Ludh ? »

Dai hocha la tête.

Il les avait simplement entendus parler, se dit Alun. Ce n'était pas un don de clairvoyance octroyé par Jad, ni rien d'effrayant.

« Très bien », dit le prêtre en se tournant vers eux alors qu'ils sortaient des arbres pour reprendre le chemin. « Je considérerais comme un gaspillage de voir tuer aujourd'hui des hommes de valeur. Je ferai pénitence pour cette supercherie, au nom de la paix de Jad. Entendez-moi. Vous et vos compagnons, vous m'avez rejoint, comme convenu, à un gué de la Llyfarch il y a trois jours. Vous m'escortez vers le nord par courtoisie, et afin de pouvoir aussi visiter la cour d'Amrèn à Béda, et prier avec lui dans son nouveau sanctuaire, pendant cette période de trêve. Vous comprenez bien tout cela ? »

Ils acquiescèrent, deux têtes qui s'inclinaient de concert.

« Dites-moi, votre cousin Gryffèth ap Ludh, est-il malin ?

— Non », déclara honnêtement Dai.

Le prêtre fit une grimace. « Que leur aura-t-il dit ?

— Je n'en ai pas idée. »

Alun prit la parole : « Rien. Il n'est pas vif, mais il sait garder le silence. »

Le prêtre hocha la tête. « Mais pourquoi garderait-il le silence quand tout ce qu'il avait à dire, c'était qu'il nous devançait pour avertir de mon arrivée ? »

Dai réfléchit longuement, puis il sourit : « Si les Arbèrthins l'ont rudoyé en le capturant, il se sera tenu coi juste pour les embarrasser lorsque vous vous montrerez, mon seigneur. »

Le prêtre y réfléchit à son tour, puis lui rendit son sourire. « Les fils d'Owyn seraient malins, évidemment », murmura-t-il, satisfait. « L'un de vous l'expliquera au fils de Ludh quand nous serons à l'intérieur. Où sont vos autres hommes ?

— Au sud d'ici, cachés à l'écart de la route, dit Dai. Et les vôtres, mon seigneur ?

— Je n'en ai pas, dit le grand-prêtre des Cyngaëls. Ou pas jusqu'à maintenant. Vous êtes mes hommes, vous vous rappelez ?

— Vous avez chevauché seul depuis Llywèrth ?

— Marché. Mais oui, seul. Il me fallait réfléchir à certaines choses, et c'est la trêve dans le pays, après tout.

— Avec des brigands dans la moitié des forêts.

— Des brigands qui savent qu'un prêtre ne vaut pas la capture. J'ai dit les prières de l'aube avec nombre d'entre eux. » Il se remit en marche.

Dai cligna encore des yeux et le suivit.

Alun n'était pas certain de ce qu'il ressentait. Un curieux soulagement, en partie. D'abord, cet homme était une figure légendaire, et leur père comme leur oncle leur avaient conté plusieurs des histoires qui le concernaient, et ce même si, Alun le savait, il y avait eu entre eux une dispute, dont il connaissait un peu les motifs. Et ensuite, le grand-prêtre venait de leur épargner une folle attaque contre une autre légende, dans sa propre demeure.

Un homme de Cadyr valait peut-être deux Arbèrthins, mais cela ne s'appliquait pas aux guerriers de Brynn ap Hywll – mises à part toutes chansons et autres vantardises mélodieuses nées de la bière.

Ces hommes étaient ceux qui avaient combattu les Erlings avant la naissance de Dai et d'Alun, alors que les Cyngaëls vivaient dans la terreur de l'esclavage et d'une mort barbare pendant trois saisons de chaque année, se réfugiant dans les collines à la moindre rumeur des proues à tête de dragon. Il était facile maintenant de comprendre comment Gryffèth avait pu être si aisément capturé. Ils n'auraient eu aucune chance d'attaquer la ferme, cette nuit-là. Ils auraient été humiliés, ou tués. Une vérité à laisser se promener dans la tête telle la navette d'une fileuse.

Alun ab Owyn était très jeune ce jour-là, un prince de Cadyr, et c'était le printemps le plus vert de tous, dans les provinces des Cyngaëls, dans le monde. Alun n'avait aucun désir de mourir. Il lui vint une idée.

« Mon cousin ne faisait que porter ma harpe pour moi, au fait. Si on pose la question, mon seigneur. »

Le prêtre jeta un coup d'œil par-dessus son épaule.

« Gryffèth est incapable de chanter, expliqua Dai. Non qu'Alun y soit si talentueux. »

Une plaisanterie, songea Alun. Dai était redevenu lui-même, ou en bonne voie de le faire.

« Il y aura un festin, je suppose, dit Ceinion de Llywèrth. Nous verrons cela bien assez tôt.

— Je suis meilleur avec des armes de siège, en fait », ajouta Alun, ce qui ne servait pas à grand-chose. Il fut récompensé par le rire de son frère, hâtivement étouffé.

« J'ai très bien connu votre royal père. Me suis battu contre lui, et avec lui. Un jeune homme scandaleux, si je puis être franc, et un homme brave.

— Ce serait trop que d'espérer recevoir un jour une telle appréciation de vous, mon seigneur, mais nous y aspirerons. » Sur ces paroles, Dai s'inclina.

Ils se trouvaient dans la grande salle de Brynnfell, au-delà des portes centrales. Un long couloir courait derrière eux d'est en ouest vers les ailes du bâtiment. C'était une très vaste demeure. Gryffèth avait déjà été relâché – d'une salle située à l'extrémité du corridor est, ainsi que l'avait deviné le prêtre. Après avoir échangé avec lui quelques murmures, Alun avait récupéré sa harpe.

Dai se redressa en souriant : « Vous me permettrez d'ajouter, mon seigneur, que ce qui est scandaleux parmi les Arbèrthins est parfois honorable en Cadyr. Nous n'avons pas toujours eu la grâce de la présente trêve, comme vous le savez. »

Alun sourit par-devers lui, tout en conservant une expression sincère. Dai avait eu toute une existence pour élaborer ce genre de discours. Les mots étaient importants parmi les Cyngaëls, les nuances, les subtilités. Les raids contre le bétail aussi, bien sûr, mais la partie avait changé en cours de journée.

Le vieux guerrier couvert de cicatrices – il dépassait les deux frères d'une tête – les couvrait tous deux d'un regard bienveillant. Brynn ap Hywll était fortement proportionné en tout – mains, visage, épaules, tour de taille. Même sa moustache grisonnante était épaisse et bien fournie. Rougeaud, bien en chair, avec une calvitie naissante, il ne portait pas d'arme dans sa propre demeure, mais des anneaux à plusieurs de ses gros doigts et un torc d'or massif à la gorge. Du travail erling : le marteau du dieu du tonnerre remplacé par un disque d'or. Quelque chose qu'il avait pris, ou s'était vu offrir en rançon, supposa Alun.

Si Ceinion de Llywèrth éprouvait quelque déplaisir à voir un collier conçu pour tenir des symboles païens d'Ingavin, il ne le montrait pas. Le grand-prêtre ne correspondait pas du tout à ce qu'Alun avait supposé, même s'il n'aurait pu dire ce qu'il avait supposé. Il n'avait certainement pas imaginé l'homme que Dame Énid avait embrassé avec tant d'enthousiasme, avec l'approbation souriante de son époux.

Alun se rappelait que l'épouse du prêtre était morte longtemps auparavant, mais les détails étaient confus. On ne pouvait se souvenir de tout ce que vous dictait un précepteur, ou des contes d'un père auprès du feu.

« Bien dit, jeune prince », fit Brynn de sa voix sonore, ramenant Alun à l'instant présent. Leur hôte semblait réellement satisfait de la réponse de Dai. Il avait une voix faite pour le champ de bataille, Brynn, une voix qui portait loin.

Leur arrivée à Brynnfell s'était déroulée sans encombre, après tout. Alun avait le sentiment que tout avait tendance à se passer ainsi lorsque Ceinion de Llywèrth y était impliqué. S'il y avait eu quelque chose de bizarre à voir le prêtre se présenter avec une escorte cadyrine, alors qu'il se rendait habituellement seul et à pied à ses diverses destinations, et était réputé ne pas avoir parlé au prince Owyn depuis plus d'une décennie… eh bien, il arrivait parfois des choses étranges, et c'était bel et bien le grand-prêtre de Jad.

Brynn était prêt à jouer le jeu, apparemment, quoi qu'il pensât par ailleurs. Alun vit le regard du colosse glisser vers Ceinion, son visage lisse, bienveillant et attentif, ses minces mains croisées dans les manches de sa robe. « En vérité, il semblerait que vous soyez déjà sur le chemin de la vertu, à servir ainsi d'escorte à notre prêtre bien-aimé, en évitant les comportements scandaleux de votre père dans sa propre jeunesse. »

Dai resta impassible. « Sa seigneurie le grand-prêtre est très persuasif dans sa sainteté. Sa compagnie nous honore et nous pénètre de gratitude.

— Je n'en doute pas », dit Brynn ap Hywll, avec juste un peu trop d'ironie.

Dai craignait qu'Alun ne se mît à rire, mais son cadet ne le fit pas. Il luttait lui-même pour contenir sa jubilation… c'était cela la danse, l'échange des mots, attaque, parade, des sens à demi voilés, à demi dévoilés, qui sous-tendait toutes les grandes chansons de gestes et les hauts faits des nobles cours.

Les Erlings pouvaient se choisir une voie d'incendie et de pillage vers une après-vie de… davantage d'incendies et de pillages, mais, pour les Cyngaëls, la gloire du monde – le saint présent de Jad – s'incarnait en davantage que de simples épées et de simples raids.

Ce qui expliquait peut-être, néanmoins, pourquoi ils étaient si souvent les victimes de raids et de pillages – depuis le Vinmark au-delà des mers, tout en subissant maintenant la pression des Anglcyns venus de l'autre côté du Mur de Rhédèn. Il le disait lui-même, ces temps-ci : des poèmes au lieu d'engins de siège. Des mots à la place des armes, trop souvent.

Il ne s'appesantit pas sur le sujet. Il était tout excité par la proximité de deux des grands hommes d'occident, après qu'un raid de printemps né de l'ennui et de l'absence de leur père parti chasser sans eux – Owyn rencontrait l'une de ses maîtresses – se fut transformé du tout au tout.

En d'autres termes, le jeune Dai ab Owyn se trouvait en proie à un état de conscience exalté où il aurait presque pu anticiper les événements de cette soirée. Il était alerte, réceptif, intensément en résonance… vulnérable. En de tels instants, bien des choses peuvent vous atteindre, et l'effet peut en durer éternellement, même si l'on doit admettre que cela arrive plus souvent dans les chants des bardes dans les salles de beuverie qu'au cours d'un vol de bétail ayant étrangement changé de nature.

Juste avant le début du repas, Alun avait pris le siège du musicien, à la requête de Dame Énid. L'épouse de Brynn était de haute taille, cheveux et yeux sombres, plus jeune que son époux. Une femme attrayante, qui ne manifestait aucune timidité parmi les hommes présents. À bien y penser, aucune de ces femmes ne semblait timide.

Il accordait sa harpe (sa *crwth* préférée, fabriquée spécialement pour lui), en essayant de ne pas être distrait. On jouait au jeu des triades dans la salle, en buvant la coupe de bienvenue après l'invocation du prêtre personnel de Brynn, et avant l'arrivée des mets. Ceinion avait prédit un festin, et il avait eu raison. On buvait du vin, non de la bière. Brynn ap Hywll était riche.

Quelques-uns étaient encore debout, d'autres avaient pris un siège; c'était une réunion détendue – dans une ferme, non un château, si vaste et bien bâtie fût-elle. La salle sentait bon les ajoncs frais, les herbes et les fleurs – et les chiens de chasse. Il y avait là au moins dix chiens-loups, gris, noirs, mouchetés. Les guerriers de Brynn, ceux qui se trouvaient là, n'étaient apparemment pas hommes à insister sur les cérémonies.

« Froid comme… ? » lança une femme près du haut bout de la table. Alun n'avait pas encore démêlé tous les noms. C'était une cousine de la famille, sans doute. Un visage rond, des cheveux brun clair.

« Froid comme un lac d'hiver », répondit un homme adossé au mur, à mi-chemin du fond de la salle.

“Froid”, c'était une manière facile de commencer. Tout le monde connaissait les plaisanteries : le cœur des femmes ou, pour certaines, leur entrejambe. On n'offrirait pas ces images ici, pas avant d'avoir commencé de boire pour de bon, et avec les dames présentes.

« Froid comme un foyer sans amour », dit un autre. Des images usées, entendues trop souvent. Encore une pour compléter la triade. Alun gardait le silence, attentif au son des cordes qu'il accordait. Il y avait toujours une chanson avec le repas ; on lui faisait cet honneur. Il n'était pas certain de vouloir chanter.

« Froid comme un monde sans Jad », dit soudain Gryffèth, ce qui n'était pas brillant mais n'était pas non plus mauvais, avec le grand-prêtre au haut bout de la table. Cela lui valut un murmure d'approbation, et un sourire de Ceinion. Alun vit son frère, proche du prêtre, adresser un clin d'œil à leur cousin. Un point pour Cadyr.

« Triste comme… ? » dit une autre des dames, plus âgée.

Comptez sur les Cyngaëls, songea ironiquement Alun, pour évoquer la tristesse au début d'un festin printanier. Nous sommes un peuple étrange et merveilleux.

« Triste comme un cygne solitaire. » Un homme maigre, à l'air satisfait, assis près de la haute table. Le barde d'ap Hywll, avec sa propre *crwth*. Une figure imposante. Des harpistes accrédités l'étaient toujours. Il y eut un bruissement d'approbation. Alun lui sourit, n'en reçut point de réponse. Les bardes pouvaient être ombrageux, jaloux de leurs privilèges, dangereux lorsqu'on les offensait. Plus d'un prince avait été humilié par des satires. Et l'on avait prié Alun de prendre le tabouret en premier, cette nuit. Un invité, certes, mais non un barde formellement entraîné ou accrédité. Il valait mieux être prudent. Il aurait voulu connaître une chanson parlant d'engins de siège. Dai aurait ri.

« Triste comme une épée inutilisée », dit Brynn en personne de sa forte voix, en se renversant dans son siège. Des poings martelèrent les tables, de manière prévisible, lorsque le seigneur du manoir eut parlé.

« Triste », dit Alun, se surprenant lui-même puisqu'il avait décidé d'être discret, « comme un barde sans chansons. »

Un bref silence, tandis qu'on examinait la comparaison, puis Brynn ap Hywll asséna un coup de sa grosse main sur le plateau de la table devant lui, et Dame Énid applaudit avec plaisir; après quoi, évidemment, tout le monde en fit autant. Dai adressa un rapide clin d'œil à Alun puis réussit à avoir l'air indifférent, en s'adossant aussi dans son siège et en tripotant sa coupe de vin, comme s'ils trouvaient toujours de telles images originales, chez eux, au jeu des triades. Alun eut envie de rire: en vérité, cette phrase lui était venue parce qu'il n'avait bel et bien pas encore d'idée de chansons, et serait appelé bientôt à chanter.

« Nécessaire comme… ? » suggéra Dame Énid, en promenant son regard sur la tablée.

C'était nouveau, cette fois. Alun jeta un coup d'œil à l'épouse de Brynn. Plus qu'attrayante, rectifia-t-il intérieurement: il y avait encore là de la beauté, étincelant comme les bijoux qui marquaient le rang de la dame, à ses bras ou à sa gorge. Un plus grand nombre de convives s'étaient désormais trouvé un siège. Des serviteurs se tenaient prêts, attendant le signal d'apporter les plats.

« Nécessaire comme du vin chaud en hiver », offrit quelqu'un qu'Alun ne pouvait distinguer, tout au fond de la salle. On approuva, une image joliment tournée. Un souvenir d'hiver au milieu de l'été, presque de la poésie. Polie, leur hôtesse se tourna vers Dai, dont elle était séparée par son époux et le prêtre, afin de laisser une chance à l'autre prince cadyrin.

« Nécessaire comme la fin de la nuit », déclara Dai avec gravité, sans réfléchir. C'était extrêmement bien trouvé. Une image des ténèbres, de leur terreur, le rêve de l'aube, alors que le dieu revient de son périple à l'envers du monde.

Quand les applaudissements sincères se furent éteints, et pendant qu'on attendait une proposition pour le troisième pied de la triade, une jeune femme pénétra dans la salle.

Elle se mouvait en silence, vêtue de vert, ceinturée d'or, avec de l'or encore en broche à son épaule, en bagues à ses doigts. Elle se rendit à la place vide auprès d'Énid, à la haute table – ce qui aurait indiqué à Alun son identité, si son aspect et son allure ne l'avaient immédiatement fait. Il la regarda fixement, sut qu'il la regardait fixement, ne s'en empêcha pas.

Tandis qu'elle s'asseyait, consciente – très évidemment – des regards de tous, y compris de ceux d'un père indulgent, elle laissa ses yeux parcourir la tablée en examinant la compagnie. Alun avait une conscience aiguë de ces yeux sombres, comme ceux de sa mère, de ces cheveux très noirs sous le souple bonnet vert, et de cette peau plus blanche que… n'importe quelle comparaison facile qui venait à l'esprit.

Puis il l'entendit murmurer, d'une voix bien chaude et voilée pour une femme si jeune, une voix troublante: « “Nécessaire comme la nuit”, diraient de nombreuses femmes, je crois. »

Et parce qu'elle était Rhiannon mer Brynn, dans cette salle bondée les hommes eurent le sentiment de savoir exactement ce qu'elle voulait dire, en désirant que ces paroles eussent été pour leurs seules oreilles, un murmure intime à la lueur des bougies, et non dans un festin, en compagnie. Et ils songèrent qu'ils pourraient tuer, ou accomplir de hauts faits afin de s'en assurer.

Alun put voir le visage de son frère alors que cette jeune fille, cette femme, se tournait vers Dai dont elle venait de reprendre la comparaison, en la rectifiant. Et parce qu'il connaissait son frère mieux que quiconque sur la terre du dieu, Alun vit le monde se transformer pour Dai dans cet échange de regards. Un instant qui possédait son propre nom, ainsi que le disaient les bardes.

Il eut lui-même un instant pour en éprouver du chagrin, pour le sentiment d'une fin en même temps que d'un commencement, et puis on lui demanda de chanter, afin que la nuit débutât par de la musique, comme c'était la coutume chez les Cyngaëls.

◆

Brynnfell était un vaste domaine, bien géré par un intendant compétent, où se manifestait l'influence d'une maîtresse douée de bon goût, de bons artisans, et de bonnes quantités d'argent. Mais c'était tout de même une simple ferme, et une douzaine de jeunes Cadyrins y séjournaient désormais avec les occupants habituels, s'ajoutant aux trente guerriers et aux quatre femmes qui avaient accompagné ap Hywll, son épouse et leur fille aînée.

L'espace était précieux.

Dame Énid, forte de son expérience, avait œuvré avec diligence, et s'était entretenue avec l'intendant pour arranger le logement des uns et des autres. La grande salle accueillerait les guerriers sur des paillasses et des lits de roseaux ; c'était déjà arrivé. On réquisitionna la grange principale, avec deux autres bâtiments extérieurs et le fournil. La brasserie resta fermée. Il valait mieux ne pas soumettre les hommes à de telles tentations. Et il y avait aussi une autre raison.

Les deux princes cadyrins et leur cousin partageaient une chambre dans l'édifice principal, avec un bon lit pour tous trois – l'honneur voulait qu'un hôte l'offrît à des invités royaux.

L'intendant abandonna sa propre chambre au grand-prêtre. Il rejoindrait le cuisinier et les marmitons dans la cuisine pour la nuit. Il était sombrement prêt à être aussi stoïque qu'un zélote oriental sur son rocher, sinon aussi sereinement seul. Le cuisinier était connu pour la magnificence de ses ronflements, et on l'avait une fois trouvé dans sa cuisine, en train de brandir un couteau en se parlant à lui-même, tout à fait endormi. Il avait fini par découper des légumes en pleine nuit sans jamais se réveiller, tandis que ses marmitons et les membres assemblés de la maison le contemplaient dans un silence fasciné à travers la pénombre.

L'intendant avait déjà décidé de placer tous les couteaux hors d'atteinte avant de fermer les paupières.

Dans la chambre agréable qu'on lui avait ainsi cédée, Ceinion de Llywèrth prononça les derniers mots de l'office du jour, offrant enfin son habituelle prière silencieuse, implorant le repos dans la lumière pour ceux qu'il avait perdus, certains depuis très longtemps, ainsi que sa profonde reconnaissance pour toutes les bénédictions du saint Jad. Les visées du dieu n'étaient pas censées être claires. Ce qui s'était passé le jour même – les existences qu'il avait probablement sauvées en arrivant comme il l'avait fait – méritait la plus humble gratitude.

Il se releva, sans manifester les effets d'une journée épuisante ou de ses années et, après avoir béni l'homme agenouillé près de lui en prière, il reprit sa coupe de vin en se laissant aller avec contentement sur le tabouret le plus proche de la fenêtre. On croyait en général délétère l'air de la nuit, chargé de poisons et d'esprits démoniaques, mais Ceinion avait passé trop de temps à dormir à la belle étoile, ou dans des randonnées à travers les trois provinces et au-delà. Il avait constaté qu'il dormait mieux avec une fenêtre ouverte, même en hiver. C'était le printemps maintenant, les fleurs nocturnes qui poussaient sous la fenêtre embaumaient l'atmosphère.

« J'éprouve des remords pour celui qui m'a abandonné ce lit. »

Son compagnon souleva de terre sa masse considérable pour saisir sa propre coupe et la remplir jusqu'au bord, sans ajouter d'eau. Il prit l'autre siège, plus solide, en gardant le flacon à proximité. « Comme vous le devez », dit Brynn ap Hywll en souriant à travers sa moustache. « Brynnfell explose, avec tous ces gens. Depuis quand voyagez-vous avec une escorte ? »

Ceinion l'examina un instant puis soupira : « Depuis que j'ai trouvé une bande de Cadyrins en train de surveiller votre ferme. »

Brynn rit tout haut. Son rire, comme sa voix, pouvait emplir une salle à ras bords. « Eh bien, merci d'avoir décidé que je comprendrais au moins cela. » Il but avec avidité, remplit de nouveau sa coupe. « Ils m'ont l'air de braves jeunes gens, malgré tout. Jad le sait, j'ai connu ma part de raids, quand j'étais jeune.

— Et leur père aussi.

— Jad maudisse ses yeux et ses mains », déclara Brynn quoique sans passion. « Mon royal cousin de Béda veut savoir quoi faire à propos d'Owyn, vous savez.

— Je sais. Je le lui dirai quand j'arriverai à Béda. Avec les deux fils d'Owyn. » Ce fut au prêtre de sourire avec ironie.

Il s'adossa au mur de pierre froide proche de la fenêtre. Des plaisirs terrestres : un vieil ami, des mets, du vin, un jour où l'on avait de manière imprévue fait le bien. Certains hommes instruits apprenaient à se retirer des pièges et des embarras du monde. Il y avait même un mouvement doctrinal à Rhodias pour refuser le mariage aux prêtres, selon la règle orientale des Sarantins, en faisant des ascètes détachés des distractions de la chair – tout comme des complications causées par la nécessité de veiller à l'intérêt de leurs héritiers.

Ceinion de Llywèrth avait toujours pensé – et il l'avait écrit au Patriarche de Rhodias, entre autres – que c'était une erreur, et même une hérésie, un flagrant déni de la plénitude du don divin qu'était la vie. Il valait mieux transformer son amour du monde en une manière d'honorer le dieu, et si une épouse trépassait, ou des enfants, votre propre accointance avec le chagrin pouvait vous permettre de mieux conseiller autrui, de mieux réconforter. On vivait avec le deuil, comme les autres. Et l'on partageait leurs plaisirs, aussi.

Par la sainte grâce de Jad, ses mots écrits ou parlés importaient à autrui. Il était habile à cette sorte d'argument, mais il ignorait s'il se retrouverait en l'occurrence du côté gagnant. Les trois provinces cyngaëlles étaient bien loin de Rhodias, au bord du monde, brumeuses frontières des croyances païennes. Au nord du noroît, disait-on.

Il prit une gorgée de son vin en observant son ami. Brynn avait en cet instant une expression rusée des plus divertissantes. « Vous avez vu la façon dont Dai ab Owyn a regardé ma Rhiannon, n'est-ce pas ? »

Ceinion prit garde à ne point changer d'expression lui-même. Il l'avait bien vu, en effet, entre autres. « C'est une jeune fille remarquable, murmura-t-il.

— La fille de sa mère. La même fougue. Je suis un homme entièrement soumis, je vous le dis. » Brynn accompagnait ces paroles d'un sourire. « Résolvons-nous un problème de cette façon ? L'héritier d'Owyn mis au pas par ma fille ? »

Ceinion conserva une expression non compromettante. « Certainement un appariement utile.

— Le garçon a déjà perdu la tête, je parierais, gloussa Brynn. Pas le premier non plus, avec Rhiannon.

— Et votre fille ? » demanda Ceinion, ce qui n'était peut-être pas très sage.

Quelques pères auraient été surpris, ou auraient sacré – quelle importance, les désirs d'une fille dans ce genre de circonstances ? Mais pas Brynn ap Hywll. Ceinion l'observait et, à la lueur de la lampe, vit que le grand gaillard, son vieil ami, était devenu pensif. Trop. Le prêtre émit intérieurement un blasphème bénin, pour implorer aussitôt, en silence également, le pardon du dieu.

« Une chanson intéressante, ce que le plus jeune nous a offert avant le repas, n'est-ce pas ? »

Et voilà. Un homme ingénieux, songea Ceinion, chagrin. Bien davantage qu'un simple guerrier pourvu d'une grande épée à deux mains.

« En effet », dit-il, en gardant toujours ses opinions pour lui. C'était trop tôt. Il chercha à temporiser. « Votre barde était tout décontenancé.

— Amund ? C'était trop réussi, vous voulez dire, cette chanson ?

— Non. Même si elle était frappante. Mais Alun ab Owyn a enfreint les lois régissant ce genre de performance. Seuls des bardes accrédités peuvent improviser en compagnie. Il vous faudra apaiser votre harpiste.

— Un vrai hérisson, Amund. Pas aisément amadoué, si vous êtes dans le vrai.

— Je le suis. Considérez-le comme un avertissement offert au sage. »

Brynn lui jeta un coup d'œil. « Et votre autre question ? À propos de Rhiannon ? Quelle sorte de conseil était-ce là ? »

Ceinion soupira. Il avait commis une erreur. « J'aimerais parfois que vous ne soyez point aussi subtil.

— Je le dois. Pour rester à la hauteur des autres membres de ma famille. Elle a aimé… cette chanson, vous pensez ?

— Je crois que tous l'ont aimée. » Il s'en tint là.

Les deux hommes gardèrent un moment le silence.

« Eh bien, dit enfin Brynn, elle a l'âge légal, mais nous ne sommes pas si pressés. Quoique Amrèn désire savoir quoi faire en ce qui concerne Owyn et Cadyr, et ceci…

— Owyn ap Glynn n'est pas le problème. Pas plus qu'Amrèn ou Iélan de Llywèrth. Sauf s'ils s'accrochent à ces querelles qui seront notre perte. » Il avait parlé avec plus de passion qu'il ne l'avait voulu.

Sans se troubler, l'autre étendit les jambes et s'adossa dans son siège. Après avoir bu, il essuya sa moustache sur sa manche et sourit : « Encore sur ce cheval ?

— Je le serai toute ma vie. » Ceinion ne lui rendit pas son sourire, cette fois. Il hésita, puis haussa les épaules. Il voulait changer de sujet, de toute façon. « Je vais vous confier quelque chose avant d'en parler à Amrèn à Béda. Mais gardez-le entre nous. Aëldred m'a invité à Esfèrth, pour me joindre à sa cour. »

Brynn s'assit brusquement, en faisant grincer son siège sur le plancher. Il jura, sans s'excuser, puis reposa sa coupe avec bruit en renversant du vin. « Comment ose-t-il ? Notre grand-prêtre, il veut nous le voler, maintenant ?

— J'ai dit qu'il m'a invité. Ce n'est pas un enlèvement, Brynn.

— Même ainsi, n'a-t-il pas ses propres maudits saints hommes de Jad parmi les Anglcyns ? Putréfaction sur lui !

— Il en a beaucoup et en cherche d'autres… mais pas des maudits, j'espère. » Ceinion souligna ses paroles d'une petite pause. « D'ici, de Ferrières. Et même de Rhodias. C'est… un roi différent des autres, mon ami. Ses terres sont en voie de devenir plus sûres, il en a le sentiment je crois, et cela suscite de nouvelles ambitions, de nouvelles façons de penser. Il a pris des arrangements pour marier une de ses filles au nord, à Rhédèn. » Il dévisageait l'autre sans broncher.

Brynn soupira : « J'en ai entendu parler.

— Et dans ce cas, voilà que disparaît cette rivalité de l'autre côté du Mur, une rivalité sur laquelle nous avons toujours compté. Le danger que nous courons, c'est de rester… l'ancienne sorte de princes. »

Trois lampes à huile brûlaient dans la pièce, une dans une niche murale, deux apportées pour l'invité : un geste extravagant de respect. Dans la convergence de leur lumière jaune, le regard de Brynn était maintenant très direct. Ceinion l'accepta et, ce faisant, sentit une vague de souvenir s'abattre sur lui, venue d'un terrible et glorieux été, bien longtemps auparavant. Cela lui arrivait de plus en plus souvent avec l'âge. Une collision du passé et du présent, des visions simultanées, le présent vu en même temps que le passé. Ce même homme, un quart de siècle plus tôt, sur un champ de bataille au bord de la mer, le Volgan en personne avec toute la force erling qu'ils avaient affrontée non loin de ses navires. Il y avait eu trois princes parmi les Cyngaëls, ce jour-là, mais Brynn avait commandé au centre. Doté d'une crinière noire, à l'époque, bien moins massif, et manifestant moins d'humour facile. Le même homme, pourtant. On changeait, tout ne changeant pas.

« Vous avez dit qu'il cherche des prêtres de Ferrières ? » Brynn avait choisi l'autre sujet important.

« Ainsi me l'a-t-il écrit.

— Cela commence avec des prêtres, n'est-ce pas ? »

Ceinion adressa un regard affectueux à son vieil ami. « Quelquefois. Ils ont la réputation d'être bien distants, mes estimés collègues d'outre-mer.

— Mais s'ils ne le sont pas ? Si elle est suivie d'effet, cette ouverture ? Si les Anglcyns et Ferrières s'allient pour repousser les raiders erlings des deux côtés du Détroit ? Et peut-être un mariage de ce côté aussi… ? »

Ceinion compléta la phrase : « Alors, les Erlings reviennent ici, je le croirais bien. Si nous demeurons à l'écart de ce qui se passe. Ce sera mon message à Béda, lorsque j'y serai. » Après un bref silence, il ajouta la pensée qui l'avait accompagné en chemin : « Il est des époques où le monde se transforme, Brynn. »

La pièce demeura silencieuse. Aucun bruit ne venait non plus du couloir, à présent. La maisonnée était couchée, en grande majorité. Quelques guerriers jouaient sans doute encore aux dés dans la grande salle, peut-être avec les jeunes Cadyrins, de l'argent changeait de mains à la lueur des lanternes. Il ne devrait pas y avoir de problèmes ; les hommes de Brynn étaient extrêmement bien dressés, et ce soir, ils étaient des hôtes. La brise nocturne se glissait par la fenêtre, adoucie par le parfum des fleurs. Les dons du monde offert par le dieu. On ne devait pas les dédaigner.

« Je les hais, vous savez. Les Erlings comme les Anglcyns. »

Ceinion hocha la tête sans rien dire. Qu'y avait-il à dire ? Une homélie à propos de Jad et de l'amour ? Le grand gaillard soupira de nouveau en face de lui. Vida sa coupe une fois de plus. Il ne manifestait aucun des effets résultant d'un vin non coupé.

« Irez-vous le rejoindre ? Aëldred ? » demanda-t-il, comme Ceinion s'y était attendu.

« Je l'ignore », dit-il, ce qui avait la vertu d'être honnête.

Brynn s'éloigna, non point en direction de sa propre chambre mais vers une des dépendances. Une jeune servante l'y attendait sans aucun doute, prête à se glisser dehors dès qu'elle le verrait passer la porte. Ceinion savait que c'était son devoir de morigéner l'autre pour cela. Il ne l'envisagea même pas. Il connaissait ap Hywll et son épouse depuis trop longtemps. C'était l'un des enseignements du monde, lorsqu'on y vivait, lorsqu'on lui appartenait : à quel point il pouvait être complexe.

Ceinion éteignit deux des lampes, répugnant au gaspillage. Une habitude de frugalité. Il laissa la porte un peu entrouverte, par courtoisie. Une fois Brynn sorti de la ferme, le seigneur du lieu ne serait pas la dernière visite qu'il recevrait cette nuit. Il était déjà venu auparavant à la ferme, et dans d'autres demeures d'ap Hywll.

En y pensant après coup, et en attendant, il alla chercher dans son sac la lettre qu'il apportait au nord-ouest, à Béda au bord de la mer. Il reprit son siège près de la fenêtre. Pas de lunes, cette nuit. Les jeunes princes cadyrins auraient eu une bonne nuit bien noire pour leur vol de bétail... et ils se seraient fait massacrer. Une malchance pour eux que Brynn et ses hommes se soient trouvés là, mais la malchance pouvait vous tuer.

Jad du Soleil lui avait permis de leur sauver la vie aujourd'hui, une autre sorte de présent, un présent qui ferait peut-être sentir ses effets plus loin qu'on ne pouvait imaginer. La prière de Ceinion, tous les matins, c'était que le dieu jugeât bon d'user de lui selon Ses désirs. Qu'il fût arrivé comme il l'avait fait signifiait, devait signifier quelque chose – qu'il eût jeté ce coup d'œil dans la pente, vu le mouvement dans les buissons. Et qu'il eût suivi son intuition, sans bonne raison sinon cette *certitude* qui lui venait parfois. Plus qu'il ne le méritait, ce don, si imparfait fût-il. Tout ce qu'il avait fait, parfois mû par le chagrin, et par d'autres raisons encore... Il tourna la tête pour regarder dehors, aperçut des étoiles à travers les déchirures mouvantes des nuages, huma de nouveau le parfum des fleurs, juste au pied de sa fenêtre dans la nuit.

“Nécessaire comme la fin de la nuit”. “Nécessaire comme la nuit”.

Deux propositions subtiles au jeu des triades, et une chanson improvisée pour l'assistance attentive. Trois jeunes gens à l'orée de leur existence, de la possible importance de leurs vies. Et s'il avait eu un jour de retard sur la route, ou même quelques instants, deux d'entre eux auraient très vraisemblablement péri cette nuit.

Il aurait dû s'agenouiller pour offrir de nouveau sa gratitude, éprouver un sentiment de bénédiction et d'espoir. Et il l'éprouvait, en vérité, mais sous le couvert d'un autre sentiment plus indéfini, comme un poids. Il se sentait subitement las. Les années vous rattrapaient sournoisement, si l'une de vos journées durait trop longtemps. Il ouvrit de nouveau la lettre, en émiettant un peu plus le sceau rouge.

Attendu qu'il a été de notre avis depuis quelque temps que le devoir légitime d'un roi oint du seigneur, sous le regard de Jad, soit de poursuivre la sagesse et d'enseigner la vertu par son exemple, autant que sa tâche est de renforcer et de défendre…

Les lampes éteintes, il n'y avait plus assez de lumière pour lire, surtout pour un homme qui n'était plus de la première jeunesse, mais il avait appris cette lettre par cœur et communiait davantage avec elle qu'il n'en considérait réellement de nouveau le contenu, comme on s'agenouille devant l'image familière du dieu dans sa propre chapelle de pierre. Ou bien, songea-t-il, comme on contemple le nom et le disque solaire gravé sur une tombe visitée si souvent qu'on ne les *voit* plus : on en est pénétré, alors qu'on s'attarde une fois de plus jusqu'à la nuit, après le crépuscule.

Dans le corridor nocturne, Énid frappa doucement puis entra, considérant la porte entrouverte comme l'invitation qu'elle était.

« Quoi donc ? » demanda-t-elle en posant la longue chandelle qu'elle portait. « Encore habillé, encore debout ? J'avais espéré que vous m'attendiez dans votre lit. »

Il se leva en souriant. Elle s'avança et ils s'embrassèrent, mais elle fut assez charitable pour en faire un baiser de paix sur chaque joue, sans plus. Elle portait du parfum. Il n'était pas doué pour identifier les parfums des femmes mais il le perçut aussitôt comme une source de distraction.

Il eut soudain conscience de la présence du lit. Elle en avait eu l'intention, il le savait. Il la connaissait fort bien.

Elle regarda les coupes de vin et le pichet au bec évasé. « En a-t-il laissé pour moi ?

— Guère, je le crains. Il peut y en rester un peu, avec de l'eau pour le couper. »

Énid secoua la tête. « Je n'en ai pas vraiment besoin. »

Elle prit le siège abandonné si récemment par son époux pour aller rencontrer la fille qui l'attendait, quelle qu'elle fût. Dans la lumière plus douce, elle était une simple présence près de Ceinion, un parfum, le souvenir d'autres nuits – et d'autres baisers de paix, quand ce n'était pas la paix qu'elle avait laissée derrière elle en repartant. Sa retenue à lui, non celle d'Énid, ou même celle de Brynn, car ces deux-là avaient élaboré leurs propres règles au cours de leur long mariage et l'avaient fait comprendre à Ceinion, des années plus tôt. Sa retenue. Une femme très chère à son cœur.

« Vous êtes las », dit-elle après l'avoir scruté pendant un moment. « Il obtient le meilleur de vous en venant en premier, et quand j'arrive, toujours avec espoir, c'est pour trouver…

— Un homme indigne de vous ?

— Un homme qui n'est pas susceptible à mes charmes décroissants. Je vieillis, Ceinion. Je crois que ma fille est tombée amoureuse, cette nuit. »

Il retint son souffle. « Je dirai, dans l'ordre, non, non, et… peut-être.

— Laissez-moi tirer cela au clair. » Il pouvait voir qu'elle était amusée. « Vous allez enfin me céder, je ne suis pas trop vieille à vos yeux, Rhiannon est peut-être amoureuse ? »

Il y avait en Énid quelque chose qui avait toujours donné à Ceinion envie de sourire. « Non, hélas, et oui, en vérité, et peut-être l'est-elle, mais les jeunes le sont toujours.

— Et ceux d'entre nous qui ne sont plus jeunes ? Ceinion, ne m'embrasserez-vous point ? Cela fait plus d'une année. »

Il hésita un moment, renvoyé à toutes ses anciennes raisons, mais se leva ensuite pour venir la trouver là où elle était assise, et l'embrasser sur les lèvres lorsqu'elle leva la tête vers lui. Malgré sa réelle fatigue, il eut conscience du battement de son cœur, d'un vif éclair de désir. Il recula d'un pas. Déchiffra l'expression espiègle d'Énid un instant avant qu'elle ne tendît la main pour effleurer son pénis à travers la robe.

Il ne put retenir un son étranglé et entendit Énid rire en écartant sa main.

« Je ne fais qu'explorer, Ceinion. N'ayez crainte. Peu importe ce que vous dites par bonté, il viendra bien une nuit où je ne vous exciterai plus. L'une de ces visites…

— La nuit où je mourrai », déclara-t-il avec conviction.

Elle cessa de rire et fit le signe du disque solaire pour écarter le mauvais sort.

Ou pour l'essayer. Ils entendirent un cri dehors. Par la fenêtre, en se retournant vivement, Ceinion vit l'arc dessiné par un tison brûlant qu'on lançait.

Puis il entendit des cavaliers dans la cour de la ferme, et les premiers hurlements s'élevèrent.

Alun songeait qu'il avait déjà vu son frère ainsi, quoique pas exactement. Dai ne tenait pas en place, il était irritable, et effrayé. Gryffèth, qui avait réclamé la partie gauche du lit juste assez large, commit l'erreur de se plaindre du va-et-vient de Dai dans le noir, et s'attira en retour un torrent brûlant d'obscénités.

« Voilà qui n'était pas mérité », dit Alun.

Dai se retourna vers lui et Alun, au milieu du lit – il avait tiré la paille la plus courte –, rendit sans broncher son regard à son frère, silhouette rigide dans la pénombre. « Viens donc te coucher, repose-toi. Elle sera encore là demain matin.

— De quoi parles-tu ? » demanda Dai d'un ton impérieux.

Gryffèth, l'idiot, renifla de rire. Dai fit un pas dans sa direction. Alun pensa un instant que son aîné allait bel et bien frapper leur cousin. Cette colère, c'était ce qui n'avait pas été là les autres fois, lorsque Dai avait été obsédé par une fille. Et non plus cet effroi.

« Pas d'importance, se hâta de dire Alun. Écoute, si tu ne peux dormir, on doit jouer aux dés dans la grande salle, c'est sûr. Ne prends pas tout leur argent et ne bois pas trop.

— Pourquoi me dis-tu ce que je dois faire ?

— Pour que nous puissions nous reposer un peu », fit Alun, aimable. « Jad soit avec toi. Va gagner quelque chose. »

Dai hésita, une silhouette nerveuse de l'autre côté de la chambre. Puis, en lançant d'un ton égaré un autre juron, à la cantonade, il ouvrit brutalement la porte et disparut.

« Attends », dit vivement Alun à Gryffèth. Ils attendirent, côte à côte dans le lit.

La porte se rouvrit à la volée.

Dai rentra d'un pas décidé, traversa la pièce pour prendre son sac, saisit sa bourse et ressortit.

« Maintenant, dit Alun, tu peux le traiter d'idiot.

— C'est un idiot », déclara Gryffèth avec conviction, en se retournant dans le lit.

Alun se retourna de l'autre côté, bien déterminé à dormir. Ce ne fut pas le cas. Les petits coups à leur porte – et la voix de la femme, dans le couloir – s'élevèrent peu après.

Il était évident, à l'expression de Helda, et d'après ses coups d'œil dérobés à Rhiannon, qu'elle était soucieuse. Leur jeune cousine s'était jetée sur son lit dès qu'elles étaient toutes quatre revenues de la grande salle dans leurs appartements. Elle gisait là, toujours vêtue de sa robe verte à ceinture dorée, dans la lumière extravagante qui baignait les deux pièces – comme Méredd était partie, pour toujours désormais, afin de se joindre aux Filles de Jad, Rhiannon s'était approprié la chambre voisine pour les trois autres jeunes femmes. À dire vrai, elle semblait réellement mal en point : fiévreuse, les yeux étincelants.

Sans se concerter, les trois autres avaient résolu de l'amadouer et l'on n'avait rien dit d'abord pour s'opposer à son exigence immédiate de voir toutes les lumières allumées, ou à sa requête suivante.

Rania avait la voix la plus pure, à la chapelle et dans la salle des banquets, et Eirin la meilleure mémoire. Elles étaient allées ensemble dans la pièce voisine, avec des murmures, et elles avaient de nouveau franchi la porte qui séparait les deux chambres, Eirin souriante, Rania se mordant la lèvre, comme elle le faisait toujours avant de chanter.

« Ce ne sera pas très bon, dit-elle. Nous l'avons entendu une fois seulement.

— Je sais », dit Rhiannon, avec une douceur inhabituelle, d'une voix très différente de son expression. « Mais essayez. »

Elles n'avaient pas de harpes. Rania chanta sans accompagnement. C'était bien exécuté, en vérité, avec la tonalité différente d'une voix féminine dans cette chambre tranquille, trop éclairée, tard dans la nuit, comparé à ce qui avait été chanté dans la grande salle au coucher du soleil, lorsque le fils cadet d'Owyn ap Glynn le leur avait offert :

Les salles d'Arbèrth ce soir sont dans la pénombre.
Aucune lune ne vogue dans le ciel.
Après avoir chanté un peu, je me tairai.

La nuit est un étranger qui se tapit,
Un ennemi qui brandit une épée,
Des bêtes dans les champs et les bois

Les étoiles jettent leur regard sur chouettes et loups
Et sur toutes les créatures vivantes,
Tandis que les humains dorment saufs derrière leurs murailles.

Les salles d'Arbèrth sont ce soir dans la pénombre
Aucune lune ne vogue dans le ciel.
Après avoir chanté un peu, je me tairai.

La première étoile est une promesse longuement attendue,
L'abîme de la nuit un rêve éveillé,
Les ténèbres un filet pour le désir le plus profond des cœurs.

Les étoiles jettent leur regard sur amants et bien-aimés
Et sur tous les délices possibles,
Car il en est qui ne dorment pas dans la nuit.

L'énigme des heures les plus noires
A toujours été et sera toujours la même,
Et c'est ainsi que nous pouvons dire :

Nécessaire comme la fin de la nuit,
Nécessaire comme la nuit
Par le saint nom béni du dieu, elles le sont toutes deux.

Les salles d'Arbèrth ce soir sont dans la pénombre.
Aucune lune ne vogue dans le ciel.
Après avoir chanté un peu, je me tairai.

Rania baissa timidement les yeux quand elle eut fini. Eirin applaudit d'un air ravi. Helda, la plus vieille des trois, resta assise en silence, avec une expression lointaine. Après un moment, Rhiannon dit : « Par le saint nom béni du dieu. »

Faisait-elle écho au chant ou exprimait-elle son propre sentiment, ce n'était pas clair. Ou peut-être ces deux hypothèses étaient-elles justes.

Les trois jeunes filles la dévisagèrent.

« Que m'arrive-t-il ? » dit Rhiannon d'une toute petite voix.

Les autres se tournèrent vers Helda, qui, mariée, était devenue veuve. Elle répondit avec douceur : « Tu désires un homme, et cela te consume. Cela passe, ma chérie. Réellement, cela passe.

— Tu crois ? » dit Rhiannon.

Et aucune d'elles n'aurait jamais reconnu dans cette voix le ton de celle qui les commandait ordinairement –

elles trois, ses sœurs, les femmes de la maisonnée, ses parents – à la manière dont leur père commandait à sa bande de guerriers.

Cela aurait pu être divertissant, l'aurait dû, mais cette transformation était trop pénible et, de façon troublante, Rhiannon avait vraiment l'air souffrant.

« Je vais te chercher du vin. » Eirin se leva.

Rhiannon secoua la tête. Son bonnet vert glissa. « Je n'ai pas besoin de vin.

— Oui, tu en as besoin, dit Helda. Va, Eirin.

— Non », répéta la jeune fille couchée sur le lit. « Ce n'est pas ce dont j'ai besoin.

— Tu ne peux *avoir* ce dont tu as besoin », dit Helda en se dirigeant vers le lit, un certain amusement dans la voix, malgré tout. « Eirin, une meilleure idée : va aux cuisines et demande-leur une infusion, celle pour quand nous avons des insomnies. Nous pourrons toutes en prendre. » Elle souriait aux trois autres, d'au moins dix ans plus jeunes qu'elle. « Trop d'hommes en la demeure, ce soir.

— Est-il trop tard ? Pourrions-nous le faire venir ici ?

— Quoi, le chanteur ? » Helda haussait les sourcils.

Rhiannon acquiesça avec un regard implorant. C'était stupéfiant. Elle implorait, au lieu de commander.

Helda considéra la question. Elle n'avait pas sommeil du tout, quant à elle. « Pas seul, dit-elle enfin. Avec son frère et l'autre Cadyrin.

— Mais je n'ai pas besoin des deux autres », dit Rhiannon, redevenant un peu elle-même.

« Tu ne peux avoir ce dont tu as besoin », répéta Helda.

Rania prit une chandelle pour aller chercher l'infusion. Eirin, plus hardie, fut envoyée quérir les trois hommes. Rhiannon, assise dans le lit, toucha ses joues du revers de ses mains, puis se leva pour aller ouvrir la fenêtre – malgré les meilleurs avis – pour laisser la brise la rafraîchir, ne fût-ce qu'un peu.

« Ai-je l'air bien ? demanda-t-elle.

— Cela importe peu, répondit Helda, exaspérante.

— Je me sens faible.
— Je sais.
— Je ne me sens *jamais* ainsi.
— Je sais, dit Helda. Cela passe.
— Seront-ils là bientôt ? »

Alun s'habilla en hâte pour aller chercher Dai dans la salle des banquets, laissant Gryffèth dans le couloir avec la fille et la chandelle. Ni l'un ni l'autre ne semblait s'en soucier. Ils auraient bel et bien pu se rendre dans les appartements des femmes, au tournant du couloir, et attendre là, mais ils n'y semblaient point enclins.

Alun emporta sa harpe dans son étui de cuir. La jeune femme avait bien précisé que la fille de Brynn ap Hywll voulait le chanteur. La jeune fille aux cheveux bruns qui parlait ainsi à la porte, avant que Gryffèth ne se levât du lit, avait souri, les yeux illuminés par la bougie qu'elle tenait.

Aussi Alun s'en alla-t-il chercher Dai. Le trouva en train de jouer aux dés autour d'une table avec leurs amis et trois des hommes d'ap Hywll. Il fut soulagé de voir qu'une pile de pièces s'élevait déjà devant Dai. Son aîné était doué pour les dés, pariait et calculait à bon escient, et avait un coup de poignet qui lui permettait de faire tomber les dés – quel qu'en fût le propriétaire – plus souvent du bon côté qu'il n'était prévisible.

Peut-être. L'un des hommes remarqua Alun à la porte, donne un coup de coude à Dai, qui leva les yeux. Alun lui fit signe de venir le retrouver. Dai hésita, puis vit la harpe. Il quitta la table et traversa la salle. Il faisait noir, à l'exception des lampes posées sur les deux tables où les hommes éveillés jouaient. La plupart de ceux qui couchaient là étaient endormis, sur des paillasses alignées contre les murs, avec les chiens.

« Qu'y a-t-il ? » demanda Dai, abrupt.

Alun garda un ton léger. « Je suis bien navré de t'empêcher de prendre davantage d'argent à des Arbèrthins, mais nous avons été invités dans les appartements de Dame Rhiannon.

— Quoi ?

— Je n'inventerais pas une chose pareille. »

Dai s'était raidi, Alun pouvait le voir même dans l'ombre.

« Nous ? Tous les trois ?

— Tous les trois. » Il hésita. Dit la vérité, cela valait mieux ici. « Elle a demandé… hum… le harpiste, si j'ai bien compris.

— Qui a dit cela ?

— La fille venue nous chercher. »

Un bref silence. Quelqu'un rit bruyamment à la table de jeu. Quelqu'un d'autre jura, l'un des dormeurs près des murs.

« Oh, Jad. Oh, saint Jad. Alun, pourquoi as-tu chanté cette chanson ? » demanda Dai, presque un gémissement.

« Quoi ? » dit Alun, réellement pris au dépourvu.

« Si tu ne l'avais pas fait… » Dai ferma les yeux. « Je suppose que tu ne peux dire avoir sommeil, ne pas vouloir sortir du lit ? »

Alun s'éclaircit la gorge. « Je pourrais. » Il trouvait toute l'affaire plutôt pénible.

Dai secoua la tête. Rouvrit les yeux. « Non, tu es déjà sorti du lit, avec ta harpe. La fille t'a vu. » Il jura, alors, pour lui-même, plus une prière qu'un juron, qui ne s'adressait pas à Alun ni à quiconque, en vérité.

Il leva les mains et les posa en poings sur les épaules d'Alun, comme il le faisait parfois. Les releva, les laissa retomber, quelque part entre un coup et une étreinte. Les laissa là un moment, puis les ôta.

« Tu y vas, dit-il. Je ne crois pas en être capable. Je vais dehors.

— Dai ?

— Va », dit son frère en se retournant, arrivé à la limite du contrôle qu'il exerçait sur lui-même.

Alun le regarda traverser la salle, ôter la barre des lourdes portes d'entrée de la demeure de Brynn ap Hywll, en ouvrir un battant et sortir seul dans la nuit.

Quelqu'un se leva de la table de jeu pour aller replacer la barre derrière lui. Alun vit l'un de ses propres hommes lui jeter un coup d'œil ; il fit un geste bref et l'autre ramassa la bourse et les gains de Dai. Alun se détourna.

Et en cet instant, il entendit son frère vociférer un avertissement désespéré et urgent, depuis la cour. Le dernier mot qu'il lui entendit jamais proférer.

Et ensuite, il y eut le martèlement des sabots sur la terre dure, et les cris de guerre des Erlings, et le feu, et la nuit se fit sauvage.

Chapitre 3

Elle est curieuse et trop hardie. L'a toujours été, depuis le premier instant de son éveil, sous le tertre. Un intérêt persistant pour l'autre monde, moins de crainte que les autres, même si la présence du fer peut la drainer aussi aisément que tous les siens.

Cette nuit, pour autant qu'elle puisse s'en souvenir, il y a davantage de mortels qu'il n'y en a jamais eus dans la demeure au nord de la forêt : impossible de ne pas en percevoir l'aura. Aucune des deux lunes pour jeter une ombre : elle est donc venue voir. A rencontré en chemin un *spruaugh* vert, a ragé contre lui pour en faire cesser le jacassement, sait qu'il ira le rapporter à la reine, révéler où elle est allée. Peu importe, se dit-elle. Il n'est pas interdit de les observer.

Le bétail est inquiet dans son enclos. C'est le premier détail qu'elle remarque, dont elle prend conscience. Les lumières sont à présent presque toutes éteintes dans la demeure. Une seule fenêtre illuminée, dans une chambre, et une autre dans la grande salle derrière les lourdes portes. Du fer sur les portes. La nuit, les mortels dorment, craintifs.

Elle sent des sabots sur le sol, à l'ouest.

Sa propre crainte, avant de voir. Puis des cavaliers sautent par-dessus l'enclos, en fracassent la palissade en passant au travers pour pénétrer dans la cour de la ferme, et on lance du feu et on tire des armes de fer, partout, tranchant comme la mort, lourd comme la mort. Ce n'est pas pour cela qu'elle était venue, elle s'enfuit presque, pour raconter à la reine, aux autres. Demeure, perchée, une lueur invisible dans les arbres aux feuillages noirs.

Des auras plus ou moins brillantes, dans toute la cour. Les portes qui s'ouvrent violemment, des hommes qui courent, depuis le grand édifice, fer en main dans les ténèbres. Un grand vacarme, des hurlements, mais elle peut les atténuer un peu : les mortels sont trop bruyants, de toute façon. Ils se battent, maintenant. Une chaleur en elle, un vertige, l'odeur du sang dans la cour. Elle sent que sa chevelure change de couleur. A vu tout cela auparavant, mais pas ici. Des souvenirs, il y a longtemps, essayant de traverser la distance pour la rejoindre là où elle se trouve.

Elle se sent mal, drainée par le fer environnant. S'accroche à un hêtre pour se nourrir à la force de sa sève. Continue d'observer, glacée à présent, tremblante, effrayée. Pas de lunes, se répète-t-elle, rien de son ombre ou de sa lueur ne peut être perçu, à moins qu'un mortel n'ait conscience de son univers à elle.

Elle regarde un cheval noir qui se cabre et frappe un coureur de ses sabots, voit le coureur s'effondrer. Il y a un incendie, l'une des dépendances est en feu. Confusion de ténèbres et de mouvantes formes humaines. De la fumée. Trop de sang, trop de fer.

Puis une autre idée lui vient, et à cette pensée – vive et brillante telle une luciole au-dessus de l'eau –, entre ses épaules, là où elles avaient toutes autrefois des ailes, elle éprouve un spasme, un tremblement d'excitation, comme du désir. Elle tremble toujours, mais ce n'est plus le même frisson. Elle épie avec plus d'attention les vivants et les morts dans le chaos de cette cour en contrebas. Et oui. Oui.

Elle sait qui est mort le premier. Elle peut le dire.

Il gît face contre terre dans la terre labourée et piétinée. Le premier mort, par une nuit sans lunes. Il pourrait leur appartenir, si elle fait assez vite. Elle doit se hâter, cependant, l'âme s'évapore déjà, presque dissipée alors même qu'elle l'observe. Il y a si longtemps qu'un mortel dans la force de l'âge n'est venu se joindre à eux ! À la reine. Son propre rang dans la Chasse en sera changé pour toujours si elle réussit.

Cela veut dire qu'il faut descendre dans cette cour. Avec du fer partout. Le tonnerre des chevaux qui la sentent, leur effroi. Leurs sabots.

Pas de lunes. Le seul moment où cela est possible. On ne peut rien voir d'elle. Elle se le répète, encore.

Aucune d'entre elles n'a plus d'ailes, ou elle pourrait voler. Elle abandonne l'arbre, un doigt après l'autre, pour s'avancer, pour descendre. Elle voit quelqu'un en chemin. Il se hâte dans la pente, en soufflant avec bruit. Il ne sait même pas qu'elle se trouve là, une créature magique qui passe.

◆

Il devait aller chercher son épée. Il entendit Dai pousser un hurlement strident, puis un autre. Des hommes bondirent de leur paillasse en vociférant, en saisissant leurs armes. Les doubles battants s'ouvrirent violemment sur les premiers combattants de la ferme qui se précipitaient dans la nuit. Alun entendit les cris des Erlings, les rugissements des guerriers de Brynn en réponse, vit ses propres Cadyrins lancés à toutes jambes. Mais sa propre chambre, et son épée, étaient loin de l'autre côté du couloir. Terriblement loin.

Alun courut de toutes ses forces, un tambour dans la poitrine, la voix de son frère dans les oreilles, un poing de terreur refermé sur le cœur.

Quand il arriva dans leur chambre, Gryffèth, qui connaissait aussi bien que quiconque les bruits de la bataille, s'était déjà emparé de sa propre épée et de son casque de cuir. Sans un mot, il s'avança pour tendre les siens à Alun, qui laissa tomber la harpe, dégaina l'épée, laissa tomber aussi le fourreau, s'enfonça le casque sur la tête.

La femme qui se trouvait avec Gryffèth n'était pas silencieuse, et elle était terrifiée.

« Saint Jad ! Il n'y a pas de gardes là où nous couchons. Venez ! Dépêchez-vous ! »

Alun et Gryffèth échangèrent un regard. Rien à dire. C'était à briser le cœur. Ils partirent à la course dans l'autre direction, plus loin dans le grand couloir, avec la fille aux cheveux bruns, qui, ayant laissé tomber sa chandelle, se trouvait maintenant tenir la main d'Alun. Puis ils obliquèrent vers le nord, en dérapant au tournant de la grande salle, pour se rendre à l'autre extrémité de l'aile, aux appartements des femmes.

Loin des portes, loin du combat dans la cour. Loin de Dai.

La fille tendit un doigt, le souffle coupé. Ils entrèrent en force. Une femme hurla, puis les reconnut. Couvrit sa bouche du dos de sa main en reculant contre une table. Alun jeta un rapide coup d'œil, l'épée brandie. Trois femmes, dont la fille de Brynn. Deux chambres, une porte pour les relier. Il alla directement à la fenêtre donnant sur l'est qui se trouvait, d'inexplicable façon, ouverte. S'affaira à fermer les volets, à faire glisser la barre de bois.

Le marteau erling, en s'abattant, fit éclater le bois et démolit le rebord comme s'il s'était agi de brindilles, en manquant de justesse le bras tendu d'Alun. Une femme poussa un hurlement. Alun se fendit à travers les ruines de la fenêtre, à l'aveuglette dans le noir. Entendit un grognement de douleur. Quelqu'un lança un avertissement aigu. Il se contorsionna pour reculer, un mouvement brusque et douloureux. Des sabots de cheval au-dessus de sa tête, visant le cadre démantibulé de la fenêtre et le propulsant à l'intérieur de la pièce, et puis un homme qui sautait au travers pour atterrir dans la pièce.

Gryffèth lui fonça dessus, vit son coup paré par un bouclier rond, échappa de justesse au coup de hache qui suivit. Les femmes avaient reculé, hurlantes. Alun s'élança au côté de son cousin, puis dut reculer quand un deuxième homme arriva en rugissant à travers la fenêtre, marteau au poing. Ils avaient figuré où se trouvaient les femmes. Des Erlings. Ici. Un cauchemar par une nuit sans lunes. Une nuit idéale pour une attaque.

Mais que faisaient-ils si loin à l'intérieur des terres? Pourquoi ici? Cela n'avait aucun sens. Les raids ne venaient pas ici.

Alun frappa le deuxième homme, qui bloqua son coup, en lui arrachant presque son épée. Il saignait, blessé par les éclats de bois tout comme l'Erling. Il recula d'un pas, en couvrant les femmes. Entendit des claquements, des bottes derrière lui, et puis les paroles tant attendues.

« Lâchez vos armes! Vous êtes deux, nous sommes cinq, et d'autres arrivent. »

Il jeta un coup d'œil par-dessus son épaule, vit l'un des capitaines de Brynn, un homme presque aussi massif que l'Erling. Jad soit loué pour sa merci, songea-t-il. Le capitaine avait parlé en anglcyn, mais lentement; cela ressemblait à la langue erling, il serait compris.

« Vous pourrez être échangés contre rançon, poursuivit l'homme de Brynn, si quelqu'un tient assez à vous. Touchez les femmes et votre fin sera pénible. Vous désirerez périr bien avant d'être morts.

Une erreur, ces paroles, songea plus tard Alun.

Car, en les entendant, le premier homme traversa la pièce, aussi vif qu'un chat, pour empoigner Rhiannon mer Brynn – dont l'avertissement avait écarté Alun de la fenêtre – et la séparer brutalement des autres. L'Erling la plaça devant lui comme un bouclier, un bras tordu haut dans le dos, en tenant la hache tout près de la lame, contre la gorge de la jeune fille. Alun retint un juron avec son souffle.

L'une des autres femmes tomba à genoux. La chambre était bondée à présent, pleine d'hommes, avec l'odeur de la sueur et du sang, de la boue et des ordures de la cour. On pouvait entendre la bataille qui rageait à l'extérieur, les abois frénétiques des chiens, les meuglements du bétail qui s'affolait dans son enclos. Quelqu'un poussa un cri, qui se tut, coupé net.

« Une rançon, tu dis », grogna l'Erling. Il avait une barbe blonde, portait une armure. Ses yeux, derrière le heaume de métal, la longue garde nasale. « Non. Pas du tout. Vous lâchez vos armes maintenant ou le sein de celle-ci, je le coupe. Vous voulez voir ? Je ne sais pas qui c'est, mais les vêtements sont beaux. Je coupe ? »

Le capitaine de Brynn fit un pas en avant.

« J'ai dit, lâchez vos armes ! »

Un silence, tendu et contraint. Alun avait la bouche sèche, comme remplie de cendres. Dai était dehors. *Dai était dehors*. S'y était trouvé seul.

« Qu'il le fasse », dit Rhiannon, fille de Brynn ap Hywll. « Qu'il le fasse, et ensuite, tuez-le pour moi.

— Non ! Entendez-moi, se hâta de dire Alun. Il y a plus de cinquante guerriers ici. Vous n'en aurez sûrement pas autant pour un raid. Votre chef a commis une erreur. Vous êtes en train de perdre. Écoutez ! Vous n'avez nulle part où aller. Choisissez ici votre destin.

— J'ai choisi avec le bateau, grinça l'homme. Ingavin réclame ses guerriers.

— Et ses guerriers tuent des femmes ?

— Des putes cyngaëlles, oui. »

L'un des hommes derrière Alun émit un son étranglé. Rhiannon se tenait là, le bras tordu dans le dos, la hache sur la gorge. La peur dans les yeux. Mais non dans ses paroles.

« Alors meurs à cause de cette pute cyngaëlle. Tue-le, Siawn. Tue-le ! »

La lame de la hache bougea. Une déchirure dans la robe verte au col haut, du sang sur la clavicule.

« Jad bien-aimé ! » fit la femme agenouillée.

Pas un mouvement, pendant une seconde, pas un souffle. Et puis l'autre Erling, celui qui s'était jeté à travers la fenêtre, laissa tomber son bouclier avec un fracas métallique.

« Laisse-la, Svein. J'ai déjà été leur prisonnier.

— Fais-toi enculer par les Cyngaëls si tu veux ! » grogna l'homme nommé Svein. « Ingavin m'attend ! *Lâchez vos armes ou je la dépèce !* »

Alun vit les yeux pâles au regard sauvage, entendit la folie meurtrière dans cette voix, et, avec lenteur, déposa son épée au sol.

Il y avait du sang sur la jeune fille. Il la vit qui le regardait. Il pensait à Dai, dehors, qui les avait avertis avant les sabots et les flammes. Pas d'armes du tout, Dai. Son cœur pleurait, et point n'était besoin de tuer encore, et il essayait de trouver en lui un espace où prier.

« Fais-le », dit-il à Gryffèth sans tourner la tête.

« Non ! » dit Rhiannon, un murmure, mais très clair.

Gryffèth la regarda, regarda Alun, et lâcha son épée.

« Il la tuera », dit Alun aux hommes qui se trouvaient dans son dos, sans se retourner. Il ne quittait pas la jeune fille des yeux. « Laissons leurs compagnons être défaits dehors, et alors nous réglerons le cas de ces deux-là. Il n'y a pas un seul endroit sur la terre de Jad où ils pourraient aller une fois partis d'ici.

— Alors il la tuera bel et bien », dit l'homme nommé Siawn, en faisant un pas en avant, l'épée toujours au poing. Il y avait la mort dans sa voix, et une rage ancienne.

La hache bougea encore, une autre déchirure dans la robe verte, un autre ruban sanglant sur la peau blanche. L'une des femmes poussa un petit gémissement. Pas celle que tenait l'Erling, même si elle se mordait la lèvre, à présent.

Ils demeurèrent tous ainsi pendant une durée aussi longue que celle précédant la création du monde par Jad. Puis quelqu'un lança un marteau.

L'Erling à la barbe blonde portait son heaume de fer, ou sa tête aurait été écrasée comme un fruit par le choc. Même ainsi, le bruit de l'impact fut écœurant, de si près, dans la chambre bondée. L'homme s'écroula comme une poupée de paille, mort avant que son corps désarticulé ne s'étalât sur le sol. La hache tomba aussi, sans blesser personne.

Pendant un bon moment, Alun eut l'impression que nul ne respirait dans la chambre. C'est parfois l'effet d'une extrême violence. Ce n'était pas un champ de bataille, ici. Ils étaient trop près les uns des autres. Ce genre de chose devait arriver… dehors, pas dans des appartements de femmes.

La femme dont c'étaient les appartements demeura là où elle avait été tenue captive, immobile. Le marteau était passé assez proche pour lui effleurer les cheveux. Elle avait les bras libres, à présent, et personne ne la menaçait d'une hache. Alun pouvait distinguer les deux filets de sang sur sa robe, les estafilades sur sa gorge et sa clavicule. Il la vit prendre une lente inspiration. Ses mains tremblaient. Aucun autre signe. La mort l'avait touchée, s'était détournée. On pouvait bien trembler un peu.

Il se détourna pour regarder l'Erling qui avait lancé le marteau. Une barbe roussâtre striée de gris, de longs cheveux débordant du heaume rond. Pas un homme jeune. Le jet de ce marteau, eût-il manqué ne fût-ce que d'un brin sa trajectoire, aurait abattu la fille de Brynn, lui fracassant le crâne. L'homme jeta un regard autour de lui, tendit ses mains vides.

« Tous les hommes sont fous », dit-il en anglcyn. Ils pouvaient le comprendre. « Les dieux nous ont donné peu de sagesse, et moins encore à certains. Cet homme, Svein, m'a irrité, je le confesse. Nous allons tous retrouver nos dieux, d'une façon ou d'une autre. Guère de profit à se hâter. Il aurait tué la fille, et nous en serions morts tous les deux. Stupide. Je ne vous rapporterai pas une bien grosse rançon, mais je me rends, à vous deux et à la dame. » Son regard passa d'Alun à Siawn, puis à Rhiannon mer Brynn.

« L'abattrai-je, ma dame ? » dit sombrement Siawn. On pouvait entendre le désir qui résonnait dans sa voix.

« Oui », dit la femme aux cheveux bruns, toujours agenouillée. La troisième femme venait de vomir, de l'autre côté de la chambre.

« Non », dit Rhiannon. Son visage avait la pâleur de l'os. Elle n'avait toujours pas bougé. « Il s'est rendu. Il m'a sauvé la vie.

— Et qu'aurait-il fait, d'après vous, s'ils avaient été plus nombreux ici ? » demanda durement le dénommé Siawn. « Ou nous moins nombreux dans la ferme cette nuit, par la merci de Jad ? Pensez-vous que vous seriez encore vêtue, et debout ? »

Alun avait eu la même pensée.

Ils parlaient en cyngaël. L'Erling les regarda tour à tour, puis il émit un gloussement et répondit dans leur propre langue, lourdement accentuée. Il avait déjà effectué des raids dans cette région, il l'avait dit.

« Mikkel se la serait appropriée, et il est la seule raison pour laquelle nous sommes si loin des bateaux. Ou son frère, ce qui aurait été bien pis. Ils l'auraient dévêtue, et ils l'auraient prise devant nous tous, j'imagine. » Il regarda Alun. « Ensuite ils auraient trouvé une vilaine façon de la tuer.

— Pourquoi ? Pourquoi donc ? C'est… ce n'est qu'une femme. » Alun avait besoin de quitter cette pièce, mais il voulait comprendre. Et il avait peur de partir, aussi. Le monde, son existence, pourraient changer pour toujours lorsqu'il quitterait cet endroit. Aussi longtemps qu'il se trouvait dans cette chambre…

« Ceci est la demeure de Brynn ap Hywll, dit l'Erling. Notre guide nous l'a dit.

— Et alors ? » dit Alun. Ils avaient eu un guide. Il avait bien entendu. Savait que les Arbèrthins l'auraient entendu aussi.

Rhiannon respirait avec précaution, il s'en rendit compte. Ne regardait personne. N'avait pas crié une seule fois, seulement pour l'avertir, quand le cheval avait démoli la fenêtre.

L'Erling ôta son casque de fer. Ses cheveux roux collés par la sueur pendaient mollement sur ses épaules. Son visage était tout bosselé, son nez cassé. « Mikkel Ragnarson mène ce raid, avec son frère. Dans un seul but, même si j'ai tenté de le faire changer d'avis au nom de ceux d'entre nous qui venaient pour eux-mêmes et non pour lui. C'est le fils de Ragnar Siggurson, le petit-fils de Siggur, celui que nous appelions le Volgan. Ceci est une vengeance.

— Oh, Jad, s'écria l'homme nommé Siawn. Oh, Jad et toutes les Bienheureuses Victimes, Brynn était dehors quand ils sont arrivés. Allons-y ! »

Alun avait déjà repris son épée, s'était retourné pour fendre la foule des guerriers, filait à toutes jambes dans le couloir vers la porte à doubles battants. Le cri désespéré de Siawn le suivit.

Brynn ap Hywll n'avait pas été le seul homme dehors.

Il n'avait encore jamais tué personne, Alun. Le désir en montait en lui, en même temps que la terreur.

La terreur se dissipa comme de la fumée dans le vent dès qu'il eut passé les portes pour voir ce qu'il devait voir. Elle fut remplacée par le vide, un espace que rien encore n'emplissait. Sa certitude avait été absolue, en vérité, du moment où il avait entendu le premier cri de Dai, mais il y a savoir et savoir.

L'attaque avait pris fin. Les Erlings n'avaient pas été en nombre suffisant pour tenir tête aux guerriers de Brynn et aux Cadyrins, même avec l'effet de surprise. Ce devait de toute évidence être un raid sur une ferme isolée – une grande ferme choisie très spécifiquement, mais même dans ce cas l'intention avait été d'abattre Brynn ap Hywll, non d'affronter des forces assemblées. Quelqu'un s'était trompé, ou n'avait vraiment pas de chance. Alun l'avait dit lui-même, dans la chambre. Avant de se précipiter dans la cour pour voir le corps étendu là, non loin des portes grandes ouvertes. Tout près des portes.

Alun s'arrêta net. D'autres se mouvaient autour de lui. Ils semblaient curieusement lointains, vagues, comme flous. Il demeura figé, puis, avec un effort qui lui demanda presque toutes ses ressources, comme si son corps était devenu très lourd, il se remit en marche.

Dai n'avait eu que la dague passée dans sa ceinture lorsqu'il était sorti, mais il tenait à présent une épée erling. Il gisait face contre terre dans l'herbe et la boue, avec un raider mort près de lui. Alun s'arrêta là, où Dai était étendu, et il s'agenouilla dans la boue, il déposa sa propre épée par terre, il ôta son casque. Et puis, au bout d'un moment, il retourna son frère pour le regarder.

"Il en a coûté cher, pour vendre sa vie", dit *La Lamente pour Seitsyth*. Celle que chantaient les bardes, à un moment ou à un autre, dans les grandes salles des trois provinces pendant ces nuits d'hiver où l'on aspire à l'éveil du printemps, où l'évocation fameuse de hauts faits éclatants excite le sang et l'âme des jeunes gens.

Le coup de hache qui avait abattu Dai avait été asséné d'en haut et par en arrière, un cavalier à cheval. Alun le constata à la lueur des torches qui traversaient maintenant la cour. Aucune excitation dans son âme ni dans son sang. Il tenait entre ses bras un corps mutilé, celui d'un être adoré. L'âme était… ailleurs. Il aurait dû prier maintenant, il le savait, offrir les paroles appropriées, les prières bien connues. Il ne se les rappelait même pas. Il se sentait vieux, alourdi par le chagrin, le désir des larmes.

Mais pas encore. Ce n'était pas encore fini. Il entendait encore crier. Un Erling en armes se tenait dans la cour, à quelque distance, le dos à la porte d'une des dépendances, son épée sur la gorge d'une silhouette presque nue, dans un demi-cercle formé par des guerriers Arbèrthins et des compagnons d'Alun.

Toujours agenouillé, la tête de son frère sur les genoux, chausses et tuniques détrempées par le sang, Alun vit que la silhouette captive était Brynn ap Hywll, tenu en otage – la plus sauvage des ironies qu'on pût imaginer – exactement comme sa fille quelques instants auparavant.

À la chapelle, les prêtres enseignaient – et les textes sacrés aussi, pour ceux capables de lire – que Jad du Soleil combattait la nuit dans le ventre du monde pour ses enfants, et qu'il n'était ni cruel ni capricieux comme les dieux des païens, lesquels usaient des mortels pour leur divertissement.

On ne l'aurait pas imaginé, cette nuit.

Des chevaux sans cavaliers erraient dans la cour parmi les cadavres ; des serviteurs leur couraient après, attrapaient leurs rênes. Des blessés hurlaient. Les flammes avaient été apparemment éteintes, sauf pour un appentis qui brûlait à l'autre extrémité de la ferme, dans un espace dégagé où rien d'autre ne pouvait s'enflammer.

Il y avait eu ici près de cinquante guerriers endormis, avec armes et armures. Les hommes du nord ne pouvaient l'avoir su, ni l'avoir prévu, pas dans une ferme. Dommage pour eux.

Les Erlings s'étaient enfuis, avaient été capturés, ou étaient morts. Sauf celui qui tenait Brynn en respect, pris lui-même au piège. Alun n'était pas certain de ce qu'il voulait faire, mais il allait faire quelque chose.

"Vas-y. Je ne crois pas en être capable." Ni la voix ni le frère qu'il avait connus toute sa vie. Et pour parole ultime, un ordre, comme un déchirement : "Va !"

Il avait renvoyé Alun, à la fin. Comment cela pouvait-il être leur dernier instant ensemble dans le monde du dieu ? Dans une existence qu'Alun avait vécue avec son frère depuis le moment de sa naissance ?

Il reposa Dai avec douceur et s'arracha à la boue pour se diriger vers le demi-cercle d'hommes illuminé par les torches. Quelqu'un parlait, trop loin pour être distinct. Il vit que Siawn et Gryffèth étaient dehors avec les autres à présent, tenant chacun par un bras un grand Erling à la barbe rousse. Il jeta un coup d'œil à son cousin, détourna les yeux. Gryffèth l'avait vu agenouillé auprès de Dai : il savait. Il tenait son épée pour se soutenir, la pointe piquée en terre, on aurait dit qu'il aurait voulu couler dans l'herbe sombre et piétinée. Ils avaient grandi ensemble, tous les trois, depuis leur enfance. Il n'y avait pas si longtemps.

Rhiannon mer Brynn se trouvait aussi dans la cour, près de sa mère, qui se tenait aussi droite qu'une colonne de marbre rhodien, non loin du demi-cercle, les yeux fixés sur son époux à travers la fumée et les flammes.

Ceinion vit le plus jeune fils d'Owyn – le *seul* fils d'Owyn désormais, quelle tristesse sous le regard de Jad… – qui se dirigeait trop vite vers les autres, épée au poing, et il comprit ce qui le travaillait. Le chagrin pouvait être un poison. Ceinion s'avança vivement, en oblique, pour intercepter le jeune homme. Une existence nécessaire se trouvait encore dans la balance. Il faisait trop sombre pour déchiffrer les expressions, mais on peut parfois deviner l'intention de quelqu'un à sa façon de se mouvoir. La mort les entourait dans cette cour de ferme, et la mort marchait avec le jeune prince cadyrin.

Ceinion l'appela par son nom, presque en courant. Alun continua son chemin. Ceinion dut le rattraper, posa une main sur le bras du jeune homme – et reçut pour sa peine un regard qui le glaça.

« Rappelez-vous qui vous êtes ! » lança le prêtre d'un ton sec, et délibérément froid, « et ce qui se passe ici.

— Je sais ce qui s'est passé ici », dit le garçon – c'en était encore un, même s'il était désormais l'héritier de son père. Et cette pierre jetée dans l'étang susciterait des vagues, qui les toucheraient tous. Les princes comptaient pour beaucoup, sous le regard de Jad.

« Ce n'est pas fini. Attendez, et priez. L'homme qui tient cette épée est le petit-fils du Volgan.

— Je le pensais bien », dit Alun ab Owyn, d'une voix morne qui emplit le prêtre de détresse. « Nous avons appris qu'il était leur chef, à l'intérieur. » Il reprit son souffle. « Je veux le tuer, mon seigneur. »

On était censé répondre d'une certaine façon à ce genre de déclarations, avec les saints enseignements, et Ceinion savait ce qu'ils disaient, il en avait rédigé plusieurs. Ce que murmura Ceinion de Llywèrth, grand-prêtre des Cyngaëls, emblème de la foi de son peuple en Jad, au milieu des torches aux vacillements orangés et de la fumée noire, ce fut : « Pas encore, mon cher enfant. Vous ne pouvez le tuer tout de suite. Bientôt, j'espère. »

Alun lui jeta un coup d'œil. Un instant rigide, il hocha la tête ensuite, une seule fois, et ils s'avancèrent ensemble pour se joindre au demi-cercle des guerriers, à temps pour voir ce qui s'y déroulait.

◆

On a bousculé le raider, on lui a arraché son épée, et l'arme a d'abord frappé le raider, mais la hache d'un autre Erling, par-derrière, un coup asséné de haut en bas, a tué le Cyngaël avant son premier assaillant.

Elle, elle reste blottie près de l'enclos jusqu'à ce qu'on laisse de nouveau ces deux cadavres tranquilles – jusqu'à ce que celui qui s'est agenouillé se relève et s'éloigne – et puis, sans donner à la peur le temps de s'emparer d'elle,

elle s'élance en toute hâte et s'empare d'une âme pour sa reine.

Une nuit sans lunes. *Seulement* par les nuits sans lunes.

Autrefois, c'était différent, plus facile, mais autrefois, aussi, elles pouvaient voler. Elle étend les mains au-dessus du cadavre en énonçant, pour la première fois, les paroles qu'elles apprennent toutes et – *oui, là !* – elle voit l'âme du jeune homme s'élever de la terre ensanglantée pour répondre à son appel.

L'âme flotte, tourne de-ci de-là, poussée par un capricieux souffle de vent. Elle, elle éprouve une sauvage exultation, dans son excitation ses cheveux changent de couleur à plusieurs reprises, son corps fourmille, malgré la crainte des sabots ferrés et la présence du métal, qui l'affaiblit et peut la tuer.

Elle regarde l'âme qu'elle s'est appropriée pour la Chasse flotter au-dessus du corps affalé du mortel, et elle la voit se détourner pour partir, incertaine, immatérielle, pas encore *présente* dans son monde à elle, mais cela viendra, cela viendra. Elle ne s'attendait pas à éprouver un tel désir. Mais cette âme ne lui appartient pas, elle est destinée à la reine.

Après avoir tourné dans l'air, l'ombre de l'homme commence à s'élever puis revient, touche terre, avec des contours déjà plus perceptibles. Il lui jette un coup d'œil, voit, ne voit pas – pas encore tout à fait – puis se tourne vers le sud et commence à s'éloigner, attiré vers la forêt… comme vers une demeure à demi remémorée.

Il les y rejoindra bientôt, en prenant une forme plus assurée et plus matérielle en cours de route, une forme dans leur monde à elles désormais, et la reine le verra arriver, et elle l'aimera, ce don éclatant et précieux au bord de l'eau et dans les arbres, et sous le tertre. Et elle, quand elle rejoindra les autres, la gloire de cet acte rejaillira sur elle alors que la lueur de la lune d'argent illumine les étangs nocturnes.

Pas de lunes, cette nuit. Un don qui lui a été fait, à elle, ce trépas d'un mortel dans les ténèbres, un don splendide !

Elle jette un regard aux alentours, ne voit personne près d'elle, quitte alors la cour de la ferme, loin du fer et des mortels vivants et morts, elle saute par-dessus l'enclos et s'engage dans la pente, retrouvant ses forces à mesure qu'elle laisse derrière elle épées et armures. Elle s'immobilise au sommet de la crête pour jeter un dernier coup d'œil derrière elle. Elle regarde toujours, lorsqu'elle se trouve près d'eux. Attirée par cette autre part mortelle du monde. Cela arrive parmi les membres de la Chasse, elle n'est pas la seule. On raconte des histoires.

En contrebas, les auras sont plus brillantes pour elle que les torches : furie, chagrin, effroi. Elle les trouve toutes, elle s'en pénètre, elle essaie de les distiller, de les comprendre. Elle regarde depuis le même hêtre qu'auparavant, les doigts sur l'écorce, comme auparavant. Deux très grands hommes dans un demi-cercle. L'un menace de sa lame de fer l'autre qui a jailli d'une petite structure en hurlant qu'on lui donne une arme. Elle en a été effrayée – la brûlure écarlate de cette voix. Mais le raider avait vu l'homme avant que ses propres hommes puissent l'entendre et il l'avait épinglé au mur. Sans le tuer. Elle ne savait pas bien pourquoi, d'abord, mais maintenant, elle voit. Ou elle pense qu'elle le voit : d'autres hommes arrivent, se figent comme des statues, puis il en arrive encore, ils se rassemblent, et voilà, ils en sont là, pétrifiés, torches en main autour des deux hommes.

L'un des deux a peur, mais ce n'est pas celui qu'elle aurait cru. Elle comprend très mal les mortels. Ils vivent dans un autre monde.

Tout est calme, à présent, la bataille est terminée, excepté pour ces deux-là, et une autre présence qu'ils ne sauront pas, souterraine. Elle écoute. Elle a toujours aimé écouter, regarder. Essayer de comprendre.

◆

« Comprenez-moi bien », répéta l'Erling dans sa propre langue, « je le tue si quelqu'un bouge !

— Alors fais-le », fit Brynn ap Hywll d'un ton sec. Il était pieds nus dans l'herbe, vêtu seulement d'une fine camisole grise qui couvrait son gros ventre et ses fortes cuisses. Un autre aurait semblé ridicule, songea Ceinion. Mais pas Brynn, même désarmé et avec la poigne de l'Erling qui serrait étroitement sa tunique par-derrière.

« Je veux un cheval, et un serment par votre dieu qu'on me laissera le passage jusqu'à nos navires. Jurez, ou il meurt ! » La voix était aiguë, presque stridente.

« Un cheval ! Peuh ! Une douzaine des hommes que tu as menés ici sont encore debout ! Tu souilles la terre de ton souffle. » Brynn tremblait de rage.

« Douze chevaux ! Je veux douze chevaux ! Ou il meurt ! »

Brynn rugit derechef: « Personne ne jure ! Que personne n'ose jurer !

— Je le tuerai ! » hurla l'Erling. Ses mains tremblaient. « Je suis le petit-fils de Siggur Volganson !

— Alors fais-le ! » hurla Brynn en retour. « Couard sans couilles ! Fais-le !

— Non ! » s'exclama Ceinion. Il avança d'un pas dans le cercle de lumière. « Non ! Mon ami, taisez-vous, au nom de Jad. Vous n'avez point licence de nous quitter !

— Ceinion, ne prêtez pas ce serment ! Ne le faites pas !

— Je le ferai bel et bien. On a besoin de vous.

— Il ne me tuera pas. C'est un couard. Tue-moi et meurs avec moi, Erling ! Va rejoindre tes dieux. Ton grand-père m'aurait déjà ouvert comme un poisson. Il m'aurait étripé ! » cracha Brynn. Il y avait dans sa voix une furie chauffée à blanc proche de la folie.

« Tu l'as tué ! gronda l'Erling.

— Oui ! Oui, je l'ai tué ! Je lui ai tranché les bras et je lui ai fendu la poitrine et j'ai mangé son cœur sanglant en riant ! Alors tue-moi maintenant et laisse mes hommes en faire autant de toi ! »

Ceinion ferma les yeux. Les rouvrit. « Cela ne doit point arriver. Entendez-moi, Erling. Je suis le grand-prêtre des Cyngaëls. Entendez-moi ! Je jure par le très saint Jad du Soleil…

— Non ! rugit Brynn. Ceinion, je vous interdis…

— … qu'il ne vous sera fait aucun mal quand vous relâcherez…

— *Non !*

— … cet homme, et qu'on vous permettra… »

La petite porte de la dépendance – c'était la brasserie – s'ouvrit en allant claquer contre le mur, juste derrière les deux hommes. L'Erling sursauta comme un cheval nerveux, jeta un regard affolé par-dessus son épaule, poussa un juron.

Ce fut sa perte. Brynn ap Hywll, à l'instant où son ravisseur s'était à demi retourné, lui avait envoyé un féroce coup de coude de bas en haut, frappant son visage sans protection en dessous de la garde nasale de son casque, lui fracassant la mâchoire. Brynn se contorsionna pour échapper au coup de pointe qui s'ensuivit et qui lui érafla le flanc, sans plus. Il recula vivement d'un pas, se retourna…

« Là ! »

Ceinion vit la trajectoire étincelante d'une épée dans la lueur des torches. Il y avait une terrible beauté à cet envol. Brynn saisit l'épée d'Alun ab Owyn par le pommeau. Ceinion vit son vieil ami sourire alors, un loup gris en hiver, au prince cadyrin qui la lui avait lancée.

“Je lui ai mangé le cœur.”

Brynn n'avait rien fait de tel. Il l'aurait pu, cependant, à voir comme il s'était comporté pendant cette bataille. Ceinion se rappelait le combat, avec le grand-père de cet Erling. Un choc de géants sur ce champ de bataille rendu glissant par tout le sang versé, ce matin-là, au bord de la mer. Lorsque Brynn se battait, il lui venait cette furie, comme pour les Erlings du culte de l'ours, qui adoraient Ingavin : une folie guerrière qui s'emparait de l'âme. *Si l'on devient ce que l'on combat, qui est-on ?* La nuit ne se prêtait pas à ce genre de réflexion. Pas ici, alors que des braves gisaient dans la cour obscure.

« Il a prêté serment ! » balbutia l'Erling en crachant des dents, la bouche pleine de sang.

« Que Jad te maudisse, dit Brynn. De mes gens sont morts ici. Et de mes invités. Que pourrisse ton âme répugnante ! » Pieds nus, à demi dévêtu, il se mit en mouvement. La lame cadyrine feinta vers la droite. L'Erling se déplaça pour parer. Il portait une armure, c'était un grand gaillard, avec de longs bras, dans sa prime jeunesse.

Il l'avait été. Le coup de revers massif s'abattit telle une avalanche du haut des montagnes, traversant sa parade tardive, mordant si profondément dans son cou entre le casque et le plastron que Brynn dut mettre un pied sur l'homme terrassé, ensuite, pour en arracher sa lame.

Il recula en jetant un lent regard autour de lui, tout en faisant jouer les muscles de son cou et de ses épaules, un ours dans un cercle de feu. Nul ne bougea, nul ne parla. Brynn secoua la tête, comme pour s'éclaircir les idées, pour laisser aller sa rage, pour revenir à lui. Il se tourna vers la porte de la brasserie. Une jeune fille se tenait là, vêtue d'une tunique sans ceinture, rougissant dans la lueur des torches, sa chevelure sombre dénouée, prête au lit. Prête à faire l'amour. Brynn la dévisagea.

« C'était un acte de bravoure, dit-il d'une voix posée. Que tous le sachent. »

Elle mordit sa lèvre inférieure. Elle tremblait. Ceinion prit garde de ne point regarder du côté où Énid se tenait auprès de sa fille. Brynn se retourna, fit un pas vers lui, puis un autre. S'arrêta juste en face du prêtre, les pieds bien plantés sur sa terre.

« Je ne vous l'aurais jamais pardonné », dit-il après un moment.

Ceinion lui rendit son regard. « Vous auriez été vivant pour ne point me le pardonner. J'ai dit la vérité: vous n'avez point licence de nous quitter. On a encore besoin de vous. »

Le souffle de Brynn était rauque, la rage qui courait dans ses veines encore inapaisée, sa vaste poitrine pantelant non de son effort mais de l'intensité de sa fureur. Il regarda le jeune Cadyrin derrière Ceinion. Fit un geste avec l'épée.

« Je vous en remercie, dit-il. Vous avez été plus rapide que les miens. »

Le fils d'Owyn dit : « Nul besoin de me remercier. Au moins mon épée aura-t-elle goûté du sang, si c'est le sang d'un autre. Je n'ai rien fait cette nuit que jouer de la harpe. »

Brynn le considéra un moment de toute sa hauteur. Il saignait au flanc droit, sa tunique était fendue de ce côté ; il n'en semblait pas conscient. Il jeta un coup d'œil dans les ombres de la cour, à l'ouest. Le bétail meuglait toujours, de l'autre côté, dans son enclos.

« Votre frère est mort ? »

Alun hocha la tête d'un mouvement raide.

« Honte sur moi, dit Brynn ap Hywll. C'était un invité dans ma demeure. »

Alun ne répliqua pas ; par contraste, il respirait à petits coups, la poitrine comme cerclée de fer. Ceinion se dit qu'il avait un besoin urgent de boire du vin. D'oublier pour la nuit. La prière pourrait venir ensuite, au matin, dans la lumière du dieu.

Brynn se pencha, essuya les deux côtés de la lame dans l'herbe et la rendit à Alun. Puis il se tourna vers la brasserie. « J'ai besoin de vêtements, dit-il. Vous tous, nous allons nous occuper… »

Il se tut en voyant sa femme devant lui.

« Nous allons nous occuper des morts, et faire notre possible pour les blessés », dit Énid d'une voix claire. « Il y aura de la bière pour les vivants, qui ont montré ici tant de vaillance. » Elle regarda par-dessus son épaule. « Rhiannon, ordonne aux cuisines de faire chauffer de l'eau et de préparer des tissus pour les blessures. Apporte toutes mes herbes et mes potions, tu sais où elles se trouvent. Toutes les femmes doivent se retrouver dans la grande salle. » Elle se retourna vers son époux. « Et vous, mon seigneur, vous présenterez des excuses cette nuit, et demain, et après-demain à Kara. Vous lui avez certainement fait la peur de sa vie, plus que nul Erling ne l'aurait pu, lorsqu'elle est venue chercher de la bière pour ceux qui jouaient aux dés et vous a trouvé endormi dans la brasserie. Si vous voulez dormir hors de la maison pour une nuit, mon seigneur, choisissez un autre endroit la prochaine fois, si nous avons des invités ? »

Ceinion l'en aima encore davantage qu'auparavant.

Il n'était pas le seul, il le constata : Brynn s'inclina pour déposer un baiser sur la joue de son épouse. « Nous entendons et obéissons, ma dame, dit-il.

— Vous saignez comme un gros sanglier embroché, ajouta-t-elle. Faites-vous soigner.

— Me permettra-t-on d'abord la relative dignité de culottes et de bottes, je vous prie ? » demanda-t-il. Quelqu'un se mit à rire, une détente bienvenue.

Quelqu'un d'autre bougea, un mouvement très rapide.

Siawn, un peu tard, poussa un cri et suivit le mouvement. Mais l'Erling à la barbe rousse s'était libéré de ceux qui le tenaient, et, après avoir saisi un bouclier au passage – et non une épée –, il avait traversé le cercle qui entourait Brynn et son épouse.

Il leur tourna le dos, les yeux levés vers le sud, brandit le bouclier. Siawn hésita, incertain. Ceinion se retourna vivement vers la pente boisée. Ne vit rien d'autre que la nuit noire.

Puis il entendit la flèche frapper le bouclier.

« Là-bas ! » dit l'Erling très clairement, en cyngaël.

Il avait tendu un doigt. Ceinion, qui avait de bons yeux, ne voyait rien, mais Alun ab Owyn s'écria : « Je le vois. La même crête que nous plus tôt ! Il descend de l'autre côté.

— Ne touchez pas à la flèche ! » entendit Ceinion. Il fit volte-face. Le grand Erling, qui n'était plus tout jeune, barbe et cheveux grisonnants, déposait le bouclier avec précaution. « Pas même la hampe, attention.

— Empoisonnée ? » C'était Brynn.

« Toujours.

— Tu sais qui, alors ?

— Ivarr, le frère de celui-là. » Il désignait du menton l'homme qui gisait à terre. « Une âme noire dès sa naissance, et un lâche.

— Celui-ci était brave ? gronda Brynn.

— Il était ici avec une épée, répliqua l'Erling. L'autre utilise des flèches, et du poison.

— Et les Erlings devraient être bien trop braves pour cela, dit Brynn, glacial. On ne peut violer une femme avec un arc et des flèches.

— Si », dit l'Erling d'une voix calme, en soutenant son regard.

Brynn fit un pas dans sa direction.

« Il vous a sauvé la vie ! dit vivement Ceinion. Ou celle d'Énid. »

L'Erling éclata de rire. « Il y a ça, dit-il. J'ai essayé, en tout cas. Demandez à quelqu'un ce qui s'est passé en dedans. »

Mais avant qu'on ne le pût, on entendit un autre bruit. Un martèlement de sabots. Un cheval erling traversa la cour dans un bruit de tonnerre, sauta par-dessus la palissade. En voyant le cavalier, Ceinion lui lança un appel désespéré.

Alun ab Owyn, à la poursuite d'un ennemi qu'il ne pourrait sûrement ni voir ni retrouver, disparut presque aussitôt dans le chemin obscur qui contournait la crête.

« Siawn, dit Brynn, six hommes, suivez-le !

— Un cheval pour moi, s'écria Ceinion. C'est l'héritier de Cadyr, Brynn !

— Je sais. Il veut tuer quelqu'un.

— Ou être tué », dit l'Erling à la barbe rousse, qui observait tout cela avec intérêt.

L'archer avait une avance considérable et du poison sur ses flèches. Sous les arbres, la nuit était aussi noire que de la poix. Alun n'était pas habitué au cheval erling dont il s'était emparé, et le cheval devait ne l'être point du tout à ces bois.

Il sauta par-dessus la palissade, atterrit, éperonna sa monture. Ils galopèrent lourdement sur le chemin. Il avait une épée, pas de casque (dans la boue, par terre, près de Dai), pas de torche – et il éprouvait une intensité d'indifférence qu'il ne pouvait se rappeler avoir jamais ressentie. Une branche lui frappa l'épaule gauche, le faisant vaciller sur la selle. Il poussa un grognement de douleur. Son geste était une pure folie, et il le savait.

Tout en galopant, il s'efforçait de réfléchir. L'archer sortirait du boisé et descendrait la pente, presque assurément, là où ils s'étaient eux-mêmes trouvés plus tôt dans la journée, avec Ceinion. L'Erling était en fuite, il devait avoir un cheval caché quelque part. Il s'attendrait à être poursuivi et retournerait sous le couvert des arbres, pas tout droit dans le chemin menant à la piste principale à l'ouest.

Alun fouetta le cheval pour lui faire prendre un tournant. Il allait trop vite. Il était tout à fait possible qu'une souche ou une roche brisât une patte de l'animal, envoyant son cavalier dans les airs, lui fendant le crâne. Il s'aplatit sur la crinière, sentit le souffle d'une autre branche passer au-dessus de sa tête. Un cadavre gisait derrière lui, sur le sol labouré d'une cour de ferme, très loin de chez eux. Il pensa à son père, à sa mère. Une autre noirceur, plus noire que cette nuit. Il galopait.

Le seul avantage d'un ciel sans lunes, c'est que l'archer aurait du mal aussi à trouver son chemin – et à distinguer clairement Alun s'il s'approchait assez pour une flèche. Alun atteignit l'embranchement de la piste, là où la pente débouchait sur la piste, au sud-ouest. Se rappela l'escalade avec Dai, c'était seulement cet après-midi, et puis quand ils étaient descendus avec le grand-prêtre.

Avec un soupir, il abandonna le chemin sans hésiter, plongea dans les bois.

Presque aussitôt, avancer devint impossible. Avec un juron, il arrêta sa monture, écouta les ténèbres. Entendit – béni soit Jad – un son à travers les feuilles, pas très loin. Peut-être un animal. Mais il ne le croyait pas. Il agita légèrement les rênes, faisant avancer le cheval avec précaution, lui laissant chercher son chemin, après avoir dégainé son épée. Une amorce de piste, rien de plus. Ses yeux s'ajustaient à présent, mais il n'y avait aucune lumière. Une flèche le tuerait sans difficulté.

C'est avec cette pensée qu'il mit pied à terre. Enroula les rênes autour d'un tronc. Ses cheveux étaient collés par la sueur. Il entendit encore un bruit, devant lui. Ce n'était pas un animal. Quelqu'un qui n'avait pas l'habitude de faire silence dans une forêt, une forêt inconnue, loin de la mer, dans la terreur d'une poursuite, d'un raid qui avait terriblement tourné au désastre. Alun serra son épée et suivit le bruit.

Il arriva trop vite sur les quatre Erlings, avant d'être prêt pour eux, trébuchant parmi les hêtres pour se retrouver brusquement dans une minuscule clairière et les y voir, des ombres, deux agenouillés pour reprendre leur souffle, un autre affaissé contre un arbre et le quatrième juste devant lui, qui lui tournait le dos.

Il l'embrocha par-derrière, sans s'arrêter, écartant la lame de celui qui était adossé à l'arbre, l'empoignant pour lui tordre un bras dans le dos en le retournant vers les autres : « Lâchez vos épées, tous les deux », gronda-t-il à l'adresse des deux hommes agenouillés.

Une triade, songea-t-il brusquement, en se rappelant Rhiannon tenue ainsi, puis Brynn. La troisième fois, cette nuit. Une pensée pressante, vive comme une lame.

Il se rappela ce qui était arrivé aux deux autres hommes qui avaient ainsi tenu leurs captifs, et, ce faisant, il modifia le dessin de la triade. Il tua l'homme qu'il utilisait comme bouclier, en le poussant violemment par terre, et il se tint seul pour affronter deux Erlings dans une clairière.

Il n'avait jamais tué personne auparavant. Et maintenant, par deux fois, à quelqucs instants d'intervalle.

« Allez ! » hurla-t-il aux deux hommes. Tous deux étaient plus grands que lui, des raiders et des marins endurcis. Il vit la tête du plus proche se relever brusquement, pour regarder derrière lui, et sans pensée claire, il plongea vers sa droite. Une flèche passa près de lui pour frapper l'Erling dans le bras qui tenait son épée.

« Ivarr, non ! » s'écria l'homme.

Alun roula sur lui-même, se releva vivement en leur tournant le dos, pour courir aussitôt vers l'est dans le hallier où devait se trouver l'archer. Il entendit celui-ci courir de l'autre côté, puis se mettre en selle. Le cheval était là !

Il fit volte-face en courant de toutes ses forces, avec des jurons sauvages. Le quatrième des hommes qu'il avait surpris courait dans l'autre direction, vers le chemin. Le blessé était tombé à genoux, la main serrée sur la flèche qui lui avait pénétré le bras, en émettant des petits sons étranges. Il était déjà mort, ils le savaient tous deux : le poison sur la pointe, sur la hampe. Alun l'ignora, traversa les buissons pour retrouver son cheval, arracha les rênes du tronc et revint dans la petite clairière. Il pouvait encore entendre la monture de l'archer en avant, avec les jurons de son cavalier qui se débattait pour trouver une voie dans l'épaisse noirceur des arbres trop serrés. Il sentit une dure fureur se lever dans son sang, et la souffrance. Son épée était rouge, et c'était lui qui avait tué cette fois. Cela ne lui était d'aucun secours. D'aucun secours.

Il finit de traverser le boisé, son cheval se dégageant enfin pour déboucher dans un espace libre, vit de l'eau, un étang dans les bois, et l'autre cavalier qui le contournait par le sud. Avec un rugissement inarticulé, Alun lança le cheval erling au galop dans l'eau peu profonde en soulevant des éclaboussures, obliquant pour raccourcir sa trajectoire et couper la voie de l'autre.

Il fut presque projeté par-dessus la tête de l'animal lorsque celui-ci s'arrêta net, les pattes raidies.

Le cheval se cabra très haut en hennissant, déchirant l'air de ses sabots terrifiés, puis il retomba et demeura immobile, comme enraciné si fortement qu'il ne bougerait plus jamais.

Un événement totalement inattendu peut susciter des réactions différentes, et plus encore, évidemment, la soudaine intrusion du surnaturel – une vision totalement étrangère à l'expérience ordinaire. Certains seront si terrifiés qu'ils nieront le témoignage de leurs sens, d'autres trembleront de ravissement en voyant se manifester des rêves chéris au cours de toute une existence. D'autres encore se croiront ivres, ou ensorcelés. Ceux qui ancrent leur vie dans un solide ensemble de croyances quant à la nature du monde sont particulièrement vulnérables à de tels moments, quoique avec des exceptions.

Pour un homme comme le fils cadet d'Owyn, dont la vie s'était déjà brisée en éclats, qui était blessé, à vif, à nu, il était prêt, pourrait-on dire, à se voir confirmer qu'il n'avait jamais vraiment bien compris l'univers. Nous ne sommes pas constants dans notre existence, ni dans nos réactions aux événements de notre existence. En certains instants, cela devient très clair.

Le pied d'Alun avait vidé l'un des étriers lorsque le cheval s'était cabré. Il s'accrocha à l'encolure de l'animal en s'efforçant de rester en selle, y parvenant à peine lorsque les sabots retombèrent durement, dans une grande éclaboussure. Son épée chut dans l'eau peu profonde. Il jura de nouveau, essaya de remettre le cheval en mouvement, en vain. Il entendit de la musique. Tourna la tête.

Vit une lueur qui montait, inexplicable, aussi pâle que le lever d'une lune, mais il n'y avait pas de lunes cette nuit-là. Puis, alors que la musique devenait plus forte en se rapprochant, Alun ab Owyn vit ce qui passait près de lui, ce qui marchait ou chevauchait à la surface de l'eau, une éclatante procession, et la lumière qui scintillait autour d'elle, en chacun de ceux qui se trouvaient là. Et tout changea en cet instant, dans la nuit, dans le monde. Tout se colora de nuances argentées, parce qu'il y avait des créatures magiques, et qu'il pouvait les *voir*.

Il ferma les paupières, les rouvrit. La procession passait toujours. Son cœur bondissait comme s'il voulait s'échapper de sa poitrine. Il était captif comme dans des rets, pris entre le désir désespéré de fuir ces créatures, qui devaient être, de par tous les enseignements de sa foi, des démons pernicieux maudits de Jad, et ce qui le poussait à descendre de sa monture pour s'agenouiller dans l'eau de cet étang illuminé par les étoiles. S'agenouiller devant la très haute silhouette qu'il distinguait dans une litière ouverte, portée parmi des danseurs, avec ses pâles habits, sa peau presque blanche, sa chevelure qui ne cessait de changer de teinte dans la lumière argentée plus intense à son passage, la musique plus forte, aussi frénétique que le battement de son cœur. Un étau lui broyait la poitrine. Il dut se rappeler de respirer.

Si c'étaient des esprits malins, le fer les tiendrait à l'écart, ainsi le promettaient les anciennes légendes. Il avait laissé choir son épée dans l'étang. Il lui vint à l'idée qu'il devrait faire le signe du disque solaire, et avec cette pensée, il se rendit compte qu'il ne le pouvait point.

Il était incapable de bouger. Ses mains sur les rênes du cheval, le cheval lui-même enraciné dans l'eau, tous deux transformés en statues vivantes, contemplant ce qui défilait devant eux. Dans la lumière éclatante de ces esprits de la forêt profonde, en cette nuit sans lunes, Alun vit, pour la première fois, que le tapis de selle du cheval erling portait le symbole païen du marteau d'Ingavin.

Puis, en dirigeant de nouveau ses regards vers cette reine – car que pouvait-elle être d'autre, ainsi portée sur les eaux tranquilles, éclatante, aussi belle que l'espoir ou la mémoire ? –, Alun vit près d'elle un cavalier monté sur une petite jument qui levait haut les pattes, la crinière ornée de clochettes et de rubans lustrés. Et le battement se fit plus violent encore dans sa poitrine, comme les coups mortels d'un marteau sur son cœur blessé.

Il ouvrit la bouche – cela, il pouvait le faire –, et se mit à crier pour couvrir la musique tout en luttant, de plus en plus frénétique, pour mouvoir bras et jambes, pour mettre pied à terre, pour *aller* là-bas. Mais il en était incapable, ne pouvait s'écarter d'un cheveu de l'endroit où il se tenait pétrifié comme son cheval, tandis que son frère passait près de lui, totalement métamorphosé sans pourtant être changé du tout, son frère mort dans la cour de la ferme, là-bas, son frère qui chevauchait sur les eaux de la nuit, sans le voir, sans l'entendre, une main tendue, captive, les doigts entrelacés aux longs doigts blancs de la reine des fées.

Siawn et ses hommes savaient exactement où ils allaient en remontant la pente. Et ils avaient des torches. Ceinion, même s'il préférait marcher, avait monté toute sa vie à cheval. Ils arrivèrent à l'endroit où la piste descendant de la crête croisait le chemin, et s'y arrêtèrent, dans le choc des sabots sur le sol. Le prêtre, bien que le plus âgé, fut le premier à entendre les bruits. Tendit un doigt vers la forêt. Siawn les y conduisit, en coupant un peu au nord de l'endroit où Alun avait essayé de passer de force. Ils étaient neuf. L'autre jeune Cadyrin, Gryffèth ap Ludh, s'était joint à eux, en ravalant son chagrin. Ils découvrirent presque aussitôt les deux Erlings morts et le mourant.

Siawn se pencha sur sa selle pour achever le blessé d'un coup d'épée. Le capitaine de Brynn en avait besoin, songea Ceinion : il était arrivé trop tard dans la cour, après la fin des combats Le prêtre ne fit pas de commentaires. Des enseignements existaient là contre, mais ni cette forêt ni cette nuit ne s'y prêtaient.

À la lueur de leurs torches fumantes, ils aperçurent des traces de passage, à l'autre extrémité de la petite clairière. Ils y allèrent tout droit, passèrent au travers du hallier et se retrouvèrent ainsi dans la clairière plus vaste, celle de l'étang sous les étoiles. S'arrêtèrent, tous, muets. Un grand silence tomba, et même sur les chevaux.

L'homme le plus proche de Ceinion fit le signe du disque solaire. Le prêtre, un peu tardivement, en fit autant. Des étangs dans la forêt, des puits, des bosquets de chênes, des tertres… l'entremonde. Les lieux païens qui avaient autrefois été sacrés, avant que les Cyngaëls fussent venus à Jad, ou que le dieu fût venu à eux dans leurs vallées et leurs collines.

Ces étangs sylvestres étaient les ennemis de Ceinion, et il le savait. Les premiers prêtres, en arrivant de Batiare et de Ferrières, avaient psalmodié de sévères invocations en lisant les textes saints au bord de telles eaux, pour en chasser les anciennes magies. Ou ils s'y étaient essayés. Les gens pouvaient s'agenouiller aujourd'hui dans les chapelles de pierre de leur dieu, et s'en aller ensuite tout droit chez une sorcière pour se faire dire leur avenir dans des os de souris, ou pour jeter une offrande dans un puits. Dans un étang sous la lune ou les étoiles.

« Repartons, dit Ceinion. Ce n'est que de l'eau dans une forêt.

— Non, mon seigneur », déclara l'un des hommes près de lui, avec respect, mais avec fermeté. Celui qui avait fait le signe du disque. « Il est là. Regardez. »

Alors seulement Ceinion vit-il le jeune homme sur son cheval, immobile dans l'eau, et il comprit.

« Doux Jad », dit l'un des autres. « Il est entré dans l'étang.

— Pas de lunes, dit un autre. Une nuit sans lunes. Regardez-le.

— Vous entendez de la musique ? demanda brusquement Siawn. Écoutez !

— Nous n'en entendons point », déclara farouchement Ceinion de Llywèrth, le cœur battant maintenant à toute allure.

« Regardez-le, répéta Siawn. Il est pris au piège. Il ne peut même pas remuer ! » Les chevaux étaient nerveux maintenant et encensaient de la tête, ressentant l'agitation de leurs cavaliers, ou autre chose.

« Bien sûr qu'il peut bouger », dit le prêtre, et il sauta au bas de sa monture pour s'avancer à grandes enjambées, un homme habitué à la forêt, à la nuit, à des gestes décisifs.

« Non ! » s'écria une voix derrière lui. « Mon seigneur, ne faites pas… »

Il l'ignora. Il y avait ici des âmes à sauver, à défendre. La tâche qui lui avait été confiée depuis bien longtemps. Il entendit crier une chouette en chasse. Un bruit normal, un bruit *approprié* dans une forêt, la nuit. Qui appartenait à l'ordre des choses. Les hommes craignaient l'inconnu, et ils craignaient donc les ténèbres. L'essence même de Jad était la Lumière, une réponse aux démons et aux esprits, un refuge pour Ses enfants.

Il énonça une brève prière et entra dans l'étang, avec des éclaboussures dans les hauts fonds, tout en appelant le jeune prince par son nom. Le garçon ne tourna pas même la tête. Ceinion arriva à sa hauteur et, dans la pénombre, il vit qu'Alun ab Owyn avait la bouche béante, comme s'il essayait de parler – ou de crier. Ceinion retint son souffle.

Et alors, terrible, la musique se fit bel et bien entendre. Très faible d'abord, sembla-t-il à Ceinion, devant eux, à leur droite. Des cors, des flûtes, des instruments à cordes, des clochettes, qui se mouvaient sur la surface étale de l'eau. Il écarquilla les yeux, ne vit rien. Il prononça le saint nom de Jad. Fit le signe du disque, et saisit les rênes du cheval erling. La bête refusait de bouger.

Il ne fallait pas que les autres le voient se débattre avec l'animal. Leurs âmes, leurs croyances étaient ici en péril. Il tendit les bras et arracha de sa selle le fils d'Owyn, qui ne résista pas. Après l'avoir jeté sur son épaule, il le porta hors de l'étang en titubant avec bruit dans l'eau, manquant de tomber. Il l'allongea sur l'herbe sombre de la rive. Puis il s'agenouilla, toucha le disque suspendu à sa chaîne autour de son cou et se mit à prier.

Après un moment, Alun ab Owyn battit des paupières. Secoua la tête. Prit une grande inspiration en fermant les yeux, ce qui soulagea bizarrement le prêtre, car ce que Ceinion distinguait de son expression, même dans la pénombre, était déchirant.

Les yeux toujours clos, la voix basse et totalement dépourvue d'inflexion, le jeune Cadyrin dit : « Je l'ai vu. Mon frère. Il y avait des fées, et il était avec elles.

— Non point », dit Ceinion avec fermeté, d'une voix bien claire. « Vous êtes en deuil, mon enfant, en un lieu étranger, et vous venez de tuer deux hommes, je crois bien. Votre esprit en a été dérangé. Cela arrive, fils d'Owyn. Je le sais. Nous regrettons ceux que nous avons perdus et nous les voyons… partout. Croyez-moi, le lever du soleil et le dieu vous remettront d'aplomb.

— Je l'ai vu », répéta Alun.

Aucune emphase, un calme plus troublant que ne l'auraient été de la ferveur ou de l'insistance. Il ouvrit les yeux et porta son regard sur Ceinion.

« Vous savez que c'est une hérésie, mon garçon. Je ne désire pas…

— Je l'ai vu. »

Ceinion jeta un coup d'œil par-dessus son épaule. Les autres étaient demeurés sur place, et ils les observaient.

Trop loin pour les entendre. L'étang était aussi immobile que du verre. Aucun vent dans la clairière. Rien qui aurait pu être pris pour de la musique, à présent. Il devait l'avoir imaginée lui-même. Ne prétendrait jamais pourtant être protégé de l'étrangeté d'un tel lieu. Et il avait un souvenir bien à lui, toujours durement repoussé, toujours. D'un autre endroit semblable. Il avait conscience des formes de la puissance, du poids du passé. Il était faillible, l'avait toujours été, luttant pour être vertueux en des temps qui rendaient la vertu bien difficile.

Il entendit de nouveau la chouette, de l'autre côté de l'étang, à présent. Il leva les yeux vers les étoiles dans la coupe du ciel, entre les arbres.

Le cheval erling secoua la tête en reniflant avec bruit, pour ensuite sortir de son propre chef de l'étang. Il abaissa la tête et se mit à brouter l'herbe sombre près d'eux. Ceinion l'observa pendant un moment, ce spectacle si totalement ordinaire. Puis il revint au jeune homme en prenant une grande inspiration.

« Venez, mon garçon. Prierez-vous avec moi dans la chapelle de Brynn ?

— Bien sûr », dit Alun ab Owyn, presque trop calme. Il s'assit, puis se releva, sans aide. Et retourna droit dans l'étang.

Ceinion leva une main en signe de protestation, puis vit que le jeune homme se courbait pour ramasser une épée dans l'eau. Et revenait vers eux.

« Ils sont repartis, vous comprenez », dit-il.

Ils retournèrent auprès des autres, en conduisant par la bride le cheval erling. Deux des hommes de Brynn firent le signe du disque à leur approche, en examinant le prince cadyrin d'un œil méfiant. Gryffèth ap Ludh sauta à terre pour étreindre son cousin. Alun lui retourna son étreinte, brièvement. Ceinion l'observait, les sourcils froncés.

« Je vais retourner à Brynnfell avec les deux Cadyrins, dit-il.

— Deux des Erlings m'ont échappé », dit Alun en levant les yeux vers Siawn. « Celui avec l'arc. Ivarr.

— Nous le capturerons, déclara Siawn d'une voix calme.

— Il est allé vers le sud, en contournant l'eau », reprit le fils d'Owyn en tendant un doigt. « Probablement pour revenir sur ses pas en direction de l'ouest. » Il semblait calme, et même grave. Trop, à dire vrai. Le cousin pleurait. Ceinion se sentit transpercé d'une soudaine angoisse.

« Nous le capturerons », répéta Siawn, et il partit au petit galop, en contournant largement l'étang, suivi de ses hommes.

On peut errer dans ses certitudes, même si l'on a de bonnes raisons d'être certain. Ils ne le capturèrent pas : un homme monté sur un assez bon cheval, dans l'obscurité, ce qui rendait la piste difficile à suivre. Quelques jours plus tard, la nouvelle arriverait à Brynnfell que deux personnes avaient été abattues par des flèches – un travailleur de ferme et une jeune fille – dans la vallée peu peuplée qui les séparait de la mer. On avait fait subir l'aigle-de-sang à l'homme comme à la fille, ce qui était une abomination. Personne ne trouverait non plus les bateaux erlings à l'ancre, Jad seul savait où, le long de la côte sauvage et rocheuse qui s'étirait vers l'ouest. Le dieu le savait peut-être, en vérité, mais Il ne confiait pas toujours ce genre d'information à Ses enfants mortels qui s'efforçaient de Le servir dans un monde sauvage et ténébreux.

Chapitre 4

Dès son enfance, qui n'était pas si lointaine, Rhiannon avait toujours su que l'importance de son père ne tenait pas à ses manières courtoises ou à son esprit raffiné. Brynn ap Hywll avait acquis son pouvoir et son renom en massacrant des Anglcyns, des Erlings et, en plus d'une occasion, des hommes de Cadyr ou de Llywèrth dans les intervalles, longs, entre les trêves, courtes, déclarées entre les Cyngaëls.

« Jad est un guerrier », c'était sa réponse abrupte à toute une série de prêtres qui s'étaient joints à sa maison pour essayer ensuite d'instiller une piété plus douce dans le chef de la lignée de Hywll, tout couturé de cicatrices gagnées dans des batailles.

Néanmoins, malgré ce qu'elle avait pu apprendre des harpistes et des histoires contées dans les beuveries, la fille de Brynn n'avait jamais vu son père tuer personne jusqu'à cette nuit-là. Jusqu'à ce qu'il attrape une épée lancée à la volée pour embrocher l'Erling qui avait essayé de négocier sa liberté.

Elle n'avait point été troublée de voir cet homme mourir.

C'était surprenant. Elle avait acquis un savoir nouveau sur elle-même en voyant s'abattre sur l'Erling l'épée d'Alun ab Owyn tenues par les grosses mains de son père. Elle se demandait si c'était mal, ou même impie, de ne pas avoir été horrifiée de ce qu'elle avait vu et entendu, ce cri étranglé, gargouillant, le jet de sang, un homme qui tombait comme un sac.

À la vérité, cela lui procurait une certaine satisfaction. En toute bienséance, elle devrait s'en repentir à la chapelle, elle le savait. Elle n'en avait nullement l'intention. Sa gorge et son cou portaient deux estafilades infligées par une hache erling. Il y avait du sang sur elle, et sur sa robe verte. Cette nuit, elle s'était attendue à périr dans ses propres appartements. Elle avait dit à Siawn et à ses hommes de laisser l'Erling la tuer. Elle pouvait encore s'entendre prononcer ces paroles. Résolue alors, elle avait dû ensuite dissimuler le tremblement de ses mains.

Et elle n'avait donc que fort peu de sympathie à gaspiller pour les raiders erlings lorsqu'ils avaient été abattus, et cela s'appliquait aux cinq hommes dont son père avait ordonné l'exécution lorsqu'il était devenu apparent qu'ils ne rapporteraient aucune rançon.

On les dépêcha sur place dans la cour illuminée par les torches. Pas un mot, pas de cérémonies, pas de pause pour une prière. Cinq hommes vivants, cinq hommes morts. Dans l'espace de temps qu'il faut pour prendre et boire une coupe de vin. Les hommes de Brynn avaient fait le tour de la cour avec les torches, en achevant les Erlings qui gisaient au sol, les blessés qui vivaient encore. Ils étaient venus pour voler, pour capturer des esclaves, piller et tuer, ainsi qu'ils le faisaient toujours.

Il fallait sans fin envoyer le même message : les Cyngaëls avaient beau ne pas adorer les dieux de la tempête et de l'épée, ou croire en une vie après la mort faite d'éternelles batailles, mais ils pouvaient manifester si nécessaire la même brutalité sanguinaire qu'un Erling. Certains le pouvaient.

Elle se trouvait encore là lorsque son père s'adressa au raider plus âgé, celui qui avait la barbe rousse. Brynn s'approcha de l'homme, retenu de nouveau par deux de leurs gens, plus fermement qu'auparavant. Il s'était libéré une fois, et il avait sauvé Brynn d'une flèche. Cela, comprenait Rhiannon, avait rempli son père d'une profonde colère.

« Combien étiez-vous ? » Il parlait d'une voix mordante, mais calme. Il n'était jamais calme, songea-t-elle.

« Un peu plus de trente. » Aucune hésitation. L'homme était presque aussi massif que son père. Et du même âge.

« Combien laissés en arrière ?

— Quarante, pour garder les bateaux. Les éloigner de la côte si nécessaire.

— Deux bateaux ?

— Trois. Nous avions quelques chevaux pour nous rendre à l'intérieur des terres. »

Brynn s'était finalement habillé et il avait sa propre épée à la main, même si ce n'était plus nécessaire. Il se mit à marcher de long en large. L'homme à la barbe rousse l'observait, debout entre ses deux gardiens. Ils lui agrippaient fortement les bras. Rhiannon était certaine que son père allait le tuer.

« Vous êtes venus directement à la ferme ?

— Oui, c'était l'idée. Si nous pouvions la trouver.

— Et comment l'avez-vous trouvée ?

— On a capturé un berger.

— Et où est-il ?

— Mort, dit l'Erling. Je peux vous mener à lui si vous le désirez.

— Vous pensiez cette ferme sans défenses ? »

L'homme eut un petit sourire, alors, en secouant la tête : « Certainement pas défendue par vos guerriers. Des jeunes chefs. Ils se sont trompés.

— Tu n'étais pas l'un des chefs ? »

L'autre secoua la tête.

« Celui qui m'avait capturé vous a amenés ici ? De la lignée du Volgan ? »

L'Erling acquiesça.

« Le plus vieux des petits-fils ? » Brynn s'était de nouveau arrêté devant lui.

« Le plus jeune. Ivarr est l'aîné.

— Mais il ne commande pas. »

L'autre secoua de nouveau la tête. « Oui et non. Le raid était son idée. Mais Ivarr est… différent. »

Brynn donnait des petits coups de lame dans le sol, à présent.

« Vous êtes venus brûler la ferme ?

— Et vous tuer, et ceux de votre famille qui seraient ici, oui. »

Il était si calme. Avait-il fait sa paix avec l'idée de mourir ? Mais Rhiannon ne le croyait pas. Dans sa chambre, il s'était rendu, il avait dit qu'il ne voulait pas être tué.

« À cause de leur grand-père ? »

L'autre acquiesça. « Parce que vous l'avez abattu. En vous emparant de son épée. Ces deux-là ont décidé qu'ils étaient en âge de le venger, puisque leur père ne l'avait pas fait. Ils avaient tort.

— Et pourquoi étais-tu là ? Tu es aussi vieux que moi. »

Une hésitation, pour la première fois. Dans le silence, Rhiannon put entendre les chevaux et le crépitement des torches. « Rien pour me garder au Vinmark. Je me suis trompé aussi. »

Une réponse partielle, se dit Rhiannon, qui écoutait avec attention.

Brynn le regardait fixement. « En venant ici ou avant ? »

Une autre pause. « Les deux.

— Il n'y a pas de rançon pour toi, alors.

— Non, dit l'homme avec franchise. Autrefois, peut-être. »

Le regard de Brynn resta fixé sur lui. « Peut-être. As-tu été échangé contre rançon, la dernière fois que tu as été capturé ici, ou t'es-tu échappé ? »

Un autre silence. « Échappé », admit l'Erling.

Il avait décidé, comprit Rhiannon, qu'il n'avait aucun espoir, sinon en l'honnêteté.

Brynn hochait la tête. « C'est ce que je pensais. Je me souviens de toi, je crois. Les cheveux roux. Tu participais bel et bien à des raids avec Volganson, n'est-ce pas ? Tu t'es sauvé vers l'est, il y a vingt-cinq ans, après sa mort. À travers les collines. Et jusqu'aux villages erlings, sur la côte est. On t'a poursuivi, hein ? Tu avais pris un prêtre en otage, si je me souviens bien. »

Un murmure parmi les auditeurs.

« Oui. Je l'ai relâché. C'était un homme plutôt convenable. »

La voix de Brynn s'était légèrement altérée : « Une bien longue randonnée.

— Par l'œil aveugle d'Ingavin, je ne voudrais pas la refaire », dit l'Erling avec une sèche ironie.

Un autre silence. Brynn reprit son va-et-vient. « Pas de rançon pour toi. Que peux-tu m'offrir ?

— Un marteau, un serment de loyauté.

— Jusqu'à ce que tu t'échappes de nouveau ?

— J'ai dit que je ne le referais pas, ce voyage. J'étais jeune, en ce temps-là. » Il baissa les yeux pour la première fois, les releva. « Je n'ai pas de demeure où revenir, et cet endroit-ci est aussi bien qu'un autre pour y finir mes jours. Vous pouvez me prendre comme esclave, pour creuser des fossés ou porter de l'eau, ou m'utiliser de manière plus avisée, mais je ne m'échapperai pas.

— Tu prêteras serment et te convertiras à la foi de Jad ? »

Un autre léger sourire, dans la lueur des torches. « Je l'ai fait la dernière fois. »

Brynn ne retourna pas le sourire : « Et tu as abjuré ?

— La dernière fois. J'étais jeune. Je ne le suis plus. À mon avis, ni Ingavin ni votre dieu du soleil ne méritent qu'on meure pour eux. Je suppose que je suis un hérétique dans les deux fois. Tuez-moi ? »

Brynn s'était de nouveau immobilisé en face de l'homme.

« Où sont les bateaux ? Tu nous y conduiras. »

L'Erling secoua la tête. « Pas ça. »

Rhiannon vit l'expression de son père. Ce n'était normalement pas quelqu'un dont elle avait peur.

« Oui, ça, Erling.

— C'est le prix pour avoir la vie sauve ?

— Oui. Tu as parlé de loyauté. Prouve-le. »

L'Erling demeura immobile, plongé dans sa réflexion. Les torches s'agitaient dans la cour autour d'eux. On transportait des hommes dans la ferme, ou on les y aidait s'ils pouvaient marcher.

« Mieux vaut me tuer, alors, dit l'homme à la barbe rousse.

— Si je le dois, rétorqua Brynn.

— Non », dit quelqu'un d'autre, en s'avançant d'un pas. « Je prendrais cet homme pour moi. Pour ma propre garde. »

Rhiannon se retourna, bouche béante.

« Laisse-moi voir si je comprends bien », poursuivit sa mère en venant se tenir auprès de Brynn, en examinant l'Erling. Rhiannon n'avait jamais vu qu'elle était aussi grande que lui. « Je crois que je comprends. Tu combattrais une bande erling s'il en venait une pour nous attaquer à l'instant, mais tu ne révéleras pas où se trouvent tes compagnons ? »

L'Erling la dévisageait. « Merci, ma dame, dit-il. Certains gestes commis pour demeurer en vie rendent la vie indigne d'être vécue. Ils vous contaminent. Ils vous empoisonnent, et empoisonnent vos pensées. » Il se retourna vers Brynn. « C'étaient mes compagnons de rame », ajouta-t-il.

Le regard de Brynn enveloppa l'Erling pendant un instant, puis il se tourna vers son épouse : « Vous lui faites confiance ? »

Énid acquiesça.

Il fronçait toujours les sourcils. « On peut aisément le tuer. Je le ferais moi-même.

— Je sais. Vous en avez le désir. Mais laissez-moi cet homme. Retournons au travail. Il y a des blessés, ici. Erling, quel est ton nom ?

— Le nom que vous voudrez me donner », dit l'homme.

Dame Énid poussa un juron. C'était surprenant. « Quel est ton nom ? » répéta-t-elle.

Une ultime hésitation, puis de nouveau cette expression ironique. « Pardonnez-moi. Ma mère m'a nommé Thorkell. C'est à ce nom que je réponds. »

Rhiannon regarda l'Erling accompagner sa mère. Il avait dit auparavant, dans ses appartements, qu'il pouvait être échangé contre rançon. Un mensonge, c'était apparent maintenant. D'après son aspect – un vieil homme qui participait encore à des expéditions –, Helda avait dit qu'elle en doutait. Elle était la plus âgée, elle connaissait mieux ces choses. C'était la plus calme d'entre elles, aussi, son calme même avait aidé Rhiannon. Elles étaient presque mortes. Elles auraient bel et bien pu mourir cette nuit. L'homme nommé Thorkell avait sauvé son père, et elle. Les avait sauvés tous les deux.

Tout en rassemblant du linge et en apportant de l'eau chaude, avec des mains qui ne tremblaient plus, pour les blessés installés dans la grande salle, Rhiannon se rappelait le vent d'un marteau qui lui frôlait le visage. Comprenait, déjà, qu'elle se le rappellerait sans doute toute sa vie, en portant le souvenir tout comme les deux cicatrices à sa gorge.

Le monde avait changé, cette nuit, un changement considérable, parce qu'il y avait aussi l'autre chose, qui aurait dû être repoussée, enterrée très profondément, ou perdue dans tout ce sang versé, mais ne l'était point. Alun ab Owyn avait sauté sur un cheval erling pour quitter la cour à la poursuite de l'archer qui avait tiré sur Brynn. Et il n'était pas encore revenu.

Brynn ordonna de creuser une fosse, au matin, de l'autre côté de l'enclos à bestiaux, et d'y jeter les cadavres des raiders. Leurs propres morts – neuf jusqu'à présent, en incluant Dai ab Owyn –, avaient été transportés dans la salle jouxtant la chapelle, pour y être lavés, vêtus et arrangés pour les rituels funèbres. La tâche des femmes après les batailles, quand on le pouvait. Rhiannon n'avait jamais auparavant accompli ces rites. Ils n'avaient jamais été attaqués chez eux, auparavant. Pas depuis sa naissance. Ils ne vivaient pas au bord de la mer.

On s'occupait des blessés dans la salle des festins, des morts dans la salle jouxtant la chapelle, des lumières brillaient dans tout Brynnfell. La mère de Rhiannon s'arrêta une fois près d'elle, assez longtemps pour examiner son cou, y appliquer un onguent – d'un geste preste, le visage sans expression – et enrouler une bande de lin autour des blessures.

« Tu n'en mourras pas », dit-elle, et elle poursuivit son chemin.

Rhiannon le savait bien. Elle ne serait plus jamais non plus célébrée par les bardes pour son blanc cou de cygne. Sans importance. Sans aucune importance. Elle continua de s'affairer à ses tâches, en suivant sa mère. Énid savait ce qui devait être fait ici, comme en bien d'autres circonstances.

Rhiannon aida de son mieux. Baigner et panser des plaies, offrir des paroles de réconfort et de louanges. Un homme étendu sur une table mourut dans leur grande salle, sous leurs yeux. Une épée lui avait tranché presque complètement une jambe, à la cuisse, on ne parvenait pas à arrêter l'épanchement du sang. Il s'appelait Brégon. Il avait aimé pêcher et lutiner les filles, en été ; il avait des taches de rousseur sur le nez et les joues. Rhiannon se rendit compte qu'elle pleurait, ce qu'elle ne voulait pas, mais elle n'y pouvait apparemment pas grand-chose. Au début de cette nuit, il n'y avait pas très longtemps, un festin avait eu lieu, avec de la musique. Si Jad avait donné au monde une forme différente, le temps aurait pu s'écouler à l'envers et ainsi les Erlings ne seraient jamais venus. Elle ne cessait de lever la main pour toucher le tissu, autour de son cou. Elle voulait aussi cesser de le faire, mais n'y parvenait pas non plus.

Quatre hommes emportèrent Brégon ap Moran sur le plateau de la table, lui firent franchir les portes et traverser la cour pour l'emmener dans la salle proche de la chapelle où se trouvaient les défunts. Rhiannon jeta un regard à Helda, et elles suivirent le cortège. Il avait coutume de la taquiner pour ses cheveux, elle s'en souvenait ; il l'appelait "Corbeau" quand elle était petite. Les hommes de Brynn n'avaient jamais été timides avec les enfants de leur chef, même si cela avait changé lorsqu'elle était devenue femme, comme bien d'autres choses.

Elle l'arrangerait pour ses funérailles, avec l'aide de Helda, car elle ne savait comment s'y prendre. Une demi-douzaine de femmes travaillaient parmi les morts dans la petite salle, à la lueur des lanternes. Céfan, leur prêtre, était agenouillé avec un disque solaire entre les mains, psalmodiant d'une voix hachée les versets rituels du Passage de la Nuit. Il était jeune, et visiblement bouleversé. Comment ne pas l'être ?

On déposa Brégon au sol sur son plateau de bois. Les tables étaient déjà encombrées d'autres cadavres. Il y avait de l'eau, et des vêtements de lin. Il fallait d'abord laver les morts, partout, leur peigner cheveux et barbe, leur nettoyer les ongles, afin de les rendre dignes d'être envoyés dans les salles de Jad si le dieu, dans sa merci, le leur permettait. Elle connaissait chacun des hommes qui gisaient là.

Helda commença de retirer la tunique de Brégon, toute raide de sang séché. Rhiannon alla chercher un couteau pour l'aider à fendre le tissu, mais elle vit alors qu'il n'y avait personne auprès de Dai ab Owyn, et elle se rendit auprès du prince cadyrin.

Le temps n'avait pas inversé son cours dans le monde familier. Rhiannon contempla le jeune homme. Ç'aurait été un mensonge, elle le savait, de prétendre qu'elle n'avait pas remarqué son regard fixé sur elle lorsqu'elle était entrée dans la grande salle. Et un autre mensonge de prétendre que c'était la première fois que cela arrivait. Et un troisième – une faiblesse des Cyngaëls, tous ces triplés, toujours ? – de nier qu'elle avait pris plaisir à provoquer cette réaction chez les hommes. Passage de l'adolescence à la féminité, négocié dans le plaisir, prise de conscience d'un pouvoir croissant.

Nul plaisir en cet instant, nul pouvoir qui eût aucun sens. Elle s'agenouilla près du cadavre sur le sol dallé de pierre et tendit une main pour repousser une mèche de cheveux bruns. Un jeune homme intelligent et séduisant. "Nécessaire comme la fin de la nuit", avait-il dit. Nulle fin à cette nuit, à moins que le dieu ne le permît à l'âme de Dai ab Owyn. Elle regarda la blessure, les caillots de sang noir. Il était approprié, songea-t-elle soudain, que la fille de Brynn s'occupât d'un prince de Cadyr, un de leurs invités. Céfan, non loin de là, psalmodiait toujours, les yeux clos, et sa voix s'élevait en tremblant comme la fumée des chandelles. Les femmes murmuraient ou gardaient le silence, allaient et venaient, accomplissant leurs tâches. Rhiannon avala sa salive avec peine et se mit à dévêtir le mort.

« Que faites-vous ? »

S'il était entré quelque part, elle l'aurait su – ou du moins l'avait-elle pensé. Elle se retourna en levant les yeux.

« Mon seigneur prince », dit-elle. Elle se dressa pour se tenir devant lui. Vit le cousin, Gryffèth, et le grand-prêtre derrière eux, le visage grave, inquiet.

« Que faites-vous ? » répéta Alun ab Owyn. Ses traits étaient rigides, son visage un mur.

« Je… m'occupe de son corps, mon seigneur. Pour l'exposition avant les funérailles ? » Elle s'entendit balbutier. Elle ne balbutiait jamais.

« Pas vous », dit-il d'une voix sans inflexion. « Quelqu'un d'autre. »

Elle avala sa salive. Elle n'avait jamais manqué de courage, même enfant. « Pourquoi donc ? dit-elle.

— Vous osez le demander ? » Derrière lui, Ceinion retint une petite exclamation, esquissa un geste, puis se tint coi.

« Je dois le demander, dit Rhiannon. Je ne sais ce que je puis avoir fait à la maison d'Owyn pour causer une telle remarque. Je pleure pour vos gens, et pour votre chagrin. »

Il la regardait fixement. C'était difficile de voir ses yeux, dans cette lumière, mais elle les avait vus dans la grande salle, avant.

« Vraiment ? » dit-il enfin, aussi brutal qu'un marteau. Elle ne parvenait pas à cesser de penser à des marteaux. « Pouvez-vous seulement commencer de pleurer ? Mon frère est sorti seul et sans arme à cause de vous. Il est mort en me haïssant à cause de vous. Je vivrai avec ce souvenir pendant tout le reste de mon existence. Le comprenez-vous ? Pouvez-vous le comprendre ? »

Une onde de chaleur irradiait à présent de tout son être, comme une fièvre. Désespérément, Rhiannon dit :

« Je crois que je comprends. Et c'est injuste. Je ne l'ai pas obligé à ressentir…

— Mensonge ! Vous vouliez que chacun des hommes présents vous adore, pour jouer. Un jeu… »

Le cœur de Rhiannon lui martelait la poitrine. « Vous êtes… vraiment injuste, mon seigneur. » Elle se répétait.

« Injuste ? Vous éprouvez votre pouvoir chaque fois que vous entrez quelque part.

— Comment le savez-vous ? Comment le saviez-vous ?

— Le nierez-vous ? »

Elle était navrée, le cœur tordu, parce que c'était *lui* qui lui parlait ainsi. Mais elle était aussi la fille de Brynn, et d'Énid, et on ne l'avait pas élevée pour se rendre, ou pleurer.

« Et vous ? » demanda-t-elle en relevant le menton. Son bandage lui grattait la peau. « Vous, mon seigneur ? Vous ne vous êtes jamais essayé ? Vous n'êtes jamais parti pour des raids sur… du bétail, fils d'Owyn ? En Arbèrth, peut-être ? Vous n'avez jamais blessé, ou tué, ce faisant ? Vous *et* votre frère ? »

Elle le vit tressaillir, entendit son souffle soudain rauque. Stupéfiant : il était sur le point de la frapper, elle en avait conscience. Comment en était-on arrivé là ? Le cousin s'avança d'un pas, comme pour l'arrêter.

« C'est mal ! » Ce fut tout ce qu'Alun parvint à dire, en luttant pour se maîtriser.

« Pas plus que ce que font les garçons en devenant des hommes. Je ne peux voler du bétail ou brandir une épée, ab Owyn !

— Alors, faites voile vers Sarance, vers l'orient ! » dit-il d'une voix altérée. « Si vous désirez ce genre de pouvoir. Apprenez… apprenez à empoisonner, comme leurs impératrices, vous tuerez tellement plus d'hommes ainsi ! »

Elle se sentit pâlir. Dans la salle, nul ne bougeait plus, on les regardait. « Me… me haïssez-vous donc tant, mon seigneur ? »

Il ne répondit pas. Elle avait vraiment pensé qu'il dirait oui, n'avait pas idée de ce qu'elle aurait fait alors. Elle déglutit encore avec peine. Elle avait besoin de sa mère, tout d'un coup. Énid se trouvait avec les vivants, dans l'autre salle.

« Auriez-vous désiré que l'Erling ne lance pas son marteau pour me sauver la vie ? » dit-elle. Sa voix était égale, ses mains ne tremblaient pas à ses côtés. Minces bénédictions, il ne saurait pas ce que tout cela lui coûtait. « D'autres sont morts ici, mon seigneur prince. Neuf des nôtres, pour l'instant. Sans doute davantage, au lever du soleil. Des hommes que nous connaissions, que nous aimions. Ne pensez-vous qu'à votre frère, cette nuit ? Comme l'Erling que mon père a tué, qui a demandé un seul cheval alors que ses hommes étaient captifs avec lui ? »

La tête du jeune homme tressaillit comme si elle l'avait frappé. Il ouvrit la bouche, la referma sans un mot. Ils restèrent un moment à se foudroyer du regard. Puis il se détourna, bousculant le prêtre et son cousin pour se précipiter hors de la salle. Ceinion l'appela. Il ne changea même pas d'allure.

Rhiannon porta une main à ses lèvres. Elle avait envie de pleurer, et plus encore de ne pas pleurer. Elle vit le cousin, Gryffèth, faire deux pas vers la porte, puis s'immobiliser pour se retourner. Après un moment, il vint s'agenouiller près du mort. Il tendit une main pour effleurer l'endroit où la lame avait pénétré.

« Mon enfant », murmura le grand-prêtre, l'ami de son père, de sa mère.

Elle ne le regarda pas. Son regard demeurait rivé à la porte ouverte. Ce vide, parce que quelqu'un avait franchi une porte. Était parti dans la nuit en la haïssant, comme il disait que son frère l'avait fait. Une répétition ? Scellée de fer et de sang ?

"Tu ne peux avoir ce que tu désires", avait dit Helda, avant même tout ce qui s'était passé.

« Comment est-ce arrivé ? » demanda-t-elle au prêtre, au monde entier.

Les saints hommes évoquent ordinairement les voies impénétrables du dieu.

« Je l'ignore », murmura plutôt Ceinion de Llywèrth.

« Vous êtes censé le savoir ! » dit-elle en se retournant vers lui. Entendit, avec rage, sa voix se briser. Il s'avança d'un pas et l'attira dans ses bras. Elle le laissa faire, tête basse. Sans pleurer d'abord, et ensuite, oui. Le cousin s'était mis à prier au-dessus du cadavre posé sur les dalles, près d'eux.

◆

"Il y a trois choses qu'on ne devrait pas faire ou qui ne sont pas sages", dit la triade. "S'approcher d'un étang dans la forêt, la nuit. Irriter une femme de caractère. Boire du vin non coupé d'eau lorsqu'on est seul."

On fait tous par trois ici, songeait férocement Alun. De toute évidence, il était temps pour lui de prendre un de ces pots de vin et de le vider seul, jusqu'à l'oubli.

En cet instant, alors qu'il traversait à grands pas la cour déserte sans la moindre idée de sa destination, il aurait voulu que la flèche de l'Erling l'eût abattu dans la forêt. Le monde était faussé, et rien ne le réparerait. Un grand vide occupait la place de Dai dans son cœur. Un vide qui ne se remplirait pas. Il n'y avait rien pour le remplir.

Il aperçut un éclat de lumière dans la pente boisée au-dessus de la ferme.

Ce n'était pas une torche. Pâle, immobile, vacillant.

Il se surprit à haleter, comme s'il se dissimulait à des hommes lancés à ses trousses. Il serra fortement les paupières. La luminescence se trouvait toujours là lorsqu'il les rouvrit. La cour était maintenant déserte. Une nuit de printemps, une douce brise, l'aube encore bien lointaine. Les étoiles étincelaient dans le ciel, avec leurs configurations qui parlaient de gloires et de douleurs anciennes, des figures qui avaient existé avant la venue en ces terres de la foi de Jad. Mortels, animaux, dieux et demi-dieux. La nuit semblait lourde, éternelle, on aurait pu y tomber.

Une lumière dans la pente. Alun défit sa ceinture, laissant choir son épée, et franchit la porte de la cour pour escalader la colline.

Elle le voit lâcher le fer, et sait ce que cela signifie. Il peut la voir, désormais. Il est entré dans l'étang avec eux. Pour quelques humains, après un tel geste, les créatures magiques deviennent visibles. Son impulsion, impérieuse, est de s'enfuir. Flotter aux alentours pour les observer, c'est une chose. Ceci en est une autre.

Elle se force à ne pas bouger, elle attend. Une pensée soudaine et craintive la pousse à examiner les environs, de son œil intérieur. Le *spruaugh* qui pourrait aller la dénoncer est endormi, lové dans le creux d'un arbre.

L'homme traverse la barrière, la referme derrière lui, commence à gravir la colline. Il peut la *voir*. Elle s'enfuit presque, encore, volerait si elle le pouvait, mais aucune d'elles ne le peut plus. Elle tremble. Des couleurs frémissantes ne cessent de se pourchasser dans ses cheveux.

Elle était plus petite que la reine, et d'une demi-tête plus petite qu'Alun. Il s'immobilisa juste en contrebas de l'endroit où elle se tenait. Ils se trouvaient près du hallier, dans la pente, à peu près à découvert. Elle avait été à demi dissimulée derrière un arbrisseau, s'avança lorsqu'il s'arrêta, mais en touchant toujours une branche d'une main. Absolument immobile, prête à s'enfuir. Une créature magique, devant lui, dans le monde qu'il avait cru connaître.

Elle était mince, avec de très longs doigts, une peau pâle, des yeux largement écartés, un petit visage, mais qui n'était pas celui d'une enfant. Elle portait quelque chose de vert qui laissait ses bras nus et découvrait ses jambes jusqu'aux genoux. Une ceinture de fleurs tressées, des fleurs dans sa chevelure – qui ne cessait de changer de couleurs sous ses yeux, un vertige. Une merveille, même sous les étoiles. Il ne pouvait la distinguer clairement que par sa luminescence. Ce détail, entre tous, lui disait bien la distance parcourue depuis la cour de la ferme. L'entremonde, disait-on dans les légendes. C'était là qu'il se trouvait à présent. Des hommes s'y perdaient, d'après les histoires. Ne revenaient jamais, ou revenaient cent ans après y être entré, à pied ou à cheval, et tous ceux qu'ils connaissaient étaient morts depuis longtemps. Il pouvait distinguer les petits seins de la créature à travers la mince substance de son vêtement. Sentent-elles le froid, les fées ?

Il avait la gorge douloureusement serrée.

« Comment… comment puis-je vous voir ? » Il ne savait pas si elle pouvait même parler, utiliser des mots. Ses mots à lui.

Les cheveux devinrent pâles, presque blancs, virèrent de nouveau au doré, en partie. Elle dit : « Tu étais dans l'étang. Je t'ai… sauvé, là-bas. » Cette voix, énonçant de simples mots, lui fit comprendre qu'il n'avait jamais vraiment joué de la musique avec sa harpe ou chanté une chanson comme elle devait l'être. Il eut le sentiment qu'il pleurerait, s'il n'y prenait garde.

« Comment ? Pourquoi ? » Après cette voix, la sienne était rude à ses propres oreilles. Une meurtrissure de l'air illuminé par les étoiles.

« J'ai arrêté ton cheval dans les hauts-fonds. On t'aurait tué si tu t'étais davantage approché de la reine. »

Elle avait répondu à une question, non à l'autre. « Mon frère était là. » Il avait du mal à parler.

« Ton frère est mort. Son âme est avec la Chasse.

— Pourquoi ? »

Des cheveux plus rouges à présent, écarlates dans la nuit de l'été. Son éclat lui permettait de la voir. « Je l'ai capturé pour la reine. Le premier mort de la bataille, cette nuit. »

Dai. Sorti sans arme. Le premier mort. Quel que fût le sens de cette phrase. Mais elle lui donnait une explication. Alun s'agenouilla dans l'herbe humide et fraîche, ses jambes ne le portaient plus. « Je devrais vous haïr, murmura-t-il.

— Je ne sais ce que cela veut dire », dit-elle. De la musique.

Il y songea, puis à la jeune fille, la fille de Brynn, dans cette salle près de la chapelle où gisait le cadavre de son frère. Il se demanda s'il jouerait encore jamais de la harpe.

« Qu'est-ce que… pourquoi la reine… ? »

Il la vit sourire, pour la première fois, le bref éclat de petites dents blanches. « Elle les aime. Ils l'excitent. Ceux qui ont été mortels. Ceux de ton monde.

— Pour toujours ? »

La chevelure vira au mauve. Ce petit corps mince, si blanc sous le vêtement vert pâle. « Qu'est-ce qui pourrait être pour toujours ? »

Ce vide, dans son cœur. « Mais après ? Que lui arrive-t-il, à lui ? »

Aussi grave qu'un prêtre, qu'une enfant pleine de sagesse, une créature tellement plus vieille que lui. « Ils quittent la Chasse quand elle se lasse d'eux.

— Pour aller où ? »

Si douce, la musique de cette voix. « Je ne suis pas sage. Je ne sais. Je n'ai jamais demandé.

— Il sera un fantôme », dit alors Alun à genoux sous les étoiles – une certitude. « Un esprit errant et solitaire, une âme perdue.

— Je ne sais. Ton soleil ne le prendrait-il pas ? »

Il posa les mains sur l'herbe nocturne à ses côtés. La fraîcheur, le caractère ordinaire de cette herbe, si nécessaire en cet instant. Jad se trouvait à l'envers du monde à présent, leur enseignait-on. Bataillant contre des démons pour l'amour de Ses enfants. Il répondit en écho, mais sans la musique : « Je ne sais. Cette nuit, je ne sais plus rien. Pourquoi… m'avez-vous sauvé dans l'étang ? » La question à laquelle elle n'avait pas répondu.

Elle écarta les mains, et l'air ondula comme de l'eau. « Pourquoi devrais-tu mourir ?

— Mais je vais mourir.

— Voudrais-tu te précipiter avant l'heure dans les ténèbres ? »

Il ne répondit pas. Après un moment, elle se rapprocha d'un pas. Il demeura immobile, agenouillé, vit la main qui se tendait. Il ferma les yeux juste avant qu'elle ne touchât son visage. Il ressentit, d'une façon bouleversante, la pulsion du désir. Une aspiration à être arraché à lui-même, arraché au monde. À ne jamais revenir ? Dans la nuit, elle était environnée par le parfum des fleurs.

Les yeux toujours clos, il dit : « On nous apprend… on nous apprend qu'il y aura la Lumière.

— Alors elle sera là pour ton frère, dit-elle, s'il en est ainsi. »

Ses doigts bougèrent pour toucher les cheveux d'Alun. Il pouvait la sentir trembler et comprit, en cet instant seulement, qu'elle était aussi effrayée et aussi excitée que lui. Des mondes qui se mouvaient l'un près de l'autre, sans jamais se toucher.

Presque jamais. Il ouvrit la bouche mais, avant de pouvoir parler, il sentit un mouvement d'une choquante vivacité, une soudaine absence. Ne dit point ce qu'il aurait dit, ne *sut* jamais ce qu'il aurait dit. Il leva les yeux en hâte. Elle se trouvait déjà à dix pas. En un éclair. De nouveau debout contre l'arbrisseau, à demi tournée pour fuir plus loin. Ses cheveux étaient aussi noirs que l'aile d'un corbeau.

Il jeta un coup d'œil derrière lui. Quelqu'un gravissait la pente. Il n'en fut nullement surpris. C'était comme si la capacité d'éprouver des émotions s'était écoulée de lui comme du sang.

Il était encore très jeune cette nuit-là, Alun ab Owyn. La pensée qui lui vint alors, en reconnaissant celui qui s'en venait – et qui regardait fixement la fée derrière lui – fut que plus rien ne le surprendrait jamais.

Brynn ap Hywll atteignit le sommet de la crête et s'accroupit dans l'herbe auprès d'Alun, avec un grognement d'effort. Le colosse cueillit quelques brins, en gardant le silence, les yeux fixés sur la silhouette scintillante près de l'arbre, non loin de là.

« Comment pouvez-vous la voir ? » demanda Alun à mi-voix.

Brynn frotta l'herbe dans ses larges paumes. « Je suis entré dans cet étang, il y a presque une existence entière de cela, mon garçon. La nuit où une fille m'a rejeté, et je suis allé passer mon chagrin en marchant dans la forêt. Ce qui n'était pas très sage. Les filles peuvent avoir cet effet, en vérité.

— Comment saviez-vous que je…

— L'un des hommes que Siawn a envoyé faire son rapport. Il a dit que vous aviez abattu deux Erlings et que vous étiez perdu dans l'étang jusqu'à ce que Ceinion vous en tire.

— Est-ce qu'il… est-ce que Siawn…

— Non. Le messager ne m'a dit que cela. Sans rien y comprendre.

— Mais vous, oui.

— Oui.

— Vous les avez… vues, pendant toutes ces années ?

— J'en ai été *capable*. Ce n'est pas arrivé souvent. Elles nous évitent. Celle-ci… est différente. Elle vient souvent. Je pense que c'est la même. Je la vois parfois là-haut quand nous sommes à Brynnfell.

— Vous n'êtes jamais monté la voir ? »

Brynn le regarda pour la première fois. « Cela m'effraie, dit-il avec simplicité.

— Je ne pense pas qu'elle nous fera du mal. »

La fée était silencieuse et immobile près de l'arbre frêle, hésitant toujours entre fuir ou s'attarder ; elle les écoutait.

« Elle le peut en nous attirant ici, dit Brynn. Cela devient difficile de revenir. Vous connaissez les légendes aussi bien que moi. J'avais… des tâches à accomplir en ce monde, mon garçon. Et vous en avez aussi désormais. »

Ceinion, là-bas, en bas, tout à l'heure : "Vous n'avez point licence de nous quitter."

Alun observa l'autre dans la pénombre, en songeant au fardeau qui transparaissait dans ces paroles. Le fardeau de toute une existence. « Vous avez laissé votre épée, pour venir ici. »

Il le vit sourire, alors. Un peu penaud : « Comment pourrais-je vous permettre d'être plus courageux que moi, mon garçon ? » Avec un autre grognement, il se releva.

« Je suis trop vieux et trop gras pour rester accroupi toute la nuit dans le noir. » Il resta ainsi, une silhouette massive qui se découpait sur le ciel.

Près de l'arbre, la forme scintillante recula d'une autre demi-douzaine de pas.

« Le fer, murmura-t-elle. Toujours. C'est… douloureux. »

Brynn s'était figé. Il ne l'avait sûrement jamais entendue parler, comprit Alun. Jamais entendu la musique de cette voix, pendant toutes ces années. "Il y a presque une autre existence de cela." Il s'émerveilla d'un homme qui avait la volonté de savoir tout cela et de n'en point parler, et de s'en tenir à l'écart.

« Mais j'ai laissé mon… » Brynn s'interrompit, avec un juron à mi-voix. Alla chercher dans sa botte le poignard qui y était dissimulé. « Je regrette, Esprit, dit-il, ce n'était point mon intention. » Il se détourna et, avec un pas ferme en avant, il jeta la lame, un arc dans l'air nocturne, loin dans la pente de la colline, par-dessus la palissade, dans la cour déserte de la ferme.

Un très long lancer. Je n'en aurais pas été capable, songea Alun. Il contempla la silhouette qui se tenait près de lui : l'homme qui avait abattu le Volgan, il y avait bien longtemps, en un temps où les Erlings venaient ici chaque printemps et chaque été, année après année. Des temps plus sombres et plus durs, avant sa propre naissance ou celle de Dai. Mais si l'on était tué dans un petit raid raté, aujourd'hui, on était aussi mort qu'autrefois aux mains de la horde du Volgan, n'est-ce pas ? Et votre âme…

Brynn se tourna vers lui : « Nous devrions partir. Nous devons partir. »

Alun resta agenouillé sans bouger dans l'herbe fraîche. "Et votre âme ?"

« Cette créature n'est point censée exister, n'est-ce pas ?

— Qui dirait cela ? répliqua Brynn. Étaient-ils des insensés, nos ancêtres qui se sont transmis les histoires de l'armée des fées ? Leur gloire, leur danger ? Sa race vit ici depuis plus longtemps que la nôtre. Ce que les saints hommes nous enseignent, c'est qu'elles mettent en péril notre espoir de la Lumière.

— Est-ce là ce qu'ils enseignent ? » dit Alun.

Il entendit l'amertume qui résonnait dans sa voix. Il faisait si noir ici, dans la nuit étoilée, excepté à l'endroit où se tenait la créature, illuminée.

Il tourna de nouveau la tête, presque contre son gré, pour la regarder, toujours adossée au tronc d'arbre. Ses cheveux étaient redevenus pâles. Depuis que le poignard avait disparu, sans doute. Elle ne s'était pas rapprochée, cependant. Il songea à ses doigts minces, à leur contact, au parfum des fleurs. Il déglutit. Il voulait lui poser d'autres questions à propos de Dai, mais il garda le silence.

« C'est la vérité, ce qu'on nous enseigne, vous le savez », dit Brynn ap Hywll. Il le regardait, lui et non la silhouette qui se tenait, scintillante, non loin de son arbre, avec sa chevelure qui prenait à présent la teinte du ciel d'orient avant le soleil de l'aube. « Vous pouvez le sentir, n'est-ce pas ? Même ici ? Venez, mon garçon, redescendons. Nous prierons ensemble. Pour votre frère, pour mes hommes, pour nous-mêmes.

— Vous êtes capable… de simplement vous en aller ? » dit Alun. Il regardait la fée, qui le regardait aussi, sans un geste, sans un mot.

« Je le dois, dit l'autre. Je l'ai fait toute ma vie. Vous allez commencer de le faire maintenant, pour l'amour de votre âme et de tout ce qui doit être accompli. »

Il y avait dans cette voix une résonance particulière. Alun tourna la tête pour jeter un autre coup d'œil à Brynn. Qui lui rendit son regard sans broncher, une haute silhouette dans la nuit obscure. Trente ans de combats, épée au poing. "Ce qui doit être accompli." Si n'importe laquelle des deux lunes avait brillé cette nuit – si les anciennes légendes étaient véridiques –, rien de tout cela ne serait arrivé.

Dai serait mort malgré tout. Parmi tous les autres morts. La fille de Brynn l'avait défié avec ses paroles, l'avait fait fuir dehors parce que… parce qu'il n'avait aucune réplique, et pas de répit à son sentiment de vide intérieur.

Il se retourna vers la fée. Ses grands yeux étaient rivés aux siens. Une libération était peut-être possible. Il prit une lente inspiration et laissa échapper son souffle. Se releva.

« Veillez sur lui », dit-il. Rien de plus. Elle saurait.

Elle s'avança de quelques pas pour revenir à son arbre. Une main sur une branche, comme si elle l'étreignait, s'y fondait. Brynn tourna le dos et s'engagea résolument dans la pente. Alun le suivit sans un regard en arrière, sachant qu'elle était toujours là, qu'elle le regardait depuis la pente, depuis l'autre monde.

Lorsqu'il fut revenu dans la cour de la ferme, Brynn avait déjà récupéré leurs épées. Il tendit la sienne à Alun, avec la ceinture.

« Je reprendrai mon poignard au matin », dit ap Hywll.

Alun secoua la tête. « J'ai vu où il est tombé, je crois. » Il traversa la cour. Les lanternes, à l'intérieur, ne jetaient pas leur lueur si loin, n'éclairant que les fenêtres pour y montrer des gens, la présence de la vie parmi les mourants et les morts. Il retrouva presque tout de suite le poignard, pourtant. Le rapporta à Brynn, qui resta un moment immobile, l'arme à la main, en dévisageant Alun.

« Votre frère était notre invité, dit-il enfin. Ma peine est grande, et pour votre mère et pour votre père. »

Alun hocha la tête. « Mon père est… un homme dur. Je crois que vous le savez. Notre mère… »

Leur mère.

Que la lumière de Dieu soit tienne, mon enfant,
Qu'elle te guide dans le monde et te ramène à moi…

« Ma mère voudra mourir, dit-il.

— Nous vivons dans un monde rude », dit Brynn après un moment, en cherchant ses mots. « Ils trouveront certainement un réconfort dans le fait qu'il leur reste un fils solide pour reprendre les fardeaux qui vous seront désormais échus. »

Alun leva les yeux vers lui dans la pénombre. Cette présence massive. « Parfois… on n'accepte pas ses fardeaux, vous savez. »

Brynn haussa les épaules : « Parfois, en effet. »

Rien de plus.

Alun soupira, sentant s'abattre sur lui une profonde lassitude. Il était l'héritier de Cadyr, avec tout ce que cela impliquait. Il secoua la tête.

Brynn se pencha pour glisser le poignard dans sa botte. Se redressa. Ils étaient là, tous deux, dans la cour, un lieu intermédiaire entre la pente boisée et les lumières.

Brynn toussota. « Là-haut, vous avez dit… vous lui avez demandé de veiller sur lui. Hum… Que vouliez-vous… »

Alun secoua de nouveau la tête sans un mot. Je ne répondrai jamais à cette question, décida-t-il. Brynn s'éclaircit la gorge une fois de plus. De l'intérieur de la demeure, derrière la porte à double battant, quelqu'un poussa un cri de douleur.

Ni lui, ni Brynn, songea Alun, ne se tenait de façon à voir s'il y avait encore un scintillement dans la colline, là-haut. S'il tournait la tête…

Le colosse se claqua brusquement la cuisse, comme pour briser l'ambiance ou rompre un sortilège. « J'ai un présent pour vous », dit-il, et il poussa un sifflement.

Il n'y eut rien pendant un moment, puis une forme se détacha des ténèbres pour s'avancer vers eux. Le chien – c'était un chien-loup, énorme – se frotta la tête contre la hanche d'ap Hywll. Brynn tendit la main pour la poser sur la fourrure du chien, à l'encolure.

« Cafall, dit-il avec calme. Entends-moi. Tu as un nouveau maître. Le voici. Va à lui. » Il lâcha l'animal et recula d'un pas. Aucun mouvement, puis le chien pencha la tête de côté – un chien gris, songea Alun, même s'il était difficile d'en être certain dans la pénombre. L'animal regarda Brynn, puis Alun.

Et traversa tranquillement l'espace qui le séparait d'eux.

Alun baissa les yeux sur lui, tendit une main. Le chien la renifla brièvement, puis, d'une démarche gracieuse, vint se placer près de lui.

« Vous lui avez donné… ce nom-là ? » demanda Alun. C'était imprévu, ç'aurait dû être trivial. Mais il n'en avait pas le sentiment.

« Cafall, oui. Lorsqu'il avait un an, comme c'est l'usage.

— Alors, c'est votre meilleur chien. »

Brynn hocha la tête. « Le meilleur que j'aie jamais eu.

— Un présent trop splendide, mon seigneur, je ne puis…

— Oui, vous le pouvez, dit Brynn. Pour maintes raisons. Acceptez ce compagnon de ma main, mon garçon. »

C'était ce que signifiait le nom, évidemment. “Compagnon”. Alun avala sa salive. Il avait la gorge serrée. Était-ce donc là ce qui le ferait pleurer cette nuit, après tout le reste ? Il tendit une main pour la poser sur la tête chaude de l'animal, la caressa, en ébouriffant la fourrure. Cafall se pressa contre sa hanche. Un nom ancien, venu des plus anciennes histoires. Un très grand chien, fort et élégant. Pas un chien-loup ordinaire, pour accepter aussi calmement ce changement, sur quelques paroles énoncées dans la nuit. Ce n'était pas un présent trivial du tout, Alun le savait.

Un présent qu'il n'était point question de refuser.

« Je vous en sais gré », dit-il.

« Je suis bien chagrin, répéta Brynn. Laissez-le… contribuer à vous garder parmi nous, mon garçon. »

C'était donc cela. Alun battit des paupières ; les lumières aux fenêtres de la ferme se brouillèrent un instant. « Rentrerons-nous ? » demanda-t-il.

Brynn hocha la tête.

Ils rentrèrent dans la demeure, là où les chandelles brûlaient parmi les morts, dans la salle jouxtant la chapelle et parmi tous les enfants blessés de Jad, meurtris de tant de façons.

Le chien les suivit, puis se coucha près de la porte de la chapelle sur un ordre murmuré d'Alun. Dehors, dans la pente, quelque chose s'attarda un moment dans le noir, puis s'en alla, aussi léger que de la brume, avant la venue de l'aube.

Chapitre 5

Les marchands de l'île de Rabady n'avaient eu ni un bon printemps ni un bon été, et certains étaient tout à fait sûrs d'en connaître la raison. La liste des plaintes était longue.

Sturla Ulfarson, qui avait succédé à Halldr Maigre-Jarret comme gouverneur des marchands, fermiers et pêcheurs de l'île, avait beau n'avoir qu'une seule main, il avait deux yeux et deux oreilles, et un bon nez pour sentir l'état d'esprit des gens ; il savait qu'on comparait les gloires – exagérées – de l'époque de Maigre-Jarret et les troubles et autres mauvais présages qui avaient marqué le début de la sienne.

Injuste, peut-être, mais personne ne l'avait *obligé* à manœuvrer pour obtenir sa présente position, et Ulfarson n'était pas du genre à s'apitoyer sur son sort. S'il en avait été ainsi, il aurait été enclin à souligner que le vol tristement célèbre du cheval gris de Maigre-Jarret, au printemps précédent – début de tous leurs ennuis – avait eu lieu avant la nomination par acclamation du nouveau gouverneur. Il aurait remarqué qu'aucun chef, quel que fût sa manière de gouverner, n'aurait pu prévenir l'orage nocturne qui avait tué deux jeunes gens dans les champs, peu de temps après. Et il aurait également déploré le fait qu'il n'était vraiment pas du pouvoir d'un administrateur local de contrôler les événements dans le vaste monde hors de l'île : la guerre entre le Karche, la Moskave et les

Sarantins ne pouvait qu'avoir un impact sur le commerce nordique.

Sturla Une-Main souligna ces points, de manière décisive – c'était un homme décidé, la plupart du temps –, lorsqu'on osa le défier directement, mais il se mit aussi à chercher ce qu'il pourrait accomplir sur l'île, et il fit ainsi une certaine découverte.

Cela commença avec les familles du jeune homme et de la jeune fille tués pendant l'orage. Tout le monde savait qu'Ingavin envoyait son tonnerre et toutes sortes de tempêtes, qu'il n'y avait rien d'accidentel si des gens étaient tués ou des maisons ruinées ainsi – un monde au climat absolument aléatoire n'aurait pas été un monde tolérable.

La fille avait été en train d'accomplir son devoir d'un an au service de la *volur*, dans l'enclos sis à la lisière de la forêt. Les jeunes filles de l'île le faisaient tour à tour, avant de se marier. C'était un rituel, un rituel honorable. Fulla, la déesse du blé, l'épouse d'Ingavin, avait également besoin d'attention et d'adoration, si l'on voulait des enfants nés en bonne santé et des champs fertiles. Iord, la devineresse, était une figure importante de l'île, aussi puissante que le gouverneur à sa propre façon.

Sturla Une-Main avait poliment rendu visite à l'enclos, avec des présents, peu de temps après son élection par la *thring*. Il n'avait pas eu de sympathie pour la *volur*, mais là n'était pas la question. S'il y avait de la magie à utiliser, on la voulait de son côté, pas le contraire. Les femmes pouvaient être dangereuses.

Et c'était en vérité ce qu'il découvrit. Les familles du jeune homme et de la jeune fille se poussaient l'une l'autre vers une querelle de sang à cause du trépas de leurs enfants, chacune accusant le rejeton de l'autre pour leur présence sur le cairn commémoratif, couchés ensemble lorsque l'éclair avait frappé. Sturla avait sa propre idée quant aux responsabilités respectives, mais il importait de sembler mener d'abord une enquête. Son désir principal était d'éviter une querelle sanglante à Rabady, ou d'en limiter du moins les victimes.

Il se mit à parler à autant de jeunes gens qu'il le put et en vint ainsi à entretenir une conversation avec une fille aux cheveux blonds venue du continent, l'addition la plus récente au cercle des femmes dans l'enclos. Elle s'était présentée ainsi qu'il convenait en réponse à sa convocation et s'était agenouillée devant lui, timide, les yeux adéquatement baissés.

Elle avait cependant peu d'assistance à fournir en ce qui concernait les deux jeunes cadavres calcinés, prétendant qu'elle n'avait vu qu'une fois la jeune fille avec Halli, "le soir précédant la visite de Bern Thorkellson à la devineresse avec le cheval de Maigre-Jarret".

Le nouveau gouverneur de l'île de Rabady, qui avait été carré dans son siège, un cruchon de bière à portée de son unique main, s'était penché vers elle. L'orage, les éclairs, les deux jeunes gens morts, et une possible querelle étaient soudain devenus bien moins urgents.

« Avant que quoi ? » dit Sturla Une-Main.

Il reposa le cruchon et tendit sa main pour attraper la fille par sa chevelure blonde, la forçant à le regarder. Elle pâlit, ferma les yeux, comme bouleversée par sa puissance si proche. Elle était jolie.

« Je… je n'aurais pas dû dire cela, balbutia-t-elle.

— Et pourquoi pas ? » gronda Ulfarson, la tenant toujours par les cheveux.

« Elle me tuera !

— Et pourquoi ? » demanda le gouverneur.

Elle garda le silence, avec une évidente terreur. Il tira sur les mèches blondes, fort. Elle poussa un petit gémissement. Il recommença.

« Elle… elle lui a fait de la magie.

— Elle a quoi ? » dit Sturla en essayant de comprendre, conscient de ne pas avoir l'air très malin. La fille – il en ignorait le nom – se jeta subitement en avant en lui étreignant les jambes, le visage pressé contre ses cuisses. Ce n'était pas déplaisant, de fait.

Elle déclara en sanglotant : « Elle haïssait Maigre-Jarret… elle me tuera… mais elle utilise son pouvoir dans son propre intérêt. C'est… mal ! » Elle parlait contre sa cuisse, les bras agrippés à ses jambes.

Sturla lâcha les cheveux de la fille et s'adossa de nouveau dans son siège. Elle ne bougea pas. Il dit : « Je ne te maltraiterai pas, ma fille. Dis-moi ce qu'elle a fait. »

Et ainsi le gouverneur, et plus tard les habitants de Rabady, apprirent comment Iord la devineresse avait fait du jeune Thorkellson son serviteur impuissant, le forçant à voler le cheval, puis le rendant invisible, lui permettant ainsi de s'embarquer sur le navire du sud qui se trouvait au port – avec le cheval gris – et de s'en aller sans être vu. La *volur* avait agi ainsi par malveillance contre Halldr Maigre-Jarret, bien sûr, ce qui n'était en aucune façon déraisonnable. Mais c'était une traîtrise qui avait de toute évidence déchaîné des auras malveillantes sur l'île – celle de Halldr, devait-on présumer –, causant les calamités de la saison, y compris l'orage et les éclairs qui avaient tué deux jeunes innocents.

Collectivement, les guerriers erlings n'étaient pas enclins aux débats nuancés lorsqu'il fallait résoudre de telles affaires. Sturla Une-Main était peut-être plus réfléchi que d'autres, mais il avait perdu sa main – et accumulé une certaine richesse – dans des expéditions outre-mer. On ne réfléchissait pas longuement lorsqu'on attaquait un village ou un sanctuaire. On buvait beaucoup avant, on priait Ingavin et Thünir, puis on se battait, on tuait et on ramenait chez soi ce qu'on avait trouvé dans la fureur et la ruine qu'on avait causées.

En ce qui le concernait, une hache et une épée étaient des réactions parfaitement appropriées à la traîtrise. Et elles serviraient l'utile but additionnel de mettre en évidence le caractère résolu de Sturla, au tout début de ce qu'il espérait être un règne prospère comme gouverneur de l'île.

Iord la devineresse et ses cinq principales compagnes furent tirées de l'enclos à la première aube du jour suivant, on leur arracha leurs vêtements (osseuses, toutes, les seins pendants, des vieillardes qui n'étaient bonnes pour aucun homme), et on les attacha à des poteaux hâtivement dressés dans le champ proche du cairn de pierre où les deux jeunes gens avaient péri.

Lorsqu'on vint la chercher, la devineresse essaya de prétendre – en balbutiant dans sa terreur – qu'elle avait *trompé* le jeune Thorkellson. Qu'elle avait seulement prétendu jeter un sort pour lui, qu'elle l'avait renvoyé en ville pour y être découvert.

Sturla Une-Main n'avait pas survécu pendant toutes ces années en étant un imbécile. Il fit remarquer que le garçon n'avait pas été découvert. Et donc, ou bien la devineresse mentait, ou bien le garçon avait décelé sa tromperie. Et même si le jeune Thorkellson avait eu la réputation d'être habile avec une épée et un marteau – le fils de Thorkell le Rouge, après tout, ne le serait-il pas ? –, il était à peine adulte. Et où se trouvait-il ? Et le cheval ? Avec sa magie, quelle réponse avait-elle à donner ?

Elle n'en trouva jamais.

Les six femmes furent lapidées jusqu'à ce que mort s'ensuivît, et les membres des deux familles querelleuses invités à lancer la première volée de pierres ensemble, en tant que principales victimes. Les épouses et les jeunes filles se joignirent aux hommes, une des occasions où elles le pouvaient. Cela prit du temps pour tuer les six femmes – les lapidations en prenaient toujours.

La bière fut bonne cette nuit-là et la suivante, et un second navire en provenance d'Alrasan, dans le sud – où l'on adorait les étoiles – apparut au port deux jours plus tard, venu faire commerce, une évidente bénédiction d'Ingavin.

La fille aux cheveux blonds venue du continent s'était tenue au bord de l'aire de lapidation : on avait forcé les plus jeunes femmes de l'enclos à venir regarder. Elle portait un terrifiant serpent enroulé autour du corps, qui dardait une langue venimeuse. C'était la seule à n'en être point épouvantée. Nul ne se tint près d'elle tandis qu'on regardait mourir les vieilles femmes. Le gouverneur ne put se rappeler exactement – il avait beaucoup bu ce jour et cette nuit-là – comment il avait appris qu'elle avait été mordue par le serpent au printemps. Peut-être le lui avait-elle indiqué elle-même.

On remarqua le serpent, dans le champ. Ce qui n'était pas surprenant. Les serpents détenaient le pouvoir de l'entremonde, avec la peau qu'ils abandonnaient pour la recréer à neuf. Un serpent dévorerait le monde, à la fin des temps. On en parla beaucoup cette nuit-là. Un signe, on en était d'accord, un présage de puissance.

Sturla Ulfarson nomma la fille *volur* de l'île de Rabady, quelques jours plus tard, après que le navire du sud eut fait commerce et fut reparti. Normalement, ce n'étaient pas les hommes de Rabady qui effectuaient ce choix, mais ce n'étaient pas des temps normaux. On ne lapidait pas une devineresse tous les ans, n'est-ce pas ? Peut-être ce changement s'avérerait-il utile, en ramenant le pouvoir des femmes, la *seithr,* la magie nocturne, l'enclos même, sous un contrôle accru.

Sturla Une-Main n'en était pas trop sûr, et il n'aurait pu retrouver avec précision les pensées ou les conversations qui avaient conduit à chacune de ces décisions. Les événements s'étaient succédé avec rapidité, il les avait… chevauchés, comme les longs vaisseaux chevauchent la vague, ou comme un chef sur le champ de bataille chevauche l'élan du combat – ou un homme sa femme après la tombée de la nuit.

Elle était jeune. Et alors ? Toutes les anciennes étaient mortes. On aurait pu envoyer chercher une femme de l'autre côté de l'eau, au Vinmark, et même jusqu'à Hlégest, mais qui sait ce qu'on aurait ramené, ou quand ? De toute façon, mieux valait ne pas attirer l'attention des hommes de plus en plus ambitieux qui vivaient là-bas. La fille les avait sauvés d'un fantôme irrité et semblait avoir déjà été choisie par le serpent. On l'avait dit dans les tavernes. Sturla pouvait déchiffrer un message offert par des runes si on le lui épelait.

Il savait le nom de la fille, à ce moment-là. Anrid. À la fin de l'été, cependant, on l'appelait “Le serpent”. Elle n'était pas revenue le voir en ville et, au demeurant, il ne lui vint pas à l'idée de le lui demander. Il y avait assez de filles quand on était gouverneur, inutile de s'emmêler dans ces filets-là avec des devineresses qui gardaient des serpents dans leur lit la nuit, ou se les enroulaient autour du corps pour regarder des pierres fendre de la peau et briser des os à la lumière de l'aube.

◆

Jormsvik était davantage une forteresse qu'une cité.

Et d'abord, seuls les mercenaires eux-mêmes et leurs serviteurs ou leurs esclaves vivaient à l'intérieur de ses murailles. Les cordeliers, les fabricants de voiles, les armuriers, les taverniers, les charpentiers, forgerons, pêcheurs, boulangers et autres diseuses de bonne aventure vivaient tous dans la ville turbulente qui s'étendait hors les murs. Aucune femme n'avait licence d'entrer dans Jormsvik, même si des prostituées étaient éparpillées dans les rues et les allées tortueuses, juste à l'extérieur des murs. Il y avait de l'argent à faire pour une femme, à proximité d'une forte garnison.

Il fallait livrer combat pour devenir un des hommes de Jormsvik, et y livrer des combats perpétuels pour y demeurer. Jusqu'à ce que l'on devînt un chef, auquel cas on pouvait raisonnablement s'attendre à être engagé comme mercenaire pour se battre, avec profit à la clé – si l'on se tenait à l'écart des bagarres de taverne.

On connaissait et craignait depuis trois générations les mercenaires de cette forteresse. Et on les employait. Ils avaient à des époques différentes combattu de chaque côté des triples murailles de Sarance, en Ferrières et en Moskave. Ils avaient été embauchés (et débauchés) par des seigneurs querelleurs qui se disputaient le premier rang dans les territoires erlings, loin au nord jusque dans des contrées où des couleurs se pourchassaient dans le ciel pendant les nuits froides, et où les troupeaux de rennes comptaient des dizaines de milliers de têtes. Jointe à une incursion karche en direction de la fabuleuse Rhodias, quarante ans plus tôt, une compagnie célèbre s'était rendue en Batiare. Seuls six hommes en étaient revenus – riches. On recevait et partageait le salaire à l'avance, mais ensuite on divisait le butin entre les survivants.

Les survivants pouvaient s'assurer une belle vie.

Mais pour commencer, il fallait survivre à un combat pour entrer dans Jormsvik. Il y avait des jeunes gens assez désespérés ou assez téméraires pour s'y essayer chaque année, en général après la fin de l'hiver. Les terres nordiques étaient définies par cette saison : son arrivée imminente, sa féroce et dure blancheur, puis le frémissement du sang et des rivières au moment de la fonte des glaces.

Le printemps était la saison la plus achalandée aux portes de Jormsvik. Tous connaissaient la procédure, même les chevriers et les esclaves. On chevauchait ou l'on marchait jusqu'aux murailles. On criait un nom au guet – quelquefois même son véritable nom –, en demandant à entrer. Le même jour, ou le matin suivant, un homme choisi au sort sortait pour combattre l'aspirant.

Le vainqueur s'en allait dormir à l'intérieur des murs. Habituellement, le vaincu était mort. Ce n'était pas *inévitable*, on pouvait se rendre et être épargné, mais il ne fallait pas trop y compter. La réputation de Jormsvik résidait essentiellement dans la crainte qu'elle inspirait, et si on laissait des garçons de ferme vous défier et repartir pour le raconter autour d'un feu de tourbe hivernal, dans quelque lieu affligé de marais, on n'était plus aussi redoutable, n'est-ce pas ?

Par ailleurs, cela avait du bon sens, pour les hommes qui vivaient à l'intérieur des murs, de décourager les aspirants de toutes les façons possibles. Parfois, la rune de l'épée pouvait être tirée du tonnelet, au matin, par un guerrier qui avait passé toute la nuit à se divertir avec trop d'enthousiasme dans les tavernes, ou avec des femmes, ou les deux ; et quelquefois, ce n'était pas un simple garçon de ferme qui se présentait aux portes.

Quelquefois, il s'en venait quelqu'un qui savait ce qu'il faisait. Ils étaient tous entrés de la même façon, n'est-ce pas ? Quelquefois, on pouvait mourir devant les murs, et alors la porte s'ouvrait pour un nouveau mercenaire qu'on accueillait sous le nom qu'il se donnait – on s'en moquait à Jormsvik, tout le monde avait une histoire dans son passé. On lui disait où coucher, la salle où il pourrait manger, et le capitaine sous lequel il servirait. Les mêmes que l'homme dont il avait pris la place, ce qui pouvait être déplaisant si ce dernier avait eu des amis – généralement le cas. Mais c'était une forteresse pour les hommes les plus durs du monde, et non une familiale et chaleureuse salle de beuverie.

On arrivait aux salles d'Ingavin en mourant une arme au poing. Il y avait alors assez de temps pour la vie facile, parmi les vierges bien mûres, douces et complaisantes, et les dieux. Sur cette terre, on se battait.

Dès qu'il se fut courbé pour passer la porte basse de la taverne sise hors les murs, Bern eut conscience de son erreur. Ce n'étaient pas les voleurs – les guerriers de Jormsvik suffisaient à décourager avec la brutalité qui leur était propre les bandits aux alentours de leurs portes. C'étaient les mercenaires eux-mêmes, et la nature des choses.

Il n'y avait qu'une seule raison pour un étranger de se présenter là, un jeune homme seul en été avec une épée au côté. Et s'il s'apprêtait à lancer le défi au matin, les hommes de cette salle mal éclairée (mais assez pour révéler la nature de l'arrivant) trouvaient apparemment tout à fait sensé de se protéger, eux et leurs compagnons, avec des moyens évidents, de ce qui pourrait arriver le lendemain.

On pourrait bien le tuer cette nuit, comprit Bern un peu tard, même si on n'avait pas à en arriver là. Ceux qui étaient assis sur les bancs les plus proches de lui (trop loin de la porte, autre erreur), lui souriaient, s'enquérant de sa santé et des moissons dans le nord. Il répondit aussi brièvement qu'il le put. On sourit encore, on lui offrit à boire. À plusieurs reprises. Un homme se pencha en tendant le cornet de dés.

Bern déclara qu'il n'avait pas d'argent à jouer, ce qui était la vérité. On lui dit – en riant – qu'il pouvait gager son cheval et son épée. Il déclina. À la table, on rit de nouveau. De grands gaillards, presque tous, un ou deux plus petits que lui mais pourvus de muscles endurcis. Bern toussa dans la fumée épaisse de la salle. On cuisait de la viande sur deux feux à ciel ouvert.

Il suait. La chaleur était intense, là-dedans. Il n'y était pas accoutumé. Il dormait dehors depuis deux semaines à présent, à mesure qu'il s'enfonçait dans le sud et l'été du Vinmark, arbres verts, herbe neuve, sauts de saumons dans les rivières encore froides. Il se déplaçait rapidement depuis qu'il avait surpris un homme auquel il avait volé son épée et sa dague, avec les quelques pièces que contenait sa bourse. Inutile de se présenter sans arme à Jormsvik. Il n'avait pas tué cet homme, ce qui était peut-être une autre erreur, mais il n'avait jamais tué personne. Il le devrait demain, ou il mourrait très certainement ici.

Quelqu'un plaqua sur la table devant lui une autre coupe d'étain pleine de bière, en renversant un peu. « Longue vie ! » lança l'homme avant de s'éloigner, sans même se soucier de rester pour boire avec lui à sa santé. On le voulait inconscient cette nuit, comprit Bern, mou et lent le lendemain matin.

Il y réfléchit de nouveau. Il n'était pas *obligé* de lancer le défi. Pourrait s'éveiller avec un marteau dans la tête et passer toute la journée à le laisser se dissiper, puis lancer le défi le surlendemain, ou plus tard encore.

Et chacun des hommes de cette salle devait le savoir. Ils étaient tous passés par là. Non, sa première idée avait été la bonne : on le voulait assez saoul pour commettre une autre erreur cette nuit, se lancer dans une bagarre, se faire mutiler ou tuer alors qu'il n'y aurait rien en jeu – pour eux. Devait-il être flatté de ce qu'on le croyait mériter cette attention ? Il n'était pas dupe. C'étaient les mercenaires les plus aguerris du nord : ils ne prenaient pas de risques inutiles. Quand on avait tiré la rune de l'épée, gagner un défi lancé devant les murailles ne conférait aucune gloire, c'était seulement un risque. Pourquoi le prendre inutilement ? Si un voyageur imbécile se rendait à la taverne la veille, épée bien en évidence ?

Au moins avait-il bien dissimulé le cheval, dans les arbres au nord de la cité. Gyllir était désormais habitué à être attaché dans les bois. L'étalon se rappelait-il la grange de Maigre-Jarret ? Combien de temps les chevaux pouvaient-ils se souvenir ?

Bern avait peur. Essayait de ne pas le laisser voir. Il songeait à l'eau, à cette nuit noire comme la mort, lorsqu'il avait poussé le cheval gris dans la mer depuis la plage de galets. Il s'attendait à y périr. Le froid glacé, la fin de l'hiver, et ce qui pouvait être tapi dans les profondeurs du détroit. Il songeait à ce à quoi il avait survécu. Y avait-il une raison à cette survie ? Ingavin ou Thünir avaient-ils un dessein quelconque ? Probablement pas. Il n'était pas assez… important. Mais il n'avait nul besoin de se livrer cette nuit, les yeux bien ouverts, à une autre variété de mort. Pas après être sorti vivant de la mer sur le rivage du Vinmark, dans l'aube d'un jour de grisaille.

Il prit la coupe et but, juste une gorgée. Terrible erreur, d'être venu là. De telles erreurs pouvaient vous tuer. Mais il avait été las de sa solitude, des nuits désertes. Il s'était dit qu'il s'offrirait au moins une nuit parmi les hommes, qu'il entendrait des voix humaines, des rires, avant de mourir au matin en affrontant un mercenaire. Il n'avait pas assez réfléchi.

Une femme se leva pour s'approcher de lui, en roulant des hanches. On lui fit place dans l'espace étroit qui séparait les tables, non sans la tripoter partout où elle pouvait l'être. Elle sourit et ignora les mains fureteuses, en observant Bern qui l'observait. Il avait déjà la tête qui tournait – de la bière, après n'avoir pas bu pendant si longtemps, la fumée, les odeurs, la foule. Il faisait si chaud. La femme avait été assise avec un grand gaillard à la barbe noire, vêtu de peaux de bêtes. Un guerrier-ours. On en avait à Jormsvik, semblait-il. Il se rappela son père : "On dit parfois que les *berserkirs* usent de magie. Ce n'est pas vrai, mais tu ne veux pas en combattre un si tu peux l'éviter." À travers la fumée des feux et la lueur des lanternes, Bern vit que l'homme le surveillait tandis que la femme s'approchait.

Ce jeu-là aussi, tout à coup, il le connaissait. Il se leva juste alors qu'elle s'arrêtait devant lui, avec le balancement de ses seins lourds sous son ample tunique.

« Tu es un bien joli garçon, dit-elle

— Merci, marmonna Bern. Merci. Besoin de pisser. Je reviens. »

Il passa près d'elle en se contorsionnant. D'un geste adroit, elle lui empoigna les parties. Avec un effort, il se retint de lancer un regard coupable au colosse qu'elle venait de quitter.

« Dépêche-toi et fais-moi plaisir », lança-t-elle dans son dos.

Quelqu'un se mit à rire. Quelqu'un d'autre – grand, blond, le regard dur – leva les yeux de la partie de dés.

Après avoir plaqué une piécette sur le comptoir, Bern se glissa dehors. Il prit une profonde inspiration. Il y avait du sel dans l'air nocturne, le bruit de la mer, des étoiles dans le ciel. La lune blanche voguait très haut. Les hommes les plus proches devaient l'avoir vu payer. Sauraient qu'il n'allait pas revenir.

Il pressa le pas. Il pourrait mourir ici.

Il faisait très sombre, pratiquement aucune lumière en dehors des tavernes et des habitations de bois éparpillées en désordre, ou des chambres où les prostituées emmenaient leurs clients. Bénédiction ambiguë, cette noirceur : il serait plus difficile à repérer, mais il pourrait bousculer des gens en essayant de trouver le chemin du nord à travers ce terrier. On capturerait avec plaisir un étranger en fuite, il en était certain, afin de le questionner ensuite à loisir.

Il remonta en courant la première allée qu'il avait empruntée pour arriver là, dans la puanteur de l'urine et des déchets, traversa d'un pas chancelant une empilade d'ordures, en suffoquant. Pouvait-il se contenter de marcher ? Éviter d'être vu en train de fuir à la course ?

Il entendit des bruits derrière lui, provenant de la porte de la taverne. Non, il ne pouvait simplement marcher. Il devait faire vite. Ce serait un divertissement pour ces hommes. Quelque chose qui mettrait de l'animation dans une nuit hors des murs de la forteresse, en attendant un nouveau contrat, un nouveau voyage vers ailleurs. Une façon de se garder en forme pour le combat.

Dans les ténèbres, il buta contre un tonneau renversé. Se baissa pour l'attraper et le remettre d'aplomb. Pas de couvercle. Avec un grognement il le retourna, en sueur à présent, et grimpa dessus en priant que le fond fût assez solide. Il se dressa, en évaluant de son mieux la distance dans le noir, et sauta vers le toit pentu de l'édifice. Trouva une prise, accrocha un genou rendu maladroit par l'épée qu'il portait à la hanche, et se hissa enfin sur le toit. S'il y avait quelqu'un dans cette maison, on l'aurait entendu, il le savait. On pourrait donner l'alarme.

Lorsque aucun choix ne s'impose, on agit comme si ce qu'on doit faire était possible.

Pourquoi se souvenait-il tant des paroles de son père, cette nuit ?

Étendu sur le toit au-dessus de l'allée, il entendit trois ou quatre hommes passer dans la rue. On le pourchassait. Il était un imbécile, fils d'un imbécile, il méritait le destin qu'il connaîtrait cette nuit, quel qu'il fût. Il n'avait pas *pensé* qu'on essaierait de le tuer. Une jambe ou un bras cassés suffisaient à épargner à quiconque la nécessité de combattre le lendemain, et les risques afférents. D'un autre côté, ils étaient saouls, et ils y prenaient plaisir.

Plus sage de se rendre ?

D'autres bruits, un autre groupe de poursuivants. « Un joli petit mangeur de merde », en entendit-il un dire, à l'entrée de l'allée. « Il ne me plaisait pas. »

Quelqu'un se mit à rire : « Tu n'aimes personne, Gurd.

— Encule-toi avec un marteau, dit Gurd. Ou fais-le à ce petit meneur de chèvres qui s'imagine pouvoir se joindre à nous. » Impossible de s'y méprendre : le son d'une épée qu'on tirait d'un fourreau.

Se rendre n'était pas une option prometteuse, décida Bern.

Avec précaution, en écartant sa propre épée, il recula le long du toit. Il devait aller vers le nord, au-delà de ces édifices, et dans les champs. Il n'était sûrement pas assez important pour leur faire abandonner leurs beuveries afin de le rechercher dehors dans la nuit. Et au matin, une fois qu'il chevaucherait jusqu'aux portes pour lancer le défi, il serait sauf. Même si ce n'était sans doute pas la meilleure façon de décrire ce qui s'ensuivrait.

Il aurait pu rester chez lui, être serf pour deux autres années. Il aurait pu se faire embaucher dans une ferme du continent, s'inventer un nom, être là-bas un serviteur ou un journalier.

Ce n'était pas pour un tel destin qu'il avait poussé le cheval gris dans la mer. Tout le monde mourait. Si l'on mourait devant les murailles de Jormsvik, l'épée qu'on avait au poing vous menait peut-être aux salles d'Ingavin.

Il ne le croyait pas réellement, à dire vrai. S'il en était ainsi, n'importe quel garçon de ferme pouvait se faire embrocher par un mercenaire et boire ensuite éternellement de la bière parmi les dieux, avec des vierges à la peau lisse, ou jusqu'à ce que le Serpent dévore l'Arbre du Monde et que le temps s'arrête.

Ce ne pouvait être aussi facile.

Se déplacer sur ce toit trop pentu ne l'était pas non plus. Tous les toits étaient en pente, pour laisser la neige en glisser, l'hiver. Bern dérapa sur le côté, s'accrocha de tous ses doigts et de ses bottes pour s'arrêter, entendit le grincement de son épée. Dut espérer, ne put qu'espérer, que personne d'autre ne l'avait entendu. Il demeura de nouveau immobile, les flancs couverts de sueur. Aucun bruit, excepté celui de pieds lancés à la course. Il rampa lentement pour se retourner et regarder dans l'autre direction.

De l'autre côté d'une autre ruelle étroite, il y avait une maison de bois délabrée à deux étages. C'était la seule ; les autres édifices n'en avaient qu'un, comme celui sur lequel il se trouvait. Une de ces cheminées en pierre nouveau style longeait le mur extérieur, en retrait de la rue. On n'avait pas cela dans l'île. C'était destiné à permettre un foyer, pour la chaleur et la cuisine, au second étage. La cheminée semblait sur le point de s'écrouler.

Une fenêtre de ce second étage donnait sur le toit où se trouvait Bern. Les volets de bois étaient ouverts. L'un d'eux pendait de travers, en grand besoin d'être réparé. Il vit une chandelle qui brûlait sur le rebord de la fenêtre, illuminant une pièce – et le visage de la fille qui le regardait.

Le cœur de Bern fit un bond. Puis il la vit mettre un doigt sur ses lèvres.

« Gurd, appela-t-elle, tu montes ? »

Un rire, en bas. Les hommes avaient fait tout le tour et se trouvaient maintenant dans la ruelle, de l'autre côté. « Pas chez toi. Tu m'as fait mal la dernière fois, tu deviens sauvage quand je te baise ! »

Quelqu'un d'autre éclata de rire. La fille poussa un juron las. « Et toi, Holla ?

— Je vais avec Katrin, tu le sais. Elle me fait mal quand je la baise *pas* ! »

Gurd se mit à rire, cette fois. « Tu as vu un étranger ? » Il était juste en dessous. Si Bern s'était glissé au bord du toit, il aurait pu les voir. Il entendit la question et ferma les yeux. Tout le monde mourait.

« Non, dit la fille, Pourquoi ?

— Un joli garçon de ferme s'imagine qu'il va être mercenaire. »

L'ennui perçait dans la voix de la fille : « Tu le trouves et tu me l'envoies. J'ai besoin de sous.

— On le trouve, et il te servira à rien, fais-moi confiance. »

La fille se mit à rire. Les pas s'éloignèrent. Bern ouvrit les yeux, la vit tourner la tête pour surveiller les hommes en contrebas, qui s'engageaient dans la rue. Elle se retourna pour le regarder. Sans sourire à présent, rien de tel. Elle recula, cependant, lui fit signe de traverser.

Il jeta un coup d'œil autour de lui. Une petite fenêtre dans un mur plat, au-dessus de lui. Il se trouvait sur un toit en pente, aucun endroit où prendre son élan pour courir et sauter. Il se mordit la lèvre. Les héros du Temps des Géants auraient accompli ce saut.

Il n'en était pas un. Il se retrouverait en train de dégringoler avec fracas dans la rue le long du mur.

Il secoua la tête avec lenteur, haussa les épaules. « Impossible », fit-il en regardant la fille.

Elle revint dans l'encadrure de la fenêtre, jeta un coup d'œil à droite et à gauche dans la rue. Se pencha. « Ils sont de l'autre côté de l'allée. Je peux te récupérer à la porte. Attends que j'ouvre. »

Elle ne l'avait pas dénoncé. Elle l'aurait pu. Et lui, il ne pouvait rester toute la nuit sur ce toit. À son avis, il avait deux possibilités. Sauter dans la rue en restant dans les ombres et les allées, et en essayant de sortir de la ville au nord, avec un bon nombre de guerriers – il ignorait combien – qui écumaient les rues à sa recherche. Ou laisser la fille le récupérer à la porte.

Il se rapprocha du bord du toit. L'épée grinça de nouveau. Il jura tout bas, en regardant en contrebas. Vit où se trouvait la porte. La fille attendait toujours à la fenêtre. Il la regarda de nouveau et hocha la tête. Une décision. On entrait dans le monde – en traversant le détroit depuis une île, avec un cheval volé –, et on avait des décisions à prendre, à l'aveuglette quelquefois. Survivre jusqu'au matin pouvait en dépendre.

La fille disparut de la fenêtre, y laissant la chandelle. Une lumière si menue, et si simple.

Il demeura où il se trouvait, en contemplant la lueur dans les ténèbres. Une brise soufflait. Depuis le toit, il pouvait encore sentir la mer, entendre le ressac lointain des vagues sous les voix et les rires. Toujours, sans fin, sous toutes les choses humaines.

Il lui vint une idée – le commencement d'une idée.

Il entendit un bruit, jeta un regard dans l'allée. La fille ne portait pas de lumière, ombre dans les ombres de la porte ouverte et du mur. Personne dans la ruelle, du moins pour l'instant. Il semblait avoir pris sa décision, après tout. Il se glissa vers le point le plus bas du toit couvert de bitume, en tenant son fourreau d'une main, et se laissa tomber. Il se releva tant bien que mal à genoux, puis debout et s'empressa de rejoindre la fille afin de la suivre à l'intérieur.

Elle referma derrière lui. La porte grinçait. Pas de verrou ni de barre. Deux autres chambres, dans le corridor étroit : une proche, une à l'arrière.

Elle suivit son regard. Murmura : « Elles sont à la taverne. À l'étagc, c'cst à moi. Enjambe la quatrième marche, il y a un trou à la place. »

Dans l'obscurité, Bern compta, enjamba la quatrième marche. L'escalier grinçait aussi. Chaque bruit le faisait tressaillir. La porte de la fille était entrouverte. Il entra, la fille sur les talons. Cette porte-là, elle la ferma, en y glissant une barre pour la bloquer. Bern examina le battant. Un bon coup de pied ferait voler le tout en éclats.

Il se retourna, vit la chandelle dans la fenêtre. Étrange, de la voir maintenant de ce côté. Il ne pouvait expliquer ce sentiment. Il traversa la chambre pour regarder le toit de l'autre côté de la ruelle, là où il s'était trouvé quelques instants auparavant, la lune blanche qui se levait au-dessus, et les étoiles.

Il revint à la pièce, à la fille. Elle portait une tunique sans couleur, serrée à la taille par une ceinture. Pas de bijoux, du fard aux joues et aux lèvres. Elle était maigre, toute en os et en jambes, les cheveux bruns, de très grands yeux dans un visage bien maigre aussi. Pas vraiment ce que désirait un homme pour une nuit, même si certains soldats les aimaient jeunes, une illusion d'innocence. Ou semblables à des garçons. Une illusion d'une autre nature.

Elle n'était pas innocente, si elle vivait là. Il n'y avait pour ainsi dire pas de meubles. Son lit, son lieu de travail, était une paillasse posée sur le plancher dans un coin, avec les couvertures tirées assez proprement par-dessus. Un tas contre le mur près du lit devait être ses habits, une autre pile des ustensiles de cuisine et de la nourriture. Ce n'aurait pas dû se trouver sur le plancher. Il devait y avoir des rats. Une bassine, un pot de chambre, sur le plancher également. Deux tabourets de bois. Une marmite noircie accrochée à une barre de fer au-dessus de la cheminée que Bern avait vue de l'extérieur. Du bois, contre ce mur-là. La chandelle sur le rebord de la fenêtre.

La fille alla prendre la bougie, la posa sur l'un des tabourets. Se laissa aller sur les couvertures du lit, jambes croisées, en levant les yeux vers lui. Sans rien dire, attentive.

Après un moment, Bern demanda : « Pourquoi personne a réparé l'escalier ? »

Elle haussa les épaules : « On paie pas assez ? J'aime bien. Si quelqu'un veut monter, il faut savoir que le trou est là. Pas de surprises. »

Il inclina la tête. S'éclaircit la gorge. « Personne d'autre ici ?

— Plus tard. Ça entre et ça sort. Je te l'ai dit. Elles sont toutes les deux dans les tavernes.

— Pourquoi pas toi ? »

Le même haussement d'épaules : « Je suis nouvelle. On y va plus tard, quand les autres ont commencé leur nuit. Elles aiment pas ça quand on arrive trop tôt. Elles nous battent, ça laisse des cicatrices, tu sais. »

Il ne savait pas, non, pas vraiment. « Alors… tu vas sortir bientôt ? »

Elle haussa les sourcils : « Pourquoi ? J'ai un homme avec moi, non ? »

Il avala sa salive. « Il ne faut pas qu'on me trouve, tu sais ça.

— Bien sûr. Gurd te tuera juste pour le plaisir.

— Il en monte, de ceux-là, des fois ?

— Des fois », dit-elle, ce qui n'était pas rassurant.

« Pourquoi tu m'as aidé ? » Il n'avait pas l'habitude de parler. Pas depuis son départ de l'île.

Elle haussa derechef les épaules : « Sais pas. Tu me veux ? Tu peux payer combien ? »

Combien pouvait-il payer ? Bern chercha dans ses culottes et en tira la bourse qui y était attachée, à sa taille. Il la lui lança. « Tout ce que j'ai », dit-il.

Il l'avait volée au marchand imprudent, au nord de la ville. Peut-être les dieux considéreraient-ils ce don avec approbation.

La nouvelle idée à demi ébauchée qui lui était venue sur le toit continuait de lui titiller l'esprit. Inutile, dépourvue de sens, à moins de survivre à cette nuit.

La fille déliait la bourse, la vidait sur les couvertures. Levait les yeux vers lui.

Un premier éclat de jeunesse en elle, de la surprise. « C'est bien trop, dit-elle.

— Tout mon avoir, répéta-t-il. Cache-moi jusqu'au matin.

— Je le fais, de toute façon. Pourquoi je te dénoncerais ? »

Bern sourit brusquement, une sorte de léger vertige. « Je ne sais pas. Tu ne m'as rien dit. »

Elle considérait les pièces sur son lit « C'est trop, dit-elle de nouveau.

— Peut-être que tu es la meilleure pute de tout Jormsvik. »

Elle leva vivement les yeux : « Non », dit-elle, sur la défensive.

« Je plaisantais. J'ai bien trop peur pour prendre une femme maintenant, de toute façon. »

Il doutait qu'elle fût habituée à ce genre de confidence de la part des guerriers de Jormsvik. Elle le regardait. « Tu vas lancer le défi, demain matin ? »

Il acquiesça. « C'est pour ça que je suis venu. Une erreur, d'aller dans une taverne cette nuit. »

Elle le regardait fixement, sans sourire. « La vérité vraie d'Ingavin, pour sûr. Pourquoi tu l'as fait ? »

Il inclina l'épée pour s'asseoir avec précaution sur le tabouret libre. Assez solide pour son poids. « Pas réfléchi. Voulais boire un coup. Un dernier verre ? »

Elle parut délibérer. « Ils tuent pas *chaque fois*, quand il y a un défi.

— Moi, ils me tueront », dit-il d'un ton morne.

Elle hocha la tête. « C'est vrai, je suppose. Après cette nuit, tu veux dire ? »

Il acquiesça encore : « Alors, tu es aussi bien d'avoir la bourse.

— Oh. C'est pour ça ? »

Il haussa les épaules.

« Alors, je devrais au moins baiser avec toi, hein ?

— Cache-moi, dit Bern, ça sera assez. »

Elle l'observait. « C'est une longue nuit. Tu as faim ? »

Il secoua la tête.

Elle se mit à rire alors, pour la première fois. Une jeune fille, qui se trouvait là quelque part en cette prostituée de Jormsvik. « Tu veux rester assis et *parler* toute la nuit ? » Elle sourit et commença de dénouer la ceinture qui tenait sa tunique « Viens là, dit-elle. Tu es bien assez joli pour moi. Je peux gagner un peu de cet argent. »

Bern avait pensé que la peur le délesterait de tout désir. En la regardant se déshabiller, en voyant son expression inattendue d'amusement, il découvrit qu'il se trompait. Il y avait bien longtemps qu'il n'avait eu de femme. Et la dernière avait été Iord, la *volur*, dans sa cabane de l'île. Avec le serpent lové quelque part dans la pièce. Pas un souvenir agréable.

“C'est une longue nuit.” Après un moment, il commença de défaire la ceinture à laquelle pendait son épée.

Plus tard, il examinerait – parfois sobre, parfois non – comment l'existence d'un homme peut dépendre de détails des plus minimes. S'il avait tourné dans une autre ruelle en quittant cette taverne, s'il avait trouvé un autre toit où grimper… S'ils avaient commencé de se déshabiller un peu plus tôt.

« Thira ! » entendirent-ils en bas de l'escalier. « T'es toujours là-haut ? »

Il connaissait désormais cette voix. “Gurd te tuera juste pour le plaisir”, avait-elle dit.

« Dans la cheminée », lui murmura-t-elle d'une voix urgente. « Pousse-toi vers le haut. Vite !

— Tu peux me dénoncer, dit-il, se surprenant lui-même.

— Non, dit-elle, en renouant hâtivement sa ceinture. Mets-toi là-dedans ! » En se tournant vers la porte, elle cria : « Gurd ! Attention à la quatrième marche !

“Je sais !” entendit Bern.

Il se hâta vers la cheminée, en se courbant pour enjamber la barre qui tenait le chaudron. C'était difficile, surtout avec l'épée volée. Il s'érafla l'épaule sur la pierre brute, jura. Puis il se redressa à l'intérieur du conduit, avec précaution. C'était noir comme de la poix, et très étroit. Il suait de nouveau, un tambour dans la poitrine ; aurait-il dû rester dans la chambre, affronter l'homme quand il entrerait ? Gurd le tuerait ou reculerait simplement en appelant ses compagnons. Et lui, il serait coincé.

Et la fille mourrait, aussi bien, si on le trouvait là. Une mort déplaisante, avec ces hommes-là. Devait-il vraiment s'en soucier s'il voulait devenir un mercenaire de Jormsvik ? Peu importe, il était trop tard à présent.

Plus haut, la cheminée s'élargissait un peu, davantage qu'il ne l'avait cru. Il tendit les deux mains, griffant la pierre. Des fragments dégringolèrent avec bruit. Il trouva des prises, se souleva, les deux pieds sur la barre, repoussa l'épée pour qu'elle pende toute droite. Il devait se hisser plus haut, mais il ne pouvait rien voir dans la noirceur de la cheminée : aucun moyen de vérifier s'il y avait des prises. Il se dressa sur la pointe de ses bottes, pressé contre la pierre. La barre tenait. Pour combien de temps, il l'ignorait, et ne voulait pas y penser. S'imagina en train de dégringoler, incapable de bouger dans le foyer, embroché comme un porc glapissant par l'homme qui se trouverait dans la chambre. Un glorieux trépas.

Gurd frappa à la porte. La fille traversa pour aller ouvrir. Bern espéra, abruptement, qu'elle aurait pensé à dissimuler la bourse.

Il entendit sa voix : « Gurd, je croyais pas que tu…

— Hors de mon chemin. Je veux ta fenêtre, pas tes maigres os.

— Quoi ?

— Personne l'a vu dans les rues, et on est dix à chercher. Ce gardien de chèvre merdeux peut bien être sur un toit.

— Je l'aurais vu, Gurd. » Bern entendit ses pas traverser derrière le mercenaire tandis qu'elle allait à la fenêtre. « Tu viens au lit ?

— Tu verrais rien d'autre qu'un homme à baiser. Par le sang d'Ingavin, ça me fait chier de voir un garçon de ferme nous échapper !

— Laisse-moi te consoler, alors », dit la fille dénommée Thira, d'une voix cajoleuse. « Pendant que t'es là, Gurd.

— Des pièces d'argent, c'est tout ce que tu veux, pute.

— Pas *tout* ce que je veux, Gurd », dit-elle. Bern l'entendit rire tout bas, conscient qu'elle ne riait pas pour de bon.

« Pas maintenant. Je reviendrai peut-être après si tu en veux vraiment. Mais pas d'argent. Je te ferais une faveur.

— Ah non, dit la fille d'un ton tranchant. Je descendrai chez Hrati pour me trouver un homme qui sait prendre soin d'une fille. »

Bern entendit le bruit d'un coup, une exclamation étranglée. « Sois polie, salope. Souviens-t'en. »

Il y eut un silence. Puis: « Pourquoi tu veux me voler, Gurd? Un homme devrait pas faire ça. Quel mal je t'ai fait? Baise-moi et paye-moi. »

Bern sentait une crampe lui poindre dans les bras, qu'il tenait tendus presque à la verticale au-dessus de sa tête, agrippés à la paroi de pierre. Si l'homme se tournait vers le foyer pour jeter un coup d'œil, il verrait deux bottes de chaque côté du chaudron de cuisine.

L'homme dit à la femme: « Relève ta tunique, l'enlève pas. Retourne-toi. À genoux. »

Thira émit un petit bruit. « Deux pièces, Gurd. Tu le sais. Pourquoi me voler pour deux pièces? J'ai besoin de manger. »

Le mercenaire poussa un juron. Bern entendit les pièces rouler sur le sol. Thira dit: « Je savais que t'étais un homme bien, Gurd, je le savais. Tu veux que je sois quoi? Une princesse de Ferrières? Tu m'as capturée? Et maintenant, tu m'as?

— Cyngaëlle », grogna l'homme. Bern entendit l'épée qui tombait par terre. « Une salope cyngaëlle, aussi fière qu'une déesse. Mais plus maintenant. La face contre terre. T'es dans la boue. Dans le… champ. Je t'ai. Comme. Ça. » Il grogna, la fille aussi. Bern entendit les glissements de la couche.

« Ah, s'écria Thira, au secours, quelqu'un ! » Elle poussa un hurlement, mais pas à pleine voix.

« Sont tous morts, salope », gronda Gurd. Bern entendait le bruit de leurs mouvements, une claque violente sur de la peau, un autre grognement de l'homme. Il demeura où il était, les yeux clos, même si cela importait peu dans cette noirceur. Entendit de nouveau le mercenaire, le souffle rauque à présent. « Tous taillés en pièces. Tes hommes. Maintenant tu sais… ce que c'est… qu'un Erling, grosse vache ! Et maintenant, tu crèves. » Une autre claque.

« Non, s'écria Thira, au secours ! »

Gurd grogna de nouveau, puis poussa un gémissement plus sonore. Les bruits cessèrent. Au bout d'un moment, Bern entendit l'homme se relever.

« Ça vaut une pièce, pas plus, Ingavin le sait », dit Gurd de Jormsvik, qui était un capitaine. « Je vais reprendre l'autre, pute. » Il éclata de rire.

Thira ne dit rien. Bern entendit qu'on ramassait l'épée, et des bottes qui traversaient de nouveau la pièce en direction de la porte. « Tu vois quelqu'un sur le toit, tu cries. Tu m'entends ? »

Thira émit un son étouffé. La porte s'ouvrit, se referma. Des bottes dans les escaliers, un fracas, des jurons. Gurd avait oublié la quatrième marche. Un bref mais bien nécessaire éclair de plaisir à cette idée. Et Gurd avait disparu.

Bern attendit encore un moment, puis il descendit avec précaution de la barre, se pliant presque en deux pour s'extraire de la cheminée. Il s'érafla le dos, pour changer.

La fille était étendue sur le ventre dans son lit, dissimulée par ses cheveux. La chandelle brûlait sur le tabouret.

« Il t'a fait mal ? » demanda Bern.

Elle ne bougea pas, ne se retourna pas. « Il a repris une pièce. Il aurait pas dû me voler. »

Bern haussa les épaules, même si la fille ne pouvait le voir. « Tu as ma bourse, une bourse pleine. Quelle importance, une pièce ? »

Elle ne se retournait toujours pas. « Je l'ai gagnée. Tu peux pas comprendre ça, hein ? » Elle parlait la bouche pressée contre les couvertures rugueuses.

« Non, dit Bern, je suppose que je ne peux pas. » Et c'était la vérité, il ne comprenait pas. Mais pourquoi l'aurait-il dû ?

Elle se retourna alors pour s'asseoir, en portant vivement une main à ses lèvres – encore le geste d'une adolescente. Se mit à rire. « Par l'œil d'Ingavin ! Regarde-toi ! T'es aussi noir qu'un homme du désert du sud ! »

Bern jeta un coup d'œil à sa tunique. Il était couvert de cendres et de suie. Il retourna ses mains : il avait les paumes noires comme du charbon.

Il secoua la tête, penaud. « Peut-être que je leur ferai peur, demain matin. »

Elle riait toujours. « Pas à eux, mais assieds-toi, je vais te laver. » Elle se leva, replaça sa tunique et alla chercher un bassin près du mur.

Il y avait longtemps qu'une femme ne s'était occupée de lui. Pas depuis le temps où ils avaient des serviteurs, avant que son père n'eût tué son deuxième homme dans une rixe de taverne et n'eût été exilé, plongeant à jamais leur univers dans la ruine. Bern resta assis sur le tabouret comme elle le lui avait ordonné et, au pied des murailles de Jormsvik, une prostituée lui fit sa toilette, comme les vierges, dit-on, prennent soin des guerriers dans les salles d'Ingavin.

Plus tard, sans un mot, elle s'étendit de nouveau sur la couche en ôtant sa tunique, et il lui fit l'amour, un peu distrait par le bruyant vacarme d'autres transports dans les deux chambres du rez-de-chaussée. Il se souvenait de ce qu'il avait entendu de l'intérieur de la cheminée, et il essaya bel et bien d'être doux avec elle, mais par la suite, il se dit que cela ne devait pas avoir eu bien de l'importance. Il lui avait donné la bourse, elle la gagnait, comme elle savait le faire.

Elle s'endormit ensuite. La chandelle brûla complètement sur son tabouret. Bern resta étendu dans l'obscurité de cette petite chambre dans les hauteurs, les yeux fixés sur la nuit d'été à travers la fenêtre aux volets ouverts, attendant la première lueur de l'aube. Avant cela, il entendit des voix et des rires d'ivrognes dans la rue en contrebas : les mercenaires qui retournaient dans leurs baraquements. Ils y dormaient toujours, quelles que fussent leurs activités nocturnes.

La fenêtre faisait face à l'orient, loin de la forteresse et de la mer. Aux aguets, et tout en écoutant le souffle de la fille près de lui, il aperçut le premier éclat du matin. Il se leva et s'habilla. Thira ne bougea pas. Il débarra la porte et descendit sans bruit l'escalier, en enjambant la quatrième marche avant le rez-de-chaussée, pour sortir dans la rue déserte.

Il marcha vers le nord – il ne courut pas, en ce matin qui pourrait être le dernier de son insignifiante existence – et il dépassa les derniers édifices de bois pour s'éloigner dans les champs qui s'étendaient au-delà. Une heure grise et froide, avant le lever du soleil. Il arriva dans la forêt. Gyllir se trouvait là où il l'avait laissé. Le cheval devait avoir aussi faim que lui, mais il n'y pouvait rien. S'ils le tuaient, ils prendraient l'étalon et le traiteraient bien : c'était une créature magnifique. Il caressa le museau de l'animal en murmurant un salut.

Davantage de lumière, à présent. L'aube, une journée ensoleillée, il ferait chaud plus tard. Bern monta en selle et abandonna la forêt. Il s'avança lentement à travers les champs en direction de la grande porte de Jormsvik. Aucune raison de se presser, à présent. Il vit un lièvre à la lisière des arbres, alerte, qui le surveillait. Il songea à maudire de nouveau son père, pour la responsabilité de Thorkell dans sa présence en ce lieu, dans ce qu'il allait faire, mais en fin de compte, il s'en abstint, bien qu'il n'eût su dire pourquoi. Il songea aussi à prier, et cela, il le fit.

Il y avait des gardes sur les remparts au-dessus des portes. Bern tira sur les rênes pour arrêter sa monture. Resta un moment assis en silence. Le soleil montait à sa gauche, la mer s'étendait de l'autre côté, le long d'un rivage rocailleux. Il y avait des bateaux tirés sur la rive – les vaisseaux à la proue en forme de dragon –, une longue,

longue rangée de bateaux. Il les regarda un moment, leurs proues à la peinture vive, et la mer grise et houleuse. Puis il se tourna vers les murailles et lança son défi afin d'être admis dans la compagnie de Jormsvik, en offrant de mettre sa valeur à l'épreuve contre n'importe lequel des combattants qu'on enverrait contre lui.

Un défi pouvait être un bon divertissement, quoique habituellement d'une durée limitée. Les mercenaires s'enorgueillissaient de régler rapidement leur compte aux paysans et à leurs illusions de pouvoir devenir des guerriers. Un aspect trivial et routinier de leur existence. On tire la rune portant l'épée, on sort à cheval, on taille quelqu'un en pièces, on revient boire et manger. Si l'on prenait trop longtemps à accomplir la tâche dévolue par le sort, on pouvait s'attendre à être pour un temps en butte aux plaisanteries des autres. En vérité, la meilleure façon d'être tué à coup sûr – pour un aspirant –, c'était de combattre avec trop d'énergie.

Mais pourquoi parcourir le long chemin jusqu'à Jormsvik-sur-la-mer, à la toute pointe du Vinmark, uniquement pour une rapide reddition dans le but – probablement vain – d'être épargné ? En vérité, c'était peut-être un certain accomplissement pour un fermier de s'être battu devant ces murailles et d'en être revenu vivant, mais pas à ce point.

Seuls quelques mercenaires prenaient la peine de monter sur les remparts pour observer, la plupart des compagnons de celui qui avait tiré la rune de l'épée. D'un autre côté, pour les artisans et les pêcheurs de la cité qui s'étalait hors les murs, la vie quotidienne offrait assez peu en matière de récréation, aussi suspendait-on en général les activités pour venir regarder, lorsqu'un aspirant était annoncé.

On prenait des paris, évidemment – les Erlings pariaient toujours –, d'ordinaire sur le temps qu'il faudrait à la nouvelle victime pour être désarçonnée ou désarmée, et sur ses chances d'être tuée ou de pouvoir repartir en se traînant.

Si le défi avait lieu tôt dans la matinée, comme ce jour-là, les prostituées étaient en général encore en train de dormir, mais dès qu'on criait la nouvelle dans les allées et les rues, nombre d'entre elles se tiraient du lit pour aller assister à un combat.

On pouvait toujours retourner se coucher après avoir vu un imbécile se faire tuer, et gagner peut-être une ou deux pièces. On pouvait même ramener un charpentier ou un fabriquant de voiles avant qu'il ne retourne à son échoppe, et gagner une autre pièce ainsi. Le combat excitait parfois les hommes.

La nommée Thira – qui avait du sang walesque, d'après la teinte de ses cheveux et de sa peau – se trouvait parmi celles qui s'en vinrent aux portes et au rivage où étaient lancés les défis. C'était une des prostituées récemment arrivées de l'est avec les marchands, au printemps. Elle avait loué l'un de ces étages branlants et qui prenaient aisément feu dans la cité. Trop osseuse, la langue trop bien pendue, et trop prompte à en user, elle n'avait pas de bonnes raisons d'espérer une amélioration de sa fortune, ni assez d'argent pour redescendre son lit dans un rez-de-chaussée.

Ces filles allaient et venaient, ou elles mouraient au cours de l'hiver. C'était une perte de temps que de les plaindre. La vie était dure pour tout le monde. Si cette fille était assez idiote pour gager une pièce d'argent sur le dernier fermier en date à se pointer le nez pour le défi, tout ce qu'on voulait c'était mordre la pièce pour s'assurer qu'elle était bonne, et couvrir aussi vite que possible une partie du pari, même compte tenu de la cote.

Comment elle avait obtenu cette pièce, là n'était pas la question – toutes les filles volaient. Une pièce d'argent, c'était une semaine de travail sur le dos ou sur le ventre pour une fille comme Thira, et guère moins, un labeur plus dur encore, pour les artisans de la cité. Il en fallut plusieurs pour couvrir ce pari, en mettant leurs pièces en commun. Comme d'habitude, l'argent fut placé chez le forgeron, un homme réputé pour son honnêteté et sa bonne mémoire, et qui était aussi un colosse.

« Pourquoi tu fais ça ? » demanda une des autres filles à Thira.

Cela avait suscité toute une agitation. On ne jouait pas les aspirants gagnants.

« Ils ont essayé de le trouver pendant la moitié de la nuit, Gurd et les autres. Il était chez Hrati, et ils ont voulu le tuer tout de suite. Pour moi, s'il peut en éviter une douzaine pendant une nuit, il pourrait venir à bout d'un seul au combat.

— Pas pareil, dit l'une des plus âgées. On peut pas se cacher, là. »

Thira haussa les épaules. « S'il perd, prends mes sous.

— Eh bien, te voilà donc bien généreuse avec de l'argent », dit l'autre avec un reniflement. « Qu'est-ce qui se passe si Gurd vient lui-même pour finir ce qu'il a pas pu faire ?

— Non. Gurd est un capitaine. Je devrais le savoir. Il vient me voir, maintenant.

— Ha ! Il monte tes marches brisées seulement quand une femme qu'il veut est occupée. Te fais pas des idées, ma fille.

— Il était avec moi l'autre nuit, dit Thira sur la défensive. Je le connais. Il se battra pas… Indigne de lui. Comme capitaine, et tout ça. »

Quelqu'un se mit à rire.

« Vraiment ? » dit quelqu'un d'autre.

Les portes s'étaient ouvertes. Un homme les franchissait à cheval. Il y eut des murmures, et une recrudescence des rires, aux dépens de la fille. Les gens sont parfois stupides. On ne pouvait avoir pitié d'eux. On essayait plutôt d'en tirer bénéfice. Ceux qui n'avaient pas été assez rapides pour s'engager dans le pari se maudissaient.

« Donne l'argent maintenant », dit un marin marqué par la vérole nommé Stermi au forgeron, en lui donnant un coup de coude. « Ce fermier est un homme mort. »

Des oiseaux de mer tournoyaient puis plongeaient dans les vagues pour en ressortir avec des criaillements.

« Par l'œil d'Ingavin ! » s'exclama la fille nommée Thira, secouée. La foule l'observait avec un plaisir bruyant. « Pourquoi il ferait ça ?

— Oh ? Je croyais que tu le connaissais, t'as dit », répliqua l'autre prostituée en gloussant.

Avec un bourdonnement de murmures, ils regardèrent tous Gurd Thollson – capitaine depuis deux ans, qui n'avait plus à faire ce genre de choses désormais à moins qu'il ne le choisît – chevaucher à travers les portes de Jormsvik, revêtu d'une splendide cotte de mailles, sans sourire, yeux dissimulés par son casque au-dessus de son éclatante barbe blonde, à la rencontre du garçon de ferme qui l'attendait sur les galets du rivage, monté sur un cheval gris.

Bern avait prié. Il n'avait pas d'adieux à faire. Sa mort ne serait une perte pour personne. C'était un choix. On faisait des choix, sur la mer ou sur terre, ou quelque part entre les deux, aux marges du monde.

Il fit un peu reculer Gyllir tandis que s'approchait le mercenaire qui avait tiré le combat au sort. Il savait ce qu'il désirait accomplir ici, ignorait s'il en serait capable. Son adversaire était un guerrier expérimenté. Il portait un casque de fer, une armure de cotte de mailles, un bouclier rond accroché à la selle de sa monture. Pourquoi prendrait-il aucun risque ? Et pourtant ce fut en cet instant que Bern vit sa propre chance, si minime fût-elle.

Le guerrier de Jormsvik s'approchait encore ; Bern fit davantage retraite le long de la plage caillouteuse, comme s'il reculait craintivement. Au bord du ressac à présent, dans l'eau peu profonde.

« Où tu te cachais la nuit dernière, gardien de chèvres ? »

Cette fois, le retrait vers l'eau fut instinctif, un véritable recul. Il connaissait cette voix. N'avait pas su quel homme était Gurd, la nuit précédente, à la taverne. Il le savait maintenant : le massif joueur de dés aux cheveux blonds qui se trouvait à la table voisine de la sienne, qui l'avait vu payer et se hâter de sortir.

« Réponds, bouseux. Tu meurs ici, de toute façon. » Gurd dégaina son épée. Ceux qui observaient hors les murs réagirent avec bruit.

En cet instant, devant cette voix moqueuse et assurée, au souvenir de cet homme la nuit précédente, Bern Thorkellson se sentit envahi par une émotion rare chez lui. Il lui fallut un moment pour la reconnaître. Normalement, il était prudent. Fils unique d'un homme trop connu pour son tempérament violent, il avait du sang-froid. Mais une muraille vola en éclats en lui sur ce rivage au pied de Jormsvik, avec la mer qui léchait les fanons de sa monture. Il fit danser Gyllir un peu plus loin dans l'eau – délibérément cette fois – en sentant monter la fièvre d'une furie inattendue.

« Tu es un bien misérable Erling, sais-tu ? » lança-t-il d'un ton mordant. « Si je suis censé être un bouseux de ferme, pourquoi ne pouvais-tu me trouver la nuit dernière, Gurd ? Je ne suis pas allé très loin, tu sais. Pourquoi faut-il un capitaine pour tuer un gardien de chèvres aujourd'hui ? Ou pour en être tué ? Je t'ai battu, la nuit dernière. Je vais te battre maintenant. De fait, j'aime bien ton épée. J'aurai plaisir à m'en servir. »

Un silence, celui d'un homme frappé par le tonnerre. Puis une volée d'obscénités. « T'as battu personne, tas de merde », gronda le colosse en poussant son cheval dans l'eau, « Tu t'es juste caché en te pissant dessus.

— Je ne suis pas caché maintenant, non ? » Bern éleva la voix pour être bien entendu. « Allez, viens, petit Gurd. Tout le monde regarde. »

Il recula de nouveau. Ses bottes étaient maintenant dans l'eau aux étriers. Il pouvait sentir son cheval chercher du terrain solide. La pente s'accentuait ici. Gyllir était calme. Gyllir était un cheval splendide. Bern tira son épée.

Gurd le suivit plus avant dans la mer. Son cheval dansait et se dérobait. La plupart des guerriers erlings se battaient à pied, chevauchant jusqu'au lieu de la bataille s'ils avaient un cheval, pour mettre pied à terre ensuite. Bern comptait là-dessus. Et d'abord, Gurd ne pourrait utiliser épée et bouclier en même temps qu'il contrôlerait sa monture.

« Décide-toi et viens te battre », lança le capitaine d'une voix rauque.

« Je suis là, petit Gurd. Je ne me cache pas. Ou bien cet Erling a-t-il peur de la mer? C'est pour ça que tu ne pars pas en expédition? Est-ce qu'on te laissera même revenir quand on verra ça? Viens me chercher, puissant capitaine ! »

Il le cria de nouveau, pour ceux qui observaient assemblés sur l'herbe. Quelques-uns avaient commencé de se rapprocher du rivage. Il était surpris de ressentir si peu d'effroi. Et la férocité de sa furie le réchauffait, tel un brasier. Il songeait à la fille, la veille: ce capitaine massif et barbu qui lui volait une pièce par pure malice. Cela n'aurait pas dû compter, il le lui avait dit, à la fille, mais cela en avait. Il n'aurait su en dire la raison, et n'avait pas le temps d'en décider.

Gurd pointa son épée dans sa direction. « Je vais te faire souffrir avant de te laisser mourir, dit-il.

— Mais non », dit Bern, d'une voix plus basse cette fois, destinée à leurs seules oreilles, et celle des dieux, s'ils écoutaient. « Ingavin et Thünir m'ont conduit à travers la mer sur ce cheval, au plus noir de la nuit. Ils veillent sur moi. Tu vas mourir ici, petit Gurd. Tu es un obstacle sur le chemin de ma destinée. » Il se surprit de nouveau – ignorait pourquoi il disait cela, ou ce que cela signifiait.

Avec un rugissement inarticulé, Gurd rabattit son casque d'un geste brutal et chargea. Plus ou moins.

Il est difficile de charger dans le ressac, même dans le meilleur des cas. Rien ne se présente comme on l'attend, ou comme l'attend votre cheval. Les mouvements sont ralentis, il y a de la résistance, l'équilibre se dérobe, puis, quand sable et galets glissent, il disparaît totalement et on se retrouve à nager, ou le cheval nage, les yeux fous. Et on ne peut pas charger du tout quand on nage, lourd et déséquilibré, avec une armure.

Mais, d'un autre côté, cet homme était un guerrier de Jormsvik, un capitaine et – railleries à part – il ne craignait pas la mer. Il était rapide, et il avait un bon cheval. Le premier coup asséné en oblique s'abattit comme un marteau, et Bern eut à peine le temps de le bloquer. Il en ressentit l'impact dans tout le côté droit. Gyllir en vacilla et, avec un cri étranglé, Bern poussa le cheval à sa droite vers la mer, surtout par réflexe.

Toujours en vociférant, Gurd s'avança plus loin et asséna un autre énorme coup de haut en bas. Qui manqua sa cible, et de loin. Ils étaient tous deux dans la mer. Gurd faillit se désarçonner et tomber dans les vagues, oscillant frénétiquement tandis que sa monture s'affolait sous lui.

Bern était en proie à un improbable mélange de glace et de feu, de rage et d'une froide précision. Il pensait à son père. Dix ans de leçons avec toutes les armes que Thorkell connaissait. Comment bloquer un coup d'épée au bras. Était-ce son héritage ?

Tout en regardant l'autre se débattre et retrouver enfin son équilibre, il remarqua : « Si cela peut te consoler de ta mort, je ne suis pas un garçon de ferme, petit Gurd. Mon père a ramé avec le Volgan pendant des années. Thorkell Einarson. Le compagnon de Siggur. Sache-le. Ça ne te permettra pas d'entrer ce matin dans les salles d'Ingavin, cependant. » Il s'interrompit pour river son regard à celui de son adversaire. « Les dieux t'auront vu voler cette pièce, la nuit dernière. »

S'il mourait maintenant, la fille mourrait aussi, à cause de ces paroles. Mais il n'allait pas mourir. Il vit la compréhension naître dans les yeux bleus de l'autre – la compréhension de bien des choses. Puis, d'une pression de genoux, il fit avancer Gyllir en oblique et il frappa le cheval de Gurd d'un coup oblique, de bas en haut, juste au niveau de l'eau.

Gurd poussa un cri en tirant inutilement sur les rênes et en brandissant son épée – surtout pour garder l'équilibre – et il glissa de sa selle qui tournait.

Alourdi par sa cotte de mailles, de l'eau jusqu'à la poitrine, il luttait pour rester debout. Son cheval mourant le frappa en se débattant. Bern eut un moment pour penser à le plaindre. Il attendit que Gurd fût presque debout dans les vagues, essayant de compenser le poids de son armure, puis, d'un mouvement fluide, il fit de nouveau avancer Gyllir de biais dans la mer et transperça de son épée la belle face barbue du capitaine, juste en dessous de la garde nasale de son casque. La lame s'enfonça dans la bouche jusqu'à l'os du crâne, heurta durement l'arrière du casque. Bern la dégagea brusquement, vit le jet éclatant et soudain du sang qui se répandait dans l'eau. Il regarda l'autre homme s'écrouler dans la blancheur écumeuse du ressac. Déjà mort. Un autre fantôme irrité.

Il sauta de sa selle. Attrapa l'épée qui coulait, de bien meilleure qualité que la sienne. Agrippa Gurd par le collet en anneau de son armure pour le tirer de la mer, avec les giclées de sang qui jaillissaient de son visage mutilé. Comme il avait besoin de ses deux mains pour tirer le corps pesant, il jeta les deux épées sur le rivage. Il resta un instant là, dégoulinant, le souffle court. Gyllir l'avait suivi. Pas l'autre cheval, simple carcasse à présent dans les eaux peu profondes. Bern le contempla un moment, puis il retourna dans la mer. Il se pencha pour récupérer la selle et le bouclier du mort, revint sur les galets.

Il jeta un coup d'œil à la foule assemblée entre la mer et les murailles, puis aux soldats sur les remparts, au-dessus des portes ouvertes. Il y en avait beaucoup en cette matinée estivale ensoleillée. Un capitaine était sorti pour accepter le défi : cela valait la peine d'être vu, ce qu'il infligerait à l'aspirant qui l'avait offensé. Eh bien, ils avaient vu.

Deux hommes s'avançaient entre les portes. L'un d'eux le salua d'une main levée. La colère n'avait pas lâché Bern, se creusait une place en lui, s'y faisait une place, n'était pas près de disparaître.

« L'armure de cet homme est mienne, par Ingavin », dit-il en élevant la voix au-dessus de la voix plus grave de la mer houleuse dans son dos.

Elle ne lui irait pas, mais on pouvait la modifier ou la vendre. C'était ce que faisaient les mercenaires. Il était désormais un mercenaire.

◆

Dans les marges de toute histoire, il est des existences qui y entrent seulement un bref moment. Ou, pour le dire autrement, il en est qui sont vite entrées, vite sorties, et poursuivent leur chemin hors du récit. Pour ces gens qui vivent leur propre histoire, celle qu'ils se trouvent rencontrer passe au second plan. Ce n'est qu'un instant dans le drame de leur propre vie, de leur propre mort.

À la fin de ce même été, le forgeron, Ralf Erlickson, choisit de retourner au lieu de sa naissance à Rabady, après dix ans passés sur le continent du Vinmark, dont les quatre derniers dans la ville sise sous les murailles de Jormsvik. Il avait gagné et épargné une somme décente, car les mercenaires avaient fréquemment recours à ses services. Il avait enfin décidé qu'il était temps de retourner chez lui, d'acheter un peu de terre, de se choisir une épouse et d'engendrer des fils pour son vieil âge.

Ses parents étaient morts, ses frères partis – il ne savait plus trop où, après dix ans. Il y avait d'autres changements dans l'île, bien sûr, mais pas tellement, en réalité. Quelques tavernes avaient fermé, d'autres s'étaient ouvertes, des gens étaient morts, d'autres nés. Le port était plus grand, accueillant davantage de navires. Deux gouverneurs s'étaient succédé depuis son départ. Le nouveau – Sturla Une-Main, s'il fallait le croire – venait de commencer son terme. Juste après son retour, Ralf but un verre ou trois avec Sturla. Ils échangèrent des histoires de leur enfance commune et de leurs vies qui avaient ensuite divergé. Ralf n'avait jamais participé à des raids. Sturla avait perdu une main outre-mer… et gagné une petite fortune.

Une main en échange d'une fortune, c'était un bon marché, de l'avis de Ralf. Sturla possédait une grande demeure, une épouse, de la terre, il avait accès à d'autres femmes, et détenait le pouvoir. C'était… inattendu. Ralf garda cette pensée pour lui, cependant, même après plusieurs hanaps de bière. Il revenait chez lui pour y vivre, et Sturla était le gouverneur. Il fallait être prudent. Il s'enquit des femmes encore sans époux, sourit aux plaisanteries prévisibles, nota en esprit les deux noms mentionnés par Sturla.

Le matin suivant, il quitta les murs de la ville en traversant des champs qu'il se rappelait bien en direction de l'enclos des femmes. Il avait promis de faire une course. Inutile de s'enquérir des directions. Ce devait toujours être à la même place.

L'endroit était en meilleur état que dans son souvenir. Sturla lui en avait un peu parlé : la lapidation de l'ancienne *volur*, l'émergence de la nouvelle. Les relations étaient bonnes, avait admis le gouverneur. Les sorcières avaient même pris l'habitude d'apporter nourriture et bière aux moissonneurs, à la fin de la journée. Elles ne parlaient jamais, avait dit Sturla, en secouant la tête. Pas un mot. S'en venaient simplement en procession, avec du fromage, de la viande et de la boisson, pour s'en retourner ensuite. En procession.

Ralf Erlickson avait craché dans les ajoncs qui recouvraient le plancher du gouverneur. « Les femmes, avait-il dit. C'est bien leurs manigances. »

Une-Main avait haussé les épaules : « Moins qu'avant, peut-être. » Ralf avait eu le sentiment qu'il s'en attribuait le crédit.

Les détails des services rendus en échange par la ville étaient évidents à mesure qu'on approchait de l'enclos. La palissade était en bon état, les édifices semblaient solides, les portes bien droites ; du bois était déjà empilé très haut, bien avant l'hiver. Il y avait des signes de construction, une autre dépendance qui s'élevait.

Une femme vêtue d'une tunique grise qui lui arrivait au mollet le regardait s'approcher, près de la barrière.

« La paix d'Ingavin soit sur toutes celles qui vivent ici », dit Ralf, la routine. « J'ai un message pour l'une d'entre vous.

— La paix soit sur toi », répliqua la femme, et elle attendit. Sans ouvrir la barrière.

Ralf frotta le sol du pied. Il n'aimait pas ces femmes. Il regrettait vaguement d'avoir accepté cette mission, mais on l'avait payé, et ce n'était pas bien difficile.

« Je dois parler à quelqu'un dont je ne sais pas le nom », dit-il.

La femme, de façon surprenante, se mit à rire. « Eh bien, tu ne sais pas le mien. »

Il n'avait pas coutume d'entendre rire dans l'enclos de la devineresse. Il y était venu par deux fois, dans sa jeunesse, pour offrir un soutien à des amis désirant un sort de la *volur*. Ils ne s'étaient nullement amusés en cette occasion.

« Avez-vous jamais été mordue par un serpent ? » demanda-t-il, en ayant la satisfaction de voir la femme tressaillir.

« Est-ce la personne que tu dois voir ? »

Il acquiesça. Au bout d'un moment, la femme ouvrit la barrière.

« Attends ici », dit-elle, et elle le laissa dans la cour tandis qu'elle entrait dans l'un des édifices.

Il jeta un coup d'œil autour de lui. Un jour chaud, la fin de l'été. Il vit des ruches, un jardin d'herbes aromatiques, la brasserie, verrouillée. Entendit des chants d'oiseaux dans les arbres. Aucune trace des femmes. Il se demanda distraitement où elles se trouvaient.

Une porte s'ouvrit et une autre femme sortit dans la cour. Seule, et vêtue de bleu. Il savait ce que cela signifiait. Il poussa un juron à mi-voix. Il ne s'était pas attendu à avoir affaire à la *volur* en personne. Elle était jeune. Une-Main le lui avait dit, mais c'était déconcertant.

« Tu as un message pour moi », murmura-t-elle. Elle portait un capuchon, mais il vit des yeux bleus largement écartés et des cheveux blonds lissés en arrière. On pouvait même la trouver jolie, bien que ce fût une pensée dangereuse en ce qui concernait une *volur.*

« La paix d'Ingavin, dit-il.

— Et cella de Fulla soit avec toi. » Elle attendait.

« Vous… le serpent… ?

— J'ai été mordue, oui, au printemps. » Elle plongea sa main dans sa robe et l'en retira, agrippée à quelque chose. Erlickson recula vivement. Elle enroula autour de son cou la créature qui s'y lova, tête dressée, le fixant par-dessus l'épaule de la *volur*, pour ensuite darder vers lui une langue maléfique. « Nous avons fait la paix, le serpent et moi. »

Ralf Erlickson se racla la gorge. Il est temps de partir d'ici, se dit-il. « Votre parent vous envoie ses salutations. De Jormsvik. »

Il lui avait causé une grande surprise, comprit-il sans en savoir la cause. Elle joignit les mains sur sa poitrine.

« C'est tout ? Le message ? »

Il hocha la tête. Se racla de nouveau la gorge. « Il… il va bien, je peux vous le dire.

— Et il travaille pour les mercenaires ? »

Ralf secoua la tête, avec satisfaction. Elles ne savaient pas tout, ces femmes. « Il a abattu un capitaine dans un défi, au milieu de l'été. Il vit dans Jormsvik, c'est un mercenaire à présent… Eh bien, en vérité, il n'est pas à l'intérieur en ce moment.

— Pourquoi ? » Elle observait une totale immobilité.

« Parti en expédition. La côte anglcyne. Cinq bateaux, près de deux cents hommes. Un gros raid. L'est parti juste avant moi. » Il les avait vus partir. C'était tard dans la saison, mais ils pouvaient passer l'hiver sur la côte, s'il le fallait. Il avait fabriqué et réparé beaucoup d'armes et d'armures pour nombre d'entre eux.

« La côte anglcyne, répéta la *volur*.

— Oui. »

Il y eut un silence. Il pouvait entendre les abeilles.

« Merci de tes nouvelles. Puissent Ingavin et les déesses te protéger », dit la femme, en se détournant, le serpent toujours lové autour de son cou et de ses épaules. « Attends ici. Sigla va t'apporter quelque chose. »

Sigla s'exécuta. Assez généreusement. Ralf en dépensa une partie à l'auberge cette nuit-là, pour de la bière et une fille. S'en alla au matin suivant à la recherche d'une terre. Non qu'il y en eût beaucoup sur l'île. Rabady était de taille réduite, tout le monde se connaissait. Si ses parents avaient encore été vivants, au lieu d'être enterrés là, cela aurait aidé, mais c'était un souhait gaspillé. L'un des noms mentionnés par Sturla était celui d'une veuve sans enfants, assez jeune pour en porter encore, lui avait-on dit, avec un peu de terre à son nom, à l'extrémité ouest de l'île. Il brossa habits et bottes avant d'aller la rencontrer.

Son fils naquit l'été suivant. Son épouse mourut en lui donnant naissance. Il l'enterra à l'arrière de la maison, engagea une nourrice, alla se chercher une autre épouse. En trouva une, plus jeune cette fois : il possédait un peu de terre, désormais. Il se sentait fortuné, comme s'il avait effectué de bons choix dans son existence. Il y avait un chêne qui se tenait isolé près de la limite de sa terre, au sud. Il le laissa intact, le consacra à Ingavin, y présenta des offrandes, y alluma des feux, au solstice d'été, au solstice d'hiver.

Son fils, quatorze ans plus tard, abattit l'arbre, une nuit, après une mauvaise bagarre d'ivrognes entre eux. Quand il le découvrit, Ralf Erlickson, encore ivre au matin, tua le fils dans son lit avec un marteau, lui écrabouillant le crâne. Un père pouvait faire ce qu'il voulait avec sa famille, c'était ainsi.

Ou ce l'avait été. Sturla Une-Main, toujours gouverneur, rassembla la *thring* de l'île. On exila Ralf Erlickson de Rababy pour meurtre, parce que le garçon avait été endormi quand il l'avait tué, du moins c'est ce que dit sa belle-mère. Et depuis quand acceptait-on la parole d'une femme dans une *thring* erling ?

Peu importe. Il en fut ainsi. Ralf Erlickson s'en alla, ou on l'aurait exécuté. Déjà bien âgé alors, il se retrouva dans une petite barque qui retournait vers le continent, sans terre. Une-Main avait réclamé la propriété de l'exilé pour la ville, bien entendu.

Finalement, il se retrouva à Jormsvik, à défaut d'une meilleure idée. Se remit à son ancien métier, mais sa main et son œil n'étaient plus ce qu'ils avaient été. Ce qui n'était pas étonnant, en vérité, après tout ce temps. Il mourut peu après. Fut enterré hors les murs, comme à l'habitude. Ce n'était pas un guerrier : pas de brasier funèbre pour lui. Un ami et deux des prostituées assistèrent à son enterrement.

Pour tous les hommes sous le regard des dieux, la vie était aussi incertaine que le temps ou la mer en hiver : c'était la seule vérité qui méritait ce nom, ainsi que le disait la conclusion d'une des sagas.

DEUXIÈME PARTIE

Chapitre 6

Quand la fièvre saisissait le roi au cours de la nuit, il n'y avait pas assez d'amour au monde, ou assez de compassion, pour l'empêcher de retourner dans les marécages et les étangs.

Détrempé par la sueur sur le lit royal – ou une paillasse, s'ils étaient en voyage –, Aëldred roi des Anglcyns criait dans le noir, sans en avoir conscience, d'une manière si pitoyable que cela serrait le cœur de ceux qui l'aimaient, de savoir où il se rendait.

Ils pensaient tous le savoir, et à quelle époque.

Il voyait son frère et son père mourir, de longues années auparavant, sur le champ de bataille de Camburn, près de Raedhill. Il chevauchait dans une pluie glaciale – une campagne d'hiver, les Erlings les avaient pris par surprise –, blessé et frissonnant de la première de ses crises, à la fin d'une brutale journée de combat. Et il était devenu roi, au crépuscule qui tombait sur cette fuite folle et ravagée par la fièvre, poursuivi par les hommes du nord qui avaient fini par briser leurs défenses.

Le roi des Anglcyns, en fuite comme un hors-la-loi pour se cacher dans les marais, l'armée en déroute, le pays envahi. Son père le roi hideusement écartelé par l'aigle-de-sang à Camburn, sur le sol ensanglanté détrempé par la pluie. Et son frère taillé en pièces.

Il ne l'avait su qu'après. Il le savait désormais, toutes ces années plus tard, une nuit de fin d'été à Esfèrth, alors qu'il se débattait dans un rêve de fièvre en revivant le crépuscule d'hiver où Jad les avait abandonnés à cause de leurs péchés. Les lames et les haches des Erlings qui les poursuivaient dans les ténèbres sauvages, les cris triomphants des hommes du nord invoquant les noms maudits d'Ingavin et de Thünir, tels des corbeaux dans le vent…

◆

Il est difficile de voir quoi que ce soit avec la pluie qui leur fouette le visage, la lourde couverture de nuages, la nuit qui tombe maintenant très vite. Avantage et inconvénient à la fois : on aura davantage de difficultés à les poursuivre, mais, incapables de se servir de torches, ils pourraient aisément ne pas trouver leur propre chemin. Ils sont huit avec Aëldred et chevauchent vers l'ouest. Comme toujours, Osbert est le plus proche du roi – car il est roi désormais, le dernier de sa lignée –, et c'est son cri qui les arrête brusquement, dans une grande bousculade, près du misérable abri d'une poignée d'ormes. Ils sont trempés jusqu'à l'os, glacés, la plupart blessés, tous épuisés sous le fouet du vent.

Mais c'est de fièvre que tremble Aëldred, affaissé sur l'encolure de son cheval, et il ne parvient pas à répondre lorsqu'on dit son nom. Osbert rapproche sa monture, tend une main pour toucher le front du roi… et recule, car Aëldred est brûlant.

« Il ne peut continuer », dit-il, lui qui est le chef des troupes de la maison du roi.

« Il le doit ! » dit Burgrèd d'un ton mordant, en criant pour couvrir le vent. « Ils ne sont pas très loin derrière. »

Et Aëldred relève la tête, avec un énorme effort, en marmonnant quelque chose qu'ils ne peuvent distinguer. D'une main, il désigne l'ouest, donne une secousse à ses rênes pour avancer. Le mouvement le fait glisser de sa selle. Osbert est assez proche pour le retenir, avec leurs chevaux qui se tiennent flanc contre flanc.

Les deux *thegns* échangent un regard au-dessus du corps ravagé de l'homme qui est désormais leur souverain. « Il mourra », dit Osbert. Aëldred, fils de Gademar, vient juste d'avoir vingt ans.

Le vent hurle, la pluie leur assène ses pointes acérées. Il fait très sombre, ils peuvent à peine se voir les uns les autres. Après un long moment, Burgrèd de Dènfèrth essuie l'eau qui lui dégouline sur le visage et hoche la tête. « Très bien. Nous sept, nous continuerons, avec l'étendard royal. Nous essaierons d'être repérés, pour les attirer vers l'ouest. Toi, tu trouves une ferme quelque part, et tu pries. »

Osbert inclina la tête. « On se retrouve à Béortfèrth, sur l'île, dans les marais salants. Quand on peut.

— Les marais sont dangereux. Tu peux y trouver ton chemin ?

— Peut-être pas. Envoyez quelqu'un voir si nous y sommes. »

Burgrèd acquiesce encore, jette un regard par-dessus son épaule à leur ami d'enfance, cet autre jeune homme affaissé sur sa monture. Pendant la bataille, Aëldred portait des coups mortels, à la tête du flanc gauche du *fyrd* avec la garde royale. Ce n'est pas le flanc gauche qui s'est écroulé, non que cela importe à présent.

« Jad maudisse ce jour », dit Burgrèd.

Puis il se détourne et six cavaliers le suivent à travers un champ dégagé dans l'obscurité, avec le porteur d'étendard, de nouveau en direction de l'ouest, mais à présent de manière délibérée, avec moins de rapidité qu'auparavant.

Osbert, fils de Cuthwulf, seul avec son roi, se penche vers lui et lui murmure avec tendresse : « Mon cher cœur, vous reste-t-il le moindrement de forces ? Nous allons chercher un abri maintenant, et ne devrions pas aller trop loin. »

De fait, il ignore si c'est la vérité, ne sait pas très bien où ils se trouvent, mais s'il y a des fermes ou des maisons, elles devraient être vers le nord. Et quand Aëldred, avec un autre épouvantable effort, se redresse sur sa selle et regarde vaguement dans la direction d'Osbert en hochant la tête – secoué de frissons, toujours incapable de parler –, c'est vers le nord qu'Osbert se tourne, abandonnant les ormes, droit contre le vent.

Il se rappellera toute sa vie les heures suivantes, si Aëldred, perdu dans cette première de ses fièvres, ne s'en souviendra jamais. Le froid devient plus coupant, il commence à neiger. Ils sont tous deux blessés, trempés de sueur, ne portent pas des vêtements appropriés, et Aëldred épuise les dernières réserves d'une volonté de fer pour rester en selle. Osbert entend des loups dans le vent, garde l'oreille tendue pour repérer le bruit de sabots, sachant que s'il les entend les Erlings sont arrivés, et que c'en est fait. Aucune lumière nulle part: pas de charbonniers dans les bois, pas de fermiers brûlant des chandelles aussi tardivement, en une telle nuit. Osbert essaie de voir dans le noir, de toutes ses forces, en priant, comme Burgrèd le lui a conseillé. Le souffle du roi s'est fait irrégulier, il peut l'entendre, rauque et sifflant. Rien à voir ici, seulement la neige, les bois noirs vers l'ouest, les champs venteux et dénudés qu'ils traversent au galop. Une nuit pour la fin du monde. Des loups tout autour, et les loups erlings qui les pourchassent aussi dans les ténèbres.

Et puis, toujours sans pouvoir s'empêcher de trembler convulsivement, Aëldred relève la tête. Il reste ainsi un moment, les yeux dans le vide, puis il énonce ses premières paroles claires. « À l'ouest d'ici, Jad me vienne en aide. » Sa tête retombe vers l'avant. La neige continue de s'abattre sur eux, le vent souffle, désormais plus un marteau qu'une lame.

Par la suite, Aëldred prétendra toujours n'avoir aucun souvenir de ces paroles. Osbert dira que lorsque le roi avait parlé, il avait entendu et senti la présence du dieu.

Sans poser de question, il se tourne vers l'ouest, en guidant d'une main le cheval d'Aëldred pour le garder à ses côtés. Le vent à leur droite les pousse vers le sud. Osbert a les mains gelées, il peut à peine sentir les rênes, les siennes ou celles du roi. Il voit une noirceur plus noire à l'avant, une forêt. Ils ne peuvent pénétrer là-dedans !

Et alors, il y a la hutte. Juste en face d'eux, à la lisière des arbres, en travers de leur chemin. Il aurait continué vers le nord et l'aurait manquée. Il lui faut un moment pour seulement comprendre ce qu'il voit, tant il est épuisé, et puis Osbert se met à pleurer sans pouvoir s'en empêcher, et ses mains tremblent.

Le saint Jad ne les a pas abandonnés dans les ténèbres, après tout.

Il n'ose allumer un feu. Il a dissimulé les chevaux dans la forêt, tous deux attachés au même arbre pour se tenir chaud. La neige tourbillonne, poussée par le vent; il n'y aura pas de traces. Il ne faut pas qu'il y ait des signes de leur passage près de la hutte. La neige et les vents glacés ne sont pas étrangers aux Erlings. Leurs *berserkirs* et leurs raiders-loups florissent par un temps comme celui-ci, emmitouflés dans leurs peaux de bêtes, avec leurs yeux inhumains, jusqu'à ce que leur furie les quitte. Ils seront bel et bien dehors à les pourchasser, dans le vent, car les hommes du nord savent désormais qu'un prince de la lignée d'Athelbert a fui vivant le champ de bataille de Camburn. D'une certaine façon, cela ne devrait pas compter. Le pays envahi, une armée massacrée, quelle importance pourrait bien avoir un roi solitaire ?

Mais d'un autre côté, c'est tout un monde, cela pourrait signifier tout un monde, et l'on voudra qu'Aëldred soit tué, de la façon la plus cruelle possible. Aussi n'y a-t-il pas de feu dans la demeure du porcher, où un homme et son épouse terrifiés se font éveiller par un martèlement sur leur porte dans la nuit sauvage, et abandonnent un lit étroit pour empiler des couvertures élimées, des chiffons et de la paille sur l'homme tremblant et brûlant de fièvre qui, leur dit-on, est leur roi de par le saint Jad.

À cause de la relative paix qui règne entre ces murs peu épais, à l'abri des hurlements du vent, ou de quelque aggravation de son mal chargée de présages – Osbert n'est pas un guérisseur, il l'ignore –, le roi se met à crier dans le lit du porcher, d'abord des noms, puis un rauque cri de ralliement, des mots d'ancien trakésien, et puis dans la langue rhodienne des livres saints – car Aëldred est un homme instruit, qui s'est rendu jusqu'à Rhodias.

Mais son cri pourrait signifier leur mort à tous en cette nuit.

Aussi, dans l'obscurité froide, Osbert, fils de Cuthwulf, s'étend près de son ami et se met à lui murmurer à l'oreille, comme on le fait avec un amant ou un enfant, et chaque fois que, dans sa douloureuse inconscience, le roi reprend son souffle pour crier, son ami lui plaque une main sanglante sur la bouche pour en étouffer le son, encore et encore, en pleurant de compassion.

Ensuite, ils entendent bel et bien des cris, dehors dans la nuit blanche de neige, et il semble à Osbert, étendu auprès de son roi dans cette hutte glaciale, si froide que les poux y sont sûrement tous morts, que leur fin est arrivée, le funeste destin auquel nul homme ne peut éternellement échapper. Il saisit son épée près de lui sur la terre battue, en jurant à l'esprit de son père et au dieu du soleil qu'il ne laissera pas Aëldred être pris vivant ici pour être étripé par les Erlings.

Il va pour se lever, et il y a une main sur son bras.

« Ils vont passer, murmure le porcher édenté, attendez, mon seigneur. »

La tête d'Aëldred bouge. Il essaie de respirer, encore. Osbert se retourne vivement, lui prend la tête dans une de ses mains – aussi brûlante qu'une forge, cette tête –, et de l'autre couvre la bouche du roi, en murmurant une prière pour en être pardonné, tandis qu'Aëldred se débat près de lui, en essayant de donner voix à la fiévreuse souffrance qui exige ce cri.

Et, à cause de sa prière, ou de la lune voilée dans la nuit, ou de la hâte des hommes du nord – ou du hasard, sans plus –, les Erlings passent bel et bien, combien, Osbert ne le saura jamais. Et, après cela, la nuit passe aussi, plus longue qu'aucune nuit dans toute son existence.

Finalement, à travers des fissures non colmatées du mur et de la porte, où frappe le vent, Osbert s'aperçoit que les tourbillons de la neige ont cessé. En regardant dehors, il voit la lune bleue qui se lève, avant que des nuages ne reviennent la cacher. Une chouette crie, en chasse au-dessus des bois derrière eux. Le vent s'est suffisamment apaisé pour cela.

Vers l'aube, les terribles frissons du roi cessent aussi, sa fièvre diminue, son souffle s'apaise, et il s'endort.

Osbert se glisse dans la forêt, pour nourrir et abreuver les chevaux… bien peu, en vérité, car la seule nourriture de la famille, en hiver, c'est du porc salé précautionneusement rationné et des biscuits d'avoine farineux, dépourvus de goût. De la nourriture pour des animaux, c'est un luxe impensable. On a laissé les porcs dans la forêt, où ils fourragent de leur côté.

En revenant, plié en deux pour passer sous le linteau de la porte, Osbert abasourdi entend des rires à l'intérieur. Aëldred a pris l'un des biscuits très noirci, laissant les mieux cuits aux deux autres. La femme du porcher est toute rougissante, le roi sourit, ne ressemblant plus du tout à l'homme qui tremblait et criait dans le noir, ou à celui qui hurlait comme un *berserkir* erling sur le champ de bataille. Aëldred jette un coup d'œil à son ami, toujours souriant.

« On vient juste de me dire, assez aimablement, que je ferais un serviteur plutôt médiocre, Osbert. Le savais-tu ? »

La femme émet une dénégation plaintive, couvre de ses deux mains son visage écarlate. Le regard de son époux passe de l'un à l'autre, sans expression – il est incertain de ce qu'il doit penser.

« C'est la seule raison pour laquelle nous vous laissons vous targuer de votre rang », murmure Osbert en refermant la porte. « Le fait que vous n'êtes même pas capable de nettoyer correctement des bottes. »

Aëldred éclate de rire, puis redevient sérieux, les yeux levés vers son compagnon. « Tu m'as sauvé la vie, dit-il, et ces gens nous ont sauvés ensuite. »

Osbert hésite : « Avez-vous quelque souvenir de cette nuit ? »

Le roi secoue la tête.

« C'est aussi bien », finit par dire son ami.

« Nous devrions prier », dit Aëldred. Ils le font, à genoux, face à l'est du soleil, en reconnaissance de toutes les bénédictions dont ils peuvent avoir conscience.

Ils attendent jusqu'à l'aube et s'en vont alors se cacher dans les marais, assiégés dans leurs propres terres.

Béortfèrth est une petite île basse, perdue au milieu de marais salants humides qui s'étirent à perte de vue. Seuls y vivent de petits rongeurs, les oiseaux des marais, des serpents d'eaux et, en été, des insectes qui piquent et mordent. Ce sont des oiseleurs qui l'ont découverte en premier, il y a très longtemps, alors qu'ils se frayaient un chemin périlleux à travers les marais, à pied, ou à la godille dans des barques à fond plat.

Il y a presque toujours de la brume, des vrilles de brouillard, et le soleil du dieu y est un disque distant et pâle, même par jour clair. On peut y avoir d'étranges visions, s'y perdre sans espoir. Chevaux et hommes ont été aspirés par les tourbières stagnantes, qui sont très profondes par endroits. On dit parfois que des créatures sans nom y vivent, depuis le temps des ténèbres. Les sentiers sûrs sont étroits, absolument imprévisibles, il faut les connaître très exactement, chevaucher ou marcher en file, un par un, ce qui rend les embuscades faciles. Des bosquets d'arbres noueux s'élèvent ici et là, étranges et surprenants dans la grisaille, avec leurs racines à fleur d'eau, égarant ou faisant trébucher le voyageur.

En hiver, le climat y est toujours humide et malsain, on trouve désespérément peu à se nourrir, et cet hiver-là – celui où les Erlings avaient gagné la bataille de Camburn –, était d'une dureté cruelle. De la pluie verglaçante incessante, de la neige, une mince glace jaunâtre qui se forme sur le marais, le fil tranchant du vent. Presque tous ont une mauvaise toux, les yeux qui pleurent, de la diarrhée. Et tous ont faim et froid.

C'est l'heure de gloire d'Aëldred. Cet hiver-là va définitivement faire de lui ce qu'il va devenir, et certains prétendront l'avoir senti alors.

Osbert n'est pas de ceux-là, ni Burgrèd. Dissimulant de leur mieux leurs propres toux et flux d'entrailles, niant tout épuisement, refusant d'admettre la faim, les deux commandants d'Aëldred – aussi jeunes que lui, cet hiver-là –, diront tous deux, longtemps après, qu'ils avaient survécu en ne pensant *pas* à l'avenir, en s'occupant seulement des exigences de chaque jour, de chaque heure, les yeux baissés tel un homme qui pousse une charrue dans un pénible champ de rocailles.

Le premier mois, Aëldred organise et supervise l'édification d'un fort primitif dans l'île, essentiellement un abri contre le vent, muni d'un toit. Quand le fort est terminé, avant même d'y mettre le pied, Aëldred se tient dans une pluie oblique devant les quarante-sept hommes qui se trouvent avec lui à ce moment – un nombre qui ne sera jamais oublié : tous sont nommés dans la *Chronique* –, et il déclare formellement, au nom de Jad, que l'île est désormais la capitale de son royaume, le cœur de la contrée des Anglcyns.

Son royaume. Quarante-sept hommes. Ingemar Svidrirson et ses Erlings sont installés à l'intérieur des murailles de Raedhill, pillant sans opposition tous les vivres disponibles dans la campagne vaincue. Ce n'est pas un raid rapide pour acquérir des esclaves, de la gloire et de l'or : ils sont là pour rester, et pour régner.

Osbert lance un regard à Burgrèd de Dènfèrth dans la pluie, de l'autre côté des rares taches d'herbe, pour revenir ensuite à l'homme qui les commande dans ce refuge brumeux et assiégé, avec la morsure du sel dans l'air. Et, pour la première fois depuis Camburn, il se permet l'*idée* de l'espoir. Il lève les yeux de la charrue. Aëldred s'agenouille pour prier. Ils en font tous autant.

Le même après-midi, ayant pieusement exprimé leur gratitude, ils quittent les marais pour leur premier raid.

Ils sont quinze, avec Burgrèd à leur tête. Ils partent pour deux jours, afin de contourner largement le marais. Ils surprennent et tuent huit Erlings qui fouillent la campagne hivernale dépouillée pour y trouver à manger, et rapportent leurs armes, leurs chevaux, et leurs provisions. Un triomphe, une victoire. Pendant leur absence, quatre hommes ont trouvé leur chemin dans les marais, pour rejoindre leur roi.

L'espoir, le droit de rêver. Un commencement. Des hommes se pressent autour d'un brasier nocturne dans la grande salle de Béortfèrth – des murs et un toit entre eux et la pluie, enfin. Il y a un barde parmi eux, avec une harpe désaccordée par l'humidité. Peu importe. Il chante les anciens chants, et Aëldred se joint à lui, et tous les autres à sa suite. Ils prennent des tours de garde, sur une élévation de terrain, et plus loin, aux entrées des marais, à l'est et au nord. Le son porte jusque-là. Les guetteurs peuvent parfois entendre les chansons. Ce leur est d'un étonnant réconfort.

Cette nuit-là, la fièvre d'Aëldred revient.

Ils ont leur unique barde, et un unique et vieux prêtre affligé de mauvais genoux, quelques artisans, des maçons, des oiseleurs, des fabricants de flèches, des guerriers du *fyrd*, avec ou sans armes. Pas de guérisseur. Personne avec les lames et les coupes de la saignée, ou une bonne connaissance des herbes médicinales. Le prêtre prie, douloureusement agenouillé, le disque du soleil entre les doigts, auprès du feu où gît le roi, et Osbert – car on considère cela comme sa tâche – essaie avec angoisse de décider à quel moment on doit réchauffer ou rafraîchir Aëldred, qui se débat en criant, oublieux de tout, perdu pour eux et la création de Jad, et le cœur d'Osbert se brise pendant toute la longue nuit, encore et encore.

Au printemps, ils sont presque deux cents sur l'île. La saison a ramené d'autres formes de vies : des hérons, des loutres, le coassement bruyant des crapauds dans le marais. Il y a davantage d'édifices en bois à présent, et même une petite chapelle ; on a organisé, par nécessité, un réseau de gens qui procurent des vivres, et des partis de chasse. Les chasseurs deviennent davantage que des chasseurs si l'on repère des Erlings.

Les hommes du nord ont eu eux aussi un hiver difficile, apparemment. Pas assez de nourriture, et un nombre trop réduit d'hommes pour étendre en toute sécurité leur autorité au-delà de la forteresse de Raedhill, en attendant l'arrivée de renforts, s'il en arrive, au changement de saison.

Et, avec une fréquence dérangeante, leurs propres groupes de pillards rencontrent des combattants anglcyns aux yeux et aux mains brûlants d'un désir meurtrier de vengeance, sortis d'une retraite que les Erlings n'arrivent pas à découvrir dans cette contrée trop vaste, couverte de forêt, hostile. Vaincre une armée royale sur un champ de bataille, c'est une chose, tenir ce qu'on a conquis, c'en est une autre.

L'ambiance change, dans l'île. Le printemps, la saison de l'éveil, a de ces effets. Ils ont établi une routine, à présent, ils ont un abri, avec le chant des oiseaux, et leur nombre qui augmente chaque jour.

Au milieu de tout cela, ceux des chefs de Béortfèrth qui ne participent pas aux expéditions hors des marais... apprennent à lire.

C'est un ordre direct du roi, une obsession. Son idée du royaume qu'il désire établir. Aëldred lui-même, assis à une table mal équarrie, se trouve du temps pour travailler à une traduction en anglcyn d'un unique texte rhodien découvert dans les ruines d'une chapelle, quelque part au sud-ouest de leur camp. Burgrèd ne s'est pas privé de taquiner le roi à propos de cette tâche. Quel bien cela leur fera-t-il de posséder une copie en leur propre langue d'un texte classique sur le traitement des cataractes ? C'est pour le moins incertain, affirme-t-il.

Les consolations du savoir, réplique le roi avec une relative désinvolture, sont profondes en soi et se suffisent à elles seules. Il jure souvent pendant ce labeur, cependant, et n'en semble pas particulièrement consolé. Pour nombre d'entre eux, c'est une source de divertissement, même si ce n'est pas forcément le cas des deux qui s'emploient, à un moment donné, à épeler leurs lettres comme des enfants sous la directive d'un prêtre irritable.

Parmi les nouvelles recrues qui ont trouvé leur chemin jusqu'à Béortfèrth tard dans l'hiver, se trouve un homme maigre et grisonnant qui prétend être instruit en médecine. Il a saigné le roi, sans grand résultat, ou sans résultat du tout. Il y a aussi une femme avec eux, désormais, vieille, aussi courbée qu'un cerceau – et donc bien en sécurité parmi tous ces hommes remuants. Elle s'est promenée dans les marais en cueillant des plantes, nard et chou des marais – elle a formulé un sortilège alors que le prêtre aux lèvres pincées n'était pas dans les environs pour marmonner contre des magies païennes –, et les applique, transformées en pâte verte, sur le front et la poitrine du roi quand sa fièvre le prend de nouveau.

Cela n'a guère d'effet non plus, à ce que peut en juger Osbert, à part de provoquer des marques d'irritation rougeâtres. Aëldred brûle et frissonne de fièvre, Osbert le prend dans ses bras et murmure à son oreille, pour lui parler interminablement : de la lumière du soleil d'été, des champs de seigle, de murailles bien bâties ; et même d'hommes instruits discourant de maladies oculaires – et de loups erlings repoussés loin, bien loin au-delà des mers.

Au matin, exsangue et affaibli, mais lucide, Aëldred ne se rappelle rien. Les nuits sont plus dures pour son ami, dit-il plus d'une fois. Osbert le nie. Bien sûr. Il mène des expéditions de chasse, pour le gibier et les hommes du nord. Il pratique ses lettres avec le prêtre.

Et puis, un jour, la glace a disparu, les oiseaux chantent partout, et Aëldred, fils de Gademar qui était le fils d'Athelbert, envoie vingt hommes, deux par deux, dans des directions différentes, avec l'image d'une épée gravée dans un morceau de bois.

C'est le temps du changement pour eux, avec la saison qui change. Le lancer du joueur, et son dé est un royaume. S'il arrive quoi que ce soit, ce doit être avant que les navires à proue de dragon ne mettent voile vers l'est pour franchir la mer jusqu'à ces rivages. Le roi, depuis son île, convie tout ce qui reste du *fyrd*, et tous les autres hommes valides, l'armée des Anglcyns, à le rencontrer la prochaine nuit de la pleine lune bleue – la lune des esprits, quand les morts s'éveillent –, à la Pierre d'Ecbert, non loin de la plaine de Camburn.

Ce n'est pas très loin non plus de Raedhill.

Osbert et Burgrèd, en comparant leurs décomptes à voix basse, ont estimé leur nombre à un peu moins de huit cents âmes, pour les hommes de l'ouest qui ont été convoqués. C'est ce qu'ils ont rapporté au roi. Il y en a davantage, en toute honnêteté, qu'ils ne l'espéraient. Et moins qu'ils n'en ont besoin.

Quand donc une armée anglcyne a-t-elle eu assez d'hommes contre une force erling ? Ils ont conscience, sous les étoiles, de leurs limitations et des risques encourus, sans y être indifférents mais sans vraiment s'y arrêter.

Le soleil ne s'est pas encore levé ; la lisière de la forêt est tranquille et obscure. Une nuit claire, peu de vent. On disait autrefois cette forêt hantée par des esprits, des créatures magiques, la présence des morts. Ce n'est pas un endroit contre-indiqué pour un rassemblement. Aëldred s'avance d'un pas, une silhouette dessinée par les dernières étoiles.

« Nous allons prononcer maintenant l'invocation, dit-il, puis nous nous mettrons en marche avant l'aube, afin de les surprendre le plus tôt possible. Nous ferons route dans les ténèbres, pour mettre fin aux ténèbres. » Cette phrase, entre bien d'autres, on se la rappellera et on la notera.

Célébrer les rites du dieu avant le lever de Son soleil constitue une certaine transgression, mais personne ici ne manifeste de réticence. Aëldred, avec ses prêtres – il en a trois maintenant –, conduit les prières matinales de son armée avant l'arrivée du matin. *Puissions-nous toujours nous trouver dans la Lumière*.

Il se relève et ils partent, avant même que le soleil ne touche la Pierre. Quelques-uns à cheval, la plupart à pied, tout un assortiment d'armes et d'expériences diverses. On peut bien user du terme “populace”. Mais c'est une populace qui a un roi à sa tête, et la certitude que son avenir peut dépendre des événements de la journée.

Une force erling se trouve au sud-est, expédiée de Raedhill à la rumeur, délibérément répandue, d'une bande d'Anglcyns dans les environs, peut-être commandés par le dernier fils de Gademar, celui qui pourrait encore se proclamer roi de ces champs et de ces forêts, de cette contrée dont les hommes du nord se sont emparés. Impossible pour Ingemar de ne pas répondre à ce défi.

Aëldred chevauche à la tête de ses hommes, avec ses deux amis et *thegns* à ses côtés. Il se retourne pour regarder son peuple assemblé dans la noirceur d'une nuit de lune bleue.

Il sourit, quoique seuls les hommes les plus proches puissent le voir. À l'aise sur sa selle, sans casque, avec ses longs cheveux bruns, ses yeux bleus – ceux de son père abattu –, une voix légère et claire qui porte loin lorsqu'il parle.

« C'est maintenant que tout commence, par le saint nom de Jad, dit-il. Chacun des hommes présents ici, quelle que soit sa naissance, sera connu toute sa vie pour s'être trouvé à la Pierre d'Ecbert. Venez avec moi, mes très chers amis, pour plonger dans la gloire. »

Et c'est la gloire, de fait: comme le raconteront des myriades de chroniqueurs, comme on le chantera si souvent, tissé de légende ou illustré dans des tapisseries suspendues à des murs de pierre pour réchauffer l'hiver de bien des chambres. Osbert vivra pour entendre ses exploits en ce jour célébrés, et méconnaissables.

Il se trouve auprès du roi lorsqu'ils quittent la forêt pour faire route vers Camburn où leurs éclaireurs leur ont rapporté la présence des Erlings campés près d'un champ qu'ils connaissent. Burgrèd, sur l'ordre d'Aëldred, prend cent cinquante hommes et les emmène vers l'est, en longeant la lisière noire des arbres, pour obliquer vers le sud aussi, entre Camburn et les murailles de Raedhill.

Les Erlings ne sont pas encore éveillés sous leurs étendards ornés du corbeau, ne sont pas prêts pour le jour où on leur a promis de chasser une bande d'Anglcyns, quand cette bande – et plutôt davantage qu'une simple bande – apparaît au nord, se déplaçant avec rapidité.

Les hommes du nord ont aussi leurs guetteurs, bien sûr, ils sont avertis, avec retard. Ce ne sont nullement des couards, et leur nombre est à peu près égal à celui des assaillants. On hurle des ordres, ils se précipitent vers leurs armures, saisissent marteaux, lances et haches ; leurs chefs ont des épées. Les éléments de surprise et de vitesse jouent un grand rôle dans n'importe quel type de combat, et le désarroi peut changer l'issue d'une bataille avant qu'elle n'ait commencé, à moins que les commandants ne parviennent à le maîtriser.

Ils nc s'attendaient pas à des forces égales aujourd'hui, ou à la férocité de la charge rugissante qui traverse leur campement dès qu'apparaissent les premières teintes de l'aube, à l'est. Les hommes du nord se hâtent de former les rangs, tiennent bon, reculent, tiennent de nouveau pendant un moment. Mais seulement un moment.

Il est parfois des certitudes qui peuvent subvertir l'ardeur des combattants : ici, à Esfèrth, les Erlings savent qu'il y a des murailles non loin de là, à Raedhill, derrière lesquelles ils peuvent s'abriter et régler tout à loisir le cas de ces Anglcyns, sans le chaos causé par ce lourd et venimeux assaut lancé avant l'aube.

Réagissant au non-dit, leurs chefs donnent l'ordre de se retirer. Ce n'est pas un choix entièrement erroné. Ingemar et les autres ont une certaine distance à franchir avant de revenir à Raedhill mais, par le passé, les Anglcyns se sont contentés de forcer les Erlings à reculer. Après quoi ils se regroupaient pour envisager leur mouvement suivant. Il y a donc des raisons de penser qu'il en sera de nouveau ainsi, tandis que le soleil se lève en cet éclatant matin de printemps, illuminant les fleurs et l'herbe neuve des prairies.

Mais il y a aussi des raisons de penser qu'ils ont tort. Les Anglcyns ne s'arrêtent pas pour débattre entre eux, cette fois, pour examiner options et choix divers. Ils se lancent dans une énergique poursuite, certains à cheval, d'autres avec des arcs. Le retrait devient, comme le font trop souvent ces manœuvres, une retraite désordonnée.

Et tandis que les Erlings s'échappent, abandonnant leur camp et leurs positions dans ce qui tourne à une bruyante déroute, une fuite vers l'est et Raedhill, juste au moment où la peur s'empare du corps et de l'âme des braves même, les hommes du nord découvrent qu'une autre armée d'Anglcyns les sépare de la sécurité des murailles – et le monde, ou ce petit coin du monde, change.

Aux cris de “Aëldred et Jad”, le retrait, la retraite, la déroute se transforme en massacre, tout près de la même plaine venteuse et humide qui a vu le roi Gademar subir l'aigle-de-sang, à la tombée d'un gris et pluvieux crépuscule d'hiver.

Moins de six mois auparavant. Le temps qu'il a fallu à Aëldred d'Esfèrth pour se transformer de réfugié en fuite qui se cache, tremblant de fièvre, dans le lit d'un porcher, en un roi sur le champ de bataille, vengeant son père et son frère, taillant en pièces les hommes du nord près du sanglant champ de bataille qui a vu la défaite des siens.

Ils s'emparent même de l'étendard au corbeau, ce qui n'est jamais arrivé auparavant en ces terres. Ils massacrent les Erlings jusque sous les murailles de Raedhill, campent là au coucher du soleil, et ils y disent bien haut leurs prières à la fin de la longue journée.

Au matin, les hommes du nord envoient des émissaires pour offrir des otages et demander la paix.

À Raedhill, au milieu du septième et dernier jour des festivités qui accompagnent la conversion du chef erling, Ingemar Svidrirson, à la très sainte foi de Jad du Soleil, Burgrèd de Dènfèrth, compagnon de toujours du roi, se rend compte que la bile noire qui lui monte à la gorge est tout simplement trop amère pour lui.

Il quitte la salle du festin pour déambuler seul dans la nuit nuageuse, loin des gardes et de leur lance, loin de la lumière des torches qui éclabousse les murs, loin du vacarme des réjouissances, à la recherche d'une noirceur égale à celle qui l'habite.

Il se racle la gorge et crache dans la rue, essayant d'écarter un insistant malaise qui n'a rien à voir avec des excès de bière ou de nourriture, qui est plutôt le désir de commettre un meurtre et la nécessité de le refréner.

Il a laissé le bruit derrière lui, et c'est très bien ainsi. Il se dirige vers les portes de la ville, loin de la salle des festins, se retrouve dans une allée boueuse. S'appuie à un mur de rondins – une écurie, d'après les bruits qui en proviennent – et aspire une grande goulée d'air nocturne. Il lève les yeux vers les étoiles qui pointent à travers les déchirures des nuages poussés par le vent. Aëldred lui a dit une fois qu'il y a des gens, dans des pays lointains, qui les adorent. Tant de façons pour lcs hommes de sombrer dans l'erreur, songe-t-il.

Il entend une toux, tourne vivement la tête. Aucun danger ici désormais, sinon peut-être pour leur âme, compte tenu de ce qui se passe dans la salle des festins. Il s'attend à ce que ce soit une femme. Elles sont nombreuses, avec tous ces soldats à Raedhill. Il y a de l'argent à gagner la nuit, dans des chambres munies d'une paillasse, ou même dans les ruelles.

Ce n'est pas une femme qui l'a suivi.

« Venteux, par ici. Je nous ai apporté un flacon », dit Osbert d'un ton aimable, en s'adossant près de lui au mur de l'écurie. « La brasserie de Raedhill est dirigée par une veuve, apparemment. Elle a appris tout ce que pouvait lui apprendre son époux. Le roi lui a demandé de se joindre à la cour. De la bière pour tous. J'approuve. »

Burgrèd ne veut pas boire encore, mais il prend le flacon. Il connaît Osbert depuis aussi longtemps qu'Aëldred, c'est-à-dire presque depuis toujours. La bière est forte, avec un goût net. « La meilleure bière que j'aie jamais bue était aussi brassée par une femme, murmure-t-il. Une maison de religieuses dans le nord, près de Blencairn.

— Jamais été par là, dit Osbert. Tiens voir le flacon. » Il se retourne. Burgrèd l'entend uriner contre le mur. Il boit, distraitement, en regardant de nouveau le ciel. La lune bleue à l'ouest, un croissant qui s'amenuise au-dessus des portes. Elle était pleine la nuit où ils ont gagné la seconde bataille de Camburn et campé devant ces murailles. Pas même quinze jours plus tôt. Ils avaient Ingemar et le reste de ses hommes coincés là comme des moutons, et un roi mort, mutilé d'indicible façon, à venger. Burgrèd aspire toujours à tuer, un besoin plus profond que le désir.

Et à la place, on offre un festin à cette même troupe d'Erlings, des présents, et la voie libre vers l'est au-delà des rivières, dans les régions des terres anglcynes depuis longtemps abandonnées aux hommes du nord.

« Il ne pense pas comme nous », murmure Osbert, comme s'il lisait dans son esprit. Il reprend le flacon.

« Aëldred ?

— Non, le meunier, en amont de la rivière. Bien sûr, Aëldred. Tu comprends bien qu'Ingemar s'est agenouillé devant lui, lui a baisé le pied en hommage, a fait serment de loyauté et a accepté Jad ? »

Burgrèd pousse un juron féroce. « Ingemar a fendu le dos du père d'Aëldred, il lui a ouvert le thorax en lui brisant les côtes, et il lui a drapé les poumons sur les épaules. Oui, je sais absolument tout cela. » Rien qu'à cette évocation, ses mains se sont serrées en poings.

L'autre garde le silence un moment. Le vent leur apporte les bruits du festin. Quelqu'un chante. Osbert soupire. « Nous étions moins de sept cents aux portes. Ils en avaient deux cents à l'intérieur, et la saison changeait, ce qui pouvait signifier l'arrivée proche de leurs vaisseaux. Nous n'avions aucun bon moyen de démolir les murailles pour entrer dans une ville bien défendue. Un jour, peut-être, mais pas maintenant. Mon ami, tu le sais bien aussi.

— Alors, au lieu de les affamer, nous festoyons et nous les honorons ?

— Nous festoyons, et nous honorons le dieu et leur conversion à Sa lumière. »

Burgrèd jure de nouveau. « Tu parles ainsi, mais dans ton cœur, tu éprouves les mêmes sentiments que moi. Je le sais. Tu veux que les morts soient vengés. »

De nouveau, le bruit du festin porté par le vent. « Je crois, dit l'autre, que cela le déchire d'agir ainsi, et qu'il le fait malgré tout. Sois heureux de ne pas être un roi. »

Burgrèd lui jette un coup d'œil, le visage durci dans la pénombre. Il soupire. « Et ces sales Erlings vont *rester* avec Jad ? Tu le crois vraiment ?

— Je n'en ai pas la moindre idée. Certains l'ont fait auparavant. Voici ce que je crois : tous sauront qu'Ingemar

Svidrirson, qui voulait régner ici, s'est agenouillé pour jurer fidélité à Aëldred d'Esfèrth, qu'il a accepté de ses mains un disque du soleil et d'autres présents royaux, et qu'il lui laissera huit otages, incluant deux de ses fils – et que nous ne leur avons rien donné en échange. *Rien*. Et je sais que cela n'est jamais arrivé depuis la première fois où les Erlings ont débarqué sur nos rivages.

— Tu considères ces présents comme n'étant rien ? As-tu vu les chevaux ?

— Je les ai vus. Ce sont les présents d'un grand seigneur à un inférieur. On les verra ainsi. Jad a vaincu Ingemar, et capturé de surcroît les étendards du corbeau. Mon ami, reviens boire avec moi. Nous avons gagné ici une importante victoire, et ce n'est qu'un début. »

Burgrèd secoue la tête. Il est encore chagrin, la poitrine serrée dans un étau. « Je le suivrais… dans les entrailles du monde pour combattre les démons. Il le sait. Mais…

— Mais pas s'il fait la paix avec les démons ? »

Burgrèd peut sentir ce poids en lui, comme des pierres. « C'était… plus facile dans l'île, à Béortfèrth. Nous savions ce que nous devions faire.

— Aëldred le sait toujours. Quelquefois… avec le pouvoir… on doit agir contre son cœur.

— Je ne suis peut-être pas fait pour le pouvoir, alors.

— Tu détiens le pouvoir, mon cher ami. Tu devras apprendre. À moins de nous quitter. Vas-tu nous quitter ? »

Le vent retombe, la musique lointaine s'efface. Ils entendent des chevaux, de l'autre côté du mur de l'écurie.

« Tu sais bien que non, dit enfin Burgrèd. Il sait bien que non.

— Nous devons avoir foi en lui, dit Osbert à voix basse. Si nous pouvons le garder en vie et en santé pendant assez longtemps, ils ne nous vaincront pas de nouveau. Nous laisserons un royaume à nos enfants, un royaume qu'ils pourront défendre. »

Burgrèd lui jette un coup d'œil. Osbert est une ombre dans la noirceur de l'allée, et une voix familière depuis toujours. Burgrèd soupire de nouveau, un soupir qui vient du fond du cœur. « Et ils apprendront à lire ce que dit

Mérovius sur les cataractes, en trakésien, ou il les massacrera tous. »

Il y a un bref silence, puis le rire d'Osbert dans l'obscurité, aussi riche qu'un vin du sud.

◆

Les fièvres étaient dites tierces, quartes, journalières ou hectiques. Elles procédaient presque toujours d'un déséquilibre entre les quatre humeurs, la répartition en chacun du froid, de la chaleur, de l'humidité et de la sécheresse ; d'autres causes spécifiques affectaient les femmes, chaque mois, ou lorsqu'elles donnaient naissance à des enfants.

Les fiévreux pouvaient être saignés, avec la lame et la coupe, avec des sangsues, en des endroits et à des degrés en accord avec l'instruction dont avait bénéficié le médecin. Parfois, le patient en mourait. La mort marchait en tout temps auprès des vivants. On le savait. On considérait en général qu'un bon médecin était celui qui ne vous tuait pas plus tôt que ne l'aurait fait votre affection, quelle qu'elle fût.

Ceux qui souffraient de fièvres intenses pouvaient être réconfortés, ou non, par des prières, apaisés par des cataplasmes, des draps mouillés, la chaleur d'autres corps auprès du leur. On les traitait à l'hydromel et avec de l'oxymel, un mélange de vinaigre et de miel (les médecins entretenaient des vues divergentes quant à la meilleure sorte de miel entrant dans ces potions), ou encore avec de l'aconit ou du céleri sauvage, si l'on pensait que de la sorcellerie était à la source de leur fièvre. On pouvait concocter un baume de citron, de verveine et de saule, ou du plantain pour les purger, parfois de manière violente. Tussilage et fenugrec, sauge et armoise, bétoine, fenouil, mauve et mélilot, tout cela était parfois efficace, disait-on. Apaisant la douleur, la valériane pouvait aider à dormir.

On pouvait rogner les ongles et en enterrer les fragments sous un frêne à la lueur d'une lune bleue, mais pas si un prêtre devait le savoir, bien entendu. Cette même prudence s'appliquait aux remèdes impliquant des gemmes et des invocations nocturnes dans la forêt, même s'il eût été folie de nier qu'on s'y adonnait partout dans le royaume des Anglcyns.

À un moment ou à un autre, on avait essayé tous ces remèdes, et bien d'autres, qu'ils fussent permis ou non par le roi et son clergé, afin de soigner les fièvres d'Aëldred.

Aucun n'avait rétabli l'ordre naturel en éteignant les feux qui le dévoraient encore, certaines nuits, tant d'années après la première crise.

« Pourquoi fait-il sombre ? »

La façon dont le roi émergeait de ses fièvres était toujours prévisible, mais, ces derniers temps, moins prévisible le temps qu'il y faudrait. Ce qui était certain, c'était que son teint serait pâle, sa voix affaiblie, et qu'il serait lucide, précis et irrité.

Osbert avait été en train de sommeiller sur la couche qu'on lui installait toujours là. Il s'éveilla en entendant cette voix.

« C'est le milieu de la nuit, mon seigneur. Bienvenue parmi nous.

— J'ai perdu une journée entière, cette fois ? Doux Jad. Je n'ai pas de journées à perdre ! » Aëldred ne jurait jamais, mais son irritation était manifeste.

« Je me suis occupé des rapports à mesure qu'ils arrivaient. Les deux nouveaux *burhs* côtiers sont dans les temps, presque terminés, et avec leur garnison au complet. On travaille fort au chantier naval. Reposez-vous.

— Quoi d'autre ? » Aëldred n'était pas conciliant.

« Les officiers de la taxe sont partis ce matin.

— Le tribut d'Erlond... de Svidrirson ? Quelle nouvelle ?

— Pas encore mais... le tribut a été promis. » Il n'était pas sage d'être moins que franc avec le roi lorsqu'il revenait de sa fièvre, où qu'elle l'entraînât.

« Promis ? Comment ?

— Un messager à cheval est arrivé vers midi. Le jeune. Le fils d'Ingemar. »

Aëldred grimaça. « Il n'envoie le garçon que lorsque le tribut est en retard. Où est-il ?

— Convenablement logé, endormi, j'imagine. Il est tard. Reposez-vous, mon seigneur. Athelbert l'a reçu officiellement à votre place, avec son frère.

— Et quelle excuse pour mon absence ? »

Osbert hésita. « On connaît… vos fièvres, mon seigneur. »

Le roi fronça de nouveau les sourcils. « Et où était Burgrèd, pendant que j'y pense ? »

Osbert se racla la gorge. « D'après les rumeurs, on aurait aperçu un navire. Il est parti avec quelques hommes du *fyrd* pour en savoir davantage.

— Un navire ? Erling ? »

Osbert acquiesça. « Ou des navires. »

Aëldred ferma les yeux. « Cela n'a guère de sens. » Il y eut un silence. « Tu es resté auprès de moi tout du long, bien entendu.

— D'autres aussi. Vos filles, cette nuit. Votre noble épouse a passé un moment avec vous avant d'aller prier à la chapelle pour votre santé. Elle sera soulagée d'apprendre que vous êtes de nouveau bien portant.

— Évidemment. »

L'intonation était particulière. Presque toutes les paroles d'Aëldred avaient de multiples sens, et Osbert en savait long sur le royal mariage.

Le roi demeura immobile sur son oreiller, les yeux clos. Après un moment, il reprit : « Mais tu n'es jamais parti, n'est-ce pas ?

— Je… suis allé dans la salle des audiences pour prendre les rapports. »

Aëldred ouvrit les yeux en tournant un peu la tête pour le regarder. Après un silence, il dit : « Ton existence aurait-elle été meilleure si je t'avais chassé, d'après toi ?

— J'ai du mal à l'imaginer, mon seigneur. Une meilleure existence *et* de me faire chasser. »

Aëldred secoua légèrement la tête. « Tu pourrais marcher sans encombre, à tout le moins. »

Osbert posa une main sur sa jambe endommagée. « Un faible prix. Nous vivons au milieu des combats. »

Aëldred l'observait. « Un jour, je répondrai de toi devant le dieu, dit-il.

— Et je parlerai en votre défense. Vous aviez raison, mon seigneur. Burgrèd et moi, nous étions dans l'erreur. Aujourd'hui en est la preuve, la venue de ce garçon, le tribut promis de nouveau. Ingemar n'a pas trahi son serment. Cela nous laisse loisir de faire ce qui doit l'être.

— Et te voilà, sans épouse, sans parenté et sans héritier, sur une jambe, éveillé en pleine nuit auprès de l'homme qui…

— L'homme qui est de par la volonté de Jad le roi des Anglcyns, et qui nous a gardés en vie, et unis, en tant que peuple. Nous faisons des choix, mon seigneur. Et le mariage n'est pas pour tout le monde. Je n'ai jamais manqué de compagnie.

— Et des héritiers ? »

Osbert haussa les épaules. « Je laisserai mon nom lié au vôtre, si le dieu le permet, dans la fondation de ce royaume. Pour ce qui est de mes biens, j'ai des neveux. » Ils avaient déjà eu cette conversation.

Aëldred secoua de nouveau la tête. Il y avait davantage de gris dans sa barbe, ces temps-ci. Cela se voyait à la lueur de la lampe, avec les cernes sous ses yeux, comme toujours après une fièvre. « Et je suis, comme chaque fois que cela arrive, en train de te parler comme à un serviteur.

— Je suis bel et bien votre serviteur, mon seigneur. »

Aëldred eut un faible sourire « Répondrai-je à ceci par des paroles profanes ?

— J'en serais fort alarmé. » Osbert lui retournait son sourire.

Le roi s'étira, se frotta le visage et s'assit dans le lit. « Je me rends. Et je crois que je vais manger. Voudrais-tu aussi envoyer chercher… voudrais-tu demander à ma noble épouse de venir me rejoindre ?

— C'est le milieu de la nuit, mon seigneur.

— Tu l'as déjà dit. »

Son regard était sans sévérité, mais le sens en était très clair.

Osbert s'éclaircit de nouveau la gorge. « Je vais faire envoyer...

— Demander.

— ... demander qu'elle vienne.

— Aurais-tu la bonté de le faire en personne ? C'est le milieu de la nuit. »

Une esquisse d'ironie au coin des lèvres – le roi était de retour parmi eux, on ne pouvait en douter –, Osbert s'inclina, prit sa canne et sortit.

Aëldred examina ses mains à la lueur de la lampe après le départ d'Osbert. Elles étaient assez fermes. Il plia les doigts. Il pouvait sentir sa propre sueur sur les draps. Une nuit, une journée et une bonne partie d'une autre nuit. Plus de temps qu'il n'en avait à concéder. La tombe se rapprochait chaque jour. Ces fièvres, c'était une sorte de mort. Il se sentait saisi de vertige à présent, comme toujours. Ce qui était compréhensible. Et physiquement excité, comme toujours aussi, bien qu'il n'y en eût aucune explication satisfaisante. Le corps qui revenait à lui ?

Le corps était un don de Jad, la demeure mondaine de l'esprit et de l'âme immortels, on devait donc l'honorer et en prendre soin – quoique sans excès, d'un autre côté, car c'eût été une transgression.

D'après la liturgie, les êtres humains avaient été créés à la lointaine ressemblance de la forme préférée du dieu même, parmi l'infinité des formes qu'Il pouvait revêtir. Les artistes représentaient Jad dans sa forme mortelle – dans une gloire d'or, comme le soleil, ou portant une barbe noire, fourbu et soucieux : sculptures sur bois, fresques, ivoire, marbre, bronze, parchemin, mosaïques ornant dômes ou murs de chapelles. Cette vérité, Livrenne de Mésangues l'avait soutenu dans ses *Commentaires*, ne faisait qu'ajouter au respect approprié dû à la forme corporelle des hommes – ouvrant la porte à un débat religieux parfois acerbe quant à ce que cela impliquait pour la forme et le statut des femmes.

Il y avait eu une période, quelques centaines d'années plus tôt, où de telles représentations du dieu avaient été interdites par le Grand Patriarche de Rhodias, qui subissait des pressions de Sarance. Cette hérésie particulière était désormais chose du passé.

Souvent, Aëldred pensait aux œuvres annihilées pendant cette période. Il avait été très jeune lorsque, avec son père, il avait accompli ce voyage par les mers et les terres et la passe dans les montagnes menant à Rhodias. Il se rappelait certaines des œuvres religieuses qu'ils avaient vues, mais aussi – car il avait été un enfant plutôt particulier – les endroits, dans le sanctuaire et au palais, où des œuvres avaient été de toute évidence détruites ou masquées de peintures.

En cette tardive nuit d'été, dans la pénombre illuminée par la lampe, et tout en attendant la venue de l'épouse qu'il dévêtirait pour lui faire l'amour, le roi se surprit à songer – ce n'était pas la première fois – aux gens du sud: des peuples si anciens, établis depuis si longtemps, que leurs œuvres d'art avaient été *détruites* des centaines d'années avant que les terres nordiques n'eussent même des villes ou des murailles dignes de ce nom, moins encore un sanctuaire du dieu qui méritât d'être appelé ainsi.

On pouvait poursuivre cette idée et remonter plus loin encore dans le passé, aux Rhodiens d'avant le temps de Jad, qui avaient parcouru ces terres du nord en y édifiant leurs murailles, leurs cités, leurs arcs de triomphe et leurs temples à des dieux païens. Essentiellement des ruines à présent, depuis la longue retraite de l'empire, mais encore évocatrices d'une gloire inaccessible. On en était environné, dans ces terres rudes et presque sauvages qu'il se plaisait à appeler un royaume de par la grâce de Jad.

Il était réellement possible d'être un bon enfant du dieu, vertueux et dévot, dans des terres sauvages. C'était ce qu'on leur enseignait et, dans son cœur, il le savait. En vérité, nombre de prêtres parmi les plus pieux s'étaient retirés loin des civilisations blasées du sud, de Batiare, de Sarance, pour rechercher l'essence de Jad dans une passion de solitude.

Aëldred n'était pas un tel homme. Il savait ce qu'il avait trouvé à Rhodias, en dépit des ruines, et dans les cités batiaraines moins importantes tout le long de la péninsule – Padrino, Varéna, Baïana, des noms qui chantaient.

Le roi des Anglcyns n'aurait pas nié que son âme, logée dans un corps qui le tourmentait et le trahissait trop souvent, avait été marquée dès l'enfance au cours de cet ancien voyage à travers les séduisantes complexités du sud.

Il était roi d'un peuple incertain, dispersé et inculte, dans une contrée assiégée et marquée par l'hiver, et il voulait davantage. Il voulait qu'ils soient davantage, eux, ses Anglcyns, dans cette île. Avec trois générations de paix, il le croyait possible. Depuis vingt-cinq ans, il prenait des décisions contre son cœur et son âme avec cette idée en tête. Le temps s'en venait bientôt où il en répondrait à Jad.

Et il ne croyait pas qu'ils se verraient accorder trois générations.

Pas dans ces terres du nord, ce champ d'ossements guerriers. Il vivait son existence et luttait contre les obstacles, y compris ses fièvres, au défi de cette pensée amère, comme si de par sa seule volonté il pouvait en être autrement ; il songeait au dieu dans Son chariot à l'envers du monde, combattant le mal chaque nuit pour ramener le soleil dans le monde de Sa création.

Elswith vint le trouver avant l'arrivée de son repas, ce qui était inattendu.

Elle entra sans frapper, referma la porte derrière elle et s'avança dans la lueur de la lampe.

« Êtes-vous mieux, par la grâce du dieu ? »

Il hocha la tête en la contemplant. Son épouse était une grande femme à la forte charpente, comme son guerrier de père l'avait été, plus lourde maintenant que lorsqu'elle était venue l'épouser, mais l'âge et huit grossesses pouvaient avoir cet effet sur une femme. Ses cheveux étaient toujours aussi blonds, cependant, et dénoués – elle avait été endormie, après tout. Elle portait une robe de nuit verte, boutonnée sur le devant jusqu'en haut, et un disque solaire autour du cou – toujours –, reposant sur la robe entre ses seins lourds. Aucune bague, aucun autre bijou. Les bijoux étaient une vanité, qu'on devait éviter.

Depuis des années elle demandait à être libérée de leur mariage et de la vie profane pour se retirer dans une maison du dieu, devenir une Fille de Jad et passer le reste de ses jours dans une sainte vertu en priant pour son âme et celle de son époux.

Il ne voulait pas la laisser partir.

« Merci d'être venue, dit-il.

— Vous m'avez fait quérir.

— J'ai dit à Osbert de dire…

— Il l'a fait. »

L'expression de la reine était austère, mais non dénuée d'affection. Ils n'étaient pas, en vérité, dénués d'affection l'un pour l'autre, même s'ils savaient ce qu'on en disait.

Elle n'avait pas bougé de l'endroit où elle s'était arrêtée pour abaisser sur lui son regard. Il se rappelait la première fois où il l'avait vue, tant d'années auparavant. Grande, blonde, une femme bien tournée, qui n'avait pas encore dix-huit ans lorsqu'on l'avait amenée du sud. Il n'était guère plus âgé alors, un an avant les batailles de Camburn, pressé de se marier parce qu'il désirait des héritiers. Ils avaient tous deux été jeunes, à une certaine époque ; ce souvenir semblait parfois déconcertant.

« On apporte un repas, dit-il.

— J'ai entendu, ils sont à la porte. Je leur ai dit d'attendre mon départ. » Venant de toute autre femme, cela aurait pu être une insinuation, une invite. Elswith ne souriait pas.

Il était excité, même après tant d'années. « Viendrez-vous me rejoindre ? » demanda-t-il. Comme si c'était une requête.

« Je suis là », murmura-t-elle sèchement, mais en s'avançant néanmoins, une femme honorable et vertueuse qui continuait d'observer un contrat – mais qui désirait de tout son cœur le quitter, les quitter tous. Elle avait ses raisons.

Elle s'approcha du lit, se découpant dans la lumière. Aëldred s'assit, en sentant son pouls s'accélérer. Tant d'années. Elle ne portait aucun parfum, bien entendu, mais il connaissait l'odeur de ce corps, et cela l'excitait.

« Êtes-vous mieux ? demanda-t-elle.

— Vous le savez bien », dit-il en commençant à délacer le devant de la robe. Les seins pleins et lourds se libérèrent en oscillant, avec le disque entre eux. Il la contempla, puis l'efflcura.

« Mes mains sont-elles froides ? »

Elle secoua la tête. Elle avait fermé les yeux. Le roi la regarda prendre une lente inspiration tandis que ses mains se mouvaient sur elle. Ce n'était pas par manque de plaisir, il le savait, avec une certaine satisfaction. C'était sa piété, ses convictions, sa crainte pour leur âme, son désir du dieu.

Il ne voulait pas qu'elle le quitte. Sa propre piété à lui : il avait épousé cette femme, engendré des enfants avec elle, vécu avec elle pendant sa tentative de recréer un royaume. En temps de guerre, en temps de paix, en hiver, par des temps de sécheresse. Il n'aurait pu prétendre qu'une passion brûlante régnait encore entre eux, mais c'était la vie, ils avaient une histoire. Il ne voulait pas d'autre femme dans son lit.

Il fit glisser la robe sur les larges hanches et l'attira près de lui, puis sous lui. Ils faisaient l'amour chaque fois qu'il se remettait d'une de ses fièvres – et seulement ces jours ou ces nuits-là. Un arrangement entre eux, un équilibre de leurs besoins. Le corps et l'âme.

Ensuite, alors qu'ils étaient étendus nus l'un près de l'autre, il regarda les rougeurs qui marquaient sa peau très blanche en sachant qu'elle éprouverait – encore – de la culpabilité à son propre plaisir. Pour certains, le corps était la demeure de l'âme, pour d'autres sa prison. Les enseignements variaient là-dessus, avaient toujours varié.

Il reprit son souffle. « Quand Judit se mariera, dit-il très bas, une main sur la hanche douce.

— Quoi donc ?

— Je vous libérerai. »

Il la sentit tressaillir, un mouvement involontaire. Elle lui jeta un rapide coup d'œil, puis serra fortement les paupières. Elle ne s'y était pas attendue. Lui non plus, à dire vrai. Un instant plus tard, il vit des larmes sur ses joues.

« Merci, mon seigneur », dit-elle, la gorge serrée. « Aëldred, je prie toujours pour vous le saint Jad. Pour sa merci et son pardon.

— Je le sais », dit le roi.

Elle pleurait en silence près de lui, un flot de larmes, les mains agrippées au disque solaire. « Toujours. Pour vous, pour votre âme. Et pour les enfants.

— Je le sais », répéta-t-il.

Il eut une soudaine et vivace image d'une visite qu'il lui rendrait dans sa retraite. Elswith vêtue de jaune, une sainte femme parmi les autres. Eux ensemble, vieux, se promenant avec lenteur dans un lieu paisible. Peut-être devait-il suivre son exemple, peut-être se retirer dans une demeure du dieu serait-il le choix approprié avant que la mort ne lui apportât la lumière ou les ténèbres dans l'espace de l'éternité.

Peut-être avant la fin. Mais pas encore. Il connaissait ses péchés, ils brûlaient en lui, mais il vivait dans la création du dieu, il en faisait partie, et il portait toujours son rêve.

Après un moment, le roi et la reine des Anglcyns quittèrent la couche royale et se vêtirent. On leur apporta des mets. La reine tint compagnie au roi à sa table tandis qu'il mangeait et buvait, affamé comme toujours après une fièvre. Les appétits du corps. Dans le monde, appartenant au monde.

Ils dormirent plus tard, chacun dans ses appartements, après s'être séparés avec le baiser du dieu sur les joues et le front. L'aube s'en vint peu après, dans la douceur de l'été, présageant un jour éclatant, lourd d'énormes conséquences.

Chapitre 7

Hakon Ingemarson, qui était le cadet des fils de son père, de dix ans moins vieux que les autres, aimait quitter les villages du sud d'Erlond pour se rendre en émissaire au-delà des trois rivières et de la frontière mal délimitée pour se rendre à la cour du roi Aëldred à Esfèrth – ou en tout autre lieu où elle pouvait se trouver.

À part le plaisir d'être chargé d'une responsabilité tout adulte, il trouvait les enfants royaux extrêmement stimulants et il était amoureux de la cadette.

Il avait bien conscience que son père était enclin à l'envoyer vers l'ouest seulement lorsque les tributs promis étaient en retard, ou allaient l'être, prenant un subtil avantage de l'évidente amitié qui régnait dans la génération des plus jeunes. Il savait aussi qu'à la cour anglcyne on en avait également conscience, et qu'on en était diverti.

Une plaisanterie qui durait, introduite par Garèth, le fils cadet d'Aëldred, c'était que, si Hakon arrivait jamais avec le tribut annuel, ils obligeraient Kèndra à coucher avec lui. Hakon s'efforçait toujours de ne pas rougir à ces paroles. Kèndra, de façon prévisible, les ignorait chaque fois, ne se souciant pas même de lui adresser le regard méprisant que sa sœur aînée avait cultivé à la perfection. Hakon demandait bel et bien à son père de lui permettre de porter le tribut vers l'ouest, quand le temps finissait par en arriver, mais Ingemar réservait ce voyage à d'autres, l'argent étant bien gardé, réservant à

Hakon d'en expliquer – de son mieux – les retards trop fréquents.

Ils étaient tous étendus dans l'herbe de l'été, au sud de la ville d'Esfèrth, près de la rivière, invisibles depuis les palissades. Ils avaient pris leur petit-déjeuner à l'extérieur, tous les quatre, et paressaient dans le soleil de fin de matinée avant de revenir en ville pour assister aux préparations de la foire qui aurait lieu encore cette année.

Nul ne parlait. Les seuls sons étaient des chants d'oiseaux en provenance des forêts de hêtres et de chênes, à l'ouest, de l'autre côté de la rivière, le bourdonnement des abeilles qui montait par vagues des prairies fleuries. Il faisait chaud au soleil, on avait envie de dormir. Mais Hakon, en appui sur un coude, était bien trop conscient de la présence de Kèndra à côté de lui. Ses cheveux dorés ne cessaient de s'échapper de sa coiffure tandis qu'elle se concentrait sur les herbes qu'elle entrelaçait pour fabriquer on ne savait quoi. Athelbert, l'héritier des Anglcyns, était couché sur le dos de l'autre côté, son propre bonnet sur la figure. Garèth lisait, évidemment. Il n'était pas censé sortir des parchemins de la ville, mais il le faisait.

Hakon, qui dérivait paresseusement dans la lumière, se rendit compte avec retard qu'il pourrait être accusé de contempler Kèndra, et le serait probablement, avec Athelbert dans les environs. Il se retourna, avec une brusque gaucherie. Et s'assit vivement.

« Jad du Tonnerre ! » s'exclama-t-il. Une expression de son père. Une invocation que personne n'aurait proférée, sinon des Erlings récemment convertis au dieu du soleil.

Garèth renifla avec amusement, mais sans lever les yeux de son manuscrit. Kèndra jeta un coup d'œil, au moins, pour suivre son regard, haussa brièvement les sourcils et retourna avec calme à ce qu'elle fabriquait, quelle qu'en fût la nature.

« Quoi ? » dit Athelbert, évidemment éveillé mais sans bouger ni déplacer le bonnet qui lui couvrait les yeux.

« Judit, dit Kèndra. Elle est en colère. »

Athelbert émit un gloussement. « Aha ! Je sais bien.

— Tu vas avoir des ennuis », murmura Kèndra, placide, en continuant de tresser les brins d'herbes.

« Oh, sans doute », dit son aîné confortablement étendu dans l'herbe haute.

Hakon, les yeux écarquillés, se racla la gorge. La silhouette qui s'avançait à travers la prairie, d'un pas sombrement résolu, était assez proche à présent. De fait…

« Elle… euh… elle a une épée », dit-il d'un ton hésitant, puisque personne d'autre ne semblait vouloir en faire la remarque.

Garèth leva les yeux alors, puis sourit largement avec anticipation, tandis que leur sœur aînée arrivait à leur hauteur. Kèndra se contenta de hausser les épaules. D'un autre côté, le prince Athelbert, fils d'Aëldred, héritier du trône, avait entendu les paroles de Hakon, et il avait bougé.

Avec une extrême vivacité, de fait.

En conséquence, la pointe de l'épée bien rapide aussi qui se serait *sans doute* enfoncée dans le sol entre ses jambes écartées, un peu en dessous de son aine, frappa l'herbe et la terre juste derrière lui alors qu'il roulait désespérément sur lui-même.

Hakon ferma les yeux pendant un instant des plus pénibles, en tendant une main protectrice vers son propre bas-ventre, par réflexe. Impossible de s'en empêcher. Il rouvrit les yeux, vit que Garèth avait fait de même, avec une grimace à présent, en se mordant la lèvre. Plus amusé du tout.

Il n'était pas tout à fait certain que la lame, pointée par quelqu'un qui se mouvait d'un pas rapide sur un sol inégal, eût manqué d'empaler le prince en un emplacement des plus regrettables.

Athelbert roula encore deux ou trois fois sur lui-même puis se releva en hâte, blanc comme un fantôme, sans son bonnet, les yeux écarquillés.

« Es-tu complètement folle ? » hurla-t-il.

Sa sœur le regardait, haletante ; ses cheveux auburn semblaient en flammes dans le soleil, ayant totalement échappé à toute décente contrainte.

“Contrainte” ne décrivait pas du tout Judit en cet instant. La jeune fille arborait une expression meurtrière.

Elle arracha du sol la pointe de l’épée, brandit l’arme à nouveau en avançant d’un pas. Hakon crut bon de s’écarter en hâte. Athelbert recula considérablement plus loin.

« Judit… », commença-t-il.

Elle s’arrêta en levant une main impérieuse.

Le silence tomba sur la prairie. Garèth avait mis de côté sa lecture, et Kèndra son tressage d’herbes.

Avec un effort, leur sœur à la rousse chevelure contrôla son souffle et déclara: « J’ai tenu compagnie à notre père, avec Osbert, pendant une partie de la nuit dernière.

— Je sais, dit vivement Athelbert. C’était un acte pieux et dévoué, et…

— Il va bien, maintenant. Il désire voir aujourd’hui Hakon Ingemarson.

— Le dieu soit loué de sa merci », fit pieusement Athelbert, toujours très pâle.

Hakon vit le regard que lui lançait Judit. Esquissa une courbette maladroite. Sans rien dire. Il ne se fiait pas à sa voix.

« Je suis retournée dans mes appartements au milieu de la nuit », poursuivit la fille aînée du roi Aëldred et de sa royale épouse. Elle s’interrompit. Hakon entendit les oiseaux, loin, dans le boisé. « Il faisait sombre », reprit Judit. Le contrôle qu’elle exerçait sur elle-même était des plus précaires, estima le jeune homme.

Entre autres détails, l’épée tremblait dans sa main.

Athelbert recula d’un autre petit pas. Il avait probablement remarqué, lui aussi.

« Mes suivantes étaient endormies, dit Judit. Je ne les ai pas réveillées. » Elle jeta un coup d’œil de côté, aperçut le bonnet d’un rouge éclatant dans l’herbe. Alla le transpercer de son épée, en utilisant sa main libre pour le déchirer sur la lame, en laissant retomber les deux morceaux dans l’herbe. Un papillon se posa sur l’un des fragments, les ailes battantes, puis s’envola.

« Je me suis dévêtue et me suis couchée », poursuivit Judit. Elle s'interrompit de nouveau pour pointer l'épée sur son frère. « Que Jad te putréfie les yeux et le cœur, Athelbert, il y avait un crâne d'homme mort dans mon lit, avec de la boue encore dessus !

— Et une rose, ajouta hâtivement son frère en reculant encore. Il avait une rose ! Entre les dents !

— Je n'ai pas remarqué ce détail », gronda Judit à travers ses propres dents serrées, « avant d'avoir poussé un hurlement et réveillé mes trois suivantes, et un garde à ma porte !

— La plupart des crânes », déclara pensivement Garèth, toujours assis au même endroit, « appartiennent à des morts. Tu n'avais pas besoin de dire que c'était un crâne d'homme mort qui… »

Il se tut et déglutit en essuyant le regard meurtrier des yeux verts de sa sœur. « N'essaie même pas de penser à être drôle. As-tu participé à cela en aucune manière, petit frère ? » demanda-t-elle d'une voix soudain si calme que c'en était effrayant.

« Non », dit vivement Athelbert, avant que Garèth pût répondre. Puis il commit l'erreur d'essayer un sourire et un geste apaisant.

« Bon, dit Judit. Je n'ai que toi à tuer. »

Kèndra lui tendit les herbes tissées. « Attache-le d'abord avec ceci ? » murmura-t-elle.

« Attention, sœurette, dit Judit. Pourquoi ne t'es-tu pas réveillée lorsque j'ai crié ?

— J'en ai l'habitude », dit Kèndra avec douceur.

Garèth renifla. Ce qui n'était pas sage. Il essaya en hâte d'en faire une toux. Judit s'avança d'un pas vers eux.

« Je dors… profondément », se hâta aussi de rectifier Kèndra. « Et peut-être ton courage est-il tel que ce qui te semblait un cri perçant n'était en réalité que…

— Je me suis arraché la gorge », déclara Judit, catégorique. « C'était en plein milieu de la nuit maudite par Jad. J'étais épuisée. Je me suis couchée sur un crâne froid, dur et boueux qui se trouvait dans mon lit. Je crois bien que les dents m'en ont pincée. »

En entendant cette dernière remarque méditative, Hakon se trouva soudain dans une situation extrêmement difficile. Il jeta un coup d'œil à Garèth et y trouva un certain réconfort: le jeune prince faisait des efforts désespérés pour dissimuler son hilarité, et pleurait presque dans son effort pour ne pas hurler de rire. Hakon se rendit compte qu'il ne pouvait rester debout. Il se laissa tomber à genoux. Ses épaules tremblaient. Son nez commençait de couler. Il se mit à émettre des petits gémissements.

« Oh-là-là, regardez-moi ces deux-là », dit Kèndra d'une voix pleine de compassion. « Bon, voici ce que nous allons faire. Judit, pose cette épée. » En la circonstance, songea Hakon, elle manifestait un extraordinaire sang-froid. « Athelbert, reste exactement où tu es. Ferme les yeux, les mains pendantes. Cet acte était une couardise, et *extrêmement* divertissant, et tu dois en payer le prix ou bien Judit va nous rendre à tous la vie insupportable. Or je n'éprouve nulle envie de souffrir pour toi. Judit, va le frapper aussi fort que tu peux, mais pas avec l'épée.

— Tu es le juge ici, petite sœur? dit Judit, glaciale.

— Quelqu'un doit bien l'être. Garèth et Hakon sont en train de pisser dans leurs chausses. Père serait fort mécontent si tu lui tuais son héritier et tu le regretterais probablement par la suite. Un peu. »

Hakon s'essuya le nez. Ce genre de situations ne se présentait décidément pas chez lui. Garèth, étendu sur le dos, émettait des sons étranglés. « Les dents! » Hakon crut-il l'entendre gémir.

Judit lui jeta un coup d'œil, puis à Kèndra, et enfin à Athelbert. Après un long moment, il inclina la tête, un seul bref mouvement.

« Fais-le, idiot », dit promptement Kèndra à son frère aîné.

Athelbert déglutit de nouveau. « Elle doit d'abord lâcher l'épée », dit-il avec précaution. Il semblait toujours prêt à s'enfuir.

« Elle va le faire. Judit? »

Judit laissa choir l'épée. Ses yeux étrécis arboraient toujours une expression sombre et menaçante. Elle écarta de son visage les mèches poussées par le vent. Sa tunique était verte, avec une ceinture de cuir, sur le pantalon de monte qu'elle affectionnait. Elle ressemblait à Nikar la Chasseresse, songea soudain Hakon, l'épouse guerrière de Thünir que, bien entendu, sa famille à lui n'adorait plus du tout, s'étant convertie de ces sanglants sacrifices à la foi… moins violente de Jad.

Athelbert prit une inspiration, parvint à hausser les épaules d'un air presque indifférent. Il ferma les yeux, jambes écartées, prêt à recevoir un coup. Garèth réussit à s'asseoir, pour regarder, en s'essuyant les yeux de la main. Les traits habituellement calmes et aimables de Kèndra avaient une curieuse expression.

Judit, qui serait un jour saluée dans toute l'île et par-delà les mers comme la Dame de Rhédèn, qui serait honorée pendant des générations pour son courage et pleurée dans les élégies des poètes bien longtemps après que les frontières de ce monde auraient changé, et changé encore, Judit traversa l'herbe matinale gorgée de soleil et, sans changer d'allure, frappa son frère d'un pied botté, durement – très durement – entre les jambes, là où l'épée avait failli frapper.

En émettant un son étouffé et sifflant, Athelbert s'écroula sur le sol, les mains plaquées sur l'aine.

Judit le contempla brièvement. Puis elle se détourna. Son regard croisa celui de Hakon. Elle lui sourit, royale, gracieuse et à son aise dans cette prairie éclatante d'été. « Avez-vous bu tout le vin à vous quatre ? » demanda-t-elle aimablement. « J'ai soudain soif, pour quelque raison. »

Ce fut pendant que Hakon, agenouillé, lui emplissait hâtivement une coupe, avec des éclaboussures, qu'ils virent les Cyngaëls arriver à pied du sud, de l'autre côté de la rivière.

Quatre hommes et un chien. Qui s'immobilisèrent, les yeux fixés sur le groupe royal sur l'herbe. Athelbert étendu, pétrifié, les paupières serrées, le souffle court, les mains entre les jambes. En regardant le chien, de l'autre côté du courant, Hakon frissonna subitement, comme glacé. Il reposa la coupe de Judit sans la lui donner et se releva.

Quand le poil se hérisse ainsi, les vieilles histoires disent qu'une oie marche sur l'endroit où reposeront vos os. Il jeta un coup d'œil à Kèndra – il le faisait toujours –, et vit qu'elle se tenait parfaitement immobile en contemplant l'autre rive avec une expression étrange. Il se demanda si elle aussi sentait ce qu'il y avait d'étrangeté autour du chien, et même si cette conscience pouvait leur être commune à tous deux.

On aurait pu dire que le chien-loup à l'arrêt près du plus jeune des quatre hommes était gris foncé. On aurait pu dire aussi qu'il était noir, avec les arbres à l'arrière-fond et le soleil brièvement dissimulé par un nuage, qui réduisait un instant les oiseaux au silence.

Ceinion de Llywèrth plissa les yeux en regardant vers l'est, dans le soleil. Puis un nuage passa, et il vit que la fille aînée d'Aëldred le reconnaissait la première et, souriant avec un vif plaisir, s'élançait vers eux dans l'herbe. Il traversa la rivière, qui était fraîche et à hauteur de taille à cet endroit, afin que la jeune fille n'eût pas à traverser elle-même. Il connaissait Judit : elle l'aurait fait. Après l'avoir rejoint sur la rive, elle s'agenouilla.

Avec un réel bonheur, il fit le signe du soleil sur ses cheveux roux sans commenter leur désordre. Judit, avait-il dit à Aëldred lors de sa dernière visite, aurait dû être une Cyngaëlle, si brillant était son éclat.

« Elle ne brille pas », avait murmuré Aëldred avec ironie, « elle brûle. »

Derrière Judit, il vit les deux plus jeunes, et ce qui semblait être un Erling. Et il remarqua avec retard dans l'herbe la silhouette recroquevillée de l'héritier d'Aëldred. Il cligna des yeux. « Mon enfant, qu'est-il arrivé ici ? demanda-t-il. Athelbert ? »

Ses compagnons avaient traversé derrière lui. Judit leva les yeux, toujours agenouillée, toute calme et sérénité. « Nous nous amusions. Il est tombé. Je suis sûre qu'il ira très bien, mon seigneur. À un moment donné. » Elle sourit.

Tandis qu'elle parlait ainsi, Alun ab Owyn, le chien sur les talons, s'avançait déjà vers les autres enfants d'Aëldred, avant que Ceinion eût le temps de l'introduire officiellement. Le grand prêtre éprouva une brève mais indéniable appréhension.

Le fils d'Owyn, qu'il avait emmené à l'est sur une impulsion, n'avait pas été un compagnon facile pendant ce voyage vers les terres anglcynes. Rien ne permettait de penser qu'il en deviendrait un maintenant qu'ils étaient arrivés. Un coup l'avait terrassé plus tôt dans l'année, presque aussi brutal que celui qui avait abattu son frère. Une terrible blessure intérieure. Il était retourné chez lui dire à son père et à sa mère que leur premier-né, leur héritier, avait été tué et enterré en sol arbèrthin. Et il avait passé un été à la dérive, des jours vides et sans but. Il n'y avait pas eu de guérison pour le fils d'Owyn. Pas encore.

Il avait accepté, avec réticence et à l'insistance de son père, d'escorter le grand prêtre jusqu'à la cour d'Aëldred, sur la route qui s'étirait entre la mer et la forêt touffue séparant les Cyngaëls des terres anglcynes.

Ceinion, en l'observant à la dérobée pendant leur randonnée, avait été navré presque autant pour le fils survivant que pour le fils défunt. Survivre pouvait être un fardeau, dont votre âme était accablée. Il en savait quelque chose, y pensait chaque fois qu'il rendait visite, chez lui, à une certaine tombe surplombant la mer.

Kèndra observait le jeune Cyngaël qui s'approchait d'eux, accompagné du chien gris. Elle aurait dû aller au prêtre comme Judit, elle le savait, pour recevoir sa bénédiction et lui offrir ses propres salutations joyeuses.

Mais elle se rendait compte qu'elle ne pouvait bouger et ne le comprenait point. Un sentiment… d'étrangeté, très puissant.

Le Cyngaël arriva à leur hauteur. Elle reprit son souffle. « Que Jad vous souhaite la bienvenue », dit-elle.

Il passa près d'elle sans s'arrêter. Sans même un coup d'œil : des cheveux bruns raides sur les épaules, des yeux bruns. Il avait à peu près son âge. Pas très grand de taille, mais bien découplé, une épée au côté.

Il s'agenouilla près d'Athelbert, qui gisait immobile et recroquevillé comme un enfant, les mains toujours sur l'aine. Elle était juste assez proche pour entendre son frère aîné murmurer, les yeux clos : « Aidez-moi, Cyngaël. Une petite plaisanterie. Dites à Judit que je suis mort. Hakon vous aidera. »

Le Cyngaël demeura sans bouger, puis se releva. Les yeux baissés sur l'héritier du trône anglcyn, il déclara avec dédain : « Vous vous trompez de compagnon de jeu. Je ne trouve rien de divertissant à dire à quelqu'un que son frère est mort, et je vivrais dans des tourments éternels avant de laisser un Erling… m'*aider* en quoi que ce soit. Vous pouvez choisir de manger et de boire avec eux, Anglcyn, mais certains d'entre nous se rappellent les aigles-de-sang. Dites-moi, fils d'Aëldred, où est la tombe de votre grand-père ? »

Kèndra porta une main à ses lèvres, le cœur pantelant. De l'autre côté de la prairie, dans la lumière matinale, Judit se tenait avec Ceinion de Llywèrth, hors de portée. Ils auraient pu être les images d'un livre saint, enluminées avec un tendre soin par des prêtres pieux. Appartenant à un autre texte, à une autre image que la leur, ici.

La leur, là où ils se tenaient, n'était pas une image sainte. La voix musicale du Cyngaël semblait rendre pires encore ses paroles cinglantes. Athelbert, qui était en réalité bien davantage qu'un simple plaisantin, ouvrit les yeux pour le regarder.

Hakon était devenu écarlate, comme à son habitude lorsqu'il était bouleversé. « Vous insultez le prince Athelbert et moi-même, je crois, et avec bien de l'ignorance », déclara-t-il d'une manière qui en imposait assez. « Vous rétracterez-vous ou dois-je vous châtier, par le saint nom de Jad ? » Il avait posé une main sur le pommeau de son épée.

La fille cadette d'Aëldred était de tempérament bien plus modéré que sa sœur, et on la croyait donc plus douce – une opinion que ne partageaient pas ses frères et sa sœur. Elle était cependant en proie en cet instant à un sentiment étrange. L'impression… d'une présence intérieure. Elle ne le comprenait pas, se sentait tendue, irritée, menacée. Il y avait comme une noirceur dans la lumière du soleil, aux marges de la lumière.

Les poings serrés, elle se dirigea vers son frère, leur ami de longue date et cet arrogant Cyngaël, quelle que fût son identité. Et, alors que l'étranger se retournait à son approche, elle lui lança un coup de botte, au même endroit où Judit avait frappé Athelbert.

Mais pas avec le même résultat. Cet homme-ci n'avait pas les yeux fermés, et sa conscience était aiguisée par une froide fureur, et le fait de se trouver en pays inconnu.

« Cafall ! Au pied ! » dit-il d'une voix rauque et, au même instant, tandis que le chien s'immobilisait, le Cyngaël s'effaça habilement pour saisir le pied de Kèndra en plein élan. Il le tint à hauteur de sa taille. Puis le tira plus haut.

Elle tombait. Il voulait la voir tomber.

Elle serait tombée si un autre n'était intervenu, se hâtant de la soutenir. Elle n'avait pas entendu le prêtre arriver. Elle resta ainsi, une botte serrée dans la poigne d'un Cyngaël, le corps soutenu par un autre.

Outragé, Hakon bondit vers eux. « Porcs ! gronda-t-il. Lâchez-la ! »

Le plus jeune s'exécuta, avec une plaisante alacrité. Puis, de manière moins plaisante, il déclara : « Pardonnez-moi. Le comportement approprié ici serait… quoi donc ? De laisser un Erling m'apprendre la courtoisie ? Je n'avais nulle envie de lui trancher les poumons. Que fait-on, en vérité, lorsqu'une femme abaisse sa lignée de telle façon ? On accepte d'être frappé ? »

La situation était difficile, car Hakon ne savait que répliquer, et moins encore les raisons qu'aurait eues Kèndra d'agir ainsi.

« Je serai tout à fait satisfait de vous tuer », poursuivit le Cyngaël, avec cette voix d'une absurde beauté dont tous les siens semblaient dotés, « si vous pensez qu'il y a ici un honneur à défendre.

— Non ! » s'exclama vivement Kèndra, au moment même où Ceinion lui lâchait les coudes pour se tourner vers son compagnon.

« Prince Alun », dit le prêtre d'une voix à la dureté de métal, « vous êtes ici en tant que mon compagnon et mon garde du corps. Je suis à votre charge. Souvenez-vous-en.

— Et je vous défendrai au prix de ma vie contre les ordures païennes », dit le jeune Cyngaël. De laides paroles, mais un ton étrangement modéré, sans expression. Il s'en moque, songea soudain Kèndra. Il veut mourir. Comment elle le savait, elle n'en avait pas la moindre idée.

Hakon dégaina son épée en reculant pour se faire de la place. « Je suis las de cette conversation, dit-il avec dignité. Faites de votre mieux, par Jad.

— Non. Pardonnez-moi tous deux, mais je vous l'interdis. »

C'était Athelbert, debout, visiblement souffrant, mais agissant comme il le devait. Il s'interposa en vacillant entre Hakon et le Cyngaël, qui n'avait pas encore dégainé.

« Ah. Merveilleux ! Vous n'êtes pas mort, somme toute », dit d'un ton moqueur celui qui semblait s'appeler Alun. « Cela mérite célébration : un petit aigle-de-sang, peut-être ? »

À ce moment, en ce qui serait le geste le plus surprenant de toute cette rencontre profondément déconcertante, Ceinion de Llywèrth s'avança pour donner un bref mais solide coup de poing dans la poitrine de son jeune compagnon. Le grand prêtre des Cyngaëls n'était pas un homme doux comme tous les saints hommes de la variété insulaire. Le coup fit reculer le jeune homme. Il tituba, manquant tomber.

« Assez ! s'écria Ceinion. Au nom de votre père et au mien. Ne me faites pas regretter l'amour que je vous porte. »

Kèndra remarqua ces paroles. Et que le chien ne bougeait pas en dépit de cette attaque contre son maître et de la voix chagrine de Ceinion. Les sens de la jeune fille lui paraissaient anormalement aiguisés, en alerte, comme dans l'attente d'une menace. Elle vit le jeune Cyngaël se redresser, porter lentement une main à sa poitrine puis la laisser retomber. Il secoua la tête comme pour s'éclaircir les idées.

Il regardait Ceinion, ignorant l'épée de Hakon et l'intervention d'Athelbert. Judit, de façon inaccoutumée, gardait le silence auprès de Garèth, dont l'attitude attentive était pour sa part tout à fait normale.

Les deux serviteurs cyngaëls étaient restés près de la rivière. C'était encore le matin, songea Kèndra, une fin d'été, un beau jour, au sud-ouest d'Esfèrth. En réalité, il ne s'était guère écoulé de temps dans le monde.

« Vous remarquerez que mon épée se trouve toujours dans son fourreau », dit enfin Alun à Ceinion, à mi-voix. « Elle y restera. » Il se tourna vers Kèndra, ce qui la surprit. « Êtes-vous blessée, ma dame ? »

Elle parvint à secouer la tête. « Pardonnez-moi, dit-elle. Je vous ai attaqué. Vous avez insulté un ami. »

Le fantôme d'un sourire : « Ainsi l'ai-je compris. Ce n'était évidemment pas avisé, en votre présence.

— Judit est pire, dit Kèndra.

— Ce n'est pas vrai ! intervint Judit. Seulement quand…

— Par le sang et le chagrin de Jad, gronda Garèth, Hakon, rengaine ton épée ! »

Hakon s'exécuta aussitôt, puis se retourna vers les autres et vit pourquoi.

« Père ! » s'écria Judit d'une voix qui aurait bel et bien fait croire qu'elle était purement ravie et n'éprouvait qu'un plaisir sans mélange tandis qu'elle s'avançait d'un pas et plongeait dans une révérence élaborée, destinée à détourner l'attention.

« Désolé, désolé, marmonna Garèth au grand prêtre. Langage profane. Je sais.

— La moindre de toutes ces transgressions, je dirais », murmura en retour Ceinion de Llywèrth avant de s'avancer lui aussi en souriant, pour s'agenouiller devant le roi des Anglcyns et l'étreindre après s'être relevé.

Et offrir ensuite la même étreinte, et la bénédiction du disque solaire, à Osbert au grand cœur, boiteux et couturé de cicatrices, qui se trouvait un peu derrière Aëldred mais à ses côtés, comme il l'était toujours.

« Ceinion, mon cher ami, dit le roi. Voilà qui est inattendu si tôt dans l'année, et une source de grande joie.

— Vous me faites trop d'honneur, comme toujours, mon seigneur », dit le prêtre. Kèndra, qui l'observait avec attention, le vit regarder par-dessus son épaule. « J'aimerais vous présenter un compagnon. Voici le prince Alun ab Owyn de Cadyr, qui a été assez bon pour voyager avec moi, et vous apportant les salutations de son royal père. »

Le jeune Cyngaël, après s'être avancé d'un pas, accomplit une révérence de cour sans défaut. D'où elle se tenait, Kèndra ne pouvait voir son expression. Hakon, à sa droite, était encore tout écarlate de leur affrontement. Son épée, Garèth et le dieu fussent loués, était dans son fourreau.

Elle vit son père sourire. Il semblait bien portant, alerte, très heureux, comme souvent après une fièvre. De nouveau vivant, comme s'il était revenu des portes grises du pays des morts où avait lieu le jugement. Et elle savait la haute opinion qu'il avait du prêtre cyngaël.

« Le fils d'Owyn ! murmura Aëldred. Nous sommes fort heureux de vous souhaiter la bienvenue à Esfèrth. Votre père et votre noble mère vont bien, je l'espère, et votre frère aîné ? Dai, je crois ? »

Il trouvait utile de laisser les gens savoir tout de suite tout ce qu'il savait. Il y prenait plaisir, aussi. Elle l'observait depuis longtemps et elle pouvait le voir.

Alun ab Owyn se redressa. « Mon frère est mort », dit-il d'une voix dépourvue d'intonation. « Il a été tué par un parti de raiders erlings à Arbèrth, mon seigneur, à la fin du printemps. Le même parti a fait subir l'aigle-de-sang à deux innocents, dont une jeune fille, en s'enfuyant vers ses vaisseaux après sa défaite. Si vous avez assigné à certains de votre *fyrd* de livrer bataille aux Erlings où que ce soit dans vos terres cette saison, je serais honoré d'être compté parmi eux. »

La musique de sa voix contrastait violemment avec ses paroles. Kèndra vit son père absorber l'information. Il jeta un coup d'œil à Ceinion : « Je l'ignorais », dit-il.

Il détestait ne pas savoir. Le considérait comme une sorte d'agression, une insulte, lorsque des événements avaient lieu sur leur île sans qu'il le sût aussitôt, dans le nord lointain, à Erlond dans l'est, et même à l'ouest de l'autre côté du Mur de Rhédèn dans les collines noires des Cyngaëls. C'était sa force, et sa faiblesse, d'être ainsi.

Aëldred observait le jeune homme qui se tenait devant lui. « C'est un grand deuil, dit-il. J'en suis navré. Nous permettrez-vous de prier avec vous pour son âme, qui se trouve assurément avec Jad ? »

D'où elle se tenait, Kèndra vit le Cadyrin se raidir, comme sur le point de répliquer. Mais il s'en abstint. Se contenta de baisser la tête, ce qui aurait pu être pris pour un acquiescement, si l'on ne savait à quoi s'en tenir. Sensation étrange, inexplicable : elle savait bel et bien à quoi s'en tenir, mais non comment elle le savait. Un picotement de malaise la traversa, un frisson intérieur.

Elle se rendit compte que Garèth la regardait, et parvint à hausser les épaules avec un bon semblant d'indifférence. Il était malin, son frère cadet, et elle n'avait aucun moyen d'expliquer ce à quoi elle… réagissait ici.

Elle se retourna pour voir que leur père l'observait aussi. Elle sourit, incertaine. Aëldred se tourna pour étudier Judit, puis ses fils. Elle le vit remarquer l'attitude gauche d'Athelbert et l'épée dans l'herbe.

Elle connaissait – ils connaissaient tous – l'expression qu'il arborait à présent. Détachée, amusée, ironique. C'était un homme aimé, Aëldred des Anglcyns, il l'avait été dès son enfance, mais il dispensait sa propre affection d'une manière réfléchie et, compte tenu de ce qu'il était, comment aurait-il pu en être autrement ? Leur mère était une exception, mais cela, les quatre enfants le savaient, était une affaire compliquée.

Attentive, sachant ce qui s'en venait, Kèndra entendit leur père murmurer : « Judit, mon cher cœur, n'oublie pas de rapporter mon épée.

— Mais bien sûr, Père », fit Judit, les yeux baissés, l'air tout à fait soumise, à l'exception de sa chevelure.

Aëldred lui sourit. Ajouta avec bonté : « Par ailleurs, lorsque tu châties ton frère aîné, et je ne doute nullement qu'il l'aura amplement mérité, essaie de t'assurer que cela n'affecte pas la possibilité d'héritiers pour le royaume. J'en serai reconnaissant.

— Et moi pareillement, de fait », dit Athelbert d'une voix qui se rapprochait de sa voix habituelle.

Il ne se tenait pas encore de façon normale, son maintien était encore contraint, mais il se rapprochait de la verticale. Kèndra éprouvait encore, souvent, une admiration respectueuse pour la précision des conclusions tirées par son père d'une information limitée. Athelbert en éprouvait de l'effroi, elle le savait : un fils aîné, qui comprenait fort bien qu'on s'attendait à le trouver capable de succéder à cet homme sur le trône. Quel fardeau… On pouvait comprendre bien des actes d'Athelbert si on les considérait sous cet angle.

« Venez, je vous prie », disait leur père aux deux Cyngaëls. « Je suis sorti pour saluer Hakon Ingemarson, notre jeune ami de l'est, au lieu d'attendre que mes enfants dévoyés me le ramènent afin qu'il puisse me présenter la dernière explication de son père quant à un tribut encore manquant. » Aëldred se tourna pour sourire à Hakon, adoucissant un peu la pointe. Le jeune Erling réussit à s'incliner comme il convenait.

Le roi se retourna vers Ceinion. « C'est un don, cette arrivée précoce. Nous offrirons notre gratitude à la chapelle pour ce voyage sans encombre, et nos prières pour l'âme de Dai ab Owyn. Ensuite, si vous le désirez, nous festoierons et deviserons, et il y aura de la musique à Esfèrth tandis que vous me direz que vous avez exaucé mes prières et venez vous installer ici. »

Le prêtre ne répondit pas à ces dernières paroles, remarqua Kèndra. Elle ne pensait pas que son père eût attendu une réponse. Hakon, bien entendu, était de nouveau écarlate. Elle en éprouva de la compassion. Un gentil garçon, qui voulait bien faire. Elle aurait dû le voir comme un homme, mais c'était difficile. Curieux: Athelbert se comportait de manière bien plus enfantine, mais on savait toujours que c'était un homme qui jouait à des jeux d'adolescents parce qu'il en décidait ainsi. Et elle avait vu son frère chevaucher avec le *fyrd*.

Aëldred fit un geste. Ceinion et le jeune Cyngaël réglèrent leur pas sur le sien pour se diriger vers les murailles de la ville, invisibles au nord. Kèndra vit Judit aller discrètement reprendre l'épée – elle ne l'avait pas reconnue pour celle de leur père. Le bonnet mutilé d'Athelbert resta où il était tombé, une tache rouge dans l'herbe. Leurs propres serviteurs, qui étaient restés à distance prudente pendant tout ce temps, s'en vinrent ramasser les reliefs de leur déjeuner. À l'ouest, les deux serviteurs cyngaëls se dirigeaient vers la rivière, menant un âne lourdement chargé.

Ce fut seulement alors qu'elle vit que l'un d'eux était un Erling.

◆

Où que se trouvât la cour royale, Ébor, fils de Bordis, ne voyait jamais d'inconvénient à être posté sur les murailles pour le guet de nuit. Il s'était même gagné des amis en prenant des tours de garde assignés à d'autres, les libérant ainsi pour aller dans les tavernes. Homme du genre solitaire – comme il l'avait été enfant –, il trouvait un réconfort profond, difficile à expliquer, à être seul éveillé alors que d'autres festoyaient, buvaient, dormaient ou s'adonnaient aux autres activités nocturnes coutumières.

Parfois, longeant les murailles, une femme offrant son chant à la nuit l'appelait du bas des marches. Ébor déclinait l'offre lorsqu'il était en poste, s'il ne le faisait pas toujours après. Un homme a ses besoins, et il ne s'était jamais marié. Fils cadet d'un fermier, pas de terre, et aucune perspective d'en posséder. Il s'était engagé dans l'armée régulière du roi. C'était partout un choix des cadets de famille. Le monde était ainsi, inutile de ruminer là-dessus. L'armée vous procurait des compagnons, un abri, assez d'argent – la plupart du temps, mais pas toujours – pour de la bière, une fille et une arme. Quelquefois on se battait, et certains mouraient, quoique moins depuis quelque temps, comme les raiders erlings prenaient peu à peu la mesure d'Aëldred des Anglcyns, ainsi que des forts et des *burhs* fortifiés qu'il faisait bâtir.

Certains de ces Erlings étaient maintenant des alliés, et payaient même un tribut au roi. Si on y pensait bien, il y avait là une profonde, une extrême étrangeté. Ébor n'était pas exactement un penseur, mais on en avait le temps, pendant les longues nuits de garde.

Pas cette nuit, cependant. Cette nuit, sous la dérive des nuages et la lune bleue qui décroissait, quantité d'interruptions avaient eu lieu, et ce n'étaient pas des promeneuses nocturnes proposant un intermède amoureux – même si l'une d'elles était bel et bien une femme. Si l'on vous forçait à prendre des décisions hâtives, dirait-il plus tard au chambellan du roi, humble et contrit, on avait de fortes chances de se tromper une fois ou deux.

C'est pourquoi, dirait de sa voix égale Osbert, fils de Cuthwulf, il y a des ordres généraux concernant les portes, la nuit. Pour éviter d'avoir à prendre des décisions. Et Ébor baisserait la tête, sachant qu'il disait vrai et que ce n'était pas le moment de souligner que tous les gardes, sur les murailles, désobéissaient à ces ordres en temps de paix.

Il ne serait point puni. On pensa d'abord que l'unique mort recensée cette nuit-là n'avait aucun rapport avec les événements de la porte. C'était une autre erreur, en l'occurrence, mais non la sienne.

◆

Les femmes s'apprêtaient à quitter la grande salle derrière la reine Elswith. Ceinion de Llywèrth, assis à la main droite du roi, avait l'impression très claire que la plus âgée des princesses, celle qui avait les cheveux roux, n'était guère encline à mettre fin à sa soirée, mais Judit accompagnait néanmoins sa mère. La plus jeune, Kèndra, semblait être déjà partie. Il ne l'avait pas vue s'en aller. La plus tranquille des deux, elle était moins éblouissante, plus attentive. Il éprouvait pour elles deux une égale affection.

Son nouveau serviteur erling, ou son garde du corps – il n'en avait pas encore décidé –, était également sorti. Il était venu en demander la permission plus tôt. Il n'en aurait pas eu besoin, en la circonstance, et Ceinion ne savait trop qu'en penser. La requête d'une dispense, en quelque sorte. C'était l'impression qu'il en avait eue. Il aurait voulu l'interroger plus avant, mais d'autres écoutaient. Thorkell Einarson était un homme complexe, avait-il décidé. On pouvait le dire de la plupart des hommes, passé un certain âge. D'après son expérience, les jeunes gens ne l'étaient habituellement pas. Les jeunes gens, dans cette salle, ne désireraient rien que la gloire, par n'importe quel moyen.

Il y avait des exceptions. Le roi, disert et d'humeur affable, avait déjà annoncé qu'ils s'essaieraient plus tard au jeu bien connu des Cyngaëls, les triades, en l'honneur de leurs visiteurs. Ceinion avait jeté un coup d'œil à Alun attablé plus loin et, avec un petit tressaillement, il avait immédiatement su que le jeune homme ne s'attarderait pas pour cette occasion. Alun ab Owyn s'était élégamment excusé auprès de la reine, juste avant qu'elle ne sortît elle-même, en demandant la permission de se rendre à la prière du soir.

Elswith, évidemment impressionnée par la piété du jeune prince, avait offert de l'emmener au sanctuaire royal, mais Alun avait décliné. Il ne jouerait pas non plus de musique cette nuit, alors. Il n'avait pas apporté sa harpe en voyage ; n'y avait point touché, semblait-il, depuis la mort de son frère. Il lui fallait davantage de temps, songea Ceinion, tandis qu'un souvenir essayait de s'imposer à lui, issu de cette forêt proche de la ferme de Brynn. Il le repoussa.

Comme on avait débarrassé les reliefs du repas, et que la réserve imposée par la présence des dames avait disparu avec elles, on pouvait s'attendre à boire sérieusement à la longue table qui séparait la salle en deux. On avait sorti les cornets à dés. L'aîné des princes, Athelbert, avait quitté son siège à la haute table pour se joindre aux autres invités. Ceinion le regarda déposer une bourse devant lui en souriant.

Près de Ceinion, le roi Aëldred se renversa dans son siège capitonné, avec une expression de joyeuse anticipation. Ceinion jeta un coup d'œil par-delà le roi et la place désormais vide de la reine pour voir un prêtre corpulent de Ferrières qui essuyait de la nourriture sur sa robe jaune, visiblement satisfait des mets et du vin qu'on lui avait offerts dans cette lointaine contrée nordique. La Ferrières tirait fierté, ces derniers temps, de ne se comparer qu'à la Batiare elle-même, et à Sarance, dans la façon dont on y cultivait un mode de vie civilisé. On pouvait se le permettre, songea Ceinion sans rancœur. Tout était différent ici, dans le nord. Plus rude, plus froid, plus… marginal. Le bord du monde.

Aëldred se tourna vers lui, et Ceinion lui rendit son sourire, mains jointes mais détendues sur la nappe. La mort de son frère avait ravagé Alun ab Owyn. Aëldred, au même âge, avait vu son père et son frère massacrés sur un champ de bataille, pour apprendre ensuite les actes innommables perpétrés à leurs dépens. Et, peu de temps après, il avait accepté l'hommage de leur boucher, en lui laissant la vie sauve. Le fils de ce même Erling se trouvait en ce moment à sa table, à une place d'honneur. Ceinion se demanda s'il pourrait en parler avec Alun, si cela aurait aucun sens pour le jeune homme. Puis il songea de nouveau à l'étang sylvestre au nord de Brynnfell. Il désira n'y être jamais allé, et que le garçon n'y fût point allé non plus.

Il but encore de son vin. C'était l'heure où, dans un festin cyngaël, pour créer une ambiance particulière, on appelait les musiciens. Parmi les Erlings du Vinmark aussi, d'ailleurs, même si les chants étaient différents, tout comme l'ambiance. Chez les Anglcyns, il pourrait y avoir maintenant des lutteurs, des jongleurs, des concours de lancer de couteau, des beuveries. Ou tout cela en même temps, dans un chaotique vacarme visant à écarter la nuit qui régnait à l'extérieur.

Mais pas à cette cour. « Je désire à présent », dit Aëldred des Anglcyns, en se tournant vers l'un et l'autre des prêtres qui se trouvaient à ses côtés, « discuter d'une idée de traduction qui m'est venue pour rendre dans notre propre langue les écrits de Kallimarchos, ses méditations sur la conduite à adopter pour une bonne vie. Et j'aimerais entendre vos opinions raisonnées sur la question des représentations de Jad et les ornements appropriés pour un sanctuaire. J'espère que vous n'êtes pas trop las. Avez-vous tous assez de vin ? »

Ce roi-ci était un autre genre de monarque. Il avait une autre façon de repousser les ténèbres.

◆

Thorkell aurait préféré ne pas quitter Brynnfell pour aller dans le sud avec le prêtre, le plus jeune fils d'Owyn ap Glynn et le chien. Et il aurait emphatiquement préféré ne pas continuer ensuite vers l'est et les territoires anglcyns avec eux, plus tard dans l'été. Mais quand on lançait les osselets du destin au milieu d'une bataille – ainsi qu'il l'avait fait –, en changeant de côté – ainsi qu'il l'avait fait –, on perdait en grande partie le contrôle de sa propre existence.

Il aurait pu s'enfuir une fois commencé le voyage vers l'est. Il l'avait déjà fait, après s'être rendu aux Cyngaëls et s'être converti à la foi du dieu solaire. Cette fuite avait été celle d'un jeune homme : à pied, avec un otage, pour arriver enfin, blessé, épuisé jusqu'à la moelle des os, parmi des compatriotes erlings au nord-est de la grande île.

Il y avait longtemps de cela. Il était un autre homme, en vérité. Et sans tout le bagage qu'il avait accumulé ensuite. Thorkell Einarson serait désormais connu comme l'un des survivants de cette expédition qui s'était retourné contre ses compagnons afin de sauver une Cyngaëlle – et le père de celle-ci, l'homme qui avait abattu le Volgan, l'homme qui était la raison de leur dangereuse incursion si profondément à l'intérieur des terres. Pour le dire de façon délicate, il n'était pas certain d'être le bienvenu parmi les siens, à l'est.

Et il n'avait nul désir non plus de traverser la contrée en solitaire pour le savoir. Il n'avait plus de foyer où retourner – si même un navire l'acceptait comme rameur –, ayant été exilé de sa propre île pour un accès de colère après une partie de dés, au cours d'une nuit qui avait mal tourné.

Le jeune homme qui s'était échappé seul ainsi n'avait pas eu de hanche qui lui faisait mal quand il pleuvait, ou une épaule gauche plutôt raide le matin. Le prêtre avait remarqué ce dernier point, en chemin. Un homme observateur, bien trop pour la tranquillité d'esprit de Thorkell. Un matin, Ceinion avait disparu à la lisière de la forêt de chênes et d'aulnes qui les suivait, parallèle à leur route, au nord, pour revenir avec des feuilles qu'il avait fait infuser avec des herbes dans un pot de fer transporté par l'âne. Laconique, il avait dit à Thorkell de placer les feuilles chaudes sur son épaule, enveloppées dans un linge, et de les y laisser quand ils repartiraient. Il avait récidivé le jour suivant, même si la forêt était connue pour être maudite, hantée par les esprits. Il n'y entrait pas très profondément, mais assez loin pour cueillir ses feuilles.

Les cataplasmes avaient aidé, ce qui, de façon perverse, était irritant. Le prêtre était plus âgé que Thorkell, mais ne manifestait aucune raideur à l'aube, lorsqu'il s'agenouillait pour ses prières ou se relevait de ses oraisons.

D'un autre côté, cet homme n'avait pas derrière lui des années de combats, ou de maniement de rames dans des tempêtes.

Il semblait à Thorkell que Jad, Ingavin ou Thünir – quelque déité qu'on voulût invoquer – lui avait fait sauver cette fille, la fille d'ap Hywll, puis jeter ses dés du côté de ces Cyngaëls de l'ouest, après avoir fait serment de les servir. Il était de meilleurs destins, mais on pouvait dire aussi qu'il en était de pires.

Le sien avait été meilleur lorsqu'il avait été un homme libre et propriétaire de sa terre sur Rabady, avec sa propre ferme non loin du bruit des vagues. Il avait lui-même déchiqueté l'écheveau de cette destinée en tuant un homme – sa deuxième victime, malheureusement – pour des dés, avec ses seuls poings, dans une taverne du port, saisi d'une rage de *berserkir*. Il avait fallu quatre hommes pour l'arracher à l'autre, lui avait-on dit ensuite.

Lorsqu'on commettait un acte de ce genre, Thorkell avait vécu assez longtemps pour le savoir, on abandonnait son existence entre les mains d'autrui, même si le défunt avait triché au cours de la partie. Il n'aurait pas dû boire autant cette nuit-là. Vieille histoire.

Il avait quitté l'île et trouvé du travail ici et là, en survivant à un hiver, et puis il était tombé sur un vaisseau de raiders dans le sud, à la venue du printemps. Il aurait dû y prêter plus d'attention. Peut-être. Ou bien un dieu l'avait guidé vers ces vallées occidentales.

La dame, l'épouse de Brynn, se l'était approprié comme serviteur, puis lui avait assigné la tâche de garder un prêtre réticent lorsqu'elle avait appris que Ceinion avait changé de plans et se rendait à Cadyr voir Owyn, et de là à la cour d'Aëldred. Il y avait quelque chose entre ces deux-là, avait décidé Thorkell, mais il ne savait trop quoi. Il ne pensait pas que le prêtre couchait avec la femme de Brynn – même si ç'aurait été divertissant.

Il ne connaissait pas la dame qui lui avait certainement sauvé la vie après le raid manqué et la découverte subséquente des actes d'Ivarr Ragnarson pendant sa fuite vers les bateaux, l'aigle-de-sang infligé à ces deux paysans.

Ivarr n'aurait pas dû : on n'usait de cette torture que dans un seul but, pour envoyer un message. Sinon, on la rendait banale. Il n'y avait rien à prouver lorsqu'on s'enfuyait, vaincu, et qu'on la faisait subir à un garçon de ferme et à une fille.

Ivarr, marqué à la naissance, était un homme étrange et dangereux, aussi froid que le noir serpent qui broierait l'Arbre du Monde à la fin des temps et dont le venin en détruirait les racines. Un lâche, aussi, avec ses flèches empoisonnées et son arc, ce qui ne le rendait pas moins menaçant. Pas quand il pouvait brandir le nom de son grand-père.

Tout ce savoir laissait pendante la question de ce qui avait poussé Thorkell à s'engager sur ce navire, pour commencer, à se joindre à un raid de la lignée volgane. Une querelle de sang vieille de deux générations. De l'histoire ancienne pour lui, dépassée depuis longtemps – ou qui aurait dû l'être. Les petits-fils de Siggur Volganson ne ressemblaient pas, de toute évidence, à Siggur, et Thorkell n'était plus ce qu'il avait été non plus. Était-ce de la sentimentalité ? La nostalgie de la jeunesse ? Ou seulement qu'il n'avait pas eu de meilleure idée dans la cervelle ?

Pas de bonne réponse à cela. Une ferme cyngaëlle à l'intérieur des terres, c'était une destination bien lointaine, et elle n'avait pas semblé offrir grand-chose en termes de pillage. Le serment de vengeance de la famille n'était pas sa querelle à lui, même s'il avait été présent, toutes ces années auparavant, lorsque Siggur avait été tué et son épée saisie.

On pouvait dire qu'il n'avait rien vu d'autre à faire en partant de chez lui, ou que, de quelque façon, la terre des Cyngaëls, avec ses collines sombres et ses linceuls de brume, était encore liée à sa destinée. On pouvait dire qu'il regrettait la mer, tueuse d'hommes, bâtisseuse de fortunes. Des vérités partielles, sans plus.

Thünir et Ingavin savaient peut-être ce qu'il en était, ou le dieu doré du soleil, mais Thorkell n'aurait pas prétendu connaître de réponse. On faisait ce qu'on faisait.

En cet instant précis, dans l'obscurité étroite et humide d'une allée fétide près d'une taverne d'Esfèrth, ce qu'il faisait, c'était attendre un homme qu'il avait reconnu plus tôt dans la journée, et qui viendrait uriner dehors contre le mur.

Il s'était trouvé dans la grande salle voûtée du festin royal, ce soir-là, sans devoirs officiels puisque les serviteurs d'Aëldred s'occupaient des invités. Il était allé à la haute table pendant un intermède dans le service, afin de demander au prêtre la permission de sortir.

« Pourquoi donc ? » avait demandé Ceinion de Llywèrth, assez aimablement. L'homme n'était pas un imbécile.

Et Thorkell, qui n'en était pas un non plus, n'avait pas menti. Il avait murmuré : « J'ai vu quelqu'un dont je pense qu'il ne devrait pas se trouver ici. Je veux vérifier ce qu'il en est. »

La vérité, pour ce qu'il en disait.

Ceinion avait hésité, en fronçant légèrement ses épais sourcils gris, puis il avait hoché la tête. On les regardait, ce n'était ni le temps ni le lieu de discuter. Thorkell n'avait pas été sûr de ce qu'il aurait fait si le prêtre ne lui avait donné son consentement. Il aurait pu se glisser dehors sans demander la permission, dans cette salle bruyante et bondée, l'aurait probablement dû. N'était pas certain de la raison qui lui avait fait demander au prêtre.

Il avait mal à la hanche. C'était parfois ainsi la nuit, même s'il n'avait pas plu récemment. Ils avaient couvert une bonne distance en terrain difficile pendant les derniers jours, pour se retrouver au matin dans cette prairie où les enfants royaux anglcyns se divertissaient sur l'herbe. Thorkell avait bel et bien perçu un changement dans l'allure du monde, en les voyant. Ce n'était pas le genre de choses que des Anglcyns auraient même envisagés à peine à un jour de cheval de la mer, pendant les années où Thorkell lui-même avait été jeune, tirant des navires sur les rives avec Siggur et les autres raiders là où cela leur chantait le long de cette côte, ou de l'autre côté du détroit, en Ferrières. Ingemar Svidrirson avait régné ici pendant une brève période. Mais il avait manqué à capturer le fils cadet du roi auquel il avait fait subir l'aigle-de-sang. Une erreur. Il avait payé pour cette erreur, quoique non de sa vie, ce qui était surprenant. Son propre fils cadet se trouvait apparemment là, émissaire d'un Erling qui payait un tribut. Le monde avait beaucoup changé en vingt-cinq ans. Tous les vieux pensaient ainsi, sans doute. Cela allait de pair avec la mauvaise hanche, la mauvaise épaule. On avait le droit de se laisser aller à une certaine amertume.

Il jeta un autre coup d'œil vers l'entrée de l'allée. On ne distinguait pas grand-chose. Il en avait vu assez lorsqu'ils avaient franchi la porte principale. Une ville bien bâtie et bien conçue, Elsfèrth. La cour venait plus souvent ici qu'à Raedhill. Aëldred faisait construire partout, à ce qu'on disait. Des *burhs* enclos de murailles à une journée de cheval les uns des autres, avec des garnisons. Une armée régulière, les frontières qui s'élargissaient, le tribut d'Erlond, un mariage prévu avec Rhédèn. Pas facile de mener des raids là contre. Plus maintenant.

Ce qui expliquait pourquoi il se trouvait dans cette allée infestée de rats, au lieu d'être dans la grande salle illuminée, car toutes ces vérités soulevaient une importante question à propos de l'homme qu'il avait reconnu lorsqu'ils étaient entrés dans la ville cet après-midi avec le roi. Les *deux* hommes qu'il avait reconnus, de fait.

Les questions qui se présentaient, on leur trouvait parfois – pas toujours – des réponses, si l'on attendait avec assez de patience. Thorkell entendit un bruit dans la rue, aperçut une ombre, quelqu'un qui entrait dans l'allée. Il demeura immobile. Ses yeux s'étaient ajustés à l'obscurité, et il vit cette fois que l'homme qui sortait en titubant de la taverne pour se déboutonner et uriner dans le noir sur les ordures était celui avec lequel il avait ramé dans bien des raids, vingt-cinq ans plus tôt. Celui qui était parti se joindre aux mercenaires de Jormsvik, à peu près au moment où Thorkell s'était échappé pour retourner chez lui et acheter sa terre à Rabady. Les marchands de l'été et les ragots avaient rapporté la nouvelle :

Stefa avait tué son homme devant les portes, ce qui n'avait pas surpris Thorkell. Stefa avait su se battre. C'était tout ce qu'il savait faire, si boire ne comptait pas.

Cet Erling-là, à Esfèrth, cette nuit-là, ce n'était pas un paisible marchand de l'est installé dans l'île. Pas si c'était encore un mercenaire de Jormsvik.

Stefa se trouvait seul dans l'allée, à présent. Ç'aurait pu ne pas être le cas – une bénédiction, peut-être. Thorkell toussa et s'avança d'un pas en énonçant le nom de l'homme, d'un ton assez calme.

Puis il se déroba vivement sur sa droite, en se heurtant avec violence contre les pierres rugueuses du mur, tandis que Stefa faisait volte-face dans un arc d'urine, et tentait de lui transpercer le ventre d'une dague prestement dégainée.

Un homme qui savait se battre. Et boire. Avec très probablement un long après-midi et toute une soirée de bière dans le corps. Thorkell était tout à fait sobre, et il voyait mieux que Stefa dans le noir. Cela lui permit d'éviter le poignard, de tirer sa propre lame du même mouvement et de l'enfoncer entre deux côtes de l'autre, un coup de bas en haut, vers le cœur.

Lui aussi, en l'occurrence, savait se battre. Un tel savoir ne vous abandonnait jamais. Le corps pouvait devenir plus lent, mais on savait ce qu'on devait faire. Thorkell n'avait pas idée, à ce stade, du nombre d'âmes qu'il avait envoyées à ce qui les attendait après la mort, quelle qu'en fût la nature.

Il poussa un juron ensuite, parce qu'il s'était cogné la hanche contre le mur, et parce qu'il n'avait pas eu l'intention de tuer l'autre avant d'en avoir obtenu quelques informations. Essentiellement, ce que Stefa faisait en ces lieux.

Une erreur, d'avoir utilisé ce nom. L'homme avait réagi comme une sentinelle effrayée par un bruit de pas dans l'obscurité. Il avait probablement changé de nom à Jormsvik, songea Thorkell, un peu tard. Il jura encore, à sa propre adresse.

Il tira le cadavre plus loin dans l'allée, en entendant les pattes pressées des rats et le bruit d'un animal plus gros qui se déplaçait. Il avait juste fini – et pris la bourse de Stefa – quand il entendit un autre homme à l'entrée de l'allée. Il demeura immobile dans l'obscurité, et le vit y pénétrer aussi, pour se soulager. La torche à l'extérieur de la taverne prodiguait assez de lumière pour lui permettre de voir que c'était l'autre homme qu'il connaissait.

Il ne dit rien cette fois, ayant appris sa leçon. Attendit que l'autre soit à son affaire, puis s'avança en silence. D'un coup du manche d'os de son poignard, il assomma l'Erling par-derrière. Le rattrapa alors qu'il s'affaissait.

Thorkell Einarson resta ensuite immobile un moment, en réfléchissant furieusement, quoique sans particulière clarté, avec dans les bras le corps inconscient du fils qu'il avait laissé derrière lui lorsqu'on l'avait exilé.

Il finit par prendre une décision, parce qu'il le devait. Peut-être pas la meilleure, mais il ne savait trop ce qu'aurait été une meilleure décision, compte tenu du fait qu'il avait déjà abattu Stefa. Il appuya Bern contre le mur en le calant de sa bonne épaule et rattacha les cordons de ses culottes, pour qu'il fût au moins décent. Il faisait trop noir pour bien distinguer son visage. Le garçon s'était laissé pousser la barbe, et son torse semblait avoir pris de l'ampleur.

Il aurait dû être plus prudent, songea Thorkell. Il aurait dû savoir que son compagnon était sorti avant lui, le chercher dans la ruelle, être alarmé de ne pas le voir. Thorkell secoua la tête.

Dans certaines entreprises, les leçons nécessaires pouvaient se présenter de façon progressive, et sans plus grands risques que la réprimande d'un maître. Mais si l'on s'en allait en expédition avec les navires à tête de dragon, apprendre trop lentement pouvait être mortel.

D'un autre côté, s'il comprenait bien, Bern était parvenu à entrer dans Jormsvik, ce qui en disait long d'un garçon condamné à une vie de servitude après l'acte de son père. Il avait réussi à quitter Rabady, et bien davantage: il fallait tuer un mercenaire pour en devenir un.

Thorkell n'imaginait pas que Bern dût éprouver des sentiments chaleureux à son égard, à présent ou jamais. Il songea alors à son épouse, en se demandant quel avait été son sort, mais brièvement : ce n'était pas très utile. Une vie partagée et disparue, cela, comme le sillage d'un vaisseau dans la mer. On devait écarter ce genre de réflexion. Elles étaient aussi dangereuses que les rochers d'une côte sous le vent. *Heimthra*, la nostalgie du foyer, cela pouvait vous tuer de l'intérieur. Il l'avait vu.

Il hissa le corps de son fils sur son épaule pour se diriger vers l'entrée de l'allée et la rue.

Dans le monde entier, il y avait toujours beaucoup de passage aux environs des endroits où l'on buvait. On se réveillait à l'aube grise avec des morsures de rats, bourse envolée. Thorkell avait quelque raison d'espérer qu'on les prendrait tous deux pour un buveur transportant un compagnon ivre. Il boitait sous le poids, avec la douleur qui lui lançait dans la hanche. Cela aiderait peut-être à la supercherie, songea-t-il, chagrin.

En l'occurrence, il n'en fut pas ainsi. Quelqu'un lui adressa la parole dès qu'ils eurent rejoint la rue.

« Vas-tu amener l'autre aussi ? Ou bien est-il mort ? »

Il se figea sur place. Une voix de femme. De l'autre côté de la rue, dans les ombres. Thorkell resta immobile, maudissant les destinées et se maudissant lui-même : une responsabilité partagée, comme toujours.

Il lança un coup d'œil à droite, à gauche. Personne aux alentours pour entendre la femme, mince bénédiction qui pourrait le sauver, et sauver Bern. La torche de la taverne crachotait dans sa torchère de fer. Il pouvait entendre le vacarme soutenu, à l'intérieur. Le même que dans toutes les tavernes, partout où l'on pouvait aller. Mais, avec le corps de son fils sur l'épaule, en entendant cette femme l'interpeller dans l'obscurité, Thorkell Einarson se sentit étreint d'un sentiment d'étrangeté, comme si ce n'était plus tout à fait la cité royale d'Esfèrth dans les terres anglcynes du roi Aëldred, mais un lieu pour lequel il n'aurait pu se préparer adéquatement, malgré toute son expérience.

Compte tenu de cette pensée déconcertante, et comme il était un Erling et direct par nature, il reprit son souffle et traversa la rue en se dirigeant tout droit vers le son de cette voix. Lorsqu'il fut proche – la femme ne reculait pas –, il vit de qui il s'agissait, et cela le figea de nouveau.

Il resta silencieux les yeux abaissés sur elle, en essayant de trouver un sens à ce qui se passait. « Vous ne devriez pas être seule ici, dit-il enfin.

— Je n'ai nul à craindre à Esfèrth », dit la femme. Elle était jeune. C'était, de fait, la fille cadette du roi Aëldred, vêtue d'un mince manteau, le capuchon rejeté en arrière pour lui révéler son visage.

« Vous pourriez me craindre », dit-il avec lenteur.

Elle secoua la tête : « Tu ne me tuerais point. Cela n'aurait aucun sens.

— Les hommes n'agissent pas toujours de manière sensée. »

Elle leva le menton : « Et tu as donc tué l'autre ? Le premier ? »

Sans bien savoir pourquoi, il hocha la tête : « Oui. Et je pourrais donc le faire encore, vous voyez. »

Elle ignora son commentaire, les yeux fixés sur lui. « Qui était-ce ? »

Le monde où il se trouvait était d'une telle étrangeté, en cet instant précis ! Toute cette conversation : la fille d'Aëldred, Bern sur son épaule à lui, Stefa mort dans la ruelle. Un ancien compagnon de rame. Mais pour l'instant, il avait un but unique et le reste devait s'y conformer, même s'il devait l'y forcer. « C'était un mercenaire erling, de Jormsvik. Pas un marchand comme il le prétendait.

— Jormsvik ? Sûrement pas ! Pourquoi une telle folie ? Tenter un raid ici ? »

Elle les connaissait, les mercenaires. C'était imprévu de la part d'une fille. Il secoua la tête. « Je ne l'aurais pas cru non plus. Dépend de qui les a embauchés. »

Elle manifestait un extraordinaire sang-froid. « Et celui-ci ? » demanda-t-elle en désignant le corps qu'il portait. « Celui que tu n'as pas tué ? » Elle gardait la voix basse, n'alertait encore personne. Il s'y raccrocha, comme à un espar.

Il allait avoir besoin d'elle. Ne fût-ce que pour l'empêcher d'appeler la garde et de le faire arrêter. Il n'était pas homme à l'abattre sur place. C'était la vérité, et elle l'avait deviné. Trop sûre d'elle, mais elle ne se trompait pas. Il hésita, puis, avec un haussement d'épaule intérieur, fit de nouveau rouler les dés.

« Mon fils, dit-il. Même si je n'imagine pas pourquoi.

— Pourquoi il est ton fils ? » Il entendit la note amusée, rit lui-même, brièvement.

« Tous les hommes se le demandent. Mais non, pourquoi il se trouve ici.

— Il était avec l'autre ?

— Je… je crois. » Il hésita, lança de nouveau les dés. Il n'y avait guère de temps. « Ma dame, m'aiderez-vous à l'emmener hors des murailles ?

— C'est un raider, dit-elle. Il est là pour rapporter ce qu'il aura trouvé. » Ce qui était presque certainement le cas. Elle avait l'esprit vif, entre autres.

« Et il dira aux autres qu'il a été repéré, que son compagnon a été capturé ou tué, et que vous serez prêts à les recevoir, que vous irez peut-être même à leur recherche. Son message sera qu'ils doivent reprendre la mer.

— Tu crois ? »

Il acquiesça. C'était plausible, et peut-être même vrai. Ce qu'il ne voulait pas lui dire n'affecterait pas Esfèrth, seulement la vie de Bern, et pas pour le mieux. Mais il y avait des limites à ce que pouvait un père pour un enfant une fois que l'enfant avait grandi, et pris son envol dans le monde.

La femme l'observait. Il entendit de nouveau les bruits de la taverne derrière lui, qui s'élevaient et retombaient par vagues. Quelqu'un poussa un juron, quelqu'un d'autre répondit de la même manière, parmi des éclats de rire.

« Je devrai le dire à mon père demain », dit-elle enfin.

Il reprit son souffle, ne s'était pas rendu compte qu'il l'avait retenu. « Mais vous le ferez… demain ? »

Elle hocha la tête.

« Vraiment ? » demanda Thorkell, en changeant de pied sous le poids qu'il portait.

« Parce que tu vas faire quelque chose pour moi », dit-elle.

Et ainsi, avec le sentiment qu'il foulait une frontière confuse entre ce qu'il connaissait et le mystère, Thorkell reprit de nouveau son souffle, pour demander cette fois à la jeune fille ce qu'il aurait probablement dû lui demander dès qu'il l'avait vue seule en ces lieux.

Il ne put jamais le demander : la réponse s'en vint d'une autre façon. La jeune fille posa soudain une main sur son bras, lui intimant de faire silence, puis désigna du doigt l'autre côté de la rue.

Non point la porte de la taverne, mais une petite chapelle plongée dans l'obscurité, deux portes plus loin. Quelqu'un venait d'en sortir, laissant la porte se refermer derrière lui. L'homme demeura un moment immobile, tête levée vers le ciel et la lune bleue, puis il se mit en marche pour s'éloigner. Une silhouette se détacha alors de l'obscurité pour l'accompagner en trottant. Thorkell sut alors de qui il s'agissait.

« Il priait, murmura la fille d'Aëldred. Je ne suis pas sûre d'en connaître la raison, mais il va s'en aller hors les murs, à présent.

— Quoi ? » dit Thorkell, un peu trop fort. « Pourquoi le ferait-il ? Il retourne dans ses appartements. Il en a eu assez de la fête. Son frère est mort.

— Je sais », dit-elle, sans quitter des yeux l'homme et le chien qui s'éloignaient dans la rue pour l'instant déserte. « Mais ses appartements se trouvent dans l'autre direction. Il va sortir. »

Thorkell se racla la gorge. Elle avait raison en ce qui concernait les appartements. « Comment savez-vous ce qu'il va faire ? »

Elle lui jeta un coup d'œil : « Je n'en suis pas certaine, je n'aime pas cela du tout, mais je le sais. J'ai donc besoin d'avoir quelqu'un avec moi, et Jad semble dire que c'est toi. »

Thorkell la regarda fixement. « Avec vous ? Que voulez-vous donc faire ?

— Je voudrais prier, en vérité, mais il n'en est point temps. Je vais le suivre, dit-elle. Et ne me demande vraiment pas pourquoi.

— Pourquoi ? » demanda-t-il malgré lui.

Elle secoua la tête.

« La lune vous a rendue folle. Toute seule ?

— Non, avec toi, te souviens-tu ? Cela aidera à sortir ton fils d'Esfèrth. » Sa voix changea. « Tu me jures absolument que cela les fera changer d'avis ? Les raiders ? Quels qu'ils soient ? Jure-le. »

Thorkell réfléchit. « Je dirais oui de toute façon, vous savez, mais je le crois réellement. Je le jure par Jad et par Ingavin.

— Et tu ne t'enfuiras pas pour les rejoindre ? Avec ton fils ? »

Elle entretiendrait évidemment ce genre d'idée, songea-t-il. Il renifla, amusé. « Mon fils ne voudra rien savoir de moi. Et les raiders m'abattraient pour sûr, si ce sont bien ceux que je crois. »

Elle jeta de nouveau un coup d'œil dans la rue. L'homme et le chien étaient presque hors de vue. « Qui sont-ils ?

— Le nom de leur chef ne vous dira rien. C'est quelqu'un qui voudra très certainement un rapport comme quoi Esfèrth et les *burhs* sont inattaquables.

— C'est le cas. Mais je te renvoie ta question : comment en es-tu si sûr ? »

Il était habitué à ce genre de conversation, quoique pas avec une femme. « Une réponse différente, alors : je n'en suis pas sûr. C'est seulement une supposition d'ancien raider. Ma dame, nous ferions mieux de nous hâter si vous voulez suivre le Cyngaël. »

Il la vit soupirer, cette fois, et hocher la tête. Elle s'avança dans la rue en relevant sa capuche. Il l'accompagna le long d'une ruelle déserte illuminée par la lune, qui semblait appartenir au monde qu'il connaissait sans y appartenir totalement. Les bruits des tavernes s'effacèrent pour devenir le murmure de la mer, puis le silence, tandis qu'ils s'éloignaient.

◆

L'homme qu'Ébor pouvait apercevoir en contrebas était un invité d'honneur, le compagnon du prêtre cyngaël que le roi avait attendu tout l'été. Ébor, fils de Bordis, perché sur le chemin de ronde près de la porte occidentale, répondit à l'appel lancé à mi-voix et descendit les marches en direction de la voix musicale.

Les battants massifs qui se dressaient dans l'obscurité semblaient plus hauts depuis le niveau du sol ; on les avait renforcés à neuf au cours de l'année écoulée. Le roi Aëldred était un bâtisseur. Ébor vit un homme accompagné d'un chien, le salua, entendit une requête courtoise demandant permission de sortir un moment, pour une promenade sous la lune et les étoiles, pour sentir le vent, loin de la fumée et du vacarme de la grande salle et de la ville.

Il était né à la campagne, Ébor, et pouvait comprendre un tel désir. C'était la raison pour laquelle il se trouvait si souvent lui-même là-haut sur les remparts. Il lui vint soudain à l'idée d'inviter le Cyngaël à monter sur le chemin de ronde avec lui, mais cela aurait été bien présomptueux de sa part, et ce n'était pas ce que l'autre lui avait demandé.

« Ce n'est pas très tranquille dehors cette nuit, mon seigneur, avec toutes les tentes.

— J'en suis bien certain, mais je n'avais pas l'intention d'aller de ce côté. »

Dans le *fyrd*, certains n'aimaient pas les Cyngaëls. De petits hommes à la peau sombre, à l'esprit retors. Des voleurs de bétail, des assassins, disait-on. Cela venait surtout des Anglcyns vivant au nord de la ville, près des vallées et des collines où prenait fin la forêt des esprits, et le long desquelles on avait bâti le Mur de Rhédèn pour tenir les Cyngaëls à l'écart. Des années d'escarmouches et de véritables batailles pouvaient donner lieu à ce genre de sentiment. Mais Ébor venait des bonnes terres fertiles de l'est, pas du nord ou de l'ouest, et les histoires effrayantes de sa propre enfance, comme ses souvenirs, en étaient d'incursions erlings en provenance de la mer périlleuse. Les gens de l'ouest n'avaient pas vraiment d'ennemis, comparés aux *berserkirs* assoiffés de sang descendus d'un vaisseau à tête de dragon.

Ébor n'avait personnellement rien contre les Cyngaëls. Il aimait leur façon de parler.

La nuit était assez calme, sans grand vent. S'il tendait l'oreille, cependant, il pouvait entendre les bruits à l'extérieur des murs. Un grand nombre de gens dormaient dans des tentes, plus loin au nord, avec le *fyrd* et le trop-plein de la foire qui débordait d'Esfèrth. Aucun danger pour le royal invité, à moins de trouver une partie de dés ou d'emmener dans un champ ou un recoin une femme aux ongles trop effilés ; et il ne revenait pas à Ébor de le protéger de l'une ou de l'autre circonstance. Le Cyngaël avait parlé avec dignité, sans arrogance. Il avait offert une pièce à Ébor, ni trop ni trop peu – une somme qui convenait à sa requête.

Un homme calme, et préoccupé. Bien loin de chez lui. Ébor l'examina de nouveau puis hocha la tête. Il prit à sa ceinture la clé de métal et déverrouilla la petite porte située près de la large poterne pour le laisser sortir, avec son chien gris.

Une rencontre bien mineure dans l'ordre général des choses : ce n'était pas la première fois, et de loin, qu'on avait une raison quelconque de sortir dans le noir en temps de paix. Ébor se détourna pour revenir à son poste sur le rempart.

Les deux autres l'appelèrent avant qu'il ne fût arrivé en haut.

Quand il redescendit les marches et vit de qui il s'agissait cette fois, Ébor comprit – un peu trop tard – qu'il n'y avait aux événements de la nuit rien de mineur.

Cette fois, l'homme était un Erling, qui portait sur son épaule un homme assommé par l'ivresse. Cela arrivait toutes les nuits. La femme, cependant, était la fille cadette du roi, la princesse Kèndra. L'idée de lui refuser quoi que ce fût n'effleura même pas Ébor.

Elle lui demanda de rouvrir la porte.

Ébor déglutit avec difficulté. « Puis-je... puis-je appeler une escorte pour vous accompagner, ma dame ?

— J'en ai une, dit-elle. Merci. Ouvre, je te prie. Ne le dis à personne, ou tu encourras mon déplaisir. Et surveille notre retour pour nous laisser rentrer. »

Elle avait une escorte. Un Erling transportant un ivrogne. Cela ne paraissait pas approprié. Les entrailles tordues par un profond malaise, Ébor ouvrit de nouveau la petite poterne. La princesse et l'Erling sortirent. Elle se retourna, remercia Ébor avec gravité et s'éloigna.

Il referma la porte derrière eux, la verrouilla, se hâta de gravir les marches, deux par deux, jusqu'au chemin de ronde. Après s'être penché, il les suivit des yeux le plus longtemps possible. Il ne pouvait voir très loin, dans les ténèbres. Il ne vit pas que l'Erling se tournait seul vers le sud avec son fardeau, en boitant, tandis que la princesse se dirigeait vers le nord-ouest, seule également, du côté où le Cyngaël était parti avec son chien.

Tandis qu'il scrutait la nuit, Ébor songea qu'il pouvait y avoir là un rendez-vous, une rencontre d'amoureux, entre le prince Cyngaël et sa princesse. Puis il décida que ça n'avait aucun sens. Ils n'avaient pas besoin de quitter les murs de la ville pour coucher ensemble. Et l'Erling, qu'est-ce que c'était, ça ? Enfin, avec un certain retard, il songea qu'il n'avait vu aucune arme, pas d'épée, pas même un poignard, sur le jeune Cyngaël qui lui avait parlé si doucement, de cette voix musicale. Il était terriblement malavisé de sortir sans fer pour se défendre. Pourquoi le ferait-on ?

Ébor transpirait, il s'en rendit compte, il pouvait en sentir l'odeur. Il resta là où il se trouvait, à surveiller les alentours, à scruter la nuit, comme c'était son devoir, comme la princesse le lui avait ordonné. Et il se mit à prier, ce qui était le devoir de tout un chacun pendant que Jad combattait à l'envers du monde pour eux, contre les puissances malignes.

◆

Thorkell déposa son fils sur la rive, non loin de l'endroit par où ils étaient arrivés le matin même pour trouver les enfants royaux qui paressaient dans l'herbe. Comme il disposait d'un peu plus de temps, et d'un peu plus de lumière avec la lune bleue qui se reflétait sur l'eau, Thorkell contempla la silhouette inconsciente, en examinant les changements qu'il pouvait remarquer, et ce qui semblait inchangé.

Il demeura ainsi quelques instants. Ce n'était nullement un homme sensible, mais le moment présent devait être un moment bien étrange dans une vie, on ne pouvait le nier. Il n'avait jamais pensé revoir son fils. Impassible dans la lumière atténuée de la lune, il songea que le garçon serait encore en danger – ce n'était plus un garçon… – si on le laissait ici dans l'obscurité, impuissant. Des bêtes pouvaient surgir, des prédateurs meurtriers.

D'un autre côté, il y avait des limites à ce que pouvait un père, et la promesse qu'il avait faite à la jeune fille comptait pour lui. Il n'aurait sans doute pas réussi à sortir des murailles sans la princesse. Il l'aurait tenté, bien entendu, mais c'était peu probable. Il observa de nouveau Bern à la lueur de la lune, en essayant de calculer l'âge que pouvait avoir le garçon. La barbe vous vieillissait. Mais il se rappelait le jour où Bern était né, ça ne semblait pas si lointain, vraiment. Et maintenant, d'une manière ou d'une autre, le garçon avait quitté Rabady et participait à des raids avec les Jormsvikings, même si c'était absurde de leur part de s'y essayer ici.

Thorkell avait sa propre idée sur ce qui était réellement en train de se passer. Le souffle du garçon était égal et régulier. Si rien ne venait le surprendre avant son réveil, il serait sauf. Thorkell aurait dû s'en aller, il le savait, avant que Bern n'ouvrît les yeux, mais il trouvait curieusement difficile de s'éloigner. L'étrangeté de cette rencontre, le sentiment que le dieu, les dieux, ou le simple hasard, y avaient mis la main. Il ne lui vint pas même à l'esprit de s'enfuir avec Bern. Où irait-il ? Et d'abord, il était presque certain de savoir qui avait payé pour les vaisseaux de Jormsvik, quel que fût leur nombre éventuel. Il n'aurait pas dû en être si sûr, en vérité, mais il connaissait un certain nombre de détails, et ils convergeaient.

Ivarr Ragnarson n'avait pas été capturé au cours de sa fuite de Brynnfell. Son passage à l'ouest avait été marqué par deux corps écartelés dans l'aigle-de-sang. Les Cyngaëls n'avaient jamais trouvé les bateaux.

Ivarr était revenu chez lui. Cela tombait sous le sens.

Et autre chose aussi. Aucun homme sensé n'embauchait plus de mercenaires pour des raids sur la côte anglcyne. Gaspillage d'argent, de temps, de vies. Pas avec ce qu'Aëldred avait fait – et continuait de faire –, avec son armée régulière et ses *burhs* et même sa propre flotte qui se bâtissait présentement le long de la côte.

Des mercenaires pourraient s'y risquer si on les payait bien, mais c'était d'une totale absurdité. On voguait depuis le Vinmark pour lancer des raids au sud-est, désormais, à travers le Karche, et même jusqu'aux comptoirs de Sarance, aux territoires trop étendus. Ou le long de la côte de Ferrières. Ou même, peut-être, plus loin, à l'ouest, vers les terres des Cyngaëls. Il n'y avait plus grand-chose à glaner là maintenant, car les trésors des sanctuaires avaient depuis longtemps été rapportés à l'intérieur des terres, derrière des murailles, et les trois provinces cyngaëlles n'avaient jamais possédé beaucoup d'or, de toute façon. Mais un homme bien particulier pouvait avoir ses raisons d'y ramener des vaisseaux à proue de dragon et leurs guerriers.

Les mêmes raisons qu'au début de l'été. Et une raison supplémentaire à présent. Un frère récemment défunt pour aggraver une querelle de sang née bien longtemps auparavant.

Et s'il en était ainsi, si c'était bien Ivarr, Thorkell Einarson avait de bonnes raisons de n'en attendre rien d'autre qu'une mort déplaisante s'il s'enfuyait maintenant avec son fils, à la recherche des navires qui devaient se trouver non loin de la côte, ou tirés au sec dans une petite baie. Ivarr était l'homme le plus répugnant et le plus meurtrier qu'il connût ; il se rappellerait qui avait arrêté la flèche tirée sur Brynn ap Hywll depuis la pente boisée.

Thorkell n'aurait vraiment pas dû éprouver une telle certitude, mais c'était le cas. C'était lié à cette nuit, à son atmosphère étrange. La lune des esprits dans le ciel. La proximité de la forêt hantée, sa lisière qu'on ne traversait jamais. Cette jeune fille sortie de la ville sans raison valide, uniquement pour suivre le prince cyngaël. Quelque chose était en travail dans la nuit. On participait à des raids, on combattait assez longtemps, on survivait à tant de diverses façons de périr, et on apprenait à se fier à ses sens et à ce… sentiment.

Bern ne l'avait pas encore assez appris, ou il ne se serait pas si aisément laissé surprendre dans l'allée. Thorkell fit une grimace, le visage enfin marqué d'une expression. Quel idiot. C'était un monde rude, celui où ils vivaient. On ne pouvait se permettre d'être un idiot.

Le garçon en était à ses débuts, cependant, il fallait le reconnaître. Tout le monde savait comment on devenait un mercenaire de Jormsvik, la seule et unique façon de se joindre à leurs rangs. Thorkell baissa les yeux sur la silhouette aux cheveux bruns et à la barbe brune sur l'herbe. Tout autre que lui aurait pu admettre qu'il était fier de son fils.

Il n'avait pas le temps de s'attarder, de se demander comment Bern avait réussi tout cela. Et il ne supposait pas non plus que son fils unique, en s'éveillant, crierait le nom de son père avec un sourire ravi en remerciant Ingavin.

Le garçon allait bientôt s'éveiller. Il fallait l'espérer, espérer que pendant encore un moment cet endroit isolé n'attirerait ni loups ni voleurs. Le torse du gamin avait décidément pris de l'ampleur. On aurait presque pu le considérer comme un solide gaillard. Thorkell se rappelait encore comme il l'avait porté, des années plus tôt. Secoua la tête à ce souvenir. Une faiblesse, des pensées bien trop douces. On s'éveillait chaque matin, on se couchait chaque nuit dans un monde sanglant. On devait se le rappeler. Et il devait retourner chercher la jeune fille.

Devenu ou non désormais un jaddite, il murmura une ancienne prière, une bénédiction paternelle. L'habitude, rien de plus: « Que le marteau d'Ingavin s'interpose entre toi et tout mal. »

Il se détourna. S'immobilisa et, se morigénant en même temps, prit dans la bourse à sa ceinture ce qu'il avait ôté de son cou en se rendant aux Cyngaëls pour la deuxième fois en vingt-cinq ans. Il le portait ainsi au lieu de l'avoir au cou. Le marteau accroché à sa chaîne. On n'arborait pas les symboles du dieu du tonnerre lorsqu'on se convertissait à la foi de Jad.

C'était un marteau tout à fait ordinaire, sans caractères particuliers. Il y en avait des milliers comme celui-là. Bern ne le reconnaîtrait pas, mais il comprendrait qu'un Erling l'avait transporté là, et il retournerait aux vaisseaux avec l'avertissement que cela impliquait. Il devrait argumenter quelque peu pour expliquer sa survie alors que Stefa n'était pas revenu, mais Thorkell ne pouvait l'y aider. Un garçon devenait un homme, il avait son propre chemin rocailleux à suivre sur terre et mer, comme tout un chacun – et puis on mourait là où l'on se trouvait mourir, et l'on découvrait ce qui arrivait ensuite.

Thorkell avait tué un compagnon de rame, cette nuit. Il n'en avait pas eu l'intention. Pas vraiment un ami, Stefa, mais ils avaient partagé bien des choses, combattant dos à dos dans des batailles, couchant côte à côte sur le sol froid pour se réchauffer dans le vent. On le faisait, quand on partait en expédition. Et puis on mourait là où l'on se trouvait mourir. Une allée d'Esfèrth pour Stefa, en pissant dans le noir. Thorkell se demanda si l'esprit du défunt errait dans les environs. Probablement. La lune bleue étincelait.

Il se baissa pour enrouler la chaîne autour des doigts de son fils et les refermer sur le marteau, puis il s'éloigna le long de la rivière, sans un regard en arrière, pressant le pas pour se rendre à l'endroit où il avait vu la princesse s'éloigner dans sa propre folie.

Tandis qu'il marchait, un fragment de vers lui tournait dans la tête, une chanson que sa femme avait coutume de chanter aux trois enfants, quand ils étaient jeunes.

Il le repoussa. C'était un souvenir trop doux pour cette nuit, pour n'importe quelle nuit.

◆

Il s'en vient. Elle le sait. Elle l'attend dans les arbres, de l'autre côté de la rivière. Il est mortel et il peut la voir. Ils ont parlé sous les étoiles – sans lunes –, la nuit où elle a capturé une âme pour la reine. Il a observé la Chasse qui traversait l'étang dans la forêt. Et alors, il a lâché son épée de fer et il l'a presque touchée, elle, près des arbres, dans la pente, au-dessus de la ferme. Ce moment ne l'a pas abandonnée un instant depuis. Aucune quiétude pour elle dans la forêt, sous le tertre, en traversant l'eau sous les étoiles, dans la musique de la Chasse.

Elle frissonne, une feuille de tremble, sa chevelure tourne au mauve, puis à une nuance plus pâle. Elle est loin de chez elle, avec une seule lune dans le ciel. Une lueur à l'orée de la forêt, qui attend.

Chapitre 8

Ingavin et Thünir avaient bien des rôles, mais c'étaient avant tout des moissonneurs d'âmes, et les corbeaux qui les suivaient, oiseaux du champ de bataille et des étendards, en étaient les emblèmes.

Ainsi en était-il aussi de l'aigle-de-sang : un sacrifice, et un message. Un roi ou un chef de guerre vaincu, les vêtements arrachés sous le ciel sacré, jeté au sol, la face dans la terre labourée par les sabots. S'il n'était pas mort, de musculeux guerriers le maintenaient, ou des cordes attachées à des pieux plantés en terre, ou les deux.

Un long couteau ou une hache lui fendait le dos de haut en bas, on écartait les lèvres de la blessure, on brisait les côtes de chaque côté et l'on tirait les poumons par l'ouverture ainsi ménagée. On les drapait sur la cage exposée des côtes : les ailes repliées d'un aigle, écarlate et sanglant, une offrande au dieu.

On disait que Siggur Volganson, le Volgan, avait été si précis et si rapide dans l'exécution de ce rituel que certaines de ses victimes demeuraient vivantes pendant un moment, avec leurs poumons offerts au regard des dieux.

Ivarr n'y était pas encore parvenu. En toute honnêteté, il avait bénéficié de moins d'occasions que son grand-père pendant les années et les saisons des grandes expéditions. Les temps changeaient.

◆

Les temps changeaient. Burgrèd de Dènfèrth, en se maudissant férocement pour son manque de prudence, savait néanmoins qu'aucun des autres chefs à la cour ou dans le *fyrd* n'aurait pris plus de dix ou huit cavaliers pour élucider une rumeur concernant un bateau, ou des bateaux, aperçus sur la côte. Il avait eu cinq hommes, de nouvelles recrues pour deux d'entre eux, les avait évalués pendant leur randonnée vers le sud.

Trois de ces hommes étaient morts à présent, leur évaluation vidée de tout sens. Mais ces temps-ci personne, personne ne menait des raids contre la côte anglcyne. Comment aurait-il pu prévoir ce qu'il avait découvert – ou ce qui avait surpris son petit groupe dans la nuit? Aëldred avait des *burhs* tout le long de la côte, reliés par des tours de guet, une armée régulière et – depuis l'été, pour la première fois – l'amorce d'une véritable flotte.

Les Erlings eux-mêmes étaient différents dans cette génération-ci: colons dans les terres de l'est, la moitié environ en étaient à présent des jaddites, offrant leurs voiles aux vents de la foi. Les temps changeaient, les hommes changeaient. Ceux qui écumaient encore les mers dans leurs vaisseaux à tête de dragon à la recherche des trésors des sanctuaires, de rançons et d'esclaves, se rendaient désormais en Ferrières, ou plus à l'est, là où Burgrèd ne savait pas ce qu'ils pouvaient trouver, et ne s'en souciait nullement.

Les terres du roi Aëldred étaient bien défendues, voilà ce qui importait. Et si certains Erlings se rappelaient ce roi comme un fugitif pourchassé jusque dans des marais venteux… eh bien, ces mêmes Erlings envoyaient humblement les guerriers de leur maison ou leurs fils avec un tribut à Esfèrth, désormais, en craignant les représailles d'Aëldred s'ils étaient en retard.

Vérités inattaquables qui n'étaient à présent d'aucun secours à Burgrèd.

C'était la nuit. Les étoiles de l'été, la brise océane, la lune bleue décroissante. Ils avaient campé à découvert, à moins d'une journée de cheval d'Esfèrth, entre le *burh* de Drèngest, où se trouvaient les nouveaux chantiers navals, et la tour de guet qui s'élevait à l'ouest. Il aurait pu rejoindre l'un ou l'autre endroit, mais il entraînait des soldats, il les éprouvait. C'était une nuit douce et plaisante. Jusqu'à présent.

Les deux hommes de garde avaient donné l'alarme comme il se devait pour les avertir. En y songeant de nouveau, Burgrèd décida qu'ils avaient surpris le groupe des Erlings, lui et ses hommes, autant qu'ils en avaient été surpris. Malheureusement, il y avait là près de vingt Erlings – presque l'équipage d'un vaisseau – et c'étaient des combattants expérimentés. Bien troublant, en vérité. Des ordres avaient été aboyés dans la nuit, entendus et exécutés. Il ne lui avait pas fallu longtemps pour comprendre d'où venaient ces hommes et pour accepter le lot alloué cette nuit par la vie et la malchance.

Il avait ordonné à ses hommes de lâcher leurs armes, mais pas avant que les deux gardes et un troisième homme de sa compagnie – Otjo, qui était vraiment un bon guerrier – ne fussent étendus morts à terre. Il n'y avait pas grande honte à se rendre à une troupe de mercenaires de Jormsvik assez fous pour aborder si près d'Esfèrth. Il n'imaginait pas la raison de leur présence : les mercenaires étaient bien trop pragmatiques pour se risquer dans des raids aussi téméraires que le serait celui-ci. Qui les aurait payés assez pour qu'ils pussent même l'envisager ? Et pourquoi ?

Cela n'avait guère de sens. Et ce n'était pas une énigme méritant d'autres morts pendant qu'il essayait de la résoudre. Il valait mieux se rendre, même s'il lui en cuisait, les laisser les revendre à Aëldred contre une rançon et la sécurité de leur passage, quelle que fût leur véritable destination.

« Nous nous rendons », s'écria-t-il avec force, en laissant tomber son arme dans l'herbe inondée de lune. Ils le comprendraient. Les deux langues empruntaient l'une à l'autre, et les plus âgés des raiders jormsvikings devaient être souvent venus dans les parages en leur jeune temps. « C'est une folie démesurée pour vous d'être venus jusqu'ici, mais la folie est parfois récompensée, car les voies de Jad nous sont impénétrables. »

Le plus massif des Erlings – des yeux dans un casque – sourit largement et cracha par terre. « Jad, tu dis ? Je ne crois pas. Ton nom ? » dit-il d'une voix rauque ; il savait déjà de quoi il s'agissait.

Aucune raison de le dissimuler. En vérité, son nom était l'élément important ici – ce que valait ce nom. Ce qui lui sauverait la vie, et celle de ses trois hommes survivants. Ces Erlings étaient des mercenaires. « Je suis Burgrèd, duc de Dènfèrth, dit-il, capitaine du *fyrd* du roi Aëldred et de sa garde royale.

— Ha ! » rugit le colosse qui lui faisait face. Il y eut des rires et des cris parmi les autres, un vacarme triomphant : ils avaient peine à croire en leur bonne fortune. Ils le connaissaient. Évidemment. Et des hommes d'expérience sauraicnt aussi ce qu'Aëldred paierait pour le récupérer. Burgrèd jura de nouveau dans sa barbe.

« Que faites-vous par ici ? » demanda-t-il, furieux. « Ne savez-vous pas quelles maigres rapines vous attendent maintenant sur cette côte ? Quand donc les hommes de Jormsvik ont-ils commencé à se vendre pour des piécettes et des batailles garanties ? »

Il avait passé toute sa vie, semblait-il, à les combattre et à les étudier, ces Erlings. Il eut conscience qu'on hésitait.

« On nous a dit que Drèngest pouvait être prise », dit enfin son vis-à-vis.

Burgrèd cligna des yeux. « Drèngest ? Tu te moques de moi. »

Il y eut un silence. Ils ne se moquaient pas de lui. Burgrèd éclata de rire. « Quel imbécile vous a dit cela ? Quels imbéciles l'ont écouté ? N'avez-vous pas encore vu Drèngest ? Sûrement que si ! »

L'Erling ficha son épée en terre et ôta son casque. Ses longs cheveux blonds étaient plaqués par la sueur. « Nous avons vu la ville, dit-il.

— Vous comprenez qu'il y a presque cent hommes du *fyrd* à l'intérieur des murailles ? Vous avez vu les murailles ? Vous avez vu la flotte qu'on est à bâtir ? Vous alliez attaquer *Drèngest* ? Vous savez à quel point vous êtes proches d'Esfèrth, ici ? Vous avez quoi, trente navires ? Quarante ? Cinquante ? Jormsvik s'est-elle vidée pour cette folle aventure ? L'été vous a-t-il tous rendus fous ?

— Cinq bateaux », dit enfin l'Erling, en faisant passer son poids d'un pied sur l'autre. Un guerrier de profession, non un fou, et il comprenait tout ce que Burgrèd venait de dire, ce qui rendait toute l'affaire encore plus difficile à comprendre.

Cinq bateaux, cela voulait dire deux cents hommes. Moins s'ils avaient des chevaux. Un gros raid, et coûteux. Mais c'était très loin d'être suffisant pour venir ici. « On vous a fait croire que vous pouviez prendre ce *burh*, où notre flotte est en train d'être bâtie sous bonne garde, avec cinq vaisseaux ? On vous a menti », déclara Burgrèd de Dènfèrth, sans fioritures.

Les dernières paroles d'une honorable existence.

Il eut le temps de se rappeler, de nouveau déconcerté, que les Erlings avaient toujours considéré les arcs comme des armes de lâches, avant de ne plus voir la lueur de la lune et d'aller rencontrer son dieu, une flèche dans la poitrine.

Guthrum Skallson cligna des yeux sous la lune, sans parvenir à croire ce qu'il voyait. Puis il le crut, et se retourna.

Ce n'était pas un *berserkir,* il n'avait jamais été déchaîné à ce point sur un champ de bataille, il était bien content de porter une armure, merci, mais en cet instant une rage énorme l'envahit, le transporta. Il traversa l'espace qui le séparait de l'archer pour asséner à celui-ci un revers de bras en pleine face, l'envoyant bouler dans l'herbe teintée de bleu.

Il le suivit, toujours en furie, avec des jurons. Se pencha sur la forme recroquevillée, saisit l'arc, le brisa sur son genou, puis s'empara du carquois et d'un large moulinet de bras en éparpilla les flèches dans le champ estival. Il soufflait comme une forge, au bord du meurtre.

« Tu mourras pour ce geste », dit la bouche tuméfiée de l'homme à terre, cette voix étrange.

Guthrum cligna encore des yeux. Il secoua la tête, comme assommé. C'était intolérable. Il empoigna l'autre d'une seule main pour le relever – l'homme pesait moins que n'importe lequel d'entre eux, et de loin. En le tenant en l'air par sa tunique chiffonnée, de sorte que ses pieds ne touchaient pas terre, Guthrum tira son poignard de sa ceinture.

« Non ! » s'écria Atli derrière lui. Guthrum l'ignora.

« Dis-le-moi encore », grogna-t-il au petit homme suspendu devant lui.

— Je te tuerai pour ce coup », dit l'homme qu'il tenait à sa merci. Les mots sortaient avec un léger sifflement des lèvres ensanglantées.

« Très bien, alors », dit Guthrum.

Il abattit le poignard, un geste bref et souvent pratiqué. Qui fut brusquement arrêté par une lourde main sur son poignet, une poigne féroce qui écarta la lame.

« On ne sera pas payés s'il meurt, grogna Atli. Attends ! »

Guthrum lui adressa un juron. « Sais-tu combien d'argent il vient de nous coûter ?

— Bien sûr que je le sais !

— Tu as entendu ce couard à la face pâle me menacer ? Moi ?

— Tu l'as frappé.

— Par le sang d'Ingavin ! Il a tué notre otage, imbécile au crâne épais ! »

Atli acquiesça. « Oui. Et il nous paye, aussi. Et c'est un Volganson. Le dernier. Tu veux retourner chez nous avec ce sang-là sur ta lame ? On réglera ça sur les bateaux. Mieux vaut filer maintenant, quitter la côte. Aëldred va s'en venir dès qu'on aura découvert ces cadavres.

— Évidemment.

— Alors partons. On tue les deux derniers ? » Atli attendait les ordres.

« Évidemment, on les tue », lâcha d'une voix étranglée le petit homme que Guthrum tenait toujours en l'air. Il le lâcha alors, en le lançant dans l'herbe. L'autre demeura là, replié sur lui-même, minuscule, immobile.

Guthrum jura derechef. Son véritable désir, c'était d'envoyer les deux Anglcyns survivants à Esfèrth expliquer que ces morts n'avaient pas été voulues. Qu'ils repartaient. Beaucoup d'Erlings vivaient dans les parages, ou pas très loin à l'est. La dernière chose dont Jormsvik avait besoin, c'était de rendre leurs compatriotes enragés parce que les Anglcyns auraient mis fin à leur droit de commerce, ou augmenté leur tribut, ou décidé d'en tuer des vingtaines pour planter leurs têtes sur des piques à cause de la mort du duc et ami d'Aëldred. Cela pouvait arriver. C'était déjà arrivé.

Mais il ne pouvait les laisser repartir. Aucune explication n'obtiendrait rien d'utile. Des hommes vivants pourraient dénoncer des mercenaires de Jormsvik comme ceux qui avaient abattu un duc des Anglcyns avec l'arc d'un couard, après qu'il se fut rendu. Cela ne ferait nullement l'affaire.

Avec un soupir, il adressa un regard foudroyant à la silhouette étendue dans l'herbe.

« Tuez-les, dit-il à contrecœur. Ensuite, on part. »

La plupart des hommes préfèrent ne pas voir décidés par autrui la manière ni le moment de leur trépas, c'est une vérité que nul ne songerait à nier. Les mercenaires de Jormsvik, responsables de tant de morts, individuelles aussi bien que collectives, ne l'ignoraient point. Par la même occasion, du moment où l'Anglcyn avait été abattu par la flèche jusqu'à celui où Guthrum avait lancé ce dernier ordre, les événements captivants et inquiétants qui se déroulaient dans cette prairie sous la lune avaient requis toute leur attention – et les avaient distraits.

Au moment où Guthrum parlait, l'un des captifs se plia en deux, saisit un poignard dans sa botte, frappa le plus proche de ses gardes, s'arracha à la prise tardive de l'autre, et s'enfuit à toutes jambes dans la nuit. Ce qui, normalement, n'aurait pas été un problème. Ils étaient vingt Erlings, des combattants rapides et expérimentés.

Mais ils n'avaient pas de chevaux.

Et un instant plus tard l'Anglcyn en fuite en avait un. Six chevaux avaient été attachés non loin de là. On aurait déjà dû s'en emparer. On ne l'avait pas fait. La flèche, la perte de la rançon d'un duc, l'assaut de Guthrum contre l'homme qui les payait… On en avait des raisons, de toute évidence, mais c'était une erreur.

Lancés à la course, ils arrivèrent près des autres chevaux. Cinq hommes sautèrent en selle sans même qu'on leur en donnât l'ordre. Ils se lancèrent à la poursuite du fugitif. Ce n'étaient pas des cavaliers, cependant, ces Erlings, ces raiders des vaisseaux à proue de dragon, fléaux des vagues écumeuses. Ils étaient capables de monter, mais pas comme un Anglcyn. Et l'homme avait choisi le meilleur cheval – celui du duc, très certainement. Du duc défunt, leur rançon perdue. Tout allait mal. Et puis les choses empirèrent.

Ils entendirent le son du cor du fugitif qui fracassait la nuit.

Les cavaliers tirèrent violemment sur les rênes. Derrière eux dans la prairie, ceux qui étaient à pied échangèrent des regards, puis se tournèrent vers Guthrum, le chef de leur troupe. Chacun d'eux savait qu'ils couraient soudain un immense péril. À l'intérieur des terres. À pied. Sauf cinq d'entre eux. À une bonne journée des bateaux, au moins, avec un *burh* fortifié *et* une tour de guet à côté, et Esfèrth juste au nord. Il ferait jour, un beau jour lumineux et mortel, bien avant qu'ils ne fussent revenus à la côte.

Guthrum poussa un autre juron féroce. Il abattit lui-même le dernier Anglcyn, presque distraitement, un coup d'estoc dans la poitrine, libéra aussitôt son épée pour l'essuyer dans l'herbe, la rengaina. Les cavaliers s'en revenaient. Le maudit cor sonnait toujours, déchirant l'obscurité.

« Vous cinq, vous allez de l'avant », dit Guthrum d'une voix rauque. « Dites à Brand de débarquer l'équivalent d'un équipage de ce côté. Vous les guidez. Cherchez-nous. On arrivera aussi vite que possible, par le même chemin qu'au départ. Mais si on nous pourchasse, on sera peut-être capturés, et on aura besoin de davantage d'hommes pour se battre.

— Quarante, c'est assez ? demanda Atli.

— Je ne sais pas, mais je ne peux pas en risquer davantage. Allons.

— Je veux un cheval ! » dit le petit homme vicieux qui avait causé toute l'affaire, désormais assis dans l'herbe. « Je les ramènerai.

— Enculade éternelle ! lança férocement Guthrum. Tu as voulu venir à terre avec nous, tu courras comme nous pour revenir. Et si tu ne peux pas, on te laissera à Aëldred. Ils aimeraient avoir un Volganson, je pense. Debout. Allure régulière, tout le monde. Les cavaliers, allez ! »

Le cor résonnait toujours, en s'effaçant à l'est, tandis qu'ils partaient eux-mêmes vers l'ouest. Ivarr se releva assez prestement. Il s'essuya la bouche, cracha du sang, puis se mit à courir avec les autres. Il avait une ossature légère, et le pied rapide. Continua à cracher du sang de temps à autre, mais ne dit rien de plus. Sous la lune, ses traits étaient encore plus étranges, leur blancheur presque inhumaine. Il aurait dû être exposé à la naissance, songea sombrement Guthrum. Avoir un tel aspect en arrivant dans le monde du milieu ! L'aurait été, exposé, dans n'importe quelle autre famille. Il l'avait menacé de mort, cet héritier de Siggur Volganson. Il ne vint pas à l'idée de Guthrum d'en avoir peur, mais il regrettait de ne pas l'avoir abattu.

Un duc, ne cessait-il de penser. Un *duc* ! L'ami d'enfance d'Aëldred. Ils auraient pu demander une prodigieuse rançon pour Burgrèd de Dènfèrth, auraient rebroussé chemin et ramé jusque chez eux pour un hiver riche et confortable dans les tavernes de Jormsvik. Et à la place, ils avaient devant eux une pénible et dangereuse randonnée. Le cor attirerait des cavaliers dans la nuit, des cavaliers qui apprendraient ce qui s'était passé et qui connaîtraient le terrain bien mieux qu'eux. Ils pourraient bien mourir ici.

J'aurais pu être fermier, songea Guthrum. Réparer des palissades, surveiller les nuages avant les moissons. Il se divertit même brièvement à cette pensée, tout en courant à travers la nuit et les terres anglcynes. Ce n'avait jamais été une possibilité très vraisemblable. Les fermiers n'allaient pas rejoindre Ingavin dans ses salles, ne buvaient pas à la corne de Thünir lorsqu'ils étaient rappelés du monde du milieu. Il avait choisi sa vie bien longtemps auparavant. Pas de regrets sous la lune bleue et les étoiles.

◆

La lune brillait au-dessus de la forêt, constata Bern en s'éveillant. Puis il se rendit compte qu'il gisait dans l'herbe, les yeux levés vers des arbres, près d'une rivière dans l'obscurité.

Il avait été en train de pisser dans une allée, et…

Il s'assit. Trop vite. La lune eut un hoquet, les étoiles dessinèrent des arcs comme si elles dégringolaient sur la terre. Il poussa une exclamation étranglée. Toucha sa tête : une bosse, et du sang visqueux. Il jura, égaré, le cœur lui martelant dans la poitrine. Jeta un coup d'œil autour de lui, trop vite encore : le vertige l'assaillit, un bourdonnement dans les oreilles. Sa main semblait tenir quelque chose. Il abaissa son regard sur l'objet.

Reconnut immédiatement la chaîne et le marteau du collier que son père avait porté au cou.

Pas un doute, pas une hésitation, même en ce lieu, si loin de chez lui, si loin de son enfance. Les jeunes fils sont parfois ainsi, ils mémorisent tous les détails d'un père, cette figure plus vaste que tout au monde, qui emplissait la maison – et la vidait ensuite en partant, en retournant sur les vaisseaux à proue de dragon. Il existait des milliers de colliers semblables, et pas un seul comme celui-là dans tous les univers créés par le dieu.

Bern demeura parfaitement immobile, écoutant la rivière sur ses pierres, les criquets, les grenouilles. De l'autre côté de l'eau, la forêt était noire. Ce qui venait d'arriver, il n'aurait jamais pu l'imaginer.

Il essaya de s'éclaircir les idées, mais sa tête lui faisait mal. Son père s'était trouvé là. S'était trouvé à Esfèrth, l'avait assommé – ou secouru ? – pour l'emmener hors les murs ensuite en laissant… ceci.

En signe de quoi ? Il jura de nouveau. Son père n'avait jamais été homme à rendre les choses claires ou faciles. Mais s'il pouvait inférer quoi que ce fût de sa présence ici et du collier qu'il tenait, c'était que Thorkell le voulait loin d'Esfèrth.

Soudain, avec retard, il pense à Ecca qui ne se trouvait pas là hors des murailles – et c'était parlant. Il se leva avec une grimace de douleur, en vacillant. Il ne pouvait rester là. Il y avait toujours des gens dehors aux alentours d'une ville, surtout en ce moment, alors que le roi s'y trouvait avec toute sa maisonnée, et qu'on s'apprêtait à la foire de fin d'été. Il y avait l'équivalent d'une deuxième ville au nord, avec les tentes. Ils les avaient vues en arrivant, Ecca et lui.

La présence de tant de monde constituait un problème de taille. Ecca avait lutté contre une formidable colère lorsqu'ils avaient commencé à comprendre ce qui se passait à Esfèrth et dans les environs. Le *burh* soi-disant inachevé sur la côte, Drèngest, était parfaitement complété, avec des murailles bien solides, bien défendues, et quantité de bateaux déjà construits dans le port.

Ce n'était pas là que les équipages de cinq navires pourraient mener à bien une expédition et s'enfuir ensuite, non, pas le moins du monde, et c'était pourtant ce qu'on leur avait dit. Et quant à Esfèrth, qui était censée être à moitié vide, exposée à une attaque qui entrerait dans la légende, elle était bondée de marchands, sans compter le *fyrd* des Anglcyns et Aëldred lui-même avec sa garde royale. Ce n'était pas une erreur, ni une confusion dans l'interprétation des indices, avait grondé Ecca. On leur avait menti, semblait-il, l'homme qui les avait payés pour cette expédition.

Ivarr Ragnarson, l'héritier du Volgan. Celui dont tout un chacun murmurait qu'il aurait dû être supprimé au sortir du ventre de sa mère, aussi blanc qu'un fantôme, chauve, une erreur difforme de la nature, indigne de sa vie et de sa lignée.

C'était sa lignée qui l'avait sauvé. Tout le monde connaissait l'histoire : une *volur* en transe avait parlé à son père et interdit d'exposer l'enfant. Ragnar Siggurson, indécis par nature, trop prudent, qui n'avait jamais été un homme des plus forts – fils d'un père qui avait bel et bien été le plus fort des hommes – avait laissé vivre l'enfant, et celui-ci avait grandi, étrange, à part, et cruel.

Bern avait sa propre idée sur les *volurs* et leurs transes. Non que cela importât. Il était désespérément incertain de la conduite à suivre. Ecca était un compagnon de rame, et son partenaire dans cette mission de reconnaissance. Un raider de Jormsvik n'abandonnait pas des compagnons, à moins de ne pas avoir le choix ; ils étaient liés, par leur serment et par leur histoire. Mais c'était le premier raid de Bern, il n'en savait pas encore assez, ignorait s'il y avait des occasions où l'on *devait* partir afin d'apporter un message urgent. Devait-il retourner à Esfèrth quand les portes s'ouvriraient à l'aube, afin de chercher Ecca, ou retrouver Gyllir dans la forêt là où ils avaient laissé les chevaux, et se hâter de revenir aux bateaux, avec un avertissement ?

Que signifiaient le collier de Thorkell et sa propre présence ici maintenant, seul ? Ecca avait-il été capturé ? Était-il mort ? Et sinon, qu'arriverait-il s'il retournait aux bateaux après Bern en demandant pourquoi son compagnon était parti sans lui ? Et de quelle manière, exactement, Bern était-il sorti de la ville ? Comment il l'expliquerait, il n'en avait pas la moindre idée. Et si Ecca revenait et trouvait les bateaux repartis parce que Bern leur aurait dit qu'il était plus sage de lever l'ancre ?

Trop d'exigences conflictuelles, trop d'idées. Trop d'hésitations (un autre fils d'un autre père trop fort ?). Il se demanda, debout et vacillant au bord de l'eau, s'il était assez… direct pour une existence de raider. Il résoudrait bien mieux son problème, songea-t-il, si sa tête n'était si douloureuse.

Un mouvement attira son attention, au sud-est. Un brasier allumé sur une colline. Il observa cette lumière dans les ténèbres, la vit disparaître et reparaître à plusieurs reprises. Un message, comprit-il après un moment. Cela ne pouvait rien signifier de bon pour lui, ou pour ceux qui attendaient avec les bateaux… ou pour la troupe de Guthrum, débarquée au sud.

Le brasier décida à sa place. Il passa la chaîne de son père autour de son cou, en la dissimulant sous sa tunique. Ce collier était là pour lui dire qu'un ami l'avait sorti d'Esfèrth – son père, un ami, quelle ironie ! S'il était censé quitter Esfèrth, cela voulait dire que des ennuis les attendaient à l'intérieur des murs. Et il le savait, Ecca et lui les avaient vus le matin même, les ennuis, qui franchissaient les portes au milieu des foules venues pour la foire. Ils avaient eu l'intention de ne rester qu'une nuit, pour apprendre ce qu'ils pouvaient dans les tavernes, et revenir sur la côte au matin, avec leur message, leur avertissement.

Et voilà qu'un message de feu illuminait la nuit. On ne pouvait absolument pas débarquer ici une expédition en toute sécurité. Le *burh* était protégé par des murailles et pourvu d'une garnison, ils le savaient déjà, et Esfèrth était pleine de monde. Il devait par-dessus tout délivrer ce message. Il reprit son souffle, écarta de son mieux la pénible et féroce certitude que son père se trouvait là quelque part dans la nuit, pas très loin, et l'avait évidemment porté ici comme un enfant. Après avoir tourné le dos aux torches d'Esfèrth, il s'avança dans l'eau pour traverser la rivière.

Il était à mi-chemin dans le courant, qui n'était pas froid, lorsqu'il entendit des voix. Il s'accroupit aussitôt, silencieux parmi les roseaux et les lys d'eau, sa tête seule émergeant dans le noir, pour écouter les voix et le martèlement de son cœur.

◆

Alun avait aperçu le scintillement à deux reprises au cours du voyage vers l'est avec Ceinion. Une fois dans les branches d'un arbre, alors qu'ils avaient campé au bord d'une rivière qui sortait de la forêt, et qu'il était éveillé dans la nuit ; et une autre fois sur une colline en surplomb, lorsqu'il avait jeté un regard en arrière, après la tombée de l'obscurité : un éclat dans le crépuscule, même si le soleil était couché.

Il savait que c'était elle. N'était pas certain d'avoir été censé la voir, ignorait si elle s'était plutôt rapprochée plus qu'elle n'en avait eu l'intention. Cafall avait manifesté de l'agitation pendant tout le voyage le long de la côte ; l'Erling était d'avis que c'était la proximité de la forêt des esprits.

Elle le suivait, cette créature magique. Il aurait peut-être dû en être effrayé, mais ce n'était pas ce qu'il ressentait. Il avait pensé à Dai, à la nuit de sa mort, à cet étang dans les bois, aux âmes perdues et captives et il s'était soudain dit qu'il ne jouerait peut-être plus jamais de musique.

Sa mère s'était alitée lorsque, avec Gryffèth et le prêtre, il avait apporté la nouvelle. Elle était demeurée là pendant deux semaines, n'ouvrant qu'à ses femmes. Lorsqu'elle en était sortie, ses cheveux avaient changé de couleur. Non point comme ceux des fées, dans leurs scintillantes métamorphoses, mais comme ceux d'une mortelle, lorsque le chagrin s'abat trop brusquement.

Dès la première phrase rapportant la mort de Dai, Owyn s'était couvert le visage de sa main, s'était détourné, s'était enfui. Il avait énormément bu pendant deux jours et deux nuits, puis il avait cessé. Avait eu ensuite une discussion privée avec Ceinion de Llywèrth. Un lien les unissait, ces deux-là, un passé, qui n'était pas entièrement positif, mais quel qu'il fût, leur relation sembla transformée après cette conversation. Owyn ap Glynn était un homme dur, on le savait, et c'était un prince, avec des devoirs dans le monde. Brynn l'avait précisément dit à Alun. Lui-même avait un nouveau rôle à jouer. Il était l'héritier de Cadyr.

Son frère était mort. Et bien pis. On lui avait dit que le temps et la prière apaisaient la douleur, on était bien intentionné, avec l'appui de la sagesse et de l'expérience – même son père, même le roi Aëldred –, mais on ne pouvait savoir ce qu'Alun savait à propos de Dai.

Avec l'armure de la foi, comme Ceinion et le roi anglcyn, on pouvait laisser s'apaiser la brûlure d'avoir perdu la croyance que les âmes des défunts se trouvaient avec Jad et le seraient jusqu'à la fin des mondes, lorsque les desseins du dieu seraient révélés, et accomplis.

La foi n'était d'aucun secours lorsqu'on savait que l'âme d'un frère aimé avait été dérobée par des fées, au cours d'une nuit sans lunes.

Alun priait, comme il le devait, matin et soir, avec insistance. Il lui semblait parfois entendre un écho étrange dans sa voix lorsqu'il psalmodiait les répons de la liturgie. Il *savait*, il avait vu ce qu'il avait vu. Et il entendait encore la musique dans la clairière, tandis que les créatures magiques passaient près de lui sur l'eau.

C'était la lune bleue, cette nuit, la lune des esprits, très haut au-dessus des bois, suspendue là telle une chandelle bleu sombre dans une encadrure de porte. Ces boisés faisaient partie de la même forêt qu'ils avaient contournée par le sud. Une vallée la divisait à l'ouest, repoussant les arbres presque jusqu'à la mer, et les anciens récits disaient que le danger le plus effrayant résidait au sud, mais on la considérait toujours comme hantée, quoi que pussent dire les prêtres.

Il resta un moment à contempler les arbres. Il éprouvait le désir de franchir ce seuil. Avait su qu'il le ferait dès l'instant où il avait vu la fée cette nuit-là, quand il s'était éveillé, et de nouveau sur la colline deux jours plus tard. *Interdit, hérésie* : de bien grands mots, mais qui ne signifiaient plus grand-chose pour lui désormais. Il avait vu la créature magique. Il avait vu son frère. La main de Dai dans celle de la reine des fées, marchant sur l'eau, après sa mort. Alun avait perdu ses amarres, et il le savait, vaisseau sans gouvernail, sans voiles, sans cartes pour l'aider à naviguer.

Il avait quitté le festin royal en s'excusant le plus courtoisement possible, conscient que la cour anglcyne, alertée par Ceinion, éprouverait une réelle compassion pour ce qu'on pensait être son chagrin.

Ils n'avaient pas idée.

Il s'était incliné devant le roi – un homme compact, à la barbe grise bien taillée, aux éclatants yeux bleus – et devant la reine. Il avait traversé la salle bruyante et enfumée, alourdie par les vivants et les préoccupations des vivants, et il s'était rendu à la chapelle qu'il avait aperçue plus tôt dans la journée.

Pas la chapelle royale. Celle-ci était petite, faiblement éclairée, presque un remords dans une rue de tavernes et d'auberges, et vide, à cette heure tardive de la nuit. Ce dont il avait besoin. Du silence, de l'ombre, le disque solaire au-dessus de l'autel, à peine deviné dans cet espace paisible. Il s'était agenouillé, il avait prié le dieu de lui donner la force de résister à ce qui l'attirait. Mais en fin de compte, en se relevant, il s'était accordé une dispense, à cause de sa mortalité, à cause de sa fragilité, à cause de sa faiblesse. Un désir l'habitait, et de la crainte.

Une pensée lui vint, un souvenir, et il s'arrêta à la porte de la chapelle. Dans cette pénombre illuminée seulement par une poignée de lampes crachotantes trop éloignées les unes des autres sur les murs, Alun ab Owyn déboucla la ceinture qui portait sa dague et les déposa sur un rebord de pierre. Il n'avait pas porté d'épée cette nuit. Pas à un festin royal, en tant qu'invité d'honneur. Il se retourna sur le seuil de la porte, un dernier regard dans les demi-ténèbres, vers l'endroit où était suspendu le disque du soleil.

Puis il s'éloigna dans les rues nocturnes d'Esfèrth. Cafall lui emboîta le pas, comme toujours à présent. Il parla à un garde aux portes, et on lui permit de passer. Il avait su, avec certitude, qu'il en serait ainsi. Des puissances étaient en travail dans cette nuit, qui dépassaient la compréhension ordinaire.

Il traversa la prairie qui s'étendait devant les portes d'Esfèrth et continua de marcher à pas réguliers vers l'est. Sa demeure de trouvait dans cette direction, mais pas vraiment. Elle était bien trop loin, sa demeure. Il arriva à la rivière, la traversa, dans l'eau jusqu'à la poitrine, avec Cafall qui soulevait des éclaboussures près de lui. De l'autre côté, il s'arrêta pour contempler les bois et se tourna vers le chien de Brynn – son chien à lui maintenant – pour dire à mi-voix : « Pas plus loin. Attends ici. »

Cafall poussa de la tête la hanche et la cuisse détrempées d'Alun, mais quand il répéta : « Pas plus loin », le chien obéit, immobile près de l'eau courante, une forme grise, presque invisible, tandis qu'Alun s'enfonçait seul entre les arbres.

Elle sait l'instant où il traverse les premiers chênes et les aulnes, consciente de son aura avant même de le voir. Elle se tient dans une clairière, près d'un hêtre, comme la première fois, une main sur l'arbre pour se nourrir à la force de sa sève. Elle a peur. Mais ce n'est pas tout ce qu'elle ressent.

Il apparaît au bord de la clairière et s'immobilise. Elle, ses cheveux sont devenus d'argent, la nuance la plus pure, l'essence même de son être, leur être à toutes : l'argent autour d'eux, autour du premier tertre, étincelant. Perdu désormais sous la mer. Elles chantent pour saluer la lune blanche, lorsqu'elle se lève.

Il n'y a que la lune bleue cette nuit, invisible d'où ils se tiennent sous le couvert des arbres. Elle sait exactement où se trouve la lune, cependant. Elles savent toujours où sont les lunes. La bleue est différente, plus… intime. Des nuances qu'on ne partage pas toujours avec autrui. Pas plus qu'elle n'a partagé la nouvelle de sa randonnée vers l'est. Elle a capturé une âme pour la reine au début de l'été, ne sera point punie pour avoir suivi cet humain. Ou pas par la Chasse. Il est d'autres créatures dans la forêt, cependant, tout près, au sud. Des créatures redoutables.

Elle le voit s'avancer sur l'herbe, entre les arbres. Pour tous deux, c'est une forêt obscure, loin des lieux familiers. Il y avait un *spruaugh*, ce qui l'a irritée et surprise, car elle les déteste tous, leur couleur verte, leur façon d'épier. Elle lui a montré ses cheveux mauves, elle a sifflé et craché, et il a battu en retrait avec des jacassements agités. Elle le cherche de son œil intérieur, n'en trouve plus l'aura. Ne pensait pas non plus qu'il resterait dans les environs après l'avoir vue.

Elle s'oblige à lâcher l'arbre. S'avance d'un pas. L'humain est assez proche pour qu'elle le touche. Elle, ses cheveux brillent, elle est la seule lumière dans cette clairière, les feuilles des arbres d'été cachent la lune et les étoiles, les protégeant tous deux. Un abri, entre deux mondes, même s'ils sont environnés de danger. Elle se rappelle avoir effleuré ce visage dans la pente au-dessus de la ferme et de la cour ensanglantée, alors que l'humain s'agenouillait devant elle.

Le souvenir transforme de nouveau la couleur de ses cheveux. Ce n'est pas seulement de la peur qu'elle éprouve. Il ne s'agenouille pas, cette fois. Il ne porte pas de fer. Il l'a laissé pour venir la trouver, sachant qu'il le devait.

Ils demeurent silencieux sous la voûte des frondaisons, tandis que scintille l'herbe de la clairière. Une brise, son léger qui meurt bientôt.

Il dit : « Je vous ai vue par deux fois pendant mon voyage. Étais-je censé vous voir ? »

Elle peut sentir qu'elle tremble. Se demande s'il s'en rend compte. Ils se parlent. Cela ne doit jamais arriver. C'est un passage, une transgression. Elle ne comprend pas tout à fait ses paroles. “Censé” ? Les mortels : ce monde où ils vivent, dans une autre durée. Et comme ils meurent tôt.

Elle dit : « Tu peux me voir. Depuis l'étang. » Ne sait vraiment si c'est ce qu'il veut dire. Ils parlent, et ils sont seuls. Elle tend la main derrière elle, après tout, pour toucher l'arbre.

« Je devrais vous haïr », dit-il. Il l'a dit aussi l'autre fois.

Elle répond, comme avant : « Je ne sais pas ce que cela signifie. Haïr. »

Un mot qu'ils utilisent… Ce feu, leur vie. Une flamme et puis plus rien. C'est ce feu qui l'a toujours attirée. Mais en demeurant invisible, jusqu'à présent.

Il ferme les yeux. « Pourquoi êtes-vous ici ? »

— Je t'ai suivi. » Elle lâche l'arbre.

Il la regarde à nouveau : « Je sais. Je le sais. Pourquoi ? »

Ils pensent ainsi. C'est en rapport avec la durée. Une chose, puis une autre, et une autre ensuite. C'est ainsi que le monde prend sa forme pour eux.

Il lui vient une idée.

Alun avait l'impression que sa bouche était aussi sèche que de la terre. La voix de la fée, cette poignée de mots, le faisait désespérer encore de jouer de la musique, de jamais entendre une mélodie comparable. Un parfum de boisé entourait la créature, des fleurs nocturnes, et la lumière, toujours changeante, qui l'environnait, dans ses cheveux, la seule illumination du lieu. Elle brillait pour lui dans une forêt, et il connaissait les contes. Des mortels pris aux filets de l'entremonde, qui ne reviennent jamais ou que l'on revoit complètement transformés s'ils retrouvent le chemin du retour, leurs compagnons et leurs amantes trépassés, ou bien vieux, pliés en deux comme des cerceaux.

Dai accompagnait la reine des fées, ils marchaient sur l'eau, environnés de musique, ils s'accouplaient dans la nuit sylvestre. Dai était mort, et son âme captive.

« Pourquoi êtes-vous ici ? parvint-il à dire.

— Je t'ai suivi. »

Ce n'était pas la réponse attendue. Il la regarda : « Je sais. Je le sais. Pourquoi ? »

Elle dit : « Parce que tu as laissé… ton fer quand tu as gravi la pente jusqu'à moi ? Avant ? »

Une inflexion interrogative. Elle lui demandait si c'était une réponse satisfaisante. Elle parlait le cyngaël à l'ancienne, comme l'avait fait le grand-père d'Alun. Il fut épouvanté en songeant à l'âge qu'elle pouvait avoir. Il ne voulait vraiment pas y songer, ni le lui demander. Combien de temps vivaient les fées ? Il se sentait saisi de vertige, il avait du mal à respirer. Éperdu, il demanda : « Me ferez-vous du mal ? »

Un friselis de rire, alors, pour la première fois. « Quel mal pourrais-je faire ? »

Elle leva les bras, comme pour lui montrer sa délicatesse, sa minceur, ses très longs doigts. Il n'aurait pu nommer la couleur de sa tunique, pouvait voir en dessous des courbes pâles et lisses. Elle tendit une main vers lui. Il ferma les yeux juste avant qu'elle ne lui effleurât le visage, pour la deuxième fois.

Il était perdu, il savait qu'il l'était, malgré l'avertissement des contes anciens. Il avait été perdu du moment où il avait quitté la chapelle pour abandonner les murailles des mortels et pénétrer dans cette forêt où les humains ne pénétraient pas.

Il prit ces doigts fins dans sa main, les porta à ses lèvres pour y déposer un baiser, puis les retourna pour embrasser la paume étroite. Sentit la fée trembler, des feuilles dans le vent. L'entendit murmurer, très bas, musicale : « Me feras-tu du mal ? »

Il ouvrit les yeux. Elle était une luminescence argentée dans la forêt, elle dépassait l'imagination. Il voyait les arbres autour d'eux, et l'herbe de l'été.

« Pas pour l'éclat de tous les mondes », dit-il en la prenant dans ses bras.

◆

Il y avait très peu de lumière dans la grande salle, à présent : des flaques ambrées autour des deux foyers, ou encore là où un groupe de joueurs continuaient de lancer les dés à l'une des extrémités de la salle, et une autre paire de lampes sur la haute table où deux hommes encore éveillés discutaient, tandis qu'un troisième les écoutait en silence. Une quatrième figure dormait, la tête sur le plateau de la table entre les derniers plats qu'on n'avait pas encore ôtés, en ronflant doucement.

Aëldred des Anglcyns jeta un coup d'œil au prêtre de Ferrières endormi, et se détourna avec un léger sourire.

« Nous l'avons épuisé », dit-il.

Le prêtre à côté de lui reposa sa coupe. « Il est tard.

— Vraiment ? Parfois, cela semble mal de dormir. L'abandon d'une belle occasion. » Le roi prit une gorgée de son propre vin. « Il vous a cité Cingalus. Vous lui avez manifesté une grande bonté.

— Inutile de l'embarrasser. »

Aëldred renifla, amusé : « Pendant qu'il vous citait à vous-même ?

— Cela n'aurait point eu d'importance si son argument avait été juste. »

Le troisième émit un petit bruit à cette réplique et ils se tournèrent tous deux vers lui en souriant.

« Pas encore las, mon cœur ? » demanda Aëldred.

Son fils cadet secoua la tête : « Mais non de cette conversation. » Garèth se racla la gorge. « Père a raison. Il… n'a même pas cité correctement.

— Tout à fait juste, mon seigneur prince. » Ceinion souriait toujours, en réchauffant encore son vin. « Je suis honoré que vous l'ayez su. En toute justice, il citait de mémoire.

— Mais il a modifié le sens. Il arguait contre vous avec votre propre réflexion retournée sens dessus dessous. Vous avez écrit au Patriarche qu'il n'y avait pas d'erreur dans les images à moins qu'elles ne fussent bel et bien conçues pour être adorées, et il…

— Il m'a cité comme disant que les images seraient inévitablement adorées.

— Et il avait donc tort.

— Je le suppose, si vous êtes d'accord avec ce que j'ai écrit. » Ceinion avait une expression sarcastique. « Ç'aurait pu être pire. Il aurait pu me citer comme disant que les prêtres doivent vivre dans le célibat et la chasteté. »

Le roi rit tout haut. Le front du jeune Garèth resta plissé. « Pourquoi ne savait-il pas que vous êtes l'auteur de cette citation ? »

Le sujet de leur conversation demeurait là où il s'était affaissé, endormi comme la plupart des hommes dans la grande salle obscure. Le regard de Ceinion passa du fils au père. Il haussa encore les épaules.

« La Ferrières a tendance à regarder les Cyngaëls de haut. Comme la plupart du monde, mon seigneur. Même ici, si nous voulons être honnêtes. Vous nous traitez de voleurs de chevaux et de mangeurs d'avoine, n'est-ce pas ? » Le ton doux ne manifestait aucun outrage. « Il aurait trouvé alarmant qu'un lettré cité et avalisé par le Patriarche provînt d'une région aussi… marginale. On a usé d'un nom rhodien pour moi, après tout, lorsqu'on a inclus mes commentaires dans la Déclaration. Il lui était facile de se tromper, dans son ignorance.

— Vous n'avez pas signé en tant que Cingalus ?

— Je signe tout ce que j'écris, répliqua l'autre avec gravité, en tant que Ceinion de Llywèrth, prêtre des Cyngaëls. »

Il y eut un petit silence.

« Il ne se serait pas même attendu à vous voir écrire en trakésien, j'imagine, murmura Aëldred. Ou à ce que tu le lises, Garèth, au demeurant.

— Le prince lit le trakésien ? Merveilleux, dit Ceinion.

— Je commence seulement, rectifia Garèth.

— Il n'y a pas de "seulement" là-dedans, dit le prêtre. Peut-être lirons-nous ensemble pendant mon séjour ?

— J'en serais honoré », dit Garèth. Les coins de ses lèvres se rebroussèrent. « Cela vous tiendra à l'écart de nos chevaux. »

Un silence stupéfait, puis Ceinion éclata de rire et le roi en fit autant. Le prêtre feignit de lancer un coup de poing au prince.

« Mes enfants me sont une grande épreuve, déclara Aëldred en secouant la tête. Tous les quatre. Mais, Garèth me le rappelle, j'ai de nouveaux textes à vous montrer. »

Ceinion se tourna vers lui : « Vraiment ? »

Aëldred se permit un sourire satisfait. « Vraiment. Demain matin après les prières, nous irons voir ce que l'on est à copier.

— Et qu'est-ce donc ? » Ceinion était incapable de déguiser son intérêt.

« Oh, pas grand-chose, fit le roi en feignant l'indifférence. Un simple traité de médecine. Un Rustem d'Esperaña, sur les yeux.

— Sa révision de Galinus, avec ses propres remèdes? Oh, magnifique! Mon seigneur, au nom du dieu, comment avez-vous…

— Un bateau en provenance d'Al-Rassan s'est arrêté à Drèngest plus tôt cet été, en revenant de Rabady où il avait fait commerce avec les Erlings. Ils savent que j'achète des manuscrits.

— Rustem? Cela fait trois cents ans. Un trésor! » s'exclama Ceinion, mais tout bas parmi les dormeurs. « En trakésien? »

Aëldred sourit de nouveau: « En deux langues, mon ami. Le trakésien… et son bassanide d'origine.

— Saint Jad! Mais qui lit le bassanide? Le langage a disparu, depuis les Asharites.

— Personne encore, mais avec les deux textes nous en serons bientôt capables. J'ai quelqu'un qui travaille là-dessus. Le texte trakésien permet de déchiffrer l'autre.

— Quelle glorieuse merveille! » dit Ceinion. Il fit le signe du disque.

« Je le sais bien. Vous le verrez demain matin.

— Ce me sera une grande joie. »

Il y eut un autre silence. « Voilà qui m'ouvre une porte, de fait », dit le roi, avec une intonation qui restait légère. « Pour la question que j'attendais de vous poser. »

Ils échangèrent un regard dans un petit îlot de lumière. Loin de l'autre côté de la salle, quelqu'un éclata de rire tandis que les dés roulaient, s'arrêtaient, et que la fortune souriait, si brièvement ce fût-il.

« Mon seigneur, je ne puis rester », dit Ceinion à voix basse.

— Ah. Et ainsi la porte se referme-t-elle », murmura Aëldred.

Ceinion soutint son regard dans la lueur de la lampe. « Vous savez que je ne le puis, mon seigneur. Il est des gens qui ont besoin de moi. Nous parlions d'eux, vous en souvenez-vous? Les mangeurs d'avoine que personne ne respecte? Au bord du monde?

— Nous sommes tout autant au bord nous-mêmes, dit Aëldred.

— Non. Vous ne l'êtes pas. Pas à cette cour, mon seigneur. Soyez-en loué.

— Mais vous ne m'aiderez pas à aller plus loin ?

— Je suis ici présentement, dit Ceinion avec simplicité.

— Et vous reviendrez ?

— Aussi souvent qu'on me le permet. » Un autre petit sourire de regret. « Pour nourrir mon esprit. Tout indigne qu'il en soit. Vous savez ce que je pense de cette cour. Vous êtes une lumière pour nous tous, mon seigneur. »

Le roi ne bougeait pas. « Vous nous donneriez plus d'éclat encore, Ceinion. »

Le prêtre prit une gorgée avant de répondre. « Cela alimenterait mes propres désirs d'être ici et de partager le savoir sur mon vieil âge. Ne croyez pas que je ne sois point tenté. Mais j'ai des tâches à accomplir dans l'ouest. Nous autres Cyngaëls, nous vivons là où tombe la lumière la plus lointaine de Jad. Les derniers rayons du soleil. Il faut y voir, mon seigneur, si l'on ne veut pas que s'éteigne cette lumière. »

Le roi secoua la tête. « Tout est… marginal, ici, dans les terres du nord. Comment bâtir quoi que ce soit de durable, lorsque tout peut s'écrouler à n'importe quel moment ?

— C'est vrai de tous les hommes, mon seigneur. De tout ce que nous faisons, où que ce soit.

— Et pas davantage ici ? En vérité ? »

Ceinion inclina la tête. « Vous savez que j'en suis d'accord avec vous. Je ne fais que…

— Citer les textes et la doctrine. Oui. Mais si vous vous en abstenez ? Si vous répondez honnêtement ? Qu'arrive-t-il ici s'il y a une mauvaise moisson une année où les Erlings décident de revenir en force, et pas seulement pour des raids ? Croyez-vous que j'aie oublié les marais ? Croyez-vous que ceux d'entre nous qui étaient là se couchent la nuit, n'importe quelle nuit, sans se les remémorer ? »

Ceinion garda le silence. Aëldred poursuivit : « Que se passe-t-il si Carloman ou ses fils en Ferrières écrasent les Karches, comme ils le feront sans doute, et décident qu'ils veulent davantage de terres ? » Il regardait l'homme endormi à sa gauche.

« Vous les repousserez, dit Ceinion, ou vos fils le feront. Je crois réellement qu'il y a ici quelque chose destiné à durer. Je suis... moins sûr de mes compatriotes, qui se battent encore entre eux, et qui sont encore séduits par les hérésies païennes. » Il se tut en détournant les yeux, puis revint à Aëldred avec un haussement d'épaules. « Vous évoquiez les marais. Parlez-moi de vos fièvres, mon seigneur. »

Aëldred eut un geste impatient, un rappel, s'il en était besoin, qu'il était roi. « J'ai des médecins, Ceinion.

— Qui n'ont pas fait grand-chose pour les apaiser. Osbert me dit que...

— Osbert vous en dit trop.

— Ce qui est faux, vous le savez bien. J'ai apporté quelque chose. Vous le donnerai-je, ou à lui, ou au médecin en qui vous avez foi ?

— Je n'ai foi en aucun médecin. » C'était le roi qui haussait les épaules, cette fois. « Donnez-le à Osbert, s'il le faut. Jad apaisera cette affection lorsqu'Il le voudra. Je suis réconcilié avec cette idée.

— Cela veut-il dire que ceux qui vous aiment le doivent aussi ? » La voix de Ceinion traduisait juste assez d'amusement pour s'attirer un coup d'œil attentif d'Aëldred, puis celui-ci secoua la tête.

« Ces fièvres me font me sentir parfois comme un enfant.

— Et pourquoi pas ? Nous sommes tous encore des enfants, d'une certaine façon. Je puis me rappeler les ricochets que je faisais dans la mer, tout jeune. Et mon apprentissage de l'alphabet. Le jour de mon mariage... Il n'y a pas de honte à cela, mon seigneur.

— Il y en a à être impuissant. »

Cela réduisit Ceinion au silence. Le jeune Garèth en profita pour se lever et prendre le flacon – il n'y avait plus de serviteurs aux alentours – afin de verser du vin au prêtre ainsi qu'à son père.

Ceinion en prit une gorgée. Changea de nouveau le sujet. « Parlez-moi du mariage, mon seigneur.

— Celui de Judit ?

— À moins qu'il n'y en ait un autre en vue, dit le prêtre en souriant.

— Les cérémonies auront lieu pendant les rites d'hiver. Elle partira dans le nord à Rhédèn pour y faire des bébés et lier deux peuples, encore, comme sa mère l'a fait en m'épousant.

— Que savons-nous du prince ?

— Calum ? Il est jeune. Plus jeune qu'elle. »

Le regard de Ceinion se perdit dans la salle, revint au roi. « C'est une bonne union.

— Une union évidente. » Aëldred hésita. Détourna les yeux à son tour. « Sa mère m'a demandé de la laisser partir, après les noces. »

C'était une nouvelle. Une confidence. « À la maison de Jad ? »

Aëldred hocha la tête. Reprit sa coupe de vin. Il regardait son fils cadet, et Ceinion comprit que ce serait aussi une nouvelle pour le prince. Un moment choisi, tard dans la nuit, à la lueur des lampes. « Elle le désire depuis longtemps.

— Et vous y avez accédé à présent, dit Ceinion. Ou vous ne m'en parleriez point. »

Aëldred hocha de nouveau la tête.

Il n'était pas inhabituel pour des hommes et des femmes, sur le tard, de chercher le dieu en se retirant du tumulte du monde. C'était tout de même rare pour la royauté. Pour d'évidentes raisons, le monde ne se laissait pas écarter si aisément.

« Où ira-t-elle ? demanda le prêtre.

— Retherly, dans la vallée. Là où nos tout-petits sont ensevelis. Elle y dote les Filles de Jad depuis des années.

— Une maison bien connue.

— Et qui le sera plus encore, avec une reine, j'imagine. »

Ceinion chercha, mais n'entendit point, d'amertume. Il pensait au prince près de lui, ne regarda pas de ce côté, pour donner du temps à Garèth.

« Après les noces ? dit-il.

— C'est son intention. »

Ceinion déclara avec précaution : « Nous ne sommes pas censés être chagrins lorsque quelqu'un trouve son chemin vers le dieu.

— Je le sais. »

Garèth se racla brusquement la gorge. « Les autres… sont-ils au courant ? » Sa voix était un peu rauque.

Son père, qui avait choisi son moment pour la confidence, dit : « Athelbert ? Non. Tes sœurs, peut-être. Je n'en suis pas sûr. Tu peux le leur dire, si tu le désires. »

Le regard de Ceinion passa de l'un à l'autre. Il ne devait pas forcément être facile, songea-t-il soudain, d'avoir Aëldred pour père. Pas pour un fils, en tout cas.

Il avait bu beaucoup de vin, mais ses pensées étaient encore lucides, et le nom avait désormais été prononcé. Sa propre porte. Peut-être. Ils étaient aussi seuls que possible, et le fils cadet, qui écoutait, était d'une nature réfléchie. Après avoir pris une inspiration, il déclara : « J'ai un autre mariage à l'idée, si je puis vous en entretenir.

— Vous voulez une autre épouse ? » Le roi souriait avec douceur.

Comme le prêtre en retour. « Pas cette femme-là. Je suis trop vieux, et indigne d'elle. » Après une pause, il se lança : « J'ai quelqu'un à l'esprit pour le prince Athelbert. »

Aëldred se figea. Le sourire disparut. « C'est l'héritier des Anglcyns, mon ami.

— Je le sais, mon seigneur, croyez-moi. Vous voulez la paix à l'ouest du Mur, et je veux que mon peuple aille rejoindre le reste du monde, loin de ses querelles sanglantes et de son isolement.

— C'est impossible. » Aëldred secouait d'un air résolu sa tête grisonnante. « Si je choisis une princesse dans n'importe laquelle de vos provinces, je déclare la guerre aux deux autres, en détruisant le but même de cette union. »

Ceinion sourit : « Vous y avez bel et bien songé.

— Bien sûr que j'y ai songé ! C'est mon habitude. Mais quelle est la solution, alors ? »

Et Ceinion de Llywèrth dit alors d'une voix douce, avec la musique qui courait dans la voix de tous les Cyngaëls de par le monde: « Il y a celle-ci, mon seigneur: Brynn ap Hywll, qui a abattu le Volgan au bord de la mer et aurait pu être notre roi s'il l'avait voulu, a une fille en âge d'être mariée. Son nom est Rhiannon, et c'est un joyau entre toutes les femmes de ma connaissance. Si l'on ne compte pas sa mère. Le père vous est connu, j'ose le dire. »

Aëldred le regarda fixement en silence, longuement. Le prêtre de Ferrières ronflait, la joue sur le plateau de la table. Ils entendirent d'autres rires et un juron étouffé de l'autre côté de la salle. Un serviteur ensommeillé fourragea dans le feu le plus proche avec un tisonnier de fer.

Une porte s'ouvrit avant que le roi ne prît la parole.

Des portes s'ouvraient et se fermaient en tout temps, sans conséquence, sans importance. Cette porte-là se trouvait derrière eux, non point les doubles battants à l'autre extrémité de la salle. Une petite porte, pour la sortie du roi et de sa famille, s'ils le désiraient. Un homme de haute taille devait se courber pour la franchir. Un passage vers des quartiers privés, vers le sommeil qu'on aurait supposé devoir venir bientôt en cette nuit.

Mais pas en l'occurrence, car il n'est pas accordé aux hommes et aux femmes de savoir avec une quelconque certitude ce qui va arriver.

Les portes de l'existence prennent bien des formes, et les événements qui nous transforment ne sont pas toujours annoncés par des tambours ou des cors tonitruants aux portes de la ville. Nous pouvons marcher dans une ruelle connue, prier dans une chapelle familière, entrer dans une nouvelle chapelle et simplement lever les yeux, ou nous pouvons être plongé dans une profonde conversation, une nuit d'été, tard – et une porte s'ouvre dans notre dos.

Ceinion se retourna. Vit Osbert, fils de Cuthwulf, le compagnon de toujours d'Aëldred, et son chambellan. Cuthwulf, en l'occurrence et en des jours plus violents, avait été un nom maudit en terre cyngaël, un voleur de bétail et pis encore. Une autre raison, si c'était nécessaire, pour les Anglcyns d'être détestés et craints à l'ouest du Mur.

Les Erlings avaient abattu Cuthwulf près de Raedhill, avec son roi.

Le fils, Osbert, était un homme que Ceinion avait fini par admirer sans réserve, après deux séjours à Esfèrth. Fidélité, courage, des avis judicieux, une foi sans ostentation et un amour manifeste pour son roi : tout cela parlait à qui savait entendre.

Osbert s'avança en claudiquant comme à son habitude depuis ce champ de bataille, vingt ans plus tôt. Entra dans la lueur de la lampe. Ceinion vit son expression. Et même dans cette lumière réduite, il sut que quelque chose de funeste était entré par cette porte. Il déposa sa coupe de vin, avec précaution.

La paix, une vie facile, le loisir de construire et d'instruire, de planter et de moissonner, le temps de lire des textes anciens et de les étudier… Ce n'était pas monnaie courante dans le nord. En d'autres lieux, peut-être, au sud, en orient à Sarance, ou peut-être dans les autres créations du dieu.

Pas ici.

« Qu'y a-t-il ? » dit Aëldred. Sa voix s'était altérée. Il se leva en repoussant sa chaise avec un grincement. « Osbert, parle. »

Ceinion se rappellerait cette voix, et que le roi avait été debout avant de rien entendre. Il savait déjà.

Et Osbert parla donc : les signaux de feu sur les collines, au sud, près de la mer, et leurs relais le long des crêtes, apportant le message. Ce n'était pas une histoire nouvelle, songea Ceinion en l'écoutant. Rien de neuf ici, seulement le ténébreux héritage de ces terres nordiques, qui était celui du sang.

CHAPITRE 9

« Mon propre monde sera-t-il là lorsque je te quitterai ?

— J'ignore ce que tu veux dire. C'est le monde que nous avons. »

Elle se trouvait derrière lui, toute proche. La clairière aurait été plongée dans l'obscurité si ce n'avait été de la lumière qui émanait d'elle. Sa chevelure était répandue autour de lui, couleur de cuivre à présent, épaisse et chaude ; il pouvait la toucher, il l'avait touchée dans cette forêt, dans la nuit d'été. Ils étaient étendus dans l'herbe haute, à la lisière de la clairière. Autour d'eux, les murmures de la forêt. Son peuple à lui et celui des Anglcyns s'étaient tenus à l'écart de cette forêt pendant des générations. Ce qu'il craignait quant à lui se trouvait à ses côtés, cependant, et non parmi les arbres.

« Nous avons des histoires. Ceux qui s'en vont avec les fées et reviennent… une centaine d'années plus tard. » La forêt des esprits, c'était le nom qu'on donnait à cette forêt. L'un de ses noms. En était-ce donc la signification ?

Elle dit : « Je pourrais prendre plaisir à rester là pendant une telle durée. » D'une voix paresseuse, à la lente musique.

Il rit tout bas, surpris. Il se sentait suspendu de façon précaire parmi trop de sentiments différents, il avait presque peur de bouger, comme s'il eût pu briser quelque chose.

Elle se retourna sur un coude dans l'herbe, pour le regarder un moment. « Vous nous craignez plus encore que nous ne vous craignons. »

Il y réfléchit un instant. « Je crois que nous craignons ce que vous pourriez signifier.

— Ce que je peux… signifier ? Je suis simplement là. »

Il secoua la tête. Essaya d'être clair : « Mais depuis bien plus longtemps que nous. »

Elle demeura silencieuse à son tour. Il la contemplait, buvant des yeux sa minceur gracieuse, et son étrangeté. Elle avait de petits seins parfaits. Elle s'était tendue en arc au-dessus de lui, auparavant, illuminée de sa propre lumière. Il se demanda soudain comment il prierait désormais, quels termes il pourrait bien utiliser. Demanderait-il le pardon du dieu pour cet acte ? Pour ce qui, d'après les prêtres, n'existait même pas ?

Elle dit enfin : « Je crois que… la vitesse des choses vous rend le monde plus cher.

— Plus douloureux ? »

Sa chevelure avait de nouveau viré, par insensibles degrés, à une nuance de pur argent. « Plus cher. Vous… aimez davantage, parce que vous perdez tout si vite. Nous ne connaissons pas… ce sentiment. » Elle fit un geste de la main, comme pour saisir le sens qui l'éludait. « Vous vivez dans… cette *unicité* des choses. Parce qu'elles vous quittent.

— Eh bien, c'est le cas, n'est-ce pas ?

— Mais vous venez au monde avec ce savoir. Ce ne peut être… inattendu pour vous. Nous mourrons aussi. Cela prend simplement…

— Plus longtemps.

— Plus longtemps, acquiesça-t-elle. À moins qu'il n'y ait du fer. »

Sa ceinture et sa dague se trouvaient dans la chapelle d'Esfèrth. Il éprouva un chagrin renouvelé : l'un des sentiments qui se trouvaient suspendus ici. Comme elle venait de le dire. On aimait davantage, à cause de la perte.

« Mon frère se trouve-t-il toujours avec la reine ? » demanda-t-il.

Elle haussa un sourcil : « Bien sûr.

— Mais il ne le sera pas toujours.

— Rien n'est pour toujours. »

Nés dans le monde, et avec ce savoir.

Elle vit sa détresse. « Cela prend longtemps, dit-elle, avant qu'elle ne se lasse. On l'honore, on le chérit.

— Et il sera perdu à jamais, ensuite. Cela, c'est bel et bien pour toujours.

— Pourquoi "perdu" ? Pourquoi le voir ainsi ?

— Parce que c'est ce qu'on nous enseigne. Nos âmes ont un port, et la sienne a été capturée et ne retrouvera désormais plus le dieu. Peut-être... est-ce cela que nous craignons. En vous. Que vous puissiez nous infliger ce sort. Peut-être le savions-nous il y a longtemps, pour les fées.

— C'était différent autrefois », aquiesça-t-elle. Puis, timidement, après un moment. « Nous pouvions voler, alors.

— Quoi ? Comment ? »

Elle se tourna, toujours timide, pour lui montrer son dos. Il vit clairement les protubérances dures, plus petites que des seins, sous ses omoplates, et comprit que c'était la seule relique de ce qui avait été des ailes de fées.

Il les imagina, des créatures comme elle, volant sous la lune bleue ou la lune d'argent, ou au coucher du soleil. La gorge serrée, en imaginant cette beauté. Qui avait autrefois appartenu au monde.

« Je suis navré », dit-il. Il tendit une main pour une caresse. La fée frissonna en se retournant vers lui.

« Voilà encore cette façon que vous avez de penser. La tristesse. Cela fait tant partie de vous. Je... nous... nous ne vivons pas ainsi. Cela vient avec la vitesse des choses, n'est-ce pas ? »

Il y réfléchit, ne voulant pas même essayer de deviner quel âge elle pouvait avoir. Elle parlait le cyngaël comme son grand-père l'avait parlé.

Il le dit : « Tu parles bellement ma langue. À quoi ressemble la tienne ? »

Elle sembla surprise un instant, puis amusée, un éclair coloré dans ses cheveux. « Mais c'est ma propre langue. Comment crois-tu que ton peuple l'a appris ? »

Il resta un instant bouche bée.

« Notre demeure se trouve dans ces forêts et dans ces étangs, dit-elle. À l'ouest, du côté où le soleil se couche auprès de la mer, à la fin du jour. Il n'y a pas toujours eu autant de… distance entre nos deux peuples. »

Il réfléchissait furieusement. On évoquait souvent la musique qui habitait la voix des Cyngaëls. Il savait, maintenant. Un savoir qui, comme cette nuit, transformait pour lui le monde. Comment, oui, comment allait-il désormais prier ? Elle l'observait, toujours amusée.

« Ceci, dit-il, cette nuit… cela vous est-il interdit ? »

Elle prit son temps pour répondre. Répondit : « La reine est contente de moi. »

Il comprit, la réponse et l'hésitation aussi bien. Elle le protégeait. Par bonté, à sa façon. Ces créatures pouvaient apparemment manifester de la bonté. La reine était contente à cause de Dai. À cause de l'âme capturée.

Sans la quitter des yeux, il reprit : « Mais c'est tout de même… mal vu, n'est-ce pas ? Tu as quelque latitude, à cause de ce que tu as fait, mais c'est tout de même…

— Il doit y avoir une distance, oui. Comme pour vous. »

Il se mit à rire, cette fois. « Une distance ? Vous n'existez même pas ! Dire que vous existez est une hérésie. Nos prêtres me châtieraient, certains me chasseraient des chapelles et des rites, si j'osais en parler si peu que ce fût.

— Pas celui de l'étang », dit-elle d'une voix basse.

Il n'avait pas su qu'elle avait vu le prêtre, cette nuit-là. « Ceinion ? Peut-être. Il a de l'affection pour moi, à cause de mon père, je crois. Mais il ne permettrait pas qu'on parle de fées ou de l'entremonde. »

Elle sourit derechef. « L'entremonde. Je n'ai pas entendu cette expression depuis bien longtemps. » Il ne voulait pas savoir dans quel lointain passé devait se trouver quoi que ce fût pour qu'elle y pensât ainsi. Avec quelle lenteur le temps se déroulait pour elle. Elle s'étira, aussi sauvage et mince qu'un félin. « Mais tu te trompes à ce propos. Il sait. Il est venu voir la reine alors que sa femme se mourait.

— Quoi ? »

Elle rit tout haut, un son de vif-argent qui palpita en ondulant dans la clairière. « Doucement. Je puis t'entendre », murmura-t-elle. Elle le toucha, une main distraite sur sa jambe. Il ressentit de nouveau du désir, en fut presque totalement submergé. « Il est venu à notre tertre, dit-elle, et il a demandé si l'une d'entre nous pouvait aller avec lui, afin d'aider sa femme à rester en vie. Elle crachait du sang. Il a apporté de l'argent à la reine, et il pleurait sous les arbres. Il ne pouvait pas nous voir, bien sûr, mais il est venu implorer. Elle a eu pitié de lui. »

Alun demeura muet. Incapable de parler. Il était au courant, comme tout le monde, de la mort de la jeune épouse de Ceinion.

« Ne me dis donc pas, ajouta la fée en s'étirant de nouveau, que celui-là, entre tous, nierait notre existence.

— Elle n'a rien envoyé, n'est-ce pas ? » demanda-t-il enfin, un murmure.

Les fins sourcils s'arquèrent, tandis qu'elle le fixait : « Pourquoi penser cela ? Elle a envoyé de l'eau enchantée de l'étang, et un charme. Elle est généreuse, notre reine, elle honore ceux qui l'honorent.

— Cela n'a été… d'aucun secours ? »

Elle secoua la tête. « Nous ne sommes que ce que nous sommes. La mort vient. J'ai fait ce que j'ai pu. »

Il manqua presque cette dernière phrase. « C'est toi qu'elle a envoyée ? »

Les yeux dans les yeux, aucune distance entre eux, d'une certaine façon. Il n'avait qu'à tendre la main pour lui caresser de nouveau les seins.

« J'ai toujours été… très curieuse. »

Il poussa un soupir. Une telle étrangeté, le monde qui se transformait sans cesse tandis que les étoiles tournaient dans le ciel. Rapide ou lent, ce mouvement ? Cela dépendait-il de qui posait la question ?

Il dit : « Et cette nuit, c'est… la curiosité ?

— Et pour toi aussi, n'est-ce pas ? À quoi d'autre pourrait-elle servir ? » Une intonation différente, sous la musique.

Il la contempla. Impuissant à détourner les yeux. Les petites dents égales dans la large bouche mince, la peau pâle, d'une douceur douloureuse, les cheveux à métamorphoses. Et les vestiges d'ailes. Autrefois, elles pouvaient voler.

« Je ne sais, dit-il en avalant sa salive. Je ne suis pas assez sage. J'ai l'impression que je pourrais pleurer.

— La tristesse, encore, dit-elle. Pourquoi en arrive-t-on toujours là, avec vous ?

— Parfois, nous pleurons de joie. Peux-tu… le comprendre ? »

Un plus long silence. Puis elle secoua la tête avec lenteur : « Non. J'aimerais, mais c'est votre coupe et non la nôtre. »

L'étrangeté, de nouveau. Ce sentiment qu'il se trouvait dans le monde familier et qu'en même temps il l'avait complètement quitté. « Dis-moi qu'Esfèrth et les autres seront là lorsque je partirai d'ici ? »

Elle acquiesça avec calme : « Quoique certains d'entre eux puissent ne pas y être. »

Il ouvrit de grands yeux. Son cœur cogna durement dans sa poitrine. « Que veux-tu dire ?

— Ils s'apprêtent à chevaucher. Il y a de la colère, des hommes prennent leur cheval, ils portent du fer. »

Il s'assit. « Saint Jad. Comment le sais-tu ? »

Elle haussa les épaules. La question, comprit-il, était stupide. Comment pouvait-il comprendre sa façon de savoir ? Quelle réponse pouvait-elle lui donner ? Même dans la langue qu'ils parlaient tous deux, le langage que son peuple à elle avait enseigné aux siens.

Il se leva. Commença de s'habiller. Elle l'observait. Il avait conscience, aurait peut-être toujours conscience de la hâte qui pénétrait ses gestes, comme elle les voyait. Conscience de la façon dont il vivait, et les autres humains. « Je dois vraiment partir, dit-il, s'il est arrivé quelque chose.

— Quelqu'un est mort, dit-elle avec gravité. Il y a de la tristesse. L'aura de la tristesse. »

Leur mort humaine, si preste. Il la regarda, sa tunique dans les mains, se racla la gorge. « Ne nous l'envie pas, dit-il.

— Mais si », répondit-elle avec simplicité. Cette minuscule et lisse étrangeté qui scintillait sur l'herbe. « Reviendras-tu dans la forêt ? »

Il hésita, puis il lui vint une idée qui ne l'aurait pas effleuré la nuit précédente, alors qu'il était plus jeune.

« Seras-tu chagrine si je ne reviens pas ? »

Elle haussa de nouveau les sourcils, mais de surprise, cette fois. Tendit une main, de nouveau, comme si elle essayait d'atteindre quelque chose. Puis elle eut un lent sourire en levant les yeux vers lui.

Après avoir tiré sur sa tunique – pas de ceinture, à cause du fer –, il se détourna pour s'en aller. Il n'avait pas non plus répondu à la question. Il n'avait pas de réponse à donner.

Depuis la lisière sombre de la clairière, il jeta un regard en arrière. Elle était toujours assise dans l'herbe, nue, dans son élément, sans chagrin.

◆

Dans le noir, les voix commencèrent de s'éloigner vers le nord. Bern demeura dans l'eau. Il eut une idée, brisa un roseau : il pourrait avoir besoin de se submerger. Il entendit des cris, des bruits de course. Une voix rauque lança un juron, une obscénité dirigée contre les Erlings où qu'ils fussent, et contre les putes scabreuses et purulentes qui leur avaient donné naissance.

Pas le bon moment pour être découvert si on était un Erling.

Il avait eu raison, alors. Le signal de feu n'avait vraiment pas été de bon augure. Il brûlait d'ailleurs toujours. Davantage de cris à présent, plus loin, du côté d'Esfèrth, là où étaient installées les tentes. Les tentes, à l'extérieur d'une cité qui débordait de monde à la veille d'une foire.

Une ville dont on leur avait dit qu'elle serait presque déserte, qu'ils pourraient même la piller dans un raid qui serait célébré pendant des générations pour leur plus grande gloire et celle de Jormsvik.

La gloire, décida Bern, allait être plutôt difficile à conquérir.

Il réfléchit rapidement, en respirant à petits coups. La troupe de Skallson était partie vers l'est depuis les bateaux. Une perte de temps, avaient pensé certains, et l'on avait dit de même pour l'incursion de Bern et d'Ecca à Esfèrth, après avoir entendu parler de la foire. Mais s'ils devaient quitter les lieux – et cela semblait évident – sans rien prendre, au moins pouvaient-ils *apprendre* quelque chose avant de partir, avait-on décidé.

Sauver la face, un peu, en rapportant des informations sur les terres d'Aëldred. Leurs compagnons se moqueraient peut-être moins de les voir revenir les mains vides, sans une goutte de sang sur leur épée, sans histoire à raconter. Un voyage gaspillé à la fin de la saison des expéditions. Son tout premier raid.

En cet instant précis, des moqueries seraient bien ce qu'ils pourraient espérer de mieux. Il y avait pire que des railleries au coin du feu en hiver. Si ce brasier était un signal d'alarme, cela voulait certainement dire que le parti de Guthrum Skallson avait été découvert. Et d'après la fureur qui résonnait dans les voix anglcynes – lesquelles s'éloignaient toujours de lui, loué fût Ingavin –, il s'était passé quelque chose.

Bern se rappela alors qu'Ivarr s'était trouvé avec le groupe de Skallson. Il frissonna dans l'eau malgré lui. On frissonnait ainsi lorsqu'un esprit passait, quelqu'un qui venait de mourir et qui était irrité. Au même instant, il entendit de légères éclaboussures : on entrait dans la rivière.

Il tira son poignard et s'apprêta à mourir, dans l'eau, encore, pour la troisième fois. On disait que le nombre trois était un nombre puissant, la marque sacrée de Nikar la Chasseresse, épouse de Thünir. Trois fois, c'était une porte. Il s'était attendu à mourir dans les eaux nocturnes de Rabady. Et une autre fois dans l'écume de l'aube, devant Jormsvik. Il s'efforça de l'accepter encore une fois. La fin attendait tout un chacun, nul ne connaissait son destin, tout dépendait de la façon dont on mourait. Il serra plus fortement son arme.

« Reste où tu es », entendit-il.

La voix était basse, laconique, à peine audible. Absolument familière. Il l'avait entendue pendant presque toute son existence.

« Épargne-moi le couteau, poursuivit la voix, j'ai déjà été poignardé cette nuit. Et reste tranquille, ou ils te trouveront et te tueront sur place. » Son père s'avançait tout droit vers l'endroit où il était dissimulé, dans l'eau jusqu'aux épaules, invisible dans les ténèbres.

Invisible, à moins de *savoir* qu'il se trouvait là. Ce n'était pas un mystère, du moins pas cette partie des événements. Il était entré dans la rivière exactement en face de l'endroit où son père l'avait laissé. Ce n'était pas de la magie, ni une impossible vision nocturne, ni un brillant instinct de raider.

« Je ne pensais pas qu'ils m'offriraient du vin », marmonna-t-il. Pas de salutations. Thorkell ne l'avait pas salué.

Son père poussa un grognement en arrivant : « Comment va ta tête ?

— Mal. Vous voulez votre collier ?

— Je l'aurais gardé si je le voulais. Tu as commis une erreur dans cette ruelle. Tu connais la saga : “Garde les yeux ouverts / dans une salle de festin ou dans les ténèbres. Sois toujours sur tes gardes / Sois toujours aux aguets”. »

Bern ne répondit pas. Il se sentit devenir écarlate.

« Deux chevaux ? » dit Thorkell avec calme.

La masse noire qui était son père se trouvait tout près de lui, la voix de Thorkell dans son oreille. Tous deux ensemble dans une rivière, la nuit, en terre anglcyne. Comment était-ce possible ? Qu'avaient décidé les dieux ? Et comment prenait-on le contrôle de son existence quand ce genre de situation se présentait? Il se rendit compte que son cœur battait très fort, en fut irrité.

« Deux chevaux », répliqua-t-il, en gardant une voix égale. « Où est Ecca? »

Une petite hésitation: « C'était son nom, maintenant? »

"C'était". « Oui, dit Bern avec amertume. Évidemment. Il est mort. Vous savez, le même poète a dit: "Jamais, quoi qu'on en pense / bière ni hydromel n'ont été bons pour quiconque". Êtes-vous ivre? »

Le revers de main lui frappa la tempe.

« Par l'œil aveugle d'Ingavin, du respect! Je t'ai sorti d'une ville fortifiée. Penses-y. Je suis allé l'avertir, il a dégainé pour me tuer quand j'ai utilisé son véritable nom. J'ai commis une erreur. Ton cheval, il est bon? »

Une erreur. Ç'aurait été à rire. Ou à pleurer. Tuer ce deuxième homme, dans l'île, voilà qui avait été une erreur, aurait voulu dire Bern. Il essayait encore de comprendre ce qui se passait ici. « Mon cheval est Gyllir », dit-il. Et essayait d'effacer de sa voix toute intonation que son père aurait pu interpréter comme une fierté adolescente.

Thorkell poussa un autre grognement. « Celui de Halldr? Il ne t'a pas poursuivi?

— Halldr est mort. Le cheval était pour ses funérailles. »

Cela réduisit son père au silence, du moins pour un moment. Bern se demanda si Thorkell songeait à son épouse, qui était devenue celle de Halldr et se trouvait maintenant veuve, seule et sans protection sur Rabady.

« Il y a une histoire là-dedans, j'imagine », ce fut tout ce que dit Thorkell.

Sa voix ne s'était pas altérée le moins du monde. Pourquoi en aurait-il été ainsi, même si tout l'univers entier de Bern avait été transformé? « Laisse la monture de Stefa, dit son père, il leur faudra trouver un cheval, quand ils auront trouvé le corps. »

Stefa. Avec un effort, Bern empêcha sa main d'aller tâter sa tête. Les étoiles s'étaient remises à caramboler lorsque son père l'avait frappé. Thorkell était fort.

« Ils verront les traces de deux chevaux là où nous les avons cachés, dit-il. Ça n'ira pas.

— Si. Je vais trouver son cheval et je le leur amènerai. Mais va, maintenant, et vite. Un imbécile a abattu Burgrèd de Dènfèrth cette nuit. Aëldred lui-même part en chasse, je crois bien.

— Quoi ? dit Bern, bouche béante. Le duc ? Mais pourquoi ne l'ont-ils pas…

— Pris pour rançon ? Je te le demande. C'est toi le mercenaire. Il aurait valu votre raid, et bien davantage encore. »

Mais la réponse, de fait, Bern la connaissait. « Ivarr, dit-il. C'est Ragnarson qui nous paie.

— Par l'œil aveugle d'Ingavin ! Je le savais », gronda son père. Son ancien juron, que Bern se rappelait de son enfance, aussi familier que des odeurs, ou la forme d'une main. Thorkell jura de nouveau, cracha dans l'eau. Resta là, immergé à mi-poitrine, pensif. « Écoute, dit-il enfin. Il voudra que vous alliez à l'ouest. N'y va pas. Ce n'est pas un raid pour Jormsvik.

— À l'ouest ? Qu'y a-t-il à l'ouest d'ici ? Seulement… » Puis, comme son père ne disait mot, Bern y réfléchit davantage. Déglutit, se racla la gorge. « Du sang, murmura-t-il. La vengeance. Pour son grand-père ? Et c'est pour cette raison-là qu'il…

— C'est pour cette raison-là qu'il a acheté vos vaisseaux et vos hommes, peu importe ce qu'il vous a dit. Et c'est pour cette raison qu'il ne veut pas d'un otage. Il veut les Cyngaëls. Mais avec une rançon payée pour un duc, vous feriez demi-tour et rentreriez à Jormsvik. Il se trouvait avec le parti qui a abordé, n'est-ce pas ? »

Bern hocha la tête. Tout tombait en place.

« Je te parie de la terre que nous ne possédons plus qu'ils trouveront Burgrèd avec une flèche dans le corps.

— Il a dit que les murailles du *burh* n'étaient pas finies et qu'Esfèrth serait presque vide. »

Avec un grognement, Thorkell cracha de nouveau. « Vide ? Pendant une foire ? Aussi rusé qu'un serpent, celui-là. Du poison, sur ses flèches.

— Comment pouvez-vous bien le savoir ? »

Pas de réponse. Bern songea soudain qu'il n'avait jamais de sa vie parlé ainsi à son père. Rien qui ressemblât à cette laconique conversation. Il n'avait pas le temps, absolument pas le temps de laisser monter sa propre rage si longtemps contenue. Thorkell n'avait posé aucune question à propos de son épouse. Ou de Gyllir. Ou sur la façon dont Bern s'était retrouvé à Jormsvik.

Des lucioles filaient autour d'eux. Il entendait de grosses grenouilles et des criquets. Pas de voix humaines, cependant. On était parti au nord vers les murailles et les tentes. Et on en ressortirait par ici, en direction de la côte. Le roi Aëldred en tête, avait dit son père.

La troupe de Guthrum était à pied, devait retourner à la course vers les bateaux en cet instant même. S'ils n'étaient pas tous morts. Ils n'avaient pas idée de l'endroit où ils s'étaient trouvés quand ils…

« Où sont les chevaux ?

— Juste à l'ouest, dans la forêt.

— Dans cette forêt-là ? » Pour la première fois, la voix de Thorkell se fit plus forte.

« Y en a-t-il d'autres ?

— Je vais encore te donner une gifle. Du respect ! C'est une forêt hantée. Aucun Anglcyn et aucun Cyngaël n'y entrera. Stefa aurait dû le savoir, si tu l'ignorais.

— Eh bien », fit Bern, une tentative de défi, « peut-être le savait-il. S'ils n'y entrent pas, c'est un bon endroit pour cacher des chevaux, non ? »

Son père ne répliqua pas. Bern avala de nouveau sa salive, s'éclaircit la voix. « Il y a seulement fait quelques pas, il les a attachés et il est ressorti tout de suite.

— Il le savait. » Thorkell semblait soudain las. « Tu ferais mieux de partir, poursuivit-il. Déduis le reste pendant que tu chevaucheras. »

Bern gravit la rive occidentale de la rivière. Il ne dit rien, mais alors qu'il regardait autour de lui, accroupi, Thorkell ajouta : « Ne laisse pas Ivarr Ragnarson savoir que tu es mon fils. Il te tuera. »

Bern se retourna vers la silhouette sombre de son père dans le courant. Une histoire là encore, de toute évidence. Il n'allait pas poser la question. Il voulait trouver de dures paroles, remarquer qu'il était bien tard pour Thorkell de manifester des signes d'intérêt à l'égard de sa famille.

Il se détourna. Entendit son père sortir de l'eau derrière lui. Il se dirigea promptement vers le sud, courbé en deux, pénétra dans les arbres pour aller chercher Gyllir. Avec un frisson. Une forêt hantée. Il savait que Thorkell l'observait, afin de bien noter l'endroit. Il ne jeta pas un regard en arrière. N'offrit aucun adieu et, Ingavin lui en soit témoin, aucun remerciement. Il mourrait d'abord !

Gyllir hennit doucement à son approche. Le cheval semblait agité, remuait la tête. Avec des murmures, Bern lui caressa le museau, puis il détacha les rênes. Il laissa le cheval d'Ecca attaché, comme indiqué. Ce ne serait pas pour longtemps. Après avoir quitté la forêt, il sauta en selle et s'éloigna vers le sud sous les étoiles et la lune bleue, en poussant sa monture. Des cavaliers galoperaient bientôt sur le même chemin.

Le terrain était plan, avec la forêt à l'ouest et la plaine à l'est de l'autre côté de la rivière, d'abord presque déserte, sans habitations, puis quelques fermes obscures, des champs d'orge et de seigle, la moisson proche. Une ligne d'arbres bas, des édifices regroupés, et la pente qui commençait à s'accentuer vers la mer, et les bateaux. Encore un long chemin. Des cavaliers derrière lui. Le brasier brûlait toujours. Après un moment, il en aperçut un autre dans le lointain, et plus tard un troisième ; on continuait d'envoyer les signaux, qu'il ne pouvait interpréter. La lune avait disparu alors, derrière la forêt.

Il se pencha sur l'encolure de Gyllir pour rendre son poids plus facile à porter à l'animal. “Il y a une histoire là-dedans”, avait dit son père une fois au courant, pour le cheval. Il n'avait pas posé de question, pourtant. Il n'en avait pas posé.

Heimthra, c'était le mot qu'on employait pour désigner la nostalgie : de son foyer, de son passé, de ce qui avait autrefois été. Même les dieux, disait-on, connaissaient ce désir, depuis le temps où les univers avaient été séparés. Tout en chevauchant, Bern se sentit reconnaissant qu'il n'y eût personne dans ce vaste monde obscur pour voir son visage; il devait se fier à Ingavin et à Thünir pour ne pas avoir mauvaise opinion de lui, si les dieux l'observaient dans la nuit.

◆

C'était Hakon Ingemarson qui avait reconnu Kèndra au bord de la rivière.

Il l'avait interpellée aussitôt en passant avec une torche dans la foule des autres gens qui retournaient à leurs tentes. Elle n'avait pas voulu lui demander comment il avait pu la reconnaître aussi aisément dans le noir. Elle craignait sa réponse. Savait en réalité ce qu'il aurait répondu.

Elle avait maudit en silence la pure malchance qui avait amené là le garçon, tout en se retournant et en réussissant à lui adresser des paroles de souriante bienvenue alors qu'il se hâtait vers elle.

« Ma dame ! Comment se fait-il que vous soyez là, et seule ?

— Je ne suis pas seule, Hakon. Ceinion de Llywèrth m'a aimablement envoyé son propre garde du corps. » Sur un geste, Thorkell s'était avancé dans la lumière. Le chien, heureusement, était de l'autre côté de la rivière, invisible. Elle n'imaginait pas ce qu'elle aurait pu dire pour expliquer sa présence.

« Mais il n'y a rien du tout ici ! » s'était exclamé Hakon. Elle avait compris alors qu'il était ivre. Tout le monde l'était. Cela faciliterait peut-être les choses. « L'assemblée est là-bas, vers les tentes ! Vos royaux frères et sœur y sont déjà. Pouvons-nous vous escorter ? »

Kèndra, malgré ses efforts, n'avait su comment refuser. Avec une autre malédiction intérieure, d'une férocité qui aurait surpris ses frères et sa sœur, et complètement déconcerté le jeune homme qui se trouvait devant elle,

elle avait souri en disant : « Bien sûr. Thorkell, attends-moi ici. Je resterai peu de temps sans doute, et je ne voudrais pas que ces hommes manquent leur divertissement pour me ramener à l'intérieur des murailles.

— Oui, ma dame », avait dit l'Erling, de la voix sans inflexion d'un serviteur.

Hakon, d'abord apparemment sur le point de protester, avait plutôt décidé d'être heureux de ce qu'il avait gagné de manière si inattendue. Elle lui avait emboîté le pas et, avec les autres, ils s'étaient rendus jusqu'au village de tentes multicolores qui avait poussé au nord-ouest de l'enceinte.

À leur arrivée, ils trouvèrent une foule tumultueuse qui formait un vaste cercle. Hakon se fraya un chemin vers le premier rang. À l'intérieur du cercle se tenaient deux personnes. Ce ne fut pas une grande surprise pour Kèndra de voir que c'étaient son frère aîné et sa sœur.

Elle jeta un regard autour d'elle. D'un côté du cercle elle aperçut un crâne déposé dans l'herbe, avec une torche plantée à côté. Elle fit une petite grimace. Elle avait une assez bonne idée, tout à coup, de ce qui s'était passé là. Athelbert ne savait tout simplement pas quand s'arrêter.

Judit tenait en main un long bâton, les deux mains à l'horizontale. Athelbert en avait un nettement plus petit, une mince baguette. À peu près inutile, tout juste bonne à écarter des mouches ou faire tomber des pommes, et guère davantage.

Avec une sombre résolution et un talent certain, Judit s'employait à assommer son frère, afin de parachever ce qu'elle avait commencé dans la matinée. Athelbert, qui avait beaucoup bu, c'était clair, riait bien trop fort pour se garder de l'assaut de sa sœur.

Kèndra, en les observant, en écoutant l'hilarité générale, songeait au Cyngaël dans la forêt et à son chien, à la façon dont l'animal s'était tenu sur l'autre rive, rigide et attentif, l'oreille aux aguets. Pour entendre quoi, elle l'ignorait. Elle ne voulait pas réellement le savoir.

On n'y pouvait rien désormais, de toute façon. Impossible pour l'instant de se détourner et de s'éloigner.

Avec un nouveau soupir, elle fixa un sourire sur ses traits en acceptant une coupe de vin allongé d'eau des mains de Hakon, très désireux de s'occuper d'elle. Elle observa son frère et sa sœur, dans les hurlements de la foule ravie et la fumée des torches. Une tardive nuit d'été, la moisson qui s'annonçait bien, la foire qui allait bientôt commencer. Un temps pour le rire et les festivités.

Le divertissement se poursuivit à l'intérieur du cercle, ponctué par deux pauses des combattants pour se rafraîchir à une coupe de vin. Les cheveux de Judit étaient désormais entièrement dénoués, sans la moindre modestie. Non qu'elle dût s'en soucier, songea Kèndra. Athelbert se dérobait en évitant le déluge de coups. Il en avait reçu deux ou trois, y compris un sur le menton qui l'avait envoyé s'étaler, à peine capable de rouler sur lui-même pour échapper à l'ardente poursuite de Judit. Kèndra songea à intervenir. Elle en était certainement la seule capable. Elle ignorait à quel point Judit se maîtrisait encore. C'était parfois difficile à déterminer.

Puis quelqu'un poussa un cri, d'un ton différent, et les gens se mirent à désigner un point au sud de la cité. Kèndra se retourna. Un brasier. On regarda les signaux s'égrener, puis recommencer. Et recommencer.

Ce fut Athelbert qui interpréta le message à voix haute pour eux. Judit, en l'écoutant, laissa tomber son bâton et vint se tenir près de lui. Elle se mit à pleurer. Athelbert lui passa un bras autour des épaules.

Dans le chaos qui s'ensuivit, Kèndra s'écarta de l'endroit où Hakon rôdait autour d'elle. Puis elle se glissa dans l'obscurité. Il y avait des torches partout, qui dessinaient des formes dans la nuit. Elle retrouva le chemin de la rivière. Le chien était toujours là. De fait, il ne semblait pas avoir bougé. Thorkell n'était nulle part.

Pas plus qu'Alun ab Owyn. Qui aurait dû être à présent totalement dépourvu d'importance, songea-t-elle, l'esprit tourbillonnant. L'un des leurs avait été abattu cette nuit, si Athelbert avait bien compris le message. Il l'avait bien compris, elle en était certaine.

Burgrèd. Il s'était trouvé dans les marais avec leur père, il avait combattu à Camburn, les deux fois, lorsqu'ils avaient été vaincus et lorsqu'ils avaient été vainqueurs. Et il était allé pourchasser une rumeur de vaisseaux erlings tandis que le roi gisait, perdu dans sa fièvre.

Ce savoir torturerait leur père.

Il y eut un mouvement de l'autre côté de la rivière. L'homme qu'elle avait suivi apparut à la lisière des arbres.

Il s'y arrêta, comme égaré.

Kèndra, le cœur battant, vit le chien se diriger vers lui, lui pousser la hanche de son museau. Alun ab Owyn tendit une main pour toucher l'animal. Il faisait trop sombre pour voir ses traits, mais il y avait dans son attitude quelque chose qui effraya Kèndra. Elle avait été effrayée toute la nuit, comprit-elle. Toute la journée, en réalité, dès le moment où le groupe des Cyngaëls était arrivé dans la prairie.

Des bruits résonnaient derrière elle, des hommes qui criaient, qui couraient vers les portes de la ville, désormais ouvertes. Kèndra entendit un autre son, un bruit de pas, plus proche : elle aperçut Thorkell. Ses vêtements étaient mouillés.

« Où étais-tu ? murmura-t-elle.

— Il est ressorti », répliqua l'Erling sans répondre.

Kèndra se retourna vers la forêt. Alun n'avait pas encore bougé, sinon pour toucher le chien. D'un pas incertain, elle s'avança vers la rivière pour se tenir sur la rive, parmi les roseaux et les libellules. Elle le vit lever les yeux et remarquer sa présence. Trop sombre, il faisait trop sombre pour distinguer l'expression de son regard.

Elle poussa un soupir. Elle n'aurait pas dû se trouver là, ne comprenait pas comment elle savait ce qu'elle savait.

« Revenez-nous », dit-elle en luttant contre sa crainte.

Le chien se retourna en entendant sa voix. La lune bleue, les étoiles dans le ciel. Kèndra entendit Thorkell arriver derrière elle. En fut reconnaissante. Elle observait l'autre homme près des arbres.

Et enfin, elle entendit Alun ab Owyn dire, si bas qu'il fallait tendre l'oreille pour le saisir. « Ma dame, j'ai un long chemin à parcourir. Pour revenir. »

Elle frissonna. Au bord des larmes, effrayée. Elle s'obligea à prendre une autre grande inspiration et déclara, avec le courage dont peut-être seul son père savait qu'elle le possédait : « Je ne suis pas si loin. »

Thorkell, derrière elle, émit un son étrange.

Près des arbres, Alun ab Owyn releva un peu la tête. Puis, au bout d'un moment, il s'avança en marchant comme dans de l'eau avant même d'atteindre la rivière. Il traversa avec le chien. Il était tout échevelé. Il n'avait pas de ceinture à sa tunique, ne portait pas d'arme.

« Que… faites-vous ici ? » demanda-t-il.

Le menton bien haut, en sentant la brise dans ses cheveux, elle répondit : « Je n'en suis pas sûre, en vérité. Je me suis sentie… effrayée, quand je vous ai vu ce matin. Quclquc chosc…

— Vous avez eu peur de moi ? » La voix d'Alun était dénuée d'émotion.

Kèndra hésita de nouveau. « J'avais peur pour vous », dit-elle.

Un silence, et puis le jeune homme hocha la tête, comme sans surprise.

“Je ne suis pas si loin” avait-elle dit. D'où cela lui était-il venu ? Mais il avait traversé. Il avait traversé la rivière, abandonnant les arbres pour venir les rejoindre, elle et Thorkell. Derrière elle, l'Erling gardait le silence.

« Quelqu'un est-il mort cette nuit ? demanda Alun ab Owyn.

— Nous le croyons. Mon frère pense que c'est le duc Burgrèd, qui menait un parti au sud d'ici.

— Des Erlings ? Des raiders ? »

Il regardait Thorkell derrière elle, à présent. Le chien se tenait près de lui, encore dégoulinant d'eau, parfaitement immobile.

« On le dirait bien, mon seigneur », dit le colosse dans son dos. Puis, avec précaution : « Je crois… que nous connaissons tous deux celui qui les mène. »

Et cela produisit un changement. Kèndra le vit. Le Cyngaël parut être attiré vers eux, brusquement, comme un coup de fouet, ou une laisse qu'on tire, loin de ce qui était arrivé parmi les arbres, quelle qu'en fût la nature. Ce à quoi Kèndra ne voulait pas penser.

« Ragnarson ? » demanda-t-il.

Elle ne connaissait pas ce nom, qui ne signifiait rien pour elle.

L'Erling inclina la tête : « Je le crois.

— Comment le sais-tu ? demanda ab Owyn.

— Mon seigneur, si c'est Ragnarson, il voudra emmener leurs bateaux à l'ouest. Le roi Aëldred se prépare à chevaucher à l'instant même afin de les poursuivre. »

Thorkell était très doué, comprit Kèndra, pour ne pas répondre lorsqu'il ne le désirait pas.

Dans la pénombre, elle jeta un coup d'œil au prince cyngaël. Alun était rigide, si tendu qu'il en tremblait presque. « Il va retourner attaquer Brynnfell. Ils n'y seront pas prêts, pas déjà. Il me faut un cheval !

— Je vais vous en trouver un, dit Thorkell avec calme.

— Quoi ? Je ne crois pas », dit une voix brouillée mais irritée. Kèndra fit volte-face, en sentant le sang quitter son visage. Vit Athelbert qui s'avançait dans l'herbe. « Une monture ? Pour qu'il puisse monter ma sœur et retourner ensuite chez lui s'en vanter ? »

Kèndra sentit son cœur lui marteler la poitrine, de fureur, cette fois, et non de crainte. Elle avait les poings serrés. « Athelbert, tu es saoul ! Et absolument… »

Il passa près d'elle sans s'arrêter. Athelbert pouvait plaisanter et se bagarrer avec Judit, la laisser le frapper pour le divertissement d'autrui, mais c'était un combattant endurci et bien entraîné, le futur roi de ces terres, et, pour maintes raisons, en cet instant, il était enragé.

« Absolument quoi, ma sœur ? » Il ne la regardait pas. Il s'était arrêté en face d'Alun ab Owyn. Il faisait une tête de plus que le Cyngaël. « Regardez ses cheveux, sa tunique. Il a laissé sa ceinture dans l'herbe, à ce que je vois. Au moins tu t'es rendue présentable après t'être relevée. »

Thorkell Einarson s'avança d'un pas. « Mon seigneur prince, je puis vous dire…

— Tu peux fermer ta sale gueule d'Erling avant que je ne te massacre, dit Athelbert d'un ton sec. Ab Owyn, dégaine ton épée.

— Je n'en ai pas », dit Alun avec douceur. Et il s'élança d'un mouvement souple et économe sur Athelbert. Feinta à gauche, puis, de son poing droit, lui asséna un formidable coup sur la poitrine, à l'emplacement du cœur. Kèndra porta ses mains à sa bouche. Athelbert s'effondra en arrière, étalé dans l'herbe. Avec un grognement, il remua pour se lever, et se figea sur place.

Le chien, Cafall, le surplombait, une énorme menace grise et grondante.

« Il ne m'a pas touchée, espèce de balourd maudit de Jad ! » hurla Kèndra à l'adresse de son frère. Dans sa fureur, elle était au bord des larmes. « Je vous regardais faire les imbéciles, toi et Judit !

— Ah bon ? Tu as… euh… tu nous as vus ? » dit Athelbert. Il avait une main sur la poitrine, et se gardait de bouger trop vite.

« J'ai vu, dit-elle en écho. Dois-tu vraiment te donner tant de peine pour te conduire comme un imbécile ? »

Il y eut un silence. Ils entendirent des bruits derrière eux, du côté des portes.

« Moins difficile que tu ne le penses », murmura enfin son frère. Avec ironie, se moquant déjà de lui-même, un de ses dons, en vérité. « Où donc avez-vous appris ce coup ? » ajouta-t-il en levant les yeux vers Alun ab Owyn.

« Mon frère me l'a enseigné », dit le Cyngaël d'un ton bref. « Cafall, au pied ! » Le chien avait émis un autre grondement lorsque Athelbert avait bougé pour s'asseoir.

« Au pied, c'est une bonne idée, acquiesça Athelbert. Vous pourriez peut-être le lui répéter ? Vous assurer qu'il a bien entendu ? » Il jeta un coup d'œil du côté de Kèndra. « Il semblerait que j'ai…

— … erré, dit Kèndra tout à trac. Comme c'est inhabituel ! »

Ils entendirent des trompes dans la ville.

« C'est notre père », dit Athelbert. Avec une intonation différente.

Alun regardait du côté de la cité. « Il faut faire vite. Thorkell, où est ce cheval ? »

Le colosse se tourna vers lui : « En aval. J'ai tué un raider erling en ville cette nuit. Je viens de retrouver son cheval dans la forêt. Si vous avez besoin d'une monture tout de suite, vous pouvez…

— J'ai besoin d'une monture tout de suite, et d'une épée.

— Tué un raider erling », dit Athelbert d'un ton coupant, en même temps.

— Un homme que je connaissais. Il était rendu à Jormsvik. Je l'ai vu dans…

— *Plus tard* ! Allons ! dit Alun. Regardez ! » Il tendait le doigt. Kèndra et les deux autres se retournèrent. Elle joignit les mains. Le *fyrd* du roi Aëldred franchissait les portes au grand galop, parmi les torches et les étendards. Elle entendit le cliquetis des harnais, le martèlement des sabots, les cris des hommes, les mugissements des trompes. La glorieuse et terrible panoplie de la guerre.

« Ma dame ? » C'était Thorkell. Qui lui demandait la permission.

« Va », dit-elle. Ce n'était pas son serviteur.

Les deux hommes s'éloignèrent à la course le long de la rivière. Le chien adressa un ultime grognement à Athelbert, puis les suivit.

Kèndra abaissa son regard sur son frère, toujours assis dans l'herbe. Le regarda se lever, non sans précaution. Il avait eu une journée pénible. Grand, aussi blond qu'un Erling, gracieux, séduisant, et presque raisonnablement sobre.

Il se tint devant elle, un frémissement au coin des lèvres. « Je suis un imbécile, dit-il. Je sais, je sais. Qui t'adore, néanmoins. Souviens-t'en. »

Puis il s'éloigna à son tour d'un pas rapide, en direction des portes, pour se joindre à la compagnie qui en sortait, la laissant seule, de façon imprévue, dans l'obscurité près de la rivière.

Cela n'arrivait pas souvent, qu'elle fût seule. Ce n'était pas malvenu, de fait. Il lui fallait quelques instants pour reprendre son sang-froid, ou du moins s'y essayer.

"Que faites-vous là ?" avait demandé Alun. Une question trop évidente. Et comment aurait-elle pu répondre ? Lui parler d'une aura entraperçue, d'un son qu'on n'entendait pas, de ce qu'elle n'avait jamais su auparavant mais qui était aussi clair que la foi ou le désir ? Le sentiment qu'il était marqué, un homme à part, et qu'elle l'avait vu, de quelque façon, dès qu'il avait mis le pied dans la prairie, le matin même ?

"J'ai un long chemin à parcourir", avait-il dit aussi, de l'autre côté de la rivière. Et elle avait su, d'une manière ou d'une autre, ce qu'il avait vraiment voulu dire – et elle ne voulait vraiment pas le savoir.

Jad me protège, songea Kèndra. Et le protège. Elle jeta un coup d'œil du côté des arbres, malgré elle. La forêt des esprits. Ne vit rien, absolument rien.

Elle s'attardait, réticente à abandonner ce calme. Puis, telle une lame qui se glissait dans sa chair, il lui vint cette pensée : le tumulte qu'elle entendait au loin répondait à la mort d'un homme qu'elle connaissait depuis son enfance.

Burgrèd de Dènfèrth, la soulevant pour la mettre sur son cheval, si loin au-dessus du sol, pour un tour au petit galop des murailles de Raedhill. Elle avait eu trois ans, peut-être quatre. La terreur, puis la fierté, et un hoquet de rire, le souffle coupé, le joyeux vertige. L'expression adoucie et amusée de son père lorsque Burgrèd l'avait ramenée et, penché sur sa selle, l'avait reposée au sol, toute rouge, sur ses jambes potelées.

Se rappelle-t-on ce qui est arrivé maintes fois, ou se rappelle-t-on à cause de la rareté ? Cet événement avait été une rareté. Un homme sévère, le duc Burgrèd, bien plus qu'Osbert. Un homme d'action et non de réflexion. Il portait d'une autre manière les marques du passé. Les fièvres d'Aëldred, la jambe d'Osbert et… le courroux de Burgrèd. Un compagnon d'Aëldred, et bien-aimé, alors qu'ils étaient tous très jeunes, avant même Béortfèrth.

Un Erling l'avait abattu cette nuit. Comment s'en accommodait-on, lorsqu'on était le roi des Anglcyns ?

Son père s'en allait en expédition. Il pourrait mourir cette nuit même. Ils ne savaient nullement combien d'Erlings se trouvaient au sud. Combien de bateaux. Jormsvik, avait dit Thorkell Einarson. Elle savait de qui il s'agissait : des mercenaires de la pointe du Vinmark. Des hommes rudes. Les plus rudes de tous, disait-on.

Kèndra se détourna alors, de la forêt, de la rivière, de la solitude, pour revenir. Elle vit son frère cadet qui l'attendait patiemment à quelques pas.

Elle ouvrit la bouche, la referma. Athelbert devait avoir envoyé Garèth. Tout en essayant de trouver son cheval et son armure, lancé à la course pour se joindre au *fyrd* dans le chaos, malgré tout, il l'aurait fait.

Il était trop facile de sous-estimer Athelbert.

« Père ne voulait pas vous laisser partir tous les deux ? » demanda-t-elle à mi-voix. Sut la réponse avant même de terminer sa phrase.

Garèth secoua la tête dans la pénombre. « Non. Que s'est-il passé ici ? Es-tu bien ? »

Elle hocha la tête. « Je suppose. Toi ? »

Il hésita. « Je ne verrais pas d'inconvénient à tuer quelqu'un. »

Kèndra poussa un soupir. Les autres avaient leurs propres chagrins, il fallait s'en souvenir. Elle s'avança pour prendre le bras de son frère. Sans le presser ni rien de la sorte ; il se serait rebiffé à toute démonstration de sympathie. Garèth connaissait les philosophes trakésiens et rhodiens, les lui avait lus, se modelait sur leurs enseignements, ou s'y essayait. "Menez votre existence dans la certitude que la mort advient à tous les hommes. Soyez donc en conséquence, calme en face de l'adversité." Il avait dix-sept ans.

Ils rentrèrent ensemble. Elle vit le garde des portes, livide. Celui qui les avait laissés sortir. Elle lui adressa un petit signe de tête rassurant, parvint à lui sourire.

Elle retourna avec Garèth dans la grande salle. Osbert s'y trouvait, dans un flamboiement de lanternes, donnant des instructions à des hommes qui faisaient la navette devant lui. Kèndra l'avait vu agir ainsi toute sa vie. Son visage était couturé, émacié. Aucun d'eux n'était plus un jeune homme, songea-t-elle : leur père, Osbert, Burgrèd. Burgrèd était mort. Les morts étaient-ils vieux, ou jeunes ?

Elle ne pouvait rien faire, mais il était trop tard pour aller se coucher. Ils se rendirent aux prières du matin, au lever du soleil. Leur mère se joignit à eux, imposante et calme, un vaisseau poussé par le vent, tranquille dans sa foi. Kèndra ne vit pas Judit dans la chapelle, mais sa sœur les retrouva par la suite, dans la salle, vêtue de manière sobre, les cheveux correctement relevés, mais avec dans le regard une furie sauvage. Judit ne souscrivait pas au calme prescrit par les philosophes rhodiens. En cet instant, elle voulait une épée, Kèndra le savait. Elle voulait être à cheval, en train de galoper vers le sud. Ne se réconcilierait jamais, jamais, avec le fait qu'elle ne le pouvait point.

À ce moment-là, on avait déjà découvert le cadavre de l'Erling dans une ruelle et on avait rapporté l'information à Osbert. Kèndra s'y était attendue, y avait pensé pendant tout le temps où elle était censée prier.

À l'occasion d'une pause dans le flot des messages, elle alla confier à Osbert, à mi-voix, ce qu'elle savait. Il écouta, réfléchit, n'eut pas un mot de reproche. Ce n'était pas dans sa nature. Il envoya un coureur chercher le garde qui s'était trouvé sur les remparts, lequel s'en vint, et un autre pour chercher le serviteur erling de Ceinion de Llywèrth, lequel ne s'en vint pas.

Thorkell Einarson, découvrit-on, était parti vers le sud avec le *fyrd*. Le prêtre cyngaël avait fait de même, mais cela, on le savait. Une chevauchée nocturne au côté d'Aëldred, sur un cheval qu'on lui avait donné. Pas un saint homme comme les autres, celui-là. Et Kèndra savait qu'Alun ab Owyn se trouvait aussi avec eux, et pour quelle raison.

Quelqu'un qui s'appelait Ragnarson. Elle se rappelait l'aspect d'Alun lorsqu'il était sorti de la forêt. Elle ne voulait toujours pas admettre ce qu'elle semblait avoir su à ce sujet, à son sujet – sans la moindre idée de la manière dont elle le savait. Le monde, songea soudain Kèndra, pensée hérétique, n'était pas aussi bien fait qu'il l'aurait pu.

Elle s'imagina Alun à cheval, et le chien gris courant avec les chevaux en direction de la mer.

◆

Plus tôt, cette même nuit, une femme traversait avec précaution les champs de Rabady, incertaine de son chemin dans le noir, et non sans effroi à se trouver dehors seule après le lever de la lune bleue. Elle pouvait entendre le bruissement de la mer et des vagues d'épis. Avec la moisson proche, les champs de grains étaient hauts, lui rendant encore plus difficile de voir où elle allait.

Un peu avant, sous cette même lune bleue décroissante, son époux exilé et son fils unique s'étaient entretenus dans une rivière proche d'Esfèrth. Une rencontre qui n'aurait pu être arrangée, aurait-elle dit, que par les dieux, pour leurs propres desseins, lesquels n'étaient point compréhensibles. Cette femme aurait été heureuse d'avoir des nouvelles du fils ; aurait nié tout intérêt à l'égard du père.

Ses filles étaient loin aussi, de l'autre côté du détroit, sur le continent du Vinmark. Aucune des deux n'avait envoyé de nouvelles depuis un moment. Elle comprenait. Une disgrâce familiale pouvait inspirer de la prudence à des époux ambitieux. Il régnait désormais à Hlégest un roi qui manifestait une ambition de plus en plus claire de gouverner tous les Erlings et non seulement une poignée dans le nord. Les temps changeaient. Cela signifiait, entre autres, que des jeunes hommes avaient quelque raison de bien réfléchir, de surveiller leur langue et d'être discrets quant à leurs relations familiales. Le déshonneur pouvait frapper un homme par l'intermédiaire de son épouse.

Frigga, fille de Skadi, autrefois épouse de Thorkell le Rouge, puis de Halldr Maigre-Jarret, désormais sans lien avec aucun homme et donc dépourvue de protection, n'éprouvait pas d'amertume à l'égard de ses filles.

Les femmes n'avaient qu'un contrôle limité de leur existence. Elle ignorait ce qu'il en était ailleurs. Sans doute à peu près pareil. Bern, son fils, aurait dû rester à ses côtés au lieu de disparaître à la mort de Halldr, mais l'exil de son père avait fait de lui un serf au lieu d'un héritier de propriétaire terrien, et qui, en vérité, pouvait blâmer un jeune homme de rejeter ce destin ?

Elle l'avait supposé mort, après qu'on fut parti à sa recherche et à celle du cheval, ce matin-là, sans retrouver l'un ni l'autre. Elle avait passé des nuits à pleurer, sans pouvoir laisser quiconque constater son chagrin, à cause de l'acte qu'il avait de toute évidence commis – s'emparer du bien d'un mort, un cheval promis à un brasier funéraire.

Et puis, à la fin de l'été, il n'y avait pas très longtemps, des nouvelles étaient arrivées : il n'était pas mort. On avait lapidé la *volur* pour avoir aidé Bern Thorkellson à s'enfuir de l'île.

Frigga n'en croyait rien. Cette histoire n'avait aucun sens, mais elle n'allait pas le dire à qui que ce fût. Elle n'avait personne à qui parler. Elle était seule ici, et ne savait toujours pas vraiment si son fils était vivant.

Et ensuite, quelques jours plus tôt, on avait nommé la nouvelle *volur*.

C'était Ulfarson Une-Main, désormais gouverneur, qui l'avait nommée – une nouveauté. Il y avait tout le temps du nouveau, n'est-ce pas ? Mais la jeune *volur* était de sa parenté à elle, ou presque, et Frigga avait offert quelques gentillesses à la fille lorsqu'elle était arrivée, au début, pour servir à l'enclos des femmes. C'était un geste avisé, semblait-il à présent, bien que ce n'eût pas été alors sa raison d'agir ainsi. La route des femmes est dure, toujours, rocailleuse et morne. On s'aide les unes les autres, si on le peut, quand on le peut. Sa mère le lui avait enseigné.

Elle avait elle-même besoin d'aide, à présent. C'était ce qui l'amenait dans la nuit, venteuse mais pas encore froide, et le murmure des champs. Elle avait peur des bêtes, des esprits des morts, des hommes vivants et de ce qu'ils feraient vraisemblablement après avoir bu à une femme qu'ils trouveraient seule. Elle craignait l'instant, et ce que l'avenir lui réservait dans le monde.

Elle s'immobilisa, prit une profonde inspiration en jetant un coup d'œil autour d'elle, à la lueur de la lune. Elle aperçut le rocher. C'était là qu'on avait lapidé la *volur*. Elle savait maintenant où elle se trouvait. Un autre soupir, un murmure de gratitude envers les dieux. Elle s'était rendue à l'enclos des femmes à quatre reprises, mais sa dernière visite avait eu lieu vingt ans plus tôt, et elle était venue de jour, chaque fois avec une offrande, alors qu'elle portait un enfant. Trois de ses enfants avaient survécu. Qui comprenait ces mystères ? Qui osait prétendre les comprendre ? C'était Fulla, la déesse du blé, qui décrétait ce qui arrivait à une femme lorsque s'en venaient les douleurs de l'enfantement ; il semblait raisonnable de demander son intercession. Frigga s'approcha de la pierre. La toucha, en murmurant les paroles appropriées.

Elle ignorait si son action présente pouvait être considérée comme raisonnable, mais elle n'était apparemment pas plus désireuse de son sort que son fils ne l'avait été – de se faire ordonner de partager le lit de n'importe quel invité par la première épouse de Maigre-Jarret, la veuve qui avait hérité, avec ses fils.

Les secondes épouses n'avaient pas grands droits, à moins qu'elles n'eussent eu le temps de délimiter leur territoire dans une maison. Frigga ne l'avait pas eu. Elle n'était pas très loin d'être jetée dehors, en vérité, avec l'hiver qui s'en venait. Elle ne possédait rien, à cause du second meurtre commis par Thorkell. Et elle n'était plus assez jeune pour persuader aisément un homme de la prendre pour épouse. Ses seins étaient affaissés, ses cheveux gris, il ne restait plus d'enfants potentiels dans son giron.

Elle s'était obstinée pendant un printemps et un été, elle avait enduré ce qu'elle avait su devoir arriver du jour où Halldr était mort, et après ses désastreuses funérailles :

le brasier sans le cheval, le mauvais augure qui en découlait, le fantôme irrité. Elle avait espéré que les ennuis l'épargneraient, avait constaté qu'ils ne le feraient point, et elle avait finalement décidé de sortir cette nuit-là. À peu près par le même chemin – même si elle l'ignorait – emprunté par son fils au printemps, avec le cheval d'un défunt. Un lancer de dés.

On ne permettait pas aux femmes de toucher aux dés, bien entendu, de peur de voir ceux-ci ensorcelés.

Elle aperçut les premiers arbres, et la lumière, au même moment.

Anrid ne dormait pas. Elle n'avait pas dormi depuis la lapidation. Ces images qui surgissaient sous ses paupières closes la rongeaient. Son accession au rang de *volur* n'y avait rien changé ; cela n'avait pas même été une surprise. Elle avait vu en esprit le tour que prendraient les événements, comme s'ils avaient été joués sur une plate-forme, du moment où elle était allée trouver le gouverneur. En vérité, du moment où elle avait décidé de ce qu'elle ferait, après avoir été convoquée en sa présence.

Tout était arrivé comme elle l'avait vu, y inclus la lapidation, où elle avait porté le serpent bien en évidence, lové autour d'elle, pour que tous le voient.

Elle n'avait pas su cela d'elle-même : que la rage pouvait l'amener à causer la mort d'autrui. Mais la *volur* l'avait fait mordre par le serpent *avant* de savoir que le poison en avait disparu. Anrid avait été la nouvelle fille, dans l'enclos, et sans appui. Sa mort n'aurait compté pour personne. Elles l'avaient obligée à se tenir immobile, les yeux fermés, malade de terreur, elles avaient excité avec des baguettes le serpent libéré, et il l'avait mordue. Ensuite, elles l'avaient renvoyée faire son tour de garde, curieuses de savoir si elle mourrait. Elle avait horriblement vomi dans la cour, puis elle avait franchi la barrière en boitant pour se rendre là où elle était censée être de garde. Que pouvait-elle faire d'autre ?

Et cette nuit-là, Bern était arrivé. Elle l'avait vu attacher son cheval pour entrer dans l'enclos, et la *volur* avait manigancé pour lui une mort cruelle. Aucune incertitude à cet égard, aucune tentative avec du poison. Il reviendrait en ville au lever du soleil, se croyant en sécurité, on le capturerait et on le tuerait. Un homme venu demander son aide à la devineresse. Elle l'avait enfourné dans sa chair sèche et ridée, elle l'avait complètement dupé. Les plaisanteries grossières des autres vieilles épiant à travers les fissures du mur, se plaignant de ne pas avoir eu leur tour…

Anrid s'était détournée avec dégoût dans le noir et, en boitant, avait fait plus tard dans la nuit ses premiers pas sur le chemin qui menait aux lapidations – une mort cruelle –, en parlant à cet homme, pour l'avertir. Bern Thorkellson était presque un parent. Elle se le disait maintenant, se le répétait. On se tenait avec sa parenté dans le monde, parce qu'il n'y avait personne d'autre avec qui se tenir, ou qui pourrait se tenir à vos côtés. Une loi des terres nordiques. Si l'on était trop isolé, on mourait.

Mais désormais, chaque fois qu'elle fermait les paupières, elle voyait des pierres frapper de la chair.

Quand on frappa à sa porte, qu'elle se leva pour ouvrir et qu'on lui dit qu'une femme était venue les trouver, elle en sut l'identité – les autres penseraient que c'était son pouvoir – avant même que la mère de l'épouse de son frère ne fût introduite dans sa chambre. Ce n'était pas son pouvoir, c'était son esprit vif. Une autre sorte de mystère ; les femmes n'en recevaient jamais le crédit.

En attendant, Anrid laissa le serpent s'enrouler autour d'elle ; elle le faisait toujours, à présent. Ce serpent avait été sa porte d'entrée. Il importait qu'on la vît le manier, que les autres fussent placées devant leur propre peur d'en faire autant. Elle était encore la dernière venue, la plus jeune, et maintenant la *volur*. Elle devait trouver une façon de survivre. Les *volurs* pouvaient être abattues. Elle le savait.

Un coup à la porte, le battant qui s'ouvre. Elle fit signe à Frigga d'entrer, referma elle-même la porte, sans laisser entrer personne d'autre. Elle avait déjà colmaté les trous par lesquels elles avaient coutume d'épier, elle et les autres. Elle replaça le serpent dans le panier qu'on lui avait tressé.

Elle haïssait ce serpent.

Elle se tourna vers l'autre femme, l'observa un moment, ouvrit la bouche pour parler et se mit à pleurer, stupéfiée par ses larmes, par leur désespoir. Ses mains tremblaient.

« Oh, mon enfant », dit Frigga.

Anrid ne pouvait cesser de pleurer. Il aurait fallu la tuer pour tarir ses larmes. « Voudriez-vous… ? » commença-t-elle. S'étrangla sur ses propres paroles, la gorge serrée par les sanglots. Porta à sa bouche ses mains refermées en poings tremblants. Prit une inspiration sanglotante. « Voudriez-vous rester avec moi ? Je vous en prie, restez ?

— Oh, mon enfant. As-tu une place pour moi ? »

Anrid ne put que hocher la tête, un mouvement répété, comme un spasme. L'autre femme, plus âgée, presque une parente, l'être le plus proche d'elle qu'il y eût au monde, s'avança vers elle, et elles s'enlacèrent, des bras qui n'avaient pas connu de réconfort depuis très longtemps.

Seule la plus jeune pleurait, cependant. Puis, plus tard dans la nuit, elle s'endormit.

CHAPITRE 10

Brogan, le meunier, éveillé comme à son habitude avant l'aube, urinait dans la rivière avant de commencer sa journée, tout en réfléchissant à certaines des choses qu'il n'aimait pas dans la vie.

C'était une longue liste. Brogan était un homme amer et solitaire. Le moulin l'avait attiré parce qu'il lui offrait une demeure à la lisière du village, une place à part – et au-dessus – des autres. Il avait assassiné quelqu'un pour acquérir ce moulin, mais c'était une histoire ancienne et il n'y pensait plus, n'en rêvait même plus aussi souvent. Il n'aimait pas réellement les gens. Les gens parlaient trop, pour la plupart.

Son serviteur était, de manière bien utile, un muet. Brogan avait été brièvement très heureux en apprenant qu'Ord, un fermier qui possédait des champs à l'est du village, cherchait du travail pour son fils cadet qui ne parlait pas. Brogan avait pris des arrangements pour faire venir le garçon au moulin. Un garçon assez âgé pour cela, avec de larges épaules. Une paillasse, de la nourriture, un jour par semaine pour aider à la ferme du père, en échange de lait et de fromage pour Brogan.

Et un travailleur décent, qui ne bavardait pas en nourrissant les animaux ou debout jusqu'à mi-poitrine dans la rivière pour réparer la roue. Brogan qui était venu travailler au moulin lui-même trente ans plus tôt – en prenant certaines mesures par la suite afin d'être assuré d'y rester – ne pouvait comprendre pourquoi les gens voulaient gâcher un confortable silence en y jetant des paroles inutiles.

Il y avait encore des étoiles à l'ouest. À l'est, les premières nuances de grisaille. Le vent de l'aube faisait bruire les roseaux dans la rivière. Brogan, après s'être gratté, alla déverrouiller le moulin. La journée s'annonçait chaude. C'était encore l'été, quoique tard dans la saison, avec tout ce que cela signifiait.

Brogan n'aimait pas la nouvelle foire de fin d'été, qui se tiendrait pour la troisième année consécutive. La route devenait trop achalandée à l'ouest de leur hameau, du côté de la rivière dont le bras qui alimentait le moulin était un affluent. Une circulation constante depuis la côte jusqu'à Esfèrth, et en sens inverse ensuite.

Des gens sur la route, cela signifiait des ennuis pour Brogan le meunier. Ils n'avaient rien de bon, ces gens. Les étrangers volaient, venaient chercher des femmes ou du vin, ou simplement jouer des mauvais tours. Brogan avait des pièces de monnaie enterrées en trois endroits autour du moulin. Il en aurait bien dépensé quelques-unes, mais il n'avait jamais rien désiré qui méritât de dépenser du bon argent. Une femme, de temps en temps, mais on pouvait en acheter avec du grain, et maints fermiers le payaient avec de la farine et des pains ronds. Bien plus qu'il n'en avait besoin. Il laissait son argent enterré, mais il s'en inquiétait. Longtemps auparavant, il était resté éveillé la nuit, en se demandant si quelqu'un trouverait l'ancien meunier dans sa tombe, le déterrerait, verrait le crâne brisé. Maintenant, c'étaient les pièces qui le tenaient parfois éveillé dans le noir. Il était de notoriété publique que les meuniers gagnaient beaucoup d'argent.

Il avait trois chiens. Ne les aimait pas – tous ces aboiements –, mais ils offraient une certaine protection. Et Modig, le muet, était un gaillard bien charpenté, qui savait se servir d'un gourdin. Brogan n'était pas lui-même très gros, mais il avait déjà survécu à une ou deux bagarres.

Il avait envisagé de prendre femme, quelque temps auparavant. Pour des enfants qui travailleraient tandis qu'il vieillirait. L'idée s'était attardée un moment, puis lui avait passé : les femmes amènent du changement, et Brogan le meunier n'aimait pas le changement. C'était sa principale raison de ne pas aimer le roi. Même après tout ce temps, Aëldred amenait toujours du nouveau. On faisait ses arcs et ses flèches soi-même, maintenant, ou on les achetait, et on était censé s'exercer toutes les semaines, et quelqu'un du *fyrd* venait chaque printemps pour vous mettre à l'épreuve. Des fermiers avec des arcs : une idée stupide, et dangereuse. Ils s'extermineraient mutuellement avant que les Erlings en aient la chance.

Il faisait noir dans le moulin, mais après toutes ces années, Brogan pouvait s'y retrouver les yeux fermés. Il ouvrit les volets au-dessus de la rivière, pour laisser entrer un peu de lumière et d'air. Descendit les marches, en entendant les souris s'éparpiller à son approche. Il souleva le loquet de l'écluse, agrippa la vanne à deux mains, y mit toute la force de ses reins et la releva. L'eau commença de jaillir. Bientôt s'élevèrent les sons familiers de la roue qui tournait et des pierres des meules qui broyaient à l'étage. Il remonta, prit le premier sac pour l'ouvrir et le déverser dans la trémie au-dessus des meules. À la fenêtre ouverte, le ciel de l'est était plus clair. Les premières femmes et les enfants viendraient bientôt chercher leur farine après le lever du soleil, la plupart tout de suite après les prières matinales dans la petite chapelle.

Brogan pensait encore au changement en vérifiant ses meules, qui tournaient bien. Un nouveau prêtre au village, maintenant. Un qui pouvait lire et écrire, et qui était censé l'apprendre aux gens. Il y avait de nouveaux règlements pour le service militaire, de nouveaux impôts pour la construction des *burhs*. Oui, les *burhs* étaient censés tous les protéger, mais Brogan doutait qu'un fort à Drèngest, au sud-est sur la côte, ou l'autre, à l'intérieur des terres, deux jours à l'est, serait bien utile à leur hameau et à leur moulin en cas d'ennuis. Et lire ? *Lire ?* Au nom des doigts et des doigts de pieds de Jad, qu'est-ce que ça avait à voir avec quoi que ce soit ? C'était peut-être bien pour un mollasson de la cour royale, où on mangeait avec des musiciens saouls qui jouaient de la flûte et qui chantaient pour gâcher de la bonne viande. Mais ici ? Dans un village de fermiers ? Ah oui, Modig travaillerait *tellement* mieux à réparer la palissade ou la roue une fois qu'il saurait épeler son nom ! Brogan tourna la tête pour cracher avec expertise dans la rivière par la fenêtre.

Le nouveau prêtre l'avait appelé peu après son arrivée. Assez normal : le moulin était la propriété commune de la chapelle et du meunier. C'était pour cela, de fait, que Brogan était le meunier. Quand l'ancien avait rencontré une fin imprévue – une fièvre au milieu de l'été, emporté dans la nuit, tristement enseveli par son serviteur à l'aube –, après les rites funéraires, le prêtre avait trouvé raisonnable de faire affaire avec ce jeune homme revêche : l'assistant du meunier, le nommé Brogan, avait semblé savoir ce qu'il faisait, et le village ne pouvait se permettre de laisser le moulin inactif tandis qu'on décidait qui devrait occuper le poste. C'était un coup de chance pour le jeune homme, évidemment, mais Jad pouvait manifester de la générosité là où l'on ne l'attendait pas.

Trente ans plus tard, le nouveau prêtre, le cinquième avec qui Brogan travaillait, avait jeté un regard superficiel au moulin, de toute évidence sans intérêt, puis, avec un soudain enthousiasme, avait proposé à Brogan d'installer une de ces roues verticales nouveau genre. Il avait lu une lettre d'un collègue de Ferrières à ce propos, avait-il dit. Plus de puissance, une meilleure utilisation de la rivière.

Des changements, encore. La Ferrières. Brogan, gaspillant plus de mots qu'il ne l'aurait voulu, avait argué du courant de leur petite rivière, des besoins limités du hameau, et du coût de la construction et de l'installation d'une roue verticale.

C'était ce dernier point, assurément, qui avait amené le prêtre à hocher sagement la tête, à frotter son menton mou et glabre et à admettre que les manières les plus simples étaient souvent les meilleures, et qu'elles remplissaient tout à fait bien les desseins du dieu.

On avait donc laissé tranquille la roue horizontale. Brogan apportait à la chapelle la part des gains du moulin qui lui revenait, en nature ou en espèces, tous les quinze jours. Il s'en assurait avec promptitude : cela empêchait les gens de venir faire un tour et de bavarder.

Il conservait une part un peu plus importante pour lui-même, de fait. Si l'on arrangeait la chose ainsi dès le départ, il était peu probable que les gens se posent des questions. Il y avait déjà veillé auparavant. Lors de sa première visite, le prêtre avait demandé à voir des registres. Brogan avait expliqué qu'il ne savait pas écrire. Il avait décliné une offre de leçons. Laissez ça aux jeunes, avait-il dit.

On voulait toujours faire des changements. Brogan n'arrivait pas à le comprendre. Le changement arriverait de toute façon, pourquoi en accélérer la venue ? Le roi avait même envoyé de nouvelles instructions aux fermiers, à la fin de l'hiver précédent, avec les archers du *fyrd*, sur la bonne façon de gérer leurs champs. Des cultures en alternance. Ce qu'il fallait cultiver. Comme s'il y avait quelqu'un à la cour pour connaître quoi que ce soit à l'agriculture. Brogan n'était jamais allé à la cour royale – et seulement deux fois à Esfèrth, ce qui était deux fois plus que nécessaire –, mais il savait ce qu'il en pensait. On n'a pas besoin de manger de la merde pour savoir qu'on n'en aimerait pas le goût.

Il se pencha à la fenêtre pour regarder vers l'amont, à sa droite. Modig avait nourri les volailles et travaillait dans le potager. Un bénéfice, d'avoir là un fils de fermier : le jardin n'avait pas eu si bonne mine depuis des années. Brogan n'était pas tatillon quant à sa nourriture, mais il aimait comme tout le monde navets et choux panais avec du pain, du bouillon, du poisson, et un assaisonnement approprié. Modig avait le tour avec le jardinage. Bien sûr, songea acidement le meunier, s'il avait l'avis des courtisans sur quelles graines utiliser, et avec quelle quantité de fumier, ce serait tellement mieux !

Il cracha de nouveau dans la rivière en contrebas, vit la pâle messagère de l'aube à l'est et marmonna sa version habituelle des prières rituelles, deux phrases. Dans son idée, Jad n'était pas un dieu qui demandait beaucoup de paroles. On reconnaissait son existence, on le remerciait, et on s'occupait de ses affaires. Et ça n'avait pas besoin de se passer à la chapelle. On pouvait prier dans un moulin au-dessus de l'eau en contemplant les champs.

Et, en contemplant les champs, dans la dernière pénombre d'une nuit d'été, le meunier Brogan aperçut en aval vingt hommes ou davantage, agenouillés au bord de l'eau ou dans la rivière jusqu'aux genoux, en train de boire et de remplir des gourdes.

Il recula vivement la tête en voyant qu'ils étaient armés. Des armes, et puisque ces hommes ne faisaient pas de bruit et ne se trouvaient nulle part près de la route orientée nord-sud, cela signifiait que c'étaient des bandits ou même des Erlings, et non des gens qui se contentaient de passer bien tranquillement pour commercer en paix à la foire d'Esfèrth. Brogan déglutit, les paumes subitement moites, un picotement dans le cuir chevelu. Il pensa à ses pièces de monnaie enterrées dans la cour, juste à l'extérieur. Il pensa à la mort. Des hommes en armes de l'autre côté de la rivière. Un grand nombre d'hommes.

Un nombre encore insuffisant, en l'occurrence.

Au nord, Brogan entendit soudain un chien. Son cœur fit un bond. C'était un hurlement profond, sauvage et triomphant. Pas l'un de ses propres chiens, même s'ils se mirent à aboyer frénétiquement dans l'enclos. Il jeta dehors un regard prudent. Au bord de la rivière, les hommes se hâtaient de sortir de l'eau avec des éclaboussures maladroites, tout en dégainant leur épée. Après une série de vociférations impérieuses, ils s'organisèrent en une formation serrée, bien disciplinée, et se mirent à courir en direction du sud.

C'étaient bel et bien des Erlings, alors. Leur parler les dénonçait, et des bandits n'auraient pas été aussi précis dans leur formation et leur action. Brogan se pencha pour voir plus loin que Modig, lequel s'était arrêté de travailler dans le potager, rigide, aux aguets aussi. Le hurlement s'éleva de nouveau, un son que Brogan se rappellerait plus tard. Personne n'aurait jamais voulu être pourchassé par la bête dont c'était le hurlement. Il entendit des sabots, et des cris qui couvraient les aboiements de ses propres chiens, puis une compagnie de cavaliers apparut dans son champ de vision, déboulant au galop du nord, épées dégainées, lances pointées, pour traverser la rivière à bride abattue.

Dans la lumière précédant l'aube, il y avait un étendard, et le meunier Brogan comprit alors que c'était le *fyrd* royal, qu'on avait vu les Erlings et qu'on allait les rattraper juste en face de son moulin. Son cœur lui martelait la poitrine comme s'il avait été lui aussi en train de courir ou de chevaucher. Quelques instants plus tôt, il s'était attendu à être massacré sur place, en se faisant briser les doigts un à un – ou pis – jusqu'à ce qu'il révélât l'emplacement de son magot. Le cauchemar qui hantait son sommeil.

En se penchant, il vit les Erlings faire volte-face pour affronter la charge des cavaliers. Il n'aimait pas le roi Aëldred et tous ses changements, les nouveaux impôts levés pour financer le *fyrd* et les forts, mais à cet instant précis, en regardant ces cavaliers encercler les Erlings, ces sentiments se trouvèrent… suspendus.

Brogan franchit la porte du moulin pour longer la rivière. Modig, une pelle à la main, ouvrit la barrière du potager pour venir se tenir près de lui. Les chiens aboyaient toujours. Brogan lança un ordre bref par-dessus son épaule et ils se turent.

Une brume grise se levait sur la rivière du moulin. À travers ce voile, ils regardèrent ce qui se déroulait dans la prairie d'en face. La roue du moulin tournait.

◆

À un moment donné, pendant la chevauchée vers le sud, Alun songea soudain qu'il était maintenant entouré de guerriers anglcyns, l'ennemi traditionnel de son peuple, lancé avec eux dans une course destinée à intercepter des Erlings, lesquels étaient également des ennemis. Sur l'ordre d'Athelbert, l'un des archers du prince lui avait fourni une épée et une ceinture. On aurait pu considérer cela comme un geste amical. De fait, on le devait.

Les Cyngaëls avaient du mal à se trouver des amis dans le monde. Et si l'on prenait le temps d'y réfléchir, cela rendait plus difficiles à justifier les querelles entre Arbèrth, Cadyr et Llywèrth. Les gens n'y pensaient pas vraiment, pourtant, à l'ouest du Mur de Rhédèn. Leurs interminables querelles intestines étaient... l'ordre des choses. Les trois provinces lançaient des raids les unes contre les autres, se défiaient, luttaient pour la dominance: il en avait toujours été ainsi. Alun savait qu'à n'importe quelle expédition de l'autre côté du Mur, ou même au massacre de raiders erlings, son père aurait préféré voler un troupeau de bétails à un arrogant Arbèrthin et entendre son barde chanter cet exploit.

Ce dernier point n'était peut-être plus exact, depuis la mort de Dai. Alun ne pouvait en être certain, mais il lui semblait que son père avait changé au cours du printemps et de l'été. Alun lui-même avait conscience des changements intervenus en lui, après son deuil et ce qu'il avait vu dans cet étang près de Brynnfell.

En cet instant précis, cependant, il ne savait pas exactement où il se trouvait, lancé ainsi au galop vers le sud-est entre des boisés, mais il savait, ou croyait savoir, que le meneur du raid qui avait tué son frère se trouvait quelque part devant eux. Ivarr Ragnarson avait échappé à ses poursuivants près de Brynnfell, pour s'enfuir vers ses bateaux, et il avait maintenant abattu ici un homme brave. Il devait mourir. C'était... important qu'il mourût.

"Si l'on prenait le temps d'y réfléchir." Pas le temps d'arrêter, cette nuit – deux brèves pauses concédées par le roi, le temps de boire, de remplir des gourdes et de repartir –, mais il avait eu tout le temps de penser sous les étoiles de l'été, tandis que la lune bleue baissait à l'occident à travers les nuages pour plonger dans la forêt. Des cavaliers l'entouraient, mais leur visage, comme le sien, était invisible. L'abri des ténèbres, la... nécessité de ce masque. Et avec cette pensée le souvenir lui revint, inéluctable, de celle qui avait dit cela, exactement, et quand : “Nécessaire comme la nuit”.

Rhiannon mer Brynn, vêtue de vert à la table de son père, la nuit où son frère était mort, où son âme avait été capturée. Alun se rendit compte qu'il ne s'était pas laissé penser à elle depuis, ces paroles, le chant qu'il avait improvisé à la fête – comme s'il avait reculé devant un brasier aux flammes trop féroces. “Me haïssez-vous tant, mon seigneur ?”

Il jeta un regard du côté de la forêt. Des ténèbres plus profondes, rendues indistinctes par la distance, la rivière quelque part entre la troupe et les arbres. Il songea à la fée, sa chevelure aux nuances changeantes, la lumière qui émanait d'elle, et, tout en chevauchant, il commença de s'interroger sur la nature du monde, ce qu'il en était de sa création, et comment lui-même ferait sa propre paix avec Jad… Avec le grand prêtre à cheval devant lui, près du roi Aëldred.

Il ignorait s'il se sentait plus vieux ou plus jeune parce qu'il avait moins de certitudes, mais il comprenait que tout avait changé et que rien ne pourrait redevenir comme avant. “La vitesse des choses pour vous”, avait dit la fée. Il n'avait même pas de nom pour elle. Avaient-elles des noms ? Il n'avait pas songé à lui poser la question avant de sortir en titubant de la forêt. Il avait été effrayé en s'éloignant des arbres, se demandant s'il arriverait dans la lumière d'une autre lune pour découvrir que son univers avait disparu.

Il avait plutôt découvert, inexplicablement, une princesse anglcyne qui l'attendait.

“Je ne suis pas si loin.” Comme si elle avait su sa peur, ce qu'il ressentait. Nulle distance entre eux, simplement la largeur d'une paisible rivière. Son univers toujours, inchangé, et pourtant transformé du tout au tout. La présence de Kèndra en ce lieu – une autre idée à approfondir, à appréhender. Il secoua la tête. On ne pouvait s'accommoder que d'un certain nombre d'images et d'idées à la fois avant d'être obligé de s'en détourner, décida-t-il.

Et puis, alors que la nuit s'achevait, tout changea de nouveau.

Plus tard, en y songeant, il se rendit compte que leur découverte des Erlings n'aurait pas dû le surprendre. D'abord, le *fyrd* connaissait le pays aussi bien que son frère et lui avaient connu les vallées et les montagnes de Cadyr, avec tous les recoins de la province bien rangés sur leur carte mentale, jusqu'aux cabanes de bergers et aux fermes où des filles seraient prêtes à quitter leur lit pour sortir dans le noir, enveloppées d'un châle, douces et tièdes, en réponse à un murmure familier à la fenêtre de leur nuit.

Ils avaient suivi la route la plus probable pour intercepter un parti à pied. Les Erlings devaient courir en direction de l'endroit où leurs vaisseaux étaient ancrés, entre le *burh* de Drèngest et la côte escarpée plus loin à l'ouest, où aborder était impossible. On pouvait se le figurer si l'on savait où l'on était, si l'on connaissait le pays. Des taillis et des rivières, des collines et des hameaux. Aëldred et son *fyrd* les connaîtraient tous : les endroits où ne pourraient passer les Erlings qui avaient abattu Burgrèd de Dènfèrth, et ceux qu'ils essaieraient d'éviter. Ils manqueraient peut-être les Erlings dans l'obscurité ou la brume, mais ils trouveraient leur piste.

Et ils avaient Cafall.

Le chien, c'était ce que ni Alun ni Ceinion, et certainement aucun des Anglcyns, n'avaient pris en considération. Mais lorsqu'ils approchèrent de la rivière dans la grisaille d'avant l'aube, ce fut Cafall qui se mit à donner de la voix – Cafall, le chien de chasse, le présent de Brynn –, un hurlement sauvage propre à plonger n'importe qui dans une épouvantable terreur. Le cœur d'Alun se mit à battre avec violence. À l'avant, quelqu'un leva un bras pour désigner quelque chose, avec un cri. C'était Athelbert.

Ils avaient eu l'intention de dire là les prières matinales, en mettant pied à terre sur la rive assez longtemps pour les rites de l'aube. Ils traversèrent plutôt dans un fracas de tonnerre, à l'ouest d'un moulin de village, avec de grandes éclaboussures, armes dégainées, et ils fondirent sur les Erlings qui étaient à pied, pour les encercler dans une verte prairie, au lever du soleil.

◆

Trop de monde vivait là, trop de villes, trop de *burhs* remplis de guerriers. Tout en courant avec moins de vingt hommes – cinq hommes avaient pris des chevaux pour aller avertir les vaisseaux et en ramener une quarantaine de combattants –, Guthrum Skallson avait vu un feu s'allumer sur une colline, et un autre ensuite plus au nord. Il avait compris que leur péril était bien plus grand qu'il ne l'avait cru. Ils avaient couru toute la nuit.

Il ne put dire qu'il fut surpris lorsqu'on les intercepta. Ils auraient pris un autre chemin si la forêt et les pentes boisées le leur avaient permis. Mais ils ne connaissaient pas cette région et ce qu'ils pouvaient faire de mieux, c'était de retourner vers l'ouest en suivant le même chemin qu'à l'aller en espérant rencontrer leurs renforts en route avant d'être découverts. Il n'en fut pas ainsi. Guthrum n'avait pas prévu ces signaux de feu au sommet des collines, et la rapidité de la réaction anglcyne. Il avait cru qu'ils avaient une chance raisonnable, il avait pensé avoir connu des situations plus graves au cours des années. Et puis un chien s'était mis à hurler au lever de l'aube, et le *fyrd* était arrivé.

Il disposa ses hommes en cercle dans la prairie tandis que les cavaliers anglcyns traversaient la rivière dans un bruit de tonnerre. Inutile de courir, c'étaient des hommes à cheval. Il vit les étendards dans la lumière pâle et comprit que le roi Aëldred ne s'était pas contenté d'envoyer ses guerriers. Il était venu en personne. Ils étaient faits.

C'était déjà arrivé. Jormsvik avait des ressources, Ingavin le savait. On pouvait les rançonner contre une bonne somme d'argent et des promesses. Certains d'entre eux resteraient otages pendant un certain temps, selon toute vraisemblance. Et Guthrum parmi eux. Il jura à mi-voix.

Il avait dix-huit hommes. Il y en avait apparemment deux cents qui les encerclaient, à cheval. Guthrum n'était pas un *berserkir* mais un mercenaire, qu'on avait embauché. Ce n'était pas la guerre. Il laissa tomber son épée, leva ses mains ouvertes. S'avança d'un pas afin que le roi anglcyn sût qui menait cette troupe.

« Combien d'hommes avait emmenés Burgrèd dans le sud ? »

Un homme à la barbe grise parlait, en anglcyn, mais sans s'adresser à lui. Il comprenait, cependant ; les deux langues étaient assez proches.

« Six, avec lui », dit un homme plus jeune monté sur un cheval brun.

« Abattez-en six », dit l'homme barbu qui devait être Aëldred des Anglcyns. « Pas celui-ci. » Il désignait Guthrum.

Le plus jeune donna un ordre. Six flèches prirent leur vol. Six des hommes de Guthrum – qui avaient déposé leurs armes lorsqu'il l'avait fait lui-même – s'écroulèrent dans l'herbe.

Guthrum ne craignait pas la mort. Nul mercenaire ne pouvait livrer autant de batailles que lui et vivre avec cette crainte. Il ne *désirait* pas mourir, cependant. Il aimait la bière et les femmes, la bataille et les compagnons, le dur péril et ensuite le repos. La panoplie du guerrier dans le monde du milieu.

« Aucun d'entre eux n'avait tué votre duc, dit-il. Aucun d'eux ne l'aurait fait.

— En vérité », dit le roi sur son cheval en face de lui. « Et Burgrèd vit donc, et revient en ce moment même chez lui ? »

Guthrum soutint le regard d'Aëldred. Nul Erling ne devait s'abaisser devant ces gens. « Nous n'utilisons pas de flèches, à Jormsvik.

— Ah. Et donc aucune flèche ne l'a abattu. Nos nouvelles étaient erronées ? Très bien. Aucune flèche n'aura non plus abattu tes camarades, dans ce cas. »

Il se croyait malin, ce roi. Guthrum en avait entendu parler. Le problème, c'était qu'il l'était réellement. De bien trop de façons. Les raids étaient devenus impossibles dans ce coin du pays. Une erreur, cette expédition, dès l'instant où ils avaient accepté l'argent d'Ivarr et largué les voiles.

Ivarr. Guthrum jeta un regard autour de lui.

Quelqu'un – un homme plus jeune, plus petit, monté sur un cheval erling – s'était avancé près du roi. Il abaissa son regard sur Guthrum : « Ragnarson était avec vous ? »

Il parlait anglcyn, mais on pouvait reconnaître un Cyngaël du moment où il ouvrait la bouche. Comment pouvait-il être au courant, pour Ivarr ? Guthrum réfléchit un instant, furieusement, en gardant le silence.

« Tues-en un autre, Athelbert », dit le roi.

Ils en tuèrent un autre. Atli, cette fois.

Guthrum s'était rendu jusqu'aux murailles de Jormsvik avec Atli Bjarkson, quinze ans plus tôt. Ils avaient marché tous deux pour se rendre à la forteresse, depuis leur demeure respective dans le nord, s'étaient rencontrés en route, avaient triomphé dans leur combat le même matin, s'étaient joints à la même compagnie. Un jour inoubliable. Un jour qui déterminait un avant et un après dans une existence. En cette première lueur du matin, bien loin du Vinmark, Guthrum abaissa son regard sur l'herbe pour énoncer à haute voix son adieu, invoquant l'accueil bienveillant d'Ingavin pour un ami entré dans les salles des guerriers. Puis il se tourna vers les cavaliers qui les encerclaient.

« On t'a posé une question », dit le roi Aëldred. D'une voix calme, dépourvue d'inflexion, mais il était impossible de ne pas déceler sa furie intérieure. Ce n'était peut-être pas, après tout, un cas d'otages et de rançons. Et Guthrum avait ici des hommes dont il était responsable.

« Nous avons rendu les armes, dit-il.

— Et me diras-tu que Burgrèd n'en a pas fait autant lorsque vous les avez surpris, lui et ses hommes ? Quand vous l'avez abattu d'une flèche ?

— Comment le savez-vous ?

— Athelbert, un autre, je te prie.

— Attendez ! » Guthrum leva vivement une main. Le prince nommé Athelbert, avec plus de lenteur, en fit autant. On ne décocha pas de flèche. Guthrum déglutit, les yeux levés vers l'Anglcyn, une rage noire dans le cœur. Il pouvait écraser n'importe lequel de ces hommes au combat, il pouvait en vaincre deux d'un coup. Avec Atli, il aurait pu en affronter une demi-douzaine.

« Peu importe comment vous le savez, dit-il, vous avez raison. Ivarr Ragnarson a payé ce raid, et tué le duc. Contre mes ordres et ma volonté. Pensez-vous que nous sommes des imbéciles ? » Il entendit la passion qui vibrait dans sa voix, s'efforça de la contrôler.

« Je le crois, oui, mais je n'aurais pas cru que vous l'étiez de cette manière. Des mercenaires abattant un noble prisonnier. Où est-il, alors, où est Ragnarson ? » Il y avait du mépris dans cette voix, Guthrum pouvait l'entendre.

Il aurait bien dit qu'il méprisait Ivarr Ragnarson au moins autant que ceux qui les encerclaient. Il ne se sentait aucune loyauté envers Ragnarson. Avait failli le tuer lui-même. Et si cet arc anglcyn avait abattu n'importe qui d'autre qu'Atli, il aurait désigné la rivière où Ivarr était évidemment resté dissimulé lorsqu'ils s'étaient enfuis. Une vie en échange de celles dont il avait la charge. Un acte juste et approprié.

Le flot du temps et des événements est une large rivière ; hommes et femmes y sont en général de simples cailloux dans le courant. Mais parfois, à certains moments, ils sont davantage. Parfois, la course de la rivière se modifie, non seulement pour quelques-uns mais pour beaucoup.

Ils n'auraient pas dû tuer Atli, songea Guthrum Skallson, debout dans la prairie au milieu de ses ennemis. Nos armes étaient dans l'herbe. Nous nous étions rendus.

« Nous avons pris cinq chevaux, dit-il. J'ai envoyé des cavaliers aux vaisseaux. »

Aëldred garda un long moment les yeux fixés sur lui. Son arrogance était comme de l'armoise, comme de la bile, comme le goût le plus amer qu'il pût imaginer. Comme si une femme l'avait regardé ainsi. À peine tolérable.

« Oui, dit enfin le roi, tu l'auras fait. Et demandé aux renforts de vous rejoindre. L'équipage d'un bateau ? Très bien. On s'en occupera ensuite. Vous avez tous commis une terrible erreur, Jad le sait, je n'ai ni le besoin ni le désir de rançonner quiconque parmi vous. Mon désir, pour l'instant, est d'une autre nature. Athelbert.

— Mon seigneur ! » commença un autre homme plus âgé. Un autre Cyngaël. « Ils ont déposé…

— Pas un mot, Ceinion », dit le roi des Anglcyns.

Il avait épargné la vie de celui qui avait fait subir l'aigle-de-sang à son père. Tous connaissaient l'histoire, dans les terres du nord. Il n'agissait pas ainsi maintenant. Aëldred se détourna, indifférent, tandis qu'on encochait les flèches.

Guthrum réussit presque à se jeter sur lui.

On ne se laissait pas mourir dans un champ au matin, impotent, telle une cible disposée pour des femmelettes anglcynes qui n'osaient pas vous combattre ainsi qu'il convenait. Pas si l'on était un Erling et un guerrier. Il arrivait aux rênes du roi, les mains tendues, lorsque l'épée lui trancha la gorge. C'était le jeune Cyngaël qui avait été le plus rapide, et ce fut la dernière vision de Guthrum.

Il mourait debout, néanmoins, au combat, comme il le devait. Les dieux aimaient leurs guerriers, leur sang, les vaisseaux à proue de dragon, les épées rougies ; corbeaux et aigles vous appelaient à entrer dans les salles où l'hydromel coulait en abondance, pour toujours.

Le soleil s'était levé, mais soudain il ne pouvait plus le voir. Il y eut une longue vague blanche. Guthrum murmura le nom d'Invagin et de Thünir, et s'en alla les rejoindre.

◆

Impavide, mais le cœur battant à tout rompre, Brogan le meunier resta près de la rivière pour regarder son roi et ses guerriers massacrer les Erlings dans la prairie.

Quinze ou vingt Erlings. Pas d'otages, pas un seul qui fût épargné. Ni férocité ni passion dans le massacre des raiders. Simplement, on leur réglait leur affaire. Pendant plus de cent ans, les Anglcyns avaient vécu dans la terreur de ces pillards venus de la mer dans leurs vaisseaux à tête de dragon. Et maintenant, des Erlings se faisaient abattre comme autant de hors-la-loi déguenillés.

Il décida en cet instant qu'il aimait le roi Aëldred, après tout. Et, en regardant voler les flèches, il en arriva même à réexaminer sa position quant au tir à l'arc. Près de lui, Modig était agrippé à sa pelle, bouche béante.

Le *fyrd* fit alors mouvement vers le sud. À ce moment, un cavalier se détacha des autres pour s'en venir vers le moulin et la rivière, là où se tenaient les deux hommes. Un éclair d'appréhension traversa Brogan, qui se força à rester calme. C'étaient ses défenseurs, et son roi.

« Vous vivez ici ? » lança le cavalier, retenant sa monture de l'autre côté de la rivière. « Tu es le meunier ? »

Brogan porta la main à son front et hocha la tête : « Oui, mon seigneur.

— Trouve des villageois, des fermiers, ce que tu peux. Que ces cadavres soient brûlés avant le coucher du soleil. Tu es toi-même chargé de rassembler leurs armes et leurs armures. Garde-les au moulin. Il y a dix-huit Erlings. Ils étaient tous armés selon l'habitude. Nous avons une bonne idée de ce qui devra se trouver là quand nous reviendrons. Si quelqu'un vole quelque chose, il y aura des exécutions. Nous ne prendrons pas le temps de poser des questions. Compris ? »

Brogan hocha de nouveau la tête, en déglutissant avec peine.

« Assure-toi que les autres comprennent aussi. »

Le cavalier fit volte-face et s'éloigna au galop pour rattraper le *fyrd*. Brogan le regarda partir, une silhouette élégante dans la lumière matinale. Dans la prairie, non loin de là, gisaient des hommes, en grand nombre. Dix-huit, avait dit le cavalier. Sa charge à lui, à présent. Il se maudit pour être sorti regarder. Cracha dans la rivière. Ce serait vraiment très difficile d'empêcher des gens pauvres de voler des poignards et des bagues. Le *fyrd* ne leur tiendrait pas rigueur pour un torc ou un collier manquant, n'est-ce pas ? Ou on ne le remarquerait pas.

Il lui vint à l'idée qu'avec Modig il pourrait rassembler la plupart des armes et les ranger avant que quiconque…

Non, cela ne ferait pas l'affaire. Les femmes seraient bientôt là pour leur farine. Elles verraient ce qui s'était passé. Impossible de ne pas le voir. Des charognards se rassemblaient déjà dans le charnier. Il fit une grimace. Ça allait être difficile. Son opinion du roi et de son *fyrd* se renversa du tout au tout. Les seigneurs, c'étaient des ennuis, chaque fois qu'ils se présentaient, chaque fois qu'ils vous remarquaient. Il aurait dû rester à l'intérieur du moulin. Il se tournait vers Modig, pour lui dire au moins de commencer, mais se fit soudain agripper le bras droit par son serviteur, d'une poigne féroce.

Modig tendait un doigt. Brogan vit un homme émerger de la rivière à leur gauche – une silhouette pâle et bien petite pour un Erling, dirait-il plus tard – pour se mettre à courir vers le sud. Il était très loin derrière le *fyrd*, qui était presque hors de vue, trop éloigné pour entendre un appel et revenir s'occuper de ce dernier Erling, lequel était resté dissimulé à l'écart des autres. Ils allaient devoir le laisser partir, songea Brogan. Non qu'il dût aller bien loin, tout seul.

Modig émit un son qui venait du tréfonds de sa poitrine. Il s'élança dans la rivière avec des éclaboussures et se mit à courir, pelle au poing.

« Arrête, s'écria Brogan. Ne fais pas l'imbécile ! »

L'Erling se déplaçait vite, mais le jeune Modig aussi, lancé à sa poursuite. Au loin, on pouvait voir la poussière soulevée par les hommes du roi. Brogan observa les deux coureurs jusqu'à ce qu'ils eussent disparu.

Plus tard dans la matinée, il assembla les villageois pour recueillir les armes et les armures des Erlings – et les bagues, les bracelets de bras, les ceintures, les bottes, les broches, les colliers. Les enfants couraient en tous sens pour chasser les charognards. Brogan expliqua fort clairement, et plus longuement qu'on ne l'avait jamais entendu parler, que le *fyrd* allait revenir et que la mort était promise à quiconque aurait pris quoi que ce fût.

La présence de dix-huit raiders morts, le choc de cette vision, fit que personne n'essaya de rien subtiliser, à ce que put en juger Brogan. On transporta l'équipement de l'autre côté de la rivière au moulin, en se relayant, et on l'empila dans la plus petite des réserves. Brogan verrouilla la porte et suspendit la clé à sa ceinture.

Il ne prit que deux anneaux pour lui, et un torc d'or en forme de dragon se dévorant la queue. Y ajouta trois autres bijoux par la suite, quand la plupart des autres furent partis chercher du bois et que les deux restés avec lui comme gardes somnolaient sous le saule près de la rivière. C'était une journée chaude. De l'autre côté de la rivière, les garçons lançaient des pierres aux oiseaux et aux chiens sauvages qui s'approchaient des dix-huit cadavres.

Ce furent deux de ces garçons qui trouvèrent le cadavre de Modig, fils d'Ord, peu après midi, à peu de distance au sud. On lui avait tranché le nez, et les oreilles, et la langue. Ce dernier détail, songea Brogan le meunier, était un acte navrant et cruel. Il était furieux. Il avait finalement trouvé le serviteur parfait, et le jeune imbécile était allé se faire tuer.

La vie était une embuscade, songea-t-il avec amertume, toute une série d'embuscades. Continuellement, jusqu'à ce qu'on trépasse.

Plus tard dans la journée, les villageois revinrent en foule avec des brassées et des charretées de bois, et le prêtre. Leurs femmes s'en vinrent aussi, et tous les enfants à l'exception des plus jeunes. C'était un événement majeur, inimaginable, qu'on n'oublierait jamais. Le roi lui-même était venu, les avait sauvés des raiders erlings qu'il avait tous massacrés juste à côté de la rivière du moulin. Leur rivière, leur moulin. Une histoire à raconter au cours des nuits froides qui s'en venaient, et pendant de longues années. Des enfants qui n'étaient pas encore nés l'entendraient, et se feraient conduire à l'endroit où c'était arrivé.

Le nouveau prêtre discourut sous le ciel, invoquant la puissance et la merci de Jad, puis ils allumèrent le brasier, en utilisant le bois qu'ils avaient rassemblé pour l'hiver, et ils incinérèrent les Erlings dans le champ où ils étaient tombés.

Ensuite, ils creusèrent une tombe et ensevelirent Modig près de la rivière, en priant pour qu'il allât rejoindre le dieu dans sa lumière.

◆

Dans la brume qui précédait l'aube, à quelque distance de là à l'ouest, Bern Thorkellson mit pied à terre pour se soulager dans une ravine. Sa première halte depuis qu'il avait quitté son père à Esfèrth.

Il avait passé le reste de la nuit à galoper à toute allure, en essayant de ne plus penser à cette impossible rencontre. Qu'infligeaient donc les dieux à leurs mortels enfants ? On traversait avec un cheval des eaux noires et glacées, on survivait, on se battait pour entrer dans Jormsvik, on partait en expédition dans les terres anglcynes… et l'on était secouru par son père. À deux reprises.

Votre père maudit, dont les meurtres étaient à l'origine de tout ce qui était arrivé. Et il apparaissait tout simplement là où l'on était – de l'autre côté de la mer –, il vous assommait dans une allée, et il trouvait moyen de vous faire franchir les murailles, et il revenait vous avertir et vous ordonner de partir. Tout cela était… extraordinairement difficile à appréhender. Bern n'aurait pu dire que le monde lui semblait bien clair, cette nuit-là.

Il venait juste de renouer les lacets de son pantalon quand, à une poignée de pas, un homme et une femme s'assirent, apparaissant dans un creux du sol, pour le regarder fixement.

Cela au moins, c'était assez clair.

Ils se levèrent. Il faisait encore sombre, de la brume les entourait, montant des champs. Leurs vêtements et leurs cheveux étaient en désordre. Ce à quoi ils avaient été occupés était évident : les jeunes hommes et les jeunes filles le font dans les prairies du monde entier, les nuits d'été. Bern l'avait fait dans l'île, en des temps meilleurs.

Il dégaina son épée. « Recouchez-vous », dit-il à mi-voix. Dans sa propre langue, mais ils le comprendraient. « Et il n'y aura de mal pour personne.

— Tu es un Erling ! » dit le jeune homme, un peu trop fort. « Que fais-tu là avec une épée ?

— Mes propres affaires. Occupe-toi des tiennes. Recouche-toi avec elle.

— Putréfaction », dit l'homme, qui avait de larges épaules et de longues jambes. « Mon père est le premier magistrat du coin. Les étrangers s'identifient quand ils passent.

— Es-tu un imbécile ? » demanda Bern, assez calmement à son avis.

C'était parce que le gars se trouvait avec la fille, décida-t-il plus tard, qu'il agit comme il le fit : il tendit une main, attrapa un gros bâton qu'il avait pris pour se protéger des bêtes et fit un pas en avant en visant la tête de Bern.

La fille poussa un cri. Bern se laissa tomber sur un genou, entendit le sifflement du bâton. En se levant, il asséna un petit coup de revers de son épée sur le bras droit du garçon, au coude. Il sentit le choc, mais il n'y avait pas eu d'entaille. Il avait utilisé le plat de la lame.

Il n'aurait su dire pourquoi. Un souvenir de champs d'été avec une fille ? Une stupidité comme celle de cet homme ne méritait pas d'être tolérée ni récompensée. L'Anglcyn aurait dû y perdre un bras, et la vie. L'imbécile ne savait-il pas comment tournait le monde ? On rencontrait un cavalier muni d'une épée, on lui obéissait, en priant avec ferveur de pouvoir vivre pour le raconter.

Le bâton était tombé dans l'herbe. La bonne main de l'Anglcyn serrait son coude. Bern ne pouvait voir ses yeux dans le noir.

« Ne nous tuez pas ! » dit la fille, ses premières paroles.

Bern lui jeta un coup d'œil. « Je n'en avais pas eu l'intention », dit-il. Elle était blonde, et de haute taille. Difficile d'en voir davantage. « Je vous ai dit de vous recoucher.

Fais-le maintenant. Mais si tu laisses cet imbécile entre tes jambes une fois de plus, tu es aussi idiote que lui. »

La bouche de la fille s'ouvrit. Elle le regarda fixement, plus longtemps qu'il ne l'aurait pensé. Puis elle tendit une main pour attirer de nouveau le garçon dans le creux où ils avaient été au chaud ensemble un moment auparavant, jeunes, dans un bel été.

« Honorez votre dieu au matin », dit Bern en les regardant de toute sa hauteur. Il ne savait pas bien non plus pourquoi il avait dit cela.

Il retourna à Gyllir et s'éloigna.

Dans le creux, derrière lui, Druce, fils de Finan qui était en vérité le magistrat du roi dans la région, se mit à pousser des jurons féroces, mais à mi-voix, au cas où.

Cwène, la fille du boulanger, lui mit une main sur la bouche. « Chut. Ça fait mal ? murmura-t-elle.

— Bien sûr que ça fait mal, grogna-t-il. Il m'a cassé le bras. »

Elle était fine, comprit que sa fierté aussi était blessée, après s'être fait si aisément dominer devant elle.

« Il avait une épée, dit-elle. Tu ne pouvais rien. Je t'ai trouvé très brave. »

Elle se disait que c'était un imbécile téméraire. Elle avait bien conscience qu'ils auraient dû mourir là tous deux. Druce aurait dû avoir le bras tranché, pas meurtri ni brisé, par cette épée. L'Erling aurait pu lui faire à elle tout ce qu'il aurait voulu ensuite, n'importe quoi, puis les laisser morts tous deux dans l'herbe, sans que personne pût savoir exactement ce qui était arrivé. Elle ne dit rien de plus, s'étendit près de Druce, les yeux levés vers les dernières étoiles en sentant la brise qui se mettait à souffler tandis que les ténèbres fondaient en grisaille.

Ils finirent par revenir au village, se séparèrent comme à leur habitude, retournèrent chez eux. Cwène se glissa dans sa maison comme elle en était sortie, par la porte qui la reliait à l'appentis des bestiaux. Des odeurs et des bruits familiers, et tout avait changé, pour toujours. Elle aurait dû mourir dans ce champ. Chacun de ses souffles, désormais, jusqu'à la fin de sa vie…

Elle se glissa dans le lit qu'elle partageait avec sa sœur, qui remua sans s'éveiller. Cwène ne s'endormit pas. Le matin était trop proche. Elle resta là à réfléchir, à revoir ce qui s'était passé. Son cœur battait avec violence, même si elle se trouvait maintenant chez elle dans son lit. Elle se mit à pleurer en silence.

Trois mois plus tard, en automne, le boulanger la battit jusqu'à ce qu'elle révélât le nom du père de l'enfant qu'elle portait. Après quoi son père fut grandement satisfait – c'était un beau mariage –, et alla manifester sa colère à la porte du magistrat, à l'autre bout du village.

Le boulanger était un grand gaillard lui-même, et non sans statut. Cwène et Druce furent mariés avant l'hiver. Ils eurent deux autres enfants avant qu'il ne fût tué par quelqu'un qui ne voulait pas payer ses impôts ou perdre sa ferme. Cwène se maria encore par deux fois ; survécut à ses deux époux. Cinq de ses enfants survécurent quant à eux à leur enfance, y compris la fille conçue dans la prairie de cette nuit d'été.

Cwène rêva toute sa vie du moment obscur où l'Erling les avait surpris, créature sortie d'un cauchemar, pour repartir ensuite en leur laissant la vie sauve, tel un présent à utiliser ou à gaspiller.

On aime à croire que l'on peut discerner les moments dont on se souviendra pendant tous ses jours et toutes ses nuits, mais il n'en est pas réellement ainsi. L'avenir est une forme incertaine dans le noir, hommes et femmes le savent. Ce que l'on comprend moins bien, c'est qu'il en va de même du passé. Ce qu'il en reste, ou ce qui en revient sans qu'on l'ait désiré, n'est pas toujours ce que l'on croirait, ni ce que l'on désirerait conserver.

Il était bien tard dans la longue existence de Cwène lorsqu'elle comprit – et admit – que ce qu'elle avait désiré cette nuit-là, il y avait si longtemps, bien plus que tout ce qu'elle avait désiré auparavant ou par la suite, c'était quitter sa demeure et tout ce qu'elle connaissait au monde, avec cet Erling monté sur son cheval gris. La jeune fille fine était devenue une femme avisée en suivant la roue des années ; elle se pardonna cette nostalgie avant de mourir.

Tout en chevauchant vers le sud, Bern avait de plus en plus conscience de son estomac affamé – il n'avait rien mangé depuis tard l'avant-veille –, mais il avait aussi conscience de la crainte qui lui serrait toujours plus étroitement les tripes, et il ne laissa pas Gyllir ralentir lorsque le soleil monta dans le ciel d'été. Il se sentait affreusement exposé dans ces plaines courant vers la mer, en sachant que le *fyrd* y chevauchait, à la recherche d'Erlings, et avide de vengeance.

Les Anglcyns adoraient un dieu du soleil : cela ferait-il une différence ? Cela les aiderait-il dans cette lumière estivale ? Il n'avait jamais auparavant entretenu ce genre d'idée. Mais il ne s'était jamais non plus trouvé au milieu des jaddites. L'île de Rabady semblait bien lointaine, leur ferme à la lisière du village, et même la paille dans la grange derrière la maison d'Arni Kjellson. Il ne cessait de regarder autour de lui en chevauchant, surveillant constamment les vastes terres qui s'étendaient à sa gauche.

Les signaux des brasiers s'étaient allumés plus à l'est, et Aëldred avait suivi un chemin situé de l'autre côté de la rivière – au début. Rien ne disait que le roi n'avait pas divisé ses forces pendant la nuit, envoyant de ses cavaliers par ici. Bern, qui se sentait plus seul que jamais depuis la nuit où il avait quitté l'île avec le cheval de Halldr, éprouvait le pénible sentiment que les hommes du roi détermineraient avec une grande aisance où pouvaient se trouver les vaisseaux de Jormsvik.

Gyllir était las, mais on n'y pouvait rien. Bern se pencha, donna une tape sur l'encolure de l'animal, lui parla comme à un ami. Ils devaient continuer. Et d'abord, son avertissement pourrait bien être le seul que recevraient ses compagnons. Ils devaient éloigner les cinq bateaux de la côte avant que deux cents hommes ne leur tombent dessus. Les dieux le savaient, les guerriers de Jormsvik pouvaient se battre. Ce serait peut-être une bataille chaudement disputée si le *fyrd* s'en venait. Ils pourraient aisément la gagner, mais s'il en mourait assez parmi eux, ou si leurs bateaux étaient endommagés, cette victoire n'aurait aucun sens. Glorieusement ou non, ils mourraient dans ces terres anglcynes quand Esfèrth et les maudits *burhs* édifiés par Aëldred enverraient une autre vague de combattants. Bern n'était pas vraiment prêt, il en prit conscience, à se rendre dans les salles d'Ingavin.

Il regarda de nouveau vers l'est, où le soleil n'était plus aveuglant. Il était plus de midi à présent, la brume avait depuis longtemps fondu. Pas de signaux de flammes dans cette journée étincelante. Un bel après-midi. Des chants d'oiseau dans la forêt à l'ouest, un faucon dans le ciel, qui tournoyait.

Bern n'avait pas la moindre idée de ce qui se passait ailleurs. Il ne pouvait que se hâter de rejoindre la mer. Son père l'avait fait aussi, songea-t-il soudain. Et davantage, en fait: ce voyage en solitaire de l'autre côté du Mur, à travers toutes les terres anglcynes, quand il avait fui les Cyngaëls après la mort du Volgan. Et maintenant, Thorkell y était de retour. Il était même de retour parmi les Cyngaëls, capturé une seconde fois. Bern aurait voulu avoir une pensée moqueuse, mais il n'en trouva point.

"Je t'ai sorti d'une ville fortifiée. Penses-y."

Cette voix grave et assurée. Et la tape sur la tête quand il avait parlé trop vite, comme s'il avait encore été un enfant, à Rabady. Mais son père avait été au courant, pour Ivarr, il avait deviné ce que Ragnarson dirait. Comment faisait-il pour toujours savoir? Bern maudit Thorkell, comme si souvent depuis l'exil de son père, mais sans fièvre ni rage brûlante, à présent. Il était trop las, il devait penser à trop de choses en même temps. Il avait faim, il avait peur. Il regarda de nouveau à sa gauche et derrière lui. Rien. Un tremblement de chaleur qui montait des champs où mûrissaient les moissons. Il faudrait bientôt faire boire Gyllir. Lui aussi en avait besoin. Pas encore, décida-t-il. C'était trop exposé, ici.

Il ne reconnaissait pas assez bien le paysage, ne pouvait dire quelle distance il lui restait à parcourir, même s'il était passé par là en direction du nord avec

Ecca, de l'autre côté de la rivière. Il y avait eu bien des gens sur cette route, qui se rendaient à la foire royale dont les Erlings n'avaient rien su. La troisième année de la foire, leur avait-on dit. Ils ne s'étaient pas dissimulés, en chemin vers le nord, ils avaient prétendu être des commerçants. Ils avaient transporté des sacs sur leurs chevaux, soi-disant pleins de leurs marchandises. La colère d'Ecca avait commencé sur la route, avec ce qu'ils entendaient. Si c'était la troisième année de la foire, alors tout ce qu'on leur avait raconté d'Esfèrth était aussi creux qu'un flacon de bière vide. Ivarr Ragnarson, avait-il dit à Bern, était un imbécile ou un serpent, et il penchait pour la seconde hypothèse.

Bern n'avait pas assez prêté attention pendant leur randonnée, et il le payait maintenant. Tous ces replis et ces creux incessants et peu marqués se ressemblaient tous, en haut, en bas, en haut, en bas. Les terres cultivées de l'autre côté de la rivière semblaient une inimaginable étendue de sol fertile pour qui avait été élevé sur le sol rocailleux de l'île de Rabady.

Il se retourna sur sa selle pour un autre regard en arrière. Cette terreur constante de poursuivants... Les fermes commençaient à apparaître sur l'autre bord de la rivière. N'importe qui pouvait le voir dans les champs, un cavalier solitaire qui filait entre rivière et forêt. Ce qui n'était pas alarmant en soi, à moins qu'on ne fût assez proche pour voir ce qu'il était.

À sa droite, les arbres étaient sombres, sans pistes ni chemins pour pénétrer dans la forêt. Le soleil n'y percerait pas non plus. Il y avait de telles forêts au Vinmark. Sauvages, intactes, qui s'étendaient à l'infini. Avec leurs dieux et leurs bêtes. Cette forêt-ci serait assez impénétrable aussi, devinait-il, féroce et dangereuse, une densité sans faille de chênes, de frênes, de hêtres et d'épineux, s'enfonçant dans les territoires des Cyngaëls. Ecca le lui avait dit en chemin. "Un meilleur mur que le Mur", disait-on. Et cette forêt allait jusqu'aux falaises surplombant le détroit. Ils avaient aperçu ces falaises depuis les bateaux.

Les Anglcyns devaient le savoir encore mieux que lui. Ils sauraient que les vaisseaux erlings se trouveraient sûrement à l'est de ces promontoires à pic, dans une quelconque baie profonde.

Ils y étaient. Les choix n'étaient pas si nombreux, et l'on n'avait pas été d'une subtilité particulière en choisissant un endroit. Trop d'erreurs dans ce raid de fin d'été. Le raid d'Ivarr Ragnarson. On avait jeté l'ancre et, après des consultations hâtives, on avait envoyé Bern et Ecca au nord jeter un coup d'œil à Esfèrth. Ecca en était coutumier, il savait de quoi il retournait, et la jeunesse de Bern lui donnait un air rassurant. Brand Léofson avait aussi consenti à laisser Guthrum et Atli mener une petite troupe vers l'est, pour voir ce qu'ils pourraient trouver ou saisir tandis que les autres attendaient les nouvelles d'Esfèrth ; Ivarr était parti avec eux.

Et Bern se retrouvait seul à apporter les nouvelles d'Esfèrth.

Ivarr Ragnarson le tuerait, avait dit Thorkell, s'il savait qui était son père. Soudain, et bien trop tard, Bern comprit. “Tire le reste au clair pendant que tu chevaucheras”, lui avait-il dit. Et “Il veut retourner dans l'ouest”. Retourner dans l'ouest. Ivarr y était allé, alors, peu de temps auparavant. Dans les terres cyngaëlles.

Et Thorkell avec lui. Voilà comment son père savait ce qui s'était passé. Pour les flèches empoisonnées. Il était arrivé quelque chose là-bas… Thorkell avait été capturé de nouveau. Ou bien…

On n'avait jamais assez de temps pour explorer les choses à fond. Le monde, apparemment, ne fonctionnait pas ainsi. Peut-être pour les femmes qui tissaient et filaient, peut-être pour des prêtres jaddites dans leurs retraites isolées, qui s'éveillaient la nuit pour prier le soleil. Mais pas pour un serf dans l'île de Rabady, ou un mercenaire de Jormsvik, du reste. Tout en se dirigeant vers une autre petite butte de terrain herbeuse et peu élevée, presque identique à celle qui l'avait précédée, et à l'autre avant celle-là, Bern entendit les bruits d'une bataille devant lui, de l'autre côté de la rivière.

Les cavaliers envoyés par Guthrum Skallson aux vaisseaux les rejoignirent dans la matinée. Brand, qui commandait l'expédition, envoya sans hésiter les renforts demandés par Guthrum. On n'abandonnait pas des compagnons. C'était une des lois qui distinguaient Jormsvik.

Les cavaliers avaient parlé fiévreusement, s'interrompant les uns les autres, plus agités que n'auraient dû l'être des raiders. Ils parlèrent d'une querelle entre Guthrum et Ivarr Ragnarson à cause de la mort d'un duc anglcyn. Brand haussa les épaules. Cela arrivait. Il se serait rangé du côté de Guthrum – des ducs valaient gros, à moins qu'ils ne fussent tombés en disgrâce – mais quelquefois, il devait l'admettre, on avait simplement besoin de tuer quelqu'un, surtout si ce n'était pas arrivé depuis un moment. Cela faisait partie de leur mode de vie, avec les vaisseaux à tête de dragon, et les aigles d'Ingavin. Et il savait avec certitude que Guthrum Skallson avait tué sa part de prisonniers au cours des années. On réglerait tout ça quand tout le monde serait de retour.

Quarante mercenaires auraient dû être plus que suffisants pour retrouver et protéger d'une quelconque réaction anglcyne le petit groupe de Guthrum et d'Atli, et pour se frayer un passage à la pointe de l'épée vers les vaisseaux, si l'on rencontrait qui que ce fût en route. Brand ordonna à trois des vaisseaux de s'éloigner de la côte, pour être plus sûr, en laissa deux dans les bas-fonds avec des équipages réduits, dans lesquels pourraient embarquer et ramer ceux qui reviendraient.

Il sentait la nécessité de la prudence, mais sans être alarmé. Les expéditions à terre faisaient des rencontres, des incidents avaient lieu, avec parfois des morts. C'était un raid, n'est-ce pas ? À quoi d'autre s'attendre ? C'était l'habitude de Jormsvik, les raids, dans tout le monde connu, depuis très longtemps. Les Erlings abordaient à ces rivages depuis plus de cent ans. Oui, les terres anglcynes étaient devenues plus périlleuses depuis un petit moment, mais c'était déjà arrivé auparavant, de temps à autre. Il y avait toujours d'autres lieux à piller. Trois vaisseaux étaient partis au dernier printemps pour traverser le détroit et suivre les voies maritimes jusqu'en Alrasan, pour un raid rapide, en repartant avant l'arrivée des hommes du calife, de leurs épées incurvées et de leurs arcs. Voilà une bataille qui valait la peine, avait pensé Brand en l'entendant conter. Il voulait y aller lui-même, voir de ses propres yeux. Il y avait, disait-on, des richesses indescriptibles parmi ces adorateurs des étoiles nés du désert. Il voulait voir leurs femmes, derrière leurs voiles.

C'était la seule vie qu'il connaissait, celle des raiders. Les terres du nord n'offraient de refuge à personne. Le Vinmark était une rude contrée, qui produisait des hommes rudes. Et comment pouvait-on se bâtir une fortune, quand on était un homme de caractère, comment réclamer une place près des foyers, l'hiver, et dans les chants des skaldes, puis dans les salles des dieux, avec leur hydromel ? Ce n'était pas comme si tout un chacun pouvait pêcher, trouver de la terre à cultiver, fabriquer de la bière ou des tonneaux pour la bière. Ce n'était pas comme si tout le monde en avait envie.

On espérait que si on tuait dans un raid, on en tirait bénéfice, et si certains des vôtres trépassaient, eh bien, on aurait davantage, en compensation. Puis on sacrifiait à Ingavin et à Thünir, et on retournait à la rame en pleine mer s'il le fallait, ou bien on poussait plus loin à l'intérieur des terres, selon sa propre nature et celle de l'ennemi qu'on affrontait. Brand ne comptait plus le nombre de fois où il avait eu à prendre ce genre de décisions.

Ils avaient là cinq navires avec leur équipage au complet, et de la place pour les chevaux. Cinq navires, c'était un bon chiffre. Cet incident pourrait même être utile avant la fin de l'expédition, songeait Brand. Quarante combattants de Jormsvik pouvaient venir à bout de n'importe quelle force lancée hâtivement à la poursuite de Guthrum depuis un *burh*. On prendrait les chefs en otages – d'abord pour la sécurité, et ensuite pour de l'or. La sécurité et une récompense. La plus vieille des tactiques, ou presque. Certaines choses ne changeaient jamais. Son propre navire faisait partie des deux embarcations qu'il avait gardées sur la rive.

Il avait tort, de fait, sur plusieurs plans, mais sans aucun moyen de le savoir. Depuis la baie où étaient dissimulés les navires, il n'avait pu voir les signaux de feu. De nombreux changements avaient eu lieu dans ces terres depuis qu'Aëldred, fils de Gademar, était sorti de Béortfèrth pour reprendre le trône de son père.

Le parti détaché des navires, guidé par deux des cavaliers envoyés par Guthrum – maintenant épuisés – rencontra bien un groupe en route. Mais non leurs compagnons sur le chemin du retour. À ce moment-là, Guthrum et ses hommes gisaient morts auprès du brasier qui allait les incinérer, en face d'un moulin de village.

Et le contingent de renfort de Brand ne rencontra pas non plus une force hâtivement rassemblée et trop dispersée de poursuivant venus de Drèngest sur la côte. Un peu après midi, dans un champ à l'est de la rivière Thorne, quarante Erlings, la plupart à pied, se heurtèrent plutôt à la cavalerie du *fyrd* d'Aëldred.

Du moment où il avait entendu de nouveau ce nom – Ivarr Ragnarson – dans la bouche du chef de Jormsvik juste avant qu'il ne fût tué près de la monture du roi, Ceinion de Llywèrth avait senti naître en lui une épouvantable supposition.

Il n'était pas homme à reculer devant des pensées ou des vérités, qu'elles fussent spirituelles, du domaine de la foi, ou en rapport avec le monde ordinaire où vivaient et mouraient les humains. Mais à mesure que le soleil se levait et que le jour se déroulait, cette conscience grandissante suscitait en lui une douleur presque physique, une angoisse qui lui broyait le cœur.

Le dernier des Volgans avait embauché cette compagnie. L'avait embauchée, apparemment, pour un raid contre Esfèrth, à la toute fin de la saison. Mais c'était absurde. Aëldred défendait trop bien ce territoire, surtout avec la foire sur le point de commencer. Si l'on n'avait pas réellement l'intention de venir là, cependant ? Si l'on mentait aux mercenaires quant à ses intentions ? Si l'on abattait un otage rentable pour les empêcher de réclamer une énorme rançon et de retourner joyeusement chez eux ?

Ivarr Ragnarson pouvait avoir des raisons impératives de mener des mercenaires vers les rivages cyngaëls, et vers une ferme bien particulière.

Les chefs de Jormsvik le verraient comme une perte de temps, une destination trop éloignée pour cette période de l'année. Ils devraient être dupés, et persuadés. Ivarr était un homme qui avait fait subir l'aigle-de-sang à une fille et à un garçon de ferme pendant sa fuite du printemps précédent, se remémorait Ceinion. On le disait aussi difforme dans son corps que dans son esprit, car les deux allaient toujours de pair.

Ceinion avait mené les prières de l'aube au sud de la prairie où les Erlings avaient été massacrés, en les expédiant rapidement car on devait faire diligence. Il était monté en selle avec les autres pour chevaucher de nouveau auprès du roi, tandis que le divin soleil se levait derrière eux. Aëldred gardait le silence, ne le rompant que pour des ordres brefs et rauques à des cavaliers qui se détachèrent de la compagnie en direction de l'est. Il était difficile de voir en cet homme meurtrier au visage sombre celui qui, la nuit précédente, avait parlé de manuscrits en traduction et d'ancien savoir.

Ceinion se tenait à une certaine distance d'Alun ab Owyn. Il ne voulait pas même échanger un regard avec le prince, craignant de se trahir. Si le fils d'Owyn se doutait de ce qu'il pensait, il deviendrait peut-être fou de panique impuissante.

Ce qui n'était pas, en vérité, une mauvaise description de ce que ressentait Ceinion lui-même, tandis que la matinée passait et que la campagne défilait sous les sabots de leurs montures. Le soleil était maintenant à son zénith. Si l'on ne découvrait pas les navires de Jormsvik, s'ils étaient déjà repartis vers l'ouest avec Ragnarson à bord… Il n'y aurait rien à faire pour lui ni pour personne, que prier.

Ceinion de Llywèrth, grand prêtre des Cyngaëls, croyait en son dieu de lumière et au pouvoir de la sainte prière dans presque toutes les occasions, excepté celle qui comptait le plus : la vie et la mort de ceux qu'il aimait. Il était une femme dans le cimetière d'un sanctuaire, au bord de la mer, à portée du bruit des vagues, sous une pâle pierre grise où était gravé un simple disque solaire, et sa mort avait ravi à Ceinion cette partie de sa foi. Une blessure, une déchirure dans la fabrique du monde. Il avait jusqu'à un certain point succombé à la folie lorsqu'elle était morte, il avait commis des actes qui le tenaient parfois éveillé. Il ne s'était pas entretenu de ce sujet dans sa longue correspondance avec Rhodias et son Patriarche.

Sous l'éclatant soleil, il songeait à une autre femme aimée, à son époux également chéri, et à leur fille, qui allait éclore dans toute sa gloire ; ils pouvaient se trouver ou non à Brynnfell en ce moment, et il n'avait aucun moyen de le savoir, aucun moyen de les aider.

À moins de trouver les vaisseaux à temps.

« Ne pouvons-nous aller plus vite ? » demanda-t-il au roi des Anglcyns.

« Inutile. Il a dit qu'il avait envoyé chercher des secours, vous vous souvenez ? Ils viendront par ici. » Aëldred lui jeta un rapide coup d'œil. « J'en suis certain. Nous nous arrêterons bientôt pour nous reposer et manger. La rivière est devant nous. Je veux le *fyrd* prêt à combattre.

— Il en viendra un certain nombre, dit Ceinion, mais nous devons atteindre les bateaux avant qu'ils ne puissent les éloigner du rivage.

— C'est déjà fait, Jormsvik sait comment conduire ce genre d'affaire. Nous essaierons de leur bloquer le chemin avec la flotte de Drèngest. J'ai six vaisseaux. Je leur ai envoyé des cavaliers – ils prendront la mer avant le coucher du soleil. Des barques de pêche aussi, pour faire le guet. Si nous rencontrons des renforts, les Erlings auront des équipages trop réduits. Ils ont des chevaux, ce qui implique des bateaux larges et lents, pas les vaisseaux de guerre. J'ai bien l'intention de tous les prendre, Ceinion.

— S'ils retournent chez eux, mon seigneur », dit Ceinion à mi-voix.

Aëldred lui jeta un regard en biais.

« Qu'y a-t-il que j'ignore ? » demanda le roi.

Le prêtre allait le lui dire lorsque les trompes résonnèrent. Puis le grand chien gris, le chien d'Alun, hurla son propre avertissement et, devant eux, Ceinion vit les Erlings, avec la rivière derrière eux.

L'un des éclaireurs revenait au galop ; il tira brutalement sur ses rênes à leur hauteur. « Quarante ou cinquante, mon seigneur ! La plupart à pied.

— Nous les avons à notre merci, alors. Abattez d'abord ceux qui sont à cheval, ordonna le roi. Pas de messagers pour leurs vaisseaux. Athelbert ?

— J'y vais, mon seigneur », cria son fils par-dessus son épaule, déjà en mouvement, ameutant les archers en route.

Ceinion regarda le prince s'éloigner en préparant son arc, à l'aise sur sa selle, avec ses archers prompts à répondre à ses ordres : son propre contingent, bien entraîné. Un jeune homme très différent de son frère. Les fils d'Aëldred s'étaient peut-être partagé la nature de leur père, songea-t-il. Cela pouvait arriver ; il l'avait déjà constaté. Il eut aussi une autre pensée, tandis que la bataille commençait, quant à la manière dont combattaient aujourd'hui les hommes d'Aëldred : en selle, avec des flèches aussi bien que des lances, ce qui était nouveau, et extrêmement difficile. Plus difficile à parer, aussi, s'ils avaient bien maîtrisé ce genre de combat. Et il semblait bien qu'Athelbert et ses archers y fussent parvenus.

Ceinion se dit que son propre peuple avait encore plus de raisons d'essayer – au moins essayer – de s'unir à présent, et de trouver une manière de se joindre au monde qui existait par-delà leurs vallées secrètes. On pouvait avoir une certaine fierté à être le dernier rayon du divin soleil lorsqu'il se couchait à l'occident, mais ce n'était pas non plus sans danger.

De telles pensées seraient pour plus tard. Présentement, il regardait toujours des mercenaires de Jormsvik, un parti de bonne taille, qui formaient désespérément un autre cercle tandis qu'Athelbert et ses archers arrivaient à leur portée. Les raiders avaient déjà traversé la rivière, dommage pour eux. Ils n'auraient pu faire retraite de toute façon, en nombre inférieur et affrontant des cavaliers dans une contrée hostile.

C'étaient des braves. Nul n'aurait pu le nier ou prouver le contraire. Ils ne lâchèrent ni hache ni glaive, pas même lorsqu'un des *thegns* d'Athelbert leur ordonna de se rendre. Ceinion vit deux cavaliers erlings filer vers l'ouest et la rivière : non point des couards mais des messagers. Athelbert les poursuivait avec cinq de ses hommes.

Des flèches volèrent depuis les chevaux en mouvement, manquèrent leur cible. Les raiders de Jormsvik entrèrent dans la rivière avec de grandes éclaboussures – elle était plus profonde et plus large qu'à Esfèrth. Ils commencèrent de passer à gué. Athelbert atteignit la rive. Ceinion regarda le prince viser d'une main plus ferme et décocher sa flèche. Par deux fois.

Il se trouvait trop loin pour voir ce qui se passait dans l'eau, mais un moment plus tard, Athelbert et ses cavaliers firent demi-tour. Le prince leva le bras, un signal pour son père. Puis il rejoignit calmement le *fyrd* qui encerclait la force erling. Des hommes venaient de mourir, Ceinion le savait, tout comme au matin et dans la nuit précédente. Que faire de cette pensée ? Quels mots, quelles réflexions ? C'était le destin des hommes et des femmes, de mourir, souvent avant ce qui aurait dû être leur temps. "Ce qui aurait dû." Une pensée trop présomptueuse. Tout reposait en Jad, mais les survivants devaient porter leurs souvenirs.

Il s'avança en même temps que le roi.

« Prenez garde, mon seigneur, cria un *thegn* aux cheveux roux, ils ne se sont pas rendus.

— Abattez-en dix, dit Aëldred.

— Mon seigneur ! » protesta Ceinion.

Dix hommes furent abattus sur place, alors même qu'il parlait. Les archers d'Athelbert étaient vraiment très habiles. En les voyant faire, on apprenait une chose importante sur le prince, si frivole semblât-il lorsqu'il jouait dans une prairie.

« Vous disiez vouloir que nous allions aux navires », dit le roi, laconique, en regardant ces exécutions, et non le prêtre. « S'ils peuvent envoyer quarante hommes en renforts, ils ont cinq ou peut-être six bateaux. Peut-être même sept, selon le nombre de chevaux. J'ai besoin de ma compagnie au complet. Et des hommes braves mourront dans cette bataille, si nous y arrivons à temps. Ne me demandez pas de m'attarder ici ou d'être clément. Pas aujourd'hui, prêtre.

“Prêtre”. Rien de plus. Un roi fameux pour sa courtoisie, qui avait réclamé avec tant d'éloquence la présence de Ceinion à sa cour. Mais Aëldred était en furie à présent, Ceinion pouvait le voir, et le roi avait du mal à se contenir. De fait, il ne le pouvait point; sa rage débordait. Burgrèd de Dènfèrth avait été un ami d'enfance. Et, outre ce fait, on avait lancé un raid d'importance à la veille de la foire d'Esfèrth – menaçant l'idée même de la foire. Quels marchands viendraient d'outre-mer sur ces rivages, ou même par voie de terre du nord ou de l'est, s'ils avaient des raisons de craindre des attaques en provenance du Vinmark ?

« Entendez-moi. Je suis Aëldred des Anglcyns », dit le roi, en poussant en avant son cheval bai. Deux des hommes du *fyrd* se déplacèrent pour rester entre lui et les Erlings. Un lancer de hache était toujours possible. « Qui que soit votre chef ici, qu'il ordonne de rendre les armes. »

Aëldred attendit. Athelbert regardait son père, l'arc toujours au poing. Nul ne bougea dans le cercle des Erlings, nul ne dit mot. Épées et courtes haches demeurèrent pointées vers l'extérieur. S'ils chargeaient, ils périraient; et des Anglcyns aussi. Le roi est trop proche, se dit Ceinion.

Aëldred fit bouger son cheval de côté, et plus près. « Maintenant, Erlings ! À moins de vouloir que dix autres d'entre vous ne soient exécutés. Les hommes qu'on vous a envoyés rejoindre sont morts derrière nous. Tous. Si vous combattez, vous serez abattus ici sans merci. Nous sommes deux cents.

— Mieux vaut mourir épée au poing qu'être abattus comme des couards. » Un colosse, dont la barbe blonde arrivait à mi-poitrine, fit un pas en avant. « Vous nous faites serment de nous rançonner si nous nous rendons ? »

Aëldred ouvrit la bouche. Il était de nouveau très rigide. L'idée d'une telle exigence… Il jeta un coup d'œil vers son fils.

« Non, mon seigneur, s'écria Ceinion. Non ! Ils se rendront vraiment ! »

La bouche d'Aëldred se referma brutalement. Mâchoires crispées, mains gantées serrées sur les rênes. Ceinion le vit clore les paupières. Après un long moment, le roi desserra les doigts d'une main pour faire le signe du soleil. Ceinion reprit son souffle avec peine. Il avait les paumes en sueur.

« Lâchez toutes vos armes et dites-nous où se trouvent les bateaux. On ne vous tuera pas. »

L'Erling à la barbe blonde le regarda fixement. C'était remarquable, cette absence de crainte dans ses yeux. « Non. Nous nous rendons, mais nous ne pouvons trahir nos compagnons de rame. »

Aëldred haussa les épaules. « Athelbert », dit-il avant que Ceinion ne pût intervenir.

Le chef des Erlings bascula en arrière et mourut, trois flèches dans la poitrine à travers son armure de cuir. Une quatrième lui transperça la mâchoire, sous son casque, et y resta, frémissante, tandis qu'il gisait dans l'herbe.

« Qui parlera maintenant pour vous ? dit Aëldred après un moment. Il ne vous reste plus de temps. Armes à terre, et des guides pour nous mener aux bateaux.

— Mon seigneur, dit de nouveau Ceinion avec désespoir, par le saint nom de Jad et toutes les bienheureuses… »

Aëldred se tourna avec violence vers lui : « Entendez vos propres paroles ! Voulez-vous voir ces navires arrêtés avant qu'ils n'aillent à l'ouest et non à l'est ? Le voulez-vous vraiment ?

— Au nom de Jad, nous le voulons », s'écria une autre voix urgente.

Ceinion jeta un regard rapide par-dessus son épaule. Alun ab Owyn dirigeait sa monture vers eux. « Nous le voulons, mon seigneur roi ! Tuez-les et chevauchons ! Vous savez sûrement où ils pourraient se trouver ! Grand-prêtre, vous avez entendu, Ivarr Ragnarson a embauché ces hommes. Ils iront à Brynnfell, et non à Jormsvik ! Nous ne pouvons revenir à temps ! »

Il avait compris, finalement.

Le prince n'était pas trop jeune, apparemment. Et il avait raison, bien entendu, quant au temps qui restait. Après avoir reçu leurs nouveaux ordres, des navires de Drèngest, en mer au coucher du soleil avec l'ordre de bloquer la voie à l'est, ne pourraient rattraper des marins erlings bien entraînés. Même s'ils les suivaient à l'ouest – et Aëldred n'avait aucune raison de donner un tel ordre –, ils auraient plus d'une demi-journée de retard, et ne seraient pas aussi habiles sur l'eau.

« Athelbert, je te prie, continue, si tu le veux bien », dit le roi des Anglcyns. Il aurait pu demander à son fils aîné de commenter à son tour un passage des saintes écritures.

Ceinion, accablé, regarda mourir dix autres Erlings. Ils avaient refusé de se rendre, se dit-il. Aëldred leur avait donné cette possibilité. Le chagrin n'en était pas atténué. Même après le vol meurtrier des flèches, nul ne s'avança pour se rendre dans le cercle désormais plus étroit. La vingtaine de survivants poussa plutôt un hurlement unanime, terrifiant, l'essence même de ses cauchemars d'enfant pour Ceinion, invoquant les noms de leurs dieux sous le ciel bleu et les nuages blancs. Ils chargèrent droit dans les flèches et les épées de deux cents cavaliers.

Pouvait-on exorciser ainsi les terreurs enfantines ? se demanda Ceinion, en se rappelant combien de chapelles, de sanctuaires et de braves et saints hommes avaient brûlé au milieu des mêmes vociférations invoquant Ingavin et Thünir.

Il regarda tomber les premiers Erlings, et les derniers, haches et glaives au poing, sans jamais trahir leurs compagnons. Ils moururent au combat, armes à la main, leur place ainsi assurée parmi les aigles, dans les salles divines de gloire éternelle.

Il en fut épouvanté et n'oublia jamais cet abominable courage. En haïssant chacun de ces hommes et ce qu'ils l'avaient contraint à penser.

Le silence tomba ensuite sur le champ de bataille. Tout cela avait pris remarquablement peu de temps.

« Très bien, dit enfin le roi. Nous laisserons des instructions plus loin au sud, afin qu'on vienne ramasser leurs armes et les incinérer ici. »

D'un petit mouvement sur les rênes, il fit tourner son cheval. Alun ab Owyn, constata Ceinion, se trouvait déjà à l'avant, avec l'impatience du désespoir. Le chien gris se tenait près de lui.

« Mon seigneur ! dit le *thegn* roux, regardez par là ! »

Il désignait le sud-est, derrière eux, où une vallée passait à travers les chênes, les séparant de la mer. Ceinion se retourna, avec Aëldred.

« Ciel ! » dit le prince Athelbert.

Un groupe d'hommes, huit ou dix, quelques-uns à cheval, d'autres à pied, avec d'autres chevaux qui tiraient un chariot, s'en venaient vers eux avec de grands signes de bras et des cris, des voix lointaines dans l'air de l'été, puis plus claires à mesure qu'ils approchaient.

Nul ne bougea. Le petit groupe les rejoignit. Cela prit un certain temps. Le chef se trouvait dans le chariot. Il semblait blessé, se tenait le flanc. C'était aussi celui qui vociférait et gesticulait le plus vigoureusement de sa main libre, avec une agitation visible.

Il était du sud, c'était visible aussi. Et parlait une langue étrangère.

« Par la sainte lumière de Jad, dit tout bas le roi Aëldred, ce sont des asharites. D'Al-Rassan. Que dit-il ? Quelqu'un comprend-il ? »

Ceinion connaissait des fragments d'espéranien mais non d'asharite. Il s'essaya. Lança une salutation.

Sans s'interrompre dans sa tirade, le marchand dans le chariot changea de langue. Le roi se tourna vers Ceinion d'un air attentif. Quarante morts gisaient dans l'herbe autour d'eux. Deux des hommes d'Athelbert avaient mis pied à terre et récupéraient les flèches avec efficience.

« Il est outragé, mon seigneur, et bien marri. Il déclare qu'ils ont été attaqués, blessés et volés sur le chemin de la foire d'Esfèrth. Ils sont... ils sont mécontents de la protection offerte aux visiteurs. »

Le regard d'Aëldred passa du prêtre à l'homme dans le chariot. Ses yeux s'étaient élargis. « Ibn Bakir ? dit-il. Mon étalon ? Mes manuscrits ? »

Ceinion traduisit de son mieux. Puis, avec quelque retard, il apprit aux visiteurs qui était l'homme monté sur le cheval bai.

Le marchand asharite se redressa, trop vivement. Le chariot était un endroit précaire. L'homme fit une courbette, faillit tomber. L'un de ses compagnons le retint. Le marchand était blessé au flanc droit ; du sang filtrait à travers ce qui ressemblait à de la soie verte. Il portait à la tempe une meurtrissure sombre. Il hocha néanmoins la tête avec énergie. Se retourna et, toujours retenu par l'autre, tendit une main pour tirer d'un coffre derrière lui une poignée de rouleaux de parchemins qu'il agita en l'air, tout comme il avait agité les mains plus tôt pour appeler à l'aide. Quelqu'un se mit à rire, puis se contrôla.

« Demandez-lui », dit Alun ab Owyn, la voix tendue, « si l'Erling avait une apparence inhabituelle. » Ils ne l'avaient pas entendu revenir vers eux.

Le roi lui lança un rapide coup d'œil. Ceinion posa la question. Il ignorait le mot pour “inhabituel” mais réussit à trouver “étrange”. Le comportement surexcité du marchand se calma un peu. Il semblait plus imposant ainsi, si on ne tenait pas compte de l'écharpe verte. C'était un homme qui avait après tout fait un très long voyage. Il répondit gravement, debout dans son chariot.

Ceinion l'entendit, sentit une aile sinistre passer sur son cœur.

« Il dit que l'Erling était aussi blanc que l'esprit d'un mort, son visage, ses cheveux. Contre nature. Il les a surpris en sortant brusquement des arbres. Il n'a pris que le cheval.

— Ragnarson », dit Alun, inutilement. Il regardait Aëldred. « Mon seigneur roi, nous devons partir. Nous pouvons arriver avant lui – ils vous ont menti ce matin, dans la prairie. Il ne se trouvait pas avec les messagers envoyés aux vaisseaux. Il est juste en avant de nous !

— Je crois qu'il en est ainsi, dit le roi des Anglcyns. J'en suis d'accord avec vous. Nous devrions partir. »

On détacha cinq hommes pour escorter les marchands à Esfèrth et les loger avec honneur. Le reste du *fyrd* prit la direction du sud-ouest, ne faisant halte que pour remplir les gourdes et laisser boire les chevaux. Ce fut Alun ab Owyn qui leur fit traverser la Thorne, en soulevant des gerbes d'eau, et ce fut lui qui détermina leur allure ensuite, le long de la forêt, jusqu'à ce que l'eussent rattrapé quelques-uns de ceux qui savaient effectivement où l'on allait.

Le roi, galopant au côté de Ceinion, ne posa qu'une seule question pendant la longue chevauchée subséquente.

« Ragnarson est celui qui a mené le raid, au printemps dernier ? Contre Brynnfell ? Quand le prince cadyrin a été tué ? »

Ceinion hocha la tête. Il n'y avait rien d'autre à dire, et il fallait absolument aller le plus vite possible.

On ne rattrapa point le fuyard ; on ne vit jamais de lui plus que les traces de sa piste, d'abord unique puis venant rejoindre celle d'un autre cheval, le suivant et non galopant à ses côtés. Les traces revenaient un peu vers le sud-est avec la courbe de la rivière entre les crêtes des collines. Les deux pistes se recoupaient exactement à l'endroit où les éclaireurs anglcyns avaient pensé qu'elles le feraient. Ils les suivirent au grand galop, entre rivière et forêt, pour arriver enfin à un rivage de galets abrité du vent, et à la mer.

Le soleil voguait alors vers l'occident. Nuages blancs dans la brise, saveur de sel dans l'air. Des signes évidents que des bateaux avaient été tirés sur la rive, avec une grande quantité d'hommes, et très récemment. Rien d'autre que ces signes : vide, la vaste mer, dans toutes les directions. Nul moyen de savoir de quel côté étaient partis les vaisseaux, absolument aucun. Mais Ceinion le savait. Il le savait.

Le roi ordonna au *fyrd* de mettre pied à terre pour laisser les chevaux épuisés brouter le long de la plage, un peu plus haut, là où il y avait de l'herbe. Il donna aux cavaliers le temps de se reposer aussi, de manger et de boire. Après quoi il réunit le conseil de ses *thegns*. Y invita d'un geste généreux Ceinion, et Alun ab Owyn.

C'est alors qu'on découvrit qu'Alun, son chien et son serviteur erling avaient disparu.

Personne ne les avait vus quitter le rivage. On dépêcha une demi-douzaine d'éclaireurs. Ils revinrent bientôt. L'un d'eux secoua la tête. Ceinion, près du roi, fit un pas dans leur direction, s'immobilisa, muet. Owyn de Cadyr, pensait-il, n'a plus qu'un seul fils vivant. Il allait peut-être le perdre aussi.

L'un des cavaliers mit pied à terre. « Ils ont disparu, mon seigneur. » C'était assez évident.

« Où ? » demanda Aëldred.

Le cavalier se racla la gorge. « Dans la forêt, je le crains. »

Un mouvement, puis le silence parmi les hommes assemblés. Ceinion en vit faire le signe du disque solaire. Il venait d'en faire autant, une habitude aussi vieille que lui. Que vais-je dire à son père ? se demanda-t-il. Le vent soufflait à présent, de l'est. Le soleil se couchait.

« Les traces de leurs chevaux y entrent, ajouta le cavalier. Dans la forêt. »

Évidemment. L'intention d'Alun était pure folie. Ils avaient suivi la côte tout du long pour arriver ici, en évitant la forêt. Évidemment. C'était ce qu'on faisait : du sud, on suivait la côte ; si l'on partait du nord, on passait entre les portes des tours de guet du Mur. Mais pas la forêt. Personne ne traversait la forêt.

Le chemin de la côte ne pouvait vous conduire que jusqu'à Cadyr, dans le sud, et l'Arbèrth – comme Brynnfell – se trouvait encore à quatre jours de là, dans les vallées en amont de la rivière. Suivre de nouveau la route côtière serait une randonnée inutile et absurde. Cela ne ferait pas l'affaire. Pas si l'on avait décidé que les Erlings visaient de nouveau la ferme de Brynn ap Hywll. Si l'on avait décidé cela, si l'on savait qu'Ivarr Ragnarson se trouvait à bord, alors, on pouvait choisir un geste fou…

Ceinion se sentit de nouveau bien vieux. Cela lui arrivait de plus en plus souvent, semblait-il. La voix de l'éclaireur était empreinte d'un véritable regret, à l'instant, tandis qu'il rapportait la nouvelle. Le jeune prince cyngaël avait sauvé la vie du roi Aëldred dans la matinée, ils l'avaient tous vu. Ils seraient navrés de voir une jeune existence prendre fin ainsi.

Quelqu'un poussa un juron sauvage, brisant l'atmosphère du moment. Athelbert. Il remonta du rivage à grandes enjambées furieuses, vers les rochers, l'herbe, les chevaux qui broutaient. La lumière étincelait sur l'eau. Il ferait noir dans les bois, et ceux-ci s'étendaient jusqu'aux terres des Cyngaëls, et personne ne les traversait jamais. Ceinion ferma les yeux. Le temps se rafraîchissait, il était tard dans la journée, au bord de la mer, au coucher du soleil.

Il mourrait dans la forêt, le fils cadet d'Owyn.

Je suis trop vieux, pensa derechef Ceinion. Il se rappelait – si clairement – le père d'Alun dans sa jeunesse, aussi téméraire, encore plus impulsif. Et cet homme était désormais un prince vieillissant, et son fils allait trouver sa propre fin en essayant de traverser une forêt sans chemins, pour donner l'alarme, dans une longue randonnée qui le ramènerait chez lui. Une folie glorieuse et désespérée. À la manière des Cyngaëls.

Chapitre 11

Bern recula à quatre pattes de la crête lorsqu'il vit les archers anglcyns commencer à tirer. C'était à un désastre qu'il assistait, clair et éclatant sous le soleil. La rivière bleue, l'herbe verte, le vert plus sombre des arbres au-delà, les couleurs des chevaux, les flèches qui étincelaient brièvement dans la lumière… Il se sentit mal à ce spectacle.

On n'abandonnait pas des compagnons de rame, mais il savait ce qu'il voyait. Sa tâche était de revenir vivant à la côte pour donner l'alarme, avec la nouvelle de cette catastrophe. Les Anglcyns chevauchaient vers la mer.

En prenant de profondes inspirations, en luttant pour se maîtriser, il poussa Gyllir à la lisière de la forêt, loin de la bataille. Même en plein jour les arbres donnaient une impression d'oppressante menace. Il y avait dans ces bois des esprits, des puissances, sans compter les félins et les loups en chasse, et les sangliers sauvages. Les *volurs* qui se mettaient en transe pour voir les ténébreux chemins des morts disaient qu'il y avait des bêtes habitées par l'esprit des anciens dieux, avides de sang.

En contemplant la noirceur à sa droite, il pouvait à demi croire en de telles créatures. Mais malgré tout, une mort plus certaine encore l'attendait dans l'autre direction, avec le *fyrd*. Ils avaient chevauché au moins aussi vite que lui pour arriver là, ce qui était dérangeant. Chez lui, les vieilles disaient : "Un Erling à cheval sur la mer, un

Anglcyn à cheval…" Il n'aurait pourtant pas cru que Gyllir pût être égalé.

Les cavaliers d'Aëldred étaient bien là, en tout cas. Il ne pouvait s'attarder. S'il attendait, il les verrait traverser la rivière.

Il se servit des arbres pour se dissimuler, les suivant de près afin de ne pas se détacher sur le ciel. Même ainsi, lorsqu'il passa sur la crête, devenant visible, il lui sembla que son cœur faisait un douloureux bruit de tonnerre, comme si sa poitrine avait été un tambour. Il se pencha sur l'encolure de Gyllir en murmurant une prière à Ingavin, qui connaissait les manières d'agir en secret.

Aucun cri d'alarme. Juste au moment où Bern Thorkellson arrivait en haut de la crête, un groupe agité de marchands d'Alrasan, avec une bruyante indignation, appelait le *fyrd*. Ils lui sauvèrent la vie, car les éclaireurs se détournèrent pour les regarder.

Cela arrive parfois ainsi. De petites choses, accidents du moment, convergences. Et tout dans la façon dont la vie s'écoule ensuite, à partir de tels instants, leur doit son déploiement, en bien ou en mal. On marche, ou tibube, le long de chemins déterminés par des événements dont on demeure à jamais ignorant. La route qu'autrui n'a jamais prise, ou qu'on a soi-même prise trop tard, ou trop tôt, amène à une rencontre, une information, une nuit mémorable, à la mort, ou à la vie.

Bern resta tassé sur sa selle, un picotement à la nuque, jusqu'à ce qu'il fût certain d'être hors de vue. Alors seulement se redressa-t-il pour laisser Gyllir galoper vers la mer. Il vit une contrée doucement ondulée, une terre riche. Le genre de sol qui produisait des gens ramollis, habitués à la facilité. Pas comme le Vinmark où les falaises dégringolaient en reliefs déchiquetés aux endroits où la mer évidait la terre comme au couteau. Où les pentes pleines de roches et les hivers de glace faisaient de l'agriculture un désir toujours frustré dans des fermes jamais assez grandes. Où les fils cadets prenaient les chemins de la mer avec casque et glaive, sous peine de mourir de faim.

Les Erlings avaient des raisons d'être durs, des raisons aussi profondes et glacées que les eaux noires et immobiles qui s'enfonçaient telles des lames entre les falaises. Les gens d'ici, avec leur sol de généreuse terre noire et leur dieu de lumière, ils étaient… Eh bien, de fait, en cet instant précis, ils étaient en train d'écraser les meilleurs raiders du Vinmark. L'histoire familière ne tenait pas debout, apparemment. Plus maintenant.

La forme et l'équilibre du monde avaient changé. Son père – il ne voulait pas penser à son père… – l'avait dit plus d'une fois, dans l'île, après avoir décidé que c'en était fini de ses années de raids.

Thorkell n'aurait vraiment pas dû se trouver là, songea Bern. Lancé à toute allure vers le sud, il se sentait trop jeune pour tirer tout cela au clair, mais pas assez pour ne pas être conscient des changements qui avaient lieu, qui avaient déjà eu lieu.

Il lui restait encore du chemin à parcourir, mais plus tellement, car il commençait à se retrouver dans le paysage. Gyllir peinait, mais il en irait sûrement de même pour les montures du *fyrd* derrière lui. Ils finiraient par arriver, il le savait. Et – pensée soudaine – ils verraient ses traces et comprendraient qu'il était devant eux. Il devait les précéder sur la côte avec assez d'avance pour qu'on ait le temps d'éloigner les bateaux en haute mer. Il dégoulinait de sueur dans le soleil, et pouvait sentir l'odeur de sa propre peur.

Quand il vit la vallée, il s'en souvint. Loua les dieux. La suivit vers le sud-est et presque aussitôt sentit le sel dans le vent. Le val s'ouvrait devant lui, il aperçut leur plage. Seuls deux vaisseaux étaient à l'ancre ; les trois autres se trouvaient déjà dans le détroit, au large.

Il se mit à crier en galopant, continua de crier en sautant à bas de Gyllir, en titubant à mi-pente du camp. Il essaya d'être cohérent, sans être certain d'y parvenir.

C'étaient des hommes de Jormsvik, cependant. Ils firent mouvement avec une rapidité qu'il n'aurait pas crue possible avant de se joindre à eux. On leva le camp et, lorsque les rames furent en place dans les deux derniers bateaux – avec un équipage réduit, mais on n'y pouvait rien – et qu'ils s'éloignèrent sur l'eau, le soleil n'avait guère viré plus loin vers l'occident. C'était leur vie, le sel et le dur labeur, les proues à tête de dragon. “Un Erling à cheval sur la mer…”

Le navire de Brand fut le dernier à partir. Ils ramaient pour rejoindre les autres quand on les appela depuis la rive. Un autre de ces moments où tant de choses peuvent tourner de façons différentes : ils auraient pu être encore un peu plus rapides et trop éloignés pour entendre. Bern, debout près du chef borgne de l'expédition, entendit cependant et jeta un regard par-dessus son épaule.

« Qui est-ce ? » demanda Brand Léofson de sa voix râpeuse, en plissant les yeux.

Un cavalier dans l'eau, agitant un bras, forçant sa monture réticente à les suivre dans l'eau.

« Laisse-le », dit Bern, qui avait de très bons yeux. « Qu'Aëldred le tue. Il nous a menti. Depuis le début, Ecca n'a cessé de le dire. » Il ressentait de la peur et une froide colère.

« Et où est donc Ecca ? » demanda Brand en dirigeant son bon œil vers Bern.

« Il a été tué à Esfèrth. Leur *roi* se trouvait là. Des centaines d'hommes. Il y a une maudite *foire* ! Je te l'ai dit, Ragnarson nous a menti. »

L'homme qui se tenait près de lui, capitaine, chef d'expédition, vétéran d'une bonne cinquantaine de batailles dans tout le monde connu, mâchonna un côté de sa moustache.

« C'est lui, dans l'eau ? »

Bern acquiesça.

« Je veux parler à ce misérable bâtard, dit Bran. S'il doit mourir, je le tuerai moi-même et en ferai rapport à Jormsvik. Ramez dans l'autre direction ! Jetez la passerelle ! La courroie pour le cheval ! »

Des mouvements précis s'enclenchèrent. C'est une erreur, songeait Bern, sans pouvoir faire taire cette certitude tandis qu'il regardait l'homme étrange et meurtrier, toujours sur son cheval d'une incompréhensible magnificence, qui se rapprochait dans les vagues. Il se sentait aussi impuissant qu'un enfant, il lui semblait que c'était un moment où sa vie se jouait, et pas seulement la sienne, comme jetée dans la balance d'un marchand.

Dans la lumière de l'après-midi, sous les nuages prestes et indifférents, Ivarr Ragnarson monta à bord.

« Ça », dit Brand le Borgne en contemplant la mer, « c'est un cheval asharite. »

Bern ne savait si c'était ou non la vérité, ne voyait pas en quoi cela importait. On hala le cheval, avec la courroie passée sous son ventre par un homme qui savait nager. Ils portèrent tous leur poids de l'autre côté, pour contrebalancer. Un exercice difficile, accompli avec aisance.

Dans l'esprit de Bern, le plateau de la balance sembla s'abaisser tandis qu'il se retournait pour regarder le petit-fils de Siggur Volganson, la bouche tordue, dégoulinant, avec sa face blanche, ses cheveux blancs et ses yeux pâles, dernier héritier survivant du plus grand de tous leurs guerriers.

Ivarr s'avança pour se tenir devant Léofson.

« Comment oses-tu partir sans moi, espèce de tas de merde infesté de vers ! » dit-il. On n'arrivait pas à s'habituer à cette voix. Personne d'autre ne parlait ainsi. Une voix de glace, tranchante.

Brand Léofson, ainsi interpellé, considéra Ivarr avec ce qui semblait une réelle perplexité. C'était son bateau, il commandait un raid de Jormsvik, il était capitaine depuis de nombreuses années, et entouré de ses compagnons. Il secoua la tête avec lenteur, comme pour s'éclaircir les idées, puis, d'un revers de main dans la figure, il envoya Ivarr s'étaler sur le pont.

« On s'en va, lança-t-il par-dessus son épaule. Souquez dur, tout le monde ! Une fois hors de vue de la côte, mettez la voile, où que nous emporte le vent. Nous tiendrons conseil aux lanternes, à la tombée de la nuit. Signalez-le aux autres. Et toi », dit-il en se retournant vers Ragnarson, « tu vas rester où tu es, sur le pont. Si tu te lèves, je t'assommerai de nouveau. Si tu le fais deux fois, je jure par l'œil d'Ingavin et le mien que je te jetterai à la mer. »

Ivarr Ragnarson le regardait fixement, mais il ne bougea pas. Dans les yeux trop pâles, décida Bern, se lisait une rage plus noire qu'il n'aurait jamais cru possible d'en voir chez un homme. Il détourna son regard. Son père – il ne voulait pas penser à son père – l'avait averti.

Le plus jeune des mercenaires se détourna. Ivarr lut sa crainte sur son visage. Il y était habitué : on évitait tout le temps de le regarder, après des coups d'œil furtifs d'horreur mêlée de fascination et, souvent, la crainte. Il était aussi blanc qu'un os, avec une épaule déformée, ses yeux étaient étranges – et ne voyaient pas très bien à la lumière du soleil –, et la peur de l'inconnu infestait tout un chacun, la peur des esprits, la peur des colères divines que rien n'apaisait.

L'appréhension avait cependant une qualité différente chez ce jeune-là – Ivarr ne pouvait se rappeler les noms, les gens étaient tellement dépourvus d'importance… Il y avait là autre chose que l'évidence. Ivarr ne pouvait dire quoi, mais il pouvait le sentir. Il avait un talent pour cela.

Plus tard. Tout comme le fait qu'il tuerait Brand Léofson. On l'avait frappé par deux fois aujourd'hui, deux de ces chiens bâtards de Jormsvik. L'un d'eux, Skallson, avait déjà été abattu par les Anglcyns, le privant de son plaisir. Celui-ci, il devrait lui permettre de vivre plus longtemps : il avait besoin de lui, si ce raid devait malgré tout réussir. Il fallait quelquefois différer son plaisir.

Étendu sur le pont d'un bateau, dégoulinant d'eau salée, meurtri, épuisé, ensanglanté, Ivarr Ragnarson était tout à fait certain du contrôle qu'il exerçait sur les événements. Que presque tous ceux à qui il avait affaire fussent de faibles imbéciles, même s'ils se croyaient durs, lui était d'un grand secours : ils étaient minés par leurs besoins et leurs désirs, leurs amitiés et leurs ambitions.

Ivarr n'entretenait pas de telles faiblesses. Son aspect physique lui interdisait toute possibilité de gouverner et d'être accepté comme chef. Voilà qui disposait de l'ambition. Des amitiés aussi bien. Et quant à ses désirs, ils étaient… d'un autre ordre que ceux de la plupart des hommes.

Son frère Mikkel – abattu dans une cour de ferme cyngaëlle, et de son vivant l'un de ces grands imbéciles balourds d'Ingavin – s'était vraiment imaginé pouvoir être un chef du peuple erling, comme l'avait été leur grand-père. C'était bien la raison pour laquelle Mikkel avait voulu se rendre à Brynnfell. La vengeance, et l'épée. Une fois en possession de l'épée du Volgan, avait-il dit, tout en faisant déborder sa coupe de bière, il pourrait se rallier des partisans autour du nom de leur famille.

Peut-être, s'il n'avait eu le crâne aussi épais que celui d'un bœuf de charrue, et si Kjarten Vidurson – un homme dont Ivarr devait admettre qu'il y pensait à deux fois – n'avait de toute évidence été en train de se préparer à réclamer le titre de roi à Hlégest, avec infiniment plus d'autorité que Mikkel n'en aurait jamais eu.

Ivarr n'avait rien dit. Il avait été partant pour le raid de Mikkel. Ses propres raisons d'y participer étaient bien plus simples que celle de son frère : il s'ennuyait, et il aimait tuer. La vengeance et un raid rendaient le meurtre acceptable aux yeux du monde. Ne pouvant aspirer à rien, n'ayant aucun statut à convoiter, aucune faveur à obtenir, Ivarr menait d'une certaine façon une existence dépourvue de complications.

Lorsqu'on ne répondait qu'à soi, les décisions étaient plus faciles à prendre. Ceux qui vous causaient du tort ou vous contrariaient devaient tous voir leur cas réglé, sans exception. Cela incluait désormais ces Cyngaëls de Brynnfell, qui l'avaient obligé au printemps précédent à fuir à travers une forêt nocturne, puis, en une course désespérée, à retourner aux bateaux. Cela voulait dire aussi cette larve de Brand le Borgne, ici même, mais seulement après qu'il aurait satisfait au besoin d'Ivarr, qui était de retourner dans l'ouest.

Il faudrait des morts ici, pour commencer. Et il voulait toujours voir s'il était capable de tirer et d'étaler les poumons sur la cage béante et ensanglantée des côtes tandis que la victime demeurait vivante, gargouillante, couverte de son sang. C'était très délicat. On avait besoin de s'exercer avant de pouvoir réussir une opération aussi délicate.

Lorsqu'on avait des besoins simples – et qu'on était le dernier des Volgans, héritier de toutes leurs possessions –, il était assez facile de consacrer une bonne part de ses ressources à embaucher deux cents mercenaires à la fin d'un été.

Si les autres avaient du mal à vous regarder longtemps en face, il n'était guère difficile de leur mentir. Les Jormsvikings étaient arrogants, suffisants, égocentriques, des bœufs ivrognes, si faciles à duper que c'en était divertissant, malgré toutes leurs prouesses célèbres sur mer et dans les batailles. Ils étaient ce qu'ils étaient, pensait Ivarr : des outils.

Il avait laissé tomber de l'or et de l'argent sur une table à tréteaux dans une salle de baraquement, à Jormsvik, en leur disant que la construction du *burh* d'Aëldred, Drèngest, sur la côte, n'était pas terminée, que la place était mal défendue, avec des bateaux dont ils pourraient s'emparer et un sanctuaire nouvellement consacré avec bien trop d'or.

Il avait vu tout cela, avait-il dit, lorsqu'ils étaient allés à l'ouest au printemps, son frère et lui. Et un guetteur qu'ils avaient capturé et tué pour en obtenir de l'information, sur la côte, leur avait dit avant de mourir que le roi et son *fyrd* passaient l'été à Raedhill, chassant au nord, laissant Esfèrth exposée. Un autre mensonge, mais c'était un des talents d'Ivarr.

La bière avait circulé dans la salle enfumée, et après une deuxième ronde, on avait entonné des chants célébrant les gloires passées de Jormsvik. Et un autre chant prévisible – Ivarr l'avait entendu trop souvent, mais s'était forcé à sourire, comme empli d'amers regrets à ce souvenir –, à propos de Siggur Volganson et du grand été des assauts jumelés sur la Ferrières et le Karche, et le fameux raid sur le sanctuaire secret de Champières, où il avait acquis son épée. Encore des beuveries pendant le chant, et après. Des hommes endormis aux tables, affalés dans la bière renversée et les chandelles qui crachotaient.

Au matin, Ivarr avait officiellement payé ses mercenaires pour que cela valût la peine de mettre la voile, même s'ils trouveraient peu à piller en terre anglcyne. Il avait piqué leur orgueil – si aisément – en soulignant depuis combien de temps ils n'avaient pas défié Aëldred sur son propre territoire.

Il y avait de la gloire à gagner, des épées à ensanglanter, avait dit Ivarr, avant le retour du sombre hiver dans les terres du nord, qui fermerait la mer sauvage. Si l'on faisait de ses paroles une mélodie, s'était-il rendu compte, on pouvait faire danser ses auditeurs à loisir – parce qu'ils ne vous regardaient pas en face.

Simple, en vérité. Les hommes étaient faciles à duper. Il fallait seulement avoir une idée bien claire de ce qu'on désirait leur voir faire. Cela avait toujours été le cas pour Ivarr, et plus encore maintenant. Brynn ap Hywll et ceux de sa famille qu'on trouverait à la ferme seraient attachés à un poteau, nus, vivants, dans la boue et les ordures de leur propre cour de ferme, tandis qu'Ivarr les taillerait en pièces les uns après les autres. Ap Hywll était aussi gras qu'un porc d'été, il lui faudrait couper profondément. Mais ce ne serait pas difficile, il n'y aurait pas de problème. Le rite de l'aigle-de-sang était un ultime acte de vengeance pour son frère et son grand-père abattus, dirait-il avec tristesse. Un rituel accompli en l'honneur des corbeaux et des aigles d'Ingavin, et à la mémoire de la lignée du Volgan, dont il était le dernier représentant. Après lui, il n'y en aurait plus. On l'entendrait, et on aurait l'air attristé. On l'honorerait même pour cet acte, autour des feux d'hiver.

Divertissant. Mais pour que cela arrivât, il devait amener ces vaisseaux aux rivages des Cyngaëls. C'était la seule partie aléatoire de son plan, si l'on exceptait la bonne fortune qui avait amené sur son chemin ces marchands et un cheval, plus tôt dans la journée. De fait, il ne voulait pas réellement y penser à présent. Il aurait manqué les bateaux, sinon, aurait été laissé seul sur une côte hostile. Peut-être aurait-il dû y réfléchir ? Peut-être Ingavin ou Thünir révélaient-ils ainsi leur noble aspect à une petite créature pâle et difforme. Et quelle pouvait bien en être la signification, après tant d'années ?

Une distraction, cette pensée. Plus tard. Ils devaient aller à l'ouest d'abord. Cela avait toujours été la partie délicate du plan. Il aurait été absurde pour Brand Léofson, pour n'importe quel commandant, de prendre cinq bateaux si tard dans l'année en vue des gains limités qu'offrait ces temps-ci un raid contre les Cyngaëls, Ivarr l'avait bien compris. On s'y prenait donc autrement : on leur disait qu'ils attaquaient Aëldred là où il était riche et vulnérable. Et quand cela s'avérerait erroné après tout – comme on le savait bien –, on comptait sur sa langue acérée et leur stupide avidité de se rendre glorieux aux yeux d'Ingavin pour les attirer un peu plus loin à l'ouest… puisqu'ils étaient déjà allés si loin, n'est-ce pas, et qu'ils perdraient si terriblement la face s'ils revenaient les mains vides…

C'était un bon plan. Tout aurait été facile, de fait, si Burgrèd de Dènfèrth ne s'était trouvé avec le maudit parti qui les avait surpris dans la nuit. La rançon du duc aurait pu engraisser les raiders pendant longtemps, et ils l'avaient su. Stupides et gorgés de bière ou non, ils avaient compris qui était cet homme. Aëldred aurait payé les impôts prélevés dans dix villes et cent demeures pour récupérer son compagnon. Et cinq vaisseaux de Jormsvik auraient fait demi-tour pour retourner joyeusement chez eux, en chantant tout du long.

Cela l'aurait rendu fou.

Il n'avait eu d'autre solution que d'abattre l'homme d'une flèche.

Une mort frustrante, un acte hâtif, n'impliquant pas de souffrance – excepté la sienne lorsque Skallson avait failli le tuer pour son geste. Ivarr n'avait pas réellement eu peur – il ne pouvait se rappeler avoir jamais été effrayé –, mais il n'avait pas non plus été prêt à mourir.

Et d'abord, il ne s'attendait pas à voir des aigles ou des corbeaux accompagner son âme vers des salles éclatantes lorsque la mort viendrait pour lui. Ingavin et Thünir aimaient leurs guerriers bien bâtis, avec leurs haches et leurs épées étincelantes, et non contrefaits, sarcastiques, la peau blanche comme la mort, avec des yeux qui voyaient mieux au crépuscule que dans le jour.

La lumière était moins brillante à présent. On s'était régulièrement écarté de la côte et l'on avait largué la voile. Le soleil baissait à l'occident. Ivarr attendit, comme toujours, les ombres du soir qui transformaient les nuances de la mer et du ciel. Il était heureux alors ; il était heureux en hiver. Le froid et les ténèbres ne l'emplissaient pas de détresse ; il avait l'impression que c'était son élément naturel.

On le croyait faible. On se trompait. D'ineffables imbéciles, presque tous sans exception. Il se demandait parfois si son puissant grand-père, qu'il n'avait jamais vu ni connu, abattu à Llywèrth avant sa naissance, n'avait pas pensé la même chose, en s'écrasant tel le retour incessant de la vague sur des gens qui ne pouvaient rien contre lui, année après année, jusqu'à sa fin près de la mer occidentale.

Les dieux savaient, il avait assez de raisons de vouloir tuer Brynn ap Hywll. Il tuerait les femmes d'abord, en laissant le gros homme regarder, attaché, impuissant, nu dans la merde de sa cour. C'était une agréable pensée. Il fallait la garder à l'esprit, ne se laisser en rien distraire ni divertir.

« Tu vas te lever, maintenant », dit Brand Léofson, une forme massive qui le dominait soudain. « Avant le commencement du conseil, tu vas expliquer tes mensonges. »

Il avait attendu cela. Les gens étaient faciles à prévoir. Tout ce dont il avait besoin, c'était d'une chance de parler.

Il se releva avec lenteur. Se frotta la mâchoire là où le coup avait porté, même s'il n'en ressentait pour ainsi dire plus de douleur. Mais c'était une bonne chose de sembler petit, frêle, sans danger pour personne.

« Je ne croyais pas que vous feriez ce dont j'avais besoin », marmonna-t-il. En gardant les yeux baissés. La tête détournée, soumis comme un loup vaincu. Il avait observé les loups dans la neige, il avait appris d'eux.

« Quoi ? Tu admets avoir menti ? »

Dieux ! Qu'attendait de lui cette tête de bœuf ? Qu'il nie ? Ils avaient vu eux-mêmes les murailles finies et les vaisseaux bien prêts à Drèngest, dont il avait dit qu'elle serait déserte et exposée. Soixante d'entre eux, deux groupes, avaient été massacrés en ce jour par Aëldred et le *fyrd* venu d'Esfèrth, où il leur avait dit que le roi ne se trouverait pas.

Il n'avait pas prévu ces morts – il n'y avait rien de bon à perdre tant de combattants –, mais on ne pouvait laisser de tels détails affecter le plan qu'on avait en tête depuis si longtemps. Tout ce voyage de fin d'été avec les Jormsvikings n'était après tout qu'un plan de rechange. Il était censé avoir pris Brynnfell à la pointe de l'épée au printemps, et non avoir vu son abruti de frère trépasser avec presque tous ses hommes dans cette cour. Il était désormais seul au monde. Une mélodie mélancolique n'aurait-elle pas dû accompagner cette pensée ? Tout seul. À neuf ans, il avait tué leur sœur, et maintenant le cher Mikkel avait été taillé en pièces dans une cour de ferme arbèrthine.

Que les skaldes en fassent de mauvaises chansons. “La tristesse pour les puissants rejetons de Siggur / La valeur et le renom des Volgans…”

Il n'éprouvait aucun apitoiement pour son propre sort. Ce qu'il ressentait, depuis qu'il avait pris conscience pour la première fois de ce qu'il était, un enfant contrefait dans un monde de guerriers, c'était de la rage, une rage éternelle.

« J'ai menti parce que nous sommes tombés si bas depuis vingt-cinq ans que même avec les guerriers de Jormsvik, je n'étais pas sûr de nous.

— Nous ? Nous ?

— Les Erlings du Vinmark, mon ami. Les enfants d'Ingavin dans le monde du milieu.

— Par le dieu borgne, que peuvent bien vouloir dire ces insanités, espèce de morveux né dans un caniveau ? »

Il lui fallait tuer cet homme. Et prendre soin de ne pas laisser voir ce désir. Pas de distractions. Ivarr leva les yeux, puis baissa de nouveau la tête, comme honteux. S'essuya le nez, d'un geste apaisant.

« Mon père est mort en couard en laissant son propre père sans vengeance. Mon frère est mort en héros en essayant d'accomplir cette vengeance. Je suis le dernier. Le seul. Et Ingavin a jugé bon de faire de moi un homme contrefait, indigne dans ma misère de venger ma lignée et mon peuple. »

Brand le Borgne cracha par-dessus le plat-bord de son vaisseau. « Je ne sais toujours pas ce que c'est que toute cette fiente de corbeau que tu crachotes. Parle simplement et…

— Il veut dire que son plan était d'aller à Arbèrth tout du long, Brand. Il n'a jamais été intéressé aux terres des Anglcyns. Il veut dire qu'il nous a trompés avec ses mensonges sur Aëldred pour nous faire prendre la mer. »

Ivarr prit soin de garder les yeux baissés. Il pouvait cependant sentir une veine battre dans son crâne. Ce jeune-là, quelle que soit son identité, venait de devenir un irritant, et il fallait éviter de le manifester.

« C'est la vérité ? » Brand s'était retourné vers lui. C'était un homme de très forte carrure.

Ivarr n'avait pas eu l'intention d'aller si vite, mais dans ces moments-là, une partie du talent consistait à s'adapter. « Jormsvik a sa part de sagesse, même chez des jeunes dont on s'attendrait à ce qu'ils n'en sachent pas tant. C'est comme l'a dit ce garçon.

— Le garçon est plus vieux que tu ne le crois, larve, et il a tué un capitaine de Jormsvik en combat singulier », dit pompeusement Léofson. Un gros tas de viande à la cervelle épaisse de guerrier. Voilà tout ce qu'il était. Ivarr retint une grimace : il avait commis une erreur, ces hommes avaient la réputation d'être liés les uns aux autres.

« Je ne voulais pas dire…

— Tais-toi, espèce de rat. Je réfléchis. »

“Les salles d’Ingavin lui-même tremblent devant une telle perspective”, voilà ce qu’Ivarr avait envie de répliquer. Il garda le silence. Se calma avec une image de ce qu’il désirait, de son désir le plus profond : les membres de la famille de Brynn ap Hywll dans leur propre cour. Ou peut-être étendus sur une table dans leur grande salle, sous des torches, pour disposer d’un meilleur éclairage ? Tous nus, les femmes se souillant dans leur terreur, exposées à la lame rouge qui les découperait en pièces. La femme, les filles, le gros homme lui-même. Son but. Tout le reste pourrait attendre.

« Pourquoi voulais-tu tant te rendre en Arbèrth ? »

Ils pouvaient entendre des bruits sur l’eau : les autres navires qui se rapprochaient pour le conseil. On n’était plus en vue des côtes, la nuit allait bientôt tomber. Il fallait être prudent : des bateaux pouvaient s’éperonner et s’ouvrir les uns les autres à la mer, en naviguant de si près. On les attacherait avec des filins, une plate-forme de bateaux, même en haute mer et au crépuscule. Les marins de Jormsvik savaient mieux que quiconque faire ce genre de choses. Une pensée à retenir.

Ivarr reprit son souffle, comme pour rassembler son courage. « Pourquoi en Arbèrth ? Parce que Kjarten Vidurson, à Hlégest, semble prêt à devenir roi, et il devrait posséder l’épée du Volgan. Quelqu’un le devrait, en tout cas. »

Il laissa traîner cette dernière phrase, en y mettant juste assez d’insistance. Il n’avait pas eu l’intention de mentionner Vidurson, mais c’était efficace, c’était efficace. Il pouvait le sentir. Il y avait un rythme là-dedans, lorsque les idées naissaient, c’était une danse, tout autant que dans n’importe quel combat singulier où l’on maniait des armes.

« L’épée ? » répéta Brand, stupide.

« Le glaive de mon grand-père, perdu quand ap Hywll l’a tué. Un trépas qui n’a jamais été vengé, pour ma grande honte, et celle de mon peuple.

— C'était il y a vingt-cinq ans ! Nous sommes des mercenaires, pour l'amour des grands dieux ! »

Ivarr releva la tête, laissant ses yeux pâles s'enflammer soudain dans la lueur des torches. « Et combien de gloire penses-tu te gagner, Brand Léofson, toi et chacun des hommes présents ici, et tout Jormsvik, si c'était vous qui repreniez cette épée ? »

Un silence satisfaisant s'abattit sur le pont et sur l'eau. Il avait parlé très fort, en faisant résonner ses paroles, pour être entendu aussi sur les autres navires qui approchaient. Il passa à la partie suivante de la chanson : « Et bien plus : ne pensez-vous pas que cela vous donnerait à tous, à nous tous, un certain pouvoir, une certaine protection si Vidurson devait s'avérer... autre que ce que le croient d'aucuns ? »

Ce n'avait pas été prévu non plus. Il en était très satisfait.

« Et qu'est-ce que ça peut bien vouloir dire ? » grogna Léofson, qui arpentait maintenant le pont comme un ours.

Ivarr se permit de se redresser, un égal parlant à un égal. Il lui fallait retrouver son statut. « Ce que cela veut dire ? Dites-moi, hommes de Jormsvik, si un homme du nord qui veut s'établir comme roi de tous les Erlings – le premier en quatre générations – songera avec satisfaction à une forteresse fortifiée de combattants, dans le sud, qui ne répondent à nul autre qu'à eux-mêmes ? » C'était comme de la musique, un poème, il était en train de créer un...

« Dans ce cas, interrompit de nouveau une voix, tu aurais pu nous en parler, et nous laisser prendre conseil chez nous. Tu n'as pas dit un seul mot alors de Kjarten Vidurson. Ou de l'Arbèrth, ou de l'épée du Volgan. À la place, attirés par tromperie en mer, soixante braves ont péri. » C'était le garçon, celui qui avait à peine de la barbe. Il renifla : « Ce guetteur que tu dis avoir capturé au printemps, ne t'a-t-il pas parlé de la nouvelle foire qui avait lieu pour la première fois cette année ? »

La colère naissante d'Ivarr se calma vite. C'était si facile. Ils rendaient tout si facile. Il avait envie de rire. Des imbéciles, même quand ils ne l'étaient pas.

« Il l'a dit, en effet », répliqua-t-il en gardant une voix douce. La seconde question lui épargnait bien pratiquement de répondre à la première, plus périlleuse. « Mais il a dit que parce que la foire ne faisait que commencer, comme tu le dis, le roi la laissait à ses intendants. C'est pourquoi j'ai pensé qu'il y aurait des marchands à piller, avec peu d'hommes pour les garder, de riches dépouilles pour des braves.

— Ne faisait que commencer ?

— Comme tu l'as dit », murmura Ivarr.

Le jeune homme, qui n'était pas aussi massif que Léofson, mais assez bien bâti, se mit à rire. À rire d'Ivarr. Avec les autres qui écoutaient et regardaient. Ce n'était pas permis. Il avait tué sa sœur pour avoir ri ainsi, quand elle avait douze ans, et lui neuf.

« Je ne me laisserai pas moquer », dit-il d'un ton bref, une soudaine brûlure dans la tête.

« Non ? » dit l'autre. Son amusement s'effaça. Il avait détourné le regard auparavant, mais pas maintenant. On avait suspendu des lanternes aux rebords des cinq vaisseaux, ainsi qu'à la poupe et à la proue. Ils étaient luminescents, ces navires sur les vagues, un rappel de la présence des mortels sur la vaste mer qui s'assombrissait. « En fait, je ne crois pas me moquer de toi. Ou pas seulement.

— Que dis-tu, Bern ? » demanda Léofson à mi-voix.

Bern. C'était le nom. À se rappeler.

« Il ment encore. Même maintenant. Tu sais ce que disent les paysans : "Pour piéger un renard, on le laisse se piéger lui-même." Il vient de le faire. Écoute : c'est la *troisième* année de la foire d'Esfèrth, pas la première. Tous ceux que nous avons rencontrés en route le savaient. La cité était bondée, Brand, elle débordait. Des tentes dans les champs. Des gardes partout, et le *fyrd*. J'ai dit "la première fois" pour voir ce que ce renard en ferait. Et tu as entendu. Ne le traite pas de larve. Il est bien trop dangereux. »

Ivarr s'éclaircit la voix. « Bon, le paysan ignorant que nous avons capturé ne savait pas…

— Non, dit le dénommé Bern. J'ai planté cette idée dans ta tête, Ragnarson. Tu n'as capturé aucun guetteur. Tu n'as jamais abordé ici. Tu es allé tout droit à Brynnfell, en Arbèrth, et tu as échoué. Tu voulais donc y retourner – là-bas et nulle part ailleurs – pour satisfaire ta propre soif de sang. Par l'œil aveugle d'Ingavin, soixante hommes sont morts parce que tu nous as menti.

— Et il a tué un duc que nous avions capturé », cria quelqu'un depuis le vaisseau le plus proche. « Un duc ! » Des voix lui firent écho.

L'avidité, songea Ivarr. C'est l'avidité qui les mène. Et la vanité. On peut toujours utiliser l'une et l'autre. La brûlure intérieure lui rendait la réflexion plus difficile, cependant, pour reprendre le contrôle de toute l'affaire. Si le nommé Bern voulait seulement se taire. S'il s'était trouvé sur un des autres navires… une si petite différence dans le monde.

À cette pensée, quelque chose glissa en place.

« Qui est ton père ? » dit-il d'un ton coupant, la colère faisant surface, en même temps que la prise de conscience.« Je crois que je le sais…

— C'est un Jormsviking ! » intervint brusquement Brand, aussi lourd qu'un marteau de forgeron. « Nous naissons quand nous franchissons les murailles pour entrer dans la fraternité. Nos histoires personnelles ne comptent pas, nous les laissons tomber comme de vieilles peaux. Même des larves telles que toi savent au moins cela de nous.

— Oui, oui ! Mais je crois que je sais… la façon dont il parle… Je crois que son père était avec… »

Brand le frappa de nouveau, plus fort qu'auparavant, sur la bouche. Ivarr se retrouva sur le dos, crachant du sang, puis une dent. Quelqu'un se mit à rire. La brûlure devint un voile rouge. Il chercha la dague cachée dans sa botte, puis s'immobilisa. Il devait se contrôler pour contrôler ces hommes. Il pouvait se faire tuer ici, s'il dégainait une arme. Étalé sur le dos, il contempla le colosse au-dessus de lui, cracha rouge encore une fois, de côté. Écarta les mains, pour montrer qu'elles étaient vides.

Vit une épée, puis une autre, toutes les deux étincelantes, comme en flammes dans la lueur des torches. Il mourut alors – stupéfait, pourrait-on dire – lorsque la lourde lame de Léofson l'embrocha, en mordant profondément dans le pont du bateau sous lui.

Bern se rappela de respirer. Son bras, avec son épée, était resté à son côté. Brand l'avait écarté d'un revers avant de tuer Ivarr d'un coup d'estoc qui avait derrière lui toute la masse du colosse.

Léofson libéra son arme, avec difficulté. Il y eut un silence au milieu des lanternes, sous les premières étoiles. Brand se tourna vers Bern avec une expression bizarre sur ses traits couturés.

« Tu es trop jeune », dit-il de manière inattendue. « Quoi qu'il ait pu être d'autre, c'était le dernier des Volgans. Un poids trop lourd à porter pendant toute ta vie. Il valait mieux que ce soit moi. »

Bern ne réussit pas à parler. Il parvint à hocher la tête, mais sans être bien certain de ce que voulait dire l'autre. Une immobilité était tombée sur tous les navires, l'impression d'un poids qui alourdissait chacun. Cela n'était pas une mort ordinaire.

« Jetez-le à l'eau à la poupe, dit Brand. Attor, chante le “Dernier Chant”, et correctement. Nous n'avons pas besoin d'irriter un dieu cette nuit. »

On s'activa pour lui obéir. S'ils mouraient en mer, on y jetait les Erlings. “Le dernier des Volgans”, songea Bern. La phrase ne cessait de se répéter dans sa tête.

« Il… il a tué soixante hommes aujourd'hui. Comme s'il les avait tués lui-même.

— C'est bien vrai », dit Brand, presque avec indifférence.

Il passait déjà à autre chose, comprit Bern. Commandant d'une expédition, il avait d'autres considérations à l'esprit, des décisions à prendre. Il entendit un bruit d'éclaboussure. La voix d'Attor s'éleva. Ils pourraient l'entendre depuis les autres bateaux.

Bern sentit que ses mains tremblaient. Il regarda l'épée qu'il tenait toujours, la remit dans son fourreau. Après s'être rendu sur le côté du navire où se trouvait sa rame, près du vaisseau amarré au leur, il resta là à écouter le chant d'Attor, une voix grave dans le noir.

"Dur le voyage — lourdes les vagues
Brièvement nous nous attardons — sur la terre ou la mer
Puisse Ingavin toujours veiller — sur ses Erlings
Puisse Thünir se rappeler — qui t'honore
Qu'aucun esprit irrité — ne s'attarde ici
Qu'aucune âme ne soit perdue — sans foyer
Salée l'écume des vagues — à la proue du navire
Blanches les vagues — devant et derrière nous."

Bern abaissa son regard sur l'eau, puis le releva vers les étoiles naissantes, en essayant de faire le vide dans son esprit, de seulement écouter. Mais voilà qu'il pensait encore à son père, semblait-il, se trouvait incapable de n'y point penser. Dans une rivière avec lui sous ces mêmes étoiles, la nuit précédente.

Il avait éprouvé une telle furie, quelques instants plus tôt, en regardant Ivarr Ragnarson, en sachant ce que cet homme était en train de faire. Le désir de tuer l'avait envahi comme jamais auparavant, il avait dégainé son épée pour la brandir avant même d'avoir conscience de son geste.

Était-ce ce qui était arrivé à Thorkell, par deux fois, à dix années de distance, dans deux tavernes ? Était-ce la furie de son père qui s'éveillait en lui ? Et il était présentement aussi sobre que la mort, lui ; saisi d'un vertige de fatigue, mais il n'avait pas pris même une coupe de bière depuis la taverne d'Esfèrth, l'autre nuit. Et même ainsi, la rage s'était emparée de lui.

Si Brand n'avait été plus rapide, il aurait tué cet homme sur le pont, et il le savait. Son père l'avait fait, à deux reprises, et il avait été exilé la deuxième fois – ruinant leur existence à tous, c'était ce qu'il avait toujours pensé, et son cœur avait été aussi froid que la mer en hiver, aussi amer que le fourrage d'hiver.

Son père avait ruiné sa propre vie, songeait-il à présent, voilà qui était plus proche de la vérité. Propriétaire terrien dans un lieu où il jouissait d'un réel statut, Thorkell était devenu, en un instant, un exilé qui n'était plus de toute jeunesse, sans foyer et sans famille. Qu'avait-il ressenti ce jour-là, en quittant l'île ? Et le jour suivant, et les nuits, à dormir parmi des étrangers, ou seul ? S'était-il couché et levé avec l'*heimthra*, la dure nostalgie du cœur pour son foyer ? Bern n'y avait jamais même pensé.

"Êtes-vous ivre ?" avait-il demandé à Thorkell dans la rivière. En recevant un coup pour sa peine. À main ouverte, il se le rappelait ; un avertissement paternel.

Le vent était tombé, mais une brise se levait de nouveau à l'est. Les navires reliés se balançaient sous son souffle, dans les soubresauts des lanternes. Les marins de Jormsvik, les meilleurs du monde. Il était l'un d'eux. Un nouveau foyer pour lui. Le ciel était sombre à présent.

Le chant se termina. Les mains de Bern ne tremblaient plus. Thorkell se trouvait quelque part dans la nuit, au nord, ayant de nouveau traversé la mer, bien longtemps après s'être estimé trop vieux pour les raids. C'était le temps d'un foyer, du bois qu'on coupe et qu'on empile contre les vents et la neige de l'hiver. De la terre à lui, des barrières, des champs labourés, les feux des tavernes en ville, de la compagnie pour la nuit. Disparu, tout cela, dans un moment de furie ivre de bière. Et la jeunesse disparue depuis longtemps aussi. Ce n'était pas une période de la vie où l'on recommençait à neuf. Que pouvait bien en penser un fils, un fils devenu adulte ? "Qu'aucune âme ne soit perdue sans foyer."

Bern glissa une main dans sa tunique pour toucher le marteau attaché à sa chaîne d'argent. Il secoua la tête avec lenteur. Thorkell avait bel et bien sauvé tous les hommes présents ici en l'envoyant vers le sud en toute hâte, avec cet avertissement supplémentaire concernant Ivarr.

Il fallait être assez fort pour se le dire, pour l'admettre, même à travers l'amertume. Et plus encore, une autre prise de conscience qui s'affirmait peu à peu, comme les étoiles apparaissaient vaguement dans le ciel obscurci. "Ne laisse pas Ivarr Ragnarson savoir que tu es mon fils."

Il n'avait pas compris. Il avait posé la question, son père n'avait pas répondu. Pas le genre d'homme qui répondait. Mais, à la lueur des torches, les yeux pâles de Ragnarson avaient perçu quelque chose sur le pont, dans le visage de Bern, ou bien il l'avait entendu dans ses paroles. Une sorte de ressemblance. Avec son intelligence de renard, il avait cherché et découvert une vérité à propos de Bern, et à propos de son père. Il avait été sur le point de l'énoncer, une accusation, lorsque les épées avaient été dégainées et qu'il était mort. "Je crois que son père était avec..."

« Brand ! Il faut ramer, il vaudrait mieux déterminer une direction. » C'était Isolf, au gouvernail du navire amarré à tribord.

« Je dis au sud d'abord, vers la côte de la Ferrières ou celle du Karche, quiconque la tient cette année. » C'était Carsten, de l'autre côté.

« La Ferrières », dit Brand d'un ton distrait. Il passa près de Bern en se dirigeant vers le gouvernail. Attor le suivait.

« Les navires d'Aëldred auront pris la mer, maintenant, aussi sûr qu'Ingavin porte un marteau. » Encore Isolf.

Quelqu'un émit un rire de dérision. « Ils ne savent pas ce qu'ils font. Des Anglcyns, en mer ? » D'autres voix renchérirent.

« Il utilisera des Erlings », dit Brand. L'amusement retomba. « Croyez-le. Ingemar Svidrirson est son allié ici en Erlond, vous vous rappelez ? Il lui paie un tribut.

— Qu'il se fasse enculer ! » cria quelqu'un.

Un sentiment qui trouva beaucoup d'échos, et plus grossiers encore. Bern demeura où il était, attentif. Il était trop nouveau dans la bande, n'avait pas idée de la meilleure voie à suivre. Ils avaient perdu presque le tiers de leur compagnie, pouvaient s'accommoder de cinq navires, mais s'ils se retrouvaient dans une bataille en mer...

« On le fera une autre fois, lança Carsten Friddson. Pour l'instant, retournons chez nous avec tous les bateaux et les hommes qui restent. Le sud, c'est le mieux, je dis, vers l'autre côte, et puis on la remontera vers l'est. Aëldred ne s'aventurera pas si loin de sa propre côte juste pour avoir l'occasion éventuelle de nous surprendre en mer. »

Une idée raisonnable, songea Bern. Les nouveaux vaisseaux anglcyns de Drèngest avaient beau être prêts, leurs équipages n'auraient pas encore d'expérience. Et ces vaisseaux – si même ils avaient pris la mer – étaient tout ce qui les séparait de chez eux. Ils pouvaient sûrement leur échapper ?

Une image lui vint soudainement, et d'une clarté inattendue : Jormsvik. Les murailles, les portes, les baraquements, le rivage de galets battu par les vagues, la ville tortueuse près de la forteresse, où il avait failli périr pendant la nuit avant d'avoir gagné le droit d'entrer dans les murs. Il songea à Thira. Sa pute à lui, maintenant. Il avait tué Gurd, qui se l'était appropriée auparavant.

C'était ainsi à Jormsvik. D'une façon ou d'une autre, on achetait sa chaleur en hiver. Des prostituées, non des épouses, c'était l'ordre des choses. Mais il y avait bel et bien de la chaleur à trouver là, les flammes d'un feu, de la compagnie : il n'était pas seul, ni un serf, il avait peut-être une chance de se faire un nom dans le monde, s'il était assez doué pour tuer tout en demeurant en vie. Thorkell l'avait fait.

Et ce fut alors qu'il pensait ainsi à son père que Bern entendit Brand Léofson déclarer, d'une voix qui portait loin, avec ce qui semblait une clarté d'une précision surnaturelle : « Nous ne retournons pas tout de suite chez nous. »

Un autre silence, alors. « Par Thünir, que veux-tu dire ? » Garr Hoddson, un cri depuis le quatrième vaisseau.

Brand se tourna vers lui depuis le pont du sien. Ils étaient tous des silhouettes dans l'obscurité à présent, des voix, à moins de se tenir près d'une lanterne. Bern s'était éloigné d'un pas du plat-bord.

« Ça veut dire que le serpent a dit une vérité. Écoutez. Ce raid est le pire que nous ayons connu depuis des années, tous autant que nous sommes. Ce n'est pas le bon moment pour ce genre de choses, avec Vidurson qui est en train de manigancer dans le nord.

— Vidurson ? Quoi, Vidurson ? » s'écria Carsten. « Brand, nous avons perdu l'équivalent d'un équipage au complet…

— Je sais ce que nous avons perdu ! Je veux *trouver*, maintenant. Nous en avons besoin. Écoutez-moi. Nous allons partir vers l'ouest et reprendre l'épée du Volgan. Ou tuer l'homme qui s'en est emparé. Ou les deux. Nous allons à cette ferme, peu importe son nom.

— Brynnfell », s'entendit dire Bern. Sa voix sonnait creux à ses propres oreilles.

« C'est ça », dit Brand Léofson en hochant la tête. « La ferme d'Ap Hywll. On débarque assez d'hommes, on en laisse sur les bateaux, on trouve la place, on la brûle, il devrait y avoir des otages.

— Comment on rentre, après ? » demanda Carsten.

Bern pouvait entendre une intonation nouvelle dans cette voix : l'homme était intéressé. Ce raid avait été un désastre, rien à en tirer que des morts. Nul ne voulait passer tout un hiver à se le faire répéter.

« On décidera quand on aura fini. On revient par ici ou par la route du nord…

— Trop tard dans la saison », dit Garr Hoddson. Il avait traversé le bateau de Carsten, constata Bern.

« Alors par ici. Aëldred sera revenu sur la côte à ce moment-là. Ou bien on passera l'hiver dans l'ouest, si nécessaire. On l'a déjà fait aussi. Mais on fera quelque chose au moins, avant de se pointer chez nous. Et si on récupère cette épée, on aura quelque chose à montrer à Kjarten Vidurson, aussi, s'il a des idées qu'on n'aime pas, dans son nord. Il y a quelqu'un ici qui a décidé qu'on a besoin d'un roi, au fait ? »

Un unanime cri de colère. Jormsvik avait sa propre idée là-dessus. Les rois vous imposaient des limites, des impôts, et ils aimaient bien démolir des murailles lorsque ce n'étaient pas les leurs.

« Carsten ? » Brand élevait la voix pour couvrir les cris.

« D'accord.

— Garr ?

— D'accord. On a des compagnons de rame à venger. »

Mais pas dans l'ouest, pensa Bern. Pas là-bas ! Peu importait. Il sentit, avec une réelle surprise, que le battement de son cœur s'accélérait. Son père n'avait pas voulu qu'ils se rendent dans l'ouest, mais Ivarr était mort, ils n'avaient pas écouté sa chanson, ils n'allaient pas non plus écouter celle de Thorkell.

Pour reprendre l'épée du Volgan aux Cyngaëls. Dans son tout premier raid. On s'en souviendrait, on s'en souviendrait éternellement. Bern toucha le marteau d'Ingavin, le marteau de son père, à sa gorge.

Il y avait un autre segment du vers qu'il avait cité à son père dans la rivière. Tous le connaissaient en terre erling :

Le bétail meurt — les parents meurent
Chaque homme — naît pour mourir
Les feux brûlants — finissent en cendres dans les foyers
La gloire acquise — ne meurt jamais.

On détachait les navires les uns des autres. Bern alla y aider. Le vent qui s'était levé venait de l'est, un message. Le vent d'Ingavin, les portant dans la nuit, des proues à tête de dragon sur une mer d'été.

TROISIÈME PARTIE

Chapitre 12

Par la suite, Jadwina ne sut jamais très bien s'ils avaient reçu la nouvelle de la mort du duc – elle se trompait toujours sur son nom, mais c'était difficile de se rappeler un passé aussi lointain – et du massacre des raiders erlings avant ou après la soirée où son existence s'était transformée, ou la même nuit, peut-être. Elle ne le pensait pas, cependant ; elle avait l'impression que c'était arrivé ensuite. Une période pénible pour elle, ces jours-là, mais elle était assez certaine qu'elle se serait souvenue, si ça avait eu lieu la même nuit.

Les ennuis avaient commencé deux semaines plus tôt, lorsque Éadyn avait perdu sa main. Un accident, un accident absolument stupide, il coupait des arbres avec son père, courbait une branche pour la présenter à la hache d'Osca. Un coup net, le poignet tranché. Mutilé à vie, tout espoir de bonne fortune disparu avec le sang qui giclait, la main sur l'herbe, les doigts encore repliés – un objet distinct à présent, abandonné. Un homme jeune, aux larges épaules, aux cheveux blonds, choisi pour l'épouser et qui avait été en secret son propre choix à elle – pure grâce de Jad –, et un moment d'inattention à la lisière de la forêt et des terres défrichées venait de le transformer en infirme.

Il avait survécu. Leur prêtre, aussitôt appelé, en savait plus que d'autres en médecine. Éadyn garda le lit pendant des jours, fiévreux, le poignet enveloppé d'un cataplasme que sa mère changeait au lever et au coucher du soleil. Osca n'était pas à son chevet, ni même chez eux. Il passait son temps à boire, à jurer, à pleurer et à maudire le dieu, en insultant ceux qui essayaient de le réconforter. Quel réconfort y avait-il sous les cieux ? Il n'avait qu'un seul fils, et la ferme avait besoin de la force d'Éadyn alors que la sienne commençait de faiblir.

C'était une calamité. Des vies changeaient, des vies prenaient bel et bien fin en de tels moments. Le prêtre, sagement, garda ses distances jusqu'à ce que, après être tombé dans une stupeur d'ivrogne vomissant, Osca se fût éveillé, le surlendemain, couleur de cendre et le cœur calciné. Ainsi, dans son insondable sagesse, le dieu avait-il créé le monde, déclara le prêtre aux villageois, dans leur petite chapelle. Mais c'était dur, concéda-t-il. D'une intolérable dureté, parfois.

C'était aussi ce que pensait Jadwina. Son propre père avait secoué sombrement la tête en entendant la nouvelle. Il avait avec politesse attendu de voir si Éadyn aurait l'amabilité de mourir, avant d'annuler le mariage. Que pouvait-il faire d'autre ? Un estropié, ce n'était pas un bon parti. Il ne pourrait jamais manier correctement une hache, tenir une charrue, réparer seul une barrière, tuer un loup ou un chien sauvage. Ne pourrait même pas s'exercer au tir à l'arc comme le roi le leur avait désormais ordonné.

Comme l'avait dit le prêtre, c'était un grand chagrin pour la famille d'Éadyn, une leçon pour toutes les autres, mais on n'avait pas besoin de prendre ce chagrin-là pour sien, en plus. Il y avait des gars bien portants au village, ou encore assez. On devait marier ses filles de façon utile. C'était une question de survie. Dans le nord, et partout ailleurs probablement, dans le monde entier, personne n'allait vous rendre la vie facile.

À un moment donné – tout se brouillait pour Jadwina, rétrospectivement –, Gryn, le forgeron, était apparu à leur porte pour demander de parler à son père. Bévin était allé marcher avec lui et avait déclaré au retour qu'il avait accepté son offre pour Jadwina.

Le plus jeune fils du forgeron n'était pas un parti aussi intéressant que l'avait été Éadyn, fils d'Osca – de la terre, c'est de la terre, après tout –, mais il valait mieux qu'un infirme pourvu d'une seule main. À la nouvelle, si Jadwina se souvenait bien, elle avait laissé tomber une cruche par terre. Peut-être exprès, elle ne se rappelait pas. Son père l'avait rouée de coups, le dos, les épaules, avec l'approbation manifeste de sa mère. C'était une cruche neuve.

Raud, le fils du forgeron qui lui était maintenant promis, n'avait jamais adressé la parole à Jadwina. Pas à ce moment-là, en tout cas.

Quelques jours plus tard, cependant, vers le crépuscule, alors qu'elle ramenait la vache de la pâture située le plus au nord du village, Raud surgit d'un bosquet au bord du chemin pour se tenir devant elle. Il venait de la forge, il avait de la suie sur les habits et sur la figure.

« On se marie à la moisson », dit-il avec un grand sourire. Ses joues et ses maigres jarrets étaient marqués par la petite vérole.

« Pas de mon propre gré », répliqua Jadwina en levant le menton.

Il se mit à rire : « Quelle importance ? Tu ouvriras les jambes de gré ou de force.

— Éadyn en vaut deux comme toi, dit-elle, et tu le sais. »

Il rit de nouveau : « Une main contre les deux miennes. Peut même pas faire ça, maintenant. »

Il la saisit. Avant qu'elle ne pût se dérober, une main lui avait pris les cheveux, en faisant tomber son foulard, et l'autre la bâillonnait, si rudement qu'elle ne pouvait ni mordre ni crier. Raud sentait la cendre et la fumée. D'un geste rapide, la lâchant brièvement d'une main, il la frappa à la tempe, assez fort pour que le monde se mît à vaciller. Puis il frappa de nouveau.

Le soleil se couchait. La fin de l'été. Jadwina se le rappelait. Personne sur le chemin, et la maison bien loin de là. Elle ne pouvait pas même voir les premières cabanes du village.

« Vais prendre ce qui est à moi tout de suite, dit Raud, te mettre un bébé dans le ventre, ils vont juste m'obliger à t'épouser, hein ? Quelle importance ? » Elle gisait par terre à côté du chemin, il la dominait de toute sa hauteur. Une botte plantée de chaque côté de son corps étendu, il commença de défaire la corde qui tenait son pantalon, maladroit dans sa hâte. Elle prit son souffle pour crier. Il lui donna un coup de pied dans les côtes.

Jadwina poussa un cri étranglé, se mit à pleurer. Elle avait mal quand elle respirait. Raud descendit ses chausses jusqu'à ses bottes boueuses, s'agenouilla sur elle. Se mit à repousser maladroitement ses robes. Elle le frappa, lui griffa la figure. Il jura, puis se mit à rire, et sa main la saisit avec brutalité, là, en bas.

Et puis tout son corps se déporta violemment sur le côté, surtout sa tête. Jadwina eut une impression confuse, épouvantable, du mouillé. Elle avait mal, elle avait le vertige, elle avait peur. Il lui fallut un moment pour comprendre. Elle était couverte du sang de Raud. Il avait été frappé au cou par-derrière, avec une hache. Elle leva les yeux.

Une hache tenue d'une seule main.

Le corps de Raud, sexe à l'air, encore bandé, pantalon autour des chevilles, était étalé sur le flanc près d'elle, dans le petit fossé où il l'avait poussée. Elle s'écarta instinctivement. Il était déjà mort. Elle eut peur de se mettre à vomir. Porta une main à son côté, là où la douleur était la plus forte, puis à son visage. Ses mains étaient toutes trempées du sang de Raud.

Éadyn, le visage aussi pâle que celui d'un fantôme, se tenait devant elle. Elle s'efforça de s'asseoir. Il lui semblait qu'elle avait une lame dans les côtes, comme si quelque chose de cassé se déplaçait dans sa poitrine. Éadyn recula d'un pas. La vache broutait derrière lui dans l'herbe de l'autre côté du chemin. Aucun autre bruit, les oiseaux qui volaient entre les branches à la fin de la journée ; des champs, des arbres, l'herbe vert sombre, le soleil presque couché.

« J'étais dehors, j'essayais… » dit enfin Éadyn en remuant un peu la hache. « Pour voir si je pouvais couper. Tu sais ? Je t'ai vue. »

Elle était capable de hocher la tête, apparemment.

« Peux pas comme il faut », dit-il en soulevant encore un peu la hache et en la laissant retomber. « Ça fait pas. »

Elle respira avec précaution, une main au côté. Elle était couverte de sang. « T'as juste commencé, quand même. Ça ira mieux après. »

Il secoua la tête : « Bon à rien. »

Elle essayait de ne pas regarder le moignon bandé de sa main droite. Sa bonne main, en l'occurrence.

« T'as… t'as quand même été capable de me sauver. »

Il haussa les épaules : « Par-derrière.

— Et alors ? » dit-elle. Elle commençait à retrouver sa capacité de parler et de penser. Et elle eut une idée. Qui l'effraya, aussi l'énonça-t-elle promptement, avant de pouvoir avoir peur. « Couche avec moi maintenant. Engrosse-moi. Personne d'autre voudra de moi, alors. Il faudra que tu m'épouses. »

Ce qu'elle vit en lui, alors, dans le dernier éclat du soleil couchant, pour s'en souvenir à jamais ensuite, ce fut la crainte, et la défaite. On pouvait le lire comme certains prêtres lisaient des mots dans des livres.

Il secoua la tête. « Non, ça fera pas. Je suis estropié. On te donnera pas à moi en mariage. Et comment je pourrais m'occuper d'une femme et de petits enfants, maintenant ?

— On s'en occupera ensemble », dit-elle.

Il resta silencieux. La hache, noircie par le sang de Raud, pendait dans sa main gauche. « Putréfaction de Jad, dit-il enfin. Je suis fait. » Il regarda le mort. « Ses frères vont me tuer, maintenant.

— Non. Je dirai ce qui est arrivé au prêtre et au guérisseur.

— Et ça comptera pour eux ? » Il eut un rire amer. « Non. Je pars cette nuit, fille. Tu te laves, tu dis rien. Ça prendra peut-être un peu de temps avant qu'ils le trouvent. Donne-moi une chance de m'en aller. »

Son cœur lui fit mal alors, bien plus que ses côtes, une souffrance morne et dure, mais même en cet instant, une partie d'elle-même avait commencé de mépriser Éadyn. C'était comme mourir, en vérité, un tel sentiment.

« Où… où t'iras ?

— Comme si j'avais la moindre idée, dit-il. Jad soit avec toi, fille. »

Il s'était déjà détourné, avait lancé ces paroles pardessus son épaule.

Il la laissa là pour se diriger vers le nord en gravissant le chemin par où elle était venue, et continua plus loin, après la pâture. Jadwina le regarda jusqu'à ce qu'elle le perdît de vue dans le crépuscule. Elle se releva, reprit sa baguette de noisetier et se mit à pousser la vache vers la maison, avec des mouvements lents, une main au côté, laissant derrière elle un homme mort dans l'herbe.

Avant même d'être arrivée aux premières maisons, elle avait décidé de ne pas suivre le conseil d'Éadyn. Il l'avait laissée étalée là sans un regard en arrière. Ils avaient été promis en mariage.

Elle retourna chez elle exactement comme elle était, le sang de Raud sur le visage, les cheveux, les mains, les habits. Elle vit l'horreur – et la curiosité – des gens tandis qu'elle traversait le village avec sa vache. Elle garda la tête haute. Sans rien dire. On la suivit. Évidemment. Arrivée à sa porte, elle raconta ce qui s'était passé, et où, à son père, à sa mère, puis au prêtre et au guérisseur lorsqu'on les amena. Elle avait pensé qu'on la battrait de nouveau, mais non. Trop de monde aux alentours.

Des hommes, et des garçons, et des chiens, coururent aller jeter un coup d'œil. Ils rapportèrent le cadavre de Raud bien après la tombée de la nuit. On raconta comment on l'avait trouvé, pantalon à terre, exposé. Deux des plus vieilles femmes furent mandatées par le guérisseur pour examiner Jadwina. Derrière une porte close, elles lui firent lever ses robes, la tripotèrent, puis ressortirent avec des rires caquetants pour dire qu'elle était intacte.

Son père possédait de la terre ; le forgeron n'était qu'un forgeron. Il n'y eut personne pour mettre son témoignage en doute. À l'instant, sous les torches qui illuminaient leur porte, le magistrat déclara que l'affaire ne concernait pas la justice royale, qu'il s'agissait d'une mort méritée. Deux des frères de Raud partirent vers le nord au matin pour chercher Éadyn, revinrent sans avoir trouvé trace de lui. Raud fut enseveli derrière la chapelle.

Et c'est à un moment quelconque de ces chaudes journées de fin d'été qu'ils avaient appris le raid erling, et la mort du duc, un ami cher du roi.

Jadwina n'avait pas été très encline à s'en soucier ni à écouter, ce qui expliquait pourquoi elle ne serait jamais sûre ensuite de l'ordre exact des événements. Elle se rappelait l'agitation, l'excitation, le prêtre qui n'arrêtait pas de parler, le départ du magistrat à cheval, et son retour. Et un de ces jours-là, il y avait eu un grand nuage de fumée noire à l'ouest. C'était en l'occurrence, apprit-on, le bûcher des Erlings massacrés.

Le roi lui-même, apparemment, s'était trouvé là, juste derrière la forêt et les crêtes. Une bataille presque à portée de vue de leur village. Une victoire. Pour ceux dont l'existence n'avait pas été complètement bouleversée, comme Jadwina, cela comptait comme un événement extrêmement mémorable.

Plus tard, la même année, la femme du forgeron mourut, une fièvre d'automne. Deux autres villageois s'en allèrent aussi rejoindre le dieu. La femme de Gryn n'était pas enterrée depuis quinze jours que le forgeron vint trouver de nouveau le père de Jadwina, pour lui-même, cette fois. C'était le père de l'homme qui lui avait été promis, qui l'avait assaillie et qui en était mort.

Personne n'en sembla bien dérangé, et certainement pas son père. Il y avait désormais sur Jadwina une sorte de nuage, une tache. On l'expédia la même semaine à ce forgeron et à sa forge. Le prêtre prononça une nouvelle bénédiction pour eux dans la chapelle; on avait au village un ecclésiaste qui aimait se tenir au courant des nouveautés. Trop de hâte, dirent certains de ce mariage. D'autres plaisantèrent que, compte tenu de l'histoire de

Jadwina, son père ne voulait pas voir un troisième homme mutilé ou tué avant de s'en débarrasser.

Nul ne revit Éadyn, ni n'entendit parler de lui. Gryn le forgeron se trouva être d'humeur assez douce. Jadwina ne l'aurait pas attendu d'un homme si rougeaud, et avec les fils qu'il avait déjà. Comment aurait-elle pu espérer de la bonté ? Deux de leurs enfants survécurent. Les souvenirs de l'année de ses épousailles s'adoucirent et s'embrouillèrent dans la mémoire de Jadwina, recouverts par d'autres souvenirs avec le passage des saisons.

Elle finit par ensevelir son époux, n'en prit pas d'autre. Ses fils partagèrent ensuite la forge avec leurs demi-frères plus âgés, et elle vécut avec l'un d'eux et son épouse, une existence assez tolérable. Autant que ce peut l'être dans une maison où vivent deux femmes. Lorsque le dieu la rappela, elle-même fut ensevelie dans le cimetière de la chapelle, qui s'agrandissait, près de Gryn et non loin de Raud, sous un disque solaire, avec son nom gravé dans la pierre.

◆

Trois choses réjouiront le cœur d'un homme, songeait Alun en se rappelant une triade bien usée. Chevaucher à la rencontre d'une femme sous deux lunes. Chevaucher vers la bataille avec ses compagnons. Chevaucher pour revenir chez lui, après un long voyage.

Il en était à la troisième, peut-être à la seconde. N'avait jamais songé à la première depuis la mort de son frère. Son cœur n'était pas réjoui.

Il aperçut soudain une branche, se courba vivement pour l'éviter. Couverte de repousses, la voie qu'ils avaient choisie pouvait difficilement être considérée comme un chemin. Cette forêt n'avait de nom en aucune langue, la cyngaëlle ou l'anglcyne. On n'y pénétrait pas, sauf à la lisière, et seulement dans la lumière du jour.

Il entendit son indésirable compagnon derrière lui. Déclara sans se retourner : « Il y aura des loups par ici.

— Évidemment », dit Thorkell Einarson d'une voix égale.

« Et encore des ours, en cette période de l'année. Des félins. Des sangliers.

— Avec l'automne qui s'en vient, des sangliers, pour sûr. Des serpents.

— Oui. Deux variétés, je crois. Les verts sont sans danger. »

Ils se trouvaient à bonne distance déjà à l'intérieur de la forêt, la lumière avait complètement disparu, même si le crépuscule régnait encore à l'extérieur. Cafall était une ombre devant le cheval d'Alun.

« Les verts », répéta Thorkell. Puis il se mit à rire, un rire sincère, en dépit de l'endroit où ils se trouvaient. « Comment on les distingue, dans le noir ?

— S'ils nous mordent et que nous n'en mourons pas, répliqua Alun. Je ne t'ai pas demandé de venir. Je t'ai dit…

— Vous m'avez dit de m'en retourner. Je sais. Je ne peux pas. »

Cette fois, Alun arrêta sa monture, le cheval erling que Thorkell lui avait trouvé. Il n'avait pas encore demandé comment. Ils étaient arrivés à une petite clairière, un espace dégagé où se faire face. Les feuilles laissaient vaguement filtrer la dernière lueur de la soirée. C'était le moment de la prière. Alun se demanda si l'on avait jamais prié dans cette forêt, si la parole de Jad avait jamais pénétré si loin. Il lui semblait percevoir comme un bourdonnement, juste à la limite de l'audible mais, il le comprenait bien, c'était presque certainement de l'appréhension, sans plus. Tant d'histoires couraient sur cette forêt.

« Pourquoi ? demanda-t-il. Pourquoi ne le peux-tu pas ? »

L'autre avait aussi tiré sur ses rênes. La lumière était juste suffisante pour voir son visage. Il haussa les épaules. « Je ne suis ni votre serviteur ni celui du prêtre. Dame Énid m'a sauvé la vie à Brynnfell quand elle m'a fait sien. Si vous avez raison, et je le crois, Ivarr Ragnarson mène là-bas les navires de Jormsvik. Je tiens à la vie autant que n'importe qui, mais j'ai prêté serment. J'essaierai de revenir à Brynnfell avant eux.

— Pour un serment ?

— Pour un serment. »

Il y avait autre chose, Alun en était certain. « Tu comprends que c'est une folie ? Que nous devons survivre cinq jours, peut-être six, dans cette forêt ?

— J'en comprends la folie mieux que vous, je crois bien. Je suis vieux, mon garçon. Croyez-moi, je ne suis pas très heureux d'être ici.

— Alors pourquoi…

— J'ai déjà répondu. En finirez-vous ? »

Une première nuance d'irritation, de mauvaise humeur. Ce fut au tour d'Alun de hausser les épaules. « Je ne vais pas me battre avec toi ou essayer de me cacher. Mais nous allons oublier nos rangs respectifs. Je crois que tu en sais davantage que moi sur la façon de survivre ici. » Il était plus facile de parler ainsi à cet homme qu'à la plupart des autres.

« Peut-être un peu. J'ai apporté des vivres. »

Alun battit des paupières, puis se rendit compte à ces paroles qu'il avait extrêmement faim. Il essaya d'évaluer combien de temps avait passé. Ils avaient eu du pain et de la bière après avoir massacré le premier parti d'Erlings près de la rivière. Rien depuis. Et le *fyrd* avait été en selle depuis le milieu de la nuit précédente.

« Allons, mettez pied à terre », dit Thorkell Einarson, comme s'il lisait dans ses pensées. « Aussi bien ici qu'ailleurs. J'ai besoin de m'étirer. Je suis vieux. »

Alun s'exécuta. Il avait monté à cheval toute sa vie, mais ses jambes lui faisaient mal. L'autre fouillait dans ses fontes.

« Vous pouvez voir ma main ?

— Oui.

— Une tranche de fromage. De la viande froide s'en vient. J'ai de la bière dans une gourde.

— Par le sang et la grâce de Jad, quand as-tu…

— Quand nous sommes arrivés au bord de la mer pour voir les bateaux partis. »

Alun réfléchit un moment en mastiquant. « Tu savais que j'allais agir ainsi ? »

L'autre hésita. « Je savais que j'allais le faire. »

Cela demandait aussi réflexion. « Tu allais venir ici seul ?

— Sans plaisir, je vous le jure. »

Alun mordit à la viande que l'autre lui avait donnée, but avidement à la gourde.

« Je peux poser une question ? demanda l'Erling en reprenant la gourde.

— Je te l'ai dit, pas de serviteur ici. Nous devons survivre.

— Dites-le aux serpents, ceux qui ne sont pas verts.

— Quelle est la question ?

— C'est la même forêt qu'au nord, vers Esfèrth, et plus loin ?

— Quoi, tu crois que je serais là s'il y avait un autre passage dans la forêt ? Suis-je fou ?

— Ici ? Évidemment, vous êtes fou. Mais répondez quand même à la question. »

Les deux hommes gardèrent un moment le silence, puis Alun s'entendit rire dans l'obscurité de cette antique forêt, que les contes familiers de toute une vie disaient remplie d'esprits avides de sang, éternellement irrités. Quelque chose s'enfuit, surpris par le bruit. Le chien était allé de l'avant, revenait maintenant vers eux. Alun lui donna un peu de sa viande, reprit la gourde.

Thorkell Einarson, accroupi près du jeune Cyngaël, se dit soudain qu'il ne l'avait pas entendu rire auparavant, pas une seule fois pendant tout le temps qu'ils avaient passé ensemble, depuis la nuit du raid sur Brynnfell.

« Tu n'es pas très doué pour jouer les serviteurs, hein ? dit Alun. Oui, c'est la même forêt. Il y a une petite vallée de ce côté, je crois qu'il s'y trouve un sanctuaire. »

Thorkell hocha la tête. « D'après mon souvenir, oui. » Puis, à mi-voix, il ajouta : « Et donc, l'esprit avec lequel vous vous trouviez l'autre nuit pourrait également se trouver ici ? »

Alun eut l'impression de sentir du vent sur son visage, et pourtant aucun vent ne soufflait. Brièvement heureux de l'obscurité, il s'éclaircit la voix : « Je n'en ai pas idée, dit-il. Comment…

— Je vous ai regardé sortir des arbres la nuit dernière. Je suis un Erling. Ma grand-mère pouvait voir des esprits sur les toits de la moitié du village, elle les invoquait pour maudire les champs et les puits des gens qu'elle détestait. Ils étaient assez nombreux, Ingavin le sait ! Mon garçon, nous pouvons bien prêter serment d'honorer le dieu du soleil et porter son disque, mais qu'arrive-t-il à la tombée de la nuit ? Quand le soleil est couché et que Jad combat à l'envers du monde ?

— Je l'ignore », dit Alun. Il lui semblait toujours sentir le vent, et cette vibration de la forêt, qui n'était pas vraiment un son. Cinq jours de voyage, peut-être davantage. Ils allaient mourir ici. "Un brave se rappelle trois choses à sa mort…"

« Aucun d'entre nous ne le sait, poursuivit Thorkell Einarson. Mais il faut malgré tout survivre à la nuit. Il est… malavisé de nous croire seuls ici, quoi que prêchent les prêtres. Vous pensez que cet esprit a de bonnes dispositions ? »

Alun reprit son souffle. Il avait peine à croire qu'ils discutaient ainsi. Il songea à la créature scintillante, lumineuse là où il n'y avait aucune lumière.

« Oui. »

Ce fut au tour de l'autre d'hésiter. « Vous comprenez que là où réside une puissance de cette nature, il peut y en avoir d'autres ?

— Je t'ai dit que tu n'étais pas obligé de venir.

— Oui. Passez-moi la gourde. J'ai la gorge sèche. Triste de mourir avec de la bière qu'on n'a pas bue. »

Alun lui tendit la gourde. Il avait mal aux mollets, à force de chevaucher et maintenant à force d'être accroupi. Il s'assit dans l'herbe, les bras autour des genoux. « On ne peut pas continuer toute la nuit.

— Non. Comment aviez-vous l'intention de vous diriger, seul ?

— Là, je peux répondre. Penses-y. »

L'autre réfléchit. « Ah. Le chien.

— Il est venu de Brynnfell. Peut retrouver le chemin. Comment allais-tu faire, toi, seul ? »

Thorkell secoua la tête : « Pas la moindre idée.

— Et tu penses que je suis fou ?

— Vous l'êtes. Moi aussi. Buvons à notre santé. » Il leva de nouveau la gourde, se racla la gorge. « Vous avez pensé à l'envoyer en avant, le chien ? Ap Hywll saurait…

— J'y ai pensé. Il semble raisonnable de l'avoir avec nous, et de le laisser continuer seul si nous…

— … trouvons un serpent qui n'est pas vert ou l'une des créatures qui sont plus fortes que votre esprit de la forêt, et n'aiment pas les humains.

— Devrions-nous rester à nous reposer ici ? » demanda Alun, soudain submergé de fatigue.

Cette question trouva une réponse, mais elle ne vint pas de l'homme qui se tenait près de lui. Ils entendirent un bruit, du mouvement dans les arbres.

Plus gros qu'un sanglier, pensa Alun en se dressant et en dégainant son épée. Thorkell était debout aussi, marteau au poing. Ils restèrent un moment à écouter. Puis ils entendirent une autre sorte de bruit.

« Saint Jad », dit Alun un moment plus tard, avec une grande conviction.

« Je ne crois pas », répliqua Thorkell Einarson. Il semblait amusé. « Pas le dieu. Je crois que ce serait plutôt…

— Silence ! » fit Alun.

Ils écoutèrent, tous deux muets de stupeur, la voix qui résonnait derrière eux, un peu au sud, et s'approchait à travers les arbres où ne pénétrait la lumière d'aucune lune. Cela paraissait incroyable, mais quelqu'un chantait dans la forêt.

La fille qu'il me faut à la fin du jour
Est celle qui préfère un baiser à la prière
Et la fille qu'il me faut dans la lumière du jour
Est celle qui prend et donne plaisir
Et la fille qu'il me faut en plein midi
Est celle…

« Arrêtez les pleurnicheries, on est là », lança Thorkell. « Et qui sait quoi d'autre s'en vient, avec votre chahut. »

Les deux hommes abaissèrent leurs armes.

Les craquements se rapprochèrent, branches et feuilles, brindilles au sol. Un juron, on se cognait à quelque chose.

« Le bruit ? Les pleurnicheries ? » fit Athelbert, fils d'Aëldred, héritier du trône anglcyn.

Il poussa son cheval dans la petite clairière. En regardant bien, Alun vit qu'il se frottait le front. « Je me suis cogné dans une branche. Vraiment fort. Je crois aussi qu'on m'a insulté. Je chantais.

— Oh, était-ce cela ? » dit Alun.

Athelbert avait une épée au côté, un arc en bandoulière. Il mit pied à terre en face d'eux, les rênes à la main.

« Désolé, dit-il d'un air chagrin. Pour être franc, mes sœurs et mon frère ont la même opinion de ma voix. Dans ma honte, j'ai décidé de m'enfuir de chez nous.

— Voilà qui est une mauvaise idée, dit Alun.

— Je suis un mauvais chanteur, répliqua Athelbert avec légèreté.

— Mon seigneur prince, c'est…

— Mon seigneur prince, je sais ce que c'est. »

Ils se turent tous deux. Athelbert fut le premier à reprendre la parole. « Je sais ce que vous faites. Deux hommes n'ont guère de chances de traverser vivants cette forêt.

— Et trois en ont davantage ? »

C'était Thorkell. Toujours avec cette intonation amusée.

« Je n'ai pas exactement dit cela, répliqua Athelbert. Vous comprenez où nous sommes ? Nous périrons tous, c'est vraisemblable.

— Cela ne vous concerne pas », dit Alun. Il se forçait à la politesse. « Si généreuse soit votre idée, mon seigneur, j'ose dire que votre royal père…

— Mon royal père aura envoyé des éclaireurs à ma poursuite dès qu'on aura constaté mon absence. Ils se trouvent presque certainement déjà sous les arbres, et morts de peur. Mon père me croit… irresponsable. Il a des raisons de le penser. Nous ferions mieux de repartir, ou ils vont nous trouver, et ils diront qu'ils doivent me ramener, et je dirai que je n'irai pas, et ils devront tirer leur épée contre leur prince sur l'ordre de leur roi, ce qu'il n'est pas décent d'imposer à quiconque, parce que je ne reviendrai pas. »

Un silence suivit cette déclaration.

« Pourquoi ? » demanda enfin Thorkell ; l'amusement s'était effacé. « Le prince Alun a raison : des Erlings en expédition à l'ouest du Mur, ça n'est pas une querelle anglcyne. »

Il y avait assez de lumière pour qu'Alun vît le prince secouer la tête. « Cet homme – Ragnarson ? – a tué un ami d'enfance de mon père, l'un de nos chefs, un homme que je connaissais depuis toujours. Ils ont lancé un raid dans nos terres pendant une foire d'été. La nouvelle s'en répandra. S'ils s'échappent et… »

Ce fut à Alun d'interrompre : « Ils ne se sont pas échappés. Vous en avez massacré cinquante ou soixante. L'équivalent de l'équipage d'un bateau. Vous avez repoussé le reste de vos rivages, vous les avez mis en fuite. La nouvelle s'en répandra aussi, pour la plus grande gloire du roi Aëldred et de ses gens. Pourquoi êtes-vous ici, Prince Athelbert ? »

L'obscurité était devenue presque impénétrable, même dans la clairière ; le feuillage d'été des arbres masquait les étoiles. Cafall était debout aussi, une présence grise et sombre, presque invisible, au genou d'Alun.

Après un long silence, Athelbert prit la parole : « J'ai entendu ce que vous aviez dit, avant, à la rivière. Ce que vous pensez de l'intention de ces Erlings. La ferme, les femmes là-bas, ap Hywll, l'épée…

— Et alors ? Ce n'est quand même pas votre…

— Entendez-moi, Cyngaël ! Votre père à vous est-il le dépositaire de toutes les vertus du monde ? Se relève-t-il de son lit de fièvre pour aller massacrer ses ennemis ? Traduit-il des textes médicaux rédigés en maudit *trakésien* ? À mon âge », poursuivit Athelbert des Anglcyns, en énonçant chaque mot avec une extrême précision, « mon père avait survécu à un hiver passé dans les marais, en était sorti, avait rallié notre peuple dispersé et reconquis le royaume de son père défunt. À la gloire éternelle du roi Aëldred et de notre contrée ! »

Il s'interrompit, le souffle court, comme s'il venait de se livrer à un grand effort. Ils entendirent des ailes qui battaient ici ou là dans un arbre.

« Vous n'êtes pas content que ça soit un homme de bien ? dit Thorkell.

— Ce n'est pas ce que j'ai dit.

— Non ? Peut-être. Aidez-moi à comprendre, alors, mon seigneur. Vous désirez un peu de cette même gloire, dit Einarson. C'est ça ? Eh bien, c'est assez normal. Quel jeune homme ne le désire pas ?

— Celui-ci ! » dit Alun d'un ton coupant. « Vous allez m'écouter, tous les deux. Vos histoires ne m'intéressent point. Je dois arriver à Brynnfell avant les Erlings. C'est tout. La route de la côte passe par l'Arbèrth et prend quatre jours, à bonne allure, et il en faut encore quatre ou cinq de plus pour se rendre dans le nord, à la ferme de Brynn. J'ai effectué ce voyage au printemps, avec mon frère. Les Erlings savent exactement où ils vont parce que Ragnarson est avec eux. Aucun avertissement envoyé par la côte ne réussira à les précéder à Brynnfell. Je suis là parce que je n'ai pas le choix. Je vais le répéter », conclut-il en se tournant vers Thorkell : « Je ne voulais même pas que tu viennes.

— Et je vais le répéter, même si je ne devrais pas avoir à le faire. Je suis le serviteur de Dame Énid, épouse de Brynn ap Hywll », répliqua l'Erling avec calme. « Si Ivarr arrive à cette ferme, elle mourra dans la boue de sa propre cour, taillée en pièces, et tous les autres avec elle, y compris ses filles. J'ai participé à de tels raids. Je sais ce qui s'y passe. Elle m'a sauvé la vie. J'ai prêté serment. Ingavin et Jad savent tous deux que je n'ai pas tenu toutes mes promesses, mais cette fois je veux essayer. »

Il se tut. Après un moment, Alun hocha la tête : « C'est ton choix, cela. Mais le prince... ne fait que rechercher la gloire de son père. Il...

— Le prince, dit Thorkell, a le droit de décider de ses propres choix, téméraires ou non, tout comme nous. Une troisième épée est aussi bienvenue ici qu'une femme dans un lit froid. Mais s'il dit vrai et que des éclaireurs le suivent, on doit repartir.

— Et il devrait s'en retourner, répéta Alun avec entêtement. Ce n'est pas son...

— Parlez-moi à moi si vous avez quoi que ce soit à dire, intervint sèchement Athelbert. Vous l'avez déjà dit trois fois. Faites-en une triade, hein ? Mettez de la musique dessus ! Je vous ai entendu, les trois fois. Je ne m'en retournerai pas. Allez-vous réellement refuser de l'aide ? Même si cela pourrait sauver des vies ? Est-il si sûr que vous ne pensiez pas à la gloire ? »

Alun cligna des yeux. « Je le jure par Jad, c'est sûr. Ne voyez-vous pas ? Je ne crois pas *possible* d'accomplir ceci. Je m'attends à périr ici. Nous ignorons où trouver de l'eau, de la nourriture, un chemin. Nous ignorons ce qui nous trouvera. Les histoires qui courent sur ce lieu ont plus de quatre cents ans, mon seigneur Athelbert. J'ai une raison de risquer ma vie. Mais pas vous.

— Je connais ces histoires. On les raconte aussi chez nous. Si l'on recule assez loin dans le temps, je puis dire que nous avions coutume de sacrifier des animaux dans la vallée, au nord d'ici, à ce qui se trouvait dans la forêt, quelle qu'en fût la nature.

— Si l'on recule assez loin, ce n'étaient pas des animaux », dit Alun.

Athelbert acquiesça sans se troubler. « Je le sais aussi. Il ne vous appartient pas de juger de mes raisons.

Disons que vous êtes ici à cause de votre frère et moi à cause de mon père. Restons-en là et repartons. »

Alun hésita encore. Puis il haussa les épaules. Il avait fait de son mieux. Avec une intonation ironique, qu'un frère défunt aurait reconnue, il dit : « S'il en est ainsi, celui-ci gâche la triade. » Il désignait Thorkell.

« Pas vraiment », dit l'Erling. Ils entendirent son amusement. « En vérité, je suis comme vous. Je vous en parlerai plus tard. Allons, avant qu'on nous trouve et que ça tourne mal.

— Certes. Certains de ces éclaireurs chantent encore plus mal que moi, dit Athelbert.

— Jad nous protège, dans ce cas », dit Alun. Il tendit une main pour caresser la fourrure du chien. « Cafall, mon cœur, nous conduiras-tu à la maison ? »

Et à ces paroles, Athelbert comprit qu'ils n'étaient pas aussi complètement dépourvus de ressources qu'il l'avait cru lorsqu'il avait galopé à la suite des deux autres, partagé entre la panique et la résolution.

Ils avaient le chien. C'était étonnant, mais cela pouvait faire une différence.

Ils remontèrent tous trois en selle et choisirent avec précaution leur route pour sortir de la petite clairière, penchés sur l'encolure de leurs chevaux afin de passer sous les branches, si possible. Ils pouvaient entendre des bruits autour d'eux. Ceux d'une forêt, la nuit. L'appel des chouettes, le battement d'ailes d'un autre oiseau, plus haut, le bois qui craquait à droite et à gauche, parfois très fort, quelque chose qui passait à travers les branches, des bruits de petites pattes, le vent. Ce que chacun entendait, ou croyait entendre, chacun le garda pour lui.

◆

Les hommes évitaient le roi, constata Ceinion. Il pouvait le comprendre. Aëldred, philosophe, amant des anciens savoirs, calme instigateur d'engins et de stratagèmes, un homme assez maître de soi pour avoir offert un festin à l'Erling qui avait fait subir l'aigle-de-sang à son père, était en proie à une rage aussi brûlante qu'un incendie de forêt.

Sa furie avait été si intense, alors qu'il s'éloignait des rochers de la plage où s'étaient trouvés les navires, on aurait dit qu'une vague de chaleur émanait de lui. Si l'on était médecin, on craignait pour un homme dans un tel état. Si l'on était son sujet, on craignait pour soi-même.

Le roi se tenait toujours sur le rivage dans l'obscurité qui s'alourdissait. Près du ressac que le vent écrasait sur la grève, comme si vent et vagues avaient pu le calmer. Ce ne serait pas le cas, Ceinion le savait. Les éclaireurs étaient revenus. Le prince Athelbert avait pénétré dans la forêt.

Ceux qui rapportaient la nouvelle avaient été visiblement effrayés, quatre cavaliers attendant un ordre qu'ils n'oseraient refuser et pouvaient à peine souffrir d'imaginer. L'ordre n'était pas venu.

Aëldred s'était plutôt levé, en s'efforçant de se maîtriser, avait fait volte-face pour aller là où il se tenait à présent, face à la mer assombrie sous les premières étoiles allumées à la voûte du ciel. La lune bleue se levait.

Ceinion alla le rejoindre.

Nul autre ne le ferait, et le prêtre avait conscience des terreurs qui s'attardaient en cette fin de journée, et qui montaient en lui. Il se sentait comme ligoté dans un filet de chagrin.

Il laissa délibérément entendre son approche, en donnant des coups de pied dans les galets. Aëldred ne se retourna pas, toujours immobile, les yeux fixés sur l'eau. Dans le lointain, invisibles mais immuables, se trouvaient les rivages de la Ferrières. Carloman avait repris la côte aux Karches après deux ans de campagne, au printemps. Une côte précaire et disputée, cette côte-là. Il en avait toujours été ainsi. Tout était précaire, songea Ceinion. Il se rappelait des brasiers dans la cour de Brynnfell.

« Saviez-vous, dit Aëldred sans bouger, qu'à Rhodias au temps de sa gloire, il y avait des bains où trois cents hommes pouvaient se baigner dans de l'eau froide et autant dans un bain chaud, et encore autant être étendus à l'aise avec du vin et des mets ? »

Ceinion battit des paupières. Le ton était celui de la conversation, d'une simple information. Ils auraient pu être étendus eux-mêmes quelque part à leur aise. Il dit avec prudence : « Mon seigneur, j'en ai entendu parler. Je ne suis jamais allé à Rhodias, évidemment. L'avez-vous vu de vos yeux, lorsque vous vous y êtes rendu avec votre royal père ?

— Des ruines. Les Antæ ont saccagé Rhodias il y a quatre cents ans. Les bains n'y ont pas survécu. Mais on pouvait voir… ce qui y avait été possible. Des ruines existent ici aussi, bien sûr, du temps où les Rhodiens venaient jusque chez nous. Peut-être vous les montrerai-je un jour. »

Ceinion pouvait deviner de quoi il s'agissait. Chacun a sa façon de réagir au chagrin.

« La vie était… différente alors », acquiesça-t-il, toujours avec prudence. C'était difficile ; il voyait en esprit des brasiers. La brise était forte mais agréable, il ne faisait pas froid. Le vent venait de l'est.

« J'avais huit ans lorsque mon père m'a emmené en pèlerinage », poursuivit Aëldred, toujours du même ton égal, ordinaire. Il ne s'était toujours pas retourné. Ceinion se surprit à se demander comment le roi avait su qui venait le rejoindre. Sa façon particulière de marcher ? Ou simplement la certitude que nul autre ne l'approcherait, en ce moment précis ? « J'étais excité et impatient, bien sûr, poursuivit Aëldred, mais ce que vous venez de dire… que la vie était différente alors… c'était très clair pour moi, malgré mon jeune âge. En chemin, dans une des cités au nord de la Batiare, là où les Antæ tenaient leur propre cour, nous avons vu un ensemble d'édifices religieux. Quatre ou cinq bâtiments. Dans l'un d'eux se trouvait une mosaïque représentant la cour de Sarance. L'Empereur-Stratège, Léontès.

— Valérius III. On l'appelait "Le Doré". »

Aëldred hocha la tête. « C'était un vrai monarque, celui-là. » Une vague s'abattit, se retira en faisant crisser les galets. « On pouvait le voir sur ce mur. Entouré de sa cour. Leurs vêtements, leurs parures… l'endroit où ils se trouvaient. La place dont ils disposaient. Dans leur vie. Pour créer. Je ne l'ai jamais oublié.

— C'était un grand chef, tous en sont d'accord », acquiesça Ceinion.

Il laissait le moment se déployer à loisir. Il pensait aussi, et son pouls en battait plus vite, à des bateaux, et à un vent d'est.

« J'ai lu une ou deux chroniques, depuis. Pertennius, Colodias. Sur l'autre mur, je me rappelle, il y avait une autre mosaïque, moins bonne. Un autre empereur, celui qui l'avait précédé. Il avait fait rebâtir le sanctuaire, je crois. Il se trouvait là aussi, sur l'autre mur. Je n'ai pas été aussi impressionné, je me rappelle. Cela semblait très différent.

— Un artisan différent, sans doute, dit le prêtre.

— Les monarques en dépendent, croyez-vous ? De la qualité de leurs artisans ?

— Pas tant qu'ils sont en vie, mon seigneur. Ensuite, peut-être, pour déterminer comment on se les rappellera.

— Et que se rappellera-t-on ?… » Aëldred s'interrompit, reprit sur un autre ton. « Nous ne devrions pas oublier le nom de cet empereur, murmura-t-il. Il a fait édifier le sanctuaire de Jad à Sarance, Ceinion. Pourquoi oublions-nous ?

— L'oubli fait partie de la vie, mon seigneur. Parfois, c'est une bénédiction, car sinon nous ne pourrions pas continuer après un deuil.

— Il s'agit d'autre chose.

— Oui, mon seigneur ?

— Ce que je disais… à propos des bains. Nous n'avons pas d'espace. Pas de temps pour de telles créations. »

Il l'avait dit à la haute table après le banquet, la nuit précédente, se souvint Ceinion. C'était seulement la nuit précédente.

« Nous ne pouvons tous nous permettre bains et mosaïques, mon seigneur, dit-il.

— Je le sais. Bien sûr. Est-il… indigne de nous de regretter leur absence ? »

Ce n'était pas la conversation que Ceinion avait anticipée. Il réfléchit. « Je crois… qu'il est *nécessaire* de le regretter. Sinon, nous ne désirerons pas un monde qui nous en laissera le loisir. »

Aëldred demeura silencieux un moment. « Savez-vous, j'ai toujours eu l'intention d'emmener Athelbert, et son frère aussi, à Rhodias. Le même voyage. Pour la revoir moi-même, baiser l'anneau du Patriarche. Offrir mes prières au Grand Sanctuaire. Je voulais que mes fils le voient et se souviennent, comme moi.

— Vous étiez en guerre, mon seigneur.

— Mon père m'a emmené.

— Mon seigneur, j'ai le même âge que vous et j'ai vécu pendant la même époque. Je ne crois pas que vous ayez rien à vous reprocher. »

Aëldred se retourna alors. Ceinion vit son expression dans le crépuscule.

« Hélas, mais vous avez tort, mon seigneur prêtre. J'ai tant à me reprocher. Mon épouse désire me quitter, et mon fils est parti. »

Ils étaient arrivés. Chacun suit son propre chemin vers sa destination. « La reine désire retourner au dieu, mon seigneur, dit Ceinion. Et non vous quitter. »

Un léger sourire rebroussa les lèvres d'Aëldred. « Indigne de vous, mon bon prêtre. De l'ingéniosité sans sagesse. Un jeu de mot cyngaël, je dirais. »

Ceinion s'empourpra, ce qui n'était pas fréquent. Il baissa la tête. « Nous ne pouvons être toujours sages, mon seigneur. Je suis le premier à dire que je ne le suis point. »

Aëldred tournait maintenant le dos à la mer. « J'aurais pu laisser Athelbert mener le *fyrd*, l'autre nuit. Il l'aurait pu. Je n'avais pas besoin d'y être.

— L'a-t-il demandé ?

— Ce n'est pas dans sa nature. Mais il aurait pu s'occuper de tout cela. Je me relevais tout juste de ma fièvre. Je n'avais pas besoin de partir avec eux. J'aurais dû lui laisser ce soin. » Ses mains s'étaient resserrées en poings. « Je suis tellement furieux. Burgrèd…

— Mon seigneur…

— Ne comprenez-vous pas ? Mon fils est mort. Parce que je n'ai pas laissé…

— Il ne nous appartient absolument pas de dire ce qui sera, mon seigneur ! Nous n'avons pas ce savoir. Cela du moins, je le sais.

— Dans cette forêt-là ? Ceinion, Ceinion, vous savez où il est allé ! Personne n'a jamais…

— Personne n'a peut-être jamais essayé. Peut-être était-il temps de mettre fin à des terreurs anciennes, au nom de Jad. Peut-être un grand bien résultera-t-il de tout ceci. Peut-être… » Sa voix se perdit. Il ne voyait aucun bien en perspective. Ses paroles sonnaient faux à ses propres oreilles. En lui persistaient des images de brasiers, ici, au bord de la mer fraîche, tandis que la lune se levait.

Aëldred l'observait avec attention. « J'ai été fort injuste, dit-il. Vous êtes mon ami, et mon invité. Ce sont mes propres soucis, et vous avez ici votre propre chagrin. Le fils d'Owyn avait une raison d'entrer dans la forêt des esprits. Je suis navré, prêtre. Nous avons chevauché trop lentement. Il nous aurait fallu être là avant le départ de ces navires. »

Ceinion garda le silence. Puis, comme il l'aurait dû dès le début, et tandis que l'obscurité tombait, il dit : « Priez avec moi, mon seigneur. Il est temps de célébrer les rites.

— Il n'y a point de piété dans mon cœur, dit Aëldred. Je ne suis pas dans une telle condition que je puisse m'adresser au dieu.

— Nous ne le sommes jamais. C'est ainsi que vont nos vies dans le monde. Ce pour quoi nous demandons Sa merci, entre autres, ce sont nos insuffisances. » Il se trouvait en terrain familier à présent, sans bien en avoir pourtant l'impression.

« Et notre colère ?

— Cela aussi, mon seigneur.

— Notre amertume ?

— Oui, également. »

Le roi se retourna vers la mer. Tel un monolithe, encore, une pierre dressée sur la rive par ceux qui avaient vécu en ces lieux bien longtemps auparavant et croyaient en des puissances et des dieux plus ténébreux que Jad ou le panthéon rhodien : la mer, le ciel, la noire forêt dans leur dos.

Ceinion répéta : « Nous ne devons pas présumer de notre connaissance de l'avenir.

— Mon cœur est sombre. Il… il ne devrait pas avoir agi ainsi, Athelbert. Il n'est pas… sans devoirs. »

On en était revenu au fils. Qui n'était plus un enfant.

« Mon seigneur, le fils d'un père fameux peut désirer tracer sa propre voie dans le monde. S'il doit vous succéder et être davantage que le fils d'Aëldred. »

Le roi se retourna de nouveau. « La mort ne vous laisse aucune voie dans le monde, dit-il. Ils ne peuvent traverser cette forêt. »

Le prêtre laissa sa voix se raffermir. Toute une vie d'expérience. Tant de conversations avec ceux qui avaient perdu un être cher, et ceux qui avaient peur. « Mon seigneur, je puis vous dire qu'Alun ab Owyn est un homme des plus capables. L'Erling… est bien davantage qu'un serviteur. Et j'ai observé le prince Athelbert pendant un jour et une nuit, en m'en émerveillant. Je ferai ici honneur à son courage.

— Ah ! Et vous le direz à sa mère, lorsque nous reviendrons à Esfèrth ? Comme elle le trouvera réconfortant ! »

Ceinion tressaillit. Derrière eux, les hommes ramassaient du bois, allumaient les feux sur la plage. On resterait jusqu'au matin. Le *fyrd* était épuisé, affamé, mais on devait ressentir une grande fierté, une profonde satisfaction de ce qu'on avait accompli. Les Erlings avaient été repoussés, mis en fuite, et une soixantaine de raiders avaient péri en sol anglcyn. L'histoire s'en répandrait, traverserait ces eaux noires vers la Ferrières, le Karch, à l'est jusqu'au Vinmark même, et plus loin encore.

Pour Aëldred et les Anglcyns, ce pouvait être un jour de triomphe, digne de la harpe et des chants, un jour de célébration après le deuil d'un duc. Pour les Cyngaëls, il pourrait en être autrement.

« Priez avec moi », répéta Ceinion.

Sa voix devait avoir eu une intonation particulière, suggérer un désir pressant. Aëldred le regarda fixement dans le dernier rayon de lumière. Le vent soufflait.

Il pourrait pousser les Erlings dans la nuit, ce vent. Ceinion les imaginait, les proues à tête de dragon fendant l'eau noire, montant et descendant sur les vagues. Avec à bord des hommes avides de vengeance. Il avait survécu à tant de ces raids, tant de fois, depuis tant d'années. Il pouvait voir Énid, les flammes au bord de sa vision, les flammes qui gagnaient, et Brynnfell brûlait, et Énid mourait.

Depuis que son épouse avait été ensevelie derrière son propre sanctuaire de Llywèrth, il s'était toujours gardé de prier pour la vie de ceux qu'il aimait. Mais il pouvait *voir* Énid, les voir tous à Brynnfell, et les bateaux telles des lames fendant la mer, qui s'approchaient.

Le regard d'Aëldred était troublant, comme si le roi avait pu lire ses pensées. Ceinion n'y était point préparé. Son rôle ici était d'offrir un réconfort.

« Je ne puis envoyer les bateaux de Drèngest pour les rattraper, mon ami, dit Aëldred. Le temps pour le message d'arriver au *burh*, ils auront trop de retard, et si nous nous trompons, si les Erlings ne vont bel et bien pas à l'ouest…

— Je sais », dit Ceinion. Bien sûr, il le savait. « Nous ne sommes pas mêmes des alliés, mon seigneur. Vos soldats se trouvent sur le Mur de Rhédèn pour contrer des raids cyngaëls…

— Pour vous tenir à l'écart, oui. Mais ce n'est pas cela. Après la nuit dernière, je le ferais. Ma flotte est encore trop neuve, cependant, nos marins apprennent encore à travailler ensemble, à manier les navires. Ils pourraient bloquer la voie aux Erlings s'ils s'en retournaient chez eux, mais…

— Mais ils ne peuvent les rattraper s'ils se dirigent vers l'ouest. Je le sais. »

Le silence dura un moment. Des vaisseaux, dans son imagination, quelque part sur la mer. L'allée et venue du ressac, son battement, les hommes derrière eux sur la grève, les bruits du campement, le vent dans la nuit qui s'amoncelait. “Il y a trois choses qu'un sage craint toujours : la fureur d'une femme, la langue d'un imbécile, les proues à tête de dragon.”

« Brynn ap Hywll a abattu le Volgan, Ceinion. Lui et ses guerriers étaient de grands combattants.

— Brynn est vieux, dit Ceinion. Comme la plupart de ses hommes. Cette bataille a eu lieu il y a vingt-cinq ans. Ils n'auront aucun avertissement. Ils peuvent même ne pas être là-bas. Vos hommes disent qu'il y avait cinq vaisseaux échoués ici. Vous savez combien d'hommes cela implique, même sans compter ceux que vous avez abattus.

— Que puis-je dire ? »

De quelque façon, les rôles s'étaient inversés. Ceinion était venu réconforter. Peut-être l'avait-il fait. Peut-être était-ce la seule façon pour certains d'accéder au réconfort.

« Rien, dit-il.

— Alors nous allons prier. » Aëldred hésita, une réflexion, non une incertitude. « Ceinion, nous ferons de notre mieux. On enverra un bateau à Owyn de Cadyr. Sous une bannière de trêve, avec une lettre de moi et une lettre de vous. Pour lui dire ce que tente son fils. Il pourrait intercepter un parti d'Erlings revenant à ses vaisseaux, s'ils se rendent vraiment sur vos rivages. Et j'enverrai un courrier au Mur de Rhédèn, au nord. Ils peuvent faire parvenir un message, s'il y a quelqu'un là pour le recevoir…

— Je n'en ai pas la moindre idée », dit Ceinion.

C'était vrai. Ce qui se passait dans les territoires entourant le Mur était obscur, brumeux, loin du pouvoir et de l'ambition des princes. Les vallées et les noires collines conservaient leurs secrets. Sa pensée était d'une autre nature : “Revenant à ses vaisseaux”…

S'ils revenaient ainsi, les Erlings, c'en serait déjà fini à Brynnfell. Et il était là, il le savait, il le *voyait*, incapable de faire plus que… incapable de quoi que ce fût. Il savait pourquoi Alun était entré dans la forêt. L'inaction était presque intolérable, à vous briser le cœur.

Il prierait pour Athelbert, et pour le fils d'Owyn dans la forêt, mais pas pour ceux qu'il aimait le plus. Il l'avait fait autrefois, il avait prié pour elle, de toutes ses forces, en la tenant dans ses bras, et elle était morte.

Il eut conscience du regard d'Aëldred. S'intima avec sévérité d'être digne de son office. Le roi avait perdu un ami d'enfance et son fils était parti.

« Ils peuvent traverser… la forêt », dit-il encore.

Aëldred secoua la tête, mais avec calme désormais. « Par la merci et la grâce de Jad, j'ai un autre fils. J'étais un cadet aussi, et mes frères ont péri. »

Après lui avoir jeté un coup d'œil, Ceinion porta son regard vers la mer. Sur cette rive balayée par le vent, il fit le signe du soleil et commença le rituel. Le roi s'agenouilla devant lui. Sur la plage, où se trouvaient les feux, les hommes du *fyrd* le virent et, un par un, s'agenouillèrent à leur tour pour partager l'invocation du soir, énoncée au moment où Jad du Soleil commence son froid voyage à l'envers du monde afin de combattre les puissances et les esprits malins des ténèbres, et de les écarter le plus longtemps possible de Ses enfants jusqu'à ce que la lumière leur revienne, à l'aube.

En écarter un certain nombre. Pas tous.

Le monde n'était pas tel qu'hommes et femmes fussent jamais entièrement protégés de ce qui pouvait les chercher et les trouver dans la nuit.

CHAPITRE 13

Compte tenu de ce qui s'ensuivit, c'était peut-être une erreur de s'arrêter pour le reste de la nuit, mais aucune autre possibilité n'avait semblé se présenter alors.

Les trois hommes étaient endurcis et en bonne santé, et deux d'entre eux étaient jeunes, mais ils étaient debout et en selle depuis deux jours et deux nuits. Dans cette forêt, Thorkell avait jugé plus dangereux de continuer, épuisé, avec des chevaux fatigués qui trébuchaient, que de s'arrêter. De toute façon, ils pouvaient aussi bien se faire attaquer alors qu'ils étaient en mouvement.

Il le leur rendit plus facile, demandant un répit pour lui-même, même s'il retira quelque peu de sa vraisemblance à la chose en offrant de prendre le premier tour de garde près de l'étang qu'ils avaient trouvé. Ils remplirent leurs gourdes. L'eau, c'était important. La nourriture deviendrait un problème quand sa petite réserve serait épuisée. Ils n'avaient pas encore décidé s'ils chasseraient. Ils le devraient probablement, même si Thorkell savait ce qu'aurait dit sa grand-mère – tuer dans une forêt des esprits…

Ils burent tous trois en abondance ; les chevaux aussi. L'eau était fraîche et douce. Ils ne songèrent pas à allumer un feu. Athelbert n'avait rien mangé du tout ; Thorkell lui donna du pain dans le noir, un peu de viande froide. Ils attachèrent les chevaux. Puis les deux princes, l'Anglcyn et le Cyngaël, s'endormirent presque aussitôt.

Thorkell approuvait. Il fallait en être capable ; c'était un talent, un devoir – votre tour de garde arrivait bien assez tôt.

Il étendit les jambes, adossé à un arbre, le marteau en travers des cuisses. Il était las, mais non ensommeillé. Les ténèbres étaient profondes, la vue presque inutile. Il devrait surtout tendre l'oreille. Le chien vint le trouver, se laissa tomber près de lui, la tête sur les pattes. Il pouvait distinguer le vague éclat de ses yeux. Il n'aimait pas vraiment cette bête, mais il avait le sentiment que sans le chien d'Alun ab Owyn, ils n'auraient aucun espoir d'accomplir ce voyage.

Il obligea ses muscles à se détendre. Remua la tête de droite et de gauche pour dissiper la raideur de son cou. Tant d'années, où il l'avait fait tant de fois : la garde de nuit était dangereuse. Il avait pensé en avoir fini avec ce genre de choses. Inutile de monter la garde derrière un chêne à Rabady. Les voies de l'existence étaient bien tortueuses, ou bien on les rendait soi-même ainsi. Nul ne savait comment il mourrait, ni même quand se présenterait le prochain embranchement sur la route.

Des embranchements. Dans la paix de la forêt, il se mit à se souvenir. Cela arrivait souvent quand on était éveillé seul la nuit.

Une fois, dans le brouillard, au cours d'un raid en Ferrières, avec Siggur et quelques autres, il s'était trouvé séparé du gros de la compagnie pendant une retraite vers la côte. Ils avaient poussé trop loin à l'intérieur des terres pour leur propre bien, mais Siggur n'avait cessé de boire pendant ce raid – Thorkell aussi, à dire vrai –, ils étaient devenus téméraires. Et ils étaient jeunes.

Ils étaient littéralement tombés sur un sanctuaire dont ils ignoraient même l'existence : une chapelle et ses dépendances dissimulées dans une petite vallée effilée, à l'est de Champières. Ils avaient aperçu les lumières de la chapelle à travers la brume. Un sanctuaire de Veilleurs, consacré à leur éternelle vigile. Il n'y aurait pas eu assez de lumière pour le voir, sinon.

Ils avaient attaqué, en hurlant le nom d'Ingavin, dans l'épaisse et confuse obscurité. C'était une innommable folie, car ils étaient poursuivis par le jeune prince Carloman, qui avait déjà fait ses preuves comme guerrier, et ce n'était pas le moment de s'attarder dans un raid, moins encore avec une douzaine d'hommes.

Mais cet embranchement qui les avait séparés du reste de leur compagnie avait assuré la fortune de Thorkell Einarson. Ils avaient massacré vingt prêtres et leurs serviteurs armés de gourdins dans cette vallée isolée, en voyant la flamme blanche de la terreur s'allumer dans le regard des hommes avant leur fuite éperdue devant les hommes du nord.

Hilares, couverts de sang, ivres de sang, ils avaient incendié les dépendances et saisi tout ce qu'ils pouvaient porter du trésor du sanctuaire. Des trésors stupéfiants. Ce complexe secret se trouvait être un lieu de sépulture royale, et ils furent éblouis de ce qu'ils découvrirent dans les recoins des chapelles et les tombes avoisinantes.

C'était là que Siggur avait trouvé son épée.

Étant Siggur, après avoir rejoint les autres aux vaisseaux, il avait décrété que cette part du butin du raid appartenait seulement à ceux qui y avaient participé. Et, étant Siggur, il n'avait eu aucun mal à imposer sa volonté. En ce temps-là, tous les jeunes gens du Vinmark voulaient être un compagnon du Volgan. On avait déjà commencé à user de ce nom pour le désigner.

Assis dans les ténèbres, parfaitement sobre, Thorkell supposait qu'on pouvait dire avec justesse que cette amitié avait modelé toute son existence. Siggur avait été très jeune lorsqu'ils avaient commencé à lancer des raids, et Thorkell plus jeune encore, ahuri qu'un tel homme le considérât apparemment comme un ami, le voulût à ses côtés, sur un champ de bataille ou un banc de taverne.

Siggur n'avait jamais été un homme réfléchi ni délibéré. Il menait par l'exemple, en commandant au premier rang de chaque assaut : plus rapide, plus fort, un peu plus sauvage que n'importe qui d'autre – excepté peut-être l'occasionnel *berserkir* qui rejoignait leurs rangs. Il buvait plus que n'importe lequel d'entre eux, encore debout et éveillé quand les autres ronflaient sur des bancs ou étalés sur les ajoncs d'une salle de beuverie.

Thorkell se rappelait – une histoire bien connue – le matin où Siggur était sorti d'une auberge avec un autre raider, un nommé Leif, après toute une nuit de beuverie, et où il avait lancé un défi à l'autre : une course, sur les rames de leurs bateaux amarrés côte à côte dans le port.

On n'avait jamais rien fait de tel. Personne n'y avait même jamais pensé. Au milieu des rires et des paris qu'on se lançait, ils avaient secoué et assemblé leurs hommes aux yeux chassieux, leur avaient fait prendre leur place à bord, avec leurs rames bien à l'horizontale. Puis, au lever du soleil, les deux chefs avaient commencé la course, sautant de rame en rame d'un côté du bateau pour repartir de l'autre côté, en s'accrochant à la proue à tête de dragon pour virer.

Leif Fènrickson ne s'était même pas rendu à sa proue.

Siggur avait fait le tour de son propre navire par deux fois, à toute allure. C'était Siggur à son meilleur : claironnant sa propre prouesse, démontrant aussi celle de ses compagnons favoris, car une rame hésitante ou pas assez horizontale l'aurait fait tomber, sans aucun doute. Deux fois, il avait parcouru le trajet, avec Thorkell et chaque homme à bord raidi sur sa rame tandis qu'il courait seul autour d'eux, poitrine nue, en riant de la joie d'être jeune, d'être ce qu'il était, dans la première lumière du matin.

Cela avait changé avec les années, car bien des aspects de la jeunesse ne peuvent durer, et la bière peut faire naître rage et amertume aussi aisément que rire et camaraderie. À un moment donné, Thorkell avait compris que Siggur Volganson ne cesserait jamais de boire et de lancer des raids, qu'il en était incapable. Il n'y avait rien pour lui dans le monde du milieu offert par Ingavin, seulement la crête blanche des vagues au soleil ou dans une tempête, seulement surgir soudain de la mer pour échouer les bateaux et chevaucher ou courir vers l'intérieur des terres, l'incendie et le pillage. C'était l'action seule qui comptait. L'or, l'argent, les pierres précieuses, les femmes, les esclaves – ce n'étaient que des raisons profanes. Le chemin de la gloire.

L'écume salée, les brasiers, et se mettre à l'épreuve, encore et encore, sans fin, c'était ce qui l'avait poussé pendant toute sa trop courte vie.

Sans jamais rien dire de ses réflexions, Thorkell avait ramé et combattu à ses côtés jusqu'à la fin, qui s'en était venue à Llywèrth, ainsi que tout le monde le savait. Siggur avait entendu dire que les Cyngaëls assemblaient une force pour affronter ses vaisseaux, et il avait malgré tout fait aborder ceux-ci, pour la joie de combattre ce qui se présenterait là.

Ils avaient été inférieurs en nombre sur le rivage, devant une armée constituée d'hommes levés dans toutes les querelleuses provinces des Cyngaëls. Siggur leur avait offert un combat singulier, un défi lancé aux trois princes cyngaëls, mais relevé par un jeune homme qui n'était nullement un prince. Et Brynn ap Hywll, fort et dur et aussi sobre qu'un prêtre fou de Jad en retraite de jeûne, avait entièrement altéré les destinées des terres du nord en abattant Siggur Volganson sur cette grève – et en s'emparant de l'épée que Siggur avait portée depuis le raid sur Champières.

C'était la mort que Siggur avait toujours désirée. Même ce jour-là, Thorkell le savait. La seule fin qu'il aurait pu imaginer. Les infirmités de l'âge, un gouvernement mesuré, la royauté… tout cela, Siggur ne pouvait le concevoir. Mais Thorkell savait déjà que ce n'était pas sa propre idée de la vie, de la façon dont elle devait se terminer, prompte comme une lame. Il s'était rendu aux Cyngaëls, avec un sentiment soudain et stupéfait de vide. Il avait fini par s'échapper, car la servitude n'était pas non plus la vision qu'il avait de son existence. Pour retourner chez lui, il avait franchi le Mur et les territoires anglcyns puis les mers automnales. Et alors, il avait *créé* son propre foyer. C'était sa part de l'or et des pierres précieuses rapportés de cette vallée de hasard en Ferrières qui lui avait acheté une ferme et de la terre à Rabady, l'année où il avait décidé qu'il en était temps.

L'île de Rabady était un endroit aussi approprié qu'un autre pour se refaire une vie, et meilleur que beaucoup d'autres. Il s'était trouvé une épouse – et nul, vivant ou mort, ne l'avait jamais entendu en parler en mal. Il avait eu deux filles, et puis son garçon. Il avait marié les filles quand elles avaient été en âge de l'être, et plutôt bien, de l'autre côté du détroit, sur le continent. Il avait regardé grandir le garçon – doué d'intelligence et d'un certain caractère. Il avait encore participé à des expéditions en ce temps-là, choisissant ses bateaux, ses compagnons, ses abordages. Le sel vous rentre dans le sang, disaient les Erlings. Il était difficile d'abandonner la mer. Mais il n'y passait plus l'hiver, il n'entretenait plus de grandioses projets de conquête. Des capitaines sobres, des voyages bien planifiés.

Siggur était mort. Thorkell n'allait pas revenir en arrière. Il traversait les mers pour ce qu'il pouvait en tirer, pour ce qu'il pouvait rapporter chez lui. Nul n'aurait pu le décrire comme moins que prospère, Thorkell Einarson de l'île de Rabady, autrefois compagnon du Volgan en personne. Une assez belle vie, avec un foyer et un lit à la fin, semblait-il, et non la mort à la pointe d'une épée sur un lointain rivage.

Nul homme vivant ne sait comment il mourra.

Et voilà qu'il se trouvait de nouveau outre-mer, dans une forêt où nul ne devait pénétrer. Comment cela était-il donc arrivé ? Le serment offert à l'épouse d'ap Hywll, oui, mais il avait rompu des serments, au cours des années. Lorsqu'il s'était enfui de chez les Cyngaëls, n'est-ce pas, après sa reddition ?

Il aurait pu trouver moyen d'en faire autant ici. L'aurait pu à l'instant. Aurait pu tuer ces deux princes endormis – dans un lieu où l'on s'attendait à les voir périr, où nul ne les trouverait jamais –, ressortir de la forêt, attendre le départ du *fyrd* pour le nord, comme c'était prévisible, et traverser le pays jusqu'en Erlond, où son propre peuple s'était établi. Dans une colonie encore en formation comme celle-là, il y aurait beaucoup de gens peu désireux de conter leur histoire. C'était ainsi que s'élargissaient les frontières d'un peuple, on migrait à partir d'un point de départ. On ne posait pas de questions. On pouvait recommencer sa vie. Une fois de plus.

Il secoua la tête pour s'éclaircir les idées, y mettre de l'ordre. Il était fatigué, il avait peine à penser. Il n'était pas *obligé* de tuer les deux autres. Il pouvait simplement se lever, pendant qu'ils dormaient, et repartir vers l'est. Il émit un petit reniflement ironique. Cela ne lui semblait toujours pas approprié. Il n'avait même pas besoin de s'enfuir en secret. Il pouvait les réveiller, leur dire adieu, les bénir au nom de Jad (et d'Ingavin, intérieurement). Alun ab Owyn lui avait *dit* de partir. Il n'avait nul besoin d'être ici. À l'exception d'un détail. Le savoir secret de cette folle nuit, telle une graine dans le sol dur.

Son fils se trouvait sur ces navires, et il y était parce que, plus d'une année auparavant, Thorkell avait tué quelqu'un dans une taverne.

Si l'on était un certain type d'homme – que Thorkell n'était point –, on pouvait sans doute s'appesantir longtemps sur les relations entre les pères et les fils. Du temps mieux utilisé avec une bouteille de bière et une honnête partie de dés. En toute sincérité, il ne pouvait dire qu'il avait beaucoup songé au garçon pendant ses années à Rabady. Il lui avait un peu appris à se battre, le devoir d'un père. Si on avait insisté, il aurait évoqué la maison, la terre, un statut dans l'île. Bern disposerait de tout cela à la mort de son père, et n'était-ce pas assez ? N'était-ce pas davantage que Thorkell avait jamais possédé ?

Il ne se souvenait guère d'avoir tenu compagnie à Bern pendant que le garçon grandissait. Certains aiment parler, conter des histoires devant leur âtre ou celui de la taverne – des histoires si éloignées de la vérité que c'en est risible. La première fois où il avait tué quelqu'un dans une taverne, de fait, c'était quand il avait ri d'un tel conteur. Thorkell n'était pas un conteur d'histoires, ne l'avait jamais été. Votre langue pouvait vous causer des ennuis bien plus vite que n'importe quoi d'autre. Il gardait son avis pour lui, il gardait ses souvenirs. Si d'autres à Rabady contaient des histoires au garçon sur son père – vérités ou mensonges –, eh bien, Bern apprendrait par lui-même à les trier, ou non. Personne n'avait pris Thorkell par la main dans son enfance pour lui apprendre comment se comporter lorsqu'on touchait terre dans un orage, sur des rochers, et que des hommes en armes vous y attendaient.

Assis dans cette forêt qui s'étendait telle une barrière verrouillée entre les terres cyngaëlles et les terres anglcynes, éveillé pendant que deux jeunes hommes dormaient, il se surprit à se rappeler, sans l'avoir voulu, une soirée lointaine. Un crépuscule d'été doux comme une vierge. Le garçon – âgé de huit étés, dix ? – l'avait accompagné alors qu'il allait réparer une porte de grange. Bern avait porté ses outils, s'il se souvenait bien, en éprouvant une fierté comique. Thorkell avait arrangé la porte, puis ils étaient allés se promener quelque part, il ne se rappelait plus où, aux limites de leur terre, et pour une raison quelconque, il avait conté à Bern l'histoire de ce raid où la garde royale anglcyne les avait piégés trop loin de la mer.

Il ne contait guère de vieilles histoires, en réalité. C'était peut-être pour cela qu'il se remémorait cette soirée. Le parfum des fleurs estivales, une brise, un rocher – il se rappelait à présent, il s'était adossé à la roche qui marquait la limite nord de leur ferme, le garçon avait les yeux levés vers lui, attentif, si sérieux, on aurait pu en sourire. Une soirée, une histoire. Ils étaient revenus à la maison ensuite. Rien de plus. Bern ne devait pas même se souvenir de cette soirée, de cet endroit. Il ne s'était rien passé de particulièrement important.

Bern était maintenant un adulte barbu. Leur terre n'existait plus : les biens d'un exilé vont toujours à quelqu'un d'autre. On pouvait dire que le garçon avait fait son propre choix, mais aussi que Thorkell lui avait ôté toute possibilité de choix réel, le jetant dans des circonstances où un serpent venimeux comme Ivarr Ragnarson pouvait fort bien se rappeler de qui il était le fils, et tirer vengeance de ce qui était arrivé à Brynnfell. On pouvait dire que son propre père l'avait amené à cet embranchement.

Même ainsi, on pouvait tout de même trouver tout cela un peu amusant cette nuit, si l'on avait l'esprit ainsi fait. Il fallait simplement bien y penser. Eux trois, dans cette forêt. Alun ab Owyn, l'esprit assez dérangé, s'y trouvait en réalité à cause d'un frère mort. Athelbert était venu à cause de son père – parce qu'il avait quelque chose à prouver à celui-ci aussi bien qu'à lui-même. Et, en toute vérité, Thorkell Einarson, exilé de Rabady, était dans cette forêt à cause de son fils.

Quelqu'un en fera bien une chanson, songea-t-il en secouant la tête. Il cracha dans les ténèbres. Il était trop las pour rire, mais il en avait une vague envie.

Un bruit léger. Le chien gris avait levé la tête et semblait l'observer. Il était las, oui, mais ce chien avait réellement l'air d'observer ses pensées. Un animal déconcertant, qui était davantage qu'il n'y paraissait.

Thorkell ignorait totalement dans quelle direction voguaient les navires de Jormsvik ; aucun d'eux trois ne le savait. Cette randonnée folle et désespérée pouvait se trouver complètement dépourvue de nécessité. Il fallait s'y résigner. On pouvait mourir ici sans aucune raison. Eh bien, et alors ? Avec ou sans raison, on était mort aussi bien. Il avait déjà vécu plus longtemps qu'il ne l'aurait cru.

Il entendit un autre bruit.

Le chien, encore. Cafall s'était dressé, rigide, la tête haute. Thorkell cligna des yeux, surpris. Puis l'animal poussa un gémissement.

Et ce son-là, provenant d'une telle source, emplit Thorkell d'une indicible épouvante. Il se leva en hâte, le cœur lui martelant la poitrine avant même qu'il n'eût, lui aussi, senti l'odeur.

Cette odeur, d'abord, puis des bruits ; il ne vit jamais rien. Les deux autres se dressèrent, tirés brusquement de leur sommeil par le premier fracas, comme des marionnettes tirées par des ficelles. Athelbert se mit à jurer. Ils dégainèrent tous deux.

Aucun d'entre eux ne pouvait rien voir. La ténèbre qui les entourait défiait toute possibilité de vision, les étoiles et la lune étaient occultées par le cercle des arbres et de leur sombre feuillage estival. Près d'eux, l'étang était noir, d'un calme absolu.

De tels étangs étaient l'endroit où les créatures maîtresses de la nuit venaient boire, ou chasser, songea Thorkell, trop tard.

« Par le sang sacré de Jad, murmura Athelbert, qu'était-ce ? »

Thorkell, s'il avait été moins épouvanté, aurait pu énoncer une plaisanterie facile et profane. Car c'était bien du sang qu'ils sentaient. Et de la chair. Putride, pourrie, comme une carcasse abandonnée au soleil. Une riche odeur de terre, aussi, en dessous, et à travers tout cela une senteur animale.

Un autre bruit, très net dans le noir, quelque chose craquait : un petit arbre ou une grosse branche. Athelbert jura de nouveau. Alun n'avait pas encore dit un mot. Le chien gémit derechef et la main de Thorkell se mit à trembler sur son marteau. L'un des chevaux rejeta la tête en arrière avec un violent hennissement. Leur présence n'était plus secrète désormais, si elle l'avait jamais été.

« Restez groupés », lança-t-il tout bas, même s'il n'y avait plus guère de raison d'être discret à présent.

Les deux autres se rapprochèrent de lui. Alun tenait toujours son épée, mais Athelbert avait rengainé la sienne et pris son arc pour y encocher une flèche. Il n'y avait rien à voir, nulle part où tirer. Quelque chose chuta lourdement, au nord. Quoi que fût ce qui avançait, c'était assez gros pour faire tomber des arbres.

Et ce fut en cet instant qu'une image jaillit dans l'esprit de Thorkell, comme y poussant des racines. Il serra les dents pour s'empêcher de crier.

Il avait combattu toute sa vie, il avait vu cervelles et entrailles glissantes se répandre sur le sol souillé de sang, il avait regardé brûler le visage d'une femme, fondu jusqu'à l'os. Il avait vu des aigles-de-sang, un otage karche écartelé entre des chevaux qu'on fouettait, et il n'avait jamais reculé, même sobre. C'étaient les terres du nord, la vie était ce qu'elle était. Il arrivait des choses terribles. Mais ses mains tremblaient maintenant comme celles d'un vieillard. Il se demanda réellement s'il allait tomber. Il songea à sa grand-mère, morte depuis longtemps, qui avait su ce que devait être cette créature dans la nuit, et peut-être même son nom.

« Par l'œil aveugle d'Ingavin ! À genoux ! » lança-t-il, la voix rauque, les mots se formant malgré lui, arrachés à sa gorge. Mais quand il regarda, il vit que les deux autres s'agenouillaient déjà sur la terre obscure près de l'étang. L'odeur, au-delà de la clairière, était accablante, à couper le souffle, à vomir. Thorkell sentit là une affreuse et ancienne immensité, que ne devaient en aucune façon affronter trois hommes et leur frêle mortalité, en un lieu où ils n'auraient pas dû se trouver.

Terrifié à présent, toute lassitude disparue, Thorkell jeta un coup d'œil aux silhouettes des deux autres agenouillés auprès de lui, et il prit une décision. Il fit un choix, il s'engagea sur une voie particulière. Les dieux vous appellent à eux – où qu'ils soient, quels qu'ils soient –, comme il leur plaît. Les hommes vivent et meurent dans cette certitude.

Il resta debout.

En chacun de nous, peur et mémoire s'entrelacent en des dessins complexes et changeants. Parfois, c'est ce qu'on n'a pas vu qui s'attarde et nous épouvante longtemps après. Cela se glisse dans les rêves, depuis les frontières confuses de la conscience, ou émerge, peut-être, lorsqu'on est seul, au réveil, tôt, à la palissade d'une cour de ferme, ou au périmètre d'un campement, à l'heure brumeuse où l'idée du matin ne s'est pas encore incarnée à l'est. Ou encore, cela nous est asséné à midi, dans l'éclat d'un marché bondé. Nous ne nous libérons jamais entièrement de ce qui nous a causé une mortelle terreur.

Alun ne le saurait jamais, car ce n'était pas une expérience qui pût être partagée ensuite avec des mots, mais l'image, l'aura qu'il avait dans l'esprit en tombant à genoux était exactement celle que percevait Thorkell, et Athelbert aussi, dans les ténèbres de la clairière.

Pour Alun, l'odeur était celle de la mort. Le pourrissement, la corruption, ce qui a été vivant mais ne l'est plus depuis très longtemps et continue de se mouvoir au cœur même de sa pourriture, une énorme masse s'écrasant entre les arbres. Il avait l'impression d'une créature plus énorme que la forêt n'aurait dû en contenir. Son cœur battait à tout rompre. Saint Jad de la Lumière, le dieu derrière le soleil ne devait-Il pas défendre Ses enfants de telles terreurs, quelle qu'en fût la nature ?

Il était couvert de sueur. « Je suis… je suis navré », balbutia-t-il à Athelbert. « C'est ma faute.

— Priez », dit seulement l'Anglcyn.

Alun pria, presque suffoqué par la puanteur qui emplissait la clairière. Il pouvait voir Cafall trembler devant lui. Les chevaux, bizarrement, étaient plus tranquilles. L'un d'eux avait poussé un hennissement. À présent, ils demeuraient pétrifiés sur place, des statues, comme incapables de remuer ou d'émettre un son. Et il se rappela alors un autre cheval figé ainsi, dans un autre étang d'une autre forêt, au passage de la reine des fées.

C'était ici, il le savait, une autre créature du monde des esprits. Quoi d'autre ? Massive, portant l'odeur de la putréfaction animale et de la mort. Différente des fées. C'était… quelque chose qui les dépassait. « À genoux ! » dit-il à Thorkell.

L'Erling ne s'était pas agenouillé, ne tourna pas la tête. Plus tard, Alun y songerait, mais à ce moment, la masse qui rôdait près de la clairière poussa un mugissement.

Les arbres tremblèrent. Alun eut l'impression que l'énormité de ce son lui faisait exploser les oreilles, pulvérisait son esprit, que les étoiles devaient vaciller dans leur course au-dessus de la forêt, tels des encensoirs dans le vent.

Presque assourdi, les mains agitées de tremblements convulsifs, les yeux rivés à la nuit impénétrable, il attendit leur trépas. Cafall était à plat ventre par terre. Près du chien, debout, Thorkell Einarson prit son marteau et, avec lenteur, comme dans un rêve, ou comme s'il s'était avancé contre le vent d'une tempête, le marteau posé sur les paumes, il s'avança *vers* le son, pour déposer l'arme à terre, avec précaution, une offrande dans l'herbe.

Alun ne comprenait pas. Il ne comprenait rien d'autre que sa terreur, la certitude de leur transgression, et la puissance dévastatrice qui se trouvait juste à la limite de leur vision.

Thorkell prit la parole alors, dans la langue erling et, les oreilles encore sonnantes, Alun en comprit assez pour savoir qu'il disait : « Nous désirons seulement passer, Seigneur. C'est tout. Nous ne causerons dommage à aucune créature vivante en cette forêt, si c'est ta volonté de nous laisser partir. » Et ensuite autre chose, plus bas encore, qu'Alun ne comprit pas.

Il y eut un autre mugissement, encore plus énorme que le premier, en réponse aux faibles paroles d'un mortel, ou totalement indifférent, et il leur sembla, dans la clairière, que ce fracas pouvait coucher des arbres.

Ce fut Athelbert, d'eux trois, qui pensa entendre autre chose dans ce mugissement. Il ne l'exprima jamais, alors ou ensuite, mais ce qu'il sentit à ce moment, alors qu'agenouillé, épouvanté, il balbutiait des prières avec dans les tripes la certitude de sa mort prochaine, ce qu'il sentit sous ce mugissement, c'était de la souffrance. Une souffrance plus ancienne qu'il ne pouvait l'imaginer. Il ne pouvait plonger assez profond dans son âme pour l'imaginer. Mais il l'entendit, sans comprendre du tout pourquoi on le lui permettait.

Il n'y eut pas d'autre mugissement.

Alun s'y était attendu, instinctivement, mais dans le silence, il songea soudain que les triades, les regroupements par trois, étaient une invention des bardes, une fantaisie de mortels, une habitude des Cyngaëls et non une vérité profonde du monde des esprits.

C'est ce qu'il emporterait, entre autres, de cette clairière. Car on allait leur permettre de la quitter, semblait-il. Le silence se prolongeait, s'étendait, réclamait les bois environnants. Eux trois, ils ne bougeaient pas. Les étoiles oui, éternellement, loin dans les hauteurs, et la lune bleue montait toujours, gravissant son chemin tracé dans le ciel. Le temps ne s'arrête pas, ni pour les hommes ni pour les bêtes, même s'il semble parfois s'être immobilisé pendant de longs moments, ou même si on le souhaiterait, à d'autres moments, afin de suspendre un éclat merveilleux, de reprendre un geste ou un coup, de rappeler un être cher qui a disparu.

Le chien se releva.

Thorkell tremblait encore. L'odeur avait disparu, cette puanteur de chair livrée aux vers, de fourrure souillée de sang ancien. Il sentait la sueur séchée sur sa peau, froide dans la nuit. Mais il était d'un calme étrange. Il pensait à tous ceux qu'il avait tués pendant ses années de raids. Et un autre dans une allée, la nuit dernière, un ancien compagnon de rame. Et parmi tous ceux-là, connus ou inconnus, ou entraperçus au moment écarlate où son marteau ou sa hache les abattaient, le moment qu'il aurait le plus voulu rappeler, le moment qu'il aurait repris au temps s'il l'avait pu, c'était le meurtre de Nikar Kjellson dans une taverne, à Rabady, l'année précédente.

Dans le silence surnaturel de la clairière, il pouvait presque se *voir* franchir la porte basse de la taverne dans la douceur de la nuit, en se courbant pour passer sous le linteau bas, se voir retourner chez lui à travers la ville paisible, vers sa femme et son fils, au lieu d'accepter une autre bouteille de bière et une dernière ronde de paris sur le roulement des dés.

Il aurait repris ce moment, si le monde avait été différent.

Le monde l'était bel et bien désormais, après ce qui venait de se passer, mais non comme il l'aurait désiré. Avec un sentiment proche de la stupeur, il songea qu'il pourrait pleurer. Il se frotta la barbe, se passa la main sur les yeux, sentit le temps s'emparer de lui à nouveau, le temps qui les emportait, barques minuscules sur une mer trop vaste.

« Pourquoi sommes-nous toujours vivants ? » demanda Alun ab Owyn, d'une voix rauque. C'était la bonne question, se dit Thorkell, et il n'avait point de réponse.

« Nous n'étions pas assez importants pour être tués », dit Athelbert, les prenant par surprise. Thorkell lui jeta un coup d'œil. Ils n'étaient tous trois que des formes dans la nuit. « Que lui as-tu dit, vers la fin ? Quand tu as posé ton marteau par terre ? »

Thorkell essayait de décider quoi répondre lorsque le chien émit un profond grondement.

« Doux Jad », dit Alun.

Thorkell vit ce qu'il désignait. Il retint son souffle. Quelque chose de vert scintillait à la lisière de leur clairière, de l'autre côté de l'étang. Une forme humaine, ou presque. Il regarda vivement dans l'autre direction. Une autre, à leur droite, et une troisième près d'elle. Aucun bruit cette fois, simplement ces silhouettes à la pâle et verte phosphorescence. Il se tourna vers le prince Cyngaël.

« Savez-vous… est-ce là ce que vous avez… ?

— Non », dit Alun. Puis de nouveau : « Non. » D'une voix sans inflexion, sans possibilité d'espoir. « Cafall, au pied ! »

Le chien grondait toujours, tendu en avant. Les chevaux, vit Thorkell, étaient maintenant agités. Ils pouvaient se détacher ou se blesser en essayant.

Les formes, quelle qu'en fût la nature, avaient à peu près la taille d'un homme, mais le tremblement scintillant de leur luminescence les rendait difficiles à distinguer. Il n'aurait rien vu du tout si elles n'avaient projeté cette faible lueur verte. Il y en avait au moins six, peut-être encore une ou deux derrière celles qui encerclaient la clairière. Son marteau reposait dans l'herbe, là où il l'avait placé.

« Est-ce que je tire ? dit Athelbert.

— Non ! dit vivement Thorkell. J'ai juré que nous ne causerions dommage à aucune créature vivante.

— Alors nous attendons jusqu'à ce que…

— Nous ignorons ce que c'est, dit Alun.

— Vous imaginez-vous qu'elles apportent des oreillers pour nos têtes lasses ? lança sèchement Athelbert.

— Je ne sais qu'imaginer. Je ne peux que… »

Sa pensée resta inachevée. Les paroles peuvent parfois perdre toute signification, cette clarté désirée des mots. La féroce lumière blanche qui avait jailli de l'étang, fracassant les ténèbres comme du verre, leur fit porter tous trois les mains à leurs yeux avec un cri.

Aveuglés, aussi incapables de voir que dans la noirceur. Trop de lumière, trop peu de lumière : même conséquence. C'étaient des humains dans un lieu où ils n'auraient pas dû se trouver. Les seuls sons dans la clairière étaient leur cri qui s'effaçait dans l'air vibrant, le hennissement des chevaux, le fracas des sabots. Le chien était désormais silencieux, tout comme les créatures vertes qui les avaient encerclés, ou ce qui avait suscité cette accablante explosion de lumière, disparue elle aussi. Il faisait noir de nouveau.

Alun, rigide, effrayé, les paupières serrées de douleur, perçut une odeur, entendit un bruissement. Une main prit la sienne. Puis une voix s'éleva à son oreille, une musique, à peine un souffle. « Lâche ton fer, je t'en prie. Viens. Je dois m'éloigner d'ici. Les *spruaughs* sont partis. »

Avec maladresse, il laissa tomber ceinture et épée, et la laissa le conduire, ébloui, avec ses yeux inutiles et son cœur douloureux, trop gros pour sa poitrine.

« Attends ! Je… je ne peux abandonner les autres », balbutia-t-il, après qu'ils se furent éloignés un peu de la clairière.

« Pourquoi ? » dit-elle, mais sans s'arrêter.

Il avait su qu'elle réagirait ainsi. Ils étaient impossiblement différents, tous deux, cela dépassait sa capacité d'entendement, et de très loin. Le parfum de la fée était enivrant, il en avait les jambes molles, son simple contact suscitait en lui une sorte de folie. Elle était venue le chercher.

« Je ne les abandonnerai pas », rectifia-t-il. Il y avait des éclairs et des spirales lumineuses dans son champ de vision. Il avait mal aux yeux lorsqu'il battait des paupières.

Il ne pouvait toujours rien voir. « Que… qu'était-ce donc que…

— Des *spruaughs.* » Il pouvait entendre le dégoût qui vibrait dans la voix musicale, pouvait imaginer la chevelure qui changeait de couleur, mais il ne pouvait toujours pas voir. Il fut tenté d'être effrayé encore, de se demander s'il demeurerait aveugle à jamais après cet éclair fracassant, mais alors même la vision commença de lui revenir. La fée était un jaillissement de lumière auprès de lui.

« Que sont… ?

— Nous l'ignorons. Ou je l'ignore. La reine le sait peut-être. Ils vivent surtout dans cette forêt. Il en vient dans la nôtre, qui est plus petite, ils s'attardent auprès de nous, mais pas souvent. Ils sont froids, et laids, sans âme et sans grâce. Ils essaient parfois d'obliger la reine à les écouter, en se précipitant vers elle avec des histoires lorsque nous fautons. Mais pour l'essentiel, ils se tiennent à l'écart, ici.

— Sont-ils dangereux ?

— Pour vous ? Tout est dangereux ici. Vous n'auriez pas dû venir.

— Je sais. Je n'avais pas le choix. » Il pouvait presque la voir. Sa chevelure était une luminescence ambrée.

« Pas le choix ? » Elle rit, ondulante.

« As-tu eu l'impression d'un choix, lorsque tu m'as secouru ? » dit-il. C'était comme s'ils devaient s'apprendre l'un à l'autre comment était fait le monde, ou comment ils le voyaient.

Un silence, tandis qu'elle réfléchissait. « Est-ce… cela que tu veux dire ? »

Il hocha la tête. Elle le tenait toujours par la main. Ses doigts étaient frais. Il les porta à ses lèvres, et elle dessina les contours de sa bouche. Parmi tout cela, après tout cela, il y avait du désir. De l'émerveillement. Elle était venue.

« Qu'était-ce ? Avant les *spruaughs.* Ce qui… »

Les doigts se pressèrent contre sa bouche. « Nous ne le nommons pas, de peur qu'il ne réponde à son nom.

Mais il y a une raison pour ton peuple de ne point venir ici, et pour nous de ne presque jamais y venir. C'est lui, non les *spruaughs*. Il est bien plus ancien que nous. »

Il demeura silencieux un moment. Les mains de la fée bougeaient de nouveau, suivant les lignes de son visage. « J'ignore pourquoi nous sommes vivants, dit-il.

— Moi aussi. » La constatation d'un fait, une simple vérité. « L'un de vous a fait une offrande.

— L'Erling. Thorkell. Son marteau, oui. »

Elle ne dit rien, même s'il crut un moment qu'elle allait parler. Elle s'approcha plutôt davantage, dressée sur la pointe des pieds, et lui baisa les lèvres, un goût de lune même s'il faisait sombre où ils se trouvaient, à l'exception de sa lumière à elle. Le goût de la lune bleue, au-dessus de la forêt, de sa contrée à lui, qui était aussi la sienne à elle, sur les mers. Il leva les mains pour effleurer sa chevelure. Il pouvait maintenant distinguer cette petite impossibilité scintillante, une fée dans ses bras.

« Mourrons-nous ici ? demanda-t-il.

— Tu crois que je puis connaître ce qui sera ?

— Je sais que je ne le puis. »

Elle sourit. « Je puis écarter les *spruaughs*.

— Peux-tu nous guider ? Jusqu'à Brynnfell ?

— Est-ce là que tu vas ?

— Les Erlings y vont, nous le croyons. Un autre raid. »

Elle grimaça, plutôt dégoûtée. Offensée plus qu'effrayée ou consternée. Du fer et du sang près de leur petite forêt et de leur étang. Et, en vérité, pourquoi des morts humaines auraient-elles chagriné un esprit de la forêt ?

Puis Alun eut une autre idée. Avant de pouvoir s'en détourner, il demanda : « Tu pourrais nous devancer ? Les avertir ? Brynn t'a vue. Il pourrait… gravir la pente, si tu étais là de nouveau. »

Brynn lui avait tenu compagnie après la bataille. Et, dans sa jeunesse, il était entré dans cet étang de la forêt. Il avait beau lutter contre ses visions du monde des esprits, sûrement, sûrement, il n'écarterait pas la créature magique si elle venait à lui.

Elle recula d'un pas. De l'ambre dans les cheveux, encore, une lueur douce sous les hauts arbres. « Je ne peux faire cela et vous protéger.

— Je sais.

— Ou vous guider. »

Il hocha la tête. « Je sais. Nous espérons que Cafall en est capable.

— Le chien ? Il pourrait. C'est à beaucoup de jours de voyage.

— Cinq ou six, nous pensions.

— Peut-être.

— Et tu peux être à Brynnfell…

— Avant cela.

— Le feras-tu ? »

Elle était si menue, aussi délicate que l'écume d'une chute d'eau. Aux métamorphoses de sa chevelure, sombre, puis de nouveau éclatante, il pouvait la voir suivre une pensée. Elle sourit. « Je pourrais te regretter. Comme le font les mortels. Je commence peut-être à comprendre. »

Il déglutit soudain avec peine. « Je… nous espérons ne point périr ici. Mais beaucoup de gens sont en danger. Tu as vu ce qui est arrivé la dernière fois que les Erlings sont venus. »

Elle hocha gravement la tête. « C'est ce que tu souhaites ? »

C'était son désir. Des souhaits, c'était autre chose. Il dit : « Ce sera un don, si tu le fais. »

Si paisible, là où ils se trouvaient. Il aurait dû y avoir davantage de bruit dans une forêt nocturne, le pas des animaux en chasse, le bruissement de ceux qui circulaient dans les branches, entre les racines, en fuite. Mais le silence régnait. C'était peut-être la lumière de la fée qui écartait les créatures de la forêt.

Aussi sérieuse que les enfants le peuvent parfois, elle dit : « Tu m'auras appris le chagrin.

— Appellerais-tu cela un don ? » Il se rappelait ce qu'elle avait dit, la nuit précédente.

Elle se mordit la lèvre. « Je ne sais. Mais je vais retourner chez moi dans les collines, à présent, au-dessus de Brynnfell, et j'essaierai de lui dire que des hommes s'en viennent de la mer. Comment... comment les mortels se saluent-ils quand ils se quittent ? »

Il s'éclaircit la voix. « De bien des façons. » Il se courba, avec toute la grâce dont il était capable, et lui déposa un baiser sur chaque joue, puis sur la bouche. « Je n'aurais pas cru que mon existence m'offrirait un don tel que toi. »

Elle fut surprise, lui sembla-t-il. Après un moment, elle dit: « Restez avec le chien. »

Elle se détournait, elle s'éloignait, emportant lumière et musique. Dans une soudaine panique, et d'une voix trop forte, les surprenant tous deux, il dit: « Attends. Je ne sais pas ton nom. »

Elle sourit: « Moi non plus. » Et elle disparut.

L'obscurité se précipita dans son sillage. Clairière et étang n'étaient pas très éloignés. Alun y revint. En appelant à son arrivée, afin de ne pas prendre les deux autres par surprise. Cafall vint à sa rencontre à la lisière de la forêt.

Les deux hommes étaient debout.

« Est-ce que nous savons ce que c'était ? demanda Thorkell. Cette lumière ?

— Un autre esprit, dit Alun. Une amie, cette fois. Elle a repoussé les verts grâce à la lumière. Je ne crois pas... que nous puissions rester ici. Il nous faut reprendre notre route.

— Tsk. Et j'étais là à m'imaginer que vous étiez parti chercher ces oreillers pour notre tête, dit Athelbert.

— Navré. Je les ai laissés tomber en revenant.

— Avec votre ceinture et votre épée, remarqua le prince anglcyn. Les voici. »

Alun les reprit, boucla la ceinture, ajusta le fourreau de l'épée.

« Thorkell, ton arme ? demanda encore Athelbert.

— Elle reste ici », dit l'Erling.

Alun vit Athelbert acquiescer. « C'est ce que je pensais. Prends mon épée. Je me servirai de l'arc.

— Cafall ? » dit Alun. Le chien s'approcha. « Emmène-nous à la maison. »

Ils détachèrent les chevaux et remontèrent en selle, abandonnant la clairière et l'étang silencieux, mais non leur souvenir, poussant vers l'ouest dans l'obscurité, derrière un chien, sur une piste étroite et presque invisible, abandonnant un marteau dans l'herbe derrière eux.

◆

Kèndra aurait aimé pouvoir dire qu'elle savait ce qu'elle savait cette nuit-là à cause de son souci pour son frère, de la conscience qu'elle avait de lui. Mais ce n'était pas le cas.

La nouvelle ou, du moins, les premières nouvelles arrivèrent très tard à Esfèrth. Les messagers royaux envoyés depuis la côte à Drèngest avaient transmis l'ordre à un vaisseau de se rendre chez les Cyngaëls – chez le prince Owyn de Cadyr, qui était le plus proche – avec l'annonce d'un possible raid sur Brynnfell.

Sur le chemin de Drèngest, les trois cavaliers s'étaient séparés, comme on leur avait ordonné, l'un d'eux se hâtant avec ses nouvelles vers le plus proche des signaux dans les collines. De là, le message s'était rendu dans le nord par l'intermédiaire des feux. On avait mis les Erlings en déroute, beaucoup avaient été tués, le reste s'était enfui. Le prince Athelbert était parti en voyage. On devait bien garder son frère. Le roi et son *fyrd* rentreraient dans les deux jours. D'autres ordres allaient suivre.

Osbert dépêcha des courriers avec le message de victoire à la reine, à la cité, au village de tentes. Une foire allait commencer, on avait un urgent besoin d'être rassuré. Le reste du message n'était pas destiné à d'autres oreilles.

Ce n'était pas vraiment difficile de deviner ce qui sous-tendait les nouvelles de son frère, songea Kèndra, tandis que le sens du message se faisait jour en elle. Nul besoin de sagesse ou de l'âge.

Ils étaient une douzaine dans la grande salle. Elle avait été incapable de dormir, et tout autant de rester toute la nuit à prier dans la chapelle. Cette salle, avec

Osbert, semblait le meilleur endroit où se trouver. Garèth avait de toute évidence éprouvé le même sentiment. Judit, qui y était passée plus tôt, était maintenant ailleurs.

Kèndra jeta un coup d'œil à Garèth, constata comme il avait pâli. Elle était de tout cœur avec lui. Le fils cadet, le fils tranquille. Il n'avait jamais désiré davantage que le rôle apparemment offert à lui par l'existence. On aurait même pu dire que ce qu'il désirait, c'était un rôle encore moins important.

Mais les instructions très précises – "bien garder" – en disaient long sur la sorte de voyage que leur aîné avait entrepris, à défaut de dire où. Si le roi Aëldred et les Anglcyns se retrouvaient avec un seul héritier mâle, l'existence de Garèth allait changer. Leur existence à tous, se dit Kèndra. Elle jeta un coup d'œil autour d'elle. Elle ignorait où se trouvait Judit. Leur mère était encore à la chapelle, évidemment.

« Athelbert. Par Jad, qu'est-ce que… qu'a-t-il encore fait ? » demanda Osbert à la cantonade.

Le chambellan semblait avoir vieilli au cours de la nuit, songea Kèndra. La conséquence de la mort de Burgrèd, en partie. À cet instant même, il devait être en train de se souvenir, tout en essayant de s'accommoder de la marche des événements. Le passé revenait toujours. D'une certaine façon, on pouvait dire qu'aucun des survivants à cet hiver dans l'île de Béortfèrth n'avait jamais quitté les marais. Les fièvres d'Aëldred n'en étaient que la manifestation la plus évidente.

« Je n'en ai pas idée, dit quelqu'un au bas de la table. Il s'est lancé à leur poursuite ?

— Ils ont des bateaux, protesta Garèth. Il ne peut les avoir poursuivis.

— Certains d'entre eux peuvent n'avoir pas réussi à rejoindre la mer.

— Alors, il aurait le *fyrd*, ils y seraient tous allés, et ce message ne dirait pas…

— Nous en apprendrons bientôt davantage, dit Osbert d'une voix mesurée. Je n'aurais pas dû poser cette question.

Il est plutôt absurde d'essayer de deviner, comme des enfants qui jouent. »

Et c'était assez vrai, comme presque tout ce que disait Osbert. Mais c'est précisément à ce moment, en regardant le chambellan infirme, l'ami bien-aimé de son père, que Kèndra se rendit compte qu'elle savait ce qui se passait.

Elle *savait*. Aussi simple et aussi accablant que cela. Et c'était à cause du prince cyngaël qui était venu leur rendre visite, et non d'Athelbert. Un changement avait eu lieu dans son existence du moment où le Cyngaël avait traversé la rivière, la veille, pour venir les rejoindre sur l'herbe, elle et les autres, dans la paresse de leur matin d'été.

Tout comme la nuit précédente, elle savait où était allé Alun ab Owyn. Et qu'Athelbert se trouvait avec lui.

Aussi simple que cela. Aussi impossible. Avait-elle demandé à savoir ? Qu'avait-elle fait pour se voir infliger cette malédiction ? Suis-je une sorcière ? se demanda-t-elle, une pensée importune. Sa main se referma avec un certain désespoir sur le disque solaire qu'elle portait au cou. Les sorcières vendaient des philtres d'amour, pilaient en échange de monnaie des herbes pour les maladies, les moissons et le bétail malade, entretenaient des conversations avec les morts.

Pouvaient visiter en toute sécurité les lieux enchantés.

Elle lâcha le disque solaire. Ferma un moment les paupières.

Lorsque nous estimons que des actes manifestent un courage mémorable, ce sont toujours ceux qui résonnent le plus fort, c'est dans la nature des choses : sauver des vies au péril de la sienne, gagner une bataille, périr dans un vaillant effort pour accomplir l'un ou l'autre. Un tel trépas peut habiter chants et souvenirs au moins autant, parfois plus, qu'un triomphe. Nous célébrons nos pertes, sachant comme elles sont liées au don qui nous est fait de notre présence au monde.

Parfois, cependant, aura lieu un acte qui pourrait être considéré comme tout aussi vaillant, mais il demeurera inconnu. Pas de barde pour observer, pleurer ou célébrer, pas de conséquences claires, pas de métamorphose du monde qui inspirerait les doigts du harpiste.

Kèndra se dressa sans bruit, comme toujours, murmura des excuses et quitta la salle.

Elle ne pensait pas avoir été remarquée. Des gens allaient et venaient, malgré l'heure. Les nouvelles transmises par les feux des signaux couraient dans la ville. Dehors, dans le couloir illuminé par la lueur des torches, elle se surprit à marcher plus vite qu'à son habitude, comme si elle devait continuer de bouger si elle ne voulait pas hésiter. Aux portes, le garde qu'elle connaissait lui sourit pour la laisser passer dans la rue.

« Une escorte, ma dame ?

— Il n'en est pas besoin. Merci. Je vais seulement à la chapelle retrouver ma mère. »

La chapelle était sur la gauche, aussi devait-elle tourner de ce côté au premier embranchement. Elle s'arrêta, hors de vue, assez longtemps pour que le garde refermât le battant. Puis elle s'éloigna dans l'autre direction, vers les murailles et leurs portes, pour la deuxième fois en autant de nuits.

Des bruits de pas, une voix familière.

« Tu lui as menti. Où vas-tu ? »

Elle se retourna. Éprouva un vif et indigne sentiment de soulagement, offrit sa gratitude au dieu. On allait l'arrêter, elle n'aurait pas à agir ainsi, après tout. Garèth, le visage tendu et soucieux, la rejoignit. Elle ne savait que dire.

Et offrit donc la vérité : « Garèth, écoute. Je ne puis te dire comment, et cela m'effraie, mais je suis tout à fait sûre qu'Athelbert se trouve dans la forêt des esprits. »

Il avait reçu un coup plus dur qu'elle ce soir, avec les nouvelles. Il était encore à en prendre la mesure. Elle le vit reculer d'un pas. Une sorcière ! Impure, pensa-t-elle, sans pouvoir s'en empêcher.

Indigne d'elle, cette pensée. C'était son frère. Après un moment, avec précaution, il dit : « Tu… le sens ? »

Il était proche de la vérité. Ce n'était pas Athelbert qu'elle sentait, de fait, mais elle n'était pas encore prête à le révéler. Elle déglutit avec peine, hocha la tête. « Je crois que lui… et d'autres… essaient d'aller à l'ouest.

— À travers cette forêt ? Personne… Kèndra… c'est une folie.

— C'est Athelbert », dit-elle, mais sans réussir à adopter un ton léger. Pas cette nuit. « Je crois qu'il leur faut aller très vite, ou sinon il ne le ferait pas. »

Le front de Garèth s'était plissé comme lorsqu'il réfléchissait profondément. « Un avertissement ? Les Erlings vont de ce côté par la mer ? »

Elle hocha la tête. « Je crois que oui.

— Mais pourquoi Athelbert s'en soucierait-il ? »

Cela se compliquait. « Il s'est peut-être joint à d'autres.

— Le prince cyngaël ? »

Il était ingénieux, son petit frère. Il pouvait aussi être désormais l'héritier du royaume. Elle hocha de nouveau la tête.

« Mais comment… Kèndra, comment le saurais-tu, toi ? »

Un haussement d'épaules : « Tu l'as dit, je le sens. » Un mensonge, mais qui n'était pas trop éloigné de la vérité.

Garèth luttait visiblement avec ces révélations. Et comment ne l'eût-il pas fait ? Elle-même se débattait, et c'étaient ses révélations à elle.

Il reprit son souffle. « Très bien. Que veux-tu faire ? »

Voilà. Elle n'allait pas être arrêtée dans son geste à moins de ne s'arrêter elle-même. Elle déglutit. « Une seule chose, dit-elle. Une toute petite chose. Conduis-moi hors des murs. Ce sera plus facile si je suis avec toi. »

Il l'aimait. Son existence serait transformée pour toujours si Athelbert mourait. Et, d'une autre façon, supposait-elle, si elle mourait elle-même. Garèth l'observa un moment, puis hocha la tête. Ils se rendirent ensemble à la grande porte, sous la lueur bleue de la lune.

Un autre garde, ce qui était bien ; le dernier aurait été frappé de terreur en la voyant, après ce qui était arrivé la nuit précédente. Il y avait encore des centaines d'hommes, et plus de quelques femmes, elle le savait, dans le village de tentes. On avait appris les glorieuses nouvelles, et les réjouissances commençaient.

Garèth n'eut aucun problème à convaincre le garde qu'ils allaient se joindre aux festivités. Suggéra que leur sœur, la princesse Judit, ne serait pas loin derrière eux, ce qui devait être le cas. Si elle ne se trouvait pas devant eux, ayant pris par un autre chemin.

Dehors, en marchant rapidement vers l'ouest, et non vers le nord et les lumières des tentes, Kèndra eut une idée tardive. Elle s'immobilisa de nouveau. « Tu… le message disait de bien te garder. »

Garèth, d'une façon inhabituelle pour lui, poussa un juron. Ç'aurait été plus impressionnant s'il n'avait donné l'impression d'imiter Judit. À n'importe quel autre moment, Kèndra en aurait été divertie. Il lui jeta un regard flamboyant. Elle baissa les yeux.

Ils reprirent leur route pour arriver enfin à la rivière. Tout cela donnait maintenant à Kèndra la curieuse impression d'être dans un rêve, cette réitération de gestes qui avaient déjà eu lieu. Elle s'était trouvée ici même la nuit précédente.

Elle s'était arrêtée sur cette rive, alors, en attendant de voir quelqu'un sortir des arbres.

Elle hésitait à présent, et jeta un coup d'œil à son frère.

« Tu y vas, n'est-ce pas ? dit-il. Dans la forêt. Pour trouver… les esprits qui y sont. »

Ce n'était pas véritablement une question.

Elle hocha la tête. « Tu restes ici pour m'attendre ? Je t'en prie ?

— Je puis aller avec toi. »

Elle lui caressa la main. Cette bravoure ressemblait bien à Garèth, lui mettrait les larmes aux yeux si elle n'y veillait. « Si tu le fais, je n'irai pas. Tu peux maudire autant que tu le veux ces instructions, mais je ne t'emmènerai pas dans la forêt des esprits. Je n'en ai pas pour longtemps, et je n'irai pas loin. Dis-moi que tu resteras ici, ou nous nous en revenons ensemble à l'instant.

— Cette dernière idée me convient tout à fait. »

Elle ne sourit pas, même si elle pouvait voir qu'il l'aurait voulu. Elle attendit.

Il dit enfin. « Tu es bien sûre ? »

Elle inclina de nouveau la tête. Un autre mensonge, bien sûr, mais du moins n'était-il pas énoncé à haute voix, cette fois.

Il se pencha pour l'embrasser sur le front. « Tu es tellement meilleure que nous tous, dit-il. Jad te protège. Je serai ici. »

Les rayons de la lune se reflétaient dans la rivière. Une brise infime, une nuit douce, la fin de l'été. Kèndra s'éloigna rapidement pour traverser avant d'épuiser ce qui lui semblait une trop mince réserve de courage, ou bien Garèth la verrait pleurer, après tout.

La forêt ne commençait qu'à quelque distance de la rivière. Elle s'incurvait plus loin au sud, puis c'était la longue incision de la vallée, à une demi-journée de cheval, et la sainte demeure de Rétherly, où leur mère se rendrait après les noces de Judit. Elle le savait, tout comme Judit. Elle ne pensait pas que ses frères eussent déjà été mis au courant.

Des mariages, de saintes retraites. Kèndra ne pouvait prétendre avoir consacré beaucoup de temps à y songer, ou à songer à des garçons, à des hommes. Peut-être l'aurait-elle dû. Peut-être avait-ce été une réaction toute sororale à Judit, qui avait passé sa vie à défier l'ordre et le protocole imposés, s'écartant ainsi considérablement des normes réglant la conduite d'une jeune femme bien élevée.

C'était elle, sans doute, Kèndra, la jeune fille bien élevée de la famille – une pensée alarmante, en cet instant précis. Elle n'en avait jamais eu le sentiment bien clair, c'était plutôt qu'elle n'avait aucun penchant à poursuivre ce genre de sujets, et personne, en vérité, qui fût assez séduisant ou assez intéressant pour la faire changer d'idée sur le sujet vague, mais indéniablement important, des hommes. Ses frères et sa sœur la taquinaient à propos de l'intérêt que lui portait Hakon – et n'étaient pas très gentils avec lui à ce propos –, mais Kèndra le considérait comme un ami et… un adolescent, en réalité. C'était plutôt absurde de penser à tout cela, de toute façon. Son père déciderait de son époux, comme il l'avait fait pour Judit.

La brûlante témérité de sa sœur n'avait pas changé grand-chose au fait qu'elle épouserait un jeune prince de treize ans à Rhédèn, l'hiver suivant. Quant à Kèndra, le défi devait vous mener quelque part, estimait-elle, ou bien ce n'était que du bruit.

Elle ne savait pas bien si ce qu'elle tentait était un défi, une folie ou – de manière plus inquiétante – un acte obscur et complexe qui avait à voir, après tout, avec un homme. Cela n'avait rien d'ordinaire, en tout cas, elle le savait.

Elle savait aussi, alors qu'elle s'approchait des arbres, que si elle ralentissait un peu le pas, ou pis encore, s'arrêtait ici, à la lisière de la forêt, la peur s'emparerait totalement d'elle. Aussi continua-t-elle, sous les branches et les feuilles ténébreuses où s'était enfoncé Alun ab Owyn la nuit précédente.

L'étrangeté, cette terrible étrangeté intérieure, si troublante, se fit plus intense. Alun se trouvait dans cette forêt. Elle le savait. Et elle semblait même savoir exactement où elle devait aller, là où il s'était trouvé une nuit plus tôt. C'est démoniaque, songea-t-elle en se mordant les lèvres. Je pourrais être brûlée pour ceci. Ce n'était pas très loin, une bénédiction divine, et pouvait signifier qu'elle n'était pas encore entièrement exilée de l'approbation et de la protection de Jad. Elle n'eut pas le temps d'y penser plus avant.

L'endroit où elle s'arrêta était moins une clairière qu'un lieu où la presse des arbres se relâchait un peu, où de l'herbe pourrait pousser. Elle songea aux loups, puis aux serpents, se força à ne plus y songer. Elle demeura parfaitement immobile, parce que c'était le bon endroit. Elle attendit.

Et il ne se passa rien. Elle fut assaillie par un sentiment de futilité. Qu'elle repoussa aussi. Elle pouvait ne pas comprendre cette conscience intérieure, mais ce serait le pire des mensonges de nier sa présence, et elle ne le ferait point. Elle s'éclaircit la voix, trop bruyamment, se fit presque sursauter.

Dans l'obscurité de la forêt des esprits, Kèndra déclara, très clairement : « Si vous êtes ici, qui que vous soyez, vous qui étiez ici la nuit dernière, vous qu'il est venu rencontrer… il vous faut savoir qu'il se trouve de nouveau dans la forêt, au sud, ce qui est… très dangereux. Avec lui se trouve mon frère, Athelbert. Peut-être d'autres. Si vous lui voulez du bien, et je prie… mon dieu que ce soit le cas, voudriez-vous l'aider ? Je vous en prie ? »

Silence. Sa voix, les paroles énoncées, et puis plus rien, comme si les sons avaient tout simplement été engloutis. De nouveau ce sentiment d'être stupide, plus difficile à écarter. On la dirait folle, on la dirait sorcière, ou les deux. Quatre jours plus tôt, à la chapelle, le prêtre de Ferrières en visite avait parlé des hérésies et des rites païens qui florissaient encore dans des recoins du monde jaddite, et sa voix s'était durcie lorsqu'il avait déclaré que de telles déviances devaient être passées au feu, afin que la lumière du dieu n'en fût point amoindrie.

C'était là, sans doute, un de ces recoins du monde.

Elle aperçut une lueur là où il n'y en avait point eu. Elle poussa un petit cri, se couvrit promptement la bouche d'une main. Elle était bel et bien venue ici pour se faire entendre. En tremblant, cherchant un courage qu'elle n'était vraiment pas certaine de posséder, elle vit quelque chose de vert apparaître devant elle, derrière un tronc d'arbre. Un peu plus grand qu'elle. Plus mince, et glabre. Il était difficile d'en distinguer les traits, car la luminescence en était étrange, elle obscurcissait autant qu'elle illuminait. C'était donc ce qu'Alun ab Owyn était venu rencontrer.

De la façon la plus bizarre, la plus inexplicable, en voyant cette forme vague, dépourvue de sexe, indéterminée, Kèndra se sentit soudain mieux – sans pouvoir démêler pourquoi. Cela ne semblait pas malveillant. Et ne devait pas l'être, non plus, si Alun était venu là à sa rencontre.

« Merci, réussit-elle à dire. Pour… pour être venu à ma rencontre. Avez-vous entendu ? Ils sont au sud. Près de la côte, je crois. Ils… essaient de traverser la forêt. Est-ce que… comprenez-vous ce que je dis ? »

Nulle réponse, nul mouvement, ni d'yeux à voir, ni de regard à déchiffrer. Une forme verte, une lueur sourde dans la forêt. Mais c'était bien réel. Les esprits étaient bien réels. Elle était en train de parler à un esprit. Peur, émerveillement, et un sens… d'extrême urgence.

« Pouvez-vous les aider ? Le voulez-vous bien ? »

Rien du tout. La créature était aussi immobile qu'une statue. Seul le léger scintillement de l'aura verte suggérait un être vivant. Mais le feu brillait et étincelait sans être une créature vivante. Peut-être se trompait-elle. Elle pouvait très bien ne rien comprendre du tout.

Et cette dernière idée était en fait plus proche de la vérité.

Pourquoi aurait-elle dû comprendre ce qui se passait ? Comment l'aurait-elle pu ? Le *spruaugh* resta là encore un moment puis se retira, laissant revenir l'obscurité, plus profonde encore d'avoir été brièvement illuminée.

Kèndra sentit aussitôt que ce serait tout ce qu'elle verrait, tout ce qui se passerait. L'espace entre les arbres lui donnait une impression de… vide. La peur avait disparu, se rendit-elle compte, remplacée par l'émerveillement, par une sorte de respect craintif. Le monde ne serait plus jamais le même pour elle. En revenant, elle ne retournerait pas à la même rivière, à la même lune, à la cité qu'elle avait quittées.

Il existait des créatures au scintillement vert dans la forêt près d'Esfèrth, malgré les discours des prêtres. Et on l'avait toujours su, en réalité. Pourquoi sinon cette crainte ancestrale de la forêt ? Les histoires contées pour effrayer les enfants, ou autour des feux, la nuit ? Kèndra demeura encore un moment là où elle se trouvait, une pause avant de revenir, en respirant dans le noir, seule, comme la nuit précédente, et pourtant c'était différent.

Ainsi se joua-t-il cette nuit-là sous les arbres une pénible vérité quant au courage humain. Une vérité à laquelle nous résistons pour ce qu'elle nous suggère de notre existence. Parfois, les actes les plus vaillants, ceux qui réclament toute la force de la volonté, et le recours à une bravoure qui dépasse l'entendement ou la description… ces actes n'ont aucune conséquence qui vaille. Ils ne dessinent aucun cercle à la surface des événements, ne causent rien, ne gagnent rien. Ils sont triviaux, marginaux. Ce peut être difficile à accepter.

La jeune fille d'Aëldred avait agi avec une bravoure presque indicible en se rendant seule la nuit dans les ténèbres de la forêt qu'on croyait hantée, avec l'intention d'affronter le monde des esprits – la pire des hérésies, selon tout ce qu'on lui avait jamais enseigné. Et elle l'avait fait, et elle avait délivré son message, l'avertissement qu'elle était venue donner – et, dans le cours de cette nuit, cela ne signifiait rien.

La fée était partie depuis bien longtemps déjà.

De fait, elle avait suivi les traces du *fyrd* d'Aëldred depuis la forêt toute la nuit précédente, et cette journée et cette nuit-ci. Presque tous les *spruaughs* se trouvaient dans le sud aussi à présent, et celui-là, en entendant – et, oui, en comprenant – les paroles de Kèndra, se dirigea aussi dans cette direction, mais à la poursuite de ses propres désirs, les désirs que pouvaient encore entretenir de telles créatures, et qui n'avaient rien à voir avec la protection de trois mortels dans une forêt autrefois désignée, au temps où les humains étaient moins hypocrites, comme la forêt du dieu.

Dure vérité : le courage peut n'avoir aucun sens, aucune suite, n'être ni récompensé ni même reconnu. Ce n'est pas ainsi que va le monde. Pourtant, un écho peut en résonner en soi, la conscience d'avoir accompli un acte difficile, ou d'avoir fait… quelque chose. Cela peut avoir des conséquences, quoique d'une autre nature.

Tout en marchant aussi vite qu'elle l'osait dans la noirceur hérissée de branches et de racines, ce que ressentait surtout Kèndra, c'était du soulagement. Un grand flot de soulagement, comme le sang monte à la tête lorsqu'on se lève trop vite. Elle ignorait ce qu'avait été cet esprit vert, mais il était venu à elle. Le monde des esprits, l'entremonde. Elle l'avait bel et bien vu, une phosphorescence dans la nuit. Tout était différent, maintenant.

Elle arriva à la lisière des arbres, aperçut la lumière de la lune à travers l'écran des derniers feuillages, puis sans obstacle, avec les étoiles. La rivière, l'herbe d'été, son frère sur la rive d'en face. Et, en émergeant ainsi de la forêt, ce qu'elle ressentit, ce fut de la joie.

Le monde avait changé, de plusieurs façons qu'elle ne pouvait démêler, mais c'était encore pour l'essentiel celui qu'elle avait toujours connu. L'eau, quand elle la traversa, était agréablement fraîche en cette nuit estivale. Elle pouvait entendre des rires et de la musique à sa gauche, au nord de la cité. Elle pouvait voir les murailles au loin, les torches pour les gardes sur les remparts.

Elle pouvait voir son frère, solide, familier, rassurant. Elle s'arrêta devant lui. Il semblait plus grand. À un moment donné, cet été, Garèth avait grandi. Ou était-ce le sentiment qu'elle en avait soudain à cause de ce qu'elle savait d'Athelbert ?

Garèth lui effleura l'épaule.

« Je suis moi, dit-elle. Les esprits ne m'ont point possédée. Dois-je te donner un coup de pied pour te le prouver ? »

Il secoua la tête. « J'aurais plutôt pensé que c'était l'âme de Judit qui te possédait. Tu veux toujours aller aux tentes ? Être avec du monde ? »

Il ne posait aucune autre question pressante. Kèndra secoua la tête. « Mes habits et mes bottes sont mouillés. Je veux me changer. Et ensuite, je crois que j'ai besoin de me rendre à la chapelle, si cela ne te dérange pas ? Tu peux aller aux…

— Je resterai avec toi. »

Le garde ne dit rien – qu'aurait-il pu dire ? – lorsqu'ils l'appelèrent pour rentrer si tôt après être sortis. Kèndra se rendit dans ses appartements, éveilla ses suivantes, se fit aider de deux d'entre elles pour se changer ; elles haussèrent les sourcils mais ne dirent rien non plus – et qu'auraient-elles dit, elles ? Puis elle ressortit trouver Garèth qui l'attendait, encore, et ils partirent ensemble à la chapelle.

Les rues d'Esfèrth étaient bien achalandées pour une heure aussi tardive, mais c'était une foule jubilante. Ils pouvaient entendre au passage le vacarme qui s'élevait des tavernes. Longèrent celle en face de laquelle Kèndra s'était tenue la nuit précédente, quand Alun ab Owyn en était sorti avec son chien, pour inviter ensuite l'Erling à la rejoindre.

Garèth brisa le silence : « Comment est-il ?

— Qui ?

— Athelbert, évidemment. »

Elle cligna des yeux. Elle avait commis une erreur. Elle réussit à hausser les épaules. « Je crois qu'il va bien. Après tout, Judit n'est nulle part dans ses parages. »

Garèth s'immobilisa brièvement, puis éclata de rire. Il passa un bras autour des épaules de Kèndra et ils continuèrent ainsi, en tournant à droite à l'embranchement suivant, pour se diriger vers la chapelle.

« Où donc se trouve Judit, à ton avis ? demanda-t-elle.

— Aux tentes, j'imagine. »

Il avait probablement raison. On avait des motifs de boire et de se réjouir lorsque des Erlings avaient été massacrés et repoussés.

Ils se trompaient, en l'occurrence. En entrant dans la chapelle royale, ils virent leur sœur auprès de la reine, en prière. Surprise, Kèndra s'arrêta un moment dans une nef latérale. Elle se surprit à contempler ces deux profils découpés par la lueur des chandelles. Le visage de la reine, rond et charnu mais encore lisse, avec les traces d'une beauté presque évanouie ; Judit, avec sa peau claire sous le flot rutilant et glorieux de sa chevelure, au seuil de son voyage vers le nord, de Rhédèn et de ses épousailles.

Kèndra avait évité d'y songer, elle le savait. Tant de changements. Leur mère s'en irait à Rétherly et, une fois Judit partie, ce serait bientôt son tour à elle de se marier. Des esprits verts résidaient peut-être dans la forêt, mais la nature du monde n'allait pas changer à cause d'eux pour une princesse anglcyne.

Les deux plus jeunes rejetons d'Aëldred allèrent s'agenouiller près de leur mère et de leur sœur, en levant les yeux vers le disque solaire de l'autel et le prêtre qui se tenait là, menant les prières. Après un moment, ils ajoutèrent leur voix aux incantations et aux répons. Certaines actions au moins semblaient encore assez claires, et nécessaires : la nuit, on priait pour le retour de la lumière.

Chapitre 14

Parfois, tandis que les événements d'une saga, d'une idylle ou d'une simple histoire se dirigent vers ce qui peut sembler une résolution, ceux qui se trouvent pris dans leur déploiement éprouvent une impression d'accélération – alors même qu'ils les vivent –, l'impression d'avoir le souffle court, un sentiment d'urgence.

Souvent, cependant, cela n'apparaît que de manière rétrospective, une conscience qui s'éveille longtemps après les faits – parfois accompagnée d'un effroi tardif : tant de fils, tant de vies se sont rassemblés, ou séparés, au même moment. Hommes et femmes se demandent avec stupeur comment ils ont pu ne pas le percevoir, avec l'impression que le hasard, un accident, ou une intervention miraculeuse, positive ou négative, résidaient au cœur de ce moment.

Cette vérité remplit d'humilité, et de découragement, et c'est ce qui peut nous amener à nos dieux, lorsque l'urgence et la presse diminuent. Mais il faut aussi se rappeler que sagas et idylles ont été créées, que quelqu'un en a composé les éléments, les a choisis et mis en harmonieuse relation, en faisant ressortir toute la beauté et le sens, telle une offrande. L'histoire du raid du Volgan, avec sa poignée d'hommes, sur un sanctuaire des Veilleurs en Ferrières sera narrée de façon très différente par un prêtre survivant à l'attaque, dans la chronique d'une année funeste, et par un *skalde* erling célébrant un triomphe.

Ceux qui vivent une histoire ne songent habituellement pas à eux-mêmes en ces termes, même si certains peuvent avoir l'œil fixé sur la gloire et la postérité.

Nous sommes surtout occupés à vivre.

Tout en revenant à cheval de la côte dans l'éclatante lumière d'un jour d'été, sur la grand-route longeant la Thorne, avec des chants d'oiseaux dans le ciel, les champs mûrs pour la moisson à l'est, et la forêt qui reculait un peu, coupée par une vallée, Ceinion de Llywèrth observait le *fyrd* anglcyn alors que celui-ci essayait de déterminer son humeur collective. Ceinion en comprenait la difficulté.

C'était une victoire magnifique, mémorable, totale. Une force erling considérable avait été écrasée et repoussée avec des pertes majeures du côté des raiders, et presque aucune du côté des vainqueurs. Pas de morts anglcyns, en fait, après les meurtres nocturnes qui avaient allumé l'étincelle et déclenché la chevauchée royale.

C'était un moment de gloire. Des marchands étrangers se trouvaient à Esfèrth pour la foire ; le récit de cette chevauchée nocturne d'Aëldred serait en Ferrières et en Batiare avant que l'automne fît virer les feuilles. Elle atteindrait l'Al-Rassan quand les marchands de chevaux vêtus de soie retourneraient dans leurs foyers.

La gloire, alors, et plus qu'assez pour tous. Mais avec un trépas d'importance à sa source. Tous comptaient, bien sûr, se disait Ceinion, mais même pour un prêtre dispensant de pieuses paroles, il était futile de prétendre que certaines vies ne comptaient pas davantage que d'autres, et Burgrèd de Dènfèrth avait été l'un des trois grands hommes de cette contrée.

Cela contribuait donc à atténuer la joie de cette chevauchée qui les ramenait chez eux. Il y avait aussi le prince parti dans la forêt des esprits. Cette folie, au cœur de laquelle se tapissait la mort. Et ce matin, les hommes du *fyrd* qui désiraient laisser s'épanouir leur bonne humeur se tenaient donc à distance du roi Aëldred et du masque qu'était devenu son visage.

Comme au bord de la mer au crépuscule, Ceinion avait encore l'impression qu'on attendait quelque chose de lui. Ironique, d'une certaine façon. Il n'était qu'un visiteur, et les Cyngaëls n'étaient pas, et de loin, des alliés des Anglcyns. D'un autre côté, la raison pour laquelle le prince Athelbert était parti dans la forêt, c'était qu'Alun ab Owyn y était allé lui-même, et Ceinion le savait, tout comme le roi.

Il appartenait légitimement à un Cyngaël, pouvait-on dire, à leur grand-prêtre, de dispenser ici espoir et consolation. Était-ce possible, Ceinion l'ignorait. Il était très las, inaccoutumé à tant de chevauchées, et son corps ne se détendait pas comme autrefois après une nuit de sommeil. Il était également navré, et épouvanté, en imaginant les vaisseaux à tête de dragon qui pouvaient en cet instant même fendre les mers en direction de l'ouest. Au-dessus d'eux, le ciel était bleu. Il avait prié pour une nuit de tempête.

Ces chagrins intimes comptaient peu, ou l'on ne *pouvait* les laisser compter, si l'on acceptait les devoirs de son office. Ceinion, d'un léger coup de rênes, lança son cheval au petit galop vers celui d'Aëldred. Le roi lui adressa un coup d'œil, inclina la tête, sans plus. Ils étaient seuls. Ceinion prit une inspiration.

« Savez-vous, dit-il avec froideur, que si j'étais le prêtre de votre royale chapelle, je vous ordonnerais à l'instant de faire pénitence ?

— Et pourquoi donc ? » répliqua Aëldred, avec une identique froideur.

Intérieurement, Ceinion recula devant ce qu'il entendait, mais il se força à poursuivre : « Pour les pensées qui sont inscrites sur votre visage.

— Ah. La réflexion est maintenant une cause de châtiment ?

— Elle l'a toujours été. Certaines variétés de réflexions.

— Comme c'est éclairant. Et quelles sont donc mes réflexions muettes qui équivalent à des transgressions, prêtre ? »

Encore ce titre, et non son prénom. Ceinion jeta un rapide regard au roi, en s'efforçant de le dissimuler. Il se demanda si Aëldred était sur le point de succomber à l'une de ses fièvres. Cela pourrait expliquer…

« Je me sens parfaitement bien, dit l'autre, abrupt. Répondez à ma question, je vous prie. »

Du ton le plus vif possible, Ceinion répliqua : « Une hérésie, une rupture avec la sainte doctrine. » Il baissa la voix. « Vous êtes certainement assez sage pour savoir de quoi je veux parler. Je suis heureux que vous vous sentiez bien portant, mon seigneur.

— Prétendez, je vous prie, que je ne suis pas sage du tout, que vous chevauchez avec un imbécile à l'intelligence déficiente. Expliquez. » Le visage du roi s'était empourpré. Fièvre, ou colère ? Il niait encore le déclenchement de son malaise, disait-on, après vingt-cinq ans. Un refus de l'accepter. Cela inspira une idée à Ceinion.

« Permettez-moi de vous poser une question. Pensez-vous vraiment que deux princes royaux et un Erling qui a ramé avec Siggur Volganson sont incapables d'affronter des loups et des serpents dans une forêt ? »

Il vit ce qu'il cherchait : ce brusque éclair dans les yeux de l'autre, la soudaine prise de conscience de la direction que prenait leur échange.

« J'imaginerais, dit le roi Aëldred, qu'ils devraient pouvoir se défendre de tels adversaires.

— Mais vous avez décidé, avant même notre départ ce matin, que votre fils est présentement mort. Vous avez… accepté ce trépas. Vous me l'avez dit sur la grève la nuit dernière, mon seigneur. »

Nulle réplique pendant un moment. Les chevaux étaient lancés au petit galop, une allure qui couvrait du terrain, mais sans urgence. Il faisait bon au soleil, le temps était bienveillant, avec de légers nuages éparpillés. Une malédiction : Ceinion aspirait à de noires tempêtes, au hurlement du vent, à des mers meurtrières.

« Vous m'admonestez pour mes croyances concernant la forêt, dit Aëldred. Dites-moi, Ceinion, êtes-vous venu ici *à travers* la forêt ? Ou l'avez-vous évitée, avec vos compagnons ?

— Et pourquoi », répliqua le prêtre en donnant délibérément à sa voix une inflexion surprise, « choisirais-je de me perdre peut-être dans une forêt alors que la route de la côte depuis Cadyr m'est grande ouverte ?

— Ah. Bien. Et vous êtes toujours parti de Cadyr ? C'est de cette côte que partent tous les Cyngaëls qui s'en viennent à l'est ? Dites-moi, grand-prêtre, qui a voyagé à travers la forêt, de mémoire d'homme ou dans vos chroniques et vos chants ? Ou les chants des Cyngaëls ne racontent-ils pas des histoires complètement différentes ? »

De par son éducation, sa disposition, et la nécessité du moment, Ceinion se sentait à la hauteur de cet échange. Il déclara avec fermeté : « C'est ma tâche, mon seigneur, et la vôtre, de guider le peuple loin de telles craintes païennes, notre peuple, dans chacune de nos contrées, où nous partageons la bénédiction de Jad. Si vous pensez votre fils et ses compagnons capables d'affronter des animaux sauvages sans se perdre, vous ne devez pas abandonner l'espoir qu'ils arriveront dans l'ouest. Et il y a une chance que, ce faisant, ils sauvent des vies. »

Des chants d'oiseaux, les sabots des chevaux, la voix des hommes, un rire, mais assez loin. Aëldred avait tourné la tête pour le regarder en face, les yeux clairs, nulle fièvre, seulement la certitude. Après un moment, il déclara : « Ceinion, mon cher ami, pardonnez-moi ou non, comme vous le voudrez ou le devez, mais j'ai vu des esprits de près il y a vingt-cinq ans, la nuit de la bataille que nous avons perdue à Camburn, et ensuite à Béortfèrth, cet hiver-là. Des lueurs dans les marais au crépuscule et la nuit, qui se mouvaient, qui prenaient forme. Non point des feux de marais, non point de la fièvre ou des rêves, même si les fièvres ont commencé la nuit de la bataille. Grand-prêtre, Ceinion, entendez-moi. Je sais qu'il y a dans cette forêt des puissances qui ne nous veulent pas du bien, et dont les humains ne sont point destinés à se rendre maîtres. »

Il avait fallu si peu de temps pour le dire, pour l'entendre. Mais combien de temps prend un coup d'épée ? Le vol d'une flèche ? Combien de temps entre le dernier soupir d'un être aimé quand il meurt et le souffle qui n'est pas repris ?

Le cœur de Ceinion lui martelait la poitrine. Une chevauchée sans problème, les batailles derrière eux, une simple discussion par un beau jour d'été. Mais il se sentait assailli, assiégé. Il n'était pas forcément à la hauteur de cette conversation, après tout.

On apporte ses propres souvenirs, ses propres fantômes, à ce genre d'échange, même si l'on s'efforce de les tenir à l'écart, d'être simplement un saint homme, la pure voix des enseignements du dieu qu'on servait.

Il savait ce qu'il aurait dû dire, ce qu'il lui fallait dire. Il murmura : « Mon seigneur, assurément, vous vous êtes répondu vous-même : c'était la nuit où votre royaume a été perdu, où votre père et votre frère ont été massacrés… la pire nuit de votre existence. Est-ce étonnant si…

— Ceinion, ayez la courtoisie de croire que j'ai réfléchi à tout cela. Ces esprits étaient… présents pour moi auparavant, bien longtemps auparavant. Depuis mon enfance, ai-je compris depuis. Je les ai niés, je les ai évités, je ne voulais pas accepter… jusqu'à la nuit de Camburn. Et dans les marais, par la suite. »

Qu'avait espéré Ceinion ? Que ses paroles jetteraient une éblouissante lumière sur une âme plongée dans la confusion ? Il savait qui était cet homme. Il essaya une autre approche, parce qu'il le devait. « Ne savez-vous pas… à quel point il est arrogant de se fier à sa propre vision de mortel, au lieu des enseignements de la foi ?

— Je le sais. Mais je ne puis nier ce que je sais profondément. Appelez cela un manquement, ou un péché, comme vous le voulez. Pouvez-vous le nier, vous ? »

La question à laquelle il avait voulu échapper. Une flèche en plein vol.

« Oui, dit-il enfin. Mais non sans difficulté. »

Aëldred le regarda. Ouvrit la bouche.

« Pas de question, je vous en supplie », dit Ceinion. Aussi douloureux qu'une blessure encore fraîche, après toutes ces années.

Le roi le contempla longuement, puis détourna les yeux en silence. Ils chevauchèrent pendant un moment dans la douce gloire de l'été finissant. Ceinion réfléchissait de toutes ses forces: la réflexion prudente, son refuge.

« Les fièvres, dit-il. Mon seigneur, ne pouvez-vous voir qu'elles…

— Que j'ai eu des visions à cause de mon état fiévreux ? Non. Ce n'était pas cela. »

Deux hommes intelligents et subtils, avec toute l'expérience d'une longue existence. Ceinion examina un moment la réplique, puis se rendit compte qu'il y comprenait autre chose. Il serra étroitement ses rênes.

« Vous croyez que les fièvres sont… qu'elles vous viennent comme… » Il cherchait ses mots. C'était difficile, pour maintes raisons.

« Comme une punition. Oui, je le crois », dit le roi des Anglcyns, la voix dénuée d'expression.

« Pour votre… hérésie ? Cette croyance ?

— Pour cette croyance. Ma chute loin des enseignements de Jad, au nom de qui je vis et règne. Ne croyez pas que cette confidence m'a été facile. »

Ceinion ne pouvait imaginer le croire un instant. « Qui le sait ?

— Osbert. Burgrèd le savait. Et la reine.

— Et ils vous ont cru ? Ils ont cru à ce que vous aviez vu ?

— Les deux hommes, oui.

— Ils l'ont vu aussi ?

— Non. » Une prompte réaction. « Ils ne l'ont pas vu.

— Mais ils étaient avec vous. »

Aëldred le regarda de nouveau. « Vous savez ce que racontent les vieilles histoires. Les vôtres comme les nôtres. Un homme qui pénètre dans les lieux sacrés de l'entremonde peut y voir des esprits, et s'il survit, il les verra tout le reste de sa vie. Mais on dit aussi que certains sont nés avec ce don. J'en suis arrivé à croire que c'était mon cas. Pas celui de Burgrèd, ni celui d'Osbert, même s'ils se tenaient à mes côtés dans le marais et avaient chevauché avec moi depuis Camburn. »

"Les lieux sacrés de l'entremonde". Une complète hérésie. Et un tertre non loin de Brynnfell, un autre été, longtemps auparavant. Une femme aux cheveux d'or rouge mourant près de la mer. Il l'avait laissée avec sa sœur, avait pris un cheval pour une frénétique galopade, dans une indicible folie de chagrin. Aucun souvenir, aucun, de cette chevauchée. Il était arrivé à Brynnfell au crépuscule, l'avait contourné pour pénétrer dans la petite forêt…

Il obligea, comme toujours, son esprit à se dérober à ce souvenir pénétré de clair de lune. Il ne devait pas s'y attarder. On avait foi en la parole de Jad, on croyait en elle et non en sa propre fragile prétention à connaître la vérité du monde.

« Et la reine ? » demanda-t-il, après s'être raclé la gorge. « Que dit la reine ? »

Il y eut une hésitation, un retard dans la réponse d'Aëldred. Toute une vie passée à écouter hommes et femmes confesser ce qu'ils avaient dans le cœur, leurs paroles, leurs silences, ce qui n'était pas tout à fait énoncé.

L'homme à ses côtés murmura avec gravité : « Elle croit que je perdrai mon âme lorsque je mourrai, à cause de cela. »

Tout était clair à présent, douloureusement clair. « Et elle ira donc à Rétherly. »

Aëldred hocha la tête en le regardant. « Afin de prier nuit et jour pour moi jusqu'à ce que l'un de nous meure. Elle le considère comme son principal devoir, dans son amour et dans sa foi. »

Un éclat de rire, loin à leur droite, quelque part à l'arrière. Des hommes qui retournaient chez eux en triomphe, se sachant attendus par des festins et des chants.

« Elle a peut-être raison », dit le roi, d'un ton léger à présent, comme s'il discutait à table la future moisson d'orge ou la qualité d'un vin. « Vous devriez me dénoncer, Ceinion. N'est-ce pas votre devoir ? »

Ceinion secoua la tête. « Vous semblez l'avoir fait vous-même pendant vingt-cinq ans.

— Sans doute. Mais alors, il y a eu ce que j'ai fait la nuit dernière. »

Ceinion lui jeta un rapide coup d'œil ; il cligna des yeux. Puis comprit cela aussi.

« Mon seigneur ! Vous n'avez absolument pas envoyé Athelbert dans cette forêt ! Ce n'est pas une punition pour vous !

— Non ? Pourquoi pas ? N'est-ce pas de la plus pure arrogance d'imaginer que vous comprenez les desseins du dieu ? Ne venez-vous pas de me le dire ? Pensez-y ! Où réside ma transgression et où est parti mon fils ? »

Des loups et des serpents, avait dit Ceinion, stupidement, quelques moments plus tôt. À cet homme qui portait plus de deux décennies de culpabilité. Qui essayait de servir son dieu, et son peuple, tout en entretenant ce genre de… souvenirs.

« Je crois, était en train de dire Aëldred, qu'on nous transmet parfois des messages, si nous sommes capables de les déchiffrer. Après m'être appris le trakésien, et avoir fait savoir que j'achetais des textes, un Walesque est venu à Raedhill – c'était il y a longtemps – avec un rouleau de parchemin, rien de plus. Il a dit qu'il l'avait acheté à la frontière de Sarance. Je suis certain qu'il l'avait volé.

— Une pièce de théâtre ? »

Le roi secoua la tête. « Des chants de leur liturgie. Des fragments. Le dieu cornu et la vierge. Tout déchiré, plein de taches. Le premier écrit trakésien que j'aie jamais acquis, Ceinion. Et depuis ce matin, je l'entends dans ma tête :

Quand le rugissement résonne dans la forêt
Les enfants de la terre pleureront
Quand la bête qui mugissait s'en vient dans les champs
Les enfants du sang doivent mourir

Ceinion frissonna sous le soleil et fit le signe du disque.

« Je crois, poursuivit Aëldred, si vous voulez bien me le pardonner, et si ce n'est pas une ingérence, que vous ne dénoncerez pas ce que je viens de dire parce que… vous avez aussi connaissance de ces choses. Si je suis dans le vrai, dites-moi, je vous prie : comment faites-vous pour… porter ce fardeau ? Comment trouvez-vous la paix ? »

Ceinion était encore à demi sous le charme des vers. "Les enfants de la terre pleureront". Il dit, avec soin, en choisissant ses mots : « Je crois que ce que la doctrine nous dit… est en train de devenir la vérité. Qu'en l'enseignant nous contribuons à en faire la nature du monde de Jad. S'il y a des esprits, des puissances, un entremonde auprès du nôtre… ils arrivent à leur fin. Ce que nous enseignons sera la vérité, en partie parce que nous l'aurons enseigné.

— Croire fera advenir ce que nous croyons ? » La voix du roi était ironique.

« Oui », dit Ceinion à mi-voix. Il jeta un coup d'œil à Aëldred. « Grâce à la puissance qui, nous le savons, réside en notre dieu. Nous sommes ses enfants, nous nous dispersons par toute la terre, nous repoussons les forêts pour bâtir nos cités, nos demeures, nos vaisseaux et nos moulins. Vous savez ce que dit *Le Livre des Fils de Jad*.

– C'est récent. Il n'est pas inclus dans le canon. »

Ceinion parvint à sourire : « Un peu plus que le chant d'un dieu cornu et d'une vierge. » Il vit frémir les lèvres d'Aëldred. « On s'en sert pour les rites en Espéragne où il a été rédigé, on a commencé de le faire en Ferrières et en Batiare. Les prêtres qui répandent la parole de Jad dans le Karche et la Moskave ont reçu du Patriarche l'instruction de citer ce livre, de l'avoir avec eux – c'est un puissant outil pour amener les païens à la lumière.

— Parce qu'il enseigne que le monde nous appartient. Est-ce vrai, Ceinion ? Le monde nous appartient-il ? »

Ceinion haussa les épaules : « Je l'ignore. Vous ne pouvez imaginer à quel point je l'ignore. Mais vous m'avez demandé comment je trouve la paix, et je vous le dis. C'est une paix fragile, mais c'est ainsi que je procède. »

Il soutint le regard du roi. Il n'avait pas nié ce qu'Aëldred avait deviné. Il n'allait pas le nier. Pas devant cet homme.

Les yeux du roi étaient clairs à présent, il n'était plus empourpré. « La bête meurt, en mugissant, et non les enfants ?

— Rhodias a succédé à la Trakésie, et Sarance à Rhodias, sous le regard de Jad. Nous nous trouvons ici au bord du monde, mais nous sommes les enfants du dieu, et non seulement... du sang. »

De nouveau le silence, un silence d'une tonalité légèrement différente. Puis le roi dit : « Je ne m'attendais pas à pouvoir parler de tout cela. »

Le prêtre acquiesça : « Je puis le croire.

— Ceinion, Ceinion, j'aurai besoin de vous à mes côtés. Assurément, vous pouvez le voir ? Plus encore maintenant. »

Ceinion essaya en vain de sourire : « Nous en reparlerons. Mais auparavant, nous devons prier, en faisant appel à toute notre piété, prier que les vaisseaux erlings soient en route vers Jormsvik. Ou, sinon, que votre fils et ses compagnons traversent la forêt, et à temps.

— Je puis prier ainsi », dit le roi.

◆

Rhiannon se demandait souvent pourquoi on la regardait encore ainsi, avec dans les yeux un immense souci aussi évident que la première majuscule enluminée d'un manuscrit.

Ce n'était pas comme si elle passait ses jours à pleurer, blême et triste, refusant de quitter le lit – sa mère ne l'aurait pas permis, de toute façon –, ou errant sans but dans la ferme et la cour.

Elle avait travaillé aussi dur que n'importe qui pendant tout l'été pour aider à rebâtir Brynnfell après l'incendie et la ruine ; les premières semaines, elle avait soigné les blessés et était allée visiter avec sa mère les familles de ceux qui avaient souffert deuils et pertes, en prenant toutes les mesures qui s'imposaient. Elle avait organisé des activités, pour elle, pour Helda et pour Eirin, elle mangeait à table comme les autres, souriait à Amund le harpiste lorsqu'il offrait une chanson, ou lorsque les conversations étaient drôles ou présentaient des traits d'esprit. Et pourtant ces regards furtifs et inquisiteurs ne cessaient de la suivre.

Par contraste, on avait permis à Rania de partir. La plus jeune de ses suivantes, celle dont la voix était la plus douce, avait été tellement terrifiée après le raid qu'Énid et Rhiannon avaient décidé de la laisser retourner chez elle. Pour l'instant, la ferme lui évoquait trop d'images de flammes et de sang.

Elle les avait quittés tôt dans l'été, en larmes, visiblement honteuse malgré leurs paroles rassurantes, avec le contingent d'hommes qui passeraient la saison dans leur fort non loin du Mur. En été, le territoire avait besoin d'être défendu ; il y avait peu d'amitié entre les hommes de Rhédèn et les Cyngaëls des vallées et des collines au nord de la forêt ; on se volait bétail et chevaux des deux côtés, quelquefois les mêmes bêtes, depuis des temps immémoriaux. C'était pourquoi Rhédèn avait construit le Mur, et pourquoi Brynn, comme d'autres, avait là des forts et non des fermes. Brynn et Énid étaient demeurés à Brynnfell, cependant, pour s'occuper de la ferme et de leurs gens.

Rania était donc partie, et tous semblaient comprendre la raison de sa détresse et la trouver normale. Mais Rhiannon était là sous leurs yeux, elle faisait tout le nécessaire, sans être troublée par des souvenirs nocturnes de marteau erling fracassant sa fenêtre ou de lame tenue contre sa gorge dans ses propres appartements par un homme hurlant couvert de sang, jurant qu'il allait la tuer.

Elle allait visiter les huttes des journaliers dans la matinée, apportait à manger à ceux qui réparaient les dépendances de la ferme, offrait sourires et paroles d'encouragement avec le fromage et la bière. Elle se rendait à la chapelle deux fois par jour, psalmodiait les répons de sa voix la plus claire. Elle ne refusait rien, n'évitait rien.

Simplement, elle ne dormait pas la nuit. Et cela ne concernait sûrement qu'elle, elle n'avait pas à en parler, ce n'était sûrement pas une raison légitime pour tous ces regards pensifs de Helda et de leur mère ?

D'ailleurs, ces derniers jours, tandis que la reconstruction touchait à sa fin et qu'on se préparait pour la moisson, son père semblait être pareillement affligé.

Après s'être levée sans bruit, comme elle l'avait fait tout l'été, enroulée dans une couverture ou un châle, afin d'aller longer la palissade et de réfléchir à la nature de l'existence – y avait-il du mal à cela ? –, Rhiannon passait près de ses suivantes endormies pour se rendre dans la cour et, depuis trois nuits, elle découvrait que son père l'avait devancée là.

Les deux premières fois, elle l'avait évité en empruntant un autre chemin, car n'avait-il pas droit à sa propre solitude, à ses propres réflexions ? Mais cette nuit, la troisième, elle resserra son châle vert autour de ses épaules et traversa la cour pour aller le rejoindre là où il se tenait, les yeux levés vers la pente qui dominait la cour au sud, sous les étoiles. Le croissant de la lune bleue était presque couché à l'ouest. Il était très tard.

« Une petite brise, cette nuit », dit-elle en venant se tenir près de lui à la barrière.

Son père poussa un léger grognement en lui jetant un regard par-dessus son épaule. Il ne portait que sa longue chemise de nuit, et il était pieds nus, comme elle. Il se détourna pour fixer de nouveau les ténèbres. Un rossignol chantait de l'autre côté de l'enclos à bestiaux. Il leur avait tenu compagnie tout l'été.

« Ta mère se fait du souci pour toi », dit enfin Brynn en se lissant la moustache d'un doigt. Ce genre de conversation lui était difficile, elle le savait.

Elle fronça les sourcils : « Je puis m'en rendre compte. Cela commence de m'irriter.

— Ne t'en irrite pas. Tu sais qu'elle te laisse tranquille, habituellement. » Un rapide coup d'œil, puis il se détourna de nouveau. « Il n'est pas… normal pour une jeune fille de ne pouvoir trouver le sommeil, tu sais. »

Elle se croisa les bras. « Pourquoi seulement une jeune fille ? Pourquoi moi ? Et vous, alors ?

— Seulement ces quelques derniers jours, ma fille. C'est différent.

— Pourquoi ? Parce que je suis censée chanter toute la journée ? »

Il se mit à glousser : « Tu terrifierais tout le monde. »

Elle ne sourit pas. Ses sourires, elle devait l'admettre, avaient tendance à être un peu forcés à présent et, dans l'obscurité, elle ne s'y sentait point obligée.

« Alors, pourquoi êtes-vous éveillé ?

— C'est différent », répéta-t-il.

Peut-être sortait-il ainsi pour rencontrer une des filles, mais elle n'avait pas l'impression que ce fût le cas. D'abord, il savait de toute évidence qu'elle se rendait la nuit dans la cour, tout le monde semblait le savoir. Il était déplaisant d'être surveillée ainsi.

« Trop facile », dit-elle.

Un long silence, cette fois, plus long qu'elle ne l'aurait voulu. Elle observa son père : une silhouette massive, plus de ventre et de gras que de muscle à présent, les cheveux argentés, pour ce qu'il en restait. Depuis cette pente qui les surplombait, on avait décoché une flèche pour le tuer, cette nuit-là. Elle se demanda si c'était pour cela qu'il ne cessait d'observer les buissons et les arbres de la colline.

« Vois-tu quelque chose ? » demanda-t-il abruptement.

Elle battit des paupières : « Que voulez-vous dire ?

— Là-haut. Vois-tu quelque chose ? »

Elle leva les yeux. C'était le milieu de la nuit. « Les arbres. Quoi ? Pensez-vous qu'on nous épie ? » Elle ne put empêcher une certaine crainte de percer dans sa voix.

« Non, non, dit son père en hâte. Pas cela. Rien de tel.

— Quoi, alors ? »

Il redevint silencieux. Rhiannon continuait de fixer la colline. Les formes des troncs et des branches, des buissons, les ajoncs noirs, les étoiles dans le ciel.

« Il y a une lumière », dit Brynn. Il soupira. « Je vois une maudite lumière depuis trois nuits. » Il tendit un doigt. Sa main ne tremblait guère.

Une autre sorte de crainte pour Rhiannon à présent, parce qu'il n'y avait absolument rien à voir. Le rossignol chantait toujours.

Elle secoua la tête. « Quelle… quelle sorte de lumière ?

— Elle change. Elle est là en ce moment. » Il avait toujours le doigt pointé. « Bleue. »

Rhiannon avala sa salive. « Et vous pensez…

— Je ne pense rien du tout, dit-il vivement. Je la vois, c'est tout. C'est la troisième nuit.

— L'avez-vous dit…

— À qui ? À ta mère ? Au prêtre ? » Il était irrité. Mais pas contre elle.

Elle contempla le vide obscur. S'éclaircit la voix. « Vous… vous savez ce que disent certains fermiers. À propos de la… de notre forêt, de ce côté ?

— Je sais ce qu'on raconte. »

Il n'en dit pas davantage. Pas de juron. Rhiannon en fut plutôt effrayée. Elle contemplait la pente et il n'y avait rien là. Rien pour elle.

Elle vit les larges et capables mains de son père qui agrippaient le dessus de la palissade, qui en tordait le bois comme pour le briser, en faire une arme. Contre qui ? Il détourna la tête pour cracher dans l'obscurité. Puis il tira le loquet de la barrière.

« Je ne peux continuer ainsi, dit-il. Pas toutes les nuits. Reste là et observe. Tu peux prier, si tu veux. Si je ne reviens pas, dis-le à Siawn et à ta mère.

— Leur dire quoi ? »

Il la regarda. Haussa les épaules, à sa manière habituelle. « Ce qui te semblera approprié. »

Qu'allait-elle faire ? Le lui interdire ? Il poussa la barrière, la franchit, la referma derrière lui – les gestes habituels d'une cour de ferme. Elle le regarda s'engager dans la pente. Le perdit de vue à mi-hauteur. Il était en chemise de nuit, sans armes. Pas de fer. C'était censé entrer en ligne de compte, elle le savait… s'il s'agissait bien de ce qu'ils avaient si soigneusement évité de nommer.

Elle se demanda soudain, mais ce n'était pas inattendu car elle se le demandait chaque nuit, où se trouvait maintenant Alun ab Owyn, et s'il la haïssait toujours.

Elle demeura un long moment à la barrière, les yeux levés, et elle pria en effet, comme les Veilleurs dans la nuit, pour la vie de son père, pour la vie de tous ceux qui se trouvaient dans leur demeure, et pour les âmes de tous leurs morts.

Elle se trouvait toujours là lorsque Brynn redescendit de la colline.

Quelque chose avait changé, elle put le constater même dans l'obscurité. Elle eut peur avant même qu'il ne dît : « Viens, ma fille », en franchissant de nouveau la barrière et en passant près d'elle pour se diriger vers la ferme.

« Quoi ? » s'écria-t-elle en se retournant pour le suivre. « Qu'y a-t-il ?

— Nous avons fort à faire », dit Brynn ap Hywll, qui avait abattu Siggur Volganson bien longtemps auparavant. « Je nous ai coûté trois jours en n'y allant pas avant cette nuit. Ils vont peut-être revenir. »

Elle ne demanda même pas qui "ils" pouvaient être. Mais, sur ces paroles, elle se sentit secouée d'un frisson, presque une convulsion. Les mains sur le ventre, elle s'immobilisa et se plia en deux pour vomir tout ce qu'elle avait dans l'estomac. Elle s'essuya la bouche en tremblant, se força à se redresser, à suivre son père dans leur demeure. On pouvait entendre la voix de Brynn qui rugissait pour donner l'alarme comme une espèce de bête descendue de la forêt, tirant tout le monde de son sommeil.

Tout le monde, mais ils n'étaient pas assez nombreux. Trop d'hommes étaient partis au nord-est, se trouvaient à des jours de chevauchée. Alors même qu'elle entrait dans la maison, un goût de bile dans la bouche, elle y songeait. Et puis une autre pensée – rapide, une bénédiction, car cela lui donna le temps d'un battement de cœur pour anticiper ce qui allait se passer.

« Rhiannon », dit son père en faisant volte-face pour la regarder, « va dire aux garçons d'écurie de seller vos chevaux. Toi et ta mère…

— Nous devons aller alerter les journaliers. Je sais. Ensuite nous commencerons à nous préparer à recevoir les blessés. Quoi d'autre ? »

Elle le fixait avec tout le calme dont elle était capable, ce qui n'était pas facile. Elle venait d'avoir un malaise, son cœur battait à tout rompre, elle se sentait des sueurs froides.

« Non, dit-il. Ce n'est pas cela. Toi et ta mère…

— … nous allons prévenir les journaliers et commencer les préparatifs ici. Comme l'a dit Rhiannon. »

Brynn se retourna pour affronter le regard ferme de son épouse. Un homme se tenait derrière elle, une torche à la main.

Énid portait une robe de nuit bleue. Ses cheveux étaient dénoués, lui atteignant presque la taille. Nul ne les voyait jamais ainsi. Rhiannon, au coup d'œil qu'échangeaient ses parents, se sentit troublée par cette intimité. Le couloir était plein de monde et de lumières. Elle se sentit rougir, comme surprise à entendre ou à lire des mots destinés à d'autres. Elle se demanda soudain, même en cet instant, si elle échangerait jamais un tel regard avec quiconque avant de mourir.

« Énid, dit Brynn, les Erlings viennent pour les femmes. Vous nous rendez… vulnérables.

— Pas cette fois. Ils viennent pour vous, mon époux. Le Fléau des Erlings. Celui qui a terrassé le Volgan. Nous autres, nous sommes du menu fretin. Si quiconque quitte les lieux, tout le monde doit partir. Et vous en particulier. »

Brynn carra les épaules : « Abandonner Brynnfell aux Erlings ? À ce point-ci de mon existence ? Pouvez-vous sérieusement…

— Non, dit son épouse. C'est pourquoi nous restons. Combien sont-ils ? Combien de temps avons-nous ? »

Pendant un long moment, il la regarda comme s'il allait s'obstiner, puis : « Davantage que la dernière fois, je crois. Disons quatre-vingt. Le temps, je ne suis pas sûr. Ils vont encore venir par Llywèrth, à travers les collines.

— Il nous faut davantage d'hommes.

— Je sais. Le fort est trop loin. J'enverrai quelqu'un, mais ils n'arriveront pas à temps.

— Combien en avons-nous ici ? Une quarantaine ?

— Un peu moins, si vous pensez à des guerriers entraînés. »

Deux rides plissaient le front d'Énid. Rhiannon les connaissait bien, elles se formaient lorsque sa mère réfléchissait. « Nous allons ramener autant de journaliers que possible, Rhiannon et moi, avec leurs femmes et leurs enfants, pour les mettre à l'abri. On ne peut les laisser à l'extérieur.

— Pas les femmes. Envoyez-les au nord, à Cwynèrth, avec les enfants. Ils seront plus en sécurité. Comme vous l'avez dit, c'est Brynnfell qu'ils veulent. Et moi.

— Et l'épée », dit à mi-voix Énid.

Rhiannon battit des paupières. Elle n'y avait pas songé.

« Sans doute, dit son père en hochant la tête. J'enverrai des cavaliers à Prydlèn et à Cwynèrth. Il devrait y avoir une douzaine d'hommes dans chaque village, pour la moisson.

— Viendront-ils ?

— Contre des Erlings ? Ils viendront. À temps, je l'ignore.

— Et nous défendons la ferme ? »

Il secouait la tête. « Pas assez d'hommes. Trop difficile. Non. Ils ne s'attendront pas à ce que nous ayons été prévenus. Si nous faisons assez vite, nous pouvons les intercepter à l'ouest, un endroit de notre choix. Un meilleur terrain qu'ici.

— Et si vous vous trompez ? »

Brynn sourit, pour la première fois de la nuit : « Je ne me trompe pas. »

En les écoutant, Rhiannon se rendit compte que sa mère non plus ne posait pas de questions sur la manière dont Brynn avait été averti de ce qu'il semblait savoir. Elle ne le demanderait pas, ou bien peut-être plus tard dans la nuit, lorsqu'ils seraient seuls tous deux. Certaines choses n'étaient pas destinées à la lumière. Jad régnait sur les cieux, la terre et les mers, mais les Cyngaëls vivaient au bord du monde, là où sombrait le soleil. Ils avaient toujours eu besoin de savoir ce qui se passait dans les profondeurs, et dont on ne devait point parler.

Ils n'en parlaient pas.

Énid regardait Rhiannon. En fronçant encore les sourcils, cette expression qu'on avait toujours devant elle depuis la fin du printemps.

« Allons », dit Rhiannon en l'ignorant délibérément.

« Énid », dit son père, alors que les deux femmes se détournaient. Elles jetèrent de concert un regard derrière elles. Le visage de Brynn était sombre. « Ramenez tous les garçons de plus de douze étés. Avec tout ce qui peut servir d'arme. »

C'était trop jeune, sûrement. Énid allait refuser, pensa Rhiannon.

Elle se trompait.

◆

Brand Léofson, commandant cinq vaisseaux de Jormsvik qui se dirigeaient vers l'ouest, savait où il allait. Il avait ramé sur son premier navire à tête de dragon dans les dernières années des raids du Volgan, quoique jamais avec les hommes de Siggur. Y avait perdu un œil, se remettait chez lui lorsque la dernière expédition du Volgan avait connu une fin désastreuse à Llywèrth. Il n'y avait pas participé.

Selon son humeur, dans les années qui s'ensuivirent, et selon ce qu'il avait bu, il se sentait fortuné d'avoir échappé à cette catastrophe, ou maudit de n'avoir pas été de ceux – leur nom était bien connnu – qui avaient accompagné Siggur dans les années glorieuses, jusqu'à la fin.

On pouvait dire, si l'on y était enclin, que parce qu'il avait manqué à se trouver à Llywèrth, il menait maintenant vers l'ouest cinq vaisseaux aux équipages réduits.

Le passé, ce qu'on y a fait ou non, glisse et roule telle une rivière dans le lit qu'elle s'est creusé, des années plus tard, pour donner naissance à des actes. Il n'est jamais sûr, ni sage, de dire qu'on en a fini avec quoi que ce soit.

Ils couraient un risque, il le savait, les autres capitaines aussi, tout comme leurs hommes les plus expérimentés. Ils avaient encore tous leurs navires, mais ils avaient perdu soixante hommes. Si le temps changeait, la mer serait mauvaise. Pour l'instant, ce n'était pas le cas. La deuxième nuit, le vent avait tourné au sud, ce qui les avait poussés plus près qu'ils ne l'auraient désiré de la côte rocheuse de Cadyr. Mais c'étaient des Erlings, des marins, ils savaient rester à bonne distance d'un rivage sous le vent, et quand ils atteignirent l'extrémité occidentale de la côte cyngaëlle pour virer vers le nord, ils eurent ce vent dans le dos.

Le péril même pouvait devenir un bienfait. Les tempêtes d'Ingavin pouvaient vous engloutir dans la mer – ou terrifier votre ennemi à terre en ajoutant l'éclair et le tonnerre à vos cris de guerre. Et après ses nuits dans l'arbre au commencement du monde, le dieu aussi n'avait qu'un œil, se disait toujours Brand, une réflexion intime.

L'air salé, la voile tendue de chaque vaisseau, les étoiles qui s'effaçaient dans le ciel tandis que se levait le soleil… Brand songeait au Volgan et à son épée – pour la première fois depuis des années, à vrai dire. Il se sentait remué jusqu'à la moelle des os. Ivarr Ragnarson avait été un homme mauvais, difforme et sournois, il avait mérité sa mort. Mais il avait eu dans la cervelle quelques idées ingénieuses, cet homme-là, et Brand ne le nierait pas.

Revenir avec soixante morts et rien à montrer pour justifier cette perte, ç'aurait été un désastre. Revenir avec le trépas de celui qui avait tué le Volgan, et après s'être emparé de l'épée retrouvée…

Ce serait différent. Cela pouvait compenser toutes ces morts, et davantage encore. Cela pouvait compenser le fait qu'il n'avait pas été de la compagnie de Siggur, vingt-cinq ans plus tôt.

Tout en ramant vers l'ouest, Bern s'était surpris à songer qu'il y avait quelque chose de dérangeant à son présent statut et à la manière dont le reste du monde les considérait, lui et ses compagnons. Ils étaient des Erlings, cavaliers des vagues, qui riaient du vent et de la pluie, qui fendaient les mers houleuses. Et pourtant, lui qui en était un, il ne savait que faire par mauvais temps, et ne pouvait qu'obéir de son mieux aux ordres tout en priant que les mers ne fussent pas, en réalité, trop houleuses.

Bien plus : ils étaient des Jormsvikings, redoutés dans tout l'univers connu comme les combattants les plus meurtriers sous le soleil, les étoiles et les deux lunes. Mais Bern n'avait jamais combattu de sa vie, à part ce combat singulier sur la plage, au pied des murailles. Qui n'était pas une bataille. Qui n'avait en rien ressemblé à une bataille.

Et si tous les autres étaient plus ou moins comme lui ? se demandait-il alors qu'ils viraient au nord et que le vent gonflait leurs voiles. Des hommes ordinaires, ni meilleurs ni pires que d'autres. Et si c'était la *peur* qui faisait croire que les mercenaires de Jormsvik étaient si dangereux ? On pouvait les vaincre, après tout. Ils venaient justement d'être vaincus.

Le *fyrd* d'Aëldred avait utilisé des signaux de feu et des archers. Brand et Garr Hoddson avaient déclaré que c'était de la couardise, des tactiques de femmelettes, s'étaient moqués du roi anglcyn et de ses guerriers, en crachant leur mépris dans la mer.

Bern se disait qu'il aurait mieux valu envisager de se servir eux-mêmes d'arcs, si leurs ennemis le faisaient. Puis, encore plus discrètement, en se le dissimulant presque à lui-même, il se dit qu'il n'était pas vraiment certain d'être fait pour la vie de raider.

Il pouvait encore assez aisément maudire son père, car c'était l'exil de Thorkell qui l'avait jeté dans la servitude, puis lui avait fait fuir l'île sans héritage. Mais – sous le soleil de la vérité – ce courant de ses pensées ne coulait plus aussi bien. La ferme, son héritage, ne leur appartenait que grâce aux raids, n'est-ce pas ? L'aventure si longtemps célébrée de son père avec Siggur en Ferrières, un petit groupe d'hommes incendiant un sanctuaire royal.

Et personne n'avait *obligé* Bern à emmener le cheval de Halldr Maigre-Jarret à Jormsvik.

Il songeait à sa mère, à ses sœurs sur le continent, puis à la jeune femme à l'enclos des femmes – il n'avait jamais su son nom –, celle qui s'était fait mordre par le serpent de la *volur* et lui avait sauvé la vie pour cette raison. En partie pour cette raison.

Les femmes, songea-t-il, verraient sans doute tout cela d'un autre œil.

Il rama quand on le lui ordonnait, se reposa quand le vent le permettait, apporta à manger à Gyllir parmi les autres chevaux attachés dans l'allée centrale du large vaisseau, pelleta le crottin par-dessus bord.

Et ressentit un élan d'excitation, malgré tout, lorsqu'ils arrivèrent au mouillage que Garr et Brand connaissaient tous deux, en Llywèrth. Personne en vue tout le long de la côte là ou au nord. Juste avant l'aube, ils échouèrent les bateaux sur la grève et remercièrent Ingavin.

Ils allaient laisser là les navires, avec des gardes – Bern en serait peut-être un, n'était pas certain de ce qu'il ressentait à cette idée. Puis les autres s'enfonceraient à l'intérieur des terres pour trouver Brynnfell, abattre un homme et reprendre une épée.

On ne pouvait nier que ce fût matière à chants de skaldes pendant tout un hiver, et plus longtemps encore. Cela comptait, dans les terres du nord. Peut-être tous partageaient-ils les doutes que Bern éprouvait lui-même. Mais, en observant ses compagnons de rame, il ne le croyait pas ; il aurait été bon d'avoir quelqu'un à qui poser la question. Il se demanda où se trouvait son père. Thorkell lui avait bien dit de ne pas les laisser aller de ce côté.

Il avait essayé. On ne pouvait dire qu'il n'avait pas essayé. Ce n'était pas lui qui commandait le raid, n'est-ce pas ? Et si l'existence vous menait aux navires à tête de dragon, eh bien… elle vous y menait. Ingavin et Thünir choisissaient leurs guerriers. Et peut-être – peut-être – s'en sortirait-il avec une parcelle de gloire. Sa propre gloire. Un nom mémorable.

Les hommes vivaient et mouraient de telles poursuites, n'est-ce pas ? "Une belle gloire ne s'éteint jamais." Appartenait-il à Bern Thorkellson de l'île de Rabady de les déclarer dans l'erreur ? Aurait-il cette arrogance ? Il secoua la tête, s'attirant un coup d'œil de l'homme qui se tenait près de lui sur la grève.

Bern détourna les yeux, embarrassé. Vit, par-delà le rivage, la découpe sombre des collines cyngaëlles, en ayant conscience que les terres anglcynes s'étendaient au-delà, très loin. Et plus loin à l'est, de l'autre côté de la mer, là où le soleil allait se lever, c'était chez lui.

Nul ne voyageait comme les Erlings. Aucun peuple ne se rendait aussi loin, n'était aussi brave. Le monde entier le savait. Il soupira en repoussant ses sombres pensées. Le soleil se leva. Brand Léofson choisit ses hommes pour le raid.

Bern partit vers l'est avec les autres élus.

◆

Ils vivaient depuis trois jours de noix et de baies, comme des paysans pendant une saison sèche ou un trop long hiver qui avait épuisé les réserves. Cafall les guidait vers l'eau, c'était au moins cela, pour eux et pour les chevaux.

Les ténèbres de la forêt étaient oppressantes, même pendant le jour. Parfois, on apercevait un carré de ciel à travers les feuillages, un filet de lumière, le rappel d'un monde qui existait au-delà des arbres. Parfois, la nuit, on entrevoyait des étoiles. Une fois, ils virent la lune bleue, et d'un accord tacite s'arrêtèrent dans une clairière, les yeux levés. Puis ils reprirent leur route. Ils suivaient le chien au nord-ouest vers l'Arbèrth, ou il fallait le supposer. Ils ne pouvaient que hasarder aussi une supposition quant à l'endroit où ils se trouvaient, la distance parcourue, la distance encore à parcourir. Cinq jours, avait dit Alun de la traversée. C'était encore une hypothèse.

Nul n'avait jamais entrepris une telle randonnée.

Ils se forçaient à aller vite, comme leurs chevaux. Le sentiment de l'urgence, et l'impression qu'il valait mieux rester en mouvement plutôt que s'arrêter trop longtemps quelque part. Ils n'avaient plus jamais entendu ou senti la bête divine qui était survenue la première nuit, ni les vertes créatures de l'entremonde qui l'avaient suivie.

Ils les savaient présentes, pourtant. Et quand ils dormaient, ou s'y essayaient – avec l'un d'entre eux toujours éveillé en sentinelle –, le souvenir de cette créature invisible revenait les hanter. Ils étaient des intrus en ces lieux, ne vivaient que parce qu'on les tolérait. C'était effrayant, c'était usant. Il fallait un effort pour ne pas sursauter honteusement aux bruits de la forêt – et toutes les forêts sont pleines de bruits.

Ils savaient qu'ils y avaient passé trois nuits, mais c'était devenu pour eux une durée intemporelle. Presque endormi sur sa selle, Athelbert avait eu une vision d'eux trois surgissant dans un monde complètement métamorphosé. Il ignorait, car Alun n'en avait pas parlé, que celui-ci avait eu la même crainte en rencontrant une fée aux environs d'Esfèrth, avant la chevauchée du *fyrd* vers le sud.

Ils avaient échangé quelques paroles, pendant les deux premiers jours, surtout pour entendre des voix et des sons humains. Athelbert les avait divertis, ou s'y était essayé, en leur chantant des chansons de taverne, toujours égrillardes. Thorkell, après s'être beaucoup fait prier, avait offert une des sagas en vers des Erlings, mais ils eurent vite conscience que c'était seulement par indulgence. Le quatrième jour, ils allaient en silence dans la pénombre, sur les pas du chien gris.

Vers le coucher du soleil, ils arrivèrent à une autre rivière.

Cafall agissait ainsi sans qu'on le lui demandât. Chacun d'eux savait qu'ils auraient été perdus depuis des jours sans le chien d'Alun. Ils n'en parlaient pas non plus. Ils mirent pied à terre, épuisés jusqu'à la moelle des os, pour laisser boire les chevaux. Un crépuscule obscur filtrait à travers les ramées. Cliquetis des harnais, craquements des selles de cuir, brindilles qui se brisaient avec des bruits secs – et ils faillirent périr encore.

Le serpent n'était pas vert. Ce fut Alun qui marcha un peu trop près. Athelbert le vit, tira sa dague, prêt à la lancer. Et Thorkell Einarson aboya un ordre : « Arrêtez ! Alun, ne bougez pas ! »

Les serpents noirs étaient venimeux, et leur morsure généralement mortelle.

« Je peux l'avoir », grinça Athelbert entre ses dents serrées. Alun s'était figé sur place, non loin de l'eau, un pied levé de façon incongrue, comme l'une de ces anciennes frises de coureurs dans une villa abandonnée lors du retrait vers le sud des légions rhodiennes. Le serpent resta lové sur place, remuant la tête avec lenteur. Une cible assez aisée pour qui savait manier une lame.

« J'ai prêté serment, dit Thorkell d'un ton pressant. Nos vies dépendent… »

À cet instant précis, Alun ab Owyn murmura très clairement : « Saint Jad, protège mon âme », et sauta à la verticale.

Il retomba dans l'eau avec une grande éclaboussure. La rivière était peu profonde ; genoux et mains plaqués sur des pierres, il poussa un juron. Le serpent, offensé, se glissa en se tortillant dans les broussailles et disparut.

L'ourson qu'aucun d'entre eux n'avait vu leva les yeux depuis l'autre rive, où il buvait, recula de quelques pas et adressa une tentative de grondement à l'homme accroupi dans la rivière.

« Oh non », dit Athelbert.

Il fit volte-face. Cafall aboya, un avertissement aigu et furieux, et fila près de lui comme un éclair. La mère ourse venait d'entrer dans la clairière en rugissant, balançant la tête de droite à gauche. Elle se dressa sur ses pattes postérieures, énorme sur l'arrière-fond sombre des arbres, la gueule écumante. Ils se trouvaient entre elle et son petit. Évidemment.

Les chevaux s'affolèrent, et ils n'étaient pas attachés. Celui d'Alun plongea dans la rivière. Thorkell saisit au passage les rênes des deux autres, et s'y accrocha. Alun se hâta de se redresser, traversa en pataugeant et reprit sur l'autre rive son cheval tremblant – bloqué par les arbres, l'animal ne pouvait aller nulle part. L'animal essaya frénétiquement de se cabrer, le jetant presque à terre. L'ourson, également effrayé, recula plus loin, mais encore bien trop près de lui. Athelbert s'élança vers Thorkell et les chevaux, cherchant à tâtons l'arc attaché à sa selle.

« En selle ! » cria Thorkell, en luttant pour monter lui-même sur son cheval. Athelbert lui jeta un coup d'œil. « Faites-le ! hurla l'Erling. Nous sommes morts si nous tuons ici. Vous le savez ! »

Athelbert émit un juron sauvage, réussit à passer un pied dans l'étrier qui se balançait. Le cheval se déroba de côté, manquant le faire tomber, mais il réussit à se hisser en selle. Sur l'autre rive, Alun ab Owyn, lui aussi cavalier émérite, grimpa sur sa monture. La bête virevoltait et bondissait, écumante, les yeux écarquillés.

L'ourse arrivait en rugissant toujours. Elle était énorme.

Ils devaient passer non loin d'elle pour s'enfuir. « Je tirerai pour blesser ! s'écria Athelbert.

— Êtes-vous fou ? Vous la rendrez encore plus enragée.

— Et comment est-elle maintenant ? » hurla le prince en retour. « Par le sang de Jad », ajouta-t-il vivement. Avec un talent extrême, et fort nécessaire, il maîtrisa sa monture cabrée et, en se penchant très loin du côté opposé, la fouetta pour passer près de l'ourse, qui était presque sur eux.

Thorkell Einarson était un Erling. Son peuple vivait pour ses vaisseaux, pour l'écume blanche, la mer illuminée par la lune, le ressac sur les grèves rocailleuses. Pas pour les chevaux. Il luttait encore pour contrôler le sien qui virevoltait follement, terrifié.

« Allez ! » hurla Alun sur l'autre rive, ce qui n'était pas très utile.

Il n'y avait pas assez de temps dans l'univers, ni assez de place dans la clairière, pour *aller*. Ou il n'y en aurait point eu si une mince créature grise, vive comme l'éclair, ne s'était élancée pour enfoncer ses crocs dans une des pattes postérieures de l'ourse. La bête rugit de rage et de douleur, se retourna avec une choquante célérité contre le chien. Thorkell éperonna son cheval au même instant, en jouant des rênes, et fila à la suite d'Athelbert. Alun les rejoignit pendant ce moment de répit, traversant le courant avec des éclaboussures pour s'enfuir de la clairière.

On voyait très mal. Une ourse rugissait derrière eux, un son qui faisait trembler les arbres. Et un chien-loup luttait avec elle, un chien doté d'un indicible courage, et de bien davantage.

Ils avaient réussi à s'échapper, cependant, tous les trois. Il faisait bien trop noir et les arbres étaient bien trop pressés pour le galop. Ils suivirent le plus vite possible le semblant de chemin tortueux. À quelque distance, ils s'arrêtèrent d'un commun accord, se retournèrent, prêts à se remettre en mouvement si apparaissait quelque chose qui ressemblerait le moindrement à un ours.

« Au nom de tout ce qui est sacré, pourquoi avons-nous gardé nos armes si tu ne nous laisses pas nous en servir ? » Athelbert respirait de manière convulsive.

Thorkell aussi, qui serrait trop fort ses rênes dans son gros poing. Il tourna la tête. « Vous croyez… vous croyez… que si nous sortons de cette forêt maudite par Ingavin… on nous accueillera en dansant ?

— Quoi ? »

Le colosse essuya son visage dégoulinant de sueur. « Réfléchissez ! Je suis un ennemi erling, vous un ennemi anglcyn, celui-ci est un prince de Cadyr, et nous nous en allons en *Arbèrth* ! Lequel d'entre nous voudra-t-on abattre en premier, vous croyez ? »

Il y eut un silence. « Oh », dit Athelbert. Il s'éclaircit la voix. « Hum. En vérité. Pas de danse pour nous. Ah, toi, je gage. Tu serais le premier. Hum, qu'allons-nous parier ? »

Ils entendirent un bruit dans le chemin. Les deux hommes firent volte-face.

« Doux Jad », dit Alun à mi-voix.

Il se laissa glisser à bas de sa monture, fit quelques pas pour retourner dans la direction d'où ils étaient venus, écrasant encore brindilles et feuilles. Puis il s'agenouilla. Il pleurait, même si les deux autres ne pouvaient le voir. Il n'avait pas versé une larme depuis le début de l'été.

Le chien sortit de l'ombre des arbres en se traînant avec peine, la tête basse. Il s'arrêta à peu de distance d'Alun et leva la tête vers lui. Il était couvert de sang, et dans la presque noirceur Alun crut voir qu'une oreille avait été arrachée. Il ferma les paupières en avalant sa salive.

« Viens », dit-il.

Un murmure. C'était tout ce dont il était capable. Il avait le cœur douloureux. C'était son chien et ne l'était pas. C'était le chien-loup de Brynn. Un présent. Il l'avait accepté, en avait été accepté jusqu'à un certain point, ne s'était jamais permis un attachement plus profond, un lien partagé. Une amitié.

« Viens, je t'en prie », répéta-t-il.

Et le chien s'avança à pas lents, en épargnant sa patte antérieure gauche. Il lui manquait en effet l'oreille droite, vit Alun tandis que le chien s'approchait et qu'il lui passait avec douceur une main autour de l'encolure pour poser son front sur son front, pour toucher cette créature venue à lui la nuit où la vie et l'âme de son frère s'étaient perdues.

Thorkell savait que le chien les avait sauvés. Il n'allait quand même pas se saouler à cette pensée. Avec Siggur, ils s'étaient mutuellement sauvé la vie au moins une douzaine de fois chacun, des années plus tôt, d'autres compagnons l'avaient protégé, ou il les avait gardés. Cela arrivait dans les batailles, ou en mer, quand venait la tempête. Une fois, un coup de lance qu'il n'avait pas vu l'avait manqué uniquement parce qu'il avait trébuché dans le corps étendu d'un compagnon tombé à terre. La lance lui était passée par-dessus l'épaule. En se retournant, il avait tranché aux genoux les jambes de celui qui l'avait lancée. Cette fois-là, en l'occurrence, il s'en souvenait, ce pur hasard... Mais, il devait l'admettre, il n'avait jamais été sauvé par un chien.

L'animal portait de terribles blessures, ce qui constituerait peut-être un problème, car ils n'avaient pas le moindre espoir de sortir de la forêt sans lui. Ab Owyn était toujours agenouillé, le chien dans les bras. Thorkell avait connu des hommes qui traitaient leurs chiens comme des frères, qui dormaient même avec eux ; il n'avait pas pensé que le prince cyngaël en fût un. D'un autre côté, ce qui était arrivé ici sortait de l'ordinaire. Il devait la vie à ce chien. C'était quand même très différent de Siggur couvrant son flanc gauche dans un raid.

Thorkell détourna les yeux, en éprouvant un sentiment de curieux embarras à la vue de l'homme et du chien. Et, ce faisant, il aperçut la silhouette verte entre les arbres. Elle n'était pas très loin. Du coin de l'œil, il vit qu'Athelbert l'avait remarquée aussi, et regardait fixement dans la même direction.

Ce qui était curieux, c'était que cette fois il ne ressentait aucun effroi. L'Anglcyn non plus, toujours en selle, fixant dans les arbres la forme à la luminescence doucement verte. Elle était trop loin pour qu'on pût distinguer les détails de son visage ou de sa forme. Elle semblait humaine, ou à peu près, mais un mortel ne brille pas, et ne peut flotter au-dessus de l'eau comme l'avaient fait ces créatures. Thorkell contempla la lueur assourdie dans l'obscurité. Après un moment, elle disparut tout simplement, laissant la nuit dans son sillage.

Il se tourna vers Athelbert.

« Je n'ai pas la moindre idée », dit le prince tout bas.

Thorkell haussa les épaules. « Pourquoi devrions-nous savoir ? dit-il.

— Partons », déclara Alun ab Owyn. Ils se retournèrent vers lui. Il était debout, une main toujours sur le chien, comme réticent à s'en séparer.

« Peut-il encore nous guider ? » demanda Thorkell. Le chien avait au moins une patte endommagée. Il semblait y avoir du sang, pas autant qu'il l'aurait cru.

« Oui », dit Alun, et au même instant le chien prit les devants, se retourna pour attendre qu'ab Owyn se fût hissé en selle, puis se mit en marche en boitant, pas très vite, mais toujours prêt à les conduire jusqu'à sa demeure à travers la forêt des esprits.

Ils chevauchèrent toute la nuit, en somnolant parfois en selle, les chevaux suivant le chien. Ils s'arrêtèrent une fois pour boire, avec circonspection. Alun baigna le chien près de l'étang, lava le sang. Une oreille de l'animal avait disparu. La blessure semblait bizarrement propre à Thorkell, mais comment dire ce qui était étrange ou normal dans cet endroit ? Comment rêver même d'en être capable ?

Ils atteignirent la lisière de la forêt au lever du soleil.

C'était trop tôt, ils le savaient tous trois. Ils n'auraient pas dû pouvoir traverser aussi vite. Athelbert, en voyant l'herbe d'une prairie à travers les derniers chênes, laissa échapper une exclamation. Il se rappelait ce qu'il avait imaginé : le temps avait peut-être passé autrement, tous ceux qu'ils connaissaient étaient morts, le monde s'était métamorphosé.

Une pensée, non une véritable crainte. Il savait – ils le savaient tous, même s'ils n'en parlèrent jamais – qu'il était arrivé quelque chose d'extraordinaire. C'était comme une bénédiction. Il toucha le disque solaire à son cou.

“Pourquoi devrions-nous savoir ?” avait dit l'Erling.

C'était la vérité. On vivait dans un monde qu'on ne pouvait appréhender. Croire que l'on comprenait était une illusion, une vanité. Athelbert des Anglcyns conserva cette vérité intime pendant le restant de ses jours.

Il y a toujours quelque chose de particulier au matin : la douce lueur de l'aube, la fin des ténèbres et de la nuit. Ils sortirent des arbres pour pénétrer en Arbërth, virent le ciel matinal sur l'herbe verte, et Athelbert sut – avec certitude – que c'était leur propre monde, leur propre temps, et qu'ils étaient sortis sains et saufs de la forêt divine, après quatre nuits.

« Nous devrions prier », dit-il.

Une femme se mit à hurler.

Il aurait vraiment dû être possible, songeait Méghan indignée, de s'accroupir pour se soulager dans les buissons près de la hutte du berger sans voir apparaître juste à côté un homme à cheval.

Trois hommes. Sortant de la forêt des esprits.

Elle avait crié en entendant une voix, mais une terreur plus glacée l'étreignit lorsqu'elle comprit qu'ils étaient sortis de la forêt. *Personne* n'allait dans la forêt. Même les plus vieux des garçons du village ou des fermes, quand ils étaient saouls et se lançaient des défis, n'allaient pas plus loin que les premiers arbres, et à la lumière du jour.

Trois hommes, et un chien, venaient d'émerger des bois. Ce qui signifiait qu'ils étaient morts, des esprits eux-mêmes. Et ils étaient venus pour elle.

Méghan se releva en ajustant ses habits. Elle aurait bien couru, mais ils étaient à cheval. Ils la regardaient d'un air étrange, comme s'ils n'avaient jamais vu de fille auparavant. Ce qui était peut-être vrai pour des fantômes.

Ils avaient l'air assez ordinaire, pourtant. Ou sinon ordinaire, du moins… vivant, humain. Puis – son troisième choc de la matinée – Méghan vit que l'un d'eux était un Erling. Les cavaliers de Brynnfell venus rameuter tous les hommes avaient parlé d'un raid erling.

Il y avait là un Erling, qui la regardait du haut de son cheval, parce que, bien sûr, son cri leur avait révélé où elle se trouvait en train de pisser dans les buissons avant de s'occuper des moutons.

Elle était seule. Bévin était parti avec les autres à Brynnfell la veille, au lever du soleil. Son frère se serait moqué d'elle parce qu'elle avait crié. Peut-être. Peut-être pas, avec des hommes qui sortaient de la forêt, armés, et l'un d'eux un Erling. Le premier homme avait parlé dans une langue qu'elle ignorait.

La fourrure du chien était toute déchiquetée, avec des traînées de sang.

Les trois hommes la regardaient toujours de façon étrange, comme si elle avait été quelqu'un d'important. Les Erlings avaient fait subir l'aigle-de-sang à une fille nommée Élyn, une autre simple fille de ferme, à l'ouest, après la bataille à Brynnfell. Méghan aurait bien poussé un autre cri en y pensant, mais c'était inutile. Personne dans les environs, les fermes étaient bien trop éloignées, et les moutons ne seraient pas d'un grand secours.

« Mon enfant, dit l'un des hommes, mon enfant, nous ne te voulons aucun mal dans le doux monde du dieu. »

Il parlait en cyngaël.

Méghan reprit son souffle. Un accent de Cadyr. Ils volaient du bétail et des cochons, et se moquaient de l'Arbèrth dans leurs chants, mais ils ne massacraient pas des filles de ferme. L'homme mit pied à terre pour se tenir devant elle. De taille moyenne, mais jeune, et même séduisant. Méghan, dont le frère disait qu'elle s'attirerait des ennuis si elle n'était pas plus prudente, décida qu'elle n'aimait guère qu'il l'eût appelée “enfant”. Elle avait quatorze étés, n'est-ce pas ? On pouvait *avoir* un enfant à cet âge-là. C'était ce que voulait dire son frère, bien entendu. Mais il n'était pas là. Personne n'était là.

Le Cadyrin demanda : « À quelle distance sommes-nous de Brynnfell ? Nous devons nous y rendre. Du danger s'en vient. »

Se sentant extrêmement bien informée, et pas aussi timide qu'elle aurait probablement dû l'être, Méghan répondit : « Nous le savons. Des Erlings. Des cavaliers sont venus de Brynnfell pour prendre nos hommes. »

Les trois hommes échangèrent des regards. Méghan se sentit imbue de plus d'importance encore.

« Est-ce loin ? » C'était l'Erling, qui parlait le cyngaël.

Elle jeta un regard soupçonneux à celui qui se tenait près de son cheval.

« C'est un ami, dit-il. Nous devons y aller. Est-ce loin ? »

Elle réfléchit. Ils avaient des chevaux. « Vous pouvez y être avant la nuit, dit-elle. En remontant le vallon, en redescendant, et ensuite vers l'ouest.

— Montre-nous, dit l'Erling.

— Cafall saura », dit le Cyngaël à voix basse. Le troisième homme n'avait pas parlé depuis qu'entendre sa voix avait fait hurler Méghan. Il avait les paupières closes. Il priait, constata-t-elle.

« Vous êtes vraiment venus de la forêt ? »

Elle devait poser cette question. C'était trop merveilleux. Cela… changeait le monde. Bévin et les autres ne voudraient pas la croire lorsqu'elle le leur dirait.

Celui qui se tenait devant elle hocha la tête. « Combien de temps depuis que vos hommes sont partis ?

— Hier matin, dit-elle. Vous pourriez presque les rattraper, à cheval. »

Celui qui semblait prier rouvrit les yeux. Celui qui avait mis pied à terre sauta de nouveau en selle en rassemblant ses rênes. Ils partirent sans un autre mot, tous les trois, et le chien, sans lui jeter un seul regard.

Méghan les regarda disparaître. Elle ne sut que faire ensuite. Elle n'était pas habituée à se trouver seule ici – ç'avait été la première fois la veille, de fait. Le soleil se leva, comme s'il avait déclaré que le jour était un simple jour ordinaire. Méghan se sentait toute bizarre, pourtant, la peau toute fourmillante. Finalement, elle retourna dans la hutte pour allumer le feu. Elle cuisina et consomma son épaisse soupe du matin, puis sortit compter les moutons. Pendant toute la matinée, toute la journée, elle les vit en imagination, ces trois cavaliers, elle entendit leurs paroles. Leur apparition commençait déjà trop à ressembler à un rêve, et cela lui déplaisait. Elle avait l'impression qu'elle devait… l'enraciner en elle comme un arbre, pour la rendre réelle.

Méghan mer Gower conta cette histoire toute sa vie, mais sans la partie où elle était accroupie pour uriner lorsqu'ils avaient surgi des arbres. Compte tenu de ce qui s'ensuivit, et de l'identité réelle de ces trois hommes, même Bévin dut la croire, ce qui était des plus satisfaisants.

Un demi-siècle plus tard, ce fut Gwith, son petit-fils, qui, ayant entendu toute sa vie l'histoire de son aïeule, se mit à réfléchir, un matin d'automne, après qu'un incendie eut détruit la moitié des demeures du village.

Il se rendit dans le sud, bonnet à la main, au sanctuaire d'Ynant, afin de parler avec les prêtres et de leur demander leur bénédiction pour ce qu'il avait l'intention de faire. Ce n'était pas le genre de choses qu'on faisait sans bénédiction.

Il reçut davantage. Quinze prêtres d'Ynant, dans leurs robes jaunes, la plupart fort maladroits de leurs mains, s'en revinrent avec lui au village.

Le matin suivant, ils offrirent la prière de l'aube, puis, avec tous les villageois assemblés pour les regarder, plongés dans une respectueuse terreur, les prêtres se mirent à aider Gwith – jusqu'à un certain point – à abattre les premiers arbres à la lisière de la forêt des esprits. Quelques jeunes hommes se joignirent à eux. Ils furent plus utiles.

Gwith ne mourut pas, et personne d'autre non plus. Personne ne fut frappé de tremblements, d'hydropisie ou de fièvre au cours des jours suivants. Les prêtres non plus, même si nombre d'entre eux se plaignirent de leurs ampoules et de leurs muscles endoloris.

Les hommes commencèrent à passer la forêt à la hache.

À peu près à cette époque, comme il est fréquent lorsqu'une idée, un concept, surgit dans le monde à plusieurs endroits en même temps, des hommes entrèrent dans cette même forêt du côté des Anglcyns, à la recherche de bois bien nécessaire.

Ils abattirent les arbres à l'ouest d'Esfèrth plus loin au sud, au-delà de Rétherly, vers l'endroit où le jeune roi avait ordonné d'établir un nouveau chantier naval et un nouveau *burh*. Un royaume en expansion avait besoin de bois, c'était inévitable. À un certain point, par Jad, on ne pouvait laisser des histoires de vieilles femmes vous empêcher de faire ce qui devait l'être !

Aucun de ces premiers bûcherons ne mourut non plus de ce côté de la forêt, sinon les victimes des accidents habituellement reliés à des lames tranchantes, à des chutes d'arbres et au manque de prudence. On avait commencé, on continua. Le monde ne demeure jamais statique.

Des années plus tard, bien des années en fait, un charbonnier anglcyn de ce qui était devenu la lisière sud-est d'une forêt considérablement réduite, y trouva un objet curieux. C'était un marteau – un marteau de bataille erling –, posé dans l'herbe près d'un petit étang.

Ce qui était curieux, c'était que la tête du marteau, un objet visiblement ancien, brillait comme si elle venait d'être forgée, sans une miette de rouille, et le bois du manche en était lisse. Le charbonnier jura que lorsqu'il avait ramassé le marteau, il avait entendu un son, quelque part entre une note de musique et un cri.

Les conséquences de nos actes ne cessent de s'étendre toujours plus loin, de bien des façons, et pendant longtemps.

Chapitre 15

Kèndra se rappellerait les jours ayant précédé la foire et la foire elle-même, cette année-là, comme étant les plus incohérents qu'elle eût jamais vécus. Des extrêmes de joie, des extrêmes de terreur.

Le *fyrd* était revenu depuis deux nuits, après avoir franchi dans un bruyant triomphe les portes d'Esfèrth, au milieu des cris, des acclamations et de la musique. La cité était pleine de marchands. Aëldred n'aurait pu choisir un meilleur moment pour remporter pareille victoire sur les Erlings. Massacrés en grand nombre, repoussés, sans aucune perte pour les Anglcyns.

Si l'on ne comptait pas un prince parti dans la forêt de l'ancien dieu.

En remontant la rue principale depuis les portes, entouré d'une foule vociférante et colorée, le roi avait salué de la main avec un grave sourire, afin de permettre à son peuple de voir un monarque serein et conscient de son accomplissement ; puis, toujours serein, il s'était mis en devoir de répéter ces gestes aussi souvent que nécessaire. Pour s'assurer que ses sujets le comprenaient bien, et que tous ceux qui venaient d'ailleurs retourneraient chez eux avec la nouvelle.

Kèndra, en compagnie de sa mère, de sa sœur et de son frère – le seul frère qui se trouvait là – devant la grande salle, avait regardé son père mettre pied à terre et elle avait su, immédiatement, que cette sérénité était un mensonge.

Athelbert comptait bien davantage qu'une soixantaine d'Erlings massacrés, et de loin.

Des raids avaient lieu par mer depuis cent ans, et ils ne cesseraient pas avec celui-ci. Mais seuls deux fils du roi Aëldred avaient survécu à leur enfance, l'aîné était maintenant parti dans un lieu mortel, et le plus jeune – tout le monde le savait – n'avait jamais désiré être roi.

À dire vrai, songea Kèndra sur les marches auprès de sa sœur aux cheveux roux, c'était Judit qui aurait dû naître garçon et devenir un homme. Judit aurait pu siéger sur un trône, perspicace, sûre du féroce éclat de son esprit. Elle aurait pu manier une épée – elle maniait bel et bien des épées ! –, commander le *fyrd*, boire de la bière, du vin et de l'hydromel toute la nuit pour quitter les tréteaux de la table à l'aube, d'un pas ferme, alors que tous les autres auraient été affalés, ronflant dans leurs coupes. Judit le savait aussi. Elle *savait* qu'elle aurait pu le faire.

Et elle allait plutôt partir cet hiver, escortée par presque toute la cour, pour épouser un garçon de treize ans et vivre parmi le peuple de Rhédèn afin de consolider leur alliance. Car c'était à cela que leur naissance destinait les jeunes filles nées dans des familles royales.

Le monde était parfois mal fait, songea Kèndra, et personne n'était à même de lui expliquer de façon satisfaisante pourquoi, de par Jad, il en était ainsi.

Ils avaient festoyé cette nuit-là, écouté de la musique, applaudi jongleurs et acrobates. Les rituels de la victoire. Leur existence à tous se devait d'être publique, bien visible.

Et encore au lever du soleil. À la chapelle pour les prières et ensuite, avec Judit – obéissante maintenant, plus bouleversée qu'elle ne voulait l'admettre par le geste d'Athelbert –, elle avait à trois reprises, pour être bien vue, traversé avec ostentation la place bondée du marché délimité par des cordes, afin d'examiner étoffes et broches. La troisième fois, elles avaient obligé Garèth à les accompagner. Il avait été très silencieux. Judit avait acheté un poignard inscrusté de gemmes et un cheval hongre d'Al-Rassan.

Kèndra acheta quelques étoffes. Elle s'acquitta avec difficulté des tâches de la journée, puis, après les rites vespéraux, elle s'en alla à la recherche de quelqu'un. Elle avait des questions pressantes.

Ceinion de Llywèrth ne s'était pas présenté à la chapelle royale pour le service du soir. Un petit groupe de marchands cyngaëls participait à la foire, ayant suivi la même route côtière que lui ou s'étant fait accorder passage à travers le Mur de Rhédèn. Kèndra trouva le prêtre avec ses propres gens dans une chapelle du quartier est d'Esfèrth, y conduisant les prières.

Il venait de terminer lorsque la fille cadette d'Aëldred arriva avec l'une de ses suivantes. Elles attendirent que Ceinion eut fini de parler avec certains des marchands, puis Kèndra renvoya sa suivante et s'assit avec le prêtre aux cheveux gris à l'avant de la vieille chapelle, près du disque. Qui avait besoin d'être poli, remarqua-t-elle. Elle le dirait demain à quelqu'un.

Les yeux de Ceinion ressemblaient curieusement à ceux de son père. Un regard alerte, et légèrement troublant lorsqu'on avait besoin de dissimuler. Elle n'était pas là pour dissimuler. Elle ne serait pas venue si cela avait été le cas.

« Princesse ? » dit-il avec un calme attentif.

« J'ai peur », dit-elle.

Il hocha la tête. Son visage rasé de près, et moins ridé qu'il n'était normal pour un homme de son âge, avait une expression bienveillante. Il était petit, nettement découplé, pas un prêtre alourdi par la table et le vin comme l'autre, celui de Ferrières. Aëldred leur avait dit autrefois, avant la première visite de Ceinion, que cet homme était un des lettrés les plus savants du monde, que le Patriarche rhodien sollicitait son avis dans les querelles doctrinales. D'une certaine façon, c'était difficile à croire – les Cyngaëls vivaient tellement à l'écart du monde…

« Nombre de mes gens sont bien effrayés aussi, dit-il. Il est généreux de partager votre sentiment avec nous. Votre père a été très généreux aussi d'envoyer un bateau en Arbèrth, et des messagers vers le Mur de Rhédèn. Nous ne pouvons qu'espérer…

— Non, dit-elle, ce n'est pas cela. » Elle le regarda bien en face. « J'ai *su* quand Alun ab Owyn est entré dans la forêt avec mon frère et l'Erling. »

Un silence. Elle l'avait choqué. Il fit le signe du disque. C'était normal ; elle en aurait fait autant.

« Vous… vous voyez des esprits ? »

Il était très direct. Elle secoua la tête. « Eh bien, une fois. Un seul. Il y a quelques nuits. Ce n'est pas ce que je… Du moment où vous avez traversé la rivière, l'autre matin ? Quand nous étions dans l'herbe ? » Elle s'entendait parler, on aurait dit une enfant. Tout ceci était des plus difficiles.

Il acquiesça.

« Eh bien, à partir de ce moment, je… je ne puis bien l'expliquer, mais j'ai *su*… Ab Owyn. Le prince. Je pouvais… lire en lui ? Savoir où il se trouvait.

— Doux Jad », murmura le grand-prêtre des Cyngaëls. « Qu'est-ce donc qui s'en vient parmi nous ?

— Que voulez-vous dire ? »

Il la regardait, mais sans scandale ni reproche, ni incrédulité. « Il arrive des choses étranges, dit-il.

— Pas… seulement à moi ? » Elle était absolument résolue à ne pas pleurer.

« Pas seulement vous, mon enfant. À lui. Et… à d'autres.

— D'autres ? »

Il inclina encore la tête. Hésita, avec un petit geste de la main. Il n'en dirait pas davantage. Les prêtres étaient très doués pour ne pas confier ce qu'ils ne voulaient pas confier. Mais il avait un peu parlé malgré tout, et elle avait tellement besoin de savoir ! Elle n'était pas la seule, elle n'était pas en train de devenir folle.

Il avala sa salive et elle décela en lui une ombre de crainte, ce qui l'effraya à son tour. Elle sut ce qu'il allait demander avant qu'il ne prît la parole.

« Les voyez-vous… en ce moment ? Où ils se trouvent ? »

Elle secoua la tête. « Pas depuis qu'ils ont pénétré dans la forêt. Mais j'ai fait des rêves. Je pensais que vous pourriez peut-être m'aider.

— Oh, mon enfant, j'ai si peu de secours à offrir en la circonstance. Je suis moi-même… prisonnier de mes craintes.

— Vous êtes le seul auquel je puisse penser. »

Les mêmes yeux que son père, presque. « Interrogez-moi, alors », dit-il.

Il faisait très calme. Tout le monde était parti, sauf le vieux prêtre de la chapelle, qui redressait des chandelles à un autel secondaire proche de la porte, en attendant leur propre départ. Cette chapelle était la plus ancienne d'Esfèrth, les années avaient poli le bois de ses bancs et de son plancher. L'obscurité régnait là où ne pénétrait pas la lueur des lampes, et une douce pénombre là où elles éclairaient. Un sentiment de calme. Du moins aurait-il dû en être ainsi, songea Kèndra.

« Que pouvez-vous me dire, demanda-t-elle, de l'épée du Volgan ? »

◆

On ne pouvait dire que la sphère d'une vie de femme fût très vaste. Mais qu'en était-il pour la majorité des hommes vivant sur la terre du dieu, qui s'efforçaient de se nourrir et de nourrir leur famille, d'avoir chaud en hiver – ou d'être à l'abri des tempêtes de sable dans le sud –, de se tenir à l'écart des guerres, de la maladie, des raiders venus de la mer et des créatures de la nuit ?

Le monde appartenait aux enfants mortels du dieu, enseignait *Le Livre des Fils de Jad*, désormais de plus en plus utilisé dans les chapelles, même en terre cyngaëlle, avec des phrases qui étaient des incantations d'éloquent triomphe.

Il était bien difficile pour Meirion mer Ryce de le croire.

S'ils étaient tous les glorieux enfants d'un dieu généreux, pourquoi certains finissaient-ils écartelés et sanglants, après avoir subi l'aigle-de-sang, alors qu'ils avaient simplement été une fille revenant de la pâture avec des seaux débordants de lait, après la traite des deux vaches, un matin, à la fin du printemps ?

C'était *mal*, songeait Meirion avec défi en se rappelant sa sœur, comme chaque fois qu'elle revenait de la traite dans la brume précédant l'aube. Élyn n'aurait pas dû mourir ainsi, elle ne le méritait pas. Ce n'était pas ce que la vie aurait dû lui réserver, pas à elle. Meiri n'était pas assez sage pour comprendre de telles choses, elle le savait, et elle savait ce que le prêtre, au village, n'avait cessé de leur répéter depuis le début de l'été ; mais les Cyngaëlles n'était ni particulièrement soumises ni particulièrement déférentes, et si une personne de confiance avait demandé à Meirion de décrire ce qu'elle ressentait vraiment, elle aurait dit qu'elle débordait de rage.

Personne ne le lui avait demandé – elle n'avait personne à qui se fier ainsi –, mais la rage était là, chaque jour, chaque nuit, tandis qu'elle écoutait les bruits qui ne venaient plus désormais de la couche vide le long du mur proche. Et la rage l'accompagnait quand elle se levait dans le noir pour s'habiller et passer près du lit où ne se trouvait plus Élyn, pour la traite autrefois confiée à sa sœur.

Sa mère avait voulu démonter le lit, pour ménager plus d'espace dans leur petite cabane. Meiri ne l'avait pas laissée le faire, quoique, ces derniers temps, alors que l'été filait vers les moissons et l'automne, un peu froid parfois la nuit, elle avait commencé de se dire qu'elle le ferait peut-être elle-même un de ces après-midi, après le travail.

Elle choisirait une belle journée claire, quand flamme et fumée pourraient se voir de loin, et elle brûlerait la literie sur la butte brunie par le soleil, au-dessus des champs, en mémoire d'Élyn. C'était une réponse insuffisante, inappropriée, et de loin, à son deuil et à sa rage impuissante, mais quoi d'autre ?

Élyn n'avait pas été une noble ou une princesse. Il n'y avait pas d'endroit consacré dans la voûte d'un sanctuaire pour ses ossements, pas de mots ni d'image gravés dans de la pierre, pas de chants accompagnés à la harpe. Elle n'était ni Héledd ni Arianrhod, dont on pleurait la perte. Seulement une fille de fermier qui s'était trouvée au mauvais endroit en une heure trop obscure d'avant l'aube, violée et taillée en pièces par un Erling.

Et que pouvait une sœur pour entretenir sa mémoire ? Un chant ? Meiri ne connaissait pas la musique, ne savait pas même écrire son propre nom. C'était une fille, célibataire – pas d'homme pour la défendre –, qui vivait avec ses parents près de la frontière entre la Llywèrth et l'Arbèrth. Qu'allait-elle faire ? Exercer une féroce et terrible vengeance ? Intervenir dans une bataille, frapper un coup contre des Erlings ?

Elle le fit, en l'occurrence. Quelquefois, malgré tout le poids de la vraisemblance, on peut agir. Cela tient au mystère du monde et n'a en aucune façon besoin d'être compris.

Dans l'heure précédant le lever du soleil, à la fin de cet été-là, Meirion entendit des bruits étouffés par la brume, à sa droite, alors qu'elle s'en revenait chez elle dans les ornières usées du chemin herbeux, depuis la pâture.

Ce chemin suivait en parallèle la route de la Llywèrth, même s'il était quelque peu exagéré de l'appeler "route". Il y avait peu de routes dans les provinces cyngaëlles. Elles coûtaient cher en travail et en ressources, et si l'on construisait une route, on pouvait se faire attaquer par ceux qui la suivraient. Il valait mieux, les temps étant ce qu'ils étaient, accepter de vivre avec quelques difficultés à voyager, et ne pas faciliter la tâche de qui voulait vous chercher noise.

Le chemin cahoteux qui longeait au sud leur ferme et le hameau était cependant l'une des principales routes menant à la mer, et traversait une passe dans les collines de Dinfawr, à l'ouest, pour continuer vers l'est en contrebas de la forêt, le long de la rive nord de l'Aber.

C'était là qu'Élyn était morte. Des gens passaient tout le temps trop près d'eux, en route vers l'est ou vers l'ouest. Ce fut pourquoi Meirion s'immobilisa et, avec prudence, sans faire de bruit, posa à terre le joug auquel étaient accrochés les deux seaux pleins. Elle les laissa dans l'herbe, resta un moment l'oreille tendue.

Des sabots, des harnais, le craquement du cuir, le cliquetis du fer. Aucune bonne raison pour des hommes armés de suivre ce chemin avant le lever du soleil. Elle pensa d'abord à un raid sur le bétail : des bandits de la Llywèrth, ou des nobles, avaient traversé pour pénétrer en Arbèrth. On essayait de se tenir à l'écart de ces affaires, dans son village ; on n'avait pas assez de bétail ni d'autres possessions pour être la cible de raiders. Il valait mieux les laisser passer, dans les deux sens, ne rien savoir, ou aussi peu que possible, si des poursuivants se présentaient – dans les deux sens – avec des questions.

Elle aurait discrètement repris son chemin avec le lait du matin, si elle n'avait entendu des voix. Elle ne comprit pas les mots – et c'était là l'essentiel, bien sûr : elle aurait compris, si ces hommes avaient été de la Llywèrth. Ils ne l'étaient pas. Ils parlaient erling, et la sœur de Meiri, qu'elle avait aimée d'un amour féroce, avait été souillée et massacrée par l'un d'eux au début de l'été.

Elle ne retourna pas chez elle. La rage peut parfois canaliser la peur, la maîtriser. Meiri connaissait la région comme les boucles de ses propres cheveux. Elle s'accroupit, laissant le lait dans le chemin ; un renard le découvrit plus tard et but tout son saoul. Dans la grisaille, elle se dirigea vers les voix et la piste. Après un moment, elle se mit à ramper dans l'herbe et les broussailles pour s'approcher. Elle ignorait comment les Erlings – ou d'autres – organisaient leurs rangs pour une expédition, aussi fut-ce sa bonne fortune qu'il n'y eût pas d'éclaireurs pour surveiller les friches au nord de la piste. La bonne ou la mauvaise fortune joue un rôle important dans les événements d'une vie – ce qui ne laisse pas d'être assez troublant.

Ce qu'elle vit, en épiant à travers les ronces, ce fut une compagnie d'Erlings, quelques-uns à cheval, davantage à pied, arrêtés pour discuter, à peine visibles dans l'obscurité et le brouillard qui ne s'était pas encore levé. Ce qu'elle entendit, à travers le martèlement de son sang, ce fut "Brynnfell", par deux fois, impossible de se tromper, un nom qui lui sauta aux oreilles parmi tous ces mots grognés ou mordus auxquels elle ne comprenait rien.

Elle savait ce qu'elle avait besoin de savoir. Elle recula en rampant. Entendit un bruit derrière elle, se figea sur place, le souffle suspendu. Sans prier. Elle l'aurait dû, bien sûr, mais elle avait trop peur.

Le cavalier solitaire continua son chemin, en passant juste derrière sa cachette. Elle l'entendit traverser les buissons à travers lesquels elle avait épié, pour rejoindre les autres sur la route. Toutes les expéditions avaient des éclaireurs, surtout en pays hostile où l'on n'était pas sûr de son chemin. Un chien l'aurait découverte, mais les Erlings n'avaient pas de chiens.

Meirion lutta contre son désir de rester immobile là où elle se trouvait, pour toujours, ou jusqu'à ce que les raiders fussent partis. Elle entendit les cavaliers mettre pied à terre. La rivière était proche, juste au sud. Ils s'arrêtaient peut-être pour manger et boire.

Elle l'espérait bien.

En écoutant avec attention, aux aguets aussi de ce qui se passait derrière elle à présent, elle rampa à reculons, reprit son propre chemin. Abandonna le lait et se mit à courir. Elle savait où allaient ces raiders et ce qu'il fallait faire. Elle n'était pas sûre d'être écoutée par les hommes dans les champs. Elle était prête à tuer pour les y obliger.

Ce ne fut pas nécessaire. Seize fermiers et garçons de ferme, et Derwyn ap Hwyth, qui avait dix ans et n'accepta pas d'être laissé en arrière, partirent à la course vers Brynnfell avant que le soleil ne fût complètement levé, en suivant l'ancienne piste. Celle-ci s'arrêtait à leur forêt. Mais c'était un bois apprivoisé, familier, source de bûches et de poutres, et il y avait une piste qui les en ferait ressortir près de la ferme de Brynn ap Hywll.

Le père de Meirion, dont la mauvaise jambe ne lui permettait pas de suivre, prit le seul cheval du village et se rendit à Pénavy, au nord. Il y trouva douze hommes au travail. Leur dit ce qu'il fallait. Eux aussi s'en vinrent en courant depuis les champs qu'ils moissonnaient, en saisissant tout ce qui leur tombait sous la main de coupant, et de portable pendant une course d'un jour et d'une nuit.

Presque trente hommes. La réplique de Meirion. Ce n'étaient pas des combattants bien entraînés, mais c'étaient des hommes courageux, qui connaissaient bien la contrée, et débordaient jusqu'au dernier d'une furie aussi étincelante et froide qu'un soleil hivernal. Ce n'était pas une grande flotte de vaisseaux à tête de dragon venue des terres erlings. C'était un raid sournois à travers leurs terres. Ils auraient toujours peur des hommes du nord, mais ils ne s'enfuiraient pas devant eux.

Ce fut la fille de Ryce l'infirme, sa fille survivante, qui surprit les raiders et, telle une reine de légende, apporta la nécessaire information concernant leur destination. Une Cyngaëlle, digne de chants. Et tout le monde savait, dans la contrée avoisinante, ce qu'on avait infligé à sa sœur.

Ils allaient atteindre Brynnfell une demi-journée avant les Erlings.

L'après-midi du jour où elle avait vu les raiders, et dans une frénésie née de sa longue attente, Meirion démantibula la couche d'Élyn. Elle transporta la paille et la literie sur la butte. Sa mère et les autres femmes la virent et se mirent à l'aider, en rassemblant du bois et en l'arrangeant sur le sommet plat. Toutes ensemble, des femmes qui montaient et descendaient une colline. Tard dans la journée, alors que le soleil se couchait à l'ouest et que le dernier croissant de la lune bleue se levait – une nuit sans lunes, le lendemain –, elles allumèrent un brasier pour Élyn. Une simple fille. Personne d'important, en aucune façon.

◆

Bern ne pouvait déloger la prémonition qui l'habitait, la mort planant tel un oiseau noir, un des corbeaux d'Ingavin, patiente.

Les collines envahies de brouillard, les bruits étouffés, la vision limitée. Au lever du jour, le brouillard disparut sans dissiper cette sensation oppressante, cette immobilité attentive du paysage. Bern avait le sentiment qu'on les observait. Probablement le cas, même s'ils ne voyaient personne. C'était une étrange contrée, songeait-il, différente de tout ce qu'il avait déjà vu, et ils s'éloignaient de la mer. Il n'entretenait nulle illusion d'être un prophète, un voyant qui *savait*. Il se disait que c'était seulement l'appréhension. Il n'avait jamais participé à une bataille, et ils allaient combattre.

Mais ce n'était pas la peur. Vraiment pas. La peur, il en avait des souvenirs très précis. La nuit avant le combat, à Jormsvik, il était resté étendu près d'une prostituée, n'avait pas fermé l'œil, écoutant le souffle tranquille de la fille. Il avait été tout à fait certain que ce serait sa dernière nuit. Il avait eu peur, alors. C'était différent à présent. Il était pénétré d'un sentiment d'étrangeté qu'il ne reconnaissait pas. Le brouillard de ces collines, la nature de l'existence que menaient les humains. Et le rôle de son père dans tout cela, malgré son désir de le nier.

Le nier serait un mensonge, tout simplement. Thorkell lui avait bel et bien dit de ne pas laisser les navires cingler vers les terres cyngaëlles. Brand avait beau avoir abattu le dernier des Volgans pour sa supercherie, ils se trouvaient là maintenant, lancés dans une quête qu'Ivarr avait essayé de leur faire entreprendre grâce à cette même supercherie.

Brand le Borgne et les autres chefs s'étaient emparés de l'idée d'Ivarr: la vengeance, et l'épée du Volgan. Une façon d'échapper à l'humiliation. Et ils étaient en train d'agir ainsi qu'Ivarr l'avait désiré, même s'ils avaient jeté son corps dans la mer après l'avoir tué. On était en droit d'avoir l'impression que les choses avaient mal tourné.

Brand en avait parlé avec assez de calme, alors qu'ils faisaient voile vers l'ouest puis le nord, poussés par le vent, jusqu'à l'endroit où ils avaient finalement échoué les bateaux. Comment c'était un mauvais moment pour subir une défaite – y avait-il un bon moment ? s'était demandé Bern. Comment reprendre l'épée serait un triomphe éclatant arraché aux dents de l'échec. Un talisman pour faire pièce à des ambitieux du nord qui pensaient pouvoir devenir rois et imposer leur volonté aux Jormsvikings.

Bern n'en était pas si certain. Il lui semblait que ces raisons avouées en dissimulaient d'autres : Brand Léofson aurait aimé avoir lui-même pensé à la quête d'Ivarr, et ce que le borgne voyait en imagination, c'était la gloire.

Ordinairement, ç'aurait été assez légitime. Que pouvaient rechercher des braves, ainsi que le chantaient les skaldes avec leur harpe auprès des feux d'hiver ? “La richesse meurt avec un homme, mais son nom vit à jamais.”

Les salles d'Ingavin étaient réservées aux guerriers. Aux tables dorées des dieux, les vierges ardentes et complaisantes, aux lèvres rouges et aux cheveux blonds, n'offraient pas de l'hydromel et ne s'offraient pas elles-mêmes à des fermiers et à des forgerons.

Mais Thorkell avait voulu leur dire de ne pas venir par ici.

Ils n'étaient même pas certains de leur direction dans ces collines et ces étroites vallées. Brand et Carsten connaissaient le mouillage à cause de leurs incursions précédentes, des années plus tôt, mais ni l'un ni l'autre, ni Garr Hoddson, ne s'étaient jamais rendus aussi loin que Brynnfell à l'intérieur des terres. Ils étaient partis vers l'est, trente cavaliers, soixante hommes à pied, cinquante laissés aux bateaux pour éloigner ceux-ci en mer s'ils étaient découverts. À peine assez pour la tâche, avait pensé Bern, mais il était le plus jeune de la compagnie, qu'en savait-il ?

Carsten avait insisté pour un raid rapide, aller-retour, avec les seuls cavaliers, puisqu'ils allaient seulement tuer un homme et reprendre une épée. Brand et Garr n'avaient pas été d'accord. La ferme d'ap Hywll serait défendue. Ils devraient aller plus lentement, avec des hommes à pied, en plus grand nombre. Bern, sur Gyllir, était l'un des cavaliers qui surveillaient les deux côtés du chemin, une simple piste en réalité, tandis qu'ils avançaient.

Le deuxième jour, alors qu'ils franchissaient une rangée de collines dans une petite pluie fine, l'un des éclaireurs avait trouvé un bûcheron et l'avait ramené, mains liées dans le dos, en le faisant marcher devant son cheval à la pointe de son épée. L'homme était petit, sombre de peau et de cheveux, vêtu de haillons, les dents gâtées. Il ne parlait pas l'erling ; aucun d'eux ne parlait le cyngaël. Ils n'avaient pas *prévu* de se trouver là, n'avaient pas choisi ceux d'entre eux qui parlaient la langue. Ce raid avait été censé avoir lieu contre des *burhs* anglcyns sans défense. C'était pour cela qu'Ivarr les avait payés.

Ils essayèrent de parler en anglcyn au bûcheron, ce qui aurait dû être assez compréhensible. L'homme ne connaissait pas non plus cette langue. Il s'était souillé dans sa terreur, constata Bern.

Brand, impatient, agacé, irrité, avait tiré son épée, saisi le bras gauche de l'homme et tranché sa main au poignet. Le bûcheron, les cheveux plaqués par la pluie, dégoulinant de sueur puante, avait stupidement contemplé son moignon.

« Brynnfell ! » avait rugi Brand sous la pluie, « Brynnfell ! Où ? »

Le bûcheron avait levé un moment les yeux, le regard vacant, puis il s'était évanoui. Brand avait poussé un juron sauvage et craché par terre en regardant autour de lui, comme à la recherche de quelqu'un à blâmer. Garr, avec un rictus, avait embroché le Cyngaël sur place. Ils avaient repris leur route. La pluie avait continué de tomber.

C'était alors que Bern avait senti croître ce sentiment oppressant. Ils avaient fait route toute la soirée, s'arrêtant brièvement à la nuit, avaient entendu des animaux, le cri des chouettes dans le ciel et dans les arbres sur les pentes environnantes, mais sans rien voir. Avant le matin, ils avaient quitté les collines pour un territoire plus ouvert, même si la brume s'obstinait.

Il y aurait des fermes par ici, mais Brand pensait que celle de Brynn se trouvait au moins à un autre jour de route : il se réglait sur des histoires à demi remémorées. Ils firent une halte à l'aube, distribuèrent des provisions, burent à la rivière, au sud, et se remirent en mouvement au lever du soleil.

Bern songeait à son père en train de réparer une porte de grange à Rabady, à un lointain crépuscule. La gloire, songea-t-il soudain, pouvait se payer chèrement. Elle n'était peut-être pas faite pour tout le monde.

Il se pencha pour flatter l'encolure de Gyllir. Ils allaient vers l'est, une forêt était apparue à leur gauche, une rivière murmurait à leur droite, d'abord parallèle à leur route puis en divergeant. Bern n'aimait pas ce paysage gris-vert trop resserré, à l'air secret. Le soleil se coucha, le dernier croissant de la lune bleue apparut devant eux, glissa derrière. Encore une halte pour un autre repas, et de nouveau en mouvement, pendant toute la nuit. C'étaient des mercenaires de Jormsvik, ils pouvaient se priver de sommeil pendant une nuit ou deux afin d'obtenir l'avantage de la surprise et de la terreur. La rapidité était l'essence même d'un raid : on abordait, on frappait, mort et terreur, on prenait ce qu'on voulait et on repartait. Si on ne le pouvait, on n'appartenait pas à la bande, on n'aurait pas dû se trouver sur les navires à tête de dragon, on était aussi ramolli que ceux qu'on était venu massacrer.

On pouvait aussi bien être fermier ou forgeron.

Du moins le matin se leva-t-il plus éclatant. Ils semblaient avoir laissé les brouillards derrière eux. On continua la randonnée.

Tard dans la journée, avec une légère brise et des nuages blancs dans le ciel, alors qu'ils étaient en train de gravir une pente, ils rencontrèrent Brynn ap Hywll et une compagnie de combattants. Les Cyngaëls les attendaient en amont. Ni ramollis, ni surpris, ni effrayés.

En levant les yeux, Bern aperçut son père parmi eux.

Alun ne distinguait pas Ivarr Ragnarson. Les Erlings avaient le soleil dans le dos, ce qui le forçait à plisser les yeux. Brynn avait l'avantage du terrain, en hauteur, mais la lumière pourrait devenir gênante. Il y avait à peu près le même nombre d'hommes de chaque côté, et eux en avaient vingt en réserve, dissimulés de chaque côté de la colline. Les Erlings avaient des cavaliers, une trentaine, estima-t-il. Ce n'étaient pas les meilleurs cavaliers du monde, mais des chevaux, cela faisait une différence. Et c'étaient des Jormsvikings qu'ils allaient affronter, avec ce qui était essentiellement une bande de fermiers.

La situation était meilleure qu'elle aurait pu l'être, sans être vraiment bonne.

Les Erlings s'étaient arrêtés dès qu'ils les avaient vus. L'instinct d'Alun aurait été de charger pendant que les chevaux étaient immobiles, en se servant de la pente pour accentuer l'effet, mais Brynn avait donné l'ordre d'attendre. Alun n'en comprenait pas bien la raison.

Il la découvrit assez tôt. Ap Hywll lança un appel, sa forte voix roulant dans la pente. « Entendez-moi ! Vous avez commis une erreur. Vous ne retournerez pas chez vous. Vos navires seront saisis avant que vous n'y reveniez. Nous avons été avertis de votre venue. » Il parlait en anglcyn.

« Mensonge ! » Un borgne au moins aussi massif que Brynn avait poussé son cheval en avant. Les batailles commençaient ainsi dans les histoires, songea Alun. Un défi, un autre défi en réponse. Des discours pour les harpistes. Ce n'était pas une histoire. Il cherchait toujours dans les rangs des Erlings l'homme qu'il lui fallait abattre.

Brynn semblait avoir eu la même idée. « Vous savez que c'est la vérité, ou nous ne serions pas ici avec davantage d'hommes que vous. Donnez-nous Ivarr Ragnarson et des otages, et vous quitterez vivants ces rivages. »

« Je chie là-dessus ! » s'écria le colosse. Puis : « Ragnarson est mort, de toute façon. »

Alun battit des paupières. Jeta un coup d'œil à Thorkell Einarson à ses côtés. L'Erling à la barbe rousse contemplait leurs adversaires. Ses congénères.

« Comment cela ? cria Brynn. Comment est-il mort ?

— Par mon épée, en mer, pour nous avoir dupés. »

De façon surprenante, Brynn ap Hywll se mit à rire à gorge déployée. Un rire absolument inattendu. Nul ne parla ou ne bougea. Brynn se maîtrisa. « Alors, au nom de Jad, que faites-vous donc ici ?

— Nous sommes venus te tuer », dit l'autre. Son visage s'était empourpré au rire de Brynn. « Es-tu prêt à aller retrouver ton dieu ? »

Silence. La fin de l'après-midi, la fin de l'été. La fin d'une vie, en vérité, pour les deux hommes qui se parlaient ainsi.

« Je suis prêt depuis longtemps, dit gravement Brynn. Je n'ai nul besoin d'emmener une centaine d'hommes avec moi. Dis-moi ton nom.

— Brand Léofson, de Jormsvik.

— Tu es le chef de cette compagnie ?

— Oui.

— Ils l'acceptent ?

— Que veux-tu dire ?

— Ils suivront tes ordres ?

— Je tue quiconque désobéit.

— Évidemment. Très bien. Vous nous laissez deux navires, vingt otages de votre choix, et toutes vos armes. Le reste pourra s'en aller. J'enverrai un messager en Llywèrth et un autre au prince Owyn de Cadyr, ils vous laisseront repartir. Je ne peux garantir ce qui vous arrivera lorsque vous cinglerez près de la côte anglcyne.

— Deux navires ! » La voix de l'Erling était incrédule. « Nous ne laissons *jamais* d'otages, espèce d'imbécile merdeux ! Nous ne laissons jamais nos bateaux !

— Alors ils seront saisis quand vous mourrez ici. Vous ne repartirez jamais, aucun d'entre vous. Décide. Je n'ai pas envie de discuter. » La voix de Brynn était froide, à présent.

L'un des Erlings à pied s'approcha de l'étrier du borgne. Ils échangèrent des murmures. Alun regarda de nouveau Thorkell. Vit que l'autre contemplait Brynn.

« Comment savons-nous que vous ne mentez pas en ce qui concerne Llywèrth et Cadyr ? Comment sauraient-ils notre présence ? » C'était le deuxième Erling, debout près du cheval du nommé Léofson.

Un cavalier, d'un petit mouvement de ses rênes, fit avancer son cheval près de Brynn. « Vous le savez parce que je vous dis que c'est la vérité. Nous avons traversé la forêt des esprits pour apporter ici un avertissement de votre venue.

— À travers la forêt… ! Ça, c'est un mensonge, pour sûr ! Qui donc… »

L'Erling s'interrompit. Il avait trouvé la réponse à sa question. C'était l'accent. L'intonation courtoise et sans défaut d'un Anglcyn.

« Mon nom est Athelbert, fils d'Aëldred », dit près de Brynn le jeune homme qui avait chevauché avec eux dans la forêt du dieu, pour une cause qui lui était étrangère. « Notre *fyrd* a abattu soixante d'entre vous. Je serai indiciblement heureux d'ajouter ici à leur nombre. Mon père a envoyé un bateau de Drèngest, juste après votre départ, avec un avertissement à Cadyr. On doit l'avoir reçu depuis plusieurs jours, pendant que vous veniez ici. Ap Hywll dit vrai. Si nous n'envoyons pas un messager pour les arrêter, les Cyngaëls prendront vos vaisseaux ou les repousseront en mer, et vous n'aurez nulle part où aller. Vous êtes des hommes morts. Jormsvik ne sera plus jamais la même. Vos noms y seront un éternel sujet de railleries. Vous ne pouvez imaginer le plaisir que j'éprouve à vous le dire. »

Un murmure courut dans l'armée erling en contrebas. Alun y entendit de la colère mais non de la peur. Il n'en attendait point. Plusieurs des Erlings avaient commencé de brandir haches et épées, constata-t-il. Envahi par un dur et féroce désir, il dégaina sa propre lame. On y était. Enfin.

« Attendez », dit Thorkell à mi-voix près de lui.

« Ils tirent leurs armes, gronda Alun.

— Je le vois. Attendez. Ils gagneront cette bataille.

— Ils ne la gagneront pas !

— Croyez-moi, ils la gagneront. Ap Hywll le sait aussi. Les nombres sont à peu près égaux, mais ils ont des cavaliers et des guerriers. Brynn a ses trente hommes, mais le reste, ce sont des fermiers avec des faux et des gourdins. Réfléchissez ! »

Sa voix porta vers le premier rang. Plus tard, Alun décida qu'il en avait eu l'intention. Brynn tourna légèrement la tête.

« Ils savent qu'ils ne peuvent quitter vivants ces rivages, dit-il à mi-voix.

— Je le crois », fit Thorkell de même, toujours en cyngaël. « Aucune importance. Ils ne peuvent vous donner des otages ou des vaisseaux et retourner à Jormsvik. Ils mourront plutôt.

— Alors, on se bat. On en tue assez pour que demain ou le jour suivant…

— Et que diront vos épouses et vos mères, et les pères de ces deux princes ? » Thorkell n'avait pas élevé la voix.

Brynn se retourna. Alun vit ses yeux dans la lumière de l'après-midi finissant. « Ils diront que les Erlings, maudits de Jad et du monde, ont encore tué des braves avant leur temps. Ils diront ce qu'on a toujours dit.

— Il y a un autre moyen. »

Brynn le regardait fixement. « J'écoute », dit-il.

Alun sentit la brise qui se levait pour faire claquer leurs étendards.

« Nous lui lançons un défi, dit Thorkell. Il gagne, on leur permet de partir. Il perd, ils donnent les deux bateaux et des otages.

— Tu viens de dire…

— Ils ne peuvent pas *livrer* des bateaux. Ils peuvent perdre un combat. L'honneur exige alors un marché équitable. Ils l'accepteront. C'est Jormsvik.

— La différence compte ? »

Thorkell hocha la tête : « Il en a toujours été ainsi.

— Bon », dit Brynn après un moment, avec un sourire. « Bon. Je me bats contre lui. S'il accepte. »

Rétrospectivement, Alun se rappela que quatre voix avaient dit "non" en même temps, et la sienne en était.

Mais la voix qui s'éleva de nouveau, lorsque la surprise fit taire les autres, fut celle d'une femme. « Non ! » répéta-t-elle.

Alun se retourna – ils se retournèrent tous. Sur une pente voisine se trouvaient l'épouse et la fille de Brynn ap Hywll, à cheval, très proches. Alun vit Rhiannon, vit le regard qu'elle lui jeta, et son cœur battit sourdement dans sa poitrine, souvenirs et images qui s'abattaient tel un déluge de flèches du ciel éclatant.

C'était la mère qui avait parlé. Brynn la regardait fixement. Elle fit avancer son cheval pour traverser leurs rangs.

« Je vous ai dit de rester à la maison », dit-il, d'une voix assez égale.

« Je sais, mon seigneur. Grondez-moi plus tard. Mais d'abord entendez-moi. Le défi est légitime. J'ai entendu ce qu'il a dit. Mais il ne vous appartient pas de le lancer, cette fois.

— Il le faut. Énid, ils sont venus me tuer.

— Et l'on ne peut leur accorder ce plaisir. Mon très cher, vous êtes le plus grand et le plus glorieux de tous les hommes vivants.

— J'aime à l'entendre, dit Brynn ap Hywll.

— Je l'imagine bien, dit dame Énid. Vous êtes vaniteux. C'est un péché. Vous êtes aussi, je suis chagrine de vous le dire, vieux, poussif et gras.

— Je ne suis pas gras ! Je suis…

— Vous l'êtes, et votre genou gauche vous fait souffrir en cet instant même, et vous avez le dos raide tous les jours à cette heure-ci.

— Il est vieux aussi ! Ce capitaine borgne porte ses années.

— Un raider, mon seigneur. » C'était Thorkell. « Son nom m'est connu. C'est encore un guerrier, mon seigneur. Elle dit vrai.

— Êtes-vous ici pour me faire honte, mon épouse ? Dites-vous que je ne puis vaincre…

— Mon amour. Trois princes et leurs fils se sont effacés pour vous faire place, il y a vingt-cinq ans.

— Je ne vois pas pourquoi…

— Ne me quittez pas, dit Énid. Pas ainsi. »

Alun entendit un oiseau chanter. Les actes des humains, leurs tempêtes et leurs naufrages comptaient à peine ici. C'était un jour d'été. Les oiseaux seraient encore là lorsque, d'une façon ou d'une autre, tout serait accompli. Brynn contemplait sa femme. Elle mit pied à terre sans aide et s'agenouilla dans l'herbe devant son époux. Brynn se racla la gorge.

Ce fut Athelbert qui mit fin à l'immobilité générale. Il poussa son cheval vers les Erlings, à quelques pas dans la pente. « Entendez-moi. On nous dit que vous ne pouvez nous abandonner les vaisseaux. Vous devez comprendre que s'il en est ainsi, la mort vous attend. On vous offre un défi, à présent. Choisissez l'un d'entre vous, nous en ferons autant. Si vous êtes victorieux, on vous laissera reprendre la mer.

— Et si nous sommes vaincus ? »

Ils allaient accepter. Alun le savait avant même qu'ils eussent entendu les termes. C'était dans la vivacité de la réplique du capitaine borgne. Des mercenaires, embauchés pour se battre, et non des *berserkirs* avides de mourir. Il éprouvait un sentiment curieux, l'impression que le temps était revenu sur ses pas.

Trois princes et leurs fils. Son père avait été l'un de ces fils, vingt-cinq ans plus tôt, presque de l'âge d'Alun. Brynn aussi s'était trouvé là. Ce qui se déroulait ici semblait appartenir à l'écheveau filé autrefois sur cette grève de la Llywèrth.

Athelbert avait repris la parole : « Vous nous laissez deux vaisseaux, et leur équipage, et dix otages pour plus de sécurité, qu'on libérera au printemps. Ce n'est pas une reddition. C'est un défi qui aura été perdu.

— Comment rentrons-nous chez nous sans armes ? Si nous rencontrons qui que ce soit…

— Alors, vous avez intérêt à être victorieux, n'est-ce pas ? En espérant ne pas rencontrer les navires de mon père. Acceptez sur-le-champ ou affrontez-nous ici.

— D'accord », dit Brand Léofson, plus vite encore qu'Alun ne l'aurait cru.

Son cœur battait durement à présent. On y était. Il pensait à Dai, bien sûr. Ragnarson était mort, mais il y avait un raider erling en contrebas avec une épée. L'écheveau avait été filé. Il prit une profonde inspiration pour se calmer. À son tour maintenant de faire avancer son cheval vers la destinée qui s'était esquissée pour lui à la fin du printemps.

« J'irai », dit Thorkell Einarson.

Alun retint son cheval, en lançant un regard rapide derrière lui.

« Je sais », dit Brynn ap Hywll, très bas. « C'est pour cette raison que Jad t'a amené ici, je suppose. »

Alun ouvrit la bouche pour protester, mais les mots se dérobèrent. Il les chercha instamment. Thorkell l'observait avec une expression surprenante.

« Pensez à votre père », dit-il. Puis, en se détournant : « Prince Athelbert, ai-je votre aval d'utiliser l'épée que vous m'avez donnée dans la forêt ? »

Athelbert inclina la tête en silence. Alun se demanda s'il paraissait en cet instant aussi jeune que l'Anglcyn. Il se sentait ainsi, redevenu un enfant auquel on aurait permis de se mêler aux adultes, comme le garçon de dix ans qui s'était joint à eux avec les fermiers de l'ouest.

Thorkell sauta à bas de son cheval.

« Pas de marteau ? demanda Brynn, d'un ton animé à présent.

— Pas en combat singulier. Cette épée est une bonne lame.

— Toléreras-tu un casque cyngaël ?

— S'il ne se brise pas parce qu'il a été mal fait. »

Brynn ap Hywll ne lui rendit pas son sourire. « C'est le mien. » Il l'ôta pour le tendre à l'Erling.

« Je suis honoré », dit celui-ci. Il le mit.

« De l'armure ? »

Thorkell jeta un coup d'œil en contrebas. « Nous portons tous les deux du cuir. Ça suffira. » Il se tourna vers la femme toujours agenouillée dans l'herbe. « Je vous remercie de m'avoir fait don de la vie, ma dame. Je n'ai pas mérité beaucoup de dons dans mon existence.

— Après ceci, oui », fit Brynn, bourru. Son épouse, qui observait l'Erling à la barbe rousse, ne dit mot. Brynn ajouta. « Tu vois son œil ? Comment t'en servir ? Tue-le pour moi. »

Thorkell le dévisagea. Secoua la tête d'un air chagrin. « Le monde offre bien des étrangetés à un homme s'il vit assez longtemps.

— Je suppose, dit Brynn. Parce que tu combats pour nous ? Pour moi ? »

Thorkell hocha la tête : « Je l'aimais, Siggur. Rien n'a jamais été pareil après sa mort. »

Alun regarda Athelbert, qui lui rendit son regard. Ils ne dirent mot ni l'un ni l'autre. Les oiseaux chantaient autour d'eux.

« Qui combat pour vous ? » s'esclaffait le grand Erling en contrebas. Il avait mis pied à terre et s'était avancé, seul, à mi-chemin dans la pente. Il avait mis son casque.

« Moi », dit Thorkell. Il commença à descendre. Un murmure s'éleva parmi les Erlings, quand ils constatèrent que c'était l'un des leurs.

Alun vit qu'Énid essuyait des larmes d'un revers de main. Rhiannon était venue se tenir auprès de sa mère. Il n'avait pas encore réussi à calmer le battement de son cœur. "Pensez à votre père."

Comment Thorkell avait-il su que c'était ce qu'il devait dire ?

Bern regardait son père descendre la pente. Il avait les yeux écarquillés d'incrédulité depuis qu'ils avaient vu les Cyngaëls. Thorkell était facile à repérer, l'avait toujours été, une demi-tête de plus que presque tous les autres, avec l'étendard rutilant de sa barbe.

Et Bern avait donc su, sans entendre ce qui se disait mais en observant les gestes révélateurs des hommes au-dessus d'eux, que c'était Thorkell qui avait conseillé le combat singulier lorsque la bataille avait été sur le point de débuter. Tant d'histoires, tant de chants parlaient de tels combats – jusqu'à Sifèrth et Ingeld dans la neige, au temps des commencements. La gloire et le trépas : quelle façon plus éclatante de trouver l'une et l'autre ?

Il avait entendu ses compagnons discuter vivement, essayant de décider s'il y avait d'autres Cyngaëls dissimulés dans les pentes voisines, et combien. Il n'était pas bon juge, ne pouvait qu'accepter ce qu'il avait entendu : peut-être gagneraient-ils cette bataille, mais avec de lourdes pertes, surtout s'il y avait des archers parmi les Cyngaëls en réserve.

Et ils ne repartiraient pas de ces terres. Ils l'avaient compris dès le discours du prince anglcyn – cette présence impossible parmi les Cyngaëls.

Bern avait eu ces prémonitions de désastre, sur le bateau, en s'en venant, et pendant toute leur randonnée dans les noires collines de l'est. Peut-être avait-il apparemment plus de raisons qu'il ne l'avait cru de se croire doté de voyance. Ce n'était pas le meilleur moment pour le découvrir.

Puis le prince anglcyn s'avança une autre fois pour offrir le défi. Il serait facile de haïr cette voix, cet homme, songea Bern. Des marmonnements laconiques à ses côtés, des hommes d'expérience : s'ils rendaient les armes, ils pouvaient aussi bien être nus, dit l'un d'eux, pour traverser de nouveau une contrée hostile puis essayer de revenir chez eux en ramant contre le vent, désespérément exposés à quiconque viendrait à leur rencontre, et avec les navires d'Aëldred qui les attendaient. Sans armes, ils ne pouvaient pas non plus passer l'hiver ici.

C'était un défi qui offrait une illusion de survie s'ils perdaient, rien de plus. Mais ils étaient morts s'ils livraient bataille ici, vainqueurs ou vaincus.

« Brand, tu peux tailler ce gros tas en pièces », entendit-il Garr Hoddson dire de sa voix rauque. « Fais-le, et rentrons chez nous. Et en plus, tu auras abattu Brynn ap Hywll. C'est pour ça que nous sommes venus ! »

Brynn ap Hywll. Bern leva les yeux vers celui qui avait tué le Volgan. Le Fléau des Erlings. C'était un vieil homme. Brand pouvait bel et bien en être victorieux, songea-t-il en se rappelant la rapidité de l'épée de Léofson, en examinant sa rude silhouette nerveuse et couturée. Il les sauverait, comme le devait un chef. Une possibilité s'offrait.

Brand s'écria « D'accord ! », tout en tirant son épée.

Puis il cria : « Qui combat pour vous ? » Et la possibilité disparut.

Bern entendit son père lancer : "Moi" et le vit descendre vers l'endroit où se tenait Brand.

Le soleil couchant enflammait la barbe et la chevelure de Thorkell. Ils étaient si loin, songea Bern, les yeux levés vers lui, si loin de cette grange et du champ de Rabady. Mais la lumière, la lumière était à présent celle des soirées qu'il se remémorait.

Ils n'étaient jeunes ni l'un ni l'autre. Ils avaient déjà tous deux combattu ainsi auparavant. Un combat singulier pouvait déclencher une bataille ou l'éviter, et la renommée échoirait au vainqueur, même si c'était une escarmouche, un raid comme ici, et non une guerre.

Ils s'approchèrent l'un de l'autre, en examinant le terrain, sans hâte évidente de commencer. Brand Léofson eut un mince sourire. « Nous sommes en dévers. Tu veux aller sur le plat ? »

L'autre haussa les épaules – Brand avait vaguement l'impression qu'il aurait dû le reconnaître. « Pareil. Autant que ce soit ici. »

Les deux épées étaient de la même longueur, mais celle de Brand était plus pesante que la lame anglcyne de l'autre. C'étaient tous deux des colosses, à peu près de la même taille. Brand estima qu'il avait l'avantage, de quelques années. Il était malgré tout déconcerté d'affronter un autre Erling. C'était imprévu. Presque tout l'avait été dans ce raid maudit d'Ingavin,

« Qu'ont-ils fait ? Ils t'ont promis de te libérer si tu gagnais ? »

L'autre examinait toujours l'herbe. Il haussa de nouveau les épaules avec indifférence. « J'imagine qu'ils le pourraient, mais on n'en a pas parlé. C'est moi qui ai suggéré ce combat, de fait.

— Pressé de mourir ? »

L'autre lui rendit son regard pour la première fois. Il se tenait toujours en amont, les yeux baissés sur Brand. Cela déplut à celui-ci, qui résolut d'y veiller dès qu'ils auraient commencé.

« La mort vient tous nous chercher. Inutile d'être pressé, n'est-ce pas ? »

Un de ces hommes-là, apparemment. Pas le genre d'homme qu'appréciait Brand. Bien. Ça facilitait encore les choses. Il prit quelques moments de plus pour imiter l'autre, remarqua un creux dans le sol derrière une branche tombée à sa gauche.

Il le regarda de nouveau. « Tu l'as suggéré ? Tu m'as rendu service, alors. Ça a été la pire des expéditions.

— Je sais. J'étais avec Aëldred quand ils vous ont massacrés. C'est à cause de Ragnarson. Cet homme portait malheur. Tu l'as vraiment tué ?

— Sur mon navire.

— Tu aurais dû retourner chez vous, alors. Ne te l'a-t-on pas dit ? Un bon chef limite ses pertes avant qu'elles ne soient trop grandes. »

Brand cligna des yeux, puis poussa un juron. « Qui es-tu, par Thünir, pour me dire ce que fait un chef ? Je suis un capitaine de Jormsvik. Qui es-tu ?

— Thorkell Einarson. »

Ce nom seul, et Brand comprit. Il le connaissait, bien sûr. Étrangeté sur étrangeté. Thorkell le Rouge. Celui des chants. Celui qui avait ramé avec Siggur, son compagnon d'armes, l'un de ceux qui avait participé au raid en Ferrières, quand ils avaient trouvé l'épée. L'épée que Brand était venu reprendre.

Eh bien, voilà qui n'allait pas arriver.

Cette révélation aurait troublé un homme plus faible que lui, songea-t-il. Il n'était pas troublé. Il refusait d'y accorder trop d'importance. Toute cette histoire signifiait que l'autre était plus vieux qu'il ne l'avait cru. Bien, ça aussi.

« Honoreront-ils les termes de l'accord ? » demanda-t-il, sans commenter le nom ou manifester aucune émotion. Il y pensait, cependant ; comment aurait-il pu ne pas y penser ?

« Les Cyngaëls ? Ils sont furieux. Ils le sont depuis le premier raid qui a eu lieu ici. Vous avez tué en route ?

— Personne. Oh, eh bien, un bûcheron. »

L'homme à la barbe rousse haussa de nouveau les épaules. « Un seul, ce n'est pas grand-chose. »

Brand cracha et se racla la gorge. « On ne savait pas comment arriver ici. Je te l'ai dit, un raid épouvantable. Le pire depuis le Karche. » Il le disait délibérément. Pour laisser l'autre savoir aussi qui était Brand Léofson. Il lui vint une idée. « Tu étais le compagnon de rame du Volgan. Que fais-tu là à combattre pour le porc qui l'a tué ?

— Une bonne question. Ce n'est pas le lieu d'y répondre. »

Brand renifla avec dédain : « Tu crois qu'on trouvera un meilleur endroit ?

— Non. »

Einarson s'était courtoisement arrêté à ses côtés, ils se trouvaient tous deux au même niveau dans la pente, face à face. Il leva son épée pour le salut, la pointant vers le ciel. La conversation, de toute évidence, était terminée. Arrogant bâtard. Ce serait un plaisir, de le tuer.

« Je vais te tailler en pièces », dit Brand – les paroles mêmes de Hoddson un moment plus tôt ; il en aimait la résonance. Il retourna le salut.

Einarson ne semblait pas troublé. Il fallait à Brand davantage de réactions : il essayait de se pousser à la colère, à la furie qui le rendait meilleur au combat.

« Tu n'es pas assez bon », dit Thorkell Einarson.

Voilà qui allait aider. « Oh ? Tu veux voir, vieillard ?

— Je suppose que je vais le voir. Tu as dit à tes compagnons comment tu veux qu'on dispose de ton cadavre ? As-tu une requête pour moi ? »

Encore de la courtoisie. Les rituels erlings. Il agissait en tout ainsi qu'il convenait, et Brand commençait de le haïr. C'était utile. Il secoua la tête. « Je suis prêt pour ce qui s'en vient. Qu'Ingavin nous voie à présent, et qu'il me protège. Qui protège ton âme, Einarson ? Le dieu jadite ?

— Une autre bonne question. » L'homme roux hésita pour la première fois, puis sourit, une expression curieuse. « Non. Les vieilles habitudes restent, après tout. » Avec cette même expression étrange, il dit, exactement comme Brand : « Je suis prêt pour ce qui s'en vient. Qu'Ingavin nous voie, et qu'il me protège. »

Ce que tout cela pouvait bien signifier, Brand l'ignorait, et il s'en moquait. Quelqu'un devait commencer. On pouvait tuer un homme du premier coup. Ils ne portaient tous deux qu'une armure de cuir. Il feignit un coup d'estoc et asséna un coup de taille, du revers. Si l'on touchait une jambe, l'adversaire était fini. Une attaque familière, exécutée en force. Et parée. Le combat commença.

Ce que Bern savait du combat, il le tenait de son père. Une poignée de leçons offertes de manière aléatoire, sans avertissement, pendant qu'il grandissait. Au moins à deux reprises, alors que Thorkell était souffrant après être sorti en titubant au matin d'une taverne, il avait saisi épées, casques et gantelets pour ordonner ensuite à son fils de le suivre dehors. Cela faisait partie du devoir paternel, c'était l'impression qu'en avait eue Bern : il lui fallait savoir certaines choses. Thorkell les lui avait expliquées, ou démontrées, avec des gestes économes sans s'attarder, puis il avait renvoyé Bern avec les armes et l'armure tandis qu'il s'occupait de son travail quotidien à la ferme. Le jeu de pieds de son fils avait autant d'importance, et pas nécessairement davantage, que la patte endommagée de la chèvre qui donnait du lait.

On prenait note des armes de l'adversaire, on vérifiait s'il en avait plus d'une, on étudiait le sol, le soleil, on gardait propre sa lame, on avait toujours au moins un poignard sur sa personne, car il y avait des occasions où un choc pouvait briser une épée. Si on était assez fort, on pouvait utiliser un marteau ou une hache, mais ils valaient mieux dans une bataille que dans un combat singulier, et Bern ne deviendrait sans doute pas assez solide pour ce genre d'armes. Il avait intérêt à en être conscient, et à travailler sa rapidité. Il fallait rester tout le temps en mouvement, avait dit son père.

Jamais rien de spécial dans son intonation, Bern s'en souvenait, une simple observation. Et l'observation, simple ou non, était la note sous-jacente de toutes ces phrases laconiques. Bern avait abattu un capitaine de Jorsmvik avec ces conseils en tête: il avait jugé l'autre emporté, trop confiant, trop plein de lui-même pour être prudent, et doté d'une monture au pied moins sûr que Gyllir. Bern était un cavalier, Gyllir son avantage. On observait l'adversaire, avait dit son père, on apprenait ce qu'on pouvait, avant ou pendant la bataille.

Bern observait. La lumière du jour finissant était d'une étrange clarté après les brouillards matinaux qu'ils avaient traversés pour en venir là. Les deux hommes tournaient en rond, leurs épées s'entrechoquaient, ils rompaient pour se remettre à tourner, tous deux mis en relief par une lumière éclatante. Rien n'était obscur désormais. On pouvait distinguer chaque mouvement, chaque geste, chaque flexion de muscle.

Son père ne s'était pas battu depuis des années, il avait une mauvaise épaule – la mère de Bern avait coutume de la frotter de liniment, le soir –, et une hanche que rien ne secourait vraiment par temps humide. Brand était plus endurci, encore un raider, plus rapide que n'aurait dû l'être un tel colosse, mais son mauvais œil était couvert d'un cache.

Après une douzaine d'échanges et de retraites, Bern vit aussi que Brand préparait une certaine attaque d'une façon bien particulière. Il était attentif, il le vit bien. Son père lui avait appris à observer. Son père luttait pour sa vie. Bern se sentait saisi de vertige. Mais il ne pouvait rien y faire.

« Par le sang de Jad ! Il est trop vieux pour continuer de parer. Il doit vaincre rapidement ! »

Brynn ap Hywll, près d'Alun, poussait à voix basse des jurons et des exclamations féroces, sans discontinuer, et son corps se mouvait en même temps que celui des deux hommes en contrebas. Alun n'avait encore vu vaciller aucun des deux combattants, aucune occasion évidente d'en finir vite. Thorkell se contentait surtout de reculer, en essayant d'éviter d'être forcé à prendre la position en dévers. Le chef de Jormsvik était très rapide, et il fallait un réel effort à Alun pour résister au profond et honteux soulagement qu'il éprouvait : il n'était pas du tout certain qu'il aurait pu combattre cet homme.

« Ha ! Encore ! Vous voyez ? Vous voyez ? À cause de son œil !

— Quoi ? » dit Alun en jetant un rapide regard de côté à Brynn.

« Il tourne la tête vers la gauche avant un revers. Pour vérifier la direction. Il signale le coup ! Saint dieu du soleil, Thorkell doit bien le voir ! »

Alun ne l'avait pas remarqué. Il plissa les yeux pour se concentrer, à l'affût de ce que Brynn venait de souligner, mais au même moment, il éprouva une sensation étrange : un battement, une présence, inexplicables, et même douloureux, à l'intérieur de sa tête. Il essaya de les repousser, de se consacrer au combat et à ses détails. Mais du *vert* continuait à s'imposer, la couleur verte, et ce n'étaient ni les herbes ni les feuilles.

En regardant combattre les deux hommes, Rhiannon se débattait avec un sentiment si nouveau pour elle qu'elle ne put le reconnaître tout de suite. Il lui fallut quelques instants pour comprendre que c'était de la rage. Une rage aussi blanche que les vagues d'une tempête, aussi noire que la haute forteresse d'un nuage d'orage, aucune autre nuance, aucune. La rage la consumait. Elle avait les poings serrés. Elle aurait pu tuer. Elle en était capable : en cet instant précis, elle éprouvait un violent désir de meurtre.

« Nous n'aurions pas dû venir, dit sa mère à mi-voix. Nous les affaiblissons. »

Ce n'était vraiment pas ce qu'elle voulait entendre. « Il aurait combattu lui-même si vous n'aviez été là.

— Ils l'auraient arrêté, dit Énid.

— Ils auraient essayé. Vous êtes la seule qui le puisse. Vous le savez. »

Sa mère lui jeta un coup d'œil, parut sur le point de parler, s'en abstint. Elles continuèrent d'observer les hommes en contrebas. La lumière était d'un éclat et d'une clarté des plus étranges.

Les hommes en contrebas. Qu'était une femme ? songeait avec férocité Rhiannon mer Brynn. Qu'était son existence ? Même ici en terre cyngaëlle, célèbre pour ses femmes, et parfois de manière scandaleuse, que pouvaient-elles vraiment espérer être ou faire en des temps comme ceux-ci ? Lorsqu'il arrivait des *choses importantes*?

Facile, se dit-elle avec amertume, tandis que les épées s'entrechoquaient. Elles pouvaient regarder et tordre leurs mains délicates, sa mère et elle, mais seulement si elles avaient d'abord désobéi à des ordres clairs et précis de rester cachées à l'écart. Cachez-vous, cachez-vous ! Ou, encore, elles pouvaient être la cible des agressions, se faire violer, tuer, capturer et vendre comme esclaves, puis être pleurées et exaltées dans des chants. Des chants, songea sauvagement Rhiannon. Un chanteur, aussi, elle pourrait en tuer un.

Les femmes étaient des enfants jusqu'à leur premier sang, et mariées ensuite pour produire des enfants et, – si Jad était bon –, ces enfants seraient des garçons, qui pouvaient cultiver la terre et la défendre, ou partir combattre un de ces jours. Un gamin de dix ans armé d'une serpette se trouvait dans leurs rangs. Un enfant de dix ans !

Elle se tenait près de sa mère, consciente qu'Énid tremblait toujours, elle qui n'en avait pas coutume, certaine qu'elle avait été de voir Brynn combattre et mourir sous ses yeux. Peut-être quelque dessein était-il à l'œuvre ici, dans le fait que sa mère eût sauvé la vie d'un Erling à la barbe rousse dans la cour de la ferme, cette nuit-là, en le réclamant pour sien. Et maintenant cet homme avait entrepris de combattre à la place de Brynn.

Un dessein, peut-être. Rhiannon s'en moquait, pour l'instant. Elle les voulait tous morts, ces Erlings qui se trouvaient là simplement parce qu'ils le *pouvaient*, avec leurs vaisseaux, leurs épées et leurs haches, parce qu'ils se régalaient de massacre, de sang et de mort au combat, afin de se voir octroyer par leurs dieux, pour l'éternité, des vierges aux cheveux d'or.

Rhiannon aurait voulu posséder le pouvoir des déesses cyngaëlles de l'ancien temps, celles dont il était interdit de même prononcer le nom depuis que son peuple avait accueilli Jad. Elle aurait voulu pouvoir invoquer la pierre et le chêne, et abattre elle-même les raiders, en laissant leurs cadavres taillés en pièces dans l'herbe. Que ces vierges blondes les reconstituent. Si elles le désiraient.

Elle leur ferait subir l'aigle-de-sang. On verrait si ces raiders marins si féroces revenaient après *ça* ! L'humeur qui l'avait accompagnée pendant ce long été avait complètement disparu, soufflée comme un brouillard par le vent – ce sentiment mélancolique et douloureux qui l'empêchait de dormir, la certitude que le monde était tout de travers. C'était bien le cas, oui, en vérité. Mais il y avait là une leçon à apprendre : dans les terres du nord, l'amour et le désir n'étaient pas ce qui constituait la vie. Rhiannon le savait à présent. Elle le voyait. Le monde était tellement dur ! Il fallait s'endurcir aussi.

Elle se tenait auprès de sa mère, le visage dénué d'expression, sans rien manifester de ce qui rageait en elle. On pouvait regarder Rhiannon, environnée de cette éclatante lumière, et l'imaginer comme la vierge des douleurs à la sombre chevelure. Elle vous tuerait, si elle le pouvait, pour cette seule pensée.

Une autre jeune femme, à Esfèrth, loin à l'est, aurait parfaitement compris ces réflexions, qu'elle partageait en grande partie, bien qu'entretenant une autre flamme intérieure, une brûlure avec laquelle elle avait vécu toute sa vie, qui n'était pas une soudaine découverte.

L'amertume du lot des femmes, l'impuissance avec laquelle on regardait ses frères et les autres hommes s'en aller chevaucher pour la gloire, une épée au côté, ce n'était pas nouveau pour elle. Judit, fille d'Aëldred, désirait la bataille, le pouvoir et leurs tribulations autant que n'importe quel raider erling fendant les vagues dans son navire à tête de dragon pour aborder à la grève dans le ressac.

Et elle s'apprêtait plutôt à aller épouser un enfant à Rhédèn, l'hiver prochain.

Ce jour-là, elle travaillait à de la broderie avec sa mère et leurs suivantes. Une dame de haute naissance se devait d'apporter certains talents dans la demeure de son époux.

La fille cadette du roi Aëldred voyait le monde d'une façon très différente de Rhiannon et de Judit, même si cette vision avait elle aussi subi des transformations progressives au cours de ces derniers jours de l'été.

En cet instant précis, avec une pulsation douloureuse dans le crâne, aussi erratique et incontrôlable que les étincelles d'un feu, Kèndra savait seulement qu'elle devait encore aller trouver le prêtre cyngaël, pour une importante confidence.

Il ne se trouvait pas à la chapelle royale, ni dans la chapelle plus petite où elle l'avait rencontré auparavant. Elle éprouvait une réelle détresse. La lumière du soleil, en cette heure tardive de la journée, l'obligeait à se protéger les yeux. Elle se demanda soudain si c'était ce qui arrivait à son père lorsqu'il était saisi par l'une de ses fièvres, mais elle ne se sentait ni fiévreuse ni affaiblie. Elle avait mal, c'était tout, elle était habitée par une terrifiante, une impossible conscience du combat dans l'ouest: une épée miroitait dans son esprit, qui s'abattait et se relevait sans cesse.

Ce fut son frère qui lui trouva Ceinion. Garèth, convoqué par messager, avait jeté un seul regard effrayé à Kèndra assise sur un banc de la petite chapelle – incapable pour l'instant de retourner dans la lumière –, et il était parti en courant et en criant aux autres de se joindre à sa quête. Il était revenu ; elle ne savait trop combien de temps avait passé. Il l'avait prise par le coude afin de la conduire par les rues jusqu'à la salle spacieuse et bien éclairée – trop éclairée – que son père avait fait installer pour les prêtres transcrivant ses manuscrits. Elle avait gardé les yeux fermés, laissant Garèth la guider.

Le roi se trouvait là, parmi les scribes au travail, et Ceinion avec lui, béni soit Jad. Kèndra s'avança, une main dans celle de son frère, l'autre sur les yeux, et elle s'immobilisa, avec une incertitude désespérée de ce qu'elle devait faire, en présence de son père.

« Père. Mon seigneur prêtre », parvint-elle à dire, puis elle se tut.

Ceinion, après lui avoir jeté un coup d'œil, se leva en hâte. Prit lui-même visiblement une décision. « Prince Garèth, auriez-vous la bonté d'envoyer un serviteur chercher mon sac brun dans mes appartements ? Votre sœur a besoin d'un remède que je puis lui administrer.

— J'irai moi-même », dit Garèth en se précipitant vers la porte. Ceinion dit quelques mots à voix basse. Les trois scribes se levèrent de leur banc, s'inclinèrent devant le roi et sortirent en passant près de Kèndra.

Son père était toujours là.

« Ma dame, dit Ceinion, est-ce encore le sujet dont nous avons parlé auparavant ? »

Elle hésita. Elle avait mal, et c'était encore autre chose. On brûlait les sorcières comme hérétiques. Elle regarda son père. Et entendit Ceinion de Llywèrth dire avec gravité, une autre modification à l'ordre naturel des choses. « Aucune transgression ici. Votre royal père connaît aussi le monde dont vous m'avez parlé. »

Kèndra en resta bouche bée. Aëldred s'était levé aussi, son regard allait de l'une à l'autre. Il était pâle, mais pensif et calme. Kèndra eut l'impression qu'elle allait tomber.

« Mon enfant, dit son père, tout est bien. Dis-moi ce que tu vois depuis l'entremonde en cet instant. »

Elle ne tomba pas. Cette honte lui fut épargnée. Ils l'aidèrent à s'asseoir sur un des hauts tabourets où un prêtre avait été assis pour travailler. Le manuscrit en face d'elle, sur la surface penchée de l'écritoire, présentait une majuscule magnifiquement enluminée, qui occupait la moitié de la page: la lettre G, avec un gryphon qui s'arquait le long de sa courbe. Le mot qu'elle commençait était "Gloire".

Avec toute la clarté et la prudence dont elle était capable, Kèndra déclara: « Ils ont traversé la forêt hantée. Ou le prince cyngaël, en tout cas, Alun ab Owyn. C'est celui que je peux... voir. Il y a des épées dégainées, un combat.

— Où ?

— Je ne sais.

— Athelbert ? »

Elle secoua la tête. Le mouvement était douloureux. « Je ne... le vois pas... mais je ne l'ai jamais vu. Seulement le Cyngaël, et j'en ignore la raison.

— Pourquoi devrions-nous savoir ? » dit son père après un moment, d'une voix aussi douce que la pluie. Il lança un coup d'œil à Ceinion, revint à elle. « Mon enfant, pardonne-moi. Cela te vient de moi, je le crois bien. Tu as le don ou la malédiction que je porte moi-même, la vision qui est épargnée à la plupart d'entre nous. Kèndra, il n'y a là ni péché ni échec de ta part.

— En vous non plus, alors, mon seigneur, si c'est la vérité, déclara Ceinion avec fermeté, et je crois que ce l'est. Vous n'avez pas non plus besoin de vous en punir. Il est des desseins que nous ne comprenons pas, comme vous le dites. Le bien, comme la volonté du dieu, peuvent être servis de maintes façons. »

Elle vit son père lancer un coup d'œil au prêtre aux cheveux gris, dans sa robe jaune, couleur du dieu. L'éclat de cette robe était douloureux.

« Ils se battent ? » dit son père en se retournant vers elle.

« Quelqu'un se bat. Je vois des épées et... une autre épée.

— Fermez les yeux, dit Ceinion. Vous êtes chérie ici et serez bien protégée. Ne vous dérobez point à ce qui vous a été accordé. Je crois qu'il n'y a aucun mal en cela. Ayez foi en Jad.

— En Jad ? Mais comment ? Comment puis-je…

— Ayez foi. Ne vous dérobez point. »

La musique des Cyngaëls chantait dans sa voix. Kèndra ferma les yeux. Vertige, désorientation, une douleur insistante. “Ne vous dérobez point.” Elle s'y essayait. Elle vit de nouveau l'épée, celle à propos de laquelle elle avait interrogé le prêtre auparavant, une petite épée argentée, brillant dans les ténèbres, bien qu'il n'y eût pas de lunes.

Elle vit de nouveau du vert, du *vert*, sans comprendre. Puis un souvenir lui revint, même si elle ne comprenait toujours pas. Le *vert* encerclait sa vision, comme une forêt encercle une clairière. Elle poussa un cri alors, de véritable douleur, de chagrin, dans une salle bien éclairée d'Esfèrth. Et sur la pente d'une colline en Arbèrth, au-dessus de l'endroit où deux hommes s'affrontaient en mortel combat, quelqu'un entendit son cri, et vit ce qu'elle voyait, ce qu'elle lui donnait, et en comprit davantage qu'elle.

Elle *l'entendit* dire son nom, avec crainte, avec émerveillement, puis énoncer un autre nom. Et enfin, avec une exquise courtoisie, compte tenu de ce qu'elle venait de lui infliger et de ce qu'il en avait saisi, il prit le temps de lui offrir avec clarté, de son esprit au sien, par-delà rivière, vallée et forêt, ce qu'elle avait sûrement besoin de s'entendre dire, elle qui se trouvait si loin.

Qui peut savoir, qui peut savoir avec certitude comment sont choisis les instruments du dieu ?

Kèndra ouvrit les yeux. Regarda la main de son père qui tenait la sienne comme il ne l'avait point fait depuis sa toute petite enfance, et leva les yeux vers lui ensuite, en pleurant, pour la première fois de la journée. « Athelbert est là-bas. Il est sorti vivant de la forêt.

— Oh, Jad, dit son père. Oh, mes enfants ! »

◆

Si l'on voulait venir à bout d'un tel homme, il fallait suivre un chemin étroit – et garder ses pieds en mouvement. Brand Léofson n'allait pas être abattu par un téméraire coup d'estoc ou de taille, et il était trop massif pour être terrassé par la simple force. Il fallait assez de temps pour bien l'examiner, découvrir ses préférences, la façon dont il réagissait à ce qu'on essayait, comment il amorçait ses propres assauts, ce qu'il disait – certains parlaient trop. Mais le temps qui passait était à double tranchant: le Jormsviking était rapide, et plus jeune. On se serait menti, et de manière funeste, si l'on avait pensé pouvoir faire traîner les choses, ou fatiguer l'adversaire.

Il fallait se livrer rapidement à cet examen, en tirer des conclusions, s'il y en avait, et manœuvrer l'homme en accord avec ce qu'on avait pu trouver. Par exemple une habitude – on ne la lui avait jamais fait remarquer, de toute évidence – de tourner la tête vers la gauche avant d'asséner un revers, afin de laisser son bon œil suivre le mouvement de sa lame. Et il aimait frapper bas, l'attaque favorite des raiders marins: un homme à la jambe blessée est hors de combat, on peut le laisser là et continuer.

On connaissait donc deux détails, assez tôt dans l'engagement, et si l'on voulait défaire un tel homme, on avait une bonne idée de ce qu'il convenait de faire. Un quart de siècle avait passé depuis les bonnes années, mais on était encore assez habile pour parvenir à ses fins.

On ne se mentait pas en cela: Thorkell Einarson n'était pas enclin à ce vice, et depuis longtemps. Son visage était dur alors qu'il reculait encore et anticipait encore le coup de revers. Il le bloqua, sans laisser croire que la parade était aisée. Fit un autre tour plus bas que son adversaire dans la pente puis au même niveau, déniant à l'autre la position supérieure qu'il recherchait. Pas difficile, pas encore vraiment. Il savait encore ce qu'il faisait. Il pouvait être fatigué, et se fatiguer, mais pas trop tôt, si Léofson continuait de signaler ainsi ses coups. Il y avait un enchaînement de mouvements qu'on pouvait utiliser dès qu'on voyait l'autre amorcer son revers.

La lumière était vraiment très vive, un élément important dans ce combat ; le soleil couchant à l'ouest illuminait la pente, les frappant tous deux de ses rayons, tout comme les arbres, l'herbe, et ceux qui les observaient plus haut et en contrebas. Aucun nuage à l'ouest, à l'est un échafaudage de noires nuées éclairées en oblique, qui faisaient paraître encore plus intensément lumineux le ciel de cette fin de journée. Thorkell avait connu de telles soirées parmi les Cyngaëls, les avait peut-être chéries davantage à cause de la pluie et de la brume qui enveloppaient ordinairement ces collines et ces vallées silencieuses.

Une contrée à laquelle on pouvait s'accoutumer, mais ce n'était pas son genre, sauf en Llywèrth, au bord de la mer. Il avait besoin de la mer, en avait toujours eu besoin. Le sel ne quitte jamais votre sang. Il para un coup lourdement asséné de haut en bas, puis feinta un premier coup bas, pour voir comment réagirait Léofson. La réaction fut exagérée – l'autre devait s'inquiéter davantage de ce côté, à cause de son œil. C'était dur sur la hanche, de frapper ainsi. La femme d'ap Hywll avait énuméré les maux qui affligeaient son époux. Ç'aurait été divertissant, en d'autres circonstances. L'épouse de Thorkell aurait pu en dire autant de lui. Il se demanda brièvement où était maintenant Frigga, comment se portaient les deux filles, et les petits-fils qu'il n'avait jamais vus. Bern était ici. Son fils était ici.

Thorkell Einarson songea que son existence avait été assez longue.

Et non dénuée de sa part de récompenses. Jad – ou Ingavin, ou Thünir, quiconque l'attendît – n'avait pas été sans bonté à son égard. Il ne l'aurait pas prétendu. On était responsable de sa propre bonne fortune, et de ses fautes.

Si l'on voulait vaincre un tel adversaire… Il sourit alors et se mit en mouvement. Il était temps.

En face de lui, le raider se rappellerait ce sourire. Thorkell feinta de nouveau, comme auparavant, pour déclencher en réaction la parade excessive. Suivit, rapide, avec un coup vertical, paré par Brand, un choc qui l'ébranla.

Puis il fit mine d'hésiter, comme s'il était las, incertain, la jambe droite toujours en avant, exposée.

« Regardez ! » dit brusquement ap Hywll, plus haut dans la pente.

Bern, en contrebas, retint son souffle.

Brand Léofson se laissa prendre à la feinte, signala de nouveau son revers, en tournant légèrement la tête. Et une fois qu'il se fut élancé…

La lame de Thorkell frappa haut, son propre coup de revers.

Trop tôt.

Avant que Léofson eût complètement transféré son poids sur son autre pied. Une terrible erreur. Le flanc droit et la poitrine complètement à découvert, Thorkell, devant un adversaire encore en équilibre. Un guerrier qui avait le temps (*il était temps…*) de passer d'un large revers à un bref coup d'estoc, de face, en l'appuyant de toute sa masse. Un coup assez puissant pour pénétrer cuir et chair et transpercer le cœur battant, le cœur offert.

Bern s'affaissa à genoux, un rugissement dans les oreilles. Un bruit comme celui du ressac sur les galets, si loin pourtant à l'intérieur des terres.

Léofson dégagea sa lame, non sans peine, car elle avait pénétré profondément. Il avait une expression étrange, comme s'il n'était pas certain de ce qui venait de se passer. Thorkell Einarson, toujours debout, lui souriait. « Prends garde à ton revers », dit l'homme aux cheveux roux, tout bas, personne d'autre pour l'entendre. « Tu te trahis, chaque fois. »

Brand abaissa son épée sanglante, le front plissé. On n'était pas censé… on ne disait pas ce genre de choses !

Thorkell vacilla encore un peu, comme retenu par la lumière, dans la lumière. Puis il tourna la tête. Non vers ap Hywll, pour qui il avait combattu, ni vers les deux jeunes princes avec qui il avait traversé une forêt et le temps, mais vers les Erlings en contrebas, conduits là où ils auraient dû mourir.

Ou vers un seul d'entre eux, en réalité, à la fin.

Et, avant de s'abattre comme un arbre, il eut assez de force encore pour énoncer, sans grande clarté, un seul mot.

« Champières », parut-il dire, même s'il aurait dû dire autre chose. Puis il s'effondra dans l'herbe verte, le visage tourné vers le ciel lointain, et les dieux ou le dieu qui pouvaient ou non les observer.

Une vie assez longue. Et non dépourvue de dons. Acceptés et offerts. Toutes ses fautes lui appartenaient. Ingavin le savait.

Chapitre 16

Kèndra avait gardé les yeux fermés. La lumière qui pénétrait dans la pièce était encore trop éclatante et aggravait sa migraine. Lorsqu'elle regardait autour d'elle, la désorientation, le sentiment d'être à deux endroits en même temps, ne faisait que croître. Lorsqu'elle fermait les yeux, l'œil intérieur, la vision, ou enfin, ce que c'était, n'avait pas à s'exercer *contre* quoi que ce fût.

À l'exception d'elle-même, et de tout ce qu'elle avait cru savoir de son univers. Mais elle s'obligea à rouvrir les yeux. Son père et Ceinion se trouvaient avec elle, personne d'autre. Garèth était venu avec les herbes et reparti. Elle avait entendu son père le charger d'une autre tâche.

Ils ne faisaient qu'écarter Garèth de la pièce, en vérité, afin de ne pas augmenter son présent fardeau en lui apprenant que la fille cadette du roi Aëldred semblait en proie au genre de visions qui vous faisaient condamner pour commerce avec l'entremonde. Le monde dont les prêtres disaient ou bien qu'il n'existait pas, ou bien qu'il devait être absolument rejeté par tous ceux qui suivaient les rites et les chemins du saint Jad.

Fort bien, mais que faisait-on lorsqu'on voyait ce qu'on voyait, intérieurement ? Avec peine, d'un mince filet de voix, Kèndra dit : « Quelqu'un est mort. Je crois… je crois que c'en est fait.

— Athelbert ? » Son père devait poser cette question, ne pouvait s'en empêcher.

« Je ne crois pas. Il y a de la détresse mais… ni crainte ni chagrin en ce moment. En lui.

— En Alun ? Ab Owyn ? » C'était Ceinion. Elle dut fermer les yeux de nouveau. C'était vraiment pénible de voir et… de voir.

« Oui. Je crois… Je ne crois pas qu'ils se battaient, ni l'un ni l'autre.

— Un combat singulier, alors », dit son père. L'homme le plus fin du monde. Qui l'avait été toute sa vie. Un don pour elle et pour Judit, un fardeau parfois pour ses fils. Elle ne savait trop s'il avait raison, mais c'était presque toujours le cas.

« Si deux hommes ont combattu, quelqu'un a perdu. Il y a… Le cœur d'Alun est lourd de chagrin.

— Très doux Jad, c'est Brynn, alors », dit Ceinion. Elle l'entendit s'asseoir lourdement sur l'un des tabourets. S'obligea à regarder, en grimaçant de douleur.

« Je ne crois pas, dit-elle. Ce n'est pas un chagrin… aussi aigu. »

Ils la regardèrent. Le plus effrayant de tout, d'une certaine façon, c'était que ces deux hommes croyaient chacune de ses impossibles révélations.

Puis elle dut refermer les yeux, car les images s'imposaient de nouveau en elle, la traversaient pour atteindre l'autre qui se trouvait si loin. Comme avant, et plus puissant encore : du vert, du vert, du vert, et quelque chose qui brillait dans le noir.

« Il faut que cela cesse », souffla Kèndra. En sachant qu'il n'en serait rien. Pas encore.

◆

Brynn fut le premier à descendre la colline, mais non le premier à arriver auprès des deux hommes, celui qui était debout avec une épée ensanglantée, et celui qui gisait dans l'herbe. Brand Léofson, encore saisi par l'étrangeté du moment, encore incertain de ce qui s'était passé, vit, autre mystère, son jeune compagnon de rame venir s'agenouiller dans l'herbe près du mort.

Brand entendit un autre bruit, vit ap Hywll s'approcher.

« Honorerez-vous le résultat du combat ? » dit-il.

Il entendit Brynn ap Hywll répondre, amer et abrupt : « Il t'a laissé gagner. »

Il répliqua, avec moins de conviction qu'il ne l'aurait voulu : « C'est faux ! »

Le jeune homme, Bern, leva les yeux. « Pourquoi dites-vous cela ? » demanda-t-il en cyngaël ; il ne s'adressait pas à son propre chef, au héros qui les avait tous sauvés.

Brynn jurait, un chapelet de mots obscènes, en contemplant le mort à ses pieds. « Nous avons été dupés, dit-il en anglcyn. Il s'est offert pour le combat avec l'intention de perdre.

— Non ! » répéta Léofson. La voix de Brynn avait été assez forte pour être entendue d'autrui.

« Ne sois pas stupide, tu le sais ! » lança le Cyngaël. Des hommes arrivaient des deux côtés. « Tu signales ton revers, chaque fois. Il t'a manœuvré pour t'amener à ce coup-là. »

Pour quelque raison, Bern était toujours à genoux près du mort. « Je l'ai vu », dit-il en regardant de nouveau ap Hywll.

Brand déglutit avec peine. “Prends garde à ton revers, tu te trahis…” Quelle espèce d'insensé…

Il regarda fixement le garçon agenouillé près du cadavre. La lumière tardive tombait sur eux.

« Que fais-tu là ? » dit-il. Mais il n'était pas stupide, il connaissait la réponse avant de l'entendre.

« Mon père », dit Bern.

Pas davantage, mais beaucoup de choses devinrent soudain bien trop claires. Brynn ap Hywll les regardait, le mort et le vivant, et il se mit à jurer de nouveau, avec une déconcertante férocité.

Brand le Borgne, en l'entendant, et conscient de ses devoirs, répéta, d'une voix qui portait : « Vous honorerez le résultat du combat ? »

Il était plutôt secoué. Quelle espèce d'insensé accomplit un tel acte ? Eh bien, il le savait, maintenant.

Brynn l'ignora de manière insultante. Son courroux s'apaisait. Il observait Bern. « Tu comprends qu'il a organisé tout ceci ? »

Bern hocha la tête : « Je crois que oui.

— Oui, en vérité. » C'était une nouvelle voix. « Il a traversé la forêt du dieu avec nous dans ce but, je crois. Ou pour en rendre la réalisation possible. »

Bern leva les yeux. Le fils d'Aëldred, le prince anglcyn. Un jeune homme de plus petite taille, un Cyngaël, se tenait près de lui. « Il nous l'a… presque confié », poursuivit le prince Athelbert. « J'ai dit que j'étais dans la forêt à cause de mon père et Alun à cause de son frère, et… Thorkell a dit être comme nous et qu'il nous l'expliquerait plus tard. Il ne l'a jamais expliqué.

— Si, dit Brynn ap Hywll. Il vient de le faire. »

Léofson se racla la gorge. Tout ce vent soufflait trop dans la mauvaise direction. Il fallait être prudent quand les récifs étaient aussi proches. « J'ai tué cet homme en juste combat, dit-il. Il était vieux. Il s'est fatigué. Si vous voulez essayer de…

— Silence », dit ap Hywll, pas très fort, mais d'un ton totalement dépourvu de respect, du respect dû à un homme qui venait de sauver toute sa compagnie. « Nous honorerons le résultat du combat, parce que j'aurais honte de ne pas le faire, mais le monde saura ce qui est arrivé ici. Serais-tu vraiment retourné chez toi en t'en appropriant la gloire ? »

À cela, Brand Léofson n'avait point de réplique.

« Partez sur-le-champ, poursuivit Brynn d'un ton abrupt. Siawn, nous allons agir selon les règles. Il y a un mort à honorer. Envoie deux cavaliers vers la côte pour apporter la nouvelle à ceux de Cadyr qui doivent attendre les bateaux. Voici ma bague pour eux. Nul ne doit attaquer. Dis-leur pourquoi. Et prends un Erling, leur meilleur cavalier, pour expliquer à ceux qui sont restés là-bas. »

Il regarda de nouveau Brand, le regard qu'on accorde à un membre de rang modeste dans sa maisonnée. « Lequel de tes hommes peut se débrouiller avec un cheval ?

— Moi », dit celui qui était agenouillé près du mort, en levant les yeux. « J'ai la meilleure monture. J'irai. » Il ne s'était pas encore relevé.

« En es-tu certain ? Nous allons ensevelir ton père avec tous les rites appropriés. Si tu désires rester pour…

— Non. Donnez-le-nous », dit Brand, assuré pour la première fois. « Il a confié son âme à Ingavin avant le combat. C'est la vérité. »

L'humeur de Brynn sembla changer encore. De la tristesse, une fois la colère épuisée. Les Cyngaëls, disait-on, n'étaient jamais loin de la tristesse. La pluie et la brume, les vallées obscures, leur voix musicale.

Ap Hywll hocha la tête. « Voilà qui semble légitime. Vous lui rendrez honneur ?

— Nous lui rendrons honneur », déclara Brand avec dignité. « C'était autrefois le compagnon de rame du Volgan. »

Rhiannon se rendit compte que sa propre furie s'était dissipée. C'était très déconcertant : comment pouvait-on être consumé par la rage, défini par elle, par le désir – la *nécessité* – de tuer, et les voir simplement disparaître, s'effacer en laissant place à un sentiment aussi différent ? Elle n'avait pas pleuré auparavant ; elle pleurait maintenant pour un traître serviteur erling de sa mère. Elle ne l'aurait pas dû. Elle ne l'aurait pas dû.

Sa mère lui passa un bras autour des épaules. Énid était de nouveau calme, pensive, en tenant ainsi son enfant.

C'en est fini, se dit Rhiannon. C'en est fini, au moins, maintenant.

Dans les sagas, pensait Bern, lorsque le héros mourait, sous les griffes et les dents du monstre ou abattu par la puissance assemblée de traîtres ennemis, il restait encore en vie pendant quelques ultimes instants afin de permettre à ceux qui l'aimaient de venir le lui dire, et d'entendre ses dernières paroles pour les emporter avec eux.

Sifèrth était mort ainsi, des années après avoir abattu Ingeld sur la banquise, et Hargèst aussi dans les bras de son frère, en prononçant les paroles qui se trouvent au cœur de toutes les sagas:

Le bétail meurt, les parents meurent
Tous les hommes naissent pour mourir
Le feu brûlant du foyer devient des cendres
La gloire, une fois gagnée, dure éternellement.

Cela faisait de beaux vers. Ce pouvait même être vrai. Mais tous ne se voient pas accorder un ultime échange avec ceux qu'ils perdent, tous ne sont pas capables de trouver la dernière phrase mémorable, ou, s'ils le sont, l'occasion ne leur en est pas toujours accordée.

On était *censé* avoir ce moment, songeait amèrement Bern. Dans les chansons jaddites aussi, il y avait de tels échanges. Le roi adressant à ses serviteurs des paroles inoubliables, qui résonnent à travers les âges. Le grand-prêtre mourant qui confie à un acolyte tremblant ce qui le confirmera dans sa foi et sa mission et transformera plus tard son existence comme celle d'autrui.

Ce n'était pas juste qu'il n'y eût ici que cette… génuflexion auprès d'un mort parmi tant d'étrangers, tant d'ennemis, si loin de la mer. Ce n'était pas juste que leur dernière rencontre eût été si dure. Son père l'avait sauvé là aussi, en le portant hors d'Esfèrth jusqu'à son cheval, en l'envoyant avec des instructions de ne pas aller à Brynnfell.

S'ils avaient écouté, s'ils étaient rentrés chez eux, ceci ne serait pas…

Ce n'était pas sa faute. Ce n'était pas lui qui avait agi ainsi. Il avait écouté, lui. En bon fils. Ivarr Ragnarson était *mort* parce que Bern l'avait dénoncé, ainsi que son père l'avait désiré. Il avait fait ce qu'on lui avait dit. Il avait… il avait honoré la volonté explicite de son père.

Son père avait tué deux hommes, avait été exilé, avait coûté aux siens leur demeure et leur liberté, la nature et l'ordre de leur existence.

Avait rendu ici une vie, en échange de la sienne.

On parlait au-dessus de sa tête de la nécessité d'envoyer un Erling aux navires avec un Cyngaël. Bern leva les yeux, en espérant qu'on ne remarquerait pas la profondeur de sa confusion, qu'il était sans amarres. Il dit qu'il irait.

Il entendit Brand déclarer avec calme qu'à la fin Thorkell avait choisi Ingavin pour le repos de son âme. Il n'en fut pas surpris. Comment l'aurait-il pu ? Mais cela lui donna une idée. Il ôta de son cou la chaîne et le marteau et, relevant la tête de son père encore chaude dans la lumière du soleil bas, il rendit son présent à Thorkell afin qu'il l'emportât dans les salles du dieu, où l'on était sûrement – sûrement – à verser l'hydromel pour lui, avec Siggur Volganson qui serait le premier à lui souhaiter la bienvenue, après sa longue attente.

Il se dressa avec circonspection. Abaissa son regard sur son père. La rivière avait été obscure, la dernière fois, on ne pouvait rien distinguer clairement. Il faisait très clair ici. Un peu de gris dans la barbe et les cheveux, mais très peu, vraiment, pour un homme de cet âge. Thorkell le Rouge, encore, à la toute fin.

Il releva les yeux, rencontra le regard de Brynn ap Hywll. Ne s'attendait pas à l'expression qu'il y lut. Ils étaient venus tuer cet homme. Ils ne parlèrent ni l'un ni l'autre. Bern eut l'idée de dire qu'il était navré, mais un Erling ne parle pas ainsi à un Cyngaël. Il se contenta de hocher la tête. L'autre en fit autant. Bern se détourna pour redescendre la pente, retrouver Gyllir et partir. C'en était fini.

Dans les grandes histoires, il y a d'ultimes paroles pour les mourants et pour ceux qu'ils laissent derrière eux. Dans la vie, apparemment, on s'éloignait au galop tandis que les morts étaient portés derrière vous vers un brasier au bord de la mer.

C'en est fini, songeait Bern en s'éloignant, et Rhiannon mer Brynn avait eu la même pensée, un peu plus haut dans la colline. Ils se trompaient tous deux. Mais ils étaient assez jeunes pour qu'on le leur pardonnât.

Cela n'en finit pas. Une histoire se termine – du moins pour certains et non d'autres – et d'autres histoires la croisent encore, ou la suivent, ou ne partagent rien avec elle qu'un moment dans le temps. Il y en a toujours davantage.

Alun ab Owyn, si pâle que tous le remarquèrent, se dirigea vers Brynn. Il respirait avec précaution et il était très raide.

« Qu'y a-t-il, mon garçon ? » Brynn avait plissé les yeux.

« J'ai besoin… je dois vous demander une faveur.

— Après avoir traversé cette forêt pour nous ? Par le sang de Jad, il n'est aucune faveur que je ne puis…

— Ne le dites point. C'est une grande faveur. »

Brynn le regarda fixement. « Éloignons-nous, alors, vous me le demanderez et je vous dirai si je puis vous exaucer. »

Ils s'éloignèrent, et Alun énonça sa requête. Seul Cafall, qu'ils avaient tous deux considéré comme leur chien, les avait suivis et se trouvait avec eux. Une brise soufflait du nord, poussant les nuages. Une nuit claire s'annonçait, bientôt les étoiles d'été dans le ciel, pas de lunes.

« Une très grande faveur », acquiesça Brynn lorsque Alun eut terminé. Il était très pâle aussi, à présent. « Et cela vous vient…

— De l'entremonde. Celui qui nous est à tous deux… familier.

— Êtes-vous certain de bien comprendre…

— Non. Non, je n'en suis pas certain. Mais je crois… qu'on m'a donné une vision. Et qu'on… me conjure d'accomplir cet acte.

— Depuis le moment où vous vous êtes trouvé dans la forêt sacrée ?

— Avant. C'est ici que cela a commencé. »

Brynn lui jeta un coup d'œil. Il aurait voulu que Ceinion fût avec eux. Il aurait voulu être un meilleur homme, plus sage, plus saint. Le soleil baissait. Les Erlings, constata-t-il en jetant un coup d'œil vers la colline, avaient emporté le cadavre du défunt. Siawn avait dépêché des hommes pour les escorter. Il ne devrait pas y avoir de problèmes. Quelque chose avait changé avec la mort d'Einarson. Il essayait encore de démêler s'il aurait agi comme lui pour sauver son propre fils, ou des filles.

Il le pensait, mais il ne savait pas. Honnêtement, il ne savait pas.

Le fils d'Owyn attendait, les yeux fixés sur lui, les lèvres serrées, dans une profonde détresse. C'était le musicien, se rappela Brynn. Il avait chanté pour eux, la nuit où les Erlings étaient venus. Son frère était mort. Et Alun avait traversé la forêt des esprits, en envoyant la fée pour le prévenir. Trois nuits, elle avait attendu au-dessus de la cour de la ferme. S'il n'y était pas allé, la ferme aurait été incendiée cette nuit. Et Énid, Rhiannon…

Il hocha la tête. « Je vous emmènerai là où se trouve l'épée de Siggur Volganson, là où je l'ai enterrée. Jad nous protège tous deux, quoi qu'il arrive. »

Cela n'en finit pas. Il y en a toujours davantage.

Elle observe. Bien sûr, elle observe. Comment aurait-elle pu ne pas le suivre jusqu'ici ? Elle essaie, à distance, loin de tout ce métal, de comprendre les mouvements, les gestes. Elle n'y est pas habile – comment le serait-elle ? Elle le voit s'éloigner avec l'autre, celui avec qui elle a parlé dans la colline, celui qui a peur d'elle, de ce qu'elle est.

Ils ne la voient pas. Elle se trouve dans les arbres, elle a atténué sa lumière, elle essaie de comprendre, mais elle est distraite par l'aura des autres présences qui s'assemblent à mesure que le soleil se couche : la Chasse est proche, bien sûr, avec quantité de *spruaughs*, qu'elle a toujours détestés. L'un d'eux se sera empressé d'aller prévenir la reine de ce qu'elle a fait, de ce qu'elle fait à présent.

Il y avait un homme mort, emporté par les autres. Un seul. Elle a déjà vu cela, il y a des années, de très nombreuses années. C'est… un jeu auquel jouent les hommes en guerre, mais aussi davantage qu'un jeu, peut-être. Ils meurent si tôt.

Elle les voit tous deux se retourner pour monter en selle et partir vers l'est, seuls. Elle les suit. Elle les suit, bien sûr, entre les arbres. Mais en cet instant même, en les regardant ensemble, elle éprouve un sentiment qu'elle n'a jamais éprouvé depuis son éveil, d'abord d'une inexplicable étrangeté. Et puis elle comprend de quoi il s'agit. C'est du chagrin qu'elle ressent en le voyant prendre son cheval et s'éloigner au galop. Un don. Jamais auparavant.

Avec les deux hommes et le chien gris, elle pénètre dans la petite forêt qui domine Brynnfell. La Chasse attend près de l'étang. Elle perçoit l'appel de la reine et va la rejoindre, ainsi qu'elle le doit.

L'obscurité tomba alors qu'ils chevauchaient ; ils portaient maintenant chacun une torche. Les premières étoiles étaient apparues, le vent chassait les nuages vers le sud. Cafall galopait à côté des chevaux. Nul autre ne les accompagnait. Alun regarda le ciel.

« Pas de lunes ce soir ? »

Brynn se contenta de secouer la tête. Il avait gardé le silence pendant cette chevauchée. Alun comprenait bien que cette randonnée particulière serait pour lui lourde de souvenirs. C'est une grande faveur, avait-il dit. Oui, en vérité.

Pas de lunes. C'était l'autre raison pour laquelle la durée avait changé pour eux dans la forêt des esprits, mais Alun ne le confia point à Brynn – le fardeau de celui-ci était déjà assez lourd.

On leur avait permis de traverser cette forêt. Il se rappelait le marteau de Thorkell placé dans l'herbe lorsqu'ils avaient entendu le mugissement de la créature. Une offrande, et ce n'avait peut-être pas été la seule. Thorkell aussi avait fini étendu dans de l'herbe.

Cette forêt-ci était différente. Les images insistantes qu'une princesse anglcyne, à Esfèrth, lui avait si douloureusement imposées étaient encore vertes et lumineuses en lui lorsqu'ils pénétrèrent entre les arbres, avec leurs torches.

Il avait pourchassé ici Ivarr Ragnarson, et son cheval erling était entré dans l'étang pour s'y figer, et il avait entendu la musique des fées, et il les avait vues, et il avait vu Dai avec leur reine.

Il n'avait jamais trouvé Ivarr. Il était mort, celui-là, apparemment. Pas de la main d'Alun. Ce n'était pas sa vengeance à lui. Un autre geste s'imposait, à présent, bien plus grave. Il avait peur.

Les images avaient cessé dans sa tête. Disparues, comme si la jeune fille s'était épuisée à les lui envoyer, ou comme si elles n'étaient plus nécessaires désormais. Il était censé savoir, maintenant, pourquoi il se trouvait dans cette forêt. Il était presque certain de le savoir. Le sentiment de ce qui *poussait* ainsi dans sa conscience fut remplacé par un autre, plus difficile à cerner.

Il mit pied à terre en même temps que Brynn, et le suivit dans l'obscurité. Un chemin tortueux entre les arbres de l'été – une petite forêt, mais ancienne, sûrement, puisqu'il y avait des fées. Ils tenaient leurs torches avec prudence. Une forêt peut prendre feu.

Il aperçut l'étang. Son cœur battait vite. Il regarda Brynn : le visage de l'autre était roide et tendu. Brynn jeta un coup d'œil circulaire, à la recherche de ses repères. Le ciel était clair au-dessus de l'étang, ils pouvaient voir des étoiles. L'eau était un paisible miroir. Pas de vent. Aucun bruit dans les feuilles.

Brynn se tourna vers Alun : « Tenez ceci », dit-il en lui tendant sa torche.

Il se dirigea vers le bord de l'étang, au sud. À longues enjambées presque pressées, maintenant qu'ils avaient atteint leur but. Il devait être perdu dans ses souvenirs, songea Alun. Il le suivit, en portant la lumière. Brynn s'arrêta, se repéra de nouveau. Puis il tourna le dos à l'étang pour marcher vers un arbre, un gros frêne. Il le toucha, le dépassa. Trois autres arbres, puis il obliqua sur sa gauche.

Un rocher se tenait là, massif, couvert de mousse – verte. Brynn y posa aussi un instant les mains. Il lança un regard à Alun par-dessus son épaule. Il faisait trop sombre pour savoir ce qu'il pensait, malgré la lueur des torches. Mais Alun pouvait le deviner.

« Pourquoi ne l'avez-vous pas détruite ? » demanda-t-il à voix basse, ses premières paroles dans la forêt.

« Je ne sais, dit l'autre. J'avais l'impression qu'elle devait rester avec nous. Rester là. Elle était… très belle. »

Il demeura ainsi encore un moment, puis il tourna le dos à Alun, prit une profonde inspiration, accota son épaule contre le roc et se mit à pousser. Un homme d'une force immense. Il ne se passa rien. Brynn se redressa, se passa une main sur la figure.

« Je peux… commença Alun.

— Non, dit l'autre. Je l'ai fait seul, autrefois. »

Vingt-cinq ans plus tôt. Dans toute la gloire de sa jeunesse, la vie devant soi, ayant déjà accompli l'acte le plus glorieux de toute son existence. Ce pour quoi l'on se souviendrait de lui. Il s'était porté volontaire pour ce combat, à la place de ceux à qui il revenait de par leur rang. Aujourd'hui, il avait laissé un autre combattre à sa place.

C'était un homme fier. Alun resta là avec les torches, Cafall auprès de lui, et regarda Brynn se retourner vers le rocher, cracher dans ses mains et s'arc-bouter de nouveau, labourant le sol, poussant de toute la force de ses jambes, de tout son corps, en grognant d'effort, puis en criant le nom de Jad, le dieu, même en ce lieu.

Et sur ce cri, le rocher roula juste assez pour révéler, à la lueur des torches, le creux qu'il recouvrait, et un objet enveloppé de tissu.

Brynn se redressa, en essuyant son visage dégoulinant de sueur, d'une manche puis de l'autre. Il jura, mais tout bas, sans force. Alun ne bougeait pas, attentif. Son cœur lui martelait encore la poitrine. L'autre s'agenouilla, prit l'étoffe et ce qu'elle enveloppait. Après s'être relevé, il sortit des arbres en tenant le paquet à deux mains devant lui, longea le frêne pour revenir à l'espace herbu au bord de l'étang illuminé par les étoiles.

Et leva vivement une main en poussant un cri d'avertissement. Alun, qui le suivait, regarda derrière Brynn. Elles étaient là. Elles attendaient. Non point les fées. Les silhouettes vertes et flottantes qu'il avait vues avec les deux autres dans la forêt des esprits.

Elles se trouvaient là, et elles étaient la raison de sa propre présence. Il savait ce qu'elles étaient, enfin, et ce qu'elles voulaient de lui.

On l'implorait. On l'implorait d'intervenir. Un mortel qui pouvait voir l'entremonde, qui était entré dans l'étang de la Chasse, qui avait fait l'amour avec une fée au nord lointain de la forêt des esprits. On devait le savoir. Lorsqu'il était de nouveau entré dans la forêt avec Thorkell puis Athelbert, on était venu le trouver.

Son cœur se tordait, prisonnier, sous un poids qui semblait celui des siècles. Il ignorait si la jeune fille y participait, à Esfèrth – ne savait pas qu'elle était elle-même entrée dans la forêt cette nuit-là –, mais elle lui avait offert les images qu'on avait voulu lui faire voir. Son accès à tout ceci était… différent.

Et elle l'avait amené là, pour la deuxième fois.

« Ils ne nous feront pas de mal, murmura-t-il à Brynn.

— Vous savez ce que c'est ?

— Oui, dit Alun, je le sais, en effet. »

Brynn ne posa pas d'autre question. Il ne voulait pas savoir ou, plus probablement, il laissait à Alun la possibilité de la confidence, par courtoisie.

« Si vous voulez bien me confier l'épée, dit Alun, je crois que vous devriez partir, avec Cafall. Vous n'avez nul besoin de rester avec moi.

— Oui, je le dois », dit l'autre.

Une immense fierté, cet homme, toute sa vie. Un autre avait péri en combattant à sa place, dans l'après-midi. Brynn ôta l'étoffe de ce qu'elle avait protégé pendant tant d'années et Alun, en s'approchant avec les deux torches, vit la petite épée du Volgan, avec son pommeau incrusté de pierres précieuses, l'épée saisie lors du raid sur Champières, l'épée que Siggur avait portée tel un talisman jusqu'au jour de sa mort, au bord de la mer, en Llywèrth.

Celui qui avait abattu Siggur la tendit à Alun. Alun la lui échangea contre les torches. Il tira l'épée de son fourreau pour la contempler. Elle était en argent, l'épée de Siggur Volganson. Pas en fer. Il l'avait su, grâce à la jeune fille.

Un bruit s'éleva du groupe des silhouettes vertes assemblées là, environ une vingtaine. Une lamentation, comme le vent dans les feuilles, mais plus aiguë. Alun fut saisi de chagrin. La nature des Cyngaëls.

« Vous êtes… certain de vouloir rester ? »

Brynn hocha la tête. « Vous ne voulez pas être seul ici. »

C'était la vérité. Et pourtant… « Je ne crois pas que j'aie… la permission d'agir ainsi. Je ne m'attends pas à survivre à ceci. Votre épouse vous a demandé…

— Je sais ce qu'elle a dit. Je ne vous laisserai pas seul. Faites ce que vous devez. Nous en serons témoins, Cafall et moi. »

Alun regarda par-dessus l'épaule de Brynn. Une des formes vertes s'était rapprochée. Presque humaine, comme légèrement déformée par le temps et les circonstances. Il savait désormais ce qu'elles étaient. Ce qu'elles avaient été.

Brynn s'écarta vers la lisière des arbres, avec les torches. Le chien gardait le silence, alors qu'il aurait pu gronder. Il avait grondé dans la forêt des esprits, se rappelait Alun. Quelque chose avait changé. Il déposa le fourreau de l'épée à terre.

« Vous le désirez vraiment ? » dit-il. Il ne s'adressait plus à son compagnon. Brynn se tenait derrière lui. L'épée d'argent au poing, Alun parlait aux créatures vertes qui étaient venues à sa rencontre. Ils se trouvaient dans une clairière près de l'étang de la reine des fées, sous les étoiles, en une nuit où aucune des lunes ne se lèverait. En de telles nuits, d'après les vieilles légendes, les âmes vagabondent.

Aucune réponse, aucune qui fût énoncée à voix haute. Alun ignorait si l'on pouvait parler une langue qu'il connaîtrait. Mais la silhouette qui s'était approchée s'approcha davantage encore – avec lenteur, pour ne pas le surprendre ou l'effrayer, ce fut ce qu'il perçut – et elle s'agenouilla dans l'herbe sombre devant lui.

Il entendit Brynn émettre un son, le début d'une prière, pour se reprendre aussitôt. L'autre venait de comprendre ce qui allait se passer, même s'il n'en saurait pas la raison. Alun, lui, la connaissait.

Il n'avait rien demandé de tel. Il était seulement parti vers le nord, un beau matin de la fin du printemps, avec son frère et son cousin préféré, ainsi que leurs amis, pour aller voler du bétail, comme les jeunes Cyngaëls l'avaient fait depuis le début de tous les chants. Cette chevauchée, apparemment, l'avait fait entrer dans une histoire différente.

Une histoire bien plus ancienne. Ces créatures vertes, et il ne savait toujours pas comment on les appelait, elles avaient été humaines autrefois. Comme Brynn, comme lui-même, comme Dai.

Comme Dai. Le cœur douloureux, il comprenait : ces êtres étaient les âmes des amants de la reine, les amants mortels dont elle s'était lassée et qu'elle avait renvoyés. Voilà ce qu'il advenait d'eux, après un incalculable nombre d'années. Et il se trouvait là, dans une histoire à laquelle il n'avait jamais su appartenir, pour les libérer grâce à une lame d'argent, sous les étoiles.

Il avait les yeux secs et sa main était ferme sur la petite épée. Il en toucha la pointe et le fil encore tranchant. Ce n'était pas un glaive de guerrier, mais une fine épée de cérémonie. C'était une cérémonie qui se déroulait ici.

Il prit une inspiration. Aucune raison d'attendre, de s'attarder. On l'avait amené ici pour cette raison. Il s'avança d'un pas.

« Que la lumière soit pour vous », dit-il. Et il plongea la lame du Volgan dans le scintillement de la créature agenouillée, sous ce qui avait dû, bien longtemps auparavant, être une clavicule.

Il était prêt cette fois, ne tressaillit ni ne recula lorsqu'il entendit le cri qui s'éleva, ce cri de libération, et le son plus grave qui émanait des autres créatures assemblées. Aucun vent, l'eau parfaitement immobile, qui refléterait si bien les étoiles…

Aucune silhouette ne se tenait plus agenouillée devant lui à présent, là où avait pénétré l'épée – où elle avait glissé trop aisément, presque sans résistance. Alun comprenait. C'était une âme et non un corps mortel. Ce corps était mort depuis bien longtemps. Ce qu'il transperçait là, c'était la fumée d'un feu ancien, des souvenirs.

Il se le répéta, encore et encore, alors qu'il implorait la lumière – il l'implorait – pour chacun d'entre eux, tandis qu'ils venaient s'agenouiller l'un après l'autre et qu'il accomplissait pour eux ce pour quoi ils l'avaient attiré en ces lieux. Il était profondément reconnaissant à Brynn d'être resté, il en prit conscience malgré tout, reconnaissant de ne pas être seul pour ce qu'il faisait ainsi dans les ténèbres, pénétré de tristesse, en entendant cette joie douloureuse en chacun de ceux qu'il libérait.

Sa main était ferme, chaque fois. Il le leur devait, puisqu'il avait été choisi pour ce faire. Des échanges avaient eu lieu dans la forêt des esprits, songeait-il. Un marteau dans une forêt pour que, dans une autre forêt, une épée pût être reprise sous un rocher. La vie de Thorkell pour la sienne et celle d'Athelbert, et tant d'autres sur la colline aujourd'hui – mortels, tous.

Il ignorait combien de temps avait passé, ou si, en vérité, il en était passé.

Il abaissa son regard sur la dernière de ces âmes agenouillées, autrefois capturées, puis rejetées, par la reine des fées. Il offrit sa prière, plongea son épée, entendit le cri, vit le scintillement qui palpitait et se dissipait comme les autres. Plus rien de vert ne brillait désormais dans la clairière. C'était donc le dernier échange, songea Alun, le décompte ultime, la fin.

Il était jeune, lui aussi. Il fallait lui pardonner cette erreur, comme aux autres.

Il entendit de la musique. Leva les yeux. Derrière lui, Brynn se mit à prier tout bas.

De la lumière sur l'eau, pâle, comme s'il y tombait des rayons de lune. Puis la lumière, qui n'était pas celle de la lune, prit forme et, pour la deuxième fois, Alun vit les fées flotter à la surface de l'étang au son des flûtes, des clochettes et d'instruments inconnus de lui. Il vit de nouveau la reine, portée dans sa litière ouverte, très grande, très mince, vêtue de ce qui devait être de la soie ou un tissu plus délicat encore, aux nuances argentées – comme l'épée qu'il tenait. Des créatures magiques, qui passaient.

Dai se trouvait là, comme auparavant – il devait s'être écoulé si peu de temps pour eux, songea Alun. Il montait une jument blanche dont la crinière était ornée de rubans, et la reine avait tendu la main pour prendre la sienne.

Le silence régnait sur l'eau. Seul le murmure de Brynn s'élevait dans la clairière. Alun contempla la lumineuse compagnie, et son frère – l'âme captive de son frère. Sans en avoir eu l'intention, il s'agenouilla dans l'herbe. À son tour de s'agenouiller. Ils se trouvaient si loin dans l'entremonde… Seule la merci leur permettrait d'en sortir. Dans les légendes, les fées n'étaient pas connues pour leur merci.

Elles acceptaient des marchés, cependant, avec les mortels qui jouissaient de leur faveur, et un décompte final est parfois possible après tout, même si l'on ne l'attend point, ou ne le reconnaît point lorsqu'il se présente.

Tout en contemplant l'exquise reine des fées, sa haute taille, sa pâleur dans la lueur argentée qui régnait sur l'eau, Alun agenouillé vit son geste, un petit mou-vement de la main, et il vit qui se détachait de sa suite pour s'approcher d'elle avec obéissance. Pas un bruit. Il se rendit compte que Brynn était devenu silencieux.

Grave, impassible dans toute sa poignante beauté, la reine des fées appela encore de la main, par deux fois, en regardant Alun bien en face, et il comprit – enfin – que, dans la coupe à laquelle boivent les mortels, une indulgente merci, et même une bénédiction, pouvait se trouver mêlée à toutes les tristesses. La reine tendit le bras comme pour barrer le chemin à la petite silhouette mince de celle qui s'était avancée. Celle qu'il connaissait, celle à qui il avait parlé, celle avec laquelle il s'était étendu dans l'herbe de la forêt.

"Reviendras-tu dans la forêt ?"

"Seras-tu chagrine si je ne reviens pas ?" avait-il répondu.

Sa chevelure changeait de teinte, dorée puis mauve sombre, puis argentée comme celle de la reine. Il connaissait ces métamorphoses, il savait d'elle au moins cela. Derrière la barrière du bras royal, elle le regarda, puis elle tourna la tête vers la silhouette qui se tenait de l'autre côté de la reine. Alun suivit son regard, et se mit alors à pleurer.

Le dernier compte à régler. La reine des fées laissa aller la main de son frère. Et de ces longs doigts, d'un geste aussi lisse que de l'eau qui tombe, elle fit signe à Dai de partir, s'il le désirait.

S'il le désirait. Sa forme mortelle l'enveloppait encore, tel un vêtement, il n'était point vert et difforme comme l'avaient été les autres. Il était trop nouveau, il était encore son favori, il montait encore la jument blanche à ses côtés, il lui tenait encore la main dans la musique des fées, sur l'eau dans les forêts de la nuit, et sous le tertre magique.

S'il le désirait. Comment pouvait-on quitter tout ceci, abandonner cette merveilleuse luminescence ? Alun désirait tant l'appeler, mais son visage était couvert de larmes et sa gorge serrée de chagrin. Il ne put que regarder son frère, l'âme de son frère, qui se tournait vers la reine dans sa litière. Dai était trop loin pour qu'Alun distinguât son expression : tristesse, colère, peur, nostalgie, étonnement ? Soulagement ?

C'était la nature des Cyngaëls, on le disait depuis longtemps, de porter la certitude des chagrins à venir au milieu de la joie la plus éclatante : la fin qui attend, la courbe de l'arc. C'est leur nature, c'est la source de la musique qui résonne dans leur voix et, peut-être, ce qui leur permet d'abandonner la lumière lorsque le temps en est venu, alors que d'autres ne le peuvent. On chérit les présents offerts, en sachant qu'ils ne sont point éternels.

D'un petit coup de rênes, Dai fit avancer la jument dans l'eau. Alun entendit Brynn reprendre ses prières derrière lui. Il jeta un bref coup d'œil – qui pouvait durer une éternité si on le gardait assez clair dans son souvenir – à la fée qui était venue le trouver, le présent qui lui avait été offert, à lui, la lumière abandonnée, et il la vit lever une main à son adresse, derrière le bras de la reine. Le dernier échange.

Dai atteignit le bord de l'étang, mit pied à terre pour s'avancer dans l'herbe. Sans flotter comme les autres, pas encore, toujours revêtu de sa forme familière. Alun s'obligea à demeurer immobile. Il tenait encore l'épée du Volgan.

Dai s'arrêta devant lui. Il ne sourit pas, ne dit rien – aucune parole ne pouvait franchir cette frontière. Il ne s'agenouilla pas non plus, le fils aîné d'Owyn de Cadyr, le fils défunt. Pas devant son jeune frère. On en sourirait, peut-être, plus tard. Dai écarta un peu les pieds, comme pour trouver son équilibre. Alun se rappelait le matin où ils étaient partis vers le nord. D'autres souvenirs déferlèrent comme des vagues. Comment aurait-il pu en être autrement ? Il plongea son regard dans les yeux de son frère et vit qu'ils avaient changé, changeaient encore. Il lui sembla qu'il y distinguait des étoiles, une vaste étrangeté.

« Que la lumière soit pour toi », murmura-t-il, à peine capable de parler.

« Que ce geste s'accomplisse dans l'amour », dit Brynn derrière lui, des paroles aussi douces qu'une bénédiction, et qui semblaient provenir d'une ancienne liturgie inconnue d'Alun.

« Comment ne le serait-ce point ? » dit-il. À Brynn. À Dai, à la reine éclatante et à toutes ses créatures, à celle qu'il allait perdre, à la nuit obscure et aux étoiles. Il brandit l'épée une dernière fois et la plongea dans la poitrine de son frère, afin d'accepter le présent que la reine lui avait fait de cette âme – la dernière dans la balance –, en la libérant pour lui laisser loisir après tout de chercher son havre.

Quand il releva les yeux, Dai avait disparu. Dai avait disparu, et les fées aussi, toute cette lumière. Les ténèbres régnaient sur l'eau et la clairière. Alun poussa un soupir sanglotant, se sentit frissonner. Un bruit près de lui : le chien, venu lui pousser la hanche de son museau. Alun posa une main tremblante sur la fourrure, entre les oreilles. Un autre bruit. Il se retourna sans un mot et laissa Brynn ap Hywll le prendre dans ses bras comme un père, alors que son propre père était si loin.

Ils restèrent ainsi un long moment. Puis Brynn reprit le fourreau, enroula l'épée dans l'étoffe, comme auparavant, et ils retournèrent la déposer dans le creux d'où il l'avait tirée. Puis il leva les yeux. Il faisait très sombre. Les torches avaient fini de brûler.

« M'aiderez-vous, mon garçon ? demanda-t-il. Ce maudit rocher a grossi depuis. Il est plus lourd qu'autrefois, je le jure.

— J'ai entendu dire que cela arrivait », murmura Alun. Il comprenait : un présent qu'on lui offrait, d'une autre sorte. Ensemble, l'épaule contre le gros rocher, ils le roulèrent en place pour recouvrir l'épée du Volgan. Puis ils quittèrent la forêt, Cafall à leurs côtés, pour en ressortir sous les étoiles, au-dessus de Brynnfell. Des lanternes brillaient en contrebas, pour les guider.

Il y avait une autre torche aussi, plus près.

Rhiannon avait attendu à la barrière, la fois précédente, lorsque son père avait gravi la colline. Cette fois, elle se glissa hors de la cour dans le chaos du retour. Sa mère veillait à ce qu'un repas fût servi à tous ceux qui étaient venus leur porter secours, ceux auxquels on l'avait demandé et, inattendus, des gens des fermes de l'ouest où quelqu'un, une jeune fille, semblait-il, avait vu passer les Erlings et s'était précipitée au village pour donner l'alarme.

On honorait de telles gens. Rhiannon savait qu'on avait besoin d'elle, qu'elle aurait dû être avec sa mère, mais aussi que son père et Alun ab Owyn se trouvaient de nouveau dans la forêt. Brynn avait dit à son épouse où il se rendait, sinon pourquoi. Rhiannon se sentait incapable de vaquer à ses devoirs, quels qu'ils fussent, avant de les voir revenir de sous les arbres.

Debout dans la pente qui surplombait la ferme, elle écoutait les bruits affairés qui montaient des bâtiments et songeait à ce qu'une femme peut et ne peut pas faire. Une si grande partie de leur existence consistait à attendre… Sa mère, qui donnait des ordres rapides et nets là-bas, en bas, aurait peut-être dit que c'était une absurdité, mais Rhiannon n'était pas de cet avis. Elle ne ressentait plus de colère, ni de véritable sentiment de défi, même si elle savait qu'elle n'aurait pas dû gravir cette colline.

"Aussi nécessaire que la nuit", avait-elle dit dans la grande salle, à la fin du printemps, parfaitement consciente de l'effet qu'elle produisait. Elle avait été plus jeune alors. Elle se trouvait là, après le crépuscule, et elle n'aurait pu dire que c'était de la tombée de la nuit qu'elle avait besoin. Une conclusion, avait-elle décidé, pour ce qui avait commencé en cette autre nuit lointaine.

Elle entendit un bruit. Les deux hommes se détachèrent des arbres et s'arrêtèrent un moment ; le chien gris se tenait près d'Alun. Elle les vit regarder tous deux la ferme et ses lumières. Puis son père se tourna vers elle.

« Jad soit loué, dit Rhiannon.

— En vérité », répliqua-t-il.

Il vint à elle et lui effleura le front d'un baiser, comme à son habitude. Puis hésita, en lançant un regard pardessus son épaule. À la lisière des arbres, Alun ab Owyn n'avait pas bougé. « J'ai besoin de boire et de manger, déclara Brynn. Les deux en même temps. Je vous verrai en bas. » Il alla prendre les rênes des deux chevaux et les guida dans la pente.

Rhiannon éprouvait un calme surprenant. Le printemps semblait si lointain. Le vent était retombé, la fumée de sa torche s'élevait presque à la verticale.

« Avez-vous…

— J'ai tellement… »

Ils se turent en même temps. Rhiannon laissa échapper un petit rire. Pas Alun. Elle attendit. Il se racla la gorge. « J'ai grandement besoin de votre pardon, dit-il.

— Après ce que vous avez fait ? En revenant ici ? »

Il secoua la tête : « Pour ce que je vous ai dit… »

Cela, elle pouvait y répondre. « Vous étiez poussé par le chagrin de votre deuil, la nuit où votre frère a péri. »

Il secoua encore la tête. « C'était… davantage que cela. »

Elle s'était tenue à la barrière pour regarder son père gravir la pente ; Alun et son père venaient tous deux de sortir de la forêt ; tout cela ne lui était pas totalement incompréhensible. Elle dit : « Alors, c'était davantage. Et l'on doit vous pardonner davantage.

— Vous êtes généreuse aussi. Je ne mérite…

— Aucun de nous ne mérite la grâce, dit Rhiannon. Elle vient parfois, pourtant. Cette nuit-là… je vous avais demandé de venir dans mes appartements. Pour chanter.

— Je sais. Je me rappelle. Bien sûr.

— Chanterez-vous pour moi cette nuit ? »

Il hésita. « Je… je ne suis pas sûr…

— Pour nous tous », rectifia-t-elle, avec précaution. « Dans la grande salle. Nous honorons ceux qui sont venus à notre aide. »

Il se frotta le menton. Il était très las, elle s'en rendit compte. « Ce serait mieux », dit-il à mi-voix.

“Ce serait mieux.” Certains chemins, certaines portes, certaines personnes ne vous sont point destinés, même si la plus minime différence dans l'ondulation du temps aurait pu vous les offrir. Un caillou qui atterrit un peu plus tôt, un peu plus tard. Elle le contempla, si proche d'elle. Ils étaient tous deux seuls dans l'obscurité, et elle savait qu'elle n'oublierait jamais tout à fait ce qui lui était arrivé en cette nuit de fin de printemps. Mais tout était bien. Devrait l'être. On pouvait vivre avec de tels souvenirs, avec bien pis.

« Descendrez-vous avec moi, mon seigneur ? dit-elle.

— Je vais vous suivre, ma dame, si je le puis. Je ne suis pas… tout à fait prêt. Je me sentirai mieux après quelques moments de solitude.

— Je puis le comprendre », dit Rhiannon. Elle le pouvait en effet. Il était allé dans l'entremonde, il aurait un long chemin à faire pour en revenir. Elle se détourna de lui et commença à descendre la pente.

Juste à l'extérieur de la barrière de la ferme, une silhouette se détacha de la palissade.

« Ma dame, dit l'ombre, votre mère a dit que vous seriez dans cette colline et n'accueilleriez certainement pas avec faveur quiconque vous y suivrait. J'ai pensé que je me risquerais à venir au moins jusqu'ici. » La lumière de sa torche tomba sur Athelbert, qui s'inclinait.

Il avait traversé la forêt des esprits pour les alerter. Leurs deux peuples n'étaient nullement alliés. C'était l'héritier royal des Anglcyns. Il était venu l'attendre.

Rhiannon eut alors une vision de son existence future, de ses fardeaux, et des occasions qu'elle lui offrirait. Et elle ne la trouva pas inacceptable. Il y aurait des joies et des chagrins, comme toujours, et le goût de ces chagrins mêlé au vin du bonheur octroyé aux mortels. Elle serait en mesure de bien servir son peuple, songea-t-elle, et l'existence n'était pas dépourvue de devoirs.

« Ma mère », dit-elle en levant les yeux dans la lueur de la torche, « a généralement raison, avec quelques exceptions.

— Il est terrible pour un parent d'avoir toujours raison, dit Athelbert en souriant. Il vous faudrait rencontrer mon père pour comprendre ce que je veux dire. »

Ils traversèrent la cour ensemble. Rhiannon referma et verrouilla la porte derrière eux, comme on le leur avait appris à tous, pour tenir à l'écart ce qui pouvait s'en venir dans la nuit.

Alun n'était pas seul. Il avait dit en avoir besoin, mais c'était une feinte.

Assis dans l'herbe au-dessus de Brynnfell, pas très loin de l'endroit où il était allé pour la première fois retrouver la fée – il pouvait voir le petit arbre, à sa gauche –, Alun s'appliqua à former et à transmettre en esprit une pensée sans cesse répétée.

Une fin. Un commencement. Une fin. Un commencement.

Il ignorait où se trouvaient les éventuelles limites, si la jeune fille pouvait percevoir quoi que ce fût de lui tout comme il avait été douloureusement ouvert aux images qu'elle lui avait transmises. Mais il resta là, avec son chien, incertain, à former des mots.

Puis l'incertitude cessa, remplacée par un profond émerveillement, car il sentait de nouveau la présence de la jeune fille, il saisissait au passage, sans un bruit, intérieurement, la note d'un rire. *Une fin. Si vous êtes très fortuné, et que je me sens généreuse, un commencement.*

Alun rit tout haut dans l'obscurité. Il venait de comprendre qu'il ne serait plus jamais totalement seul. Cela aurait pu n'être pas une bénédiction, mais c'en était une, à cause de la nature même de Kèndra, et il le sut dès le début, cette nuit-là, en contemplant la ferme en contrebas.

Il se leva, le chien en fit autant. Il y avait des lumières là-bas, de la nourriture et du vin, de la compagnie pour repousser la nuit, des gens qui l'attendaient, avec leurs besoins. Il pouvait leur jouer de la musique.

Revenez-moi, entendit-il.

La joie : l'autre saveur qu'on peut goûter dans la coupe du chagrin.

CHAPITRE 17

Neuf nuits après avoir quitté Brynnfell, tandis qu'ils ramaient dans le vent pour retourner vers l'est, collés aux côtes de Ferrières pour se tenir le plus possible à l'écart des navires d'Aëldred, Bern se rendit compte que son père lui avait bel et bien adressé une ultime parole.

C'était une nuit éclatante, avec les deux lunes dans le ciel, un peu plus de lumière qu'il n'était tout à fait bon pour eux. Il continua de réfléchir, les mains sur sa rame, se balançant d'avant en arrière pour tirer le navire à travers la mer, et goûtant le sel de l'écume avec ses souvenirs. Puis il éleva la voix pour appeler Brand.

On le traitait autrement, à présent. Brand vint aussitôt le trouver. Il écouta le fils de Thorkell Einarson lui confier une idée qui lui sembla, sous ces deux lunes, être l'indication qu'un esprit bienveillant s'intéressait à leur sort – l'esprit d'un défunt incinéré avec tous les rites appropriés sur une grève de Llywèrth.

À l'aube, ils attachèrent ensemble leurs vaisseaux et tinrent conseil. C'étaient des mercenaires de Jormsvik, redoutés dans le nord tout entier, et ils avaient subi d'intolérables humiliations au cours de cette expédition. Ils tenaient là une chance de revenir chez eux avec honneur, et non prisonniers de leur honte. Ils avaient de bonnes raisons de faire rouler ces dés. La saison des raids était terminée depuis un moment ; on ne les attendrait absolument pas. Ils pouvaient encore aborder avec presque une centaine d'hommes, et Carloman de Ferrières en avait plein les bras, fit remarquer Garr Hoddson, plus loin à l'est avec les Karches, que les cavaliers walesques poussaient sur lui.

Et ils avaient presque tous entendu le dernier cri de Thorkell Einarson – et chacun croyait maintenant le comprendre –, Thorkell Einarson qui avait délibérément perdu un combat singulier pour leur sauver la vie. Brand le Borgne n'essayait même plus de proclamer le contraire.

Personne ne s'opposa.

Ils mouillèrent dans une baie peu profonde à l'ouest de l'embouchure de la Brienne. Ils savaient à peu près où se trouvait Champières, mais sans certitude. Depuis le raid du Volgan, personne n'était retourné dans cette vallée secrète où étaient ensevelis les rois de Ferrières, avec les psalmodies des saints hommes. Les premières années, après les événements, on avait su qu'elle serait bien défendue. Et plus tard, c'était comme si Champières était devenu sacré pour les Erlings eux aussi, en souvenir de Siggur.

Eh bien, il y avait des limites, n'est-ce pas ? Une nouvelle génération avait ses propres besoins.

Ils en savaient assez, en l'occurrence : après la rivière, une vallée qui s'étendait d'est en ouest. Ce n'était pas d'une terrible difficulté pour des hommes d'expérience, bien entraînés.

Ce qui s'ensuivit, trois nuits plus tard, fut ce qui arrivait habituellement dans le sillage des Erlings. Ils mirent à sac le sanctuaire royal des Veilleurs, l'incendièrent, massacrèrent trois douzaines de prêtres et de gardes – plus assez de guerriers : Garr avait vu juste, pour les Karches. Ils ne perdirent que huit hommes. Ils chargèrent leurs bêtes, se chargèrent eux-mêmes de sacs pleins d'objets d'or et d'argent, de monnaie, de chandeliers, d'encensoirs, de disques solaires, de gemmes royales, de lames au pommeau incrusté de pierres précieuses – mais aucune en argent, pas cette fois. Des coffrets d'ivoire, des coffres de bois de santal et d'ébène, des épices, des manuscrits –

on payait pour acheter ce genre de marchandise – et une vingtaine d'esclaves qu'on fouetta pour les ramener aux vaisseaux et servir à Jormsvik ou être vendus dans un marché.

Un raid triomphant et glorieux comme il n'y en avait jamais eu de mémoire d'homme.

Et c'était même un écho de ce qu'avait accompli le Volgan. Assez de butin pour tous les rendre riches, même après la part versée au trésor à leur retour.

Et une histoire à raconter près de l'âtre, aussi. On pouvait déjà entendre les skaldes ! Les derniers mots du héros mourant, l'ami du Volgan, compris par son seul fils, une nuit, en mer, pour les envoyer à Champières où le père s'était trouvé vingt-cinq ans plus tôt. Par Ingavin, cela constituait une saga en soi !

Ils firent face à des vents d'orage pendant deux jours et deux nuits sur le chemin du retour. Des éclairs fendaient le ciel. Des vagues aussi hautes que leurs mâts rugissaient au-dessus des ponts, les détrempaient, emportant par-dessus bord quelques chevaux hennissants. Mais ils étaient des Erlings, seigneurs de la mer, si sauvage pût-elle devenir. C'était leur élément. Ingavin et Thünir envoyaient les tempêtes aux hommes comme une épreuve destinée à déterminer s'ils étaient dignes de lui. Ils essuyèrent l'eau qui leur dégoulinait dans les yeux et la barbe et luttèrent contre pluie et bourrasque, un défi que nul autre n'aurait osé leur lancer.

Ils arrivèrent au port de Jormsvik par un après-midi éclatant et froid, et ils chantaient en tirant sur leurs rames. Ils avaient perdu un navire, celui d'Hoddson, et trente-deux hommes. Qu'on pleurerait et honorerait, chacun, mais la mer et les dieux réclamaient leur dû, et où était la gloire, après tout, quand la tâche était trop facile ?

Ce fut un très bon hiver à Jormsvik.

On en pensa la même chose à Esfèrth, à Raedhill et ailleurs en terre anglcyne. Le roi Aëldred, son épouse et sa cour se rendirent à Rhédèn pour célébrer le mariage de leur fille Judit au prince Calum. La princesse rousse, d'une féroce beauté et d'une volonté plus féroce encore, terrifia de toute évidence son jeune époux. Sa sœur et son frère s'accordèrent en privé pour dire que c'était prévisible. Pourquoi le prince n'aurait-il pas été comme tout le monde ?

Au cours des cérémonies et des festivités qui se déroulèrent pendant ces deux semaines, le moment auquel on prêta le plus d'attention fut celui où Withgar de Rhédèn s'agenouilla devant le roi Aëldred, baisa son anneau et accepta de lui un disque de Jad, tandis que les prêtres entonnaient les louanges au soleil vivant.

Il y avait un prix à payer pour joindre sa lignée à une plus grande, et Rhédèn n'était pas sans voir qu'Esfèrth était de mieux en mieux protégée des incursions erlings. Il n'était pas difficile de deviner dans quelle direction pourrait se tourner l'intérêt d'Aëldred. Il valait mieux se marier, et faire du risque un avantage. Ils étaient un seul et même peuple, en définitive, n'est-ce pas ? Différents des Cyngaëls sombres de peaux et de cheveux, ces petits voleurs de bétail de l'autre côté du Mur.

En l'occurrence, quelque temps avant de quitter Esfèrth pour se rendre dans le nord, le roi anglcyn s'était exercé – en mettant ses prêtres à contribution – à élaborer les termes formels d'un autre contrat de mariage, à l'ouest, avec ces mêmes Cyngaëls. Withgar de Rhédèn n'avait pas été informé de ces projets, pour l'instant, mais il n'y avait aucune raison de l'en informer. Bien des négociations de mariage avaient échoué.

Il semblait improbable que celle-ci échouât, cependant. Kèndra, d'habitude la plus douce et obéissante des quatre enfants d'Aëldred – et la plus chérie –, avait discuté avec son père et le prêtre cyngaël, en privé, peu de temps après certains événements qui avaient eu lieu à la fin de l'été près d'une ferme nommée Brynnfell, en Arbèrth. Des événements qu'ils ne connaissaient que trop bien à cause d'elle et du jeune prince de Cadyr, le fils et héritier survivant d'Owyn, l'homme qu'elle avait l'intention d'épouser.

Aëldred, qu'on disait toujours prévoir tous les développements possibles et se préparer en conséquence, ne s'y était vraiment pas attendu, et de loin. Il ne put pas davantage trouver une réponse immédiate à la ferme déclaration de sa fille comme quoi elle suivrait sa mère au sanctuaire de Rétherly si cette union si évidemment appropriée n'était pas approuvée.

« Elle est relativement acceptable, je te l'accorde. Mais sais-tu seulement s'il le désire ? Ou si le prince Owyn l'approuvera ? » demanda Aëldred.

« Il le désire », répliqua placidement Kèndra. « Et vous songez depuis longtemps à une union à l'ouest. »

Ce qui était vrai, en l'occurrence. Ses enfants en savaient trop, songea Aëldred.

D'un regard, le roi appela Ceinion à sa rescousse. Le comportement du prêtre avait beaucoup changé en quelques jours, lorsqu'on avait appris ce qui s'était passé à Brynnfell. Il arborait jour et nuit un air affable et amusé. On avait du mal à l'attirer dans une discussion intéressante sur la doctrine.

Il sourit à Aëldred. « Mon plaisir est extrême, mon seigneur. J'espérais une telle union, vous le savez. Owyn en sera honoré, une fois que j'en aurai parlé avec lui, ce que je vais faire. »

Guère de secours à attendre de ce côté.

« Peu importe », dit Kèndra, avec une alarmante suffisance, « Alun s'en occupera. »

Les deux hommes clignèrent des yeux en l'observant avec attention. Sa fille bien timide, songea Aëldred, sa fille bien obéissante.

Elle ferma les yeux. Ils pensèrent que c'était l'embarras, devant leur double examen.

Elle les rouvrit : « J'avais raison, dit-elle. Il va venir ici, avec mon frère. Ils prendront la route de la côte. Ils se rendent à Cadyr, où ils s'entretiendront avec son père. » Elle leur adressa un doux sourire : « Nous sommes aussi convenus de ne pas entrer trop souvent en contact ainsi avant le mariage, ne vous en inquiétez pas. Il me dit de dire à Ceinion qu'il joue de nouveau de la musique. »

On n'y pouvait pas grand-chose, quoique la prière semblât clairement indiquée. Kèndra se rendait avec diligence à la chapelle, le matin et le soir. Le mariage était en vérité raisonnable. Il y avait eu quelques discussions, le roi s'en souvenait, à propos d'Athelbert et de la fille de Brynn ap Hywll. Eh bien, on n'aurait pas besoin de leur donner suite. On ne mariait pas *deux* enfants pour obtenir le même résultat.

Ceinion de Llywèrth offrit ses deux présents de mariage au roi. Le premier était sa promesse, longuement convoitée, de passer une partie de l'année à la cour d'Aëldred. Le second était d'une tout autre nature. Il se fit jour après une conversation entre le grand-prêtre des Cyngaëls et la très dévote reine des Anglcyns. À la suite de cet échange franc et révélateur, et après deux nuits de veille dans sa chapelle, la reine Elswith se présenta une nuit devant la chambre de son époux, et y fut introduite.

Elle informa placidement son royal époux que, après réflexion et avec le conseil de la religion, elle ne pensait pas l'âme d'Aëldred si gravement menacée, après tout, qu'elle-même dût se retirer dans un sanctuaire dès le mariage de Judit. Elle se contenterait d'attendre que Kèndra fût mariée à son tour à ce prince de l'ouest. Peut-être à la fin du printemps prochain ? Aëldred et Osbert, à son avis, seraient incapables d'organiser cette seconde célébration sans son conseil. De surcroît, la reine trouvait maintenant raisonnable de passer une partie de son temps à la cour même après s'être retirée dans un sanctuaire. On pouvait régler ces affaires d'une façon… mesurée, comme le suggéraient en toutes choses les enseignements de la foi. Pour ce qui était d'une répartition mesurée des devoirs, la condition terrestre du roi faisait certainement partie de ses charges de reine et d'épouse.

Aëldred mangeait trop, par exemple, avec les fêtes de l'hiver qui approchaient, à commencer par le mariage de Judit à Rhédèn. Il gagnait du poids, risquait la goutte, et bien pis. Il aurait besoin d'elle à ses côtés, de temps à autre, pour observer et évaluer ses besoins.

Le roi, qui n'avait pas subi une autre de ses fièvres depuis une certaine conversation avec Ceinion au cours de la randonnée qui les ramenait de leur chasse aux Erlings, sur la côte – il n'en subirait plus jamais –, lui proposa avec bonheur de commencer son examen sur-le-champ. La reine déclara la suggestion indécente à leur âge mais, en cela du moins, se laissa convaincre.

Vous prenez bien longtemps.

Vous en savez la raison. Je devais aller voir mon père d'abord, je ne pouvais précipiter les choses. Je suis presque rendu chez vous. Trois jours encore. Des émissaires nous accompagnent. Nous présenterons la proposition de mariage à votre père. Je demanderai son aide à Ceinion. Je crois qu'il me l'accordera.

Peu importe. Mon père va accepter.

Comment le savez-vous ? C'est un sujet très…

Je lui ai parlé.

Et il a simplement dit oui ?

Présentement, je crois qu'il serait prêt à accepter tout ce que je lui demanderais.

Il y eut un petit silence dans le conduit partagé par deux esprits.

Moi aussi, vous savez.

Oh, parfait.

◆

Anrid avait accompli son premier sacrifice de la moisson, deux agneaux et un chevreau. Elle avait ajouté le chevreau à la cérémonie en offrande à Fulla, surtout pour qu'on la vît faire ce que l'ancienne *volur* ne faisait point. Des changements, pour marquer les rituels de sa propre empreinte, comme un sceau marquait une lettre. Elle avait porté le maudit serpent autour de son cou. Il devenait plus lourd. Elle avait pensé que si le navire du sud revenait au printemps, il serait peut-être prudent d'arranger l'achat d'un autre serpent. Ou peut-être en auraient-ils un à bord, des arrangements ayant déjà été pris.

Frigga consultée pensait que c'était peut-être le cas.

La moisson s'avéra bonne, et l'hiver fut doux à Rabady. On but à la santé du nouveau gouverneur et de la *volur* dans les tavernes, et l'enclos des femmes eut sa part des présents d'après la moisson. Anrid ne prit qu'un manteau bleu foncé, laissant les autres se partager le reste – il fallait les garder satisfaites. Et un peu effrayées.

Le serpent y aidait. La blessure était devenue une petite paire de cicatrices. Anrid laissait les femmes les voir de temps à autre, comme par hasard. Les serpents étaient des puissances telluriques, et Anrid s'était vu octroyer un peu de cette puissance.

Il fit assez doux cet hiver-là pour que des jeunes gens partent avec leurs barques au Vinmark, pour le plaisir de l'aventure. Au cours d'un hiver rude, le détroit pouvait geler, sans devenir moins dangereux pour autant, et Rabady se retrouvait complètement isolée. Cette année-là, on apprit bien des nouvelles, même s'il ne se passait pas grand-chose en hiver. Une querelle de sang à Halek, six morts et une femme enlevée. Consentante, apparemment, aussi fut-elle tuée lorsque sa famille la récupéra. Les gens étaient trop entassés les uns sur les autres quand venait la neige. Au printemps, les routes et la mer se rouvraient et l'on pouvait se débarrasser de toute la violence rentrée en l'expédiant ailleurs. Il en avait toujours été ainsi. La saison froide rythmait toute leur existence : se préparer à l'hiver, désirer en voir la fin, s'y préparer de nouveau.

Un jour, alors que le printemps n'était pas encore commencé, un petit bateau arriva à la rame dans l'île. Trois marins à bord, fortement armés, avec des lances et des boucliers ronds. Ils débarquèrent avec un coffre et une clé, s'adressèrent assez courtoisement aux hommes envoyés à leur rencontre. Ils cherchaient une femme. On leur fit traverser les murailles de la ville, et le fossé, pour se rendre dans les champs couverts de neige jusqu'à l'enclos des femmes. Une demi-douzaine de garçons, appréciant le divertissement, les escortèrent.

Le coffre était destiné à Frigga. Une fois ouvert dans la chambre d'Anrid – elles étaient seules toutes deux pour tourner la clé –, il révéla contenir assez d'argent pour acheter n'importe quelle terre dans l'île, et il en resterait assez après. Il y avait une note.

Seule Anrid savait lire.

Le fils de Frigga, Bern, exprimait ses respects à sa mère et espérait qu'elle demeurait en bonne santé. Il était vivant lui-même et se portait bien. Il était chagrin de devoir lui dire que son époux – son premier époux – était mort en terre cyngaëlle, vers la fin de l'été. Son trépas avait été honorable, il avait sauvé d'autres hommes. On avait exécuté les rites pour lui et on l'avait incinéré ainsi qu'il était approprié. L'argent devait aider Frigga pour un nouveau départ. C'était difficile à expliquer, disait la note, mais il venait en réalité de Thorkell. Bern enverrait des nouvelles quand il le pourrait, mais ne se risquerait probablement pas à revenir à Rabady.

Anrid s'était attendue à voir l'autre femme pleurer. Mais elle ne le fit point – ou pas à proximité d'Anrid. Le coffre et l'argent furent dissimulés – il y avait ici des endroits adéquats. Frigga avait déjà pris un nouveau départ. Son fils ne pouvait le savoir. Elle n'était pas sûre du tout de vouloir quitter l'enclos et les femmes, de retourner vivre dans une maison ou près de la ville ; et elle ne voulait pas aller vivre avec ses filles au Vinmark, même en possédant de l'argent. Ce n'était pas une vie, vieillir loin de chez soi.

C'était beaucoup d'argent, on ne pouvait tout simplement le laisser enterré. Elle y penserait, dit-elle à Anrid. Celle-ci avait appris la note par cœur – elle avait l'esprit rapide –, avant de la replacer dans le coffre.

"Probablement pas", avait écrit Bern.

Elle réfléchit et invita le gouverneur à lui rendre visite.

Une autre nouveauté, ces visites de Sturla, mais ils étaient désormais à l'aise l'un avec l'autre. Elle s'était elle-même rendue en ville pour lui parler, vêtue de ses robes de *volur*, entourée, toujours, de plusieurs de ses femmes.

Iord, l'ancienne *volur*, avait cru au mystère né de l'invisibilité, de la distance. Anrid, et Frigga, lorsqu'elles en parlaient, pensait que le pouvoir découlait aussi de ce qu'on vous savait présente, et qu'on pensait à vous. Elle portait toujours le serpent lorsqu'elle se rendait en ville ou rencontrait Ulfarson à l'enclos. Il l'aurait nié, bien sûr, mais il avait peur d'elle, ce qui était utile.

Ils discutèrent de l'adjonction d'édifices à l'enclos lorsque la dernière neige aurait fondu et que les hommes pourraient retourner au travail. On en avait parlé auparavant. Anrid voulait de la place pour loger davantage de femmes, et une vraie brasserie. Elle avait pensé aussi à un endroit voué aux naissances. Les gens donnaient généreusement à ce moment-là – si c'était un garçon, et s'il vivait. Il serait bon pour l'enclos d'être connu comme l'endroit où se rendre lorsque l'accouchement était proche. Le gouverneur voudrait une part des bénéfices, mais cela aussi, elle l'avait anticipé.

Il n'était pas difficile à manier, Sturla. Alors qu'il repartait, après de la bière et une discussion aimable (à propos de la querelle de sang sur le continent, maintenant terminée), elle mentionna en passant ce qu'elle avait appris des trois hommes porteurs du coffre, sur les événements qui avaient eu lieu un an plus tôt, lorsque le cheval de Halldr Maigre-Jarret avait disparu.

Cela avait bien du bon sens, ce qu'elle conta au gouverneur : tout le monde savait qu'il n'y avait guère eu de sympathie entre l'ancienne *volur* et Maigre-Jarret. Ulfarson hocha la tête en ouvrant des yeux de chouette – il y avait tendance après avoir bu de la bière – et demanda d'un air malin pourquoi le garçon n'était pas revenu, s'il en était ainsi.

Le garçon, lui dit-elle, était allé à Jormsvik. Il avait choisi le monde des guerriers pour tirer un trait sur la noire magie des femmes qui lui avait apporté tant de honte. Comment elle le savait ? Le coffre venait de lui. Il avait écrit à sa mère. Il était grandement apprécié sur le continent, désormais, à ce qu'il paraissait. Ses prouesses faisaient honneur à Rabady. Son père, Thorkell Einarson, l'exilé, était mort (il était bon de fournir à un homme des nouvelles qu'il pourrait partager à la taverne), en devenant davantage encore un héros. Le garçon s'était enrichi dans des raids, il avait envoyé de l'argent à sa mère pour s'acheter sur l'île toute maison qu'elle désirerait.

Ulfarson se pencha en avant. Ce n'était pas un homme stupide, même s'il avait l'esprit étroit. Quelle maison ? demanda-t-il, ainsi qu'Anrid l'avait prévu.

En souriant, elle lui dit qu'on pouvait sans doute deviner quelle maison voudrait la veuve de Thorkell Einarson, quoique l'achat de celle-ci pût présenter des difficultés, puisqu'elle était la propriété de la veuve de Halldr, laquelle haïssait Frigga.

Comme frappée d'une idée soudaine, elle remarqua qu'il serait peut-être possible à un tiers d'acheter maison et terre en premier, et d'en tirer profit ensuite en la revendant à Frigga. Sturla lissa sa pâle moustache. Elle pouvait le *voir* réfléchir. C'était tout à fait approprié pour les deux dirigeants de l'île de s'épauler mutuellement, ajouta-t-elle avec gravité.

Quand Sturla Ulfarson fut sur le point de partir, il déclara que la construction des trois nouveaux édifices commencerait dès la fonte des neiges, quand le sol serait assez dégelé. À son départ, elle le bénit au nom de Fulla.

Le temps commença de changer, les jours allongèrent, les premières feuilles mordorées apparurent, et Anrid ordonna aux filles les plus jeunes de monter la garde la nuit, plus loin de l'enclos qu'il n'était habituel, et dans une direction différente. Ce n'était pas sur un conseil des esprits, et n'impliquait aucune vision de l'entremonde. Anrid avait simplement… un talent pour la réflexion. Elle avait été obligée de le développer. On pouvait le considérer comme de la magie ou un pouvoir, elle le savait, et le prendre pour un don de voyance.

Elle eut une autre longue conversation avec Frigga, où elle parla presque tout le temps, et cette fois l'autre femme versa des larmes ; puis elle donna son accord.

Anrid, qui était très jeune après tout, se mit à connaître à cette période des nuits agitées. Pas comme auparavant, alors qu'elle avait été incapable de trouver le sommeil. Maintenant, c'étaient ses rêves, et ce qu'elle y faisait.

Bern suivait le même chemin que son père bien longtemps auparavant. Il se l'était répété pendant l'hiver, en attendant le printemps. Et s'il en était ainsi, il importait de ne pas se laisser aller à la sentimentalité. Le nord ne s'y prêtait pas. Cela pouvait vous détruire, même si on abandonnait les raids pour une existence très différente, comme l'avait fait Thorkell.

Il partirait avec honneur. Tous savaient désormais à Jormsvik ce qui était arrivé pendant ce qu'on avait fini par appeler le Raid de Ragnarson. On savait ce qu'avait fait Thorkell le Rouge pour les empêcher d'aller en Arbèrth, et ce que Bern avait fait, et comment tous deux ensemble – chantaient les skaldes –, ils avaient ensuite infléchi le courant de la destinée en envoyant cinq vaisseaux à Champières.

Deux des capitaines les plus expérimentés avaient discuté avec Bern en différentes occasions, le pressant de rester. Pas de coercition – Jormsvik était une compagnie d'hommes libres. Ils avaient souligné le fait qu'il était devenu l'un des leurs en abattant un homme puissant, ce qui augurait bien de son avenir, tout comme sa lignée et la façon dont il avait livré son premier raid. Ils n'avaient pas connu sa lignée lors de son arrivée ; maintenant, ils la connaissaient.

Bern leur avait exprimé sa gratitude, et la conscience qu'il avait de l'honneur qu'on lui faisait. Il avait gardé pour lui la pensée qu'il n'était pas vraiment d'accord avec leur vision de ses possibilités futures. Il avait eu de la chance, il avait reçu de Thorkell une aide sans prix, et même si l'idée de l'assaut en Ferrières avait été sienne par l'intermédiaire de son père, il n'avait décelé en lui-même aucune frénésie guerrière, aucune joie à voir les flammes, ou lorsqu'il avait embroché un prêtre jaddite.

On n'avait pas besoin de confier ce genre de choses à autrui, mais il fallait être honnête avec soi-même. Son père avait fini par abandonner la mer. Lui le faisait plus tôt, voilà tout, et il demanderait à Ingavin et à Thünir de ne pas le rappeler comme Thorkell l'avait été.

Il s'affaira à mettre ses comptes en ordre pendant l'hiver.

Quand on change d'existence, on est censé laisser l'ancienne vie bien rangée derrière soi. Ingavin observait ce genre de choses de son œil unique, sage et rusé.

Bern était riche, à présent. Une fortune qui dépassait ses mérites: on parlait du raid de Champières, le récit s'en répandait, même par les chemins enneigés de l'hiver. Ce devait être rendu à Hlégest, lui avait dit Brand, une nuit à la taverne, alors que des glaçons pendaient comme des lances aux avant-toits, dehors. Kjarten Vidurson – putréfaction sur sa face couturée – devait savoir que Jormsvik n'était pas une forteresse à attaquer, même s'il allait sans doute essayer tôt ou tard. Bern avait commencé de mettre ses affaires en ordre cette même nuit. Il avait quitté la taverne pour les appartements – trois pièces – où il avait entretenu Thira depuis son retour. Il lui avait offert une somme qui lui permettrait de retourner chez elle avec du bien et la possibilité de choisir, ou de rejeter, n'importe quel homme de son village. Les femmes pouvaient posséder de la terre, bien sûr, il leur fallait seulement un époux pour s'en occuper. Et la conserver.

Thira l'avait surpris, mais Bern était d'avis que les femmes étaient plus difficiles à prévoir que les hommes. Il était très doué pour comprendre les hommes, avait-il découvert, mais il n'avait pas prévu, par exemple, que Thira éclaterait en sanglots, le maudirait, lui jetterait une botte, pour déclarer ensuite, aussi mordante qu'un capitaine à l'égard d'un homme à la rame mal synchronisée, qu'elle avait quitté son village de sa propre initiative, pour ses propres raisons, et qu'aucun gamin tel que Bern Thorkellson n'allait l'y faire revenir.

Elle avait cependant accepté l'argent et les trois chambres.

Peu de temps après, elle s'acheta une taverne. Celle de Hrati, de fait. Hrati était vieux, fatigué de la vie de tavernier, disait qu'il était prêt pour une table au coin du feu et une pièce à l'étage. Elle les lui donna. Il ne dura pas très longtemps, en l'occurrence. Il se mit à boire trop, devint querelleur. On l'enterra l'hiver suivant. Bern était parti depuis longtemps alors.

Bern dut attendre au printemps, le moment où arrivent les nouveaux aspirants. Entre-temps, il paya trois des plus jeunes mercenaires pour transporter un coffre à Rabady dès que le temps le rendrait possible. C'étaient des Jormsvikings, ils n'allaient pas le voler, et des mercenaires pouvaient accepter d'être embauchés par un compagnon aussi aisément que par quiconque.

Un autre compte réglé avec ce coffre. Sa mère devait sûrement être prisonnière d'une dure existence, après la mort de son second époux – et elle n'avait été que la seconde épouse dans la demeure de Maigre-Jarret –, presque aucun droit, pas de lieu sûr où vivre. Bern l'avait abandonnée à ce triste sort en traversant la mer avec Gyllir.

L'argent ne compensait pas tout, mais si l'on ne se laissait pas aller à la sentimentalité, on pouvait dire qu'il allait assez loin en ce monde.

Bern ne pouvait revenir en toute sécurité à Rabady : il serait presque certainement reconnu, même si son apparence avait changé, il serait capturé comme voleur de chevaux et pis encore. Le cheval avait après tout été destiné à un brasier funéraire.

Le cheval, de fait, il le vendit à Brand Léofson, et à bon prix, encore. Gyllir était une splendeur, une monture de guerrier. Avait été gaspillé dans l'île avec Halldr Maigre-Jarret, qui l'avait acheté simplement parce qu'il le pouvait. Orgueil et ostentation. Léofson désirait l'étalon, et n'allait pas barguigner avec Bern, pas après tout ce qui s'était passé. Bern n'avait pas hésité, ne s'était pas laissé aller à des regrets. On ne pouvait non plus se permettre d'être sentimental à l'égard de ses bêtes.

On pouvait être irrité, attention, et les maudire, et se maudire de ne pas avoir choisi avec plus de soin. Il avait pris un bai placide aux écuries, comme nouvelle monture, pour découvrir trop tard son trot maladroit et son manque d'inclination au galop soutenu. Un cheval de propriétaire terrien, juste bon à se rendre d'un pas posé en ville et à la taverne. Il n'aurait pas besoin d'autre chose, se répétait-il, mais il s'était habitué à Gyllir. Était-ce de la sentimentalité ? Se rappeler un ancien cheval ? Peut-être ne se vantait-on pas de ses hauts faits ou des endroits où l'on était allé, mais sûrement on pouvait se les rappeler ? Qu'était l'existence, sinon les souvenirs ?

Et peut-être ce qu'on espérait de l'avenir.

Il attendit, comme il le devait, la réouverture des routes par le printemps et la réapparition des aspirants aux portes. Il écoutait le conseil de Brand. Léofson avait adopté une attitude protectrice à son égard depuis leur retour, comme si tuer Thorkell – avoir reçu de Thorkell la permission de le tuer – l'avait rendu responsable de son fils. Bern n'avait pas le sentiment que ce fût nécessaire, mais cela ne le dérangeait pas vraiment, et ce ne serait pas pour longtemps, il le savait. C'était utile, aussi : Brand veillerait à l'argent de Bern, l'enverrait là où il en aurait besoin, s'il en avait besoin.

Une fois qu'il se serait figuré où.

Ils regardèrent les premiers aspirants arriver devant les murailles et lancer leur défi ; Brand secoua la tête. C'étaient des garçons de ferme, des garçons d'étable, avec des rêves démesurés, et qui ne pouvaient raisonnablement envisager de devenir des hommes de Jormsvik. Si Bern réclamait ces combats et s'en allait en laissant ces aspirants entrer, ce serait injuste pour ses compagnons. On lança les runes à l'intérieur des murailles et les défis furent attribués par le hasard. Deux des garçons furent abattus, l'un par accident, sembla-t-il aux observateurs, et Elkin le confirma en revenant. Deux furent désarmés, qu'on laissa repartir avec l'habituelle promesse qu'ils seraient taillés en pièces s'ils reparaissaient pour s'essayer de nouveau.

Le cinquième aspirant était un grand gaillard, plus vieux que les autres. Il avait une épée acceptable et un casque cabossé dont la garde nasale était intacte. Brand et Bern échangèrent un regard. Bern fit un signe à ceux qui étaient de garde aux portes: il choisissait de prendre celui-ci. Le temps était venu. On attendait, et ensuite le moment arrivait. Il étreignit Léofson, fit de même avec plusieurs autres qui étaient au courant. Des compagnons de rame, des compagnons de taverne. Une seule année, mais des guerriers peuvent mourir n'importe quand, se lier ne prenait guère de temps ici, avait-il découvert. On pouvait cependant trancher des liens. Parfois, il le fallait.

Thira, la dure petite Thira, se contenta de lui faire un signe de main depuis le comptoir de sa nouvelle taverne lorsqu'il vint lui dire adieu avant de sortir de l'enceinte. Sa vie était à l'opposé de la sienne, songea-t-il. On y prenait soin de ne *pas* créer de liens. Les hommes vous quittaient et mouraient, des hommes différents gravissaient votre escalier chaque nuit. Mais elle lui avait sauvé la vie. Il s'attarda à la porte un moment pour la regarder. Il se rappelait la quatrième marche, celle qui manquait, dans l'escalier menant à sa chambre. Il importait de ne pas être sentimental, se rappela-t-il.

Il alla prendre sa nouvelle monture à l'écurie et l'équipement qu'il emporterait dans le nord, son épée, son casque – les routes étaient toujours dangereuses pour un homme seul. On lui ouvrit les portes et il alla à la rencontre de l'aspirant. Il vit une surprise soulagée dans les yeux bleus de l'autre lorsqu'il leva sa main ouverte, dans le geste qui signifiait la reddition. Bern désigna les portes derrière lui: « Ingavin veille sur toi, dit-il à l'étranger. Honore-toi et honore ceux que tu vas rejoindre. »

Puis il chevaucha sur la route qu'il avait prise pour arriver là. Il entendit un grand fracas derrière lui: lances et glaives frappaient des boucliers. Ses compagnons, sur les murailles. Il jeta un regard par-dessus son épaule et leva une main. Son père ne l'aurait pas fait, songea-t-il.

Nul ne l'importuna sur son chemin vers le nord. Il n'évitait pas les villages et les auberges, cette fois. Il longea l'endroit où il avait tendu une embuscade à un voyageur isolé parce qu'il lui fallait une épée pour le défi. Il n'avait pas tué cet homme, ou du moins il le pensait.

Ce n'était pas comme s'il s'était attardé pour s'en assurer.

Finalement, après ce qui lui sembla un long et lent voyage, il aperçut pour la première fois Rabady dans le lointain, à sa gauche, alors que la route descendait vers la côte. Du côté de la terre se dressaient les montagnes, puis l'interminable forêt de sapins, et il n'y avait pas de routes.

Il arriva à un village de pêcheurs que tout le monde connaissait sur Rabady, celui qui en était la principale destination. Peut-être même l'y reconnaîtrait-on, mais il en doutait. Il avait laissé pousser barbe et cheveux, ses épaules et son torse étaient plus larges. Il attendit la tombée du crépuscule, et la nuit plus épaisse, et même les premiers signes de l'aube, avant d'offrir la prière que prononçaient tous les marins avant d'aller sur l'eau.

Il se prépara à pousser une petite barque dans le détroit. Le pêcheur, tiré de son sommeil dans sa hutte, vint l'aider ; le paiement de Bern pour son emprunt avait été des plus généreux, bien plus qu'une journée de pêche. Il laissa le cheval aux bons soins de l'homme. On n'essaierait pas de le voler. Il avait dit qu'il était de Jormsvik, et il en avait l'air.

L'obscurité régnait sur l'eau tandis qu'il ramait vers l'île. Il contemplait les étoiles, la mer, les arbres qui se précisaient devant lui. Le printemps. Le cycle complet d'une année, et il était revenu. Il plongea une main dans l'eau. Froide, amèrement, mortellement froide. Il se rappelait. Il avait pensé mourir. Il regretta Gyllir, alors, à ce souvenir. Secoua la tête. On ne pouvait être ainsi dans le nord. Ce pouvait être la mort.

Il était plus fort à présent, ramait avec aisance, d'un geste régulier. Ce n'était pas un trajet difficile, de toute façon. Il l'avait fait enfant, pendant des étés dont il se souvenait.

Il échoua la petite embarcation sur la plage même d'où il était parti. Il ne pensa pas que c'était de la complaisance ou de la faiblesse. Plutôt approprié. La reconnaissance d'un fait. Il remercia Ingavin en effleurant le marteau qui pendait à son cou. Il l'avait acheté cet automne-là, rien de bien élaboré, très semblable au collier qui avait disparu dans le brasier de son père en Llywèrth.

Il pénétra dans l'intérieur des terres avec circonspection. Il ne voulait vraiment rencontrer personne. On l'avait connu ici toute sa vie. Le risque d'être reconnu était plutôt élevé. C'était pourquoi il était venu de nuit, en grande partie avant l'aube, et pourquoi il n'avait pas été sûr de venir du tout. Il était là pour trois raisons, le dernier des comptes qu'il devait régler avant de changer de vie. Les trois pouvaient être réglés en une seule nuit, si les dieux étaient bons pour lui.

Il voulait dire adieu à sa mère. Elle se trouvait désormais à l'enclos des femmes, lui avaient dit ceux qui y avaient apporté le coffre. Une surprise – une bonne décision de la part de Frigga, même si elle aurait pu tout changer avec l'argent qu'il lui avait envoyé.

Ensuite, au même endroit, il voulait retrouver la vieille *volur*. Il n'aurait besoin de guère de temps avec elle, mais devrait sans doute repartir très vite quand il en aurait fini. Mais il voulait aussi s'entretenir, si c'était possible, cela dépendrait des événements, avec une jeune fille portant une cicatrice sur la jambe, une morsure de serpent. Ce serait peut-être impossible. Il n'allait probablement pas pouvoir s'attarder après avoir tué la *volur*, et il n'était pas certain de retrouver une fille qu'il ne reconnaîtrait pas. Les femmes montaient la garde, la nuit, même quand il faisait froid. Il se le rappelait.

Il se rappelait aussi ces champs. Il avait été monté sur Gyllir, la fois précédente, et il avait maintenant un long chemin devant lui. Il longea la lisière des bois, sous leur protection, même s'il était peu probable que des amoureux fussent de sortie si tôt dans le printemps. Le sol était froid. Il fallait être fou pour vouloir venir ici avec une fille, au lieu de trouver une grange ou un appentis avec de la paille.

Il avait deux adieux à faire, se disait-il, et quelqu'un à tuer, et ensuite il s'en irait avec son passé bien rangé, dans la mesure du possible, il irait en Erlond, avait-il décidé, là où son peuple s'était installé en terre anglcyne. C'était assez loin, on pouvait y acquérir des terres, une place où mener une belle vie. Il avait eu tout un hiver pour examiner les possibilités. C'était la plus raisonnable.

Il entendit craquer une brindille. Ce n'était pas sous son pied.

Il se figea, tira son épée. Il n'avait pas envie de tuer, mais…

« La paix de Fulla soit avec toi, Bern Thorkellson. »

Lorsque tout ce dont on a à se souvenir, au cours d'une année bien chargée, c'est une voix dans le noir, et que cette voix est celle de quelqu'un qui vous sauve la vie, on s'en souvient.

Il ne bougea pas. Elle s'avança en se détachant des arbres. Ne portait pas de torche. Il avala sa salive.

« Comment est la morsure de serpent ? dit-il.

— Une simple cicatrice, maintenant. Merci de le demander.

— Elle… elle t'envoie encore dehors quand il fait froid la nuit ?

— Iord ? Non. Iord est morte. »

Le cœur de Bern battit plus fort. Il ne pouvait toujours pas voir la jeune fille, mais cette voix était gravée dans sa mémoire. Il n'avait pas compris à quel point avant cet instant.

« Comment ? Que…

— Je l'ai fait tuer. Pour nous deux. »

Une constatation, aucune trace d'émotion dans cette voix. Une tâche de moins pour lui, cette nuit, semblait-il. Il chercha ses mots. « Comment as-tu… ?

— Accompli cela ? L'une des jeunes femmes de l'enclos a dit au nouveau gouverneur comment la *volur* avait usé de sa magie pour forcer un jeune homme innocent à voler le cheval d'un homme qu'elle avait toujours détesté. »

Il tenait encore son épée, ce qui lui sembla stupide. Il la rengaina. Il réfléchissait furieusement. Il y était doué. « Et le jeune homme ?

— Il est allé à Jormsvik quand le sortilège s'est dissipé. Il voulait gagner de la gloire, effacer sa honte. Et il y a réussi. »

Il luttait contre une envie tout à fait inattendue de sourire. « Et la jeune femme ? »

Elle hésita, pour la première fois. « Elle est devenue la *volur* de l'île de Rabady. »

L'envie de sourire semblait avoir disparu, aussi soudainement qu'elle était venue. Il ne pouvait vraiment dire pourquoi. Il s'éclaircit la voix. « Une grande et glorieuse destinée pour elle, alors », dit-il.

Après une autre pause immobile dans le noir, où la jeune fille était toujours une forme découpée dans la nuit, il l'entendit déclarer : « Ce n'est pas, en vérité, la destinée qu'elle aurait choisie si elle avait eu… une autre voie. »

Bern eut besoin de reprendre son souffle avant de pouvoir parler de nouveau. Son cœur lui martelait la poitrine, comme à Champières. « Vraiment. Aurait-elle été… disposée à quitter l'île, pour une existence différente ? »

L'autre voix se fit plus douce, moins assurée. Comme la mienne, songea-t-il.

« Elle le pourrait. Si on le désirait. Ce pourrait aussi… être ici. Cette existence différente. Ici, sur l'île. »

Il secoua la tête. Essaya de se forcer à respirer normalement. Il connaissait le monde un peu plus qu'elle, apparemment. Du moins sur ce plan. « Je ne crois pas. Une fois qu'elle a été *volur*, ce serait trop dur de vivre une vie… ordinaire ici. Elle a eu trop de pouvoir dans son autre existence. Ce n'est pas assez grand, ici. Quiconque lui succéderait comme *volur* ne voudrait pas qu'elle reste ici.

— La prochaine *volur* pourrait lui en donner la permission, la relever de son pouvoir, dit-elle. C'est déjà arrivé. »

Il l'ignorait, devait supposer qu'elle le savait. « Pourquoi le ferait-elle ? »

Elle attendit un peu. Dit : « Penses-y bien. »

Il obéit et il saisit. Il sentit ses cheveux se hérisser sur sa nuque. Parfois, disait-on, c'était que l'entremonde, avec ses esprits, se trouvait proche. Parfois, c'était autre chose. « Oh, dit Bern. Je vois. »

Elle comprit, avec une sorte d'excitation, qu'en vérité il voyait. Elle n'avait pas l'habitude que les hommes fussent rapides. Elle dit, encore circonspecte : « Ta mère m'a demandé de t'accueillir, pour te dire qu'elle attend à l'enclos si tu désires la voir maintenant. Et que la porte de la grange a de nouveau besoin d'être réparée. »

Il garda le silence, en absorbant toutes ces révélations. « Je sais comment faire ça, dit-il. Comment sais-tu que la porte est brisée ?

— Nous sommes allées ensemble à la ferme, dit la jeune fille. Celle de ton père. On peut… la racheter. Si tu le désires. »

Il la regarda. Une simple forme dans la nuit. Il ne fallait pas être sentimental. C'était dangereux, dans ces contrées. Mais l'émerveillement était permis, n'est-ce pas ? On s'en allait de par le monde en portant son nom. Certains le laissaient derrière eux après leur mort, il s'attardait tel un brasier sur une colline ou au bord de la mer. La plupart ne le faisaient pas, ne le pouvaient pas. Il y avait d'autres façons de vivre les jours alloués par les dieux. Il énonça intérieurement le nom de son père.

« Je te t'ai jamais vue, dit-il à la jeune fille.

— Je sais. Il y a des lumières à l'enclos. Elle attend. Viendras-tu ? »

Ils marchèrent dans cette direction, ensemble. Ce n'était pas très loin. Il vit la borne dans le champ, la grisaille. L'aube allait bientôt se lever, sur le Vinmark et sur la mer, et sur l'île.

Une aube plus grise et plus venteuse se lèverait aussi, un peu plus tard et un peu plus loin à l'ouest.

Ceinion de Llywèrth aimait encore garder une fenêtre ouverte la nuit, même si la sagesse disait que c'était insensé. Il pensait parfois que tout ce qui s'offrait trop aisément comme de la sagesse *devait* être remis en question.

Ce n'était pas pour cette raison qu'il ouvrait la fenêtre, cependant. Ce n'était pas un acte réfléchi. Après tant d'années passées en voyages, il était simplement trop habitué au goût de la nuit. D'un autre côté, songea-t-il, éveillé et seul dans une confortable chambre d'Esfèrth, l'année qui venait de s'écouler l'avait transformé.

Il était parfaitement satisfait d'être couché dans ce lit doublé de duvet d'oie et non par terre, dehors, dans une nuit venteuse. D'autres l'auraient nié, certains férocement – avec leurs propres raisons pour ce faire –, mais il savait qu'il avait vieilli entre le dernier printemps et ce printemps-ci. Il avait beau être éveillé, sans trouver le sommeil, il était à l'aise dans ce lit et prudemment – toujours prudemment – heureux des événements qui se déroulaient dans les terres jaddites du nord.

Il y avait passé l'hiver, comme promis, allait retourner chez lui maintenant que le printemps était revenu. Il ne voyagerait pas seul. Le roi et la reine anglcyns allaient faire voile vers Cadyr, à l'ouest, montrant ainsi à tous leur nouvelle flotte, pour emmener leur fille cadette chez les Cyngaëls.

Il l'avait tellement désiré, cela, ou quelque chose d'équivalent, et pendant si longtemps ! Alun ab Owyn, à qui elle allait être unie dans ce qu'on ne pouvait appeler que de la joie, était l'héritier de cette province, et un héros désormais en Arbèrth ; Ceinion pouvait aisément venir à bout de sa propre Llywèrth. Tant de choses pouvaient découler de ce mariage !

La bonté du dieu à leur égard avait excédé leurs mérites. C'était le cœur même des saints enseignements, n'est-ce pas ? On aspirait à vivre une existence bonne et pieuse, mais la merci de Jad pouvait s'étendre comme des ailes, pour des raisons insondables.

De la même façon, songeait-il tandis que la nuit commençait à virer au matin – le bruissement de la brise dans la chambre –, oui, de la même façon, nul ne pouvait espérer comprendre la raison des deuils, du chagrin intime, de ce qui vous est arraché.

Alors qu'il attendait le lever du soleil, seul dans son lit comme il l'était depuis de longues années, il se rappela sa bien-aimée, il se rappela sa mort, et il put voir en imagination la tombe qui surplombait la mer occidentale, derrière sa chapelle et sa demeure. On vivait en ce monde, on en goûtait la tristesse et la joie, et il était dans la nature des Cyngaëls d'avoir conscience de l'une et de l'autre.

Une autre brise se faufila dans la chambre. Le vent de l'aube. Il allait bientôt retourner chez lui. Il irait s'asseoir auprès d'elle et regarderait la mer au loin. Le matin s'en venait, le dieu s'en revenait. Il était presque temps de se lever pour la prière. Le lit était très confortable. Presque temps, mais les ténèbres ne s'étaient pas encore tout à fait dissipées, la lumière était encore à venir, il pouvait s'attarder un peu à ses souvenirs. C'était nécessaire, c'était permis.

Il faut que la fin soit la fin d'une nuit.

Je ne sais, je ne sais
Ce qu'ensemble les humains se disent
Comment les amants, les amants se meurent
Et comment s'efface la jeunesse

Je ne puis comprendre
L'amour des mortels
pour leur terre, leur terre natale
– Toute la terre leur appartient

Pourquoi près d'une tombe ils pleurent
une voix, un visage
Sans en accueillir jamais, jamais
D'autres

Et moi, à l'apex
du cercle de la nuit
En plein vol, jamais n'ai connu
plus forte ou plus faible lumière

Chagrin, c'est ainsi que l'on nomme
Cette coupe où mes lèvres
Hélas, de tous mes jours sans fin,
Jamais ne devra boire.

C.S. Lewis

Remerciements

À Laura, comme toujours : pour sa calme confiance lorsque j'ai commencé de cartographier les voies maritimes de ce voyage, et encore lorsque je suis parti et que des écueils (et des monstres) sont apparus qui ne se trouvaient pas sur les cartes.

Dans un roman, on ne peut être guidé tout du long par des cartes, mais dans un ouvrage comme celui-ci, où l'on s'appuie sur des périodes et des motifs anciens bien spécifiques, c'est de la folie de s'embarquer sans elles. J'ai bénéficié de l'aide de quelques cartographes émérites (s'il m'est permis de filer la métaphore). Ils sont trop nombreux pour être tous nommés ici, mais je dois assurément en citer quelques-uns.

Pour les Vikings, je dois beaucoup à la synthèse élégante de Gwyn Jones, et aux travaux de Peter Sawyer, R. I. Page, Jenny Jochens et Thomas A. Dubois. Je me suis appuyé sur de nombreux commentaires et traductions des sagas nordiques, mais j'éprouve une forte et particulière admiration pour le style épique de Lee M. Hollander.

Les histoires du Nord sont aujourd'hui captives d'agendas divers (comme l'est une grande partie du passé), et j'ai eu besoin des secours de réflexions claires et personnelles. Ma gratitude à Paul Bibire pour m'avoir donné des réponses, m'avoir fait des suggestions et m'avoir indiqué des sources. Kristen Pederson m'a procuré quantité d'articles et d'essais, surtout sur le rôle des femmes dans le monde viking, tout en m'offrant de nombreux commentaires sur le sujet. Max Vinner, du Musée naval viking, à Roskald, a répondu avec bienveillance à mes questions.

Pour ce qui est des Anglo-Saxons, j'ai trouvé des informations sans prix sur Alfred le Grand chez Richard Abels. J'ai utilisé à bien des reprises et de diverses façons les ouvrages de Peter Hunter Blair, Stephen Pollington (sur les guérisseurs et les guerriers), la version des *Chroniques* rédigée par Michael Swanton, et le travail magnifiquement détaillé d'Anne Hagen sur la nourriture et les boissons anglo-saxonnes. Il en a été de même des ouvrages rédigés ou révisés par Richard Fletcher, James Campbell, Simon Keynes et Michael Lapidge, ainsi que les vers traduits par Michael Alexander.

Pour les Gallois, et l'esprit celtique en général, je dois mentionner Wendy Davies, John Davies, Alwyn et Brinley Rees, Charles Thomas, John T. Koch, Peter Beresford Ellis (sur le rôle des femmes), les vers traduits par Joseph P. Clancy, ainsi que ses notes, la synthèse classique et imperturbable de Nora Chadwick. Je suis profondément reconnaissant à Jeffrey Huntsman pour sa permission d'utiliser sa traduction pour mon épigraphe, et pour m'avoir généreusement envoyé des variantes et des commentaires. Le poème qui conclut le présent ouvrage est tiré de *The Pilgrim's Regress* (1933), propriété des héritiers de C. S. Lewis, et il est publié ici avec leur aimable permission.

Sur une note plus personnelle, je dois ma gratitude à Darren Nash, Tim Binding, Laura Anne Gilman, Jennifer Heddle et Barbara Berson – toute une panoplie de directeurs littéraires – pour leur enthousiasme en cours de route et une fois le voyage terminé. Catherine Marjoribanks apporte au rôle de réviseuse plus d'intelligence et de sensibilité qu'un auteur n'est en droit de l'espérer. Mon frère Rex est toujours le premier et peut-être le plus incisif de mes lecteurs. Linda McKnight, Anthea Morton-Saner et Nicole Winstanley sont tout autant des amies que des agentes, et très appréciées dans ces deux rôles.

Pendant de nombreuses années, lorsqu'on me demandait où trouver mon site Internet, je paraphrasais Caton l'Ancien, ce politicien romain : « Je préférerais m'entendre demander où se trouve le site de Kay plutôt que *pourquoi* Kay a un site. » Caton est célèbre pour l'avoir dit de l'absence de statue en son honneur, à Rome. Il y a quelque temps, l'intelligente et obstinée Deborah Meghnagi m'a persuadé qu'il était temps pour moi d'avoir une statue en ligne (si l'on peut dire), et je lui ai donné la permission de concevoir et de lancer *brightweavings.com*. J'éprouve une profonde gratitude pour tout ce qu'elle y a fait (et continue d'y faire), et je suis toujours impressionné et touché par la générosité et l'intelligence de la communauté qui a évolué autour de ce site.

Guy Gavriel Kay…

… est né en Saskatchewan en 1954. Après avoir étudié la philosophie au Manitoba, il a collaboré à l'édition de l'ouvrage posthume de J.R.R. Tolkien, *le Silmarillon*, puis terminé son droit à Toronto, ville où il réside toujours. Scénariste de *The Scales of Justice*, une série produite par le réseau anglais de Radio-Canada, il publiait au milieu des années quatre-vingts *la Tapisserie de Fionavar*, une trilogie qui devait le hisser au niveau des plus grands. Ont suivi *Tigane*, *Une chanson pour Arbonne* et *les Lions d'Al-Rassan*, trois romans de fantasy historique dont la toile de fond s'inspirait respectivement de l'Italie, de la France et de l'Espagne médiévale. Traduit en plus de douze langues, Guy Gavriel Kay a vendu plus d'un million d'exemplaires de ses livres au Canada et à l'étranger, ce qui en fait l'un des auteurs canadiens les plus lus de sa génération.